Reader's Digest
Auswahlbücher

Die Kurzfassungen in diesem Buch erscheinen
mit Genehmigung der Autoren und Verleger

397 (212)
Printed in Germany
ISBN 3 87070 657 0

Reader's Digest Auswahlbücher

VERLAG DAS BESTE
STUTTGART · ZÜRICH · WIEN

INHALT

John Grisham

Der Regenmacher

Ein junger Mann ist unheilbar an Leukämie erkrankt, doch seine Versicherung weigert sich, die Behandlungskosten zu übernehmen. Dies ist Rudy Baylors erster Fall, vielleicht sogar der lukrativste, den der aufgeweckte Berufseinsteiger je bearbeiten wird. Obwohl Rudy nie zuvor Geschworene ausgewählt oder ein Kreuzverhör geführt hat, nimmt er es mit einem der mächtigsten Konzerne Amerikas auf.

Robert James Waller

Die Brücken am Fluß

Eine zufällige Begegnung an einem heißen Augusttag reißt die Farmersfrau Francesca Johnson urplötzlich aus den gewohnten Bahnen. Als sich der weitgereiste Fotograf Robert Kincaid bei ihr nach dem Weg erkundigt, erwachen im Herzen der seit langem verheirateten Frau Träume von Leidenschaft und Zärtlichkeit zu neuem Leben. Zusammen stürzen sich Robert und Francesca in eine wunderbare, aussichtslose Liebe.

John Nance

Gegen die Uhr

Die Stimmung an Bord der Boeing 747 von Frankfurt nach New York ist fröhlich und gelöst, denn die Weihnachtsfeiertage stehen vor der Tür. Doch kurz nach dem Start bricht ein Passagier zusammen, eine schnelle Landung ist unerläßlich. Um so entsetzter ist Kapitän James Holland, als ihm die Erlaubnis dazu verweigert wird. Für Flug 66 beginnt ein erbarmungsloser Wettlauf gegen die Zeit.

Joyce Stranger

Eine Freundschaft fürs Leben

Düster und freudlos erscheint der Polizistin Brier Morrey das Leben, seit vor zwei Jahren ihr Mann – ebenfalls ein Polizist – bei einer Schießerei getötet wurde. Das Angebot, bei der Hundestaffel der Polizei eine Ausbildung zu absolvieren, erscheint ihr wie ein Wink des Schicksals: Endlich hat sie wieder eine Aufgabe, die sie ausfüllt. Da erfährt sie, daß sie ihren Hund an seine früheren Eigentümer zurückgeben muß . . .

JOHN
GRISHAM

DER
REGEN-
MACHER

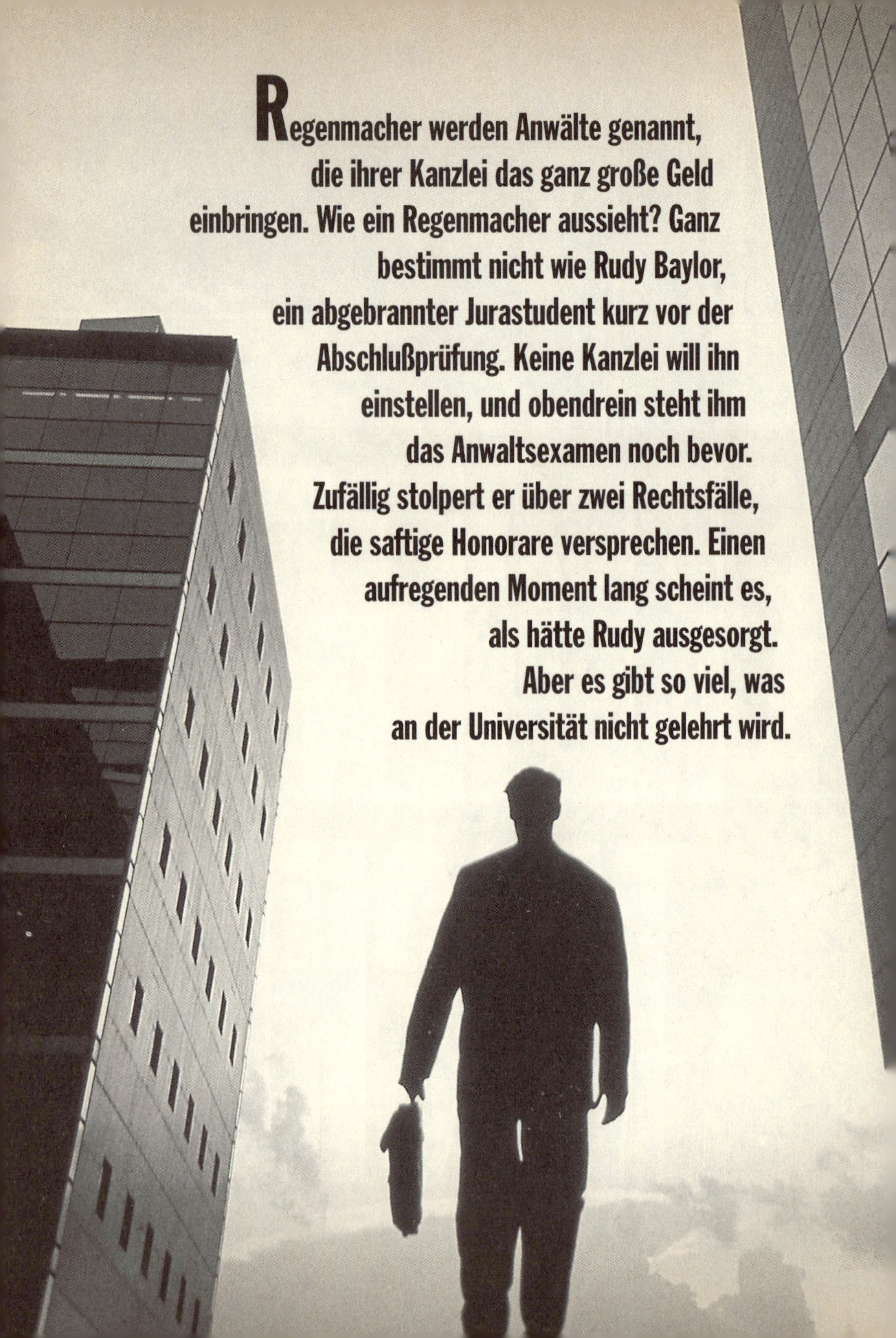

Regenmacher werden Anwälte genannt, die ihrer Kanzlei das ganz große Geld einbringen. Wie ein Regenmacher aussieht? Ganz bestimmt nicht wie Rudy Baylor, ein abgebrannter Jurastudent kurz vor der Abschlußprüfung. Keine Kanzlei will ihn einstellen, und obendrein steht ihm das Anwaltsexamen noch bevor. Zufällig stolpert er über zwei Rechtsfälle, die saftige Honorare versprechen. Einen aufregenden Moment lang scheint es, als hätte Rudy ausgesorgt. Aber es gibt so viel, was an der Universität nicht gelehrt wird.

EINS

MEIN Entschluß, Anwalt zu werden, stand unwiderruflich fest, seit mir klargeworden war, daß mein Vater alle Juristen haßte. Ich war ein unbeholfener Jugendlicher, verlegen wegen meiner Ungeschicklichkeit, vom Leben enttäuscht, mit einer Heidenangst vor dem Erwachsenwerden und kurz davor, von meinem Vater wegen Aufsässigkeit in eine Militärschule verfrachtet zu werden. Er war früher Marineinfanterist gewesen und glaubte, daß Jungen mit der Peitsche aufwachsen sollten. Ich hatte mir ein flinkes Mundwerk zugelegt und eine Abneigung gegen Disziplin, und er reagierte darauf, indem er mich einfach fortschickte. Es dauerte Jahre, bis ich ihm verzieh.

Er war außerdem Ingenieur und arbeitete siebzig Stunden in der Woche für eine Firma, die unter anderem Leitern herstellte. Da Leitern von Natur aus gefährliche Gegenstände sind, wurde die Firma häufig verklagt. Und weil mein Vater für die Konstruktion zuständig war, wurde er in den meisten Fällen dazu ausersehen, die Firma bei Beweisaufnahmen und Prozessen zu vertreten. Ich kann ihm im Grunde keinen Vorwurf machen, daß er Anwälte haßte. Aber mit der Zeit bewunderte ich diese Männer immer mehr, weil sie meinem Vater das Leben so schwer machten. Er verbrachte täglich acht Stunden damit, sich mit ihnen herumzuschlagen; danach stürzte er sich auf die Martinis, sobald er das Haus betreten hatte. Kein Hallo. Keine Umarmung. Kein Essen. Nur ein oder zwei Stunden ununterbrochenes Wüten, während er vier Martinis hinunterkippte, ehe er dann in seinem ramponierten Lehnsessel einschlief.

Die Firma machte später Pleite, und natürlich wurde alle Schuld daran den Anwälten gegeben. Ich hörte kein einziges Wort, daß vielleicht Mißwirtschaft zu diesem Konkurs beigetragen haben könnte.

Alkohol wurde sein Leben, und er verfiel in Depressionen. Jahrelang hatte er keine feste Arbeit, und das machte mich erst richtig wütend, weil ich gezwungen war, als Kellner zu arbeiten und Pizzas auszuliefern, um mir den Weg durch das College zu erkämpfen. Ich glaube, in den vier Jahren bis zu meinem ersten Abschluß habe ich zweimal mit ihm gesprochen. Am Tag nachdem ich erfahren hatte, daß ich an der juristischen Fakultät der Universität angenommen worden war, kam ich mit dieser großartigen Nachricht stolz nach Hause. Mutter hat mir später erzählt, daß er eine Woche lang im Bett geblieben sei.

Zwei Wochen nach meinem triumphierenden Besuch wechselte er im Badezimmer eine Glühbirne aus, wobei – ich schwöre, das ist die Wahrheit – die Leiter zusammenbrach und er auf den Kopf fiel. Er lag ein Jahr im Koma in einem Pflegeheim, bis jemand gnädigerweise die Geräte abschaltete.

Meine Mutter erhielt die ansehnliche Summe von 50 000 Dollar aus einer Lebensversicherung und ging eine schlechte zweite Ehe ein. Mein Stiefvater ist ein eher schlichtes Gemüt, ein pensionierter Postbeamter aus Toledo, und sie verbringen die meiste Zeit mit Square dance und dem Herumreisen in einem Wohnmobil. Ich halte Abstand. Mutter hat mir keinen Cent von dem Geld angeboten. Sie erklärte, das Geld sei alles, was sie habe, um der Zukunft ins Auge zu sehen, und da ich mich im Leben ohne nennenswerte Einkünfte als relativ geschickt erwiesen hätte, bräuchte ich nichts davon. Vor mir läge eine glänzende Zukunft mit viel Geld; vor ihr nicht, argumentierte sie.

In einem Monat, im Mai, werde ich mein Jurastudium abschließen; dann werde ich für das Anwaltsexamen im Juli büffeln. Immerhin rangiere ich in der oberen Hälfte meines Jahrgangs. Das einzig Schlaue, was ich in den drei Jahren meines Studiums getan habe, war, daß ich die schwierigen Seminare und die Pflichtvorlesungen schon früh absolvierte, damit ich es im letzten Semester geruhsam angehen lassen konnte. Meine Vorlesungen in diesem Frühjahr sind ein Witz – Sportrecht, Urheberrecht, Ausgewählte Texte aus dem Code Napoléon, dem französischen Zivilgesetzbuch aus dem Jahr 1804, und mein Lieblingsseminar, Juristische Probleme älterer Menschen.

Wegen des letzten Fachs sitze ich jetzt hier auf einem wackligen Stuhl hinter einem schäbigen Klapptisch in einem heißen, feuchten Metallgebäude in Gesellschaft einer bunt gemischten Ansammlung von Senioren, wie sie sich gern nennen lassen. Ein handgemaltes Schild über der Tür bezeichnet den Laden großspurig als das Cypress-Gardens-Seniorenheim. Die Wände sind schmutzfarben und kahl bis auf ein verblichenes Foto von Ronald Reagan in einer Ecke zwischen zwei traurigen Fähnchen – der Nationalflagge und der Staatsflagge von Tennessee.

An die fünfzig Senioren haben sich eingefunden, etwa gleich viele Schwarze und Weiße, Durchschnittsalter mindestens 75. Angeblich kommen sie jeden Mittag hierher – für eine warme Mahlzeit und ein paar Stunden Geselligkeit. Unser Professor hat gesagt, dies bilde für sie den Höhepunkt des Tags.

Wir haben den schweren Fehler gemacht, zur Essenszeit hier einzutreffen. Sie brachten uns vier Studenten zusammen mit unserem Anführer, Professor Smoot, in einer Ecke unter und ließen uns nicht aus den Augen, während wir in Plastikhuhn und eiskalten Erbsen herumstocherten. Meine Götterspeise war gelb, und das weckte den Appetit eines bärtigen Alten, auf dessen Namensschild über der schmutzigen Hemdtasche *Bosco* gekritzelt war. Bosco murmelte etwas von gelber Götterspeise, und ich bot sie ihm sofort an. Er erhob sich, aber Miß Birdie Birdsong fiel ihm schnell in den Arm und stieß ihn grob auf seinen Stuhl zurück. Miß Birdsong ist ungefähr achtzig, aber sehr flink für ihr Alter, und sie agiert als Mutter, Diktator und Rausschmeißer dieser Organisation. Sie machte Bosco Vorwürfe, weil er es auf meine Götterspeise abgesehen hatte, stellte ihm aber nur Sekunden später eine ganze Schüssel voll von diesem gelben Kitt hin, worauf seine Augen funkelten.

Am ersten Tag des Semesters hatte uns Professor Smoot erklärt, der Zweck der Veranstaltung sei es, uns mit wirklichen Menschen mit wirklichen juristischen Problemen zu konfrontieren. Er ist der Ansicht, daß zwar alle Jurastudenten mit einem gewissen Maß an Idealismus und dem Verlangen, der Öffentlichkeit zu dienen, an die Universität kommen. Doch nach drei Jahren brutalen Konkurrenzkampfs hätten wir nichts anderes mehr im Sinn, als die richtige Stelle in der richtigen Kanzlei zu ergattern, bei der wir in sieben Jahren zum Partner aufsteigen und das große Geld verdienen können. Damit hat er recht.

Die Teilnahme an diesem Seminar ist freiwillig. Es zählt nur zwei Wochenstunden und erfordert fast keine Arbeit, und das war es, was mich daran reizte. Aber dies ist mein erstes Zusammentreffen mit tatsächlichen Mandanten, und ich habe fürchterliche Angst. Neben mir am Klapptisch sitzt Booker Kane, ein Schwarzer, mein bester Freund an der Universität. Er hat ebensoviel Angst wie ich. Vor uns stehen gefaltete Karteikarten, auf denen unsere Namen in schwarzen Lettern geschrieben sind – Booker Kane und Rudy Baylor. Das bin ich. Neben Booker steht das Rednerpult, hinter dem Miß Birdie herumkreischt, und auf der anderen Seite des Tisches verkündet eine andere Karteikarte die Anwesenheit von F. Franklin Donaldson IV., der seit nunmehr drei Jahren seinen Namen mit Initial davor und Zahl dahinter eingerahmt hat. An seiner Seite sitzt N. Elizabeth Erickson, ein echtes

Miststück. Sie trägt Nadelstreifenanzüge, seidene Krawatten und springt einem wegen jeder Kleinigkeit gleich ins Gesicht.

Miß Birdie verkündet die Neuigkeiten und vermeldet Todesfälle. Sie schreit in das Mikrofon einer Tonanlage, die erstaunlich gut funktioniert. Vier große Lautsprecher hängen in den Ecken des Raums, und Miß Birdies durchdringendes Organ dröhnt aus allen Richtungen auf uns ein. Im Augenblick schläft niemand.

„Und was das heutige Programm angeht“, sagt Miß Birdie dramatisch, „so freuen wir uns sehr, daß Professor Smoot wieder bei uns ist, zusammen mit einigen seiner klugen und gutaussehenden Studenten.“ Die grauen und gelben Zähne gebleckt, lächelt sie Smoot an, der inzwischen unauffällig zu ihr getreten ist. „Wie ihr wißt“, fährt Miß Birdie fort, „lehrt Professor Smoot an der Memphis-State-Universität und kommt jedes Jahr mit einigen seiner Studenten zu uns, die sich eure juristischen Probleme anhören und euch Ratschläge geben werden, die immer gut sind und immer umsonst, wie ich vielleicht hinzufügen sollte.“ Sie dreht sich um und bedenkt Smoot abermals mit einem breiten Lächeln. „Professor Smoot, wir heißen Sie in Cypress Gardens willkommen.“

Smoot tritt hinter das Rednerpult und rückt das Mikrofon zurecht. „Danke, Miß Birdie“, quakt er. „Es ist immer nett, hier in Cypress Gardens zu sein.“ Er stellt uns vor und läßt sich dann bei Booker und mir am Tisch nieder. Miß Birdie schwenkt die Arme in unsere Richtung und sagt zu ihren Schäfchen: „Da sind sie. Sie sind gut, und es kostet nichts.“

Langsam und verlegen bewegen sie sich auf uns zu. Bosco ist der erste in der Schlange, und es ist offensichtlich, daß er sauer ist wegen der Götterspeise, denn er funkelt mich an, geht zum anderen Ende des Tischs und setzt sich auf einen Stuhl vor der ehrenwerten N. Elizabeth Erickson. Irgend etwas sagt mir, daß er nicht der letzte künftige Mandant ist, der juristischen Rat bei jemand anderem suchen wird. Ein älterer Schwarzer erwählt Booker zu seinem Anwalt, und sie stecken über dem Tisch die Köpfe zusammen. Ich versuche, nicht zuzuhören.

Volle fünf Minuten komme ich mir dämlich vor, allein dazusitzen, während meine Mitstudenten flüstern oder aufmerksam zuhören. Meine Einsamkeit bleibt jedoch nicht unbemerkt. Miß Birdie greift in ihre Handtasche, holt einen Umschlag heraus und trippelt auf mich zu. „Sie sind es, mit dem ich reden wollte“, flüstert sie und rückt ihren Stuhl dicht an die Tischecke heran. Sie beugt sich vor, und in genau diesem Moment beginnt meine erste Besprechung als juristischer Berater.

„Lesen Sie das!“ fordert sie mich auf, worauf ich den Umschlag nehme und ihn öffne. Halleluja! Es ist ihr Testament! Smoot hat uns gesagt, daß mehr als die Hälfte der Mandanten uns bitten würde, ihre Testamente zu überprüfen und eventuell auf den neuesten Stand zu bringen.

Dies hier ist getippt und macht einen amtlichen Eindruck, und als ich es überfliege, erfahre ich aus den ersten beiden Absätzen, daß Miß Birdie Witwe ist und zwei Kinder und eine Menge Enkelkinder hat. Der dritte Absatz verschlägt mir die Sprache. Der Text weist ihren Nachlaßverwalter an, jedem ihrer Kinder die Summe von zwei Millionen Dollar auszuhändigen und für jedes ihrer Enkelkinder eine Million als Treuhandvermögen anzulegen. Ich zähle, langsam, acht Enkelkinder. Das ergibt mindestens zwölf Millionen Dollar.

„Lesen Sie weiter“, ermuntert sie mich, als könnte sie das Rattern der Rechenmaschine in meinem Kopf hören.

Absatz fünf des Testaments vermacht drei Millionen Dollar einer Kirche und zwei Millionen einem College. Dann folgt eine Liste von wohltätigen Institutionen, und neben jedem Namen steht eine Summe, von der die niedrigste 50 000 Dollar beträgt. Ich runzele die Stirn, stelle eine schnelle Berechnung an und komme zu dem Schluß, daß Miß Birdie mindestens zwanzig Millionen besitzt.

Plötzlich steckt dieses Testament voller Probleme. Erstens ist es bei weitem nicht so ausführlich, wie es sein sollte. Miß Birdie ist reich, und reiche Leute hinterlassen keine knapp gehaltenen Testamente. Sie hinterlassen dicke, verklausulierte Dokumente mit allen möglichen Tricks und Schlichen, die sich teure Steueranwälte in großen Kanzleien ausgedacht haben.

„Wer hat dieses Testament aufgesetzt?“ erkundige ich mich.

„Mein früherer Anwalt, aber er lebt nicht mehr.“

Gut für ihn, daß er tot ist. Er hat sträflich versagt, als er dieses Testament aufsetzte.

Also, diese hübsche kleine Dame mit den grauen und gelben Zähnen und der melodischen Stimme ist mindestens zwanzig Millionen Dollar schwer. Ich werfe einen Blick auf sie. Sie trägt keine teuren Sachen, keine Diamanten oder Gold. Mir sind im Lauf der Zeit einige reiche alte Damen begegnet, und normalerweise sind sie auf den ersten Blick zu erkennen. Also wende ich mich wieder dem Testament zu.

Miß Birdies Testament ist fast zwei Jahre alt. „Wann ist Ihr Anwalt gestorben?“ frage ich jetzt zuckersüß.

„Voriges Jahr. Krebs.“

Habgier ist etwas Merkwürdiges. Ich habe eine Stelle und fange am 1. Juli bei Broadnax & Speer an, einer muffigen kleinen Tretmühle mit fünfzehn Anwälten, die Versicherungsgesellschaften bei Prozessen vertreten. Es ist nicht der Job, den ich gern gehabt hätte, aber wie die Dinge liegen, bekam ich von Broadnax & Speer ein Angebot und von niemandem sonst.

Würden die Leute bei Broadnax & Speer nicht beeindruckt sein, wenn ich gleich an meinem ersten Tag eine Mandantin mitbrächte, die mindestens zwanzig Millionen Dollar besitzt? Ich würde auf der Stelle ein Regenmacher sein – ein strahlender junger Aufsteiger mit einem goldenen Händchen. Vielleicht würde ich sogar um ein größeres Büro bitten.

„Es geht hier um viel Geld", sage ich, „und ich . . ."

„Pst!" zischt sie wütend und beugt sich noch weiter vor. „Reden Sie nicht von dem Geld." Ihre Blicke schießen in alle Richtungen, als lauerten überall Diebe. „Ich will nicht darüber reden."

„Na schön. Ist mir recht. Aber ich meine, daß Sie diese Sache vielleicht mit einem Vermögensberater besprechen sollten."

„Das hat mein früherer Anwalt auch gesagt, aber ich will nicht."

„Sie könnten eine Menge Erbschaftssteuern sparen, wenn Sie Ihren Nachlaß richtig planen."

Sie schüttelt den Kopf, als wäre ich ein Idiot. „Rudy, Steuern spielen für mich keine Rolle, weil ich dann tot sein werde. Richtig?"

„Äh – ja, richtig. Aber was ist mit Ihren Erben?"

„Eben deshalb bin ich hier. Ich bin stocksauer auf meine Erben, und ich will sie aus meinem Testament streichen. Meine beiden Kinder und einige der Enkelkinder. Streichen, streichen, streichen. Die kriegen nichts, verstehen Sie? Gar nichts. Keinen Cent, nicht ein einziges Möbelstück. Nichts." Ihre Augen sind hart, und die Fältchen um ihren Mund ziehen sich zusammen. Eine Sekunde lang ist Miß Birdie nicht nur wütend, sondern verletzt.

Am anderen Ende des Tischs bricht zwischen Bosco und N. Elizabeth Erickson eine Auseinandersetzung los. Smoot steht auf und wandert hinüber, um zu fragen, ob er behilflich sein könne.

„Wer soll das Geld bekommen?" frage ich und fühle mich plötzlich berauscht von der mir gerade verliehenen Macht, die magischen Worte zu Papier zu bringen, die aus ganz gewöhnlichen Leuten Millionäre machen.

„Ich bin mir nicht sicher", gibt sie nachdenklich zu.

Nun, wie wäre es mit einer Million für mich? Ich muß jeden Tag damit rechnen, daß Texaco mich wegen der fälligen 400 Dollar verklagt. Wir haben die Verhandlungen abgebrochen, und jetzt habe ich es mit ihrem Anwalt zu tun. Außerdem droht mein Hauswirt, mich vor die Tür zu setzen, weil ich seit zwei Monaten keine Miete mehr bezahlt habe.

Miß Birdie gibt mir ein Blatt Papier, auf dem in Druckschrift vier Namen untereinanderstehen. „Das sind die Enkelkinder, die mich noch lieben. Geben Sie jedem von ihnen eine Million Dollar."

Ich schreibe es auf meinen Notizblock. *Wamm!* Ich habe gerade vier Millionäre erschaffen, einfach so. „Was ist mit den anderen?" forsche ich nach.

„Keinen Cent. Sie rufen mich nicht an, schicken mir nie Geschenke oder Karten."

Wenn ich eine Großmutter hätte, die zwanzig Millionen Dollar besitzt, würde ich ihr jede Woche Blumen schicken, jeden zweiten Tag eine Karte, Pralinen, wenn es regnet, und Champagner, wenn es das nicht tut. Ich würde mich um meine Großmutter kümmern. Und ich würde jetzt dasselbe für Miß Birdie tun.

„In Ordnung", stimme ich mit ernster Miene zu. „Und nichts für Ihre beiden Kinder?"

„Das habe ich doch gesagt. Überhaupt nichts."

„Was, wenn ich fragen darf, haben sie Ihnen angetan?"

Sie stößt heftig den Atem aus, als wäre sie jetzt maßlos enttäuscht. „Also", flüstert sie, „Randolph, der ältere, ist fast sechzig, gerade zum drittenmal verheiratet, mit einem kleinen Flittchen, das immerzu nach dem Geld fragt. Was immer ich ihm hinterlasse, bekommt sie in die Finger, und da würde ich es lieber Ihnen geben, Rudy, als meinem eigenen Sohn. Verstehen Sie, was ich meine?"

Mein Herz steht still. „Mir können Sie es nicht vermachen, Miß Birdie", wehre ich ab und bedenke sie mit meinem herzlichsten Lächeln. Aber meine Augen und vermutlich auch meine Lippen und meine Nase flehen sie an zu sagen: Doch! Verdammt noch mal! Es ist mein Geld, und ich kann es geben, wem ich will, und wenn ich will, daß Sie es bekommen, Rudy, dann gehört es Ihnen!

Statt dessen sagt sie: „Alles andere geht an Reverend Kenneth Chandler. Kennen Sie ihn? Er ist jetzt ständig im Fernsehen. Seine Sendung kommt aus Dallas. Ich will, daß er es bekommt."

„Ein Fernsehprediger?"

„Oh, er ist viel mehr als ein Prediger. Er diniert mit Staatsoberhäuptern, und außerdem ist er so ein netter Mann. Er hat mich neulich abends angerufen. Können Sie sich das vorstellen?"

„Ja, ich denke schon. Weshalb hat er Sie angerufen?"

„Also, vorigen Monat habe ich ihm ein paar Zeilen geschrieben und mitgeteilt, ich dächte daran, mein Testament zu ändern, weil meine Kinder mich im Stich gelassen haben. Ich ließ ihn wissen, daß ich vorhätte, ihm etwas Geld für seine Arbeit zu hinterlassen. Keine drei Tage später hat er angerufen, eine so überzeugende Persönlichkeit, so aufmerksam und reizend am Telefon. Er wollte wissen, an welche Summe ich gedacht hätte. Ich sagte ihm, wieviel es vermutlich sein würde, und seither ruft er ständig an."

Ich ringe nach Worten. Smoot faßt Bosco am Arm und versucht, ihn zu beruhigen und dazu zu bringen, daß er sich wieder vor N. Elizabeth Erickson niederläßt. Ihr erster Mandant hat sie offensichtlich so in Verlegenheit gebracht, daß sie sich am liebsten unter dem Tisch verstecken würde.

Ich beschließe, das Thema zu wechseln. „Äh, Miß Birdie, Sie haben gesagt, Sie hätten zwei Kinder. Randolph und . . ."

„Ja, Delbert. Der bekommt auch nichts. Ich habe seit Jahren nichts von ihm gehört. Er lebt in Florida. Streichen, streichen, streichen!"

Ich fahre mit meinem Stift über das Papier, und Delbert verliert seine Millionen.

„Ich muß mich um Bosco kümmern", beschließt sie plötzlich und springt auf. „Er ist ein armer Kerl. Keine Angehörigen, keine Freunde."

„Wir sind noch nicht fertig", versuche ich sie aufzuhalten.

„Doch, das sind wir, Rudy. Tun Sie einfach, was ich gesagt habe. Jeweils eine Million für die vier, und der Rest an Reverend Chandler. Professor Smoot hat gesagt, Sie kommen in vierzehn Tagen wieder, und dann ist alles sauber und ordentlich zu Papier gebracht. Stimmt das?"

„Vermutlich."

„Gut. Also bis dann, Rudy." Sie flattert ans Ende des Tischs und legt die Arme um Bosco, der sich sofort wieder beruhigt.

Ich studiere das Testament und mache mir Notizen. Es ist beruhigend zu wissen, daß Smoot und die anderen Professoren da sind, um mir zu helfen und mich zu beraten, und daß ich zwei Wochen Zeit habe, meinen Verstand zusammenzunehmen und mir zu überlegen, was zu tun ist. Diese reizende alte Dame mit ihren zwanzig Millionen Dollar braucht mehr Rat, als ich ihr geben kann. Ich fühle mich zu unerfahren.

Ich werfe einen Blick auf die schwindende Menge, wobei mir in der zweiten Reihe ein Paar auffällt, das mich anzuschauen scheint. Im

Moment bin ich der einzige verfügbare Jurastudent, und sie sind offenbar unschlüssig, ob sie ihr Glück bei mir versuchen sollen. Die Frau hat einen dicken, mit Gummibändern zusammengehaltenen Stoß Papier in der Hand. Sie murmelt etwas, und beide stehen langsam auf und steuern auf mich zu. Sie mustern mich, als sie näher kommen. Ich lächle. Willkommen in meiner Kanzlei. Sie nimmt den Stuhl, auf dem Miß Birdie gesessen hat. Er läßt sich an der anderen Seite des Tischs nieder und wahrt Abstand.

„Hallo", begrüße ich das Paar mit einem Lächeln und ausgestreckter Hand. Er ergreift sie schlaff, dann strecke ich sie ihr hin. „Mein Name ist Rudy Baylor."

„Ich heiße Dot, und das ist Buddy", stellt sie sich vor und ignoriert meine ausgestreckte Hand. „Dot und Buddy Black." Dots Haar ist ganz kraus von zahllosen Dauerwellen und schimmert an den Spitzen silbrig. Sie trägt billige weiße Turnschuhe, braune Socken und zu weite Jeans. Sie ist eine dünne, drahtige Frau mit einem scharfen Zug um den Mund.

„Adresse?" frage ich.

„Squire achthundertdreiundsechzig, in Granger."

„Arbeiten Sie?"

Buddy hat den Mund noch nicht aufgemacht, und ich gewinne den Eindruck, daß Dot seit vielen Jahren das Reden übernimmt. „Ich bekomme eine Invalidenrente von der Sozialversicherung", eröffnet sie mir. „Ich bin erst achtundfünfzig, aber ich habe ein schwaches Herz. Buddy erhält eine Pension, eine kleine."

Buddy sieht mich an. Er trägt eine Brille mit dicken Gläsern und Plastikbügeln. Seine Wangen sind rot und feist. Sein buschiges graues Haar hat einen Stich ins Bräunliche. Offenbar hat er es seit mindestens einer Woche nicht mehr gewaschen. Sein Hemd ist schwarz und rot kariert und noch dreckiger als sein Haar.

„Wie alt ist Mr. Black?" erkundige ich mich.

„Nur Buddy, ja? Dot und Buddy. Er ist zweiundsechzig. Darf ich Ihnen etwas sagen?"

Ich nicke schnell. Buddy betrachtet Booker, der nach wie vor neben mir am Tisch sitzt.

„Er ist nicht richtig im Kopf", flüstert Dot mit einem leichten Nicken in Buddys Richtung. „Kriegsverletzung. Korea. Hat eine Metallplatte im Kopf."

„Das – das ist ja furchtbar", flüstere ich zurück, dann notiere ich auf meinen Block, daß Mr. Buddy Black eine Platte im Kopf hat.

Plötzlich neigt sie sich vorwärts. „Noch etwas“, fügt sie hinzu. „Er hat ein Alkoholproblem.“

„Ach ja?“ Und schon hat diese Frau, die ich vor drei Minuten kennengelernt habe, ihren Mann mal eben zu einem trunksüchtigen Idioten herabgesetzt.

„Stört es Sie, wenn ich rauche?“ fragt sie und öffnet bereits ihre Tasche.

„Ist das hier drin erlaubt?“ gebe ich zurück.

„Natürlich.“ Sie klemmt sich eine Mentholzigarette zwischen die spröden Lippen und zündet sie an. Dann reißt sie sie wieder heraus und bläst Buddy eine Rauchwolke direkt ins Gesicht. Er rührt sich keinen Zentimeter.

„Und was kann ich für Sie tun?“ komme ich wieder zur Sache und betrachte den von breiten Gummibändern zusammengehaltenen Papierstoß.

„Wir haben nicht viel Geld“, beginnt sie leise. Ich lächle mitfühlend. Ganz gleich, wieviel sie besitzen mögen, sie sind auf jeden Fall reicher als ich. Und daß man sie jeden Moment verklagen wird, bezweifle ich auch.

„Und wir brauchen einen Anwalt“, setzt sie hinzu, nimmt die Papiere und streift die Gummibänder ab. „Wir werden von einer Versicherungsgesellschaft aufs Kreuz gelegt.“ Sie schiebt mir den Packen über den Tisch, dann wischt sie sich die Hände ab, als wäre sie ihre Probleme jetzt los.

„Es ist eine Krankenversicherung“, erklärt sie. „Bei Great Benefit. Wir haben sie vor fünf Jahren abgeschlossen, als unsere Söhne siebzehn waren. Jetzt stirbt Donny Ray an Leukämie, und die Gauner wollen seine Behandlung nicht bezahlen.“

„Great Benefit?“

„Richtig.“

„Nie davon gehört“, sage ich selbstbewußt, während ich die erste Seite der Police überfliege, als wüßte ich alles, was es über Versicherungsgesellschaften zu wissen gibt. Zwei Angehörige sind aufgeführt, Donny Ray und Ronny Ray Black. Beide haben dasselbe Geburtsdatum.

„Entschuldigen Sie die Ausdrucksweise, aber das ist eine verdammte Drecksbande.“

„Das sind die meisten Versicherungsgesellschaften“, erkläre ich nachdenklich, und Dot lächelt darüber. Ich habe ihr Vertrauen gewonnen. „Sie haben diese Police also vor fünf Jahren abgeschlossen?“

„So ungefähr. Ich habe sämtliche Prämien pünktlich bezahlt und das blöde Ding nie benutzt, bis Donny Ray krank wurde."

„Und, äh, Sie haben gesagt, er stirbt?"

Sie nickt. „Akute Leukämie. Ist vor acht Monaten ausgebrochen. Die Ärzte haben ihm ein Jahr gegeben, aber so lange lebt er nicht mehr, weil er keine Knochenmarktransplantation bekommen konnte."

„Eine Transplantation?" wiederhole ich verwirrt.

„Wissen Sie denn nichts über Leukämie?"

„Jedenfalls nicht viel", räume ich ein.

Sie verdreht die Augen, als wäre ich ein Dummkopf. „Meine Söhne sind eineiige Zwillinge", erklärt sie dann. „Also ist Ron, wir nennen ihn Ron, weil er Ronny Ray nicht mag, der ideale Spender für Donny Rays Knochenmarktransplantation. Das haben die Ärzte gesagt. Das Problem ist, daß die Transplantation etwa hundertfünfzigtausend Dollar kostet. Die haben wir nicht. Die Versicherung hätte zahlen müssen, weil dieser Fall durch die Police gedeckt ist. Aber die Betrüger sagten nein. Und deshalb stirbt Donny Ray, nur wegen denen."

Sie hat eine erstaunliche Art, auf den Kern der Sache zu kommen.

Wir haben Buddy ignoriert, aber er hört zu. Er nimmt langsam seine Brille mit den dicken Gläsern ab und wischt sich mit dem haarigen Handrücken über die Augen. Großartig. Buddy weint.

„Wo lebt Donny Ray?" frage ich.

„Ist nie von zu Hause ausgezogen. Er lebt bei uns. Das ist ein weiterer Grund, weshalb die Versicherung nicht zahlen will. Die Leute dort behaupten, weil er volljährig ist, sei er nicht mehr in den Versicherungsschutz eingeschlossen."

Ich blättere in den Papieren. „Steht in der Police, daß der Versicherungsschutz endet, sobald Donny Ray volljährig wird?"

Sie schüttelt den Kopf.

Ich ziehe einen Brief aus dem Stoß. Darin wird ziemlich brüsk jede Zahlung mit der Begründung verweigert, Donny Rays Leukämie wäre eine Erkrankung, die schon vor Vertragsabschluß bestanden hätte und deshalb nicht gedeckt sei. Wenn Donny Ray tatsächlich erst seit knapp einem Jahr erkrankt ist, dann ist die Diagnose vier Jahre nach Ausfertigung der Police durch Great Benefit gestellt worden. „Hier heißt es, die Zahlung würde wegen einer bereits vor Vertragsabschluß bestehenden Erkrankung verweigert."

„Sie benutzen jeden Vorwand, den man sich nur denken kann, Rudy. Nehmen Sie einfach all diese Papiere mit, und lesen Sie sie genau durch.

Ausschlußklauseln, Ausnahmen, Vorerkrankungen, Kleingedrucktes, sie haben einfach alles versucht."

„Ist eine Knochenmarktransplantation von der Versicherung ausgeschlossen?"

„Nein. Sogar unser Arzt hat gesagt, Great Benefit müßte zahlen, weil eine Knochenmarktransplantation heutzutage eine Routinebehandlung ist."

Der nächste Brief stammt gleichfalls von Great Benefit. Er ist kurz, gemein und eindeutig. Er lautet:

Sehr geehrte Mrs. Black,
unsere Gesellschaft hat Ihre Ansprüche bereits siebenmal schriftlich abgewiesen. Wir tun dies jetzt zum achten und letzten Mal. Offenbar sind Sie blöde, blöde, blöde!

Unterschrieben ist dieser Brief vom Leiter der Schadensabteilung, Russell Krokit, und ich reibe fassungslos mit den Fingern über das geprägte Firmenemblem am Kopf des Bogens. Vergangenen Herbst habe ich ein Seminar über Versicherungsrecht belegt, und ich erinnere mich, wie sehr mich das ungeheuerliche Verhalten bestimmter Gesellschaften in Fällen böswilliger Leistungsverweigerung schockiert hat. Unser Seminarleiter war ein Gastdozent, der Versicherungsgesellschaften haßte und sich eingehend mit Fällen beschäftigt hatte, in denen die legitimen Ansprüche von Versicherungsnehmern völlig zu Unrecht zurückgewiesen worden waren. Er war überzeugt, daß es in diesem Land Zehntausende solcher Verstöße gebe, die nie vor Gericht gebracht wurden. Viele Leute nehmen die Zurückweisung ihrer Ansprüche einfach hin, ohne der Sache auf den Grund zu gehen.

„Wissen Sie das genaue Datum, an dem die Leukämie diagnostiziert wurde?"

„Nein, aber es war im August vorigen Jahres. Er war für den ersten Abschnitt der Chemotherapie im Krankenhaus. Dann teilten diese Gauner uns mit, daß sie die Kosten für die Behandlung nicht übernehmen würden. Also hat das Krankenhaus Donny Ray vor die Tür gesetzt. Sagten, sie könnten es sich nicht leisten, ihm eine Transplantation zu schenken."

Wenn es sich bei Donny Rays Leiden tatsächlich um Leukämie handelt und er erst seit acht Monaten erkrankt ist, dann kann das unmöglich als bereits vor Vertragsabschluß bestehende Erkrankung bezeichnet werden, überlege ich. Wenn Leukämie nicht vom Versicherungsschutz ausgeschlossen ist, dann muß Great Benefit zahlen. Das erscheint mir logisch und vollkommen eindeutig. Doch da das Gesetz nur selten klar und logisch ist, weiß ich, daß irgendwo in den Tiefen von Dots Stapel von Ablehnungen Unheil auf mich wartet.

„Es wird ein paar Stunden dauern, bis ich alles durchgesehen habe."

„Sie müssen sich beeilen. Donny Ray hat nicht mehr lange zu leben. Er wiegt nur noch fünfzig Kilo. Ursprünglich waren es zweiundsiebzig. An manchen Tagen geht es ihm so schlecht, daß er sich nicht auf den Beinen halten kann. Ich wollte, Sie könnten ihn sehen."

Ich habe nicht das Verlangen, Donny Ray zu sehen. „Vielleicht später", weiche ich aus. Ich werde mir die Police genau durchlesen und die Briefe und Donny Rays Krankengeschichte. Dann werde ich mich mit Smoot absprechen und einen Brief an die Blacks schreiben, in dem ich ihnen den Rat gebe, den Fall einem Anwalt zu übergeben, der sich darauf spezialisiert hat, Versicherungsgesellschaften wegen Verstoßes gegen Treu und Glauben zu verklagen. Ich werde ein paar Namen von solchen Anwälten einstreuen und die Telefonnummern gleich dazu.

„Ich muß das alles mitnehmen", erkläre ich Dot, als ich das Chaos zusammenraffe und nach den Gummibändern greife. „In zwei Wochen komme ich wieder, mit einem Brief mit Ratschlägen."

„Weshalb dauert das zwei Wochen?"

„Also, äh, ich muß ein bißchen recherchieren, wissen Sie, mit meinen Professoren sprechen. Können Sie mir Donny Rays medizinische Unterlagen schicken?"

„Natürlich. Glauben Sie, wir haben etwas in der Hand?"

Obwohl ich noch Jurastudent bin, habe ich schon eine Menge über unverbindliches Gerede gelernt. „Das läßt sich jetzt noch nicht sagen. Es sieht vielversprechend aus. Aber ich muß mich erst eingehend damit beschäftigen, bevor ich etwas Genaueres sagen kann."

„Was für eine Art von Anwalt sind Sie?"

„Ich bin Jurastudent."

Das scheint sie zu verblüffen. Sie funkelt mich an. Buddy grunzt.

„Wir sehen uns in zwei Wochen wieder", verabschiede ich mich herzlich mit einem falschen Lächeln.

Dot beugt sich vor. Ihre Lippen beben, und ihre Augen sind feucht. „Bitte beeilen Sie sich, Rudy. Wir brauchen Hilfe. Mein Junge stirbt."

Wir schauen uns eine Ewigkeit lang an, schließlich nicke ich und murmele etwas. Diese armen Leute glauben, daß ich, Jurastudent im dritten Jahr an der Memphis-State-Universität, diesen Packen Papier, den sie mir zugeschoben haben, an mich nehme, nach dem Telefonhörer greife, ein paar Anrufe mache, und –Abrakadabra! – Great Benefit geht in die Knie und spuckt Geld für Donny Ray aus.

Die Blacks stehen auf und entfernen sich verlegen von meinem Tisch. Ich bin fast sicher, daß irgendwo in dieser Police ein perfekter kleiner Ausschluß steht, fast unleserlich und vermutlich kaum zu entziffern, aber dennoch hineinmanövriert von gerissenen juristischen Handwerkern, die seit Jahrzehnten fette Honorare kassiert und begeistert Kleingedrucktes verfaßt haben.

ZWEI

EINE Stunde später sitzen Booker und ich in seinem Wagen, einem alten Pontiac. Das Auto ist zu groß, um elegant zu sein, aber in wesentlich besserem Zustand als mein auseinanderfallender Toyota. Booker hat zwei kleine Kinder und eine Frau, die als Lehrerin Teilzeit arbeitet, wodurch sie knapp oberhalb der Armutsgrenze leben. Er studiert fleißig und bekommt gute Noten, und deshalb ist eine reiche schwarze Kanzlei in der Innenstadt auf ihn aufmerksam geworden, eine ziemlich noble Firma, die sich mit Bürgerrechtsprozessen einen Namen gemacht hat. Sein Anfangsgehalt beträgt 40 000 Dollar im Jahr, 6 000 Dollar mehr, als Broadnax & Speer mir geboten haben.

„Ich hasse das Jurastudium", sage ich, als wir vom Parkplatz herunterfahren.

„Daran ist nichts Ungewöhnliches", erwidert Booker. Booker haßt nichts und niemanden, und manchmal behauptet er sogar, das Jurastudium wäre für ihn eine Herausforderung.

Er fährt in Richtung juristische Fakultät. Heute ist Donnerstag, was bedeutet, daß ich mich morgen mit Sportrecht und dem Code Napoléon herumschlagen muß, zwei Seminaren, die ebenso wertlos sind wie Juristische Probleme älterer Menschen. Aber auf mich wartet ein Anwaltsexamen, und wenn ich daran denke, zittern mir die Hände. Wenn ich durchfalle, werden mich die netten, aber steifen und todernsten Typen bei Broadnax & Speer bestimmt entlassen. Beim Anwaltsexamen durchzufallen ist undenkbar – die Folgen wären Arbeitslosigkeit, Bankrott, Schande, Verhungern. Also, weshalb denke ich dann jede Stunde des Tages daran? „Setz mich bei der Bibliothek ab", bitte ich Booker. „Ich werde mich mit diesen Fällen beschäftigen und dann fürs Examen büffeln."

„Gute Idee."
„Ich hasse die Bibliothek."
„Alle hassen die Bibliothek, Rudy. Ihr Hauptzweck besteht darin, daß sie von Jurastudenten gehaßt wird. Du bist völlig normal."
„Danke."
„Diese erste alte Dame, Miß Birdie, hat sie Geld?"
„Ja. Sie schwimmt im Geld. Sie braucht ein neues Testament."
„Wieviel?"
„An die zwanzig Millionen."
Booker mustert mich argwöhnisch. „Und wer soll das Geld bekommen?"
„Ein Fernsehprediger mit Sex-Appeal."
Booker versucht das zu verdauen, während er den Wagen zwei Straßenzüge weit durch dichten Verkehr steuert. „Hör mal, Rudy, nimm es mir nicht übel. Du bist ein guter Student, intelligent, aber ist dir wohl bei dem Gedanken, ein Testament für eine derart große Hinterlassenschaft aufzusetzen?"
„Nein. Wäre dir etwa wohl dabei?"
„Natürlich nicht. Also, was wirst du tun?"
„Ich werde es bei Smoot abladen. Vielleicht einen der Steuerprofessoren bitten, mir zu helfen. Im Grunde ist es mir völlig egal. Ich habe meine eigenen Probleme."
„Texaco?"
„Ja. Sie sind hinter mir her. Mein Vermieter auch."
„Ich wollte, ich könnte dir helfen", sagt Booker, und ich weiß, daß er es ehrlich meint. Wenn er das Geld erübrigen könnte, würde er es mir mit Freuden leihen.
Er lenkt den Wagen auf den Parkplatz an der Central Avenue gleich gegenüber der juristischen Fakultät der Memphis-State-Universität.
„Ich hab noch was zu erledigen", verabschiedet er sich.
„Danke fürs Mitnehmen." Ich steige aus, schlage die Wagentür zu und sprinte über die Straße.

IN EINER dunklen und abgelegenen Ecke in der Bibliothek – hinter Stapeln von alten, zerfledderten juristischen Büchern – finde ich meinen Lieblingsplatz leer vor, auf mich wartend, wie er das seit vielen Monaten getan hat. Er ist offiziell auf meinen Namen reserviert. Ich habe Stunden hier in meiner eigenen kleinen Höhle verbracht, Fälle recherchiert und fürs Examen gelernt.
Ich studiere den Versicherungsvertrag der Blacks. Die Police wurde

für achtzehn Dollar wöchentlich von der Great-Benefit-Lebensversicherungsgesellschaft in Cleveland, Ohio, ausgestellt.

Während ich alles lese, was Dot mir gegeben hat, muß ich immer wieder an Max Leuberg denken, den Gastprofessor, und seinen leidenschaftlichen Haß auf Versicherungsgesellschaften. Er lehrt noch immer hier. Ich glaube, er kehrt erst Ende dieses Semesters nach Wisconsin zurück, und wenn ich den Mut dazu aufbringe, werde ich ihn vielleicht bitten, sich den Fall Black gegen Great Benefit anzusehen. Er hat behauptet, er hätte im Norden an mehreren großen Verfahren mitgearbeitet, bei denen die Geschworenen die Versicherungen zu horrenden Geldstrafen verurteilten.

ICH FINDE Professor Leubergs Büro im dritten Stock der Fakultät. Die Tür ist halb offen, und ich höre ihn ins Telefon brüllen. Ich halte den Atem an und klopfe leise.

„Herein!" ruft er, und ich schiebe mich langsam durch die Tür. Leuberg ist ein dünner, kleiner Mann um die Sechzig mit wildem, buschigem, strohfarbenem Haar. Er knallt den Hörer auf die Gabel. „Baker!"

„Baylor. Rudy Baylor. Versicherungsrecht, letztes Semester."

„Natürlich. Was führt Sie her?"

Ich gebe ihm eine kurze Zusammenfassung meines Besuchs im Seniorenheim und erzähle von Dot und Buddy. Er läßt sich kein Wort entgehen.

„Haben Sie je etwas von Great Benefit gehört?" frage ich.

„Ja. Es ist eine große Gesellschaft, die Unmengen von billigen Versicherungen an Leute auf dem Land verkauft. Sehr windiger Haufen."

„Ich habe nie von ihnen gehört."

„Kein Wunder. Sie inserieren nicht. Ihre Vertreter klappern die Haustüren ab und kassieren jede Woche die Prämien. Zeigen Sie mir mal die Police."

Ich gebe sie ihm, und er blättert sie durch. „Was sind ihre Ablehnungsgründe?" erkundigt er sich, ohne aufzublicken.

„Alles mögliche. Zuerst haben sie nur so aus Prinzip abgelehnt. Dann haben sie gesagt, Leukämie wäre von den Leistungen ausgeschlossen. Dann haben sie behauptet, die Krankheit hätte bereits vor Vertragsabschluß bestanden. Und dann haben sie gesagt, der Junge wäre volljährig und deshalb über die Police seiner Eltern nicht mehr gedeckt. Sie haben sich eine Menge einfallen lassen."

Ich gebe ihm den „Blöde"-Brief. Während er ihn liest, erscheint auf seinem Gesicht ein hämisches Lächeln. Er sieht mich an. „Unglaublich."

„Das finde ich auch", bestätige ich.

„Wo ist der Rest der Akte?" erkundigt er sich.

Ich lege den gesamten Papierstapel auf seinen Schreibtisch. „Das ist alles, was Mrs. Black mir gegeben hat."

„Ich möchte mir das heute abend mal genauer ansehen", erklärt er.

„Kein Problem. Kann ich morgen früh wieder hereinschauen?"

„Natürlich. Jederzeit."

Sein Telefon läutet, und er greift nach dem Hörer. Ich lächle und ziehe mich überaus erleichtert zurück. Ich werde am Morgen wiederkommen, mir seinen Rat anhören und dann einen zweiseitigen Bericht für die Blacks schreiben, in dem ich das wiedergebe, was er mir sagt.

Jetzt muß ich nur noch einen klugen Kopf finden, der die Recherchen in Sachen Miß Birdie übernimmt. Ich habe schon ein paar Kandidaten, Steuerrechtsprofessoren, und vielleicht versuche ich morgen bei ihnen mein Glück. Ich gehe langsam die Treppe hinunter und betrete den Aufenthaltsraum neben der Bibliothek. Eine Wand ist Anschlägen und Bekanntmachungen vorbehalten, und dahinter steht eine Reihe von Speisen- und Getränkeautomaten. Ich nehme viele Mahlzeiten hier ein. Automatenessen wird nicht genügend gewürdigt.

In einer Ecke sehe ich den ehrenwerten F. Franklin Donaldson IV. im Gespräch mit dreien seiner Kumpel. Er lächelt mir zu, als ich vorbeigehe.

„Sag mal, Rudy, du gehst doch zu Broadnax & Speer, nicht wahr?" ruft er laut. Seine Kumpel mustern mich.

„Ja. Wieso?" frage ich. Der ehrenwerte F. Franklin IV. wird bei einer Kanzlei anfangen, die über sehr viel Tradition und Geld und mindestens soviel Snobismus verfügt und Broadnax & Speer turmhoch überlegen ist.

Er lächelt übers ganze Gesicht. „Dann erzähl uns, was da läuft."

„Was soll denn da laufen?" Ich habe keine Ahnung, wovon er redet.

„Na, du weißt schon, die Fusion."

Ich verziehe keine Miene. „Welche Fusion?"

„Du weißt noch nichts davon?" F. Franklin IV. wirft einen Blick auf seine drei Kumpel, und alle scheinen sich ganz prächtig zu amüsieren. „Komm schon, Rudy, die Fusion von Broadnax & Speer mit Tinley Britt."

Ich stehe ganz still da und versuche, mir einen intelligenten Kommentar einfallen zu lassen. Aber im Moment fehlen mir die Worte. Broadnax & Speer ist ein kleiner Betrieb, fünfzehn Anwälte, und ich bin der einzige, den sie aus meinem Jahrgang eingestellt haben. Als wir vor zwei Monaten handelseinig wurden, war von Fusionsplänen nicht die Rede.

Tinley Britt dagegen ist die größte, einflußreichste und reichste Kanzlei im ganzen Staat. Die mächtige Firma vertritt finanzkräftige Gesellschaften und Staatsorgane und ist vollgestopft mit geschniegelten Typen von den richtigen Universitäten. Deshalb heißt sie bei den Juristen in Memphis immer nur Trent & Brent.

Meine Knie sind weich, weil ich weiß, daß Trent & Brent mich nie würde haben wollen. Wenn Broadnax & Speer tatsächlich mit diesem Koloß fusioniert, dann, fürchte ich, werde ich auf der Strecke bleiben.

„Nein, davon weiß ich nichts", antworte ich schwach. Dann herrscht Stille.

„Ich kann nicht glauben, daß sie dir nichts davon gesagt haben", gibt F. Franklin IV. zurück.

Ich zucke die Achseln, als wäre das alles völlig belanglos, und steuere auf den Ausgang zu. „Vielleicht machst du dir deswegen zu viele Gedanken, Frankie." Ich verlasse den Aufenthaltsraum und betrete die Bibliothek. Der junge Mann, der hinter dem Tresen am Eingang sitzt, winkt mich heran.

„Hier ist eine Nachricht", eröffnet er mir und händigt mir einen Zettel aus. Ich soll Loyd Beck anrufen, den geschäftsführenden Partner bei Broadnax & Speer, den Mann, der mich eingestellt hat.

Die Münztelefone sind im Aufenthaltsraum, aber ich bin nicht in der Stimmung, F. Franklin IV. und seine Bande von Halsabschneidern wiederzusehen. „Darf ich Ihr Telefon benutzen?" frage ich den Angestellten.

Er runzelt die Stirn und schaut sich um. „Okay, aber machen Sie's kurz."

Ich tippe die Nummer von Broadnax & Speer ein. Es ist fast sechs Uhr, und die Sekretärinnen machen um fünf Feierabend. Nach dem neunten Läuten meldet sich eine Männerstimme einfach mit „Hallo?".

Ich drehe der Eingangshalle der Bibliothek den Rücken zu und versuche, mich in den Regalen zu verstecken, in denen die zurückgegebenen Bücher vorübergehend eingestellt werden. „Guten Tag, hier spricht Rudy Baylor. Ich bin in der Universität und habe eine Nachricht erhalten, daß ich Loyd Beck anrufen soll."

„Ach ja, Baylor. Hier spricht Carson Bell. Äh, Loyd ist in einer Sitzung und kann im Augenblick nicht gestört werden. Versuchen Sie es in einer Stunde noch einmal."

Ich bin Carson Bell kurz begegnet, als ich im Büro herumgeführt wurde, und ich erinnere mich an ihn als einen typischen überarbeiteten Prozeßanwalt. „Äh, Mr. Bell, ich muß unbedingt mit Mr. Beck sprechen."

„Tut mir leid, aber im Moment geht das nicht."

„Ich habe Gerüchte über eine Fusion mit Trent – äh – mit Tinley Britt gehört. Stimmt das?"

„Hören Sie, Rudy, ich habe zu tun und kann jetzt nicht darüber sprechen. Rufen Sie in einer Stunde wieder an", fertigt er mich gereizt ab, dann knallt er den Hörer auf die Gabel.

Ich schleiche mich aus der Bibliothek, drücke mich am Aufenthaltsraum vorbei und bete, daß mich niemand sieht. Dann verlasse ich das Gebäude und laufe zum Parkplatz, wo mein Toyota auf mich wartet. Ich hoffe, der Motor springt an.

ES IST kein Geheimnis, daß es in Memphis zu viele Anwälte gibt. Das hat man uns bereits gesagt, als wir mit dem Jurastudium anfingen: daß der Beruf total überlaufen sei, nicht nur hier, sondern überall, daß einige von uns sich drei Jahre lang quälen, sich durchs Anwaltsexamen kämpfen und dann trotzdem keine Stelle finden würden.

Deshalb war ich in mancher Hinsicht ziemlich stolz auf meine Anstellung bei Broadnax & Speer, einer richtigen Kanzlei. Ja, manchmal habe ich sogar ein bißchen herabgesehen auf geringere Talente, von denen einige immer noch die Gegend abklappern und um Vorstellungsgespräche betteln. Aber diese Arroganz ist plötzlich wie weggeblasen. Mein Magen zieht sich zusammen, während ich in Richtung Innenstadt fahre.

Im vergangenen Jahr haben meine Studienkollegen, die wie ich im nächsten Monat graduieren werden, diese Stadt auf der Suche nach Arbeit regelrecht durchkämmt. Ich halte es für ausgeschlossen, daß irgendwo noch eine Stelle frei ist. Nicht einmal der kleinste Job kann ihnen durch die Lappen gegangen sein.

Ich parke vorschriftswidrig gegenüber dem Powers Building, in dem Broadnax & Speer residiert. Zwei Blocks weiter steht ein Bankgebäude, das höchste in der Innenstadt, und natürlich hat Trent & Brent die obere Hälfte davon gemietet. Von ihrer hohen Warte aus können die Anwälte verächtlich auf den Rest der Stadt herabblicken. Ich hasse sie.

Ich sprinte über die Straße, betrete die Halle des Powers Building und fahre mit dem Fahrstuhl in den vierten Stock. Durch eine gläserne Doppeltür hindurch sehe ich einen uniformierten Wachmann, der neben dem Empfangstresen steht. Als ich das Büro von Broadnax & Speer betrete, mustert er mich argwöhnisch.

„Kann ich Ihnen helfen?“ knurrt er.

„Ich suche Loyd Beck“, antworte ich.

„Und wer sind Sie?“

„Rudy Baylor.“

Er beugt sich vor und nimmt einen Umschlag vom Tresen. „Das ist für Sie“, sagt er. Das Kuvert trägt meinen Namen, handschriftlich in roter Tinte. Ich entnehme ihm ein kurzes Schreiben. Meine Hände zittern, während ich es lese.

Eine Stimme quakt aus dem Funkgerät des Wachmanns, und er weicht langsam zurück. „Lesen Sie den Brief, und verschwinden Sie anschließend“, sagt er, ehe er sich ins Foyer verzieht.

Der Brief besteht aus nur einem Absatz von Loyd Beck an mich, in dem er mir die Neuigkeit schonend beibringt und mir alles Gute wünscht. Die Fusion kam „plötzlich und unerwartet“.

Ich werfe den Brief auf den Boden und halte Ausschau nach einem weiteren Stück, das ich werfen kann. Auf einem Betonsockel neben der Tür steht die scheußliche Bronzeplastik mit dem feisten Gesicht des alten Broadnax, und ich spucke sie im Vorübergehen an. Sie bleibt völlig ungerührt. Also gebe ich ihr einen Schubs, während ich die Tür öffne. Der Sockel schwankt, und der Kopf kippt um.

„He!“ dröhnt eine Stimme hinter mir, und gerade als die Büste gegen die Glaswand prallt, sehe ich, wie der Wachmann auf mich zurennt.

Den Bruchteil einer Sekunde lang denke ich daran, stehenzubleiben und mich zu entschuldigen. Aber dann renne ich durch das Foyer und reiße die Tür zum Treppenhaus auf. Der Wachmann brüllt wieder hinter mir her. Ich stürme die Treppen hinunter, so schnell ich kann. Er ist zu alt und zu fett, um mich einzuholen.

Durch eine Tür in der Nähe der Fahrstühle gelange ich in die Halle. Sie ist leer. Ich gehe ruhig auf die Tür zur Straße zu und verlasse das Gebäude.

Es ist sieben Uhr und fast dunkel, als ich sechs Blocks entfernt vor einem kleinen Supermarkt anhalte. Ein handgemaltes Schild offeriert einen Sechserpack Light-Bier für nur drei Dollar.

Ich gehe hinein und kaufe das Bier. Danach habe ich noch vier Dollar in der Tasche. Auf meinem Konto sieht es kaum besser aus.

Ich sitze neben der Telefonzelle in meinem Wagen und kippe den Inhalt der ersten Dose in mich hinein. Seit dem köstlichen Lunch mit

Dot, Buddy, Bosco und Miß Birdie vor etlichen Stunden habe ich nichts gegessen. Das kalte Bier rauscht in meinen leeren Magen, und ich spüre sofort seine Wirkung.

Die Dosen sind schnell geleert. Die Stunden vergehen, während ich durch die Straßen von Memphis fahre.

MEINE Behausung ist eine schäbige Zweizimmerwohnung im ersten Stock eines zerfallenden Ziegelsteingebäudes, das den Namen The Hampton trägt. 275 Dollar pro Monat, selten fristgemäß bezahlt. Hier wohne ich seit fast drei Jahren.

Als ich kurz vor zwei Uhr ankomme, ist es auf dem Parkplatz still und dunkel. Ich parke in der Nähe der Mülltonnen, und als ich aus dem Wagen krieche und die Tür schließe, sehe ich nicht weit entfernt eine plötzliche Bewegung. Ein Mann steigt schnell aus einem BMW, knallt die Tür zu und steuert direkt auf mich zu.

„Sind Sie Rudy Baylor?" fragt er mich. Er ist ein richtiggehender Cowboy – spitze Stiefel, enge Levi's, Jeanshemd.

„Wer sind Sie?" gebe ich die Frage zurück.

„Sind Sie Rudy Baylor? Ja oder nein?"

„Ja."

Er zieht ein paar Papiere aus seiner Gesäßtasche und hält sie mir vors Gesicht. „Tut mir leid", sagt er aufrichtig.

„Was ist das?" frage ich.

„Vorladungen."

Ich nehme langsam die Papiere. Es ist zu dunkel, als daß ich etwas entziffern könnte, aber ich habe begriffen. „Sie sind Zustellungsbeamter", stelle ich geschlagen fest. „Eine Klage von Texaco?"

„Ja. Und The Hampton. Sie werden vor die Tür gesetzt."

Wenn ich nüchtern wäre, würde mich der Anblick eines Zwangsräumungsbefehls vielleicht schockieren. Aber für einen Tag habe ich schon genug einstecken müssen.

„Da steht alles drin", erklärt er mir. „Tag der Verhandlung, Namen von Anwälten und so weiter. Übrigens, ich war früher bei der Polizei und habe ein Funkgerät im Wagen. Vor ein paar Stunden kam eine komische Meldung durch. Ein Typ namens Rudy Baylor hat in der Innenstadt in einer Anwaltskanzlei randaliert. Der Beschreibung nach könnten Sie es gewesen sein. Auch Typ und Baujahr Ihres Wagens stimmen. Aber Sie waren es wohl nicht."

„Und wenn doch?"

„Das ist nicht meine Sache. Aber die Polizei sucht nach Ihnen.

Beschädigung von Privateigentum. Ich an Ihrer Stelle würde heute nacht woanders schlafen."

Er steigt in seinen Wagen. Ich sehe zu, wie er wegfährt.

BOOKER erwartet mich auf der Vortreppe seiner hübschen Doppelhaushälfte. Er trägt einen Paisley-Morgenrock über dem Schlafanzug. „Was ist los?" fragt er barsch. Ich habe ihn von einem Münzfernsprecher an der Ecke angerufen.

„Tut mir leid", entschuldige ich mich, als wir ins Wohnzimmer gehen. Ich kann seine Frau, Charlene, in der winzigen Küche sehen, gleichfalls im Morgenrock, während sie Kaffee macht oder sonst etwas. Irgendwo im Hintergrund höre ich ein Kind weinen. Es ist fast drei Uhr nachts, und ich habe die ganze Familie aufgeweckt.

„Setz dich", sagt Booker, nimmt mich am Arm und schiebt mich sanft aufs Sofa. „Du hast getrunken."

„Ich bin betrunken, Booker."

„Aus einem speziellen Grund?"

„Das ist eine lange Geschichte."

Charlene stellt eine Tasse heißen Kaffee auf den Tisch neben mir. „Alles in Ordnung, Rudy?" fragt sie zuckersüß.

„Mir geht's großartig", erwidere ich sarkastisch. Ich ignoriere den Kaffee. Mein Kopf dröhnt. Ich lade meine Version dessen ab, was sich ereignet hat, seit Booker und ich uns gestern voneinander trennten, und beende den Bericht mit der Klage und dem bevorstehenden Rausschmiß aus meiner Wohnung. Es war einfach ein scheußlicher Tag. „Ich muß einen Job finden, Booker", schließe ich.

„Im Augenblick hast du wesentlich größere Probleme. In drei Monaten ist das Anwaltsexamen. Eine Verhaftung oder Verurteilung würde dich ruinieren."

Daran hatte ich noch gar nicht gedacht. Jetzt fühlt mein Kopf sich an, als wollte er zerspringen. Mir ist schlecht.

Booker ist tief in Gedanken versunken. „In ein paar Stunden rufe ich Marvin Shankle an. Er kann mit seinem Bruder reden oder vielleicht bei der Polizei ein gutes Wort für dich einlegen. Wir müssen verhindern, daß du verhaftet wirst."

„Klingt gut." Marvin Shankle ist der prominenteste schwarze Anwalt in Memphis, Bookers künftiger Boß. „Wenn du mit ihm sprichst, frag ihn, ob bei ihm eine Stelle frei ist."

„Du willst für eine schwarze Bürgerrechtskanzlei arbeiten?"

„Im Augenblick würde ich sogar einen Job bei einer koreanischen

Scheidungskanzlei annehmen. Nimm's mir nicht übel, Booker, aber ich muß unbedingt Arbeit finden. Ich stehe vor der Pleite."

„Wo sind die Papiere?" will Booker wissen.

„Im Wagen."

Er verläßt das Zimmer und ist eine Minute später wieder da. Er setzt sich neben mich auf einen Stuhl und studiert die Texaco-Klage und den Räumungsbefehl. Ich lege mich gemächlich auf das Sofa. Charlene hantiert in der Küche, bringt mir mehr Kaffee und Aspirin. Es ist halb vier Uhr morgens. Ich fühle mich warm und sicher, sogar geliebt.

In meinem Kopf dreht es sich langsam, als ich die Augen schließe und einschlafe.

DREI

Wie eine Schlange, die sich durchs Unterholz windet, schleiche ich mich lange nach Mittag in die Fakultät und verstecke mich in meiner kleinen Höhle in der Bibliothek.

Booker hat mich mit der erfreulichen Nachricht geweckt, daß er mit Marvin Shankle gesprochen habe und die Räder in der Innenstadt angefangen hätten, sich zu drehen. Mr. Shankles Bruder ist Richter, und wenn die Anklage nicht fallengelassen wird, gibt es noch andere Möglichkeiten. Booker würde ein paar weitere Anrufe machen und mich auf dem laufenden halten.

Booker hat bereits ein Büro in der Kanzlei Shankle. Er hat schon in den letzten beiden Jahren stundenweise dort gearbeitet und dabei mehr gelernt als wir alle. Er wird einen guten Anwalt abgeben.

Es ist unmöglich, mit einem vom Alkohol schweren Kopf klar zu denken. Ich kritzele Notizen an mich selbst auf einen Block, wichtige Überlegungen, wie, daß ich es zwar geschafft habe, ungesehen in dieses Gebäude zu gelangen, aber wie geht's weiter? Vielleicht werde ich mich in die Stellenvermittlung schleichen und der Leiterin des Büros mein Leid klagen. Wenn ich Glück habe, gibt es vielleicht eine obskure Behörde, die jeder andere Bewerber verschmäht hat und die immer noch 20 000 Dollar im Jahr für einen klugen juristischen Kopf offeriert. Oder vielleicht hat ein kleiner Betrieb plötzlich festgestellt, daß er unbedingt einen Firmenanwalt braucht.

In Memphis gibt es eine Legende mit Namen Jonathan Lake, einen Absolventen der juristischen Fakultät, dem es nicht gelungen war, bei einer der großen Kanzleien in der Innenstadt eine Anstellung zu bekommen. Das war vor ungefähr zwanzig Jahren. Die etablierten Kanzleien wollten Lake nicht haben, also mietete er ein paar Räume und brachte ein Schild an, auf dem stand, daß er bereit sei zu prozessieren. Er hungerte ein paar Monate, dann stürzte er eines Abends mit seinem Motorrad und wachte im Krankenhaus mit einem gebrochenen Bein wieder auf. Im Bett neben ihm lag ein Mann, der ebenfalls einen Motorradunfall gehabt und neben mehreren Knochenbrüchen erhebliche Brandwunden davongetragen hatte. Seine Freundin hatte sogar noch schlimmere Verbrennungen erlitten und starb nach ein paar Tagen. Lake übernahm beide Fälle. Wie sich herausstellte, war der Fahrer des Jaguar, der das Motorrad gerammt hatte, auf dem Lakes neue Mandanten saßen, zufällig der Seniorpartner der drittgrößten Kanzlei von Memphis. Außerdem war er derselbe Mann, der sechs Monate zuvor das Vorstellungsgespräch mit Lake geführt hatte. Und er war betrunken, als er das Stoppschild überfuhr und den Unfall verursachte. Lake stürzte sich in den Prozeß.

Sechs Monate nachdem er das Anwaltsexamen bestanden hatte, schloß er die Fälle mit einer Vergleichssumme von 2,6 Millionen Dollar ab. Bar auf die Kralle.

Der Legende zufolge hatte der Motorradfahrer, während sie beide im Krankenhaus lagen, gesagt, weil Lake so jung und gerade mit dem Studium fertig geworden sei, solle er die Hälfte von dem bekommen, was er heraushole. Lake hatte es nicht vergessen. Der Motorradfahrer hielt Wort, und Lake strich 1,3 Millionen ein.

Ich würde mich mit solch einem Haufen Geld in die Karibik absetzen, meine eigene Jacht segeln und Rumpunsch trinken. Nicht so Lake. Er baute sich ein Büro, füllte es mit Sekretärinnen, Anwaltsgehilfen, Boten und Ermittlern und machte sich ernsthaft an die Arbeit. Bald war er der gefürchtetste Prozeßanwalt in ganz Tennessee.

Alljährlich verlassen ein paar Graduierte die Universität hier ohne Jobs, weil sie sich nichts sehnlicher wünschen als eine Bude in der Innenstadt mit ihrem Namen an der Tür. Sie wollen hungern und die Cents zusammenkratzen, genau wie Lake zu Anfang.

ICH ERWISCHE Max Leuberg in einem ungünstigen Moment. Er ist am Telefon, gestikuliert wild mit den Händen und flucht wie ein besoffener Matrose. Ich tue so, als machte ich mir Notizen, betrachte den Fußboden und versuche, nicht zuzuhören.

Er legt auf. „Sie haben sie am Wickel", sagt er schnell zu mir und sucht gleichzeitig nach etwas auf seinem Schreibtisch.

„Wen?"

„Great Benefit." Er bedenkt mich mit einem boshaften Lächeln. „Vorausgesetzt, daß die Eltern Ihnen alles gesagt haben. Verlassen kann man sich darauf nie."

„Aber hier steht doch alles drin?" Ich deute auf die Akte.

Er zuckt die Achseln, nickt und lächelt abermals. „Dann ist es ein guter Fall. Kein großartiger, aber ein guter."

„Das verstehe ich nicht. Donny Ray Black wird sterben."

„Ganz einfach, Rudy. Wir sind in Tennessee, dem Land mit den fünfstelligen Urteilen. Hier wird niemand zu einer empfindlichen Geldstrafe verurteilt. Die Geschworenen sind überaus konservativ. Das Pro-Kopf-Einkommen ist ziemlich niedrig, also fällt es den Geschworenen äußerst schwer, ihre Nachbarn zu reichen Leuten zu machen. Und in Memphis ist es besonders schwierig, ein anständiges Urteil herauszuschlagen."

„Also, was soll ich tun?"

„Die Mistbande verklagen." Er springt von seinem Sessel auf und reckt die Arme. „Bei welcher Kanzlei werden Sie arbeiten?" fragt er, jetzt auf Zehenspitzen stehend und mit einer Art Yogadehnung für seine Waden beschäftigt. „Dies ist ein großartiger Fall für Sie. Vielleicht sollten Sie ihn in Ihre Kanzlei einbringen, jemanden dort unterschreiben lassen und dann die Knochenarbeit selbst erledigen. Bestimmt gibt es dort jemanden mit Prozeßerfahrung. Sie können mich anrufen, wenn Sie wollen. Ich würde zu gern erleben, wie Sie diese Kerle hochgehen lassen."

Er stürzt zum Schreibtisch, als das Telefon läutet, und schiebt mir eine Akte zu. „Da drin ist eine Liste von mindestens drei Dutzend Leistungsverweigerungsfällen, die Sie lesen sollten. Nur für den Fall, daß es Sie interessiert."

„Danke", sage ich.

Er winkt mich hinaus. Beim Verlassen des Büros höre ich Max Leuberg schon wieder ins Telefon röhren.

BOOKER findet mich am späten Freitagnachmittag in meiner kleinen Höhle mit einem Dutzend aufgeschlagener Bücher und Leubergs Liste der einschlägigen Fälle auf dem Tisch. „Wie geht es dir?" fragt er.

Booker trägt Jackett und Krawatte. Bestimmt ist er in seinem Büro gewesen, hat alle möglichen Leute angerufen und das Diktiergerät benutzt wie ein richtiger Anwalt.

„Geht schon."

Er lehnt sich an die Wand meiner Nische. „Zwei Dinge“, flüstert er. „Mr. Shankle glaubt, daß der kleine Zwischenfall bei Broadnax & Speer abgetan ist. Er hat mit ein paar Leuten telefoniert, und es wurde ihm versichert, daß die sogenannten Opfer nicht vorhaben, Anklage zu erheben.“

„Gut“, meine ich. „Danke, Booker.“

„Keine Ursache. Zweitens: Ich hatte gerade ein langes Gespräch mit Mr. Shankle. Also, im Moment ist nichts frei. Er hat drei neue Leute eingestellt, mich und zwei weitere, und er weiß nicht einmal, wo er sie unterbringen soll. Er ist bereits auf der Suche nach größeren Räumlichkeiten.“

„Das hättest du nicht zu tun brauchen, Booker.“

„Aber ich wollte es. Nicht der Rede wert. Mr. Shankle hat versprochen, ein bißchen die Fühler auszustrecken, ein wenig auf den Busch zu klopfen, du weißt schon. Er kennt eine Menge Leute.“

Ich bin so gerührt, daß mir beinahe die Worte fehlen. Noch vor 24 Stunden hatte ich Aussicht auf eine gute Stelle mit einem hübschen Gehalt. Jetzt habe ich Leute, die ich nicht einmal kenne und die versuchen, ihren Einfluß geltend zu machen. „Danke“, sage ich.

Booker schaut auf die Uhr. „Ich muß los.“ Er klopft mir auf die Schulter und verschwindet.

MISS BIRDIES Haus liegt in einem der älteren Stadtteile von Memphis, nur ein paar Kilometer von der juristischen Fakultät entfernt. Einige der Häuser sind recht ansehnlich, mit manikürten Rasenflächen. Andere dagegen wirken fast verlassen und blitzen unheimlich durch dichtes Gestrüpp aus unbeschnittenen Bäumen und wuchernden Sträuchern. Wieder andere liegen irgendwo dazwischen. Das Haus von Miß Birdie ist ein weißer viktorianischer Steinbau aus der Zeit um die Jahrhundertwende mit einer breiten, an einer Seite um die Ecke führenden Veranda. Es hat einen Anstrich nötig, ein neues Dach und eine Menge Arbeit im Garten. Ich stelle meinen Wagen hinter einem schmutzigen Cadillac ab.

Die Holzbalken der Veranda knarren unter mir, als ich zur Haustür gehe. Es ist schon spät, fast dunkel, doch auf der Veranda brennt kein Licht. Die schwere Holztür steht weit offen, und durch das Fliegengitter erkenne ich eine kleine Diele. Ich klopfe leise an die Fliegentür.

Kein Laut, keine Bewegung. Ich klopfe ein bißchen lauter. „Miß Birdie?“ rufe ich unsicher.

Eine Gestalt bewegt sich durch die Diele, ein Licht wird eingeschaltet, und da steht sie vor mir, in demselben Baumwollkleid, das sie auch gestern getragen hat.

„Ich bin's, Rudy Baylor. Der Jurastudent."

„Rudy!" Sie ist hoch erfreut, mich zu sehen. Einen Moment lang bin ich etwas verlegen, dann plötzlich traurig. Sie lebt allein in diesem monströsen Haus, und sie ist überzeugt, daß ihre Angehörigen sie im Stich gelassen haben. Miß Birdie Birdsong ist ein sehr einsamer Mensch.

Schnell hakt sie die Fliegentür auf. „Kommen Sie herein, kommen Sie herein", fordert sie mich auf. Sie ergreift meinen Ellenbogen und zieht mich durch die Diele und einen Flur entlang, wobei sie einen Lichtschalter nach dem anderen betätigt. An den Wänden hängen Dutzende von alten Familienporträts. Die Teppiche sind staubig und abgetreten. Es riecht schimmlig und muffig. „Wie nett von Ihnen, mich zu besuchen", sagt sie begeistert, ohne meinen Ellenbogen loszulassen. „Hat Ihnen der Besuch bei uns gestern gefallen?"

„Ja, Madam."

Sie führt mich zum Küchentisch. „Kaffee oder Tee?" fragt sie.

„Kaffee", antworte ich, während ich mich umsehe.

„Mögen Sie Pulverkaffee?"

„Natürlich." Nach drei Jahren Jurastudium kann ich Pulverkaffee nicht mehr von echtem unterscheiden.

Sie setzt Wasser auf und läßt sich mir gegenüber am Tisch nieder. Sie strahlt übers ganze Gesicht. Ich habe ihren Tag gerettet.

„Sie haben ein wunderschönes Haus, Miß Birdie", versichere ich.

„Oh, danke. Thomas und ich haben es vor fünfzig Jahren gekauft."

Töpfe und Pfannen, Ausguß und Wasserhähne, Herd und Toaster – alles ist mindestens vierzig Jahre alt. Der Kühlschrank stammt offensichtlich aus den frühen sechziger Jahren.

„Thomas ist vor elf Jahren gestorben. Wir haben unsere beiden Söhne in diesem Haus großgezogen. Aber über die möchte ich lieber nicht reden."

„Nein. Natürlich nicht."

„Lassen Sie uns von Ihnen reden", wechselt sie das Thema. „Wann graduieren Sie?"

„In ein paar Wochen."

„Und dann sind Sie ein richtiger Anwalt. Wo werden Sie arbeiten?"

„Das weiß ich noch nicht genau. In letzter Zeit habe ich öfter daran gedacht, mein eigenes Schild aufzuhängen, Sie wissen schon, eine eigene Kanzlei zu eröffnen."

„Das ist ja großartig", meint sie und springt auf, um den Kaffee aufzugießen.

Wenn diese reizende alte Dame wirklich Millionärin ist, dann verheimlicht sie es geschickt. Ich sehe mir den Raum genauer an. Sämtliche Geräte, Utensilien und Möbelstücke wurden vor Jahrzehnten erworben.

Sie stellt zwei Tassen auf den Tisch. Es steigt kein Dampf aus ihnen auf. Der Kaffee ist nur lauwarm und schmeckt schal.

„Sie fragen sich vielleicht, weshalb ich gekommen bin", beginne ich und trinke einen Schluck Kaffee. „Ich wollte mit Ihnen über Ihr Testament sprechen. Ich konnte letzte Nacht kaum schlafen, weil ich immer an Ihren Nachlaß denken mußte."

Ihre Augen werden feucht. Sie ist gerührt.

„Ein paar Dinge sind besonders problematisch", erkläre ich mit meinem besten Anwaltsstirnrunzeln. „Erstens, und bitte verzeihen Sie, daß ich das sage, aber es macht mir wirklich zu schaffen, wenn ich erleben muß, wie Sie oder ein anderer Mandant zu so drastischen Maßnahmen gegen seine Angehörigen greift. Ich finde, das ist etwas, worüber wir ausführlich reden sollten." Ihre Lippen verspannen sich, aber sie sagt nichts. „Zweitens, und auch hier müssen Sie mir verzeihen, habe ich große Probleme damit, ein Testament oder eine andere Verfügung aufzusetzen, die den größten Teil eines Nachlasses einem Fernsehstar zukommen läßt."

„Er ist ein Mann Gottes", hält sie mir mit Nachdruck vor, sofort bereit, die Ehre des Reverend Kenneth Chandler zu verteidigen.

„Ich weiß. Aber viele dieser Leute sind Ganoven, Miß Birdie."

„Was wollen Sie denn damit andeuten?"

„Nichts", behaupte ich und trinke einen großen Schluck.

„Er braucht das Geld", beharrt sie und mustert mich argwöhnisch.

„Können wir über das Geld reden?"

„Warum wollt ihr Anwälte immer über Geld reden?"

„Aus einem sehr guten Grund, Miß Birdie. Wenn Sie nicht vorsichtig sind, dann bekommt der Staat einen großen Batzen Ihrer Hinterlassenschaft. Es gibt gewisse Möglichkeiten, den Nachlaß so zu planen, daß Sie eine Menge Erbschaftssteuern sparen."

Das ärgert sie. „Ich verstehe nichts von diesem juristischen Kram."

„Könnten Sie mir sagen, ob das Geld in Grundbesitz angelegt ist, in Aktien oder anderen Wertpapieren oder ob es sich um Barvermögen handelt? Für die Nachlaßplanung ist es äußerst wichtig zu wissen, wie das Geld angelegt ist."

„Es befindet sich alles in Atlanta."

„Atlanta?"

„Ja. Das ist eine lange Geschichte, Rudy." Langsam dreht sie ihre Kaffeetasse in den Händen, starrt vor sich auf den Tisch und denkt nach. „Niemand weiß etwas davon", flüstert sie. „Nicht einmal meine Kinder."

„Sie haben keine Ahnung?" frage ich ungläubig.

„Oh, sie wissen über einen Teil Bescheid. Thomas hat schwer gearbeitet und viel gespart. Als er starb, hat er mir fast hunderttausend Dollar an Ersparnissen hinterlassen. Meine Söhne sind überzeugt, daß es jetzt ungefähr fünfmal soviel ist. Aber sie wissen nichts von Atlanta. Soll ich Ihnen noch einen Kaffee machen?" Sie ist bereits auf den Beinen.

„Gern." Sie trägt meine Tasse zum Tresen, gibt kaum mehr als einen halben Teelöffel voll Kaffee hinein und gießt lauwarmes Wasser nach, dann kehrt sie an den Tisch zurück. Ich rühre darin herum, als erwartete ich den phantastischen Duft eines Cappuccinos.

„Ich habe nie jemandem von dem Geld erzählt", wiederholt sie.

„Aber gestern haben Sie gesagt, Sie hätten mit Reverend Chandler darüber gesprochen."

Es folgt eine lange Pause. „Ja, das stimmt. Aber ich habe ihm nicht gesagt, von wem es stammt."

„Also gut. Und von wem stammt es?"

„Von meinem zweiten Mann Tony."

„Ihrem zweiten Mann?"

„Ja. Ungefähr zwei Jahre nach Thomas' Tod habe ich Tony geheiratet. Er kam aus Atlanta und war sozusagen auf der Durchreise in Memphis, als wir uns kennenlernten. Wir haben fünf Jahre lang mehr oder weniger zusammengelebt und uns ständig gestritten, dann hat er sich davongemacht und ist nach Hause zurückgekehrt. Er war ein Faulenzer, der es nur auf mein Geld abgesehen hatte."

„Das verstehe ich nicht. Sie haben doch gesagt, das Geld käme von Tony."

„Das stimmt auch. Nur hat er nichts davon gewußt. Er hatte einen reichen Bruder, der verrückt war. Kurz bevor Tony starb, erbte er von diesem Bruder ein Vermögen. Ich meine, zwei Tage bevor Tony den Löffel abgab, ist sein Bruder in Florida gestorben. Tony hat kein Testament hinterlassen, nur eine Ehefrau. Mich. Und deshalb hat sich eine große Anwaltskanzlei aus Atlanta mit mir in Verbindung gesetzt und mir mitgeteilt, daß ich nach den Gesetzen des Staates Georgia jetzt viel Geld besäße."

„Wollen Sie mir sagen, wieviel es ist?“

„Vielleicht morgen, Rudy. Vielleicht morgen.“

Wir verlassen die Küche und begeben uns zum Hintergarten. Miß Birdie hat einen neuen Springbrunnen neben den Rosensträuchern, den sie mir zeigen will. Ich bewundere ihn gebührend.

Jetzt weiß ich Bescheid. Miß Birdie ist eine reiche alte Dame, aber sie will nicht, daß es jemand erfährt, schon gar nicht ihre Angehörigen. Sie hat immer in guten Verhältnissen gelebt, und jetzt erregt sie keinerlei Verdacht. Sie ist eine achtzigjährige Witwe, die von ihren mehr als ausreichenden Ersparnissen lebt.

Wir sitzen auf schmiedeeisernen Bänken und trinken im Dunkeln kalten Kaffee, bis ich endlich genügend Vorwände beisammenhabe, um mit Anstand zu flüchten.

Um meinen gehobenen Lebensstandard zu finanzieren, habe ich in den vergangenen drei Jahren als Barkeeper und Kellner im „Yogi's“ gearbeitet, einer Studentenkneipe ganz in der Nähe des Campus. Es ist ein lauter Laden, in dem zwischen Mittag und Feierabend alkoholische Mixgetränke zu einem niedrigeren Preis als in den Abendstunden ausgeschenkt werden. Die Kneipe gehört Prince Thomas, einem Rumtrinker mit üppigem Bart, massigem Körper und einem noch größeren Ego. Prince ist eine der bekannteren Persönlichkeiten in der Stadt, ein echter Unternehmer, dem es Spaß macht, sein Bild in den Zeitungen und Spätnachrichten zu sehen. Er organisiert Sauftouren und Wahlen zur Miß Nasses T-Shirt. Bei der Stadtverwaltung hat er einen Antrag gestellt, daß Kneipen wie die seine die ganze Nacht geöffnet bleiben dürfen. Die Stadtverwaltung ihrerseits hat ihn verschiedener Sünden wegen verklagt. Er genießt das.

Prince läßt uns im Yogi's ziemlich freie Hand. Wir, die Angestellten, bestimmen unsere Arbeitszeiten selbst, kassieren die Trinkgelder und halten den Betrieb aufrecht, ohne daß er sich viel einmischt. Prince zieht die Rolle des Empfangschefs vor. Er begrüßt die hübschen Studentinnen und geleitet sie zu ihren Plätzen. Er sitzt gern in der Nähe des großen Fernsehers und nimmt Wetten auf die Spiele an.

Prince hat auch eine dunklere Seite. Gerüchten zufolge mischt er in der Pornoszene mit. Die Oben-ohne-Clubs sind ein prosperierender Zweig in dieser Stadt. Zweimal mußte Prince vor Gericht, wegen Glücksspiels und wegen Buchmacherei, aber beide Male haben sich die Geschworenen hoffnungslos festgefahren. Nachdem ich nun drei Jahre für Prince gearbeitet habe, bin ich von zweierlei überzeugt:

Erstens, daß er den größten Teil der Einnahmen von Yogi's abschöpft. Meiner Schätzung nach sind es mindestens 100000 Dollar im Jahr. Zweitens dient ihm Yogi's als Fassade für sein eigenes, korruptes kleines Imperium. Er benutzt es als Geldwäscherei und weist jedes Jahr Verluste aus, die er problemlos von der Steuer absetzen kann.

Mich kümmert das nicht im geringsten. Zu mir war er immer nett. Ich bekomme fünf Dollar in der Stunde und bin glücklich, daß ich diesen Job habe.

Prince sieht sich heute abend ein Baseballspiel an. Ich bin für die Bar zuständig, und meine Hauptaufgabe besteht darin, dafür zu sorgen, daß sein Glas mit Rum und Tonic nie leer wird. Er brüllt, als Dave Justice einen tollen Home Run hinlegt. Dann kassiert er ein bißchen Geld von einem Studenten. Die Wette bestand darin, wer den ersten Home Run schaffen würde. Ich habe schon erlebt, daß er darum wettete, ob der Fänger den Ball des zweiten Schlagmanns beim dritten Versuch erwischen würde oder nicht.

VIER

ICH WEISS beim besten Willen nicht mehr, warum ich mir die Kanzlei von Aubrey H. Long und Partner als erstes Opfer ausgesucht habe. Nach der Anzeige im Branchenverzeichnis beschäftigt die Kanzlei vier Anwälte, die auf Verkehrsunfälle spezialisiert sind, nach Gerechtigkeit auf allen Wegen suchen, für ihre Mandanten kämpfen und nichts kassieren, bevor sie eine Schadenersatzzahlung erwirkt haben.

Zum Teufel, irgendwo muß ich anfangen. Ich finde die angegebene Adresse in einem kleinen, quadratischen, häßlichen Ziegelsteinbau in der Innenstadt. Als ich die Tür aufstoße, begrüßt mich eine Frau hinter einem übervollen Schreibtisch mit einer Mischung aus Lächeln und Verärgerung. Ich bin schuld daran, daß sie ihr Maschineschreiben unterbrechen mußte.

„Kann ich Ihnen helfen?“ fragt sie, wobei ihre dicken Finger nur Zentimeter über den Tasten schweben.

Ich zwinge mich zu einem Lächeln. „Ja, ich wollte fragen, ob ich vielleicht Mr. Long sprechen kann.“

„Er ist im Gericht“, sagt sie. „Kann ich Ihnen helfen?“

Ich habe mich entschlossen, es mit Ehrlichkeit zu versuchen. „Ja, mein Name ist Rudy Baylor. Ich bin Jurastudent im dritten Jahr an der

Memphis-State-Universität. Ich stehe kurz vor der Graduierung und wüßte gern, also, ich suche Arbeit."

Jetzt ist ihr Lächeln regelrecht höhnisch. „Wir stellen niemanden ein", verkündet sie mir.

„Ich verstehe. Könnte ich Ihnen vielleicht meine Bewerbungsunterlagen dalassen, zusammen mit einem Brief an Mr. Long?"

Sie nimmt die Papiere widerstrebend entgegen und läßt sie auf ihren Schreibtisch fallen. „Ich lege sie zu den anderen."

Ich bringe tatsächlich ein leises Auflachen und ein Grinsen zustande. „Ziemlich viele von uns auf Achse, wie?"

„Ungefähr einer pro Tag, würde ich schätzen." Als ich mich umdrehe, um das Gebäude zu verlassen, hämmert sie bereits wieder auf die Tasten ein.

Ich habe massenhaft Briefe und Bewerbungsmappen, denn ich habe das ganze Wochenende damit zugebracht, meinen Papierkram zu organisieren und den Feldzug zu planen. Ich habe vor, ungefähr einen Monat lang täglich zwei oder drei kleine Kanzleien aufzusuchen, an fünf Tagen in der Woche, bis ich graduiere. Und dann, wer weiß? Vielleicht kommt etwas dabei heraus.

BOOKER hat die Formulare in den Tiefen der Kanzlei Shankle gefunden. Er meinte, im Keller säße ein Anwalt, der gelegentlich mit Fällen von Zahlungsunfähigkeit zu tun hätte, und von ihm konnte Booker die erforderlichen Papiere abstauben.

Viel falsch machen kann man da nicht. Auflisten der Aktiva auf einer Seite, in meinem Fall eine einfache und schnelle Sache. Auf der nächsten Seite eine Liste der Verbindlichkeiten. Platz für Angaben über Arbeitsverhältnisse, schwebende Verfahren und so weiter. Es ist ein sogenanntes Abschnitt-7-Verfahren, ein schlichter Konkurs, bei dem die Aktiva zur Tilgung der Schulden verwendet und diese dann gelöscht werden.

Offiziell bin ich nicht mehr bei Yogi's angestellt. Ich arbeite zwar weiter, aber jetzt werde ich bar bezahlt. Es gibt darüber nichts Schriftliches. Ich habe mit Prince über mein Problem gesprochen, ihm erzählt, wie schlecht die Dinge stehen, und er war geradezu begeistert von der Idee, mir den Lohn bar auszuzahlen und der Regierung ein Schnippchen zu schlagen.

Die Zwangsräumung ist für morgen vorgesehen. Das Konkursrecht enthält eine wundervolle Klausel, die bei sämtlichen juristischen Verfahren gegen einen Schuldner einen automatischen Aufschub gewährt. Mein Hauswirt darf mich morgen nicht anrühren; er darf mich nicht einmal anrufen und beschimpfen.

Ich trete aus dem Fahrstuhl und hole tief Luft. Auf den Fluren wimmelt es von Anwälten. Es gibt drei Richter, die ausschließlich für Konkursverfahren zuständig sind, und ihre Gerichtssäle befinden sich in diesem Stockwerk. Es ist der reinste Jahrmarkt. Im vorigen Jahr hat uns ein Professor gesagt, in Anbetracht der unsicheren Zeiten, der wachsenden Arbeitslosigkeit und des Stellenabbaus bei den großen Firmen sei Konkursrecht die Wachstumsindustrie der Zukunft. Heute sieht es tatsächlich lukrativ aus.

Ich händige meinen Papierkram einer überlasteten Sekretärin aus, einer hübschen Frau, die den Mund voll Kaugummi hat.

Sie wirft einen Blick auf die Formulare, dann mustert sie mich eingehend. „Sie sind der Schuldner?“ fragt sie laut und kaut schmatzend.

„Ja“, erwidere ich schnell.

Sie nickt beifällig und stempelt den Antrag ab. „Die Gebühr beträgt achtzig Dollar.“

Ich gebe ihr vier Zwanziger. Sie macht sich wieder an die Arbeit, und eine Minute später schiebt sie mir eine Kopie meines Antrags zusammen mit der Quittung zu. Ich lese das Datum, die Uhrzeit und den Gerichtssaal, in dem meine erste Anhörung stattfinden soll.

Ich schaffe es fast bis zur Tür, bevor ich angehalten werde. Ein untersetzter junger Mann mit verschwitztem Gesicht berührt leicht meinen Arm. „Entschuldigen Sie“, sagt er. Ich bleibe stehen und sehe ihn an. Er drückt mir eine Visitenkarte in die Hand. „Robbie Molk, Anwalt. Konnte es nicht vermeiden zu hören, was Sie da eben gesagt haben. Dachte, Sie könnten vielleicht Hilfe brauchen in Ihrer Sache.“

Ich betrachte die Karte. Von Molk habe ich schon gehört. Ich habe seine Anzeigen in den Zeitungen gesehen. Er offeriert Abschnitt-7-Verfahren für 150 Dollar, und hier ist er, treibt sich im Büro des Kanzleivorstehers herum wie ein Geier, der darauf wartet, sich auf die Beute zu stürzen.

„Nein, danke“, lehne ich ab und versuche, nett zu sein, „damit werde ich allein fertig.“

„Da kann man schnell alles vermasseln“, meint er rasch. „Ein Siebener kann riskant sein. Ich bearbeite jedes Jahr Tausende davon. Zweihundert auf die Hand, und ich helf Ihnen aus der Klemme.“

Jetzt sind es also schon 200 Dollar. Ich nehme an, wenn man ihn in seinem Büro aufsucht, schlägt er noch mal fünfzig drauf.

„Nein, danke“, sage ich und schiebe mich an ihm vorbei.

Die Fahrt nach unten geht langsam vonstatten. Der Fahrstuhl ist vollgestopft mit Anwälten, alle schlecht gekleidet, mit ramponierten Aktenkoffern. Kurz bevor wir im Erdgeschoß anhalten, überfällt es mich. Ich habe keine Ahnung, was ich nächstes Jahr um diese Zeit tun werde, und es ist nicht nur möglich, sondern sogar sehr wahrscheinlich, daß ich dann mit denselben Leuten in diesem Fahrstuhl stecke. Höchstwahrscheinlich werde ich dann genauso sein wie sie, in Gerichtssälen herumlungern und nach Arbeit Ausschau halten.

Dieser grauenhafte Gedanke macht mich schwindlig. Im Fahrstuhl ist es heiß und stickig. Mir ist, als müßte ich mich übergeben. Der Aufzug hält, und die Anwälte stürmen hinaus in die Halle und zerstreuen sich.

Die frische Luft läßt meinen Kopf wieder klar werden. Ich schlendere die Mid-America Mall entlang, eine Fußgängerzone, die früher Main Street hieß und heute noch der Sitz zahlloser Anwälte ist.

Mir kommt der Gedanke, daß ich, wenn ich schon in der Innenstadt bin, noch ein paar Stunden damit verbringen könnte, an die eine oder andere Tür zu klopfen. Das einzig Ermutigende beim Abgrasen eines so grauenhaft überfüllten Feldes ist, daß es so viele Türen gibt, an die man klopfen kann. Es besteht noch Hoffnung, rede ich mir immer wieder ein, daß ich genau im richtigen Moment auf eine Kanzlei stoße, die vor mir noch niemand gefunden hat, wo ein Anwalt dringend einen Anfänger braucht, der die Knochenarbeit erledigt. Oder eine Anwältin. Das ist mir gleich.

DER STADTTEIL Granger liegt nördlich der Innenstadt von Memphis. An seinen schattigen Straßen mit den eng aneinandergedrängten Ziegelsteinhäuschen läßt sich untrüglich erkennen, daß es sich um einen dieser Vororte handelt, die gleich nach dem Zweiten Weltkrieg hochgezogen wurden. Wanderarbeiter fanden gute Stellen in nahe gelegenen Fabriken. Mit der Zeit zogen sie weiter nach Osten, um sich schönere Häuser zu bauen, und Granger wurde ganz allmählich ein Viertel für Rentner sowie Weiße und Schwarze der unteren Schichten.

Das Haus von Dot und Buddy Black sieht aus wie Tausende anderer. Es steht auf einem kleinen Grundstück von nicht mehr als vierundzwanzig mal dreißig Metern. In der Einzelgarage steht ein alter Chevrolet.

Ich parke in der Auffahrt hinter dem Chevrolet. Es ist früher Nachmittag, und die Temperatur beträgt über dreißig Grad. Alle Fenster und

Türen stehen offen. Ich schaue durch die Fliegentür und klopfe leicht dagegen.

Ich bin nicht gern hier, weil ich keinerlei Verlangen habe, Donny Ray zu sehen. Ich fürchte, daß er genauso krank und abgezehrt ist, wie mir seine Mutter erzählt hat, und ich habe einen schwachen Magen.

Sie kommt an die Tür, mit einer Mentholzigarette in der Hand, und mustert mich durch die Fliegentür.

„Ich bin's, Mrs. Black. Rudy Baylor. Wir haben vorige Woche miteinander gesprochen."

„Ich heiße Dot. Dachte, das hätte ich Ihnen gesagt."

„Okay, Dot. Wenn Sie eine Minute Zeit haben, möchte ich mit Ihnen über Ihren Fall sprechen."

Sie bläst Rauch durch die Fliegentür, dann hakt sie sie langsam auf. Ich betrete ein winziges Wohnzimmer und folge ihr in die Küche. Im Haus ist es feuchtheiß, und überall riecht es nach kaltem Zigarettenrauch.

„Etwas zu trinken?" fragt sie.

„Nein, danke." Ich lasse mich am Tisch nieder. Dot gießt eine Diätcola auf Eis und lehnt sich mit dem Rücken an die Arbeitsplatte.

„Wo ist Buddy?" erkundige ich mich fröhlich, als wäre er ein alter Freund.

Sie deutet mit einem Kopfnicken auf das zum Hintergarten hinausgehende Fenster. „Sehen Sie den alten Wagen da draußen?"

In einer mit Sträuchern völlig zugewucherten Ecke unter einem Ahornbaum steht ein alter Ford Fairlane. Er ist weiß und hat zwei Türen, die beide offenstehen. Auf der Motorhaube schläft eine Katze.

„Er sitzt in seinem Wagen", erklärt sie.

Der Wagen ist von Unkraut umgeben und scheint keine Reifen mehr zu haben. Nichts in seiner Umgebung sieht so aus, als wäre es in den letzten Jahrzehnten angerührt worden.

„Wo will er hin?" frage ich, und sie lächelt wahrhaftig.

Sie schlürft laut ihre Cola. „Buddy? Der geht nirgendwohin. Er sitzt jeden Tag da drin, von morgens bis abends, nur Buddy und die Katzen."

Darin liegt eine gewisse Logik. Buddy da draußen, allein, ohne Zigarettenqualm, ohne Sorgen über Donny Ray.

„Wie geht's Donny Ray?" wechsle ich das Thema.

Sie zuckt die Achseln und läßt sich mir gegenüber an dem wackligen Küchentisch nieder. „Gute Tage und schlechte. Er liegt die meiste Zeit im Bett. Vielleicht bringe ich ihn dazu, daß er aufsteht, bevor Sie wieder gehen."

„Ja. Vielleicht. Hören Sie, ich habe viele Stunden damit zugebracht, Ihre Papiere durchzusehen. Tagelang habe ich in der Bibliothek gesessen und mich mit der einschlägigen Literatur beschäftigt. Also, rundheraus gesagt, ich meine, daß Sie Great Benefit verklagen sollten."

„Ich dachte, das hätten wir bereits beschlossen", sagt sie mit hartem Blick.

„Das mag sein, aber ich mußte der Sache erst auf den Grund gehen. Mein Rat lautet, Sie sollten klagen, und zwar sofort. Aber rechnen Sie nicht mit einem schnellen Prozeß. Sie haben es mit einer großen Gesellschaft zu tun, die über unzählige Anwälte verfügt, die immer wieder querschießen und die Sache verzögern können. Dafür werden sie bezahlt."

„Wie lange wird es dauern?"

„Monate, vielleicht Jahre."

„In ein paar Monaten ist er tot."

„Darf ich Sie etwas fragen?"

Sie pustet den Rauch aus und nickt.

„Great Benefit hat Ihren Anspruch erstmals im August vorigen Jahres abgelehnt, kurz nachdem Donny Rays Krankheit festgestellt worden war. Weshalb haben Sie bis jetzt gewartet, ehe Sie mit einem Anwalt gesprochen haben?" Ich benutze das Wort „Anwalt" sehr freizügig.

„Darauf bin ich nicht stolz, verstehen Sie? Ich dachte, die Versicherung würde es sich anders überlegen und die Arztrechnungen und die Behandlung doch bezahlen. Außerdem habe ich noch nie mit einem Anwalt zu tun gehabt. Keine Scheidung oder so etwas. Ich hätte es weiß Gott tun sollen." Sie dreht sich um und schaut gedankenverloren durch das Fenster auf den Fairlane. „Er trinkt morgens einen halben Liter Gin und nachmittags noch einen halben Liter. Mir ist es im Grunde egal. Es macht ihn glücklich, es hält ihn aus dem Haus."

Wir betrachten beide die auf dem Vordersitz zusammengesackte Gestalt. Im Hintergrund des Hauses rührt sich etwas. Jemand hustet.

„Hören Sie, Dot, ich würde diesen Fall gern für Sie übernehmen. Ich bin nur ein Anfänger, ein junger Mann, der gerade erst mit dem Studium fertig ist, aber ich habe bereits viele Stunden mit Ihrem Fall verbracht, und ich kenne die Fakten in- und auswendig."

In ihrem Gesicht liegt ein leerer, fast hoffnungsloser Ausdruck. Ein Anwalt ist so gut wie der andere. Wie merkwürdig! Trotz all des Geldes, das Anwälte für gnadenlose Werbung ausgeben, gibt es immer noch Leute wie Dot Black, die einen erfahrenen Prozeßanwalt nicht von einem Jurastudenten im dritten Jahr unterscheiden können.

„Ich muß mich vermutlich mit einem anderen Anwalt zusammentun, mit jemandem, der seinen Namen unter alles setzt, bis ich das Anwaltsexamen bestanden und meine Zulassung erhalten habe."

Es scheint nicht bei ihr anzukommen. „Wieviel wird es kosten?" fragt sie mit einer nicht geringen Portion Argwohn in der Stimme.

Ich bedenke sie mit einem herzlichen Lächeln. „Keinen Cent. Ich übernehme den Fall gegen Erfolgshonorar. Ich bekomme ein Drittel von dem, was wir herausholen."

„Wieviel?"

„Wir verklagen sie auf Millionen", beschwöre ich dramatisch, und sie beißt an. Ich glaube nicht, daß im Körper dieser gebrochenen Frau auch nur ein einziger habgieriger Knochen steckt. Alle Träume von einem guten Leben, die sie vielleicht einmal gehabt hat, sind schon so lange verflogen, daß sie sich nicht mehr an sie erinnert. Aber ihr gefällt der Gedanke, es Great Benefit heimzuzahlen.

„Und Sie bekommen ein Drittel davon?"

„Ich erhalte nur ein Drittel. Und das heißt: ein Drittel, nachdem Donny Rays sämtliche Arztrechnungen bezahlt sind. Sie haben nichts zu verlieren."

Sie schlägt mit der linken Hand auf den Tisch. „Dann tun Sie es! Mir ist es gleich, wieviel Sie bekommen, aber tun Sie es. Tun Sie es gleich, ja? Morgen."

In meiner Tasche steckt säuberlich zusammengefaltet ein Vertrag über juristische Dienste, den ich in einem Handbuch in der Bibliothek gefunden habe. Ich sollte ihn an diesem Punkt herausziehen und von ihr unterschreiben lassen, aber ich bringe es nicht fertig. Unter ethischen Gesichtspunkten darf ich keine Abmachungen zur Vertretung von Leuten treffen, bevor ich nicht als Anwalt zugelassen bin.

„Dann lassen Sie mich an die Arbeit gehen", versuche ich zu entkommen.

„Wollen Sie nicht vorher Donny Ray sehen?"

„Vielleicht beim nächsten Mal."

„Ich kann es Ihnen nicht verübeln. Nur noch Haut und Knochen."

„Ich komme in ein paar Tagen wieder, wenn ich länger bleiben kann. Es gibt viel, worüber wir uns unterhalten müssen, und ich muß auch ihm ein paar Fragen stellen."

Sie folgt mir nach draußen, betrachtet meinen schmutzigen und verbeulten Toyota, macht ein paar abfällige Bemerkungen über importierte Waren, ganz besonders solche aus Japan.

Als ich davonfahre, steht sie neben dem Briefkasten.

WENN ich auch gerade einen Offenbarungseid geleistet habe, so kann ich immer noch Geld zum Fenster hinauswerfen. Ich kaufe eine Topfgeranie für acht Dollar und bringe sie Miß Birdie. Sie liebt Blumen, sagt sie, und sie ist natürlich einsam. Deshalb finde ich, es ist eine nette Geste. Ein bißchen Sonnenschein im Leben einer alten Frau.

Mein Timing ist gut. Ich finde sie auf allen vieren im Blumenbeet neben dem Haus, in der Nähe der Auffahrt, die zu einer separaten Garage im hinteren Garten führt. Sie schließt mich tatsächlich in die Arme, als ich mein bescheidenes Geschenk überreiche. Sie zieht ihre Gartenhandschuhe aus, läßt sie zwischen die Blumen fallen und führt mich hinters Haus. Ob ich Kaffee möchte?

„Nur Wasser", sage ich. Der Geschmack ihrer dünnen Instantbrühe liegt mir noch auf der Zunge. Sie nötigt mich auf einen schmiedeeisernen Stuhl auf der Terrasse, während sie sich Schmutz und Erde an der Schürze abwischt.

Sie flattert durch die Tür in die Küche. Der hintere Garten zieht sich über mindestens fünfzig Meter hin, bevor er an einer dichten Hecke endet. Es gibt kleine Nischen mit organisiertem Wachstum, kleine Beete mit verschiedenen Blumen, auf deren Pflege sie offensichtlich viel Zeit verwendet. Zwischen zwei Bäumen ist eine alte Segeltuchhängematte gespannt, die leicht im Wind schaukelt.

Die Garage erregt meine Aufmerksamkeit. Über ihr scheint eine kleine Wohnung zu liegen, mit einer Holztreppe, die sich um die Ecke windet und anscheinend an der Rückseite hinaufführt. Das Gebäude wirkt irgendwie malerisch.

Miß Birdie kommt mit zwei Gläsern Eiswasser durch die zweiflügelige Terrassentür. „Was halten Sie von meinem Garten?" will sie wissen, nachdem sie sich neben mir niedergelassen hat.

„Er ist wundervoll, Miß Birdie. Machen Sie die ganze Arbeit allein?"

„Das meiste davon. Einmal die Woche kommt ein Junge und mäht den Rasen. Dreißig Dollar, können Sie sich das vorstellen? Früher hat es fünf gekostet." Sie schlürft Wasser und schmatzt mit den Lippen.

„Ist das eine kleine Wohnung?" frage ich und deute auf die Garage.

„Früher einmal. Ich habe sie hergerichtet, und einer meiner Enkelsöhne hat hier eine Weile gewohnt. Ich möchte nicht über ihn sprechen."

Er muß einer von denen sein, die aus dem Testament gestrichen werden sollen.

„Sie haben wohl nicht die Absicht, sie jetzt wieder zu vermieten?"

wage ich mich vor. „Ich würde zu gern dort wohnen. Es ist sehr hübsch hier und vermutlich sehr ruhig."

„Sie, Rudy?" fragt sie ungläubig.

„Es gefällt mir", fahre ich fort. „ Ich bin ledig, führe ein sehr ruhiges Leben, und ich kann es mir nicht leisten, viel Miete zu zahlen. Es wäre ideal für mich."

„Wieviel könnten Sie zahlen?" hakt sie schnell nach.

Das kommt unerwartet. „Oh, ich weiß nicht recht. Sie sind die Vermieterin. Wie hoch ist die Miete?"

„Wie wäre es mit vierhundert, nein, dreihundert Dollar im Monat?"

Es ist offensichtlich, daß Miß Birdie noch nie etwas vermietet hat. Sie greift einfach Zahlen aus der Luft. „Ich finde, wir sollten uns die Wohnung erst einmal ansehen", schlage ich vorsichtig vor.

Sie ist schon auf den Beinen. „Sie ist ziemlich vollgestopft. Habe sie in den letzten zehn Jahren als Abstellraum benutzt. Aber das können wir aufräumen." Sie greift nach meiner Hand und steigt mit mir die knarrende Treppe hinauf. „Brauchen Sie Möbel?"

„Nicht viele." Das Geländer ist wacklig, und das ganze Gebäude scheint zu schwanken.

MISS BIRDIE und ich schließen einen seltsamen Handel ab. Sie ist nicht sonderlich gut im Verhandeln und auf das Geld nicht angewiesen. Ich bringe sie auf 150 Dollar herunter, Nebenkosten eingeschlossen. Zusätzlich erkläre ich mich bereit, ihr bei der Gartenarbeit zu helfen. Ich werde den Rasen mähen; auf diese Weise spart sie wöchentlich dreißig Dollar. Sie macht auch vage Andeutungen über Unkrautjäten, aber die nehme ich nicht ernst.

Ich muß ihr versprechen, daß es weder wilde Partys geben wird noch laute Musik, leichte Mädchen, Schnaps, Drogen, Hunde oder Katzen. Vor meinem Einzug macht sie eigenhändig die Wohnung sauber und entfernt soviel Gerümpel, wie sie kann. Sie weicht mir nicht von der Seite, als ich meine bescheidene Habe die Treppe hinaufschleppe. Kaum daß ich den letzten Karton nach oben befördert habe, besteht sie darauf, auf der Terrasse eine Tasse Kaffee mit mir zu trinken.

Wir sitzen gerade lange genug, daß ich nicht mehr allzusehr schwitze, da erklärt sie auch schon, jetzt sei es aber Zeit, daß wir uns an die Blumenbeete machten. Ich jäte Unkraut, bis ich einen steifen Rücken habe. Ein paar Minuten lang arbeitet sie selber mit, dann steht sie nur noch hinter mir und erteilt Anweisungen.

Ich entkomme der Gartenarbeit nur, indem ich mich ins Yogi's flüchte. Heute bin ich für die Bar eingeteilt, und zwar, bis wir schließen. Also irgendwann nach ein Uhr nachts.

Der Laden ist voll, und ich trinke hin und wieder einen Schluck Bier aus einem Kaffeebecher. Prince sitzt in der gegenüberliegenden Ecke und sieht fern. Heute abend sieht er sich die Übertragung eines Windhundrennens aus Florida an und wettet auf jeden Lauf. Sein Wett- und Trinkkumpan ist diesmal sein Anwalt, Bruiser Stone, ein ungeheuer dicker Mann mit grauem Haar und herunterhängendem Spitzbart. Er bringt mindestens 180 Kilo auf die Waage, und zusammen sehen die beiden aus wie zwei Bären, die auf Felsbrocken sitzen und Erdnüsse fressen.

Bruiser Stone ist ein Anwalt von höchst fragwürdigem Ruf. Prince und er haben schon viele dunkle Geschäfte miteinander gemacht. Sie zählen ihr Geld, wenn niemand dabei ist. Sie bestechen Politiker und Polizisten. Prince erledigt die Geschäfte, Bruiser besorgt das Denken. Und wenn Prince erwischt wird, erscheint Bruiser sofort auf jeder Titelseite und lamentiert über Ungerechtigkeiten. Bruiser ist sehr erfolgreich im Gerichtssaal, in erster Linie deshalb, weil er Geschworenen beträchtliche Summen Bargeld zukommen läßt.

Bruiser beschäftigt vier oder fünf Anwälte in seiner Kanzlei. Ich kann mir die Tiefe der Verzweiflung nicht ausmalen, die mich zwingen könnte, ihn um einen Job zu bitten. Im Gegenteil. Ich kann mir nichts Schlimmeres vorstellen, als zugeben zu müssen, daß ich für Bruiser Stone arbeite. Ich kann nicht glauben, daß ich auch nur daran denke.

In ein paar Tagen werden unsere Seminare enden.

FÜNF

Unter dem Vorwand, ich hätte Vorstellungsgespräche bei verschiedenen Anwaltskanzleien, gehe ich nicht zur Abschlußfeier. Vielversprechende Gespräche, versichere ich Booker, aber ihm kann ich nichts vormachen. Booker weiß, daß ich nur von Tür zu Tür ziehe und meine Bewerbungsunterlagen über die Stadt verteile wie Konfetti.

Booker ist der einzige Mensch, dem etwas daran liegt, daß ich mich in Talar und Barett werfe und an der Zeremonie teilnehme. Er wird dabeisein, mit seiner ganzen Familie: Charlene und den Kindern, seinen Eltern, ihren Eltern, den Großeltern, mehreren Tanten, Onkeln,

Cousins und Cousinen. Der Kane-Clan wird viele Plätze belegen. Es wird Tränen und Fotos in Hülle und Fülle geben. Er ist der erste aus seiner Familie, der die Universität besucht hat, und die Tatsache, daß er jetzt sein Jurastudium abschließt, macht seine Verwandten ungeheuer stolz. Ich bin versucht, mich im Publikum zu verstecken, nur um seine Eltern zu beobachten, wenn ihm das Diplom überreicht wird.

Die Leiterin der Stellenvermittlung hat mir vor zwei Tagen gestanden, daß sämtliche anderen Studienabgänger einen Job gefunden haben. Nicht auszudenken, daß ich dasitze in meinem schwarzen Talar und Barett, inmitten von 120 Kommilitonen, die allesamt wissen, daß ich, Rudy Baylor, als einziger keine Stelle gefunden habe. Auf keinen Fall.

Mein Diplom habe ich bereits gestern abgeholt.

DIE ABSCHLUSSZEREMONIE beginnt um vierzehn Uhr, und genau zu diesem Zeitpunkt betrete ich die Kanzlei von Jonathan Lake. Es ist mein zweiter Anlauf. Ich war bereits vor einem Monat hier und habe der Empfangsdame meine Mappe ausgehändigt. Dieser Besuch wird anders verlaufen. Jetzt habe ich einen Plan.

Ich habe ein paar Recherchen angestellt über die Kanzlei Lake, wie sie allgemein genannt wird. Da Mr. Lake nichts davon hält, sein Geld mit anderen Leuten zu teilen, hat er keine Partner. Er beschäftigt zwölf Anwälte, von denen sieben Prozeßanwälte sind und die anderen fünf jüngere Feld-Wald-und-Wiesen-Anwälte. Die sieben Prozeßanwälte sind Advokaten mit reicher Gerichtserfahrung. Jeder Prozeßanwalt ist für seine Mitarbeiter zuständig, kann einstellen und entlassen und muß außerdem zusehen, daß er ständig neue Fälle an Land zieht.

Barry X. Lancaster ist ein aufgehender Stern in der Kanzlei, ein frisch gesalbter Prozeßanwalt. Er ist 34, geschieden, lebt in seinem Büro und hat an der Memphis-State-Universität studiert. Außerdem sucht er einen Anwaltsgehilfen. Wenn ich schon nicht als Anwalt anfangen kann – was spricht dagegen, es erst mal als Anwaltsgehilfe zu versuchen?

Um vierzehn Uhr habe ich einen Termin bei Barry X. Daß die Empfangsdame mich von meinem ersten Besuch her wiedererkennt, bezweifle ich, denn seither sind tausend Leute gekommen und gegangen. Ich verstecke mich hinter einer Zeitschrift auf einem Ledersofa und bewundere die Perserteppiche, den Kiefernfußboden und die freiliegenden dicken Balken über meinem Kopf. Lakes Kanzlei befindet sich in einem alten Lagerhaus in der Nähe des Ärzte- und Krankenhausviertels von Memphis. Angeblich hat er drei Millionen Dollar ausgegeben für die Restaurierung und Ausschmückung dieses Denkmals für sich selbst.

Minuten später werde ich von einer Sekretärin durch ein Labyrinth von Fluren und Treppen in das Büro von Barry X. geführt. Es ist lang und schmal, mit Ziegelsteinwänden und knarrendem Fußboden, und mit allerhand Antiquitäten geschmückt. Wir reichen uns die Hand und setzen uns. Er ist schlank und gut in Form.

„Erzählen Sie mir von Ihrem Fall", fordert er mich auf. „Etwas über einen abgelehnten Versicherungsanspruch." Er ist schon jetzt argwöhnisch, weil ich Jackett und Krawatte trage und nicht aussehe wie der Durchschnittsmandant.

„Nun, in Wirklichkeit bin ich wegen eines Jobs hier", erkläre ich kühn. „Ich habe Ihre Anzeige wegen eines Anwaltsgehilfen im *Daily Record* gesehen."

Er verzieht das Gesicht und greift nach einem Stück Papier. Seine Sekretärin hat wieder mal versagt. „Sie sind Anwaltsgehilfe?" fährt er mich an.

„Ich habe drei Jahre Jura studiert."

Er mustert mich ungefähr fünf Sekunden lang, dann schüttelt er den Kopf. „Ich bin wirklich sehr beschäftigt. Meine Sekretärin wird Ihre Bewerbung entgegennehmen."

Ich springe plötzlich auf. „Hören Sie, ich mache Ihnen ein Angebot", unterbreite ich ihm dramatisch. Dann lasse ich meinen Vortrag vom Stapel, wie intelligent und motiviert ich sei, daß meine Noten im oberen Drittel meines Jahrgangs lägen, daß ich eine Stelle bei Broadnax & Speer gehabt hatte und einfach auf die Straße gesetzt worden sei. Ich schieße aus allen Rohren. Tinley Britt, mein Haß auf große Firmen. Meine Arbeit ist billig zu haben. Ich tue alles, um nur ins Geschäft zu kommen. Brauche wirklich einen Job. Ich rede ununterbrochen ungefähr zwei Minuten lang, dann setze ich mich wieder.

Er brütet ein wenig vor sich hin. Ich kann wirklich nicht sagen, ob er wütend ist oder begeistert.

„Wir verlangen fünf Jahre Erfahrung, bevor wir uns einen Anwaltsgehilfen auch nur ansehen."

„Ich lerne schnell. Vorigen Sommer habe ich in einer Kanzlei in der Innenstadt gearbeitet, lauter Streitsachen."

„Ich werde mit Mr. Lake darüber sprechen", gibt er scheinbar nach. „Ich bin nicht befugt, einen Anwaltsgehilfen einzustellen, der unseren Anforderungen nicht entspricht."

„Da ist noch etwas“, füge ich hinzu. „Ich habe nämlich einen Fall. Einen sehr guten.“

„Was für eine Art von Fall?“ fragt er.

„Versicherungssache. Böswillige Leistungsverweigerung.“ Ich gebe ihm eine zweiseitige Zusammenfassung des Falls Black.

Barry X. liest sie aufmerksam. „Nicht schlecht“, lobt er, als er fertig ist. „Lassen Sie mich raten. Sie wollen einen Job und einen Anteil am Verfahren.“

„Nein. Nur den Job. Der Fall gehört Ihnen. Ich würde gern daran arbeiten, und die Verhandlungen mit den Mandanten sind meine Sache. Aber das Honorar gehört Ihnen.“

„Ein Teil des Honorars. Den größten Teil davon bekommt Mr. Lake“, eröffnet er mir.

Na, wenn schon. Mir ist es egal, wie sie das Geld aufteilen. Ich will lediglich Arbeit.

Ich stehe wieder auf, denn ich habe genug von Barrys Zeit in Anspruch genommen. „Ich weiß, daß Sie viel zu tun haben“, sage ich so verständnisvoll wie möglich. „Ich mache Ihnen nichts vor. Sie können sich bei der juristischen Fakultät über mich erkundigen.“

„Gut. Ich setze mich so bald wie möglich wieder mit Ihnen in Verbindung.“

Auf dem Weg zum Ausgang verlaufe ich mich zweimal. Niemand beachtet mich, also lasse ich mir Zeit und bewundere die großen, über das ganze Gebäude verstreuten Büros. Sekretärinnen und Schreibkräfte bewegen sich geschäftig über die polierten Dielen. Hier würde ich auch für weniger arbeiten, als ein Anwaltsgehilfe verdient.

ICH PARKE hinter Miß Birdies Cadillac und stehle mich lautlos aus meinem Wagen. Ich bin nicht in der Stimmung, Chrysanthemen umzutopfen. Vorsichtig umrunde ich das Haus und werde von einem riesigen Stapel weißer Plastiksäcke begrüßt. Dutzende von Plastiksäcken. Mulch aus geschroteter Kiefernborke, tonnenweise. Jetzt erinnere ich mich, daß Miß Birdie vor ein paar Tagen etwas über das Mulchen sämtlicher Blumenbeete gesagt hat. Aber so habe ich mir das nicht vorgestellt.

Ich schieße auf die zu meiner Wohnung führende Treppe zu, und als ich fast oben angekommen bin, höre ich sie rufen: „Rudy, mein Lieber, lassen Sie uns einen Kaffee trinken!“ Sie steht neben dem Monument aus Plastiksäcken.

„Natürlich“, sage ich und nehme die Krawatte ab.

„Wie geht es Ihnen?“ fragt sie herauf.

„Ich bin müde. Der Rücken macht mir zu schaffen.“ Seit mehreren Tagen habe ich immer wieder Anspielungen auf meinen Rücken fallenlassen, aber bisher hat sie den Köder nicht geschluckt.

Ich sinke auf dem gleichen Stuhl wie immer nieder, während sie in der Küche ihr fürchterliches Gebräu mischt. Es ist früher Abend, lange Schatten fallen auf den Rasen hinter dem Haus. Ich zähle die Säcke. Acht in einer Reihe, vier Reihen hintereinander, acht Schichten übereinander. Das macht 256 Säcke. Bei einem Zentner pro Sack sind das 256 Zentner. 256 Zentner Mulch. Der verteilt werden muß. Von mir.

Wir trinken den Kaffee, wobei ich nur sehr kleine Schlucke nehme.

„Wann fangen Sie an, als Anwalt zu arbeiten?“ erkundigt sie sich.

„Das weiß ich noch nicht genau“, weiche ich aus. Dann erkläre ich ihr zum zehnten Mal, daß ich in den nächsten Wochen angestrengt lernen und mich in den Büchern in der Fakultät vergraben muß, damit ich das Anwaltsexamen bestehe.

„Wir müssen unbedingt mit dem Mulchen anfangen“, erinnert sie mich, deutet mit einem Kopfnicken zu den Säcken und verdreht die Augen.

„Vielleicht morgen. Es ist spät, und ich habe noch nicht einmal gegessen“, versuche ich zu entkommen.

„Ich mache Ihnen ein Sandwich“, bietet sie rasch an. Für Miß Birdie ist ein Sandwich eine durchscheinende Lage Dosentruthahn zwischen zwei dünnen Scheiben Diätweißbrot. Kein Tropfen Senf oder Mayonnaise.

Sie steht auf und will in die Küche gehen, als das Telefon läutet. Ich habe noch keinen eigenen Anschluß in meiner Wohnung, obwohl Miß Birdie ihn mir seit zwei Wochen versprochen hat. Im Augenblick muß ich ihren Apparat mitbenutzen.

„Es ist für Sie, Rudy!“ ruft sie. „Irgendein Anwalt.“

Es ist Barry X. Er sagt, er habe mit Jonathan Lake gesprochen, und es wäre gut, wenn wir uns noch einmal unterhielten. Er fragt, ob ich in sein Büro kommen könnte, jetzt gleich am besten, er habe den ganzen Abend zu arbeiten. Er will sämtliche Unterlagen meiner Versicherungssache sehen.

Während wir miteinander sprechen, beobachte ich, wie Miß Birdie mit allergrößter Sorgfalt ein Truthahnsandwich zurechtmacht. Gerade als sie es durchschneidet, lege ich den Hörer auf.

„Ich muß los, Miß Birdie“, eröffne ich ihr atemlos. „Es tut sich was. Ich muß mit diesem Anwalt über einen großen Fall sprechen.“

„Aber was ist mit . . .?“

„Tut mir leid, ich fange morgen damit an.“ Ich lasse sie stehen, ein halbes Sandwich in jeder Hand und mit betretener Miene, als könne sie es einfach nicht fassen, daß ich nicht mit ihr essen werde.

Barry erwartet mich an der Eingangstür, die verschlossen ist, obwohl in der Kanzlei noch viele Leute arbeiten. Ich folge ihm in sein Büro.

Er schaltet ein Diktiergerät ein und legt das Mikrofon vor mir auf den Schreibtisch. „Wir zeichnen das auf. Morgen lasse ich es von meiner Sekretärin tippen. In Ordnung?“

„Natürlich“, stimme ich zu. Ich bin mit allem einverstanden.

„Ich stelle Sie für zwölf Monate als Anwaltsgehilfen ein. Ihr Gehalt beträgt einundzwanzigtausend Dollar pro Jahr, zahlbar in zwölf gleichen Raten am fünfzehnten jeden Monats. Nach Ablauf von zwölf Monaten werden wir den Vertrag überprüfen und die Möglichkeit ins Auge fassen, Sie als Anwalt weiterzubeschäftigen.“ Er konsultiert seine Notizen. „Und wir übernehmen die Vertretung für – wie hieß Ihr Fall doch gleich?“

„Black. Black gegen Great Benefit.“

„Gut. Wir werden die Familie Black gegen die Great-Benefit-Lebensversicherungsgesellschaft vertreten. Sie werden an dem Fall arbeiten, haben aber keinerlei Anspruch auf Honorare, sollte es denn soweit kommen.“

„Richtig.“

„Fällt Ihnen sonst noch etwas ein?“ fragt er.

„Wann fange ich an?“

„Jetzt gleich. Ich möchte noch heute abend den Fall mit Ihnen durchsprechen, wenn Sie Zeit dazu haben.“

„Selbstverständlich.“

Er stellt das Diktiergerät ab, und ich folge ihm eine Wendeltreppe hinunter in eine kleine Bibliothek. Dort setzen wir uns an einen Tisch und nehmen uns die Akte Black vor. Er fragt nach dieser oder jener Unterlage, und schon habe ich sie bei der Hand. Ich habe alles außer einem von den Blacks unterschriebenen Vertrag über die juristische Vertretung. Das scheint ihn zu überraschen, und ich erkläre, wie ich an den Fall geraten bin.

„Wir müssen zusehen, daß wir einen Vertrag bekommen“, sagt er mehr als einmal.

Barry Lancaster und ich verbringen fast zwei Tage damit, uns durch die Akte Black zu wühlen. Barry hat im Lauf der Jahre mehrere Leistungsverweigerungsfälle bearbeitet, mit unterschiedlichem Erfolg. Er versichert mehrfach, die Geschworenen in Memphis seien so konservativ, daß es schwer sei, einen gerechten Urteilsspruch zu erlangen. Das höre ich jetzt schon seit drei Jahren.

Mein provisorisches Büro befindet sich in einer kleinen Bibliothek auf einer Empore oberhalb des zweiten Stockwerks. An meinem ersten vollen Arbeitstag hat Barry mir ein hübsches Büro gezeigt, nur ein paar Schritte von seinem entfernt, und erklärt, das würde in ein paar Wochen mir gehören. Muß erst frisch gestrichen werden, und es gibt Probleme mit den elektrischen Leitungen.

Barry erscheint jeden Morgen kurz vor acht, und ich bin entschlossen, ihn an der Eingangstür zu erwarten, bis ich einen eigenen Schlüssel bekommen habe. Offensichtlich ist Mr. Lake sehr eigen, was den Zugang zu seinem Gebäude betrifft. Das ist eine lange Geschichte. Vor etlichen Jahren, als er in einem kniffligen Prozeß mit einer Versicherung steckte, wurden seine Telefone angezapft. Ein paar Wochen und einen Lügendetektortest würde ich wohl noch so über mich ergehen lassen müssen, meint er.

Während der ersten beiden Tage hat Barry ungefähr alle zwei Stunden bei mir hereingeschaut. Ich kopierte die gesamte Akte und fertigte ohne sein Wissen auch eine vollständige Kopie für meine eigenen Unterlagen an.

In einer kurzen Pause an meinem dritten Tag nahm ich schließlich allen Mut zusammen und fragte die Sekretärin nach dem Papierkram, der meine Einstellung betraf. Sie war beschäftigt, sagte aber, sie würde sich darum kümmern.

Am Ende des dritten Tages verließen Barry und ich kurz nach neun sein Büro. Wir hatten einen ziemlich harten Brief an Great Benefit fertiggestellt, ein dreiseitiges Meisterwerk, das per Einschreiben mit Rückschein verschickt werden sollte.

Ich fuhr zu Yogi's auf einen späten Imbiß. Der Laden war voll mit betrunkenen Verbindungsstudenten, und Prince stand selber hinter der Bar. Worüber er keineswegs glücklich schien. Ich übernahm und sagte ihm, er solle den Rausschmeißer spielen. Er war hoch erfreut.

Statt dessen ging er zu seinem Lieblingstisch, an dem sein Anwalt Bruiser Stone eine Camel nach der anderen rauchte. Er war in letzter Zeit sehr oft hier, hat eine Menge getrunken und mit Prince getuschelt.

HEUTE ist Freitag, mein vierter Tag als Angestellter der Kanzlei Lake. Ich habe nicht vorgehabt, heute morgen vor sieben aufzustehen, aber dann hämmert es laut an meiner Wohnungstür. „Rudy! Rudy!“ Es ist Miß Birdie, die am Türknauf rüttelt und ruft.

Ich entriegele die Tür, und sie stürmt herein. „Rudy, sind Sie wach?“ Sie mustert mich. Ich blinzle zwischen halb geöffneten Lidern hervor, mein Haar ist völlig zerwühlt. Die Sonne ist kaum aufgegangen, aber sie hat bereits Erde auf der Schürze und Schlamm an den Schuhen. „Wir haben viel Arbeit vor uns.“

„Arbeit? Aber . . .“

„Ja, Rudy. Sie haben den Mulch lange genug liegengelassen, jetzt wird es Zeit, daß wir damit anfangen. Er verrottet, wenn wir uns nicht beeilen.“

Ich blinzle und versuche mich zu konzentrieren. „Heute ist Freitag“, werfe ich ein.

„Nein. Heute ist Samstag“, erklärt sie.

Wir starren uns ein paar Sekunden lang an, dann schaue ich auf die Uhr. „Es ist Freitag, Miß Birdie. Heute muß ich arbeiten, aber morgen verteilen wir den Mulch.“

Sie denkt einen Moment darüber nach und bietet plötzlich einen erbarmungswürdigen Anblick. Ihre Schultern sacken herunter, und auf ihrem Gesicht erscheint ein trauriger Ausdruck. „Also gut“, gibt sie nach. Dann stapft sie zur Tür hinaus und die Treppe hinunter, wobei sie ununterbrochen vor sich hin murmelt.

Ich ziehe mich an und fahre zum Büro, wo auf dem Parkplatz bereits ein halbes Dutzend Autos steht. Ich warte in meinem Wagen, bis ein anderer auf den Parkplatz fährt, und richte es so ein, daß ich mit einem Mann in mittleren Jahren an der Eingangstür zusammentreffe. Bei meinem Anblick wirkt er erschrocken.

„Guten Morgen“, grüße ich ihn freundlich. „Ich bin Barry Lancasters neuer Anwaltsgehilfe und möchte mich an die Arbeit machen.“

„Name?“

„Rudy Baylor.“

Seine Hände erstarren für einen Moment, und er runzelt die Stirn. Seine Unterlippe verzieht sich, dann schüttelt er den Kopf. „Sagt mir nichts. Ich bin der kaufmännische Direktor. Niemand hat mir etwas von Ihnen gesagt.“

„Mr. Lancaster hat mich vor vier Tagen eingestellt, ich schwöre es.“

Der Mann schiebt den Schlüssel ins Schloß und wirft dabei einen ängstlichen Blick über die Schulter. Der Kerl denkt, ich wäre ein Dieb oder ein Mörder. Dabei trage ich Anzug und Krawatte und sehe recht anständig aus.

„Tut mir leid. Aber Mr. Lake hat strenge Sicherheitsvorschriften erlassen. Vor Arbeitsbeginn kommt hier niemand herein, der nicht auf der Gehaltsliste steht." Er springt fast durch die Tür, ehe er sie mir vor der Nase zuschlägt.

Ich denke nicht daran, wie ein Hausierer vor dem Eingang herumzulungern, und fahre lieber ein paar Blocks weiter zu einem Imbiß, wo ich eine Zeitung, Brötchen und Kaffee kaufe. Ich schlage eine Stunde tot und kehre auf den Parkplatz zurück. Die Empfangsdame hat mich mehrere Male kommen und gehen sehen, tut aber so, als wäre ich ein Fremder. Sie ruft Barry an, der grünes Licht gibt für mein Eindringen in das Labyrinth.

Er muß um neun im Gericht sein und stopft eilig Akten in einen großen Aktenkoffer. Ich bin entschlossen, mit ihm über das Eintragen meines Namens in die Gehaltsliste zu reden, aber der Zeitpunkt ist ungünstig. „Ich möchte, daß Sie zu den Blacks fahren und mit einem unterschriebenen Vertrag zurückkommen. Das muß gleich geschehen." Er betont das Wort „gleich", also weiß ich genau, was ich zu tun habe.

Er gibt mir eine dünne Akte. „Hier ist der Vertrag. Er muß von allen drei Blacks unterschrieben werden – Dot, Buddy und Donny Ray."

Ich nicke zuversichtlich, aber ich würde mich lieber schlagen lassen, als den Vormittag mit den Blacks zu verbringen. Ich werde endlich Donny Ray kennenlernen, eine Begegnung, von der ich geglaubt habe, ich könnte sie bis in alle Ewigkeit aufschieben.

ALS ICH vor dem Haus der Blacks vorfahre, steht Dot auf der schmalen Veranda, eine Zigarette nur Zentimeter von den Lippen entfernt. Ich habe sie zuvor angerufen und ihr eindringlich erklärt, daß ich von jedem einzelnen eine Unterschrift benötige.

Ich zwinge mich zu einem breiten Lächeln und begrüße sie. Die Falten um ihren Mund geraten kaum in Bewegung. Ich folge ihr durch das vollgestopfte Wohnzimmer in die Küche, in der niemand wartet.

„Ich kann Buddy nicht dazu bringen, daß er hereinkommt", sagt sie. Wir schauen beide aus dem Fenster.

„Weshalb nicht?" frage ich, als ob es für sein Verhalten rationale Gründe geben könnte.

Sie zuckt nur die Achseln. „Und Donny Ray brauchen Sie auch, oder?"

„Ja."

Sie verschwindet aus der Küche und läßt mich mit meinem Blick auf Buddy zurück. In Wirklichkeit ist er kaum zu erkennen, weil die Windschutzscheibe seit Jahrzehnten nicht mehr gewaschen worden ist und eine Horde räudiger Katzen auf der Haube herumturnt. Langsam hebt Buddy die Flasche an den Mund und trinkt einen Schluck.

Ich höre Dot mit ihrem Sohn reden. Sie durchqueren das Wohnzimmer, dann sind sie in der Küche. Ich stehe auf, um Donny Ray Black zu begrüßen.

Er ist eindeutig dem Tod nahe. Er ist entsetzlich mager, hohlwangig, mit kreidebleicher Haut. Aber er lächelt und streckt mir eine knochige Hand entgegen, die ich so kräftig schüttle, wie ich es wage.

Dot schiebt ihn sanft auf einen Stuhl. Er trägt viel zu weite Jeans und ein weißes T-Shirt, das locker an seinem Skelett herunterhängt.

„Ich freue mich, Sie kennenzulernen", sage ich und versuche, dem Blick seiner eingesunkenen Augen auszuweichen.

„Mutter hat nette Dinge über Sie erzählt", erwidert er. Seine Stimme ist schwach und rauh. „Sie sagt, Sie wollen Great Benefit verklagen und zum Zahlen zwingen." Seine Worte klingen eher verzweifelt als wütend.

„Das stimmt", bestätige ich. Ich schlage die Akte auf und hole eine Kopie des Briefs heraus, den Barry X. an Great Benefit geschrieben hat. Ich gebe sie Dot, die hinter Donny Ray steht. „Das hier haben wir eingereicht", erkläre ich. „Wir rechnen nicht damit, darauf eine befriedigende Antwort zu erhalten, also werden wir an einem der nächsten Tage klagen."

Dot wirft einen Blick auf den Brief, dann legt sie ihn auf den Tisch. Sanft reibt sie Donny Rays Schultern und schaut unglücklich zum Fenster hinaus.

Ich nehme den Vertrag aus der Akte und gebe ihn Dot. „Dieses Papier muß unterschrieben werden, bevor wir Klage einreichen können. Es ist ein Vertrag zwischen Ihnen, den Mandanten, und meiner Anwaltskanzlei. Ein Vertrag über juristische Vertretung."

Sie hält ihn argwöhnisch in der Hand. „Und das müssen wir alle drei unterschreiben?" fragt sie.

„So ist es."

„Er hat gesagt, er kommt nicht herein", erklärt sie.

„Dann geh damit zu ihm hinaus!" schlägt Donny Ray jetzt wütend vor. „Geh hinaus und bring ihn dazu, das Ding zu unterschreiben. Ist doch nicht das erste Mal."

„Ich denke, das könnte ich tun. Bin gleich wieder da", sagt sie, als hätte sie etwas ein Stück die Straße hinunter zu erledigen und machte sich Sorgen um ihren Jungen. Sie geht langsam über die hintere Terrasse und in das Unkraut hinein.

„Vor ein paar Monaten“, beginnt Donny Ray, macht aber gleich eine lange Pause. Sein Atem geht schwer. „Wir mußten seine Unterschrift beglaubigen lassen, und er wollte nicht mitkommen. Sie hat eine Notarin gefunden, die sich bereit erklärte, einen Hausbesuch zu machen. Aber als sie hier war, wollte er nicht hereinkommen. Also sind Mutter und die Notarin zum Wagen hinausgegangen. Sehen Sie die große orangefarbene Katze auf dem Wagendach?“

„Ja.“

„Wir nennen sie Claws. Sie ist gewissermaßen unsere Wachkatze. Als die Notarin in den Wagen langte, um Buddy die Papiere wieder abzunehmen, ist Claws vom Wagen gesprungen und hat die Notarin angegriffen. Hat uns sechzig Dollar für den Arztbesuch gekostet. Und eine neue Strumpfhose.“

Wir beobachten, wie Dot die Katzen wegscheucht. Claws, die auf dem Wagendach liegt, tut so, als schliefe sie. Die Türen stehen offen, und Dot streckt den Vertrag hinein. Wir hören ihre durchdringende Stimme.

„Ich weiß, Sie glauben, daß sie verrückt sind“, fährt Danny Ray fort, meine Gedanken lesend. „Aber sie haben eine Menge durchgemacht. Haben Sie Geduld mit ihnen.“

„Ich finde sie sehr nett.“

Plötzlich ringt er nach Luft und zittert am ganzen Leib. Sein Gesicht färbt sich leicht rosa, während er verzweifelt Luft einsaugt. Er trommelt sich mit beiden Fäusten auf die Brust, und ich habe Angst, daß sein ganzer Brustkorb einbricht.

Endlich kommt er wieder zu Atem, und in diesem Moment beginne ich die Great-Benefit-Lebensversicherungsgesellschaft zu hassen. Jetzt widerstrebt es mir nicht mehr, Donny Ray anzusehen. Er ist mein Mandant, und er zählt auf mich. Ich akzeptiere ihn, wie er ist.

Seine Augen sind rot und feucht. Ich weiß nicht, ob er weint oder sich nur von dem Anfall erholt. „Tut mir leid“, flüstert er.

Claws faucht so laut, daß wir es hören, und wir schauen gerade noch rechtzeitig hin, um zu sehen, wie sie durch die Luft fliegt und im Unkraut landet. Offenbar hat sich die Wachkatze für meinen Vertrag interessiert, und Dot hat ihr einen Hieb verpaßt. Dot sagt etwas Gemeines zu ihrem Mann, der hinter dem Lenkrad sitzt. Sie greift hinein, entreißt ihm die Papiere, dann stürmt sie auf uns zu, während die Katzen in alle Richtungen flüchten.

„Ich werde nicht mehr lange dasein", meint Donny Ray heiser. „Was immer Sie aus diesem Fall herausholen, sorgen Sie bitte dafür, daß sie es bekommen. Sie haben ein schweres Leben gehabt."

Das rührt mich so, daß ich nicht imstande bin, etwas zu erwidern.

Dot öffnet die Tür und schiebt den Vertrag über den Tisch. „So", sagt sie.

Auftrag erledigt. Buddy hat tatsächlich unterschrieben, seine Unterschrift ist völlig unleserlich. Ich zeige auf das Papier. Donny Ray und seine Mutter unterschreiben, der Handel ist abgeschlossen.

SECHS

NACH acht Stunden Schwerarbeit in der unerträglichen Hitze von Memphis habe ich genau 79 Säcke Mulch verteilt, weniger als ein Drittel der Ladung, die Miß Birdie hat anliefern lassen.

Kurz nach dem Mittagessen habe ich den ersten Hinweis darauf fallenlassen, daß ich um sechs im Yogi's sein müßte. Das war natürlich eine Lüge. Vorgesehen ist, daß ich von acht bis Geschäftsschluß an der Bar arbeite. Aber ich bin entschlossen, mich vom Mulch zu befreien.

Um fünf mache ich einfach Schluß. Ich sage ihr, mir reiche es, mein Rücken tue weh, ich müsse zur Arbeit. Ich schleppe mich die Treppe hinauf, und sie schaut mir von unten traurig nach. Von mir aus kann sie mir kündigen. Mir ist alles egal.

AM SPÄTEN Sonntagmorgen weckt mich das majestätische Dröhnen von Donner, und ich liege steif im Bett und höre dem Regen zu, wie er auf mein Dach prasselt. Mein Kopf ist in guter Verfassung, aber der Rest meines Körpers scheint wie in Beton gegossen und unfähig, sich zu bewegen. Die leichteste Regung löst heftige Schmerzen aus.

Drei Tage lang regnet es immer wieder, was meiner Arbeit als Gärtnergehilfe einen wirksamen Riegel vorschiebt. Am Dienstag, nach Einbruch der Dunkelheit, sitze ich in meiner Wohnung und lerne für das Anwaltsexamen, als mich Miß Birdie ans Telefon ruft. Es ist Dot Black.

„Ich habe gerade einen Anruf von einem Mr. Barry Lancaster erhalten", berichtet sie. „Hat behauptet, er wäre mein Anwalt."

„Das stimmt, Dot. Er arbeitet mit mir zusammen."

„Nun, das ist nicht das, was er gesagt hat. Er hat angerufen, um zu fragen, ob Donny Ray und ich morgen in sein Büro kommen können. Es müßten noch ein paar Dinge unterschrieben werden. Ich habe nach

Ihnen gefragt. Er hat gesagt, Sie arbeiteten nicht dort. Ich will wissen, was da vorgeht."

Das will ich auch. Ich stottere, murmle etwas von einem Mißverständnis. Mein Magen schnürt sich zusammen. Ich sinke auf einen Stuhl und versuche, klar zu denken. Es ist fast 21 Uhr. „Hören Sie, Dot, ich rufe Mr. Lancaster an und versuche herauszufinden, was da vor sich geht."

Ich drücke kurz auf die Gabel und wähle dann rasch die Nummer der Kanzlei Lake. Die Dame vom Spätdienst stellt mich zu Barry X. durch. Ich beschließe, liebenswürdig zu sein, mitzuspielen und abzuwarten, was er sagt.

„Barry, hier spricht Rudy. Haben Sie meine Ausarbeitung gelesen?"

„Ja, sieht prächtig aus." Er klingt müde. „Hören Sie, Rudy, wir haben anscheinend ein kleines Problem mit Ihrer Stelle. Ich habe heute nachmittag mit Jonathan Lake gesprochen. Ihm gefällt die Idee nicht, daß ein Anwalt die Stelle eines Anwaltsgehilfen annimmt."

Ich schließe die Augen, mir ist zum Heulen. „Das verstehe ich nicht", sage ich. „Ich möchte selber mit Jonathan Lake sprechen."

„Ausgeschlossen. Er ist zu beschäftigt, außerdem würde er seine Ansicht nicht ändern."

„Ist Lake jetzt im Haus?" frage ich schroff.

„Vermutlich. Aber er wird nicht . . ."

„Ich bin in fünf Minuten da!" brülle ich und knalle den Hörer auf die Gabel.

Zehn Minuten später halte ich mit quietschenden Reifen vor dem Lagerhaus. Ich hämmere an die Vordertür, aber niemand erscheint. Ich weiß, daß sie mich drinnen hören, aber sie sind zu feige, um herauszukommen. Wahrscheinlich werden sie die Polizei rufen, wenn ich nicht aufgebe.

Aber ich kann nicht aufgeben. Ich gehe auf die Nordseite des Gebäudes und hämmere gegen eine andere Tür. Schließlich stelle ich mich unter das Fenster von Barrys Büro und brülle zu ihm hinauf.

Ein uniformierter Wachmann tritt aus dem Schatten heraus und packt mich bei den Schultern. Er ist mindestens einsneunzig groß, schwarz, mit einer schwarzen Mütze. „Sie müssen verschwinden, mein Junge", rät er mir sanft mit einer tiefen Stimme. „Gehen Sie gleich, bevor ich die Polizei rufe."

Ich schüttle seine Hände von meinen Schultern und gehe davon.

LANGE Zeit sitze ich im Dunkeln auf dem ramponierten Sofa, das Miß Birdie mir geliehen hat, und versuche Ordnung in meine Gedanken zu bringen. Ich fluche und weine. Ich plane Rache. Ich denke sogar daran, Jonathan Lake und Barry X. umzubringen. Gemeine Dreckskerle, die sich verschworen haben, mir meinen Fall zu stehlen. Was soll ich jetzt den Blacks sagen?

Schließlich schlafe ich auf dem Sofa ein und werde kurz nach neun am nächsten Morgen geweckt. Es ist nicht Miß Birdie, es sind zwei Polizisten in Zivil. Sie strecken ihre Ausweise durch die offene Tür, und ich lasse sie herein.

„Was wollen Sie hier?“ frage ich.

„Waren Sie gestern abend bei Jonathan Lakes Kanzlei?“

„Ja.“

„Wann?“

„Zwischen neun und zehn.“

„Weshalb waren Sie dort?“

„Ich wollte mit Jonathan Lake sprechen.“

„Haben Sie es getan?“

„Nein. Ich kam gar nicht in das Gebäude.“

„Haben Sie versucht einzubrechen?“

„Nein.“

„Sind Sie nach Mitternacht noch mal zurückgekehrt?“

„Nein. Fragen Sie den Wachmann.“

Daraufhin werfen sie sich einen Blick zu. Mit irgend etwas habe ich ins Schwarze getroffen. „Haben Sie den Wachmann gesehen?“

„Ja. Er hat mich aufgefordert zu verschwinden, also bin ich verschwunden.“

„Können Sie ihn beschreiben?“

„Großer Schwarzer, ungefähr einsneunzig. Uniform, Mütze, Waffe, alles, was dazugehört. Fragen Sie ihn. Er wird Ihnen sagen, daß ich gegangen bin, als er mich dazu aufgefordert hat.“

„Wir können ihn nicht fragen.“ Sie werfen sich wieder einen Blick zu. „Er ist tot.“ Beide beobachten genau, wie ich darauf reagiere. Ich bin wirklich betroffen, wie jeder es sein würde. Ich fühle ihre Blicke auf mir lasten.

„Wie – wie ist er gestorben?“

„Bei dem Brand umgekommen.“

„Welchem Brand?“

„Die Kanzlei ist letzte Nacht niedergebrannt. Völlig zerstört.“

„Und Sie beide sind vom Branddezernat“, folgere ich, stocksauer, weil sie denken, ich könnte etwas damit zu tun haben. „Und Barry Lancaster hat Ihnen erzählt, daß ich einen wundervollen Verdächtigen dafür abgeben würde, stimmt's?"

„Wir sind für Brandstiftung zuständig, aber auch für Mord."

„Wie viele Leute sind umgekommen?"

„Nur der Wachmann. Der erste Anruf kam gegen drei Uhr heute morgen, das Gebäude war also leer. Offensichtlich saß der Wachmann in der Falle, als das Dach einstürzte."

Ich wünsche mir fast, Jonathan Lake wäre bei dem Wachmann gewesen, dann denke ich an die wundervollen Büros mit den Teppichen und Gemälden.

„Mr. Lancaster hat gesagt, Sie wären ziemlich aufgebracht gewesen, als Sie gestern abend bei dem Gebäude waren", sagt einer von ihnen.

„Stimmt. Aber nicht wütend genug, um den Bau anzustecken."

Einer zieht ein zusammengefaltetes Stück Papier aus der Brusttasche seines Hemds. „Ich habe hier einen Bericht von vor ein paar Monaten. Damals wurden Sie wegen Zerstörung von Privateigentum gesucht. Etwas mit zu Bruch gegangenem Glas in einer Kanzlei in der Innenstadt. Ziemlich merkwürdiges Verhalten für einen Anwalt."

„Die Anzeige wurde zurückgezogen, was bestimmt irgendwo auf Ihrem kleinen Ausdruck da steht. Und wenn Sie glauben, daß das bißchen Glaszerbrechen im April auch nur das geringste mit dem Brand vergangene Nacht zu tun hat, dann kann der wahre Brandstifter ruhig schlafen. Er ist in Sicherheit. Er wird nie erwischt werden."

Daraufhin richtet der zweite Polizist den Finger auf mich. „Sie sollten lieber mit einem Anwalt sprechen", empfiehlt er mir. „Im Augenblick sind Sie der Hauptverdächtige."

Sie schlagen die Tür hinter sich zu und verschwinden. Ich warte eine halbe Stunde, dann steige ich in meinen Wagen. Ich fahre ein paar Blocks und manövriere mich vorsichtig in die Nähe des Lagerhauses, bis ich die rauchenden Trümmer sehe. Nur eine Mauer steht noch. Es wimmelt von Dutzenden von Leuten, die Anwälte und Sekretärinnen zeigen hierhin und dorthin, die Feuerwehrleute stapfen in ihren schweren Stiefeln herum. Es riecht durchdringend nach verkohltem Holz, und über der ganzen Gegend hängt eine graue Rauchwolke.

PRINCE ist kein Morgenmensch. Gewöhnlich schließt er Yogi's gegen zwei Uhr nachts ab, dann torkelt er auf den Rücksitz seines Cadillacs. Firestone, sein langjähriger Fahrer und angeblicher Leibwächter, bringt ihn nach Hause.

Im allgemeinen ist Prince gegen elf in seinem Büro, weil eine Menge Leute zum Mittagessen ins Yogi's kommen. Ich treffe ihn um zwölf an seinem Schreibtisch an, wo er mit Papieren hantiert und gegen seinen täglichen Kater ankämpft. Er winkt mich herein, und ich schließe die Tür hinter mir.

„Was ist passiert?" grunzt er. Seine Augen sind blutunterlaufen.

Ich erzähle ihm von der vergangenen Nacht – daß ich meinen Job verloren habe, von dem Brand, den Polizisten. Alles. Ich lege besonderen Nachdruck auf die Tatsache, daß es eine Leiche gibt und daß die Polizisten deshalb tun, was in ihren Kräften steht. Ich kann mir nicht vorstellen, wieso ich der Hauptverdächtige sein soll, aber die Polizisten scheinen es zu glauben.

„Also ist Lake abgefackelt worden", denkt er laut. Er streicht sich über den Bart, und mir wird sofort klar, daß er entzückt ist, plötzlich mittendrin zu stecken. Hier haben wir Verbrechen, Tod, Intrige, Politik, eine prächtige Scheibe vom Leben in der Gosse.

„Sie sollten mit einem Anwalt reden", rät er, immer noch über seinen Bart streichend. Das ist leider der eigentliche Grund, weshalb ich hier bin.

„Ich kann mir keinen Anwalt leisten", erkläre ich und warte auf die nächste Zeile im Drehbuch.

„Lassen Sie mich das erledigen", schlägt er vor. „Ich werde Bruiser anrufen. Er tut alles, worum ich ihn bitte."

„Danke", sage ich demütig. Er greift nach dem Telefon und wählt eine Nummer. „Bruiser, hier Prince. Ja, ja. Muß dich möglichst schnell sehen . . . Eine kleine Sache, die einen meiner Angestellten betrifft . . . Ja, ja. Nein, bei dir . . . Okay?" Damit legt er auf.

Firestone fährt den Cadillac vor die Hintertür, und Prince und ich lassen uns auf dem Rücksitz nieder. Seltsamerweise fange ich an, mich zu entspannen. Ich bin in guten Händen.

Bruisers Kanzlei liegt in einem kleinen, langgestreckten und aus roten Ziegelsteinen erbauten Einkaufszentrum mit einer Reinigung am einen Ende und einem Videoverleih am anderen. Bruiser investiere geschickt, erklärt Prince. Das ganze Zentrum gehöre ihm. Auf der gegenüberliegenden Straßenseite ist ein Laden, der Pfannkuchen verkauft und die ganze Nacht geöffnet hat, daneben liegt der Club Amber, ein protziger Oben-ohne-Schuppen mit Neonbeleuchtung im Las-Vegas-Stil.

Abgesehen von den Worten LAW OFFICE, die in Schwarz auf die Glastür in der Mitte der Häuserzeile gemalt sind, deutet nichts darauf hin, welcher Beruf hier ausgeübt wird. Eine Sekretärin mit engen Jeans und klebrigen roten Lippen begrüßt uns mit einem breiten Lächeln, aber wir halten uns nicht mit ihr auf. Ich folge Prince durch den Eingangsbereich. „Sie hat früher auf der anderen Straßenseite gearbeitet", murmelt er. Ich hoffe, es war der Pfannkuchenladen, bezweifle es aber.

Auf einem Podest in Bruisers Büro steht hinter einem massigen Lederdrehstuhl ein großes Aquarium, in dem etwas, das aussieht wie Miniaturhaie, durch das trübe Wasser gleitet.

Weil Bruiser am Telefon ist, fordert er uns mit einer Handbewegung auf, Platz zu nehmen. Prince kann es nicht abwarten, mich zu informieren. „Das da drin sind echte Haie", sagt er und deutet auf die Wand hinter Bruiser. Lebendige Haie im Büro eines Anwalts. Es ist ein Witz. Prince kichert.

Bruiser knurrt ein paar kurze Bemerkungen, dann knallt er den Hörer hin. „Wo liegt das Problem?" fragt er.

Prince sieht mich an, und ich liefere meinen Bericht.

„Habe es heute morgen in den Nachrichten gesehen", wirft Bruiser ein, als ich auf den Brand zu sprechen komme. „Hatte schon fünf Anrufe deswegen. Gehört nicht viel dazu, Anwälte zum Schwatzen zu bringen."

Ich lächle und nicke, weil ich das Gefühl habe, daß das von mir erwartet wird. Schließlich erzähle ich von den Polizisten. Ich beende meinen Bericht ohne weitere Unterbrechungen, dann warte ich auf kluge Ratschläge von seiten meines Anwalts.

„Anwaltsgehilfe?" erkundigt er sich, offensichtlich verblüfft.

„Ich war verzweifelt."

„Und wo wollen Sie jetzt arbeiten?"

„Ich weiß es nicht. Im Augenblick mache ich mir größere Sorgen wegen einer möglichen Verhaftung."

Das bringt Bruiser zum Lächeln. „Darum kümmere ich mich", verspricht er selbstgefällig. Prince hat mir des öfteren versichert, daß Bruiser mehr Polizisten kenne als der Bürgermeister. „Lassen Sie mich nur ein paar Anrufe machen."

„Er muß den Kopf einziehen, nicht wahr?" fragt Prince, als wäre ich ein entflohener Sträfling.

„Ja. In Deckung gehen." Aus irgendeinem Grund drängt sich mir die Gewißheit auf, daß dieser Rat in diesem Büro schon viele Male erteilt worden ist. „Was wissen Sie über Brandstiftung?" fragt er mich.

„Nicht viel. Sie kam beim Jurastudium nicht vor."

„Nun, ich habe ein paar Fälle von Brandstiftung gehabt. Es kann

Tage dauern, bis sie wissen, ob es überhaupt Brandstiftung war. Innerhalb der nächsten Tage werden sie keine Verhaftungen vornehmen."

„Wissen Sie, ich möchte wirklich nicht verhaftet werden."

„Daraus kann ich Ihnen keinen Vorwurf machen", meint er tatsächlich mit aufrichtiger Miene. „Wann ist das Anwaltsexamen?"

„Im Juli."

„Und danach?"

„Ich weiß es nicht. Ich muß mich umschauen."

Mein Kumpel Prince bricht plötzlich in die Unterhaltung ein. „Kannst du ihn hier nicht brauchen, Bruiser? Er ist ein erstklassiger Student, arbeitet hart, ist intelligent. Ich verbürge mich für ihn. Der Junge braucht einen Job."

Wir schauen beide Bruiser an, dessen Blicke hin- und herschießen, während sein Gehirn hektisch nach Ausreden sucht. „Oh, sicher. Ich bin immer auf der Suche nach juristischen Talenten. Aber es ist eigentlich keine Stelle mit einem Gehalt", erläutert Bruiser, während er sich für die Idee erwärmt. „Auf die Weise arbeite ich nicht. Ich erwarte von meinen Anwälten, daß sie für sich selbst sorgen, ihre Honorare selber beschaffen."

Ich bin zu verblüfft, um etwas zu erwidern. Ich will Bruiser Stone nicht zum Boß haben, aber ich bringe nicht die Kraft auf, Bruiser zu sagen, daß er gerade niederträchtig genug ist, mich zu vertreten, aber zu niederträchtig, als daß ich für ihn arbeiten möchte.

„Wie soll das gehen?" frage ich.

„Sie bekommen im Monat tausend Dollar Vorschuß, und Sie behalten ein Drittel der Honorare, die Sie einbringen. Dieses Drittel wird mit dem Vorschuß verrechnet. Ein Drittel geht in meinen Bürofonds, aus dem die laufenden Unkosten, Sekretärinnen und so weiter bezahlt werden. Das andere Drittel bekomme ich. Wenn Sie weniger als Ihren monatlichen Vorschuß einbringen, dann schulden Sie mir die Differenz. Ich lasse die Summe auflaufen, bis Sie einen einträglichen Monat haben. Kapiert?"

Ich denke ein paar Sekunden über dieses absurde Schema nach. Das einzige, was noch schlimmer ist als Arbeitslosigkeit, ist ein Job, bei dem man Geld verliert und die Schulden von Monat zu Monat anwachsen. Mir fallen mehrere unbeantwortbare Fragen ein, und ich will gerade eine davon stellen, als Prince sagt: „Finde ich fair."

„Wieviel verdienen Ihre Anwälte?" frage ich, ohne mit einer ehrlichen Antwort zu rechnen.

„Das schwankt", sagt Bruiser. „Hängt davon ab, wieviel Mühe sie sich geben. Einer hat letztes Jahr knapp achtzigtausend gemacht, ein anderer zwanzig."

„Und du hast dreihunderttausend gemacht", schätzt Prince.

„Schön wär's." Bruiser beobachtet mich genau. „Ich zahle Ihnen noch heute tausend Dollar", lockt er wie der letzte der großen Verschwender. „Als Startkapital."

„Großartig", meine ich mit einem gezwungenen Lächeln. In diesem Moment ist es mir völlig unmöglich, mich anders zu verhalten. Mir ist ein bißchen schlecht.

Bruiser nimmt einen dringenden Anruf entgegen, worauf Prince und ich uns von den Stühlen erheben. Bruiser flüstert mir über die zugehaltene Muschel hinweg zu, ich solle am Nachmittag wiederkommen.

Prince ist so stolz, daß er beinahe platzt. Er hat mich so ganz nebenbei vor dem Gefängnis gerettet und mir eine Stelle verschafft. Sosehr ich mich auch bemühe, ich kann einfach nicht fröhlich sein, während Firestone uns auf dem schnellsten Wege ins Yogi's zurückbringt.

UM 15 UHR 30 komme ich in meinem Toyota bei Bruisers Kanzlei an. Sein kleines Einkaufszentrum heißt GREENWAY PLAZA, und während ich im Wagen sitze, sehe ich außer der Reinigung und dem Videoverleih noch einen Schnapsladen und ein kleines Café. Zähneknirschend öffne ich die Tür zu Bruisers Firma.

Die in Jeans gekleidete Sekretärin schickt mich nach hinten zu meinem neuen Boß. Bruiser sitzt am Schreibtisch und prüft meine Einstellungsformulare wie ein Buchhalter. Sein Interesse an Details überrascht mich. Er heißt mich willkommen, geht die finanziellen Bedingungen unserer Vereinbarung durch und legt mir dann einen Vertrag hin. Er ist vorgedruckt, mit meinem Namen auf den Leerstellen. Ich lese ihn durch und unterschreibe.

Er macht mit mir eine schnelle Runde durch die Kanzlei und stellt mir ein paar Anwälte vor, recht nette Burschen. Sie sind schlecht gekleidet und arbeiten in engen Büros.

Dann betreten wir die Bibliothek. Ein langer Tisch in der Mitte ist übersät mit aufgeschlagenen Bänden und zerknüllten Notizzetteln. „Also, was halten Sie von meinem kleinen Reich?" fragt Bruiser Stone.

„Schwer in Ordnung", sage ich, und das ist nicht gelogen. Ich bin erleichtert zu sehen, daß hier tatsächlich Recht praktiziert wird. Bruiser mag ein Ganove sein, der in fragwürdige Geschäfte und betrügerische Investitionen verwickelt ist; trotzdem ist er ein Anwalt. Die Kanzlei von J. Lyman Stone, wie Bruiser offiziell heißt, ist erfüllt von geschäftigem Gesumm durchaus legitimer Unternehmungen.

„Nicht so elegant wie bei den Großen in der Innenstadt“, stellt er keineswegs entschuldigend fest. „Ihr Büro ist da drüben.“ Er streckt den Arm aus, und wir verlassen die Bibliothek. Zwei Türen weiter befindet sich ein reichlich abgenutzter Raum mit einem Schreibtisch, ein paar Stühlen, Aktenschränken und Pferdebildern an den Wänden.

Bruiser gibt mir einen Ring mit zwei Schlüsseln. „Der ist für die Vordertür, der andere für Ihr Büro. Sie können jederzeit kommen und gehen. Aber seien Sie vorsichtig, das hier ist nicht die allerfeinste Gegend.“

„Ich muß mit Ihnen reden“, eröffne ich ihm, während ich die Schlüssel nehme.

Er schaut auf die Uhr. „Wie lange?“

„Geben Sie mir eine halbe Stunde. Es ist dringend.“

Er zuckt die Achseln, und ich folge ihm in sein Büro, wo er sich auf dem Ledersessel niederläßt. „Was gibt's?“ fragt er, ganz Geschäftsmann.

Ich liefere ihm eine rasche Zusammenfassung des Falls Black mit sämtlichen Fakten und erkläre, wie Barry Lancaster mich benutzt hat, um mir den Fall zu stehlen. „Wir müssen die Klage noch heute einreichen“, lege ich ihm eindringlich dar. „Offiziell gehört der Fall Lancaster, weshalb ich vermute, daß er bald Klage erheben wird.“

Ich habe Bruisers Aufmerksamkeit erregt. Der Gedanke, der Kanzlei Lake vor Gericht zuvorzukommen, gefällt ihm. „Was ist mit den Mandanten?“ hakt er nach. „Sie haben Lake eine Vollmacht gegeben.“

„Ja. Aber ich werde noch mal zu ihnen gehen. Sie hören auf mich.“ Aus meinem Aktenkoffer hole ich die Rohfassung einer Klage gegen Great Benefit. Bruiser liest sie sorgfältig durch.

Dann gebe ich ihm ein Kündigungsschreiben an Barry X. Lancaster, das ich aufgesetzt habe und das alle drei Blacks unterschreiben sollen. Er liest es langsam durch.

„Gute Arbeit, Rudy“, lobt er mich. „Lassen Sie mich raten. Sie reichen heute nachmittag die Klage ein, dann fahren Sie mit einer Kopie davon zu den Blacks. Sie zeigen sie ihnen und bringen sie dazu, die Kündigung zu unterschreiben.“

„Richtig. Ich brauche nur Ihren Namen und Ihre Unterschrift auf der Klage.“

Er zupft nachdenklich an einem abstehenden Barthaar. „Sie wollen es wirklich versuchen?“

„Ich werde vermutlich ein bißchen Hilfe brauchen.“

„Ich mache Sie mit Deck Shifflet bekannt, einem meiner Mitarbeiter. Er hat früher für eine große Versicherungsgesellschaft gearbeitet."

„Großartig."

„Überarbeiten Sie dieses Ding, setzen Sie meinen Namen drauf, und wir werden es noch heute einreichen. Aber sorgen Sie unbedingt dafür, daß die Mandanten mitspielen."

„Die Mandanten werden mitspielen", versichere ich ihm.

FÜNF Minuten vor Feierabend betrete ich das Büro des Kanzleivorstehers im Bezirksgericht und reiche die Klage gegen die Great-Benefit-Lebensversicherungsgesellschaft ein. Meine Mandanten fordern Schadenersatz in Höhe von 200 000 Dollar und eine Geldstrafe von zehn Millionen. Ich weiß nicht, über wieviel Nettovermögen Great Benefit verfügt. Ich habe die zehn Millionen aus der Luft gegriffen, weil sie sich gut anhören. Prozeßanwälte tun das ständig.

Sobald die Klage gegen Great Benefit offiziell ist, rase ich quer durch die Stadt in den Norden von Memphis nach Granger, wo ich meine Mandanten antreffe. Buddy ist draußen. Dot holt Donny Ray aus seinem Zimmer. Zu dritt sitzen wir am Tisch, während sie ihre Kopie der Klage bewundern. Dot wiederholt immer wieder die Summe von zehn Millionen, als besäße sie ein Lotterielos mit dem Hauptgewinn.

Mit gutem Zureden bringe ich Dot und Donny Ray dazu, den Brief mit der Kündigung an Barry X. Lancaster, ihren bisherigen Anwalt, zu unterschreiben. Außerdem ist da ein neuer Vertrag mit der Kanzlei J. Lyman Stone. Von unseren Stühlen am Küchentisch aus sehen Donny Ray und ich zu, wie Dot abermals durch das Unkraut stapft und auf ihren Mann einredet, um seine Unterschrift zu bekommen.

Als ich die Familie verlasse, hat sich ihre Stimmung deutlich gehoben. Es bereitet ihnen eine gewisse Genugtuung, daß sie tatsächlich die Versicherung verklagt haben, die sie schon so lange hassen. Endlich haben sie sich gewehrt.

SIEBEN

ICH ÜBERSTEHE die Nacht ohne Verhaftung, aber auch ohne viel Schlaf. Zwischen fünf und sechs Uhr kapituliere ich vor den verworrenen Gedanken, die mir im Kopf herumwirbeln, und stehe auf. Die Nummer steht im Telefonbuch. Ich wähle, doch es läutet zehnmal, bevor sich eine verschlafene Stimme mit „Hallo" meldet.

„Barry, hier ist Rudy Baylor."

Er räuspert sich, und ich sehe regelrecht, wie er aus dem Bett springt. „Was wollen Sie?" fragt er in wesentlich schärferem Ton.

„Die Blacks haben gestern Klage gegen Great Benefit eingereicht. Außerdem haben sie eine Kündigung unterschrieben. Also sind Sie nicht mehr ihr Anwalt."

„Wie konnten Sie denn die Klage einreichen?"

„Ich schicke Ihnen eine Kopie der Klage, dann können Sie es selbst herausfinden. Im übrigen würde ich es zu schätzen wissen, wenn Sie mich aus dieser Brandstiftungsgeschichte herausließen. Ich habe nichts mit dem Brand zu tun, und wenn Sie darauf bestehen, mich da hineinzuziehen, werde ich gezwungen sein, Sie zu verklagen."

„Ich bin starr vor Angst."

„Das kann ich mir vorstellen. Hören Sie einfach auf, mit meinem Namen herumzuwerfen." Ich lege auf, bevor er etwas erwidern kann.

ICH BIN in meinem Büro und versuche beschäftigt auszusehen. Gerade frage ich mich, wie in aller Welt ich es schaffen soll, in den nächsten dreißig Tagen 1000 Dollar an Honoraren einzubringen, als Bruiser hereinstürmt und ein Blatt Papier auf meinen Schreibtisch wirft. Ich greife danach.

„Das ist die Kopie eines Polizeiberichts", knurrt er.

„Über mich?" frage ich bestürzt.

„Unsinn. Verkehrsunfall gestern abend an der Ecke Airways und Shelby. Vielleicht war ein betrunkener Fahrer beteiligt."

„Vertreten wir einen der . . .?"

„Noch nicht! Dazu sind Sie da. Ziehen Sie einen Vertrag an Land!"

Ich bin völlig verwirrt, und er läßt mich so sitzen. Die Tür schlägt zu, und ich höre ihn auf seinem Weg den Flur entlang knurren.

Der Unfallbericht steckt voller Informationen: die Namen von Fahrern und Beifahrern, Adressen, Telefonnummern, Verletzungen, Schäden an den Fahrzeugen, Augenzeugenberichte. Beide Fahrer wurden verletzt und ins Krankenhaus gebracht. Der Unfall ist gestern um 22.10 Uhr passiert, und Bruiser hat es irgendwie geschafft, den Bericht gleich heute morgen in seine schmuddeligen Hände zu bekommen.

Ein Klopfen an der Tür reißt mich aus meinem verwirrten Zustand. Die Tür knarrt leise, und ein schmächtiger kleiner Mann steckt den Kopf herein. „Rudy?" fragt er mit hoher, nervöser Stimme.

„Ja, kommen Sie herein."

Er schiebt sich durch den schmalen Spalt und schleicht sich

regelrecht zu dem Stuhl vor meinem Schreibtisch. „Ich heiße Deck Shifflet“, stellt er sich vor. „Bruiser hat gesagt, Sie hätten einen Fall, über den Sie reden möchten.“

„Nett, Sie kennenzulernen“, sage ich. Es ist schwer zu sagen, ob Deck vierzig ist oder fünfzig. Der größte Teil seines Haars ist verschwunden, und die paar noch vorhandenen Strähnen sind mit viel Öl an seinen breiten Schädel geklatscht. Entweder ist sein Kopf zu groß oder sein Körper zu schmächtig, jedenfalls paßt beides nicht zusammen. Der arme Kerl ist einer der unattraktivsten Menschen, die mir je begegnet sind. Sein Gesicht ist von einer Pubertätsakne gezeichnet. Sein Kinn existiert praktisch nicht.

„Es ist ein Versicherungsfall“, beginne ich und versuche, nicht in die riesigen Augen zu schauen, die mich durch dicke Gläser hindurch mustern. „Sind Sie einer der angestellten Anwälte hier?“

„Sozusagen, und dann auch wieder nicht. Sehen Sie, ich bin noch kein Anwalt. Ich habe Jura studiert, aber kein Examen gemacht.“

Ah, eine verwandte Seele. „Wann sind Sie mit dem Studium fertig geworden?“ frage ich.

„Vor fünf Jahren. Ich habe Probleme mit dem Anwaltsexamen. Sechsmal habe ich es schon versucht.“

„Oh“, murmele ich. Ich habe nicht gewußt, daß man sich so oft zum Examen melden kann. „Tut mir leid, das zu hören.“

„Ich weiß nicht, ob ich es jemals wieder versuchen werde.“

„Wo haben Sie studiert?“ erkundige ich mich.

„In Kalifornien“, gibt er Auskunft. „In Abendkursen. War damals verheiratet, habe fünfzig Stunden die Woche gearbeitet. Hatte nicht viel Zeit zum Lernen. Fünf Jahre habe ich gebraucht bis zur Graduierung. Meine Frau hat mich verlassen. Danach bin ich hierhergezogen.“ Seine Sätze werden immer kürzer, dann verstummt er.

„Und seit wann arbeiten Sie für Bruiser?“

„Seit fast drei Jahren. Er behandelt mich wie die übrigen Anwälte. Ich treibe Fälle auf, bearbeite sie, gebe ihm seinen Anteil, und alle sind glücklich. Wenn Versicherungsfälle hereinkommen, bittet er gewöhnlich mich, sie zu bearbeiten. Ich habe achtzehn Jahre bei Pacific Mutual gearbeitet.“

„Darf ich Sie etwas fragen?“ Ich gebe ihm den Unfallbericht. „Was erwartet Bruiser von mir?“

„Daß Sie den Fall an Land ziehen. Den Mann finden, der angefahren wurde, ihm einen Vertrag mit der Kanzlei J. Lyman Stone aufschwatzen und sich dann um alles Weitere kümmern.“

„Wie soll ich ihn finden?"

„Nun, es sieht so aus, als wäre er im Krankenhaus."

„Sie gehen ins Krankenhaus?"

„Klar. Das tue ich ständig. Bruiser hat Kontakte zum Polizeipräsidium. Von dort bekommt er fast jeden Morgen die Unfallberichte. Er erwartet von uns, daß wir uns die Fälle angeln. Dazu braucht man kein Experte zu sein."

„Welches Krankenhaus?"

Deck Shifflet verdreht die Augen und schüttelt angewidert den Kopf. „Was bringt man euch beim Studium eigentlich bei?"

„Ganz bestimmt nicht, wie man Jagd auf Unfallopfer macht."

„Dann sollten Sie es rasch lernen, sonst werden Sie verhungern. Sehen Sie, hier steht die Telefonnummer des verletzten Fahrers. Sie rufen einfach dort an, sagen dem, der sich meldet, Sie gehörten zum Rettungsdienst der Feuerwehr von Memphis und müßten unbedingt mit dem verletzten Fahrer sprechen. Er kann aber nicht ans Telefon kommen, weil er im Krankenhaus liegt, richtig? In welchem Krankenhaus? Sie brauchen das für Ihren Computer. Man wird es Ihnen sagen. Funktioniert immer. Die Leute sind leicht zu übertölpeln."

Mir ist übel. „Und was dann?"

„Dann fahren Sie zum Krankenhaus und reden mit dem Mann. Ich sage Ihnen, was wir tun. Wir holen uns ein Sandwich und essen es im Wagen, während wir zusammen zum Krankenhaus fahren und versuchen, diesen Burschen an den Haken zu kriegen."

Das möchte ich ganz und gar nicht. „In Ordnung", stimme ich äußerst widerstrebend zu.

„Wir treffen uns vor dem Haus", entscheidet er. „Ich rufe an und finde heraus, in welchem Krankenhaus er liegt."

BEI DEM Krankenhaus handelt es sich um das St. Peter's Charity Hospital. Deck kennt es gut. Wir fahren in seinem verbeulten Kleinbus durch die Stadt und parken auf dem für Ärzte reservierten Platz, weil Deck einen Parkschein hat, der ihn als Arzt ausweist.

Deck führt mich geradewegs zum Auskunftsschalter in der von Menschen wimmelnden Haupthalle. Binnen Sekunden hat er die Zimmernummer von Dan Van Landel, unserem potentiellen Mandanten. Obwohl Deck mit einwärts gerichteten Füßen und einem leichten Hinken geht, habe ich Mühe, mit ihm Schritt zu halten, als er auf den Fahrstuhl zusteuert. „Benehmen Sie sich nicht wie ein Anwalt", flüstert er mir zu.

Deck weiß genau, wie er zu Zimmer 886 kommt. Es liegt vier Türen weiter auf der linken Seite. Ohne anzuklopfen, betreten wir das Halbdunkel eines Zweibettzimmers. Im ersten Bett liegt ein Mann, der sich die Decken bis zum Kinn hochgezogen hat. Er mustert uns so entsetzt, als wären wir gekommen, um uns eine Niere von ihm zu holen, und ich hasse mich selbst dafür, daß ich hier bin.

Deck dagegen ist die Ruhe selbst. Wir gehen auf die Öffnung in einer zusammenfaltbaren Trennwand zu. Deck zögert einen Moment, um zu sehen, ob Dan Van Landel Besuch hat. Aber er ist allein, und so schiebt sich Deck vorwärts. „Guten Tag, Mr. Van Landel", begrüßt er den Mann freundlich.

Van Landel ist Ende Zwanzig, aber sein Alter ist schwer zu schätzen, weil sein Gesicht verbunden ist. Ein Auge ist fast vollständig zugeschwollen, unter dem anderen verläuft eine Schnittwunde. Ein Arm ist gebrochen, ein Bein steckt in einem Streckverband. Er blinzelt heftig, um besser zu sehen. „Wer sind Sie?" grunzt er durch zusammengebissene Zähne. Zusammengebissen, weil sie verdrahtet sind.

Deck lächelt. „Deck Shifflet, Kanzlei Lyman Stone." Er sagt das mit erstaunlicher Selbstsicherheit, als würde von ihm erwartet, daß er hier ist. „Sie haben noch nicht mit einer Versicherung gesprochen, oder?"

„Nein", grunzt Van Landel.

„Gut. Reden Sie nicht mit ihnen. Die wollen Sie nur aufs Kreuz legen", rät ihm Deck und schiebt sich noch näher heran. „Wir haben uns den Unfallbericht angesehen. Klarer Fall von Mißachtung einer roten Ampel. Wir werden in ungefähr einer Stunde hinfahren und den Unfallort fotografieren, mit Zeugen reden, Sie wissen schon, alles, was dazugehört. Wir müssen das schnell tun, bevor sich die Ermittler der Versicherung an die Zeugen heranmachen. Es ist schon vorgekommen, daß sie die Zeugen bestechen, damit sie falsch aussagen. Wir müssen schnell handeln, aber dazu müssen wir von Ihnen bevollmächtigt sein. Haben Sie einen Anwalt?"

Ich halte den Atem an. Wenn Van Landel jetzt sagt, daß sein Bruder Anwalt ist, sind wir draußen.

„Nein", nuschelt er.

Deck setzt zum Todesstoß an. „Unsere Kanzlei bearbeitet mehr Verkehrsunfälle als sonst jemand in Memphis, und wir holen gewaltige Vergleichssummen heraus. Die Versicherungen haben Angst vor uns. Wir nehmen nur das übliche Drittel von dem, was wir herausholen." Während er das sagt, zieht er langsam einen Vertrag aus einem Notizblock.

„Können Sie nicht auf meine Frau warten?“ fragt Van Landel fast flehend. „Sie kommt bald wieder.“

„Ich spreche später mit ihr, in meinem Büro. Ich brauche schrecklich viele Informationen von ihr.“ Deck schiebt gekonnt seinen Block unter den Vertrag, damit das Unterschreiben leichter geht, und zieht die Kappe von einem Kugelschreiber ab.

Van Landel murmelt etwas, dann nimmt er den Kugelschreiber und kritzelt seinen Namen. Deck gibt dem neuen Mandanten eine Visitenkarte. Sie identifiziert ihn als Anwaltsgehilfen der Kanzlei J. Lyman Stone.

„Nun ein paar Dinge“, mahnt Deck in gebieterischem Ton. „Versicherungsleute werden kommen und Sie belästigen. Vermutlich schon heute. Reden Sie unter gar keinen Umständen mit ihnen, und unterschreiben Sie nichts, bevor ich es mir angesehen habe. Sie haben meine Nummer. Sie können mich Tag und Nacht anrufen. Auf der Rückseite steht die Nummer von Rudy Baylor hier. Wir bearbeiten den Fall gemeinsam. Noch Fragen? Gut“, antwortet Deck selbst, bevor Van Landel reagieren kann. „Ihre Frau soll uns noch heute anrufen.“ Er klopft Van Landel auf das gesunde Bein. „Wir werden einen schönen Batzen Geld für Sie herausschlagen“, versichert er ihm.

Wir verabschieden uns und verlassen schnell das Zimmer. „So wird's gemacht, Rudy. Ein Kinderspiel“, sagt Deck stolz auf dem Flur.

„Aber es ist unmoralisch, Fälle auf diese Art hereinzuholen und Unfallopfer so zu überrumpeln.“

„Richtig. Aber wen kümmert das? Besser wir als der nächste. Ich versichere Ihnen, im Lauf der nächsten vierundzwanzig Stunden wird ein weiterer Anwalt bei Van Landel auftauchen und versuchen, ihn zum Unterschreiben eines Vertrags zu bewegen. So wird es eben gemacht, Rudy. Das ist Wettbewerb, freie Marktwirtschaft. Da draußen schwirren Unmengen von Anwälten herum.“

Als ob ich das nicht wüßte.

In einer kleinen Cafeteria im dritten Stock trinken wir Kaffee aus Plastikbechern. Deck gibt ihr den Vorzug, weil sie in der Nähe der orthopädischen Abteilung liegt, das Ergebnis einer kürzlich abgeschlossenen Renovierung ist und nur wenige Anwälte wissen, daß sie existiert. Anwälte, erklärt Deck mit gedämpfter Stimme, während er sämtliche Patienten mustert, hätten die Angewohnheit, in Krankenhauscafeterias herumzuhängen, wo sie sich direkt auf Verletzte stürzen können.

Ein Teil meiner Arbeit wird darin bestehen, hier herumzulungern und diese Weiden abzugrasen. Auch im ersten Stock des Cumberland-Hospitals gibt es eine große Cafeteria, und im VA-Hospital sogar drei. Deck weiß natürlich, wo sie sich befinden, und teilt sein Wissen mit mir. Er rät mir, mit St. Peter's zu beginnen, weil es die größte Unfallchirurgie hat.

Miss Birdie sieht sich immer eine Wiederholung der Fernsehserie M.A.S.H. an, ehe sie um elf zu Bett geht. Ich sitze auf der Treppe vor meiner Wohnung und sehe ihre Silhouette, während sie sich von einer Tür zur nächsten bewegt, Schlösser überprüft und Jalousien herunterläßt.

Ich habe heute einen Brief an einen Anwalt in Atlanta geschrieben und um Auskunft über den Nachlaß von Anthony L. Murdine gebeten, dem zweiten Ehemann von Miß Birdie. Offensichtlich hat Mr. Murdine eine stattliche Summe hinterlassen. Darüber muß es eine große Kontroverse gegeben haben, da das Gericht in De Kalb, Georgia, anordnete, die Akte zu versiegeln.

Als in ihrem Schlafzimmer das Licht ausgeht, schleiche ich die wacklige Treppe hinunter zu der zwischen zwei kleinen Bäumen schaukelnden Hängematte. Letzte Nacht habe ich eine Stunde darin geschaukelt, ohne mich zu verletzen. Von der Hängematte aus hat man einen prächtigen Blick auf den Vollmond. Ich schaukele sanft.

Seit der Van-Landel-Episode heute bin ich ziemlich deprimiert. Vor knapp drei Jahren habe ich das Jurastudium in der edlen Absicht begonnen, meine Lizenz eines Tages dazu zu benutzen, im kleinen Rahmen die Gesellschaft zu verbessern und einen ehrenwerten Beruf auszuüben, regiert von einem ethischen Kanon, den einzuhalten sich alle Anwälte bemühen würden.

Zu Ehren der Fakultät muß gesagt werden, daß wir Stunden mit dem Einprägen und Diskutieren ethischer Grundsätze verbrachten. Dieses Thema wurde mit so viel Nachdruck behandelt, daß wir annahmen, der Berufszweig wäre eifrig darauf bedacht, sich an ein starres System von Richtlinien zu halten. Und jetzt bin ich deprimiert von der Wahrheit. Ich mußte erleben, wie ein Anwalt nach dem anderen Pfeile in meinen Ballon schoß. Ich bin zu einem Wilderer in Krankenhauscafeterias herabgesunken, für 1 000 Dollar im Monat. Mir ist speiübel bei dem Gedanken, was aus mir geworden ist, und ich bin benommen von der Geschwindigkeit, mit der ich gefallen bin.

Mein bester Freund am College war Craig Balter. Als wir mit dem

Studium anfingen, hatte er nur ein Ziel, und das war, an einer High-School Geschichte zu lehren. Er war sehr intelligent, und das College fiel ihm leicht. Ich fand, er nutzte seine Fähigkeiten nicht gebührend, wenn er unterrichtete. Ich war auf viel Geld und eine steile Karriere aus. Sein Ziel war das Klassenzimmer, in dem sein Gehalt von Faktoren abhing, über die er nicht zu bestimmen hatte.

Craig machte seinen Abschluß und heiratete eine Lehrerin. Jetzt unterrichtet er Geschichte in der neunten Klasse. Die beiden haben ein hübsches Haus auf dem Land mit ein paar Ar Land und sind die glücklichsten Menschen, die ich kenne. Zusammen verdienen sie vermutlich ungefähr 50 000 Dollar im Jahr.

Aber Craig ist das Geld gleichgültig. Er tut genau das, was er schon immer tun wollte. Ich dagegen habe keine Ahnung, was ich tue. Wenn Anwälte so wenig verdienen würden wie Lehrer, könnten neun von zehn juristischen Fakultäten sofort schließen.

So kann es nicht bleiben. Aber bevor sich etwas ändern kann, muß ich auf mindestens zwei weitere mögliche Katastrophen gefaßt sein. Erstens könnte ich wegen des Brands bei Lake verhaftet werden, und zweitens könnte ich durch das Anwaltsexamen fallen.

BRUISER ist früh im Büro, rotäugig und verkatert, aber er trägt seine beste Anwaltskluft – teurer Kammgarnanzug, gestärktes weißes Baumwollhemd, elegante Seidenkrawatte. Seine wehende Mähne scheint heute morgen eine Extrawäsche erhalten zu haben. Ich bin zu ihm zitiert worden, um meine Instruktionen entgegenzunehmen.

„Gute Arbeit bei Van Landel", lobt er, in einer Flut von Papieren und Akten thronend. „Ich habe vor ein paar Minuten mit der Versicherung gesprochen. Massenhaft Deckung. Die Haftung scheint klar. Das könnte ein hübscher Vergleich werden."

Hübsch für Bruiser, aber ich werde keinen Anteil daran haben. Dieser Fall wird für mich kein Honorar abwerfen.

„Die Polizei will Ihre Aussage über den Brand", fährt er fort. „Sie machen es hier, in diesem Büro, in meiner Gegenwart."

„Und was wollen sie von mir wissen?"

„Wo Sie waren, was Sie getan haben, Zeiten, Orte, Alibis und so weiter. So gegen vierzehn Uhr."

Ich nicke zustimmend. Es ist merkwürdig, daß ich in diesem Zustand der Verletzlichkeit volles Vertrauen zu Bruiser Stone habe, einem Mann, dem ich in anderen Dingen nicht über den Weg trauen würde.

„Ich brauche ein bißchen Freizeit, Bruiser", eröffne ich ihm.

Er mustert mich fassungslos. Einer der Haie scheint mich gehört zu haben. „Sie haben gerade erst angefangen", sagt Bruiser.

„Ja, ich weiß. Aber ich stehe direkt vor dem Anwaltsexamen und bin mit dem Lernen ziemlich im Rückstand."

Er streicht sich über den Bart. Seine Augen durchbohren mich wie Laser. „Wieviel Freizeit?"

„Nun, ich würde gern jeden Morgen kommen, bis Mittag arbeiten, dann in die Bibliothek verschwinden und lernen."

„Sie könnten mit Deck lernen", schlägt Bruiser mit einem Lächeln vor. Es ist ein Witz, also lache ich. „Ich sage Ihnen was", meint er, jetzt wieder ernst. „Sie arbeiten bis Mittag, dann packen Sie Ihre Bücher zusammen und setzen sich in die Cafeteria von St. Peter's. Lernen Sie, soviel Sie wollen, aber halten Sie gleichzeitig die Augen offen. Nehmen Sie ein Handy mit, damit ich Sie jederzeit erreichen kann. Ist das ein faires Angebot?"

„Ja", pflichte ich ihm mit einem Stirnrunzeln bei.

Letzte Nacht in der Hängematte habe ich gedacht, daß es mir mit ein bißchen Glück gelingen könnte, St. Peter's zu meiden. Jetzt bin ich dort stationiert.

DIESELBEN beiden Polizisten, die auch in meiner Wohnung waren, melden sich bei Bruiser, um seine Zustimmung zu meinem Verhör einzuholen. Zu viert setzen wir uns an einen kleinen, runden Tisch in einer Ecke von Bruisers Büro.

Ich wiederhole dieselbe Geschichte, die ich den beiden bei ihrem ersten Besuch erzählt habe. Nach einer Stunde scheinen sie begriffen zu haben, daß sie in mir den Falschen erwischt haben.

Endlich verschwinden sie, und Bruiser sagt, damit sei der Fall erledigt. Ich sei kein Verdächtiger mehr, sie hielten sich nur den Rücken frei. Er wird morgen früh mit ihrem Vorgesetzten sprechen und dafür sorgen, daß meine Akte geschlossen wird.

Ich bedanke mich bei ihm. Er gibt mir ein winziges Telefon, das in meiner Handfläche Platz findet. „Sehen Sie zu, daß Sie das immer bei sich haben", ermahnt er mich. „Könnte sein, daß ich Sie schnell brauche." Das winzige Gerät wird plötzlich erheblich schwerer. Durch dieses Ding bin ich seinen Launen rund um die Uhr ausgeliefert.

ICH KEHRE mit dem festen Vorsatz, mich in eine Ecke zu verkriechen und mein Material durchzuarbeiten, in die Cafeteria in der Nähe der orthopädischen Abteilung zurück.

Zuerst verschlinge ich ein Sandwich mit Pfefferkäse und dazu Chips, während ich die anderen Essensgäste mustere. Die meisten tragen Medizinerkleidung – Ärzte in Kitteln, Schwestern in Tracht, Laboranten in weißen Jacken. Gelegentlich kommt ein Patient auf Krücken hereingehinkt oder wird in einem Rollstuhl von einem Pfleger hereingeschoben. Ich entdecke keine anderen Anwälte.

Um sechs bezahle ich meine erste Tasse Kaffee und vertiefe mich dann in das mühsame Durcharbeiten von Vertrags- und Liegenschaftsrecht. Nach einer Weile stelle ich sehr zu meiner Überraschung fest, daß es mir hier gefällt. Es ist ruhig, und niemand kennt mich. Ideale Voraussetzungen zum Lernen, und der Kaffee ist nicht schlecht.

Zwei Stunden später verlasse ich meinen Tisch und fahre in den achten Stock hinauf, um nach Dan Van Landel zu sehen. Er hat Schmerzen, ist aber redewillig. Ich überbringe die gute Nachricht, daß wir uns mit der Versicherung des anderen Fahrers in Verbindung gesetzt haben und daß dort eine hübsche Police auf uns wartet.

Dan bringt ein erfreutes Lächeln zustande. Er zählt bereits das Geld.

Ich verabschiede mich und verspreche, morgen wieder hereinzuschauen.

Um zehn bin ich der einzige Gast in der Cafeteria. Sie hat die ganze Nacht geöffnet, also läßt die Kassiererin mich in Ruhe. Ich bin tief in das Thema Vorverfahren versunken, als ich ein leises Niesen höre. Ich schaue auf und sehe zwei Tische entfernt eine Patientin in einem Rollstuhl. Ihr rechtes Bein ist vom Knie abwärts eingegipst.

Sie ist sehr jung und ungeheuer attraktiv. Ihr Haar ist dunkel, ihre braunen Augen scheinen feucht zu sein. Sie hat ein gutgeschnittenes Gesicht, das trotz einer unübersehbaren Prellung am Unterkiefer hinreißend aussieht. Es ist eine häßliche Prellung wie von einem Faustschlag. Die Frau trägt das übliche weiße Krankenhausnachthemd.

Ein alter Mann in einer rosa Jacke, wie sie die freiwilligen Helfer tragen, stellt einen Plastikbecher mit Orangensaft vor sie auf den Tisch. „Bitte sehr, Kelly", sagt er wie ein wohlwollender Großvater.

„Danke", antwortet sie mit einem kurzen Lächeln.

„Eine halbe Stunde, haben Sie gesagt?" fragt er.

Sie nickt und beißt sich auf die Unterlippe. „Eine halbe Stunde."

Er tätschelt ihr die Schulter und verläßt die Cafeteria.

Wir sind allein. Ich versuche, nicht zu ihr hinüberzusehen, aber es ist unmöglich. Als sie den Becher hebt, bemerke ich, daß an ihrem linken Ringfinger ein schmaler Ehering steckt. Sie ist nicht älter als achtzehn. Ich sehe, wie sie sich die Augen mit einer Papierserviette abtupft. Sie neigt den Kopf leicht nach rechts, während die Tränen fließen.

Ich versuche mich auf das vor mir liegende Buch zu konzentrieren, während sie leise weiter weint. Ich trinke meinen Kaffee aus, erhebe mich vom Stuhl und gehe auf dem Weg zum Verkaufstresen direkt an ihr vorbei. Meine Hände zittern ein bißchen, als ich den Kaffee bezahle. Ich hole tief Luft und bleibe an ihrem Tisch stehen.

Sie hebt langsam den Blick und sieht mich mit schönen, nassen Augen an.

Ich schlucke schwer. „Ich will mich nicht aufdrängen, aber kann ich etwas für Sie tun?"

„Nein", lehnt sie fast unhörbar ab und schenkt mir ein hinreißendes Lächeln. „Trotzdem, danke."

„Nichts zu danken", sage ich. Ich schaue zu meinem knapp sechs Meter entfernten Tisch hinüber. „Ich sitze da drüben, falls Sie etwas brauchen sollten."

„Danke", wiederholt sie.

Ich kehre zu meinem Tisch zurück und sinke auf den Stuhl. Minuten vergehen. Ich blättere eine Seite um und sehe dabei zu ihr hinüber. Sie sieht mich an, und mein Herz setzt einen Schlag aus. Ich ignoriere sie, solange ich es aushalte, dann schaue ich abermals auf. Sie ist wieder tief in ihr Leid versunken, Tränen strömen ihr über die Wangen.

Mir bricht es das Herz, sie so leiden zu sehen. Wenn sie verheiratet ist, wo ist dann ihr Mann?

Der Helfer in der rosa Jacke erscheint pünktlich um halb elf. Er tätschelt ihr den Kopf und wendet behutsam ihren Rollstuhl. Im Hinausfahren bedenkt sie mich mit einem langen, tränenvollen Lächeln.

AM NÄCHSTEN Abend gehe ich wieder in die Cafeteria und lasse mich an demselben Tisch nieder. Ich besuche Van Landel, halte Ausschau nach anderen Haien, die in diesen trüben Gewässern auf Beute lauern, und ich ignoriere ein paar mögliche Mandanten, die nur darauf warten, daß sich jemand an sie heranmacht. Ich lerne stundenlang, wobei ich die Uhr im Auge behalte. Als es auf zehn Uhr zugeht, schwindet mein Eifer, und ich fange an, mich umzusehen.

Fünf Minuten nach zehn rollt sie herein, und derselbe alte Mann schiebt sie an einen der Tische. Sie lächelt mich an, während er ihren Rollstuhl herummanövriert. „Orangensaft", bestellt sie. Wenn ich mich nicht irre, trägt sie eine Spur Wimperntusche und ein bißchen Lidschatten. Ihre Augen sind klar, strahlend, frei von Traurigkeit.

Er stellt einen Becher Orangensaft vor sie hin und zieht sich zurück. Sie nippt an dem Saft. Ich warte ein paar Minuten, ohne sie zu beachten. Dann stehe ich langsam auf, als wäre es Zeit für eine Kaffeepause. An ihrem Tisch bleibe ich stehen. „Heute abend scheint es Ihnen viel besser zu gehen."

„Ich fühle mich auch viel besser", bestätigt sie.

„Kann ich Ihnen etwas holen?"

„Ich hätte gern eine Cola. Dieser Saft ist bitter."

„Gern", sage ich und gehe davon. Am Getränkeautomaten fülle ich zwei große Becher mit Cola, bezahle und stelle sie auf ihren Tisch.

„Bitte, setzen Sie sich", fordert sie mich auf.

Ich lasse mich nieder und stütze den Ellenbogen auf. „Ich heiße Rudy Baylor", stelle ich mich vor. „Und Sie heißen Kelly Soundso."

„Kelly Riker. Nett, Sie kennenzulernen."

„Ganz meinerseits." Sie ist aus sechs Metern Entfernung ein überaus erfreulicher Anblick, aber jetzt, da ich sie aus nur einem Meter Entfernung betrachten kann, ist es unmöglich, den Blick von ihr abzuwenden. Sie ist wunderschön.

„Weshalb kommen Sie hierher?" frage ich, als wäre ich hier zu Hause.

„Um aus meinem Zimmer zu fliehen. Und Sie?"

„Ich lerne für das Anwaltsexamen."

„Sie wollen Anwalt werden?"

„Ja. Vor ein paar Wochen bin ich mit dem Studium fertig geworden und habe jetzt eine Stelle in einer Kanzlei."

Sie trinkt durch den Strohhalm und verzieht leicht die Mundwinkel, als sie ihr Gewicht verlagert.

„Ziemlich übler Bruch, wie?" erkundige ich mich und deute mit einem Kopfnicken auf ihr Bein.

„Es ist der Knöchel. Er ist genagelt worden."

„Wie ist das passiert?" Eine sehr naheliegende Frage, und ich habe vermutet, daß ihr die Beantwortung keine Probleme bereiten würde.

Aber das ist nicht der Fall. Sie zögert. „Ein häuslicher Unfall", weicht sie aus.

Was soll das bedeuten? Ein häuslicher Unfall? „Oh", meine ich, als wäre alles völlig klar. „Seit wann sind Sie schon hier?" frage ich.

„Seit zwei Tagen." Sie hält inne und spielt mit ihrem Strohhalm. „Ist das hier nicht ein merkwürdiger Ort zum Lernen?"

„Durchaus nicht. Es ist ruhig hier. Es gibt Kaffee in rauhen Mengen, und das die ganze Nacht lang. Sie tragen einen Ehering." Diese Tatsache hat mich mehr gepeinigt als alles andere. „Wo ist denn Ihr Mann?"

„Sie stellen viele Fragen. Weshalb interessiert Sie das?“

„Weil es seltsam ist, daß Sie allein hier im Krankenhaus sind, offensichtlich verletzt, und er ist nicht bei Ihnen.“

„Er war schon früher da.“

„Und jetzt ist er zu Hause bei den Kindern?“

„Wir haben keine Kinder. Und Sie?“

„Nein. Keine Frau, keine Kinder.“

„Wie alt sind Sie?“

„Fünfundzwanzig. Und wie alt sind Sie?“

Sie denkt eine Sekunde darüber nach. „Neunzehn.“

„Das ist ganz schön jung, um schon verheiratet zu sein.“

„Mir blieb nichts anderes übrig. Ich wurde schwanger, als ich knapp achtzehn war, habe kurz darauf geheiratet, hatte eine Woche nach der Hochzeit eine Fehlgeburt, und seither ist es bergab gegangen. Befriedigt das Ihre Neugierde?“

„Nein. Ja. Tut mir leid. Worüber möchten Sie reden?“

„Übers College. Wo sind Sie aufs College gegangen?“

„In Austin Peay. Jurastudium an der Memphis-State-Universität.“

„Ich wollte immer aufs College gehen, aber es wurde nichts daraus. Stammen Sie aus Memphis?“

„Ich bin hier geboren, aber in Knoxville aufgewachsen. Und wo sind Sie aufgewachsen?“

„In einer kleinen Stadt, eine Stunde von hier. Wir sind von dort weggezogen, als ich schwanger wurde.“

„Was tut Ihr Mann?“

„Cliff fährt einen Gabelstapler für PFX Freight, eine Transportfirma, und er trinkt eine Menge. Er ist ein Versager, der immer noch davon träumt, in der Profiliga Baseball zu spielen.“

Soviel hatte ich gar nicht wissen wollen. „Sie sind noch jung genug, um aufs College zu gehen“, tröste ich sie.

Mein Optimismus bringt sie kurz zum Lachen, als hätte dieser Traum sich vor langer Zeit selbst begraben. Sie will wissen, wie es auf dem College war – das Lernen, die Partys, Dinge wie Studentenverbindungen, das Leben auf dem Campus, die Examen.

Ohne viel Mühe schmücke ich die grandiosen Tage meiner Zeit am College aus und übergehe so wesentliche Tatsachen wie die vierzig Stunden in der Woche, in denen ich Pizzas ausgeliefert habe, um Student bleiben zu können.

Sie will mehr über die Kanzlei wissen, und ich stecke gerade mitten in einer absurden Verherrlichung von J. Lyman Stone und seinem Büro, als zwei Tische entfernt das Telefon läutet. Es ist Bruiser, der betrunken aus dem Yogi's anruft. „Schon was an der Angel?" bellt er ins Telefon.

Ich lächle Kelly an und erkläre so leise wie möglich, daß ich gerade mit einem möglichen Mandanten spreche. Bruiser lacht dröhnend, dann übergibt er den Hörer an Prince, der noch betrunkener ist. Er verfällt in eine Ich-habe-es-Ihnen-ja-gesagt-Rede darüber, daß Bruiser mir mehr von der Juristerei beibringen würde als fünfzig Professoren. Das dauert eine Weile, und währenddessen erscheint Kellys Helfer, um sie in ihr Zimmer zurückzubringen.

Ich gehe auf ihren Tisch zu, lege die Hand auf die Sprechmuschel und sage: „Es war sehr nett, Sie kennenzulernen."

Sie lächelt. „Danke für die Cola."

„Morgen abend?" frage ich, während Prince mir ins Ohr brüllt.

„Vielleicht." Sie zwinkert mir zu, und meine Knie werden weich.

ACHT

DECK liebt Herausforderungen, vor allem, wenn es darum geht, Schmutz zutage zu fördern. Ich gebe ihm meine dürftigen Informationen über Kelly und Cliff Riker, und kaum eine Stunde später kommt er mit einem stolzen Grinsen in mein Büro geschlichen.

Er liest von seinen Notizen ab:

> „Kelly Riker wurde vor drei Tagen um Mitternacht mit einer ganzen Reihe von Verletzungen in das St. Peter's Hospital eingeliefert. In einem anonymen Anruf bei der Polizei meldeten Nachbarn einen heftigen Streit in der Wohnung. Die Polizisten fanden Kelly zusammengeschlagen vor. Cliff Riker war offensichtlich betrunken und wollte über die Polizisten ebenso herfallen wie zuvor über seine Frau. Er schwang einen Softballschläger aus Aluminium, wurde jedoch schnell überwältigt, der Körperverletzung beschuldigt, festgenommen und abgeführt. Kelly Riker wurde von der Ambulanz ins Krankenhaus gebracht. Sie machte der Polizei gegenüber eine Aussage, derzufolge ihr Mann nach einem Softballspiel betrunken nach Hause gekommen war. Erst kam es zu einem heftigen Wortwechsel, dann kämpften sie. Kelly sagte, er habe sie zweimal mit dem Schläger auf den Knöchel geschlagen und zweimal mit der Faust ins Gesicht."

Vergangene Nacht konnte ich nicht schlafen. Ich dachte an Kelly Riker, ihre braunen Augen und sonnengebräunten Beine. Bei dem Gedanken, daß ihr Mann so über sie hergefallen ist, wird mir schlecht.

„Was ist mit Cliff geschehen?" frage ich Deck.

„Verbrachte die Nacht im Gefängnis. Seine Eltern haben die Kaution gestellt. Er kommt in einer Woche vor Gericht, aber wahrscheinlich wird sie die Anklage zurückziehen."

„Woher wissen Sie . . .?"

„Weil es schon einmal passiert ist. Vor acht Monaten bekam die Polizei den gleichen Anruf, die gleiche Prügelei, alles das gleiche, nur daß sie mehr Glück hatte. Lediglich ein paar Prellungen. Offensichtlich war der Schläger nicht zur Hand gewesen. Dann, vor drei Monaten, kommt der Schläger ins Spiel, und sie verbringt eine Woche mit gebrochenen Rippen in St. Peter's. Die zuständige Abteilung der Polizei in Memphis drängt auf eine strenge Bestrafung. Aber sie liebt den Kerl und weigert sich, gegen ihn auszusagen. Die ganze Sache wird fallengelassen."

Ich brauche einen Moment, um das zu verdauen. Ich hatte häuslichen Ärger vermutet, aber nichts so Grauenhaftes. Wie kann ein Mann zu einem Aluminiumschläger greifen und damit auf seine Frau eindreschen? „Danke", sage ich. Ich fühle mich schwach und benommen.

„Keine Ursache."

NATÜRLICH hat Booker wesentlich intensiver auf das Anwaltsexamen gelernt als ich. Und er macht sich meinetwegen Sorgen. Das ist typisch für ihn. Für heute nachmittag hat er einen Lernmarathon in einem Konferenzraum der Kanzlei Shankle angesetzt.

Ich komme, wie Booker mir eingeschärft hat, genau um zwölf Uhr dort an. Wir werden sechs Stunden ununterbrochen lernen, mit kurzen Kaffeepausen, und um achtzehn Uhr aufhören.

Zuerst wiederholen wir die Bundeseinkommensteuergesetze. Booker besorgt den größten Teil des Redens, weil er ein besseres Gespür für Steuern hat. Um halb zwei übernehme ich und bete ihm die Bundesvorschriften über die Beweisaufnahme vor.

Schlag halb drei betritt Marvin Shankle den Konferenzraum, und Booker stellt mich ihm vor. Shankle ist Anfang Fünfzig, in sehr guter Verfassung. Er hat eine sanfte Stimme, aber einen durchdringenden Blick. In Juristenkreisen im Süden ist er eine Legende, und ich fühle mich geehrt, ihn kennenzulernen.

Booker hat zwei Vorträge arrangiert. Fast eine Stunde lang hören wir aufmerksam zu, wie Shankle uns mit der Rechtsprechung in Bürgerrechtsfragen vertraut macht. Wir machen uns Notizen, stellen ein paar Fragen, aber die meiste Zeit hören wir einfach nur zu.

Dann verschwindet er, und unser nächster Redner erscheint. Tyrone

Kipler ist ein Partner, der sich auf Verfassungsrecht spezialisiert hat. Er geht die Sache sehr langsam an, aber gegen Ende der Stunde ist er gesprächig, und wir bombardieren ihn mit Fragen. Mitten im Satz bricht er ab, schaut auf die Uhr und verabschiedet sich. Wir danken ihm, daß er sich für uns Zeit genommen hat, und er stürmt davon.

„Wir haben noch eine Stunde", sagt Booker. „Was knöpfen wir uns vor? Sachenrecht oder Ethik?"

Ethik könnte mir nicht schaden, aber ich bin müde und nicht in der Stimmung, mich daran erinnern zu lassen, wie schwerwiegend meine Sünden sind. „Lieber Sachenrecht."

Es ist fast acht, als ich mich durch das Labyrinth der Korridore von St. Peter's schleppe und mich an meinen Lieblingstisch setze.

Kelly kommt ein paar Minuten nach zehn. Heute schiebt ein anderer Mann ihren Rollstuhl. Ich schaue ihn an, und er mustert mich ebenfalls. Ich vermute, es ist Cliff. Er ist etwa so groß wie ich, nicht über einsachtzig, untersetzt, mit Ansatz zum Bierbauch. Aber seine Schultern sind breit, und sein Bizeps wölbt sich unter dem T-Shirt. Enge Jeans, braunes, lockiges Haar, das für die gegenwärtige Mode zu lang ist.

Um den Knöchel herum, den er mit dem Softballschläger gebrochen hat, geht er zur Theke, um etwas zu trinken zu holen. Kelly weiß, daß ich sie anstarre. Sie läßt den Blick ganz bewußt durch den Raum schweifen, und im letzten Moment zwinkert sie mir rasch zu. Ich verschütte beinahe meinen Kaffee.

Es gehört nicht viel Phantasie dazu, die Worte zu hören, die die beiden kürzlich gewechselt haben. Drohungen, Entschuldigungen, Bitten, noch mehr Drohungen. Sieht ganz so aus, als wäre ihnen heute abend nicht besonders wohl zumute. Er kommt zurück, und sie nippen schweigend an ihren Getränken.

Sie sitzt so, daß sie mich ansehen kann, ohne ertappt zu werden. Er wendet mir den Rücken zu.

Nachdem sie sich ungefähr zehn Minuten lang angeschwiegen haben, sagt Kelly etwas, das eine hitzige Erwiderung auslöst. Ich wollte, ich könnte mithören. Er zischt sie an. Sie zahlt es ihm mit gleicher Münze heim. Die Lautstärke steigt, und ich höre ziemlich schnell heraus, daß es darum geht, ob sie vor Gericht gegen ihn aussagen wird oder nicht. Anscheinend hat sie sich noch nicht entschieden. Sie redet beruhigend auf ihn ein.

Dann provoziert sie ihn wieder, indem sie etwas murmelt. Sein Rücken versteift sich, und er pöbelt sie an. Plötzlich wischt er mit einem

Schlag seinen Styroporbecher vom Tisch und springt auf. Der Becher fliegt durch den halben Raum, und Cola spritzt über die Tische, den Fußboden und über Kelly. Sie keucht, schließt die Augen und beginnt zu weinen. Ich höre, wie er fluchend den Gang entlangstampft.

Rein instinktiv springe ich auf, aber sie schüttelt energisch den Kopf. Ich setze mich wieder. Die Kassiererin erscheint mit einem Handtuch. Sie gibt es Kelly, die sich die Cola von Gesicht und Armen wischt. Ihr Nachthemd ist durchweicht. Sie kämpft gegen die Tränen, während sie den Gipsverband und ihr Bein abtrocknet.

In diesem Krankenhaus gibt es viele Orte, wo man sich niederlassen und Cola trinken kann, aber Kelly hat ihn hierhergebracht, weil sie wollte, daß ich ihn sehe. Ich bin ziemlich sicher, daß sie ihn provoziert hat, damit ich mit eigenen Augen sehe, wie cholerisch er ist.

Tränen strömen ihr übers Gesicht, und sie tupft sie ab. Als er so lang fort ist, daß man wohl nicht mehr mit seiner Rückkehr rechnen muß, winkt sie mir langsam mit dem Zeigefinger.

„Tut mir leid", murmelt sie, als ich mich neben ihr niederhocke. Und dann sagt sie etwas, das ich nie vergessen werde. „Bringen Sie mich in mein Zimmer?"

In einer anderen Umgebung hätten diese Worte weitreichende Konsequenzen haben können. Ihr Zimmer ist natürlich ein Zweibettzimmer mit einer Tür, die von unzähligen Leuten geöffnet werden kann, sogar Anwälte können hereinkommen.

Ich steuere Kelly in ihrem Rollstuhl achtsam um die Tische herum und auf den Flur hinaus. „Fünfter Stock", weist sie mich über die Schulter hinweg an. Im Fahrstuhl knie ich mich neben sie. „Geht es Ihnen gut?" frage ich.

Jetzt weint sie nicht mehr. Ihre Augen sind nach wie vor feucht und ein wenig gerötet, aber sie hat sich unter Kontrolle. Sie nickt rasch. „Danke."

Der Fahrstuhl hält mit einem Ruck. Nach der Uhr an der Wand des fünften Stocks ist es fast elf. Von ein paar Schwestern und Pflegern abgesehen, ist der Flur menschenleer. Wir halten uns links, und sie deutet auf eine Tür. Zu meiner Überraschung hat sie ein Einzelzimmer.

Ich bin nicht sicher, wie gut sie sich in ihrem Zustand bewegen kann, aber in diesem Moment ist sie völlig hilflos. „Sie müssen mir helfen", bittet sie. Ich beuge mich über sie, und sie legt mir die Arme um den Hals. Sie klammert sich wesentlich fester an mich, als erforderlich wäre, aber das stört mich durchaus nicht.

Sanft hebe ich sie aus dem Rollstuhl. Wir manövrieren uns zu ihrem

Bett, lassen uns dabei soviel Zeit wie möglich und machen viel Aufhebens um ihren gebrochenen Knöchel. Unsere Gesichter sind nur Zentimeter voneinander entfernt, als die Schwester hereinkommt und ihre Gummisohlen über den gefliesten Boden quietschen.

„Was ist passiert?“ fragt sie und deutet auf das nasse Nachthemd.

Wir versuchen immer noch, uns voneinander zu lösen. „Ach, das. Nur ein Mißgeschick“, behauptet Kelly.

Die Schwester öffnet eine Schublade unter dem Fernseher und holt ein zusammengefaltetes Nachthemd heraus. „Sie müssen sich umziehen“, sagt sie und wirft es neben Kelly aufs Bett. „Und Sie müssen gewaschen werden.“ Sie deutet mit einem Kopfnicken auf mich. „Er kann Ihnen ja helfen.“

Ich hole tief Luft. Meine Knie werden schwach.

„Das schaffe ich allein“, wehrt Kelly ab.

„Die Besuchszeit ist vorbei, junger Mann“, gibt mir die Schwester zu verstehen. „Für heute müssen Sie sich voneinander verabschieden.“ Mit quietschenden Sohlen verläßt sie das Zimmer.

„Also, wo ist der Schwamm?“ frage ich, und wir lachen beide.

„Setzen Sie sich hierher“, fordert sie mich auf und klopft auf die Bettkante. Ich lasse mich mit baumelnden Beinen nieder. Sie zieht ein weißes Laken bis zu den Achselhöhlen hoch, als wollte sie die Colaflecken verbergen. „Was halten Sie von Cliff?“ fragt sie.

Ich habe beschlossen, nicht um den heißen Brei herumzureden. „Kelly, ein Mann, der mit einem Aluminiumschläger auf seine Frau eindrischt, sollte erschossen werden.“ Ich beobachte sie genau, während ich das sage, und sie zuckt nicht zusammen.

„Woher wissen Sie das?“ fragt sie.

„Läßt sich alles nachlesen. Polizeiberichte, Krankentransportberichte, Krankenhausunterlagen. Wollen Sie warten, bis er Ihnen den Schläger über den Kopf zieht? Das könnte Ihr Ende bedeuten.“

„Hören Sie auf!“ Abermals fließen Tränen. „Sie wissen nicht, wovon Sie reden.“

„Dann sagen Sie es mir.“

„Wenn ich darüber hätte sprechen wollen, hätte ich selber damit angefangen. Sie haben kein Recht, in meinem Leben herumzuwühlen.“

„Reichen Sie die Scheidung ein. Ich bringe morgen die erforderlichen Papiere mit. In drei Monaten sind Sie eine freie Frau.“

Sie schüttelt den Kopf, als wäre ich ein ausgemachter Idiot. „Sie verstehen das nicht.“

„Da haben Sie vollkommen recht. Aber ich weiß, wie so was

weitergeht. Wenn Sie sich diesen Mistkerl nicht vom Hals schaffen, sind Sie in einem Monat vielleicht tot."

Sie denkt eine Sekunde darüber nach. Es ist ganz still im Zimmer. „Scheidung ist unmöglich. Das habe ich schon vor ein paar Monaten versucht. Er hätte mich umgebracht, wenn ich sie nicht zurückgezogen hätte. Er behauptet, er liebt mich."

„Das macht er ja auch überdeutlich", versetze ich ironisch. „Darf ich Sie etwas fragen? Haben Sie einen Vater oder einen Bruder?"

„Wieso?"

„Wenn meine Tochter von ihrem Mann geschlagen würde, dann bräche ich ihm das Genick."

„Mein Vater weiß nichts davon. Meine Eltern sind immer noch wütend wegen meiner Schwangerschaft. Sie haben Cliff von dem Moment an verachtet, als er zum erstenmal den Fuß in unser Haus gesetzt hat. Ich habe nicht mehr mit ihnen gesprochen, seit ich von zu Hause fort bin."

„Kein Bruder?"

„Nein. Niemand, der auf mich aufpaßt. Bis jetzt."

Es dauert eine Weile, bis ich das geschluckt habe. „Ich werde tun, was immer Sie möchten", verspreche ich. „Aber Sie müssen die Scheidung einreichen."

Sie wischt sich die Tränen mit den Fingern ab. „Ich kann die Scheidung nicht einreichen. Er würde mich umbringen. Das sagt er ständig. Sehen Sie, als ich es versucht habe, hielt ich es für ganz besonders klug, Cliff die Scheidungsklage bei der Arbeit überbringen zu lassen, vor den Augen seiner besten Kumpel, seiner Saufkumpane und der Typen aus dem Softballteam. Das war natürlich furchtbar demütigend für Cliff. Danach kam ich zum erstenmal ins Krankenhaus."

Die Angst und das Grauen in ihren Augen sind unübersehbar. Sie bewegt sich ein wenig und verzieht dabei das Gesicht, als zucke ein heftiger Schmerz durch ihren Knöchel. Sie stöhnt. „Könnten Sie ein Kissen drunterlegen?" bittet sie.

Ich springe vom Bett. „Natürlich."

Sie deutet auf zwei dicke Kissen auf dem Stuhl. „Eins von denen dort", sagt sie. Das bedeutet natürlich, daß das Laken zurückgeschlagen werden muß. Ich helfe dabei.

Plötzlich sind Stimmen auf dem Flur zu hören. Die Schwester ist wieder da. Sie hält inne und grinst mich an, als hätte sie uns ertappt. „Die Zeit ist um", sagt sie. „Es ist fast halb zwölf."

Ich stehe nur da, lächle Kelly an und träume davon, ihre Beine zu berühren. Die Schwester packt mich entschlossen am Ellenbogen und schiebt mich zur Tür. „Und jetzt fort mit Ihnen!“ sagt sie mit gespielter Empörung.

ICH SITZE im Büro und lerne für das Anwaltsexamen, weil ich sonst nichts zu tun habe, als plötzlich die Tür aufgerissen wird und Bruiser hereinstürmt.

„Ich hatte gerade einen Anruf von Leo F. Drummond“, verkündet er lautstark. „Er ist Seniorpartner bei Tinley Britt. Großartiger Prozeßanwalt, hat schon alle möglichen Firmenprozesse geführt. Verliert höchst selten. Wirklich hervorragender Anwalt, große Kanzlei.“

„Ich kenne Trent & Brent.“

„Nun, Sie werden sie bald besser kennenlernen. Sie vertreten Great Benefit. Drummond leitet die Verteidigung.“

Meiner Schätzung nach gibt es in Memphis mindestens hundert Kanzleien, die Versicherungsgesellschaften vertreten. Wie stehen da die Chancen, daß Great Benefit ausgerechnet Trent & Brent anheuert, die Kanzlei, die ich jeden Tag meines Lebens verfluche?

Seltsamerweise nehme ich es gelassen hin. „Was hat er gesagt?“

„‚Hallo.‘ Wollte nur Bescheid geben. Er hat mir gesagt, daß der Fall Richter Harvey Hale zugewiesen worden ist, der vor dreißig Jahren, als sie zusammen in Yale Jura studiert haben, sein Zimmergenosse war. Hale war ein hervorragender Verteidiger von Versicherungen, bevor er einen Herzanfall hatte und sein Arzt ihm riet, sich einen andern Job zu suchen. Er ließ sich zum Richter wählen, aber die Vorstellung, daß ein gerechtes Urteil nur unter zehntausend Dollar liegen kann, hat er nie aufgegeben.“

„Tut mir leid, daß ich gefragt habe.“

„Schauen Sie sich das an!“ fordert er mich auf und schiebt mir einen Stapel Papier zu.

„Was ist das?“

„Die Reaktion von Great Benefit. Sie sind im Begriff zu lernen, weshalb es weh tut, wenn man große Firmen verklagt. Die haben Unmengen von Geld und können ein Heer von Anwälten beauftragen, die ihrerseits Tonnen von Papier produzieren. Leo F. Drummond kassiert vermutlich zweihundertfünfzig Dollar pro Stunde von Great Benefit.“

Es ist ein Antrag, die Klage der Familie Black abzuweisen. Der dazugehörige Schriftsatz ist 36 Seiten lang. Ich habe einen dicken Kloß in meinem Hals. Es wird mich Tage kosten, wenn ich auf die gleiche

Weise reagieren möchte. „Sehr beeindruckend", sage ich mit trockenem Mund. „Ich weiß nicht, wo ich anfangen soll."

„Lesen Sie sich die Verfahrensvorschriften aufmerksam durch. Erwidern Sie den Antrag. Verfassen Sie Ihren Schriftsatz. Beeilen Sie sich. Es ist gar nicht so schlimm, wie es aussieht."

„Wirklich nicht?"

„Nein, Rudy. Es ist nur Papierkram. Das werden Sie schon lernen. Diese Mistkerle werden jeden bekannten Antrag vor Gericht bringen und viele, die sie erst erfinden müssen, alle mit dicken Schriftsätzen. Denen ist es völlig egal, ob sie den Fall gewinnen oder verlieren; ihr Geld bekommen sie ohnehin. Das Problem ist nur, daß sie Sie dabei durch die Mangel drehen."

„Mich? Was ist mit Ihnen?"

„Oh, ich werde in der Nähe sein. Aber das ist Ihr Kind." Er geht zur Tür. „Vergessen Sie nicht, daß die nach Stunden bezahlt werden. Je mehr Papier sie produzieren, desto mehr Stunden können sie berechnen." Er lacht und knallt die Tür zu, offenbar hoch erfreut, daß ich dabei bin, von den Überfliegern der Konkurrenz vorgeführt zu werden.

Ich lese den Antrag auf Klageabweisung mit der hübsch dargelegten Begründung, einen Schriftsatz, der, wie ich finde, mit überzeugenden Argumenten gegen fast alles angefüllt ist, was ich in der Klage vorgebracht habe. Der Schriftsatz ist so frei von Juristenjargon, wie er nur sein kann, und außerordentlich flüssig geschrieben.

Nach dem dritten Durchlesen reiße ich mich zusammen und mache mir Notizen. Vielleicht gibt es ja doch ein oder zwei Schwachstellen. Schock und Angst lassen langsam nach. Ich rufe mir meinen ganzen Abscheu gegen Great Benefit und das, was sie meinen Mandanten angetan haben, ins Gedächtnis und kremple die Ärmel hoch.

Leo F. Drummond mag vielleicht ein Hexenmeister im Gerichtssaal sein, aber ich, Rudy Baylor, habe sonst nichts zu tun. Ich bin intelligent, und ich kann arbeiten. Er will mit mir einen Papierkrieg anfangen? Kann er haben! Ich werde ihn in Papier ersticken.

ICH VERZEHRE eine weitere vorzügliche Mahlzeit in St. Peter's. Nudelsalat auf einem Plastikteller. Ich lerne sporadisch und sehe immer wieder auf die Uhr.

Um zehn erscheint der ältere Herr in der rosa Jacke, aber er ist allein. Er sieht sich um, entdeckt mich und kommt herüber.

„Sind Sie Mr. Baylor?" fragt er höflich. Er hält einen Briefumschlag in der Hand, und als ich nicke, legt er ihn auf den Tisch. „Von Mrs. Riker“, sagt er und geht davon.

Es ist ein schlichter weißer Briefumschlag. Ich öffne ihn und ziehe eine Karte heraus. Darauf steht:

Lieber Rudy,
der Arzt hat mich heute morgen entlassen, ich bin also wieder zu Hause. Danke für alles. Sprechen Sie ein Gebet für uns. Sie sind wundervoll.

Sie hat ihren Namen darunter gesetzt und außerdem ein Postskriptum: „Bitte nicht anrufen oder schreiben. Das würde nur Probleme bringen.“

Ich wandere ziellos durch die endlosen Korridore. Ich bin entschlossen, sie wiederzusehen. An einem Münzfernsprecher finde ich ein Telefonbuch mit einem Eintrag für Cliff Riker und wähle die Nummer. Eine Tonbandansage informiert mich, daß es diesen Anschluß nicht gibt.

WIR TREFFEN am frühen Mittwochmorgen im Zwischengeschoß des Hotels ein und werden in einen Ballsaal dirigiert, der größer ist als ein Fußballfeld. Von den ungefähr 200 Kandidaten, die jetzt das Anwaltsexamen ablegen wollen, hat mindestens die Hälfte im vorigen Monat an der Memphis-State-Universität graduiert. Booker läßt sich an einem weit von mir entfernten Tisch nieder. Wir haben beschlossen, nicht beisammenzusitzen.

Punkt acht Uhr werden die Examensunterlagen verteilt. Die Prüfung beginnt mit einer endlosen Reihe von Fragen zu Gesetzen, die allen Staaten gemeinsam sind. Es gilt, die richtige Antwort anzukreuzen. Der Vormittag zieht sich hin. Zum Mittagessen holen Booker und ich uns etwas vom Hotelbuffet, reden aber kein Wort über die Prüfung.

Das Examen endet sang- und klanglos am Freitag um siebzehn Uhr. Zum letztenmal sammeln Aufseher unsere Papiere ein und erlauben uns zu gehen. Booker sagt mir auf der Heimfahrt, daß das Examen ihn regelrecht krank gemacht habe. Er sei sicher, daß er es verbockt habe.

ICH SCHLAFE zwölf Stunden lang. Ich habe Miß Birdie versprochen, heute im Garten zu arbeiten, wenn es nicht regnet, und als ich schließlich aufwache, ist meine Wohnung von Sonnenlicht erfüllt. Nachdem ich drei Tage lang in einem fensterlosen Raum Augen, Phantasie und Gedächtnis strapaziert habe, bin ich jetzt bereit für ein bißchen Schweiß und Schmutz. Aber vorher habe ich noch etwas zu erledigen.

Ich verlasse das Haus, und zwanzig Minuten später parke ich in der Auffahrt der Blacks.

Donny Ray wartet auf der vorderen Veranda, in Jeans, Turnschuhen, weißem T-Shirt und Baseballmütze. Er geht am Stock, braucht aber trotzdem stützende Hände. Dot und ich bugsieren ihn behutsam auf den Beifahrersitz meines Wagens. Sie ist froh, ihn für ein paar Stunden aus dem Haus zu haben; sein erster Ausflug seit Monaten, erzählt sie mir.

Während der Fahrt durch die Stadt sitzt Donny Ray mit dem Stock zwischen den Beinen da. Nachdem er mir gedankt hat, sagt er nicht mehr viel.

Miß Birdie weiß, daß ich ihn herbringe, und sie wartet bereits mit frischer Limonade auf uns. Ich mache sie miteinander bekannt, dann reißt sie die Kontrolle über den Besuch an sich. Kekse? Kuchen? Etwas zu lesen?

Sobald Donny Ray an einem behaglichen Plätzchen untergebracht ist, erklärt Miß Birdie, es sei Zeit, mit der Arbeit zu beginnen. Sie macht eine dramatische Pause, läßt den Blick über den Garten schweifen und wie zufällig zu den Säcken mit Mulch hinübergleiten. Sie erteilt mir ein paar Anweisungen, und ich mache mich ans Werk.

Bald bin ich schweißgebadet, aber diesmal genieße ich jede Minute. Ich höre, wie sie pausenlos auf Donny Ray einredet, der wenig sagt, aber die frische Luft genießt. Bei einer Fahrt mit der Schubkarre sehe ich, daß sie Dame spielen. Bei einer weiteren sitzt sie dicht neben ihm und deutet auf Fotos in einem Buch.

Das Mittagessen ist eine angenehme Überraschung. Miß Birdie hat Hühnersuppe gekocht, eine willkommene Abwechslung zu den Truthahnsandwiches. Donny Ray ißt einen halben Teller Suppe, dann sagt er, er müsse ein bißchen schlafen. Er würde gern die Hängematte ausprobieren. Wir führen ihn über den Rasen und helfen ihm hinein. Obwohl es über dreißig Grad warm ist, bittet er um eine Decke.

Miss Birdie und ich sitzen im Schatten und unterhalten uns darüber, wie schlecht es Donny Ray geht. Sie stellt ein paar allgemeine Fragen, ehe sie im Haus verschwindet.

Als sie zurückkehrt, händigt sie mir einen Brief von einem Anwalt in Atlanta aus. Der Name ist mir bekannt.

„Können Sie mir das erklären?“ fragt sie und baut sich vor mir auf, die Hände in die Hüften gestützt.

Der Anwalt hat einen Brief an Miß Birdie verfaßt und eine Kopie des Schreibens beigelegt, das ich an ihn gerichtet habe. Darin hatte ich ihm erklärt, daß ich Miß Birdie Birdsong vertrete, daß sie mich gebeten habe, für sie ein neues Testament aufzusetzen, und daß ich Informationen bräuchte über den Nachlaß ihres verstorbenen Ehemanns. In seinem Brief fragt der Anwalt nur, ob er mir Informationen zukommen lassen dürfe.

„Ich bin Ihr Anwalt. Ich versuche, mir Informationen zu beschaffen."

„Sie haben mir nicht gesagt, daß Sie vorhatten, in Atlanta herumzuschnüffeln."

„Was haben Sie dagegen einzuwenden? Was ist dort versteckt, Miß Birdie?"

„Ein Haufen Blödsinn über Tonys Angehörige. Sein Bruder in Florida war ungeheuer reich. Er hatte mehrere Frauen und einen Haufen Kinder. Es gab ein großes Hickhack um seine Testamente, vier Stück, glaube ich. Etwas von dem Geld ist Tony zugefallen. Er hat nichts davon erfahren, weil er so kurz darauf selber gestorben ist. Hat nichts hinterlassen außer einer Ehefrau. Mich. Das ist alles, was ich weiß."

Aber es wäre angenehm zu wissen, wieviel sie geerbt hat. „Möchten Sie über Ihr Testament reden?" frage ich.

„Nein. Später." Sie greift nach ihren Gartenhandschuhen. „Gehen wir wieder an die Arbeit."

DECK hat sich angewöhnt, gegen elf in meinem Büro aufzukreuzen. Wir unterhalten uns eine halbe Stunde lang und gehen dann zu einem billigen Mittagessen zu „Trudy's", einem kleinen Café in der Nähe.

Wir sitzen in einer Ecke bei Trudy's, und Deck redet über Bruiser. Deck zufolge sahnt Bruiser vor allem mit seinen Investitionen ab. Er ist am Oben-ohne-Geschäft in Memphis und Nashville beteiligt, aber niemand weiß in welchem Ausmaß, und die Bundesbehörden können es ihm offenbar trotz verzweifelter Versuche nicht nachweisen.

Vor sieben Jahren wurde er wegen unlauterer Machenschaften verhaftet, aber die Regierung hatte keine Aussicht auf Erfolg. Die Anklage wurde nach einem Jahr fallengelassen. Deck vertraut mir an, daß er sich wegen der gegenwärtigen Ermittlungen des FBI in der Unterwelt von Memphis sorge. In diesem Zusammenhang seien immer wieder die Namen von Bruiser Stone und seinem besten Freund, Prince Thomas, aufgetaucht. Deck ist sicher, daß das FBI jedes Telefon in unserer Kanzlei angezapft hat, auch meins.

Dann redet Deck so leise, daß ich ihn kaum verstehe. Gelegentlich, besonders in Krankenhauswartezimmern, kann er so aufdringlich sein, daß es peinlich ist. Zu anderen Zeiten ist er dagegen so schüchtern wie eine Maus. Er murmelt etwas, das er mir unbedingt mitteilen will, und sieht sich ständig um, als rechne er jeden Augenblick mit einem Angriff.

„Es gab da mal einen Kerl, der auch in der Kanzlei gearbeitet hat, ein gewisser David Roy. Er war ziemlich dicke mit Bruiser. Roy wurde aus der Anwaltskammer ausgeschlossen, weil er Gelder veruntreut hatte." Deck wischt sich mit den Fingern Thunfischsalat von den Lippen. „Kein Problem. Roy haut hier ab, geht auf die andere Straßenseite und macht einen Oben-ohne-Laden auf. Zwei Jahre später geraten Roy und Bruiser sich ernsthaft in die Haare. Voriges Jahr hat das FBI Roy festgenagelt, und jetzt heißt es, daß er singen wird. Gestern hat David Roy vor dem Geschworenengericht ausgesagt. Sieht so aus, als hätte er einen Handel abgeschlossen." Deck schenkt mir ein schüchternes Lächeln.

„Was versuchen Sie mir beizubringen?" frage ich.

„Halten Sie sich Ihre Optionen offen. Es könnte sein, daß Sie verschwinden müssen."

„Was ist mit Ihnen?"

„Kann sein, daß ich auch verschwinde."

NEUN

DER JURISTISCHE PRÜFUNGSAUSSCHUSS verschickt die Ergebnisse des Anwaltsexamens per Einschreiben. In der Fakultät kursieren Gerüchte von Leuten, die vor ihrem Briefkasten zusammengebrochen sind. Andere sollen wie die Verrückten ihren Brief über dem Kopf geschwenkt haben und durch die Straßen getobt sein.

Dreißig Tage ist es jetzt her, und immer noch kein Brief. Der einunddreißigste Tag ist ein Samstag, und ich darf tatsächlich bis neun schlafen, bevor meine Sklaventreiberin mit einem Malerpinsel an meine Tür klopft. Die Garage unter meiner Wohnung muß gestrichen werden.

Die Arbeit geht zügig voran. Um sechs verkündet Miß Birdie, daß es Zeit zum Aufhören sei, ich hätte genug gearbeitet. Wir essen im Wohnzimmer und sehen uns dabei einen Film mit Cary Grant und Audrey Hepburn an. Sie weint fast während des ganzen Films.

Der zweite Film ist mit Bogart und Bacall, und mein Muskelkater setzt ein. Ich bin dem Einschlafen nahe.

Plötzlich springt sie auf. „Ich hab was vergessen!" ruft sie und eilt in die Küche. Sie kommt mit einem einzelnen weißen Blatt Papier ins

Wohnzimmer zurück, bleibt vor mir stehen und verkündet dramatisch: „Rudy! Sie haben das Examen bestanden!"

Sie hält das Blatt hoch, und ich reiße es ihr aus der Hand. Es kommt vom Juristischen Prüfungsausschuß von Tennessee, und auf der Mitte der Seite stehen in fetten Buchstaben die majestätischen Worte: HERZLICHEN GLÜCKWUNSCH. SIE HABEN DAS ANWALTSEXAMEN BESTANDEN.

Ich wirbele herum und sehe Miß Birdie an. Für den Bruchteil einer Sekunde hätte ich ihr für dieses unverschämte Eindringen in meine Privatsphäre am liebsten eine Ohrfeige versetzt. Sie hätte es mir schon früher sagen müssen, und überhaupt ist sie nicht befugt, meine Post zu öffnen. Aber sie hat Tränen in den Augen und ist fast so selig wie ich.

„Wann ist er gekommen?" erkundige ich mich.

„Heute, während Sie beim Streichen waren."

„Sie hätten ihn nicht öffnen dürfen", weise ich sie zurecht, aber ich bin nicht wirklich böse. Es ist unmöglich, in einem solchen Moment wütend zu sein.

„Das muß gefeiert werden", findet sie. Wir gehen in die Küche, und sie greift in die hinterste Ecke eines Schranks, tastet herum, lächelt und holt eine merkwürdig geformte Flasche heraus. „Die habe ich für besondere Anlässe aufgehoben."

„Was ist das?" Ich nehme die Flasche.

„Melonenlikör. Ziemlich starkes Zeug." Sie kichert und findet zwei zusammenpassende Kaffeetassen, die sie halb voll gießt. Die Flüssigkeit ist dick und klebrig und riecht nach Zahnarzt.

Wir stoßen auf mein Glück an und nehmen einen Schluck. Das Zeug schmeckt wie Kinderhustensaft und brennt wie hochprozentiger Wodka.

Nach ein paar Schlucken schnarcht Miß Birdie auf dem Sofa. Ich stelle den Fernseher leise und gieße mir eine weitere Tasse ein. Ich trinke den Likör auf der mondbeschienenen Terrasse und schaue voller Dankbarkeit über diese herrliche Nachricht zum Himmel hinauf.

DIE NACHWIRKUNGEN des Melonenlikörs sind bis lange nach Sonnenaufgang zu spüren. Ich dusche und schleiche mich aus der Wohnung zu meinem Wagen. Dann fahre ich im Rückwärtsgang die Auffahrt hinunter, bis ich die Straße erreiche.

Ich bin auf dem Weg in ein Yuppie-Café, kaufe mir eine dicke Sonntagszeitung und setze mich damit an einen Tisch weiter hinten. Einige Themen interessieren mich besonders.

Der Lokalteil beinhaltet die neueste Folge einer Ermittlungsserie über Korruption bei der Polizei und die Beziehungen zwischen der Oben-ohne-Branche und den Gesetzeshütern. Bruisers Name kommt ein paarmal vor, auch Prince ist genannt.

Ich höre den Zug geradezu kommen. Die Geschworenen tagen nun schon seit einem Monat ununterbrochen. Deck wird immer nervöser.

Der zweite Bericht ist eine totale Überraschung. Auf der letzten Seite des Wirtschaftsteils findet sich ein kleiner Artikel mit der Überschrift: 161 KANDIDATEN IM ANWALTSEXAMEN ERFOLGREICH. Es folgt eine alphabetische Liste all derer, die die Prüfung bestanden haben.

Ich halte mir die Zeitung dichter vor die Augen und lese aufgeregt. Da steht mein Name! Ich suche nach Booker Kane, finde aber seinen Namen nicht. Ich gehe die Liste ein zweites und dann ein drittes Mal durch. Dann sacken meine Schultern herunter. Ich lege die Zeitung auf den Tisch und lese sämtliche Namen laut. Kein Booker Kane.

Ich weiß nicht, was ich tun soll. Ich sehe ihn vor mir, in diesem Moment, wie er Charlene hilft, die Kinder für die Kirche anzuziehen, wie er sich ein Lächeln abquält, um Fassung ringt und sie beide davon zu überzeugen versucht, daß es nur ein vorübergehender Rückschlag sei. Beim nächsten Anlauf würde er das Examen bestimmt bestehen.

Aber ich weiß, daß er todunglücklich ist. Booker hat immer geglaubt, er könnte alles erreichen. Er wird morgen anrufen und mir gratulieren. Nach außen hin wird er so tun, als ließe er sich davon nicht unterkriegen, und geloben, es beim nächsten Mal besser zu machen.

DER BETRUNKENE, der Dan Van Landel angefahren hat, besitzt eine Haftpflichtversicherung mit einer maximalen Deckungssumme von 100 000 Dollar. Deck hat die Versicherung des Betrunkenen überzeugt, daß Van Landel mit seiner Klage Anrecht auf eine sehr viel höhere Entschädigung hat. Das sieht er ganz richtig. Also hat sich die Versicherung bereit erklärt, die gesamte Summe herauszurücken. Bruiser wurde nur in letzter Minute gebraucht, um mit Klage zu drohen. Deck hat achtzig Prozent der Arbeit erledigt, ich höchstens fünfzehn Prozent. Den Rest billigen wir stillschweigend Bruiser zu. Aber nach dem Vergütungsschema in Bruisers Kanzlei werden weder Deck noch ich am Profit beteiligt sein. Van Landel ist sein Fall, weil er zuerst davon gehört hat.

Bruiser ruft uns in sein Büro. Er gratuliert mir zum bestandenen Anwaltsexamen und plaudert einen Moment über den Van-Landel-Vergleich. Er hat heute morgen den Scheck über 100 000 Dollar bekommen, und die Van Landels werden am Nachmittag zur Auszahlung erscheinen. Und da hat er sich gedacht, daß vielleicht auch wir an dem Geschäft teilhaben sollten.

Bruiser meint, das sei ein sehr schneller Vergleich gewesen. Er selbst habe weniger als sechs Stunden daran gearbeitet. Und deshalb, aus reiner Herzensgüte, will er uns beteiligen. Sein Anteil ist ein Drittel, also gut dreiunddreißigtausend Dollar, und das wird er mit uns teilen. „Ich gebe euch ein Drittel von meinem Anteil, von dem jeder die Hälfte bekommt."

Deck und ich rechnen stumm. Ein Drittel von 33 000 Dollar sind 11 000, und die Hälfte davon sind 5 500.

„Danke, Bruiser", sage ich. „Das ist sehr großzügig."

„Ja, danke", schließt sich Deck an. Wir sind beide verblüfft, wenn wir auch denken, daß Bruiser immerhin 22 000 Dollar für sich behält, für sechs Stunden Arbeit. So kommt er auf über 3 500 Dollar pro Stunde. Aber ich habe mit keinem Cent gerechnet und fühle mich plötzlich reich.

„Alles bereit für morgen?" fragt Bruiser mich. Um neun Uhr findet vor Richter Harvey Hale die Anhörung über den Antrag auf Klageabweisung von Great Benefit statt. Bruiser hat mit dem Richter ein unerfreuliches Gespräch über diesen Antrag geführt, und so sehen wir der Anhörung mit gemischten Gefühlen entgegen.

„Ich denke schon", erwidere ich mit einem Anflug von Nervosität.

„Es könnte sein, daß ich einen Teil der Verhandlung Ihnen überlasse, also halten Sie sich bereit", warnt mich Bruiser vor. Ich schlucke schwer. Die Nervosität verwandelt sich in Panik. „Machen Sie sich an die Arbeit", setzt er hinzu. „Es wäre peinlich, wenn wir den Fall schon beim Antrag auf Klageabweisung verlieren würden."

„Ich werde mich auch mit dem Fall befassen", bietet Deck hilfsbereit an.

„Gut. Wir gehen alle drei zum Gericht."

PLÖTZLICHER Reichtum weckt das Verlangen nach den luxuriöseren Dingen des Lebens. Deck und ich beschließen, auf unser übliches Mittagessen aus Suppe und Sandwich bei Trudy's zu verzichten und statt dessen in einem nahe gelegenen Steak House zu essen.

„Er hat sein Geld noch nie auf diese Art mit anderen geteilt", sagt Deck unruhig. „Da ist etwas im Busch, Rudy. Ich bin mir ganz sicher. Das FBI ist Bruiser dicht auf den Fersen. Er verschenkt Geld. Ich bin nervös, sehr nervös."

„Aber weshalb denn? Uns können sie nicht verhaften."

„Ich mache mir keine Sorgen, daß ich verhaftet werde. Ich mache mir Sorgen um meinen Job."

„Das verstehe ich nicht. Wenn Bruiser verhaftet wird, dann ist er im Handumdrehen auf Kaution wieder draußen. In der Kanzlei wird alles weiterlaufen wie bisher."

Das bringt ihn in Fahrt. „Und was ist, wenn sie mit Vorladungen und Eisensägen kommen? Das FBI liebt es, über Anwaltskanzleien herzufallen, Akten zu beschlagnahmen und Computer wegzuschleppen. Leute wie Sie und ich sind denen dabei herzlich egal."

„Worauf wollen Sie hinaus?"

„Lassen Sie uns abhauen!"

Ich setze zu der Frage an, was er denn damit meint, aber es liegt auf der Hand. Deck möchte einen Partner! Noch bevor ich etwas sagen kann, geht er zur Attacke über. „Wieviel Geld haben Sie?" fragt er.

„Äh – fünftausendfünfhundert Dollar."

„Ich auch. Das macht elftausend. Wenn wir jeder zweitausend einbringen, sind das viertausend. Ein kleines Büro können wir für fünfhundert im Monat mieten. Ich beschaffe die Fälle, Sie treten vor Gericht auf, wir teilen die Profite halbe-halbe."

Die Ethik verbietet es Anwälten, mit Nicht-Anwälten eine Partnerschaft einzugehen. Ich bin im Begriff, das zu erwähnen, doch dann wird mir klar, daß Deck ein Dutzend Ausreden einfallen würde.

„Die Miete kommt mir niedrig vor", weiche ich aus.

Er kneift die Augen zusammen und lächelt. „Ich habe schon etwas gefunden. In einem alten Gebäude an der Madison über einem Antiquitätenladen. Genau auf halbem Weg zwischen dem städtischen Gefängnis und St. Peter's."

Der ideale Standort! Die Traumlage jedes Anwalts.

Unsere Salate kommen, und ich stopfe die Blätter in mich hinein. Deck stochert in seinem herum, ißt aber kaum etwas.

Seine Gedanken überschlagen sich. „Ich muß etwas unternehmen, Rudy. Ich weiß Dinge, von denen ich Ihnen nichts sagen darf, aber Sie können mir ruhig glauben, wenn ich sage, daß Bruiser ein schwerer Sturz bevorsteht. Das Glück hat ihn verlassen."

Noch vor vier Monaten wäre mir die Idee, mit jemandem wie Deck eine Kanzlei zu eröffnen, undenkbar erschienen, und jetzt sitze ich hier und kann mir nicht einmal genügend Einwände ausdenken, um ihn daran zu hindern, mein Partner zu werden. „Geben Sie mir ein paar Stunden Zeit. Lassen Sie es mich überschlafen."

„In Ordnung. Wir müssen morgen früh zum Gericht, aber wir sollten uns zeitig treffen. Bei Trudy's. Sie überschlafen es und sagen mir morgen früh Bescheid."

„Abgemacht."

„Wie viele Akten haben Sie?"

Ich denke einen Moment nach. Ich habe eine dicke Akte zum Fall Black, eine ziemlich dünne über Miß Birdie und einen wertlosen Schadenersatzfall eines Arbeiters, den Bruiser mir vorige Woche auf den Schreibtisch geknallt hat. „Drei."

„Holen Sie sie aus Ihrem Büro. Nehmen Sie sie mit nach Hause."

„Gleich?"

„Gleich. Noch heute nachmittag."

BRUISERS beiläufige Bemerkung, daß er mir bei der Anhörung zum Fall Black vielleicht teilweise die Vertretung unserer Position überlassen würde, hält mich fast die ganze Nacht hindurch wach. Ich mache mir darüber mehr Gedanken als über die Frage, ob ich mit Deck zusammenarbeiten soll oder nicht.

Es ist noch dunkel, als ich bei Trudy's eintreffe. Ich bin der erste Gast. Der Kaffee ist frisch, und die Doughnuts dampfen noch. Auch Deck taucht zeitig auf. Ein paar Minuten nach sieben bekommt er seinen Kaffee und läßt sich auf dem Stuhl mir gegenüber nieder. Das Lokal ist jetzt halb voll.

„Und?" ist sein erstes Wort.

„Versuchen wir es für ein Jahr", sage ich.

Deck kann seine Freude nicht verhehlen. Über den Tisch hinweg streckt er mir die Hand entgegen. „Haben Sie Ihre Akten geholt?"

„Ja. Und Sie?"

„Ich habe schon die ganze Woche über Zeug herausgeschmuggelt."

Darüber möchte ich lieber keine Einzelheiten hören. Ich lenke das Gespräch auf die bevorstehende Anhörung. Um acht machen wir uns zum Büro auf.

Viertel nach acht ist Bruiser noch nicht erschienen. Deck und ich diskutieren über die Argumente in Drummonds Schriftsätzen. Halb neun, und noch immer keine Spur von Bruiser. Er hat ausdrücklich gesagt, er würde um acht dasein.

Richter Hales Gerichtssaal befindet sich im Shelby County Courthouse. Die Fahrtzeit beträgt etwa zwanzig Minuten, aber der Verkehr ist unberechenbar. Deck und ich verlassen das Büro um Viertel vor neun. Er fährt, während ich schwitze. Meine Hände sind feucht, und meine Kehle ist wie zugeschnürt. Wenn Bruiser mich bei dieser

Anhörung hängenläßt, werde ich es ihm nie verzeihen. Im Gegenteil: Ich werde ihn auf ewig hassen.

„Immer mit der Ruhe“, sagt Deck, der im Zickzack zwischen den Fahrspuren hin- und herwechselt und rote Ampeln überfährt. „Ich bin sicher, daß Bruiser dasein wird.“ Sein Ton klingt alles andere als überzeugt. „Und wenn nicht, dann werden Sie's schon machen.“

„Halten Sie den Mund, und konzentrieren Sie sich aufs Fahren!“

Wir sind in der Innenstadt, in dichtem Verkehr, und ich schaue mit Grausen auf die Uhr. Es ist genau neun. Deck drängt zwei Fußgänger von der Straße, dann fährt er über einen Parkplatz. „Sehen Sie die Tür da drüben?“ Er deutet auf eine Ecke des Gebäudes. „Gehen Sie dort rein, eine Treppe hoch, der Gerichtssaal ist die dritte Tür rechts.“

Er steigt auf die Bremse und fährt an den Bordstein. Sofort springe ich aus dem Wagen und stürme davon. „Ich komme nach, sobald ich geparkt habe!“ ruft er mir nach.

Das Shelby County Courthouse ist alt, beeindruckend und wunderbar restauriert. Fußböden und Wände sind aus Marmor, die Doppeltüren aus poliertem Mahagoni. Der Flur ist breit und dunkel.

Ich verlangsame mein Tempo zu einem Joggen, dann bleibe ich vor dem Saal des Richters Harvey Hale stehen. Keine Spur von Bruiser vor dem Gerichtssaal, und als ich langsam die Tür öffne und hineinschaue, ist das erste, was ich nicht sehe, sein massiger Körper. Er ist nicht da.

Aber der Gerichtssaal ist nicht leer. Ich blicke den mit einem roten Teppich ausgelegten Gang hinunter und sehe, daß eine Menge Leute auf mich warten. Von hoch oben, in schwarzer Robe, blickt Richter Hale finster in meine Richtung. Es ist zwölf Minuten nach neun.

Links von mir, hinter der Schranke, die den Zuschauerraum vom Richtertisch, der Geschworenenbank und den Tischen der Anwälte trennt, sehe ich eine Gruppe von Männern. Erstaunlicherweise sehen sie alle gleich aus – kurzes Haar, dunkle Anzüge, weiße Hemden, gestreifte Krawatten, ernste Gesichter.

Im Raum herrscht Stille. Mit schweren Füßen und weichen Knien gehe ich auf die Pforte in der Schranke zu. Meine Kehle ist wie ausgedörrt, meine Worte klingen schwach. „Bitte entschuldigen Sie, Euer Ehren. Mein Name ist Rudy Baylor. Ich arbeite für Lyman Stone.“

„Wo ist Mr. Stone?“ erkundigt sich der Richter.

„Das weiß ich nicht. Wir wollten uns hier treffen.“

„Ich nehme an, Sie möchten eine Vertagung beantragen“, sagt er.

„Nein, Euer Ehren. Ich bin bereit, zu dem Antrag Stellung zu nehmen", entgegne ich, schiebe mich durch die Pforte und lege die Akte Black auf den Tisch zu meiner Rechten.

„Sind Sie Anwalt?" fragt er.

„Nun, ich habe gerade das Anwaltsexamen bestanden."

„Aber Ihre Lizenz haben Sie noch nicht?"

„Nein, Euer Ehren. Die Vereidigung findet nächste Woche statt."

Einer meiner Feinde räuspert sich laut. Ich drehe den Kopf und sehe einen distinguierten Herrn in marineblauem Anzug, der sich gerade von seinem Stuhl erhebt. „Wenn das Gericht gestattet", ergreift er das Wort. „Für das Protokoll, mein Name ist Leo F. Drummond von der Kanzlei Tinley Britt. Wir vertreten die Great-Benefit-Lebensversicherungsgesellschaft und erheben Einspruch gegen das Erscheinen des jungen Herrn in dieser Sache. Er hat ja nicht einmal eine Lizenz."

„Euer Ehren, nächste Woche werde ich meine Lizenz haben", verspreche ich.

„Das genügt nicht, Euer Ehren", lehnt Drummond ab.

„Ich habe das Anwaltsexamen bestanden, Euer Ehren."

„Tolle Leistung", spottet Drummond.

Ich schaue ihn direkt an. Er steht da, umgeben von vier Männern, von denen drei mit Blöcken vor sich an seinem Tisch sitzen. Der vierte sitzt hinter ihnen. Alle starren mich an.

„Es ist eine tolle Leistung, Mr. Drummond. Erkundigen Sie sich bei Shell Boykin", gebe ich zurück. Drummonds Gesichtsausdruck verhärtet sich, und er zuckt merklich zusammen.

Das war eine ziemlich schäbige Bemerkung. Shell Boykin ist einer der Studenten aus meinem Jahrgang, der den Vorzug hatte, von Trent & Brent eingestellt zu werden. Sein Name stand vergangenen Samstag nicht in der Zeitung.

Drummonds Blicke werden noch finsterer, und ich lächle. In diesen wenigen Sekunden lerne ich eine ungeheuer wertvolle Lektion. Er mag ein legendärer Prozeßanwalt sein mit vielen Kerben in seinem Gürtel, aber er ist nur ein Mann wie jeder andere. Er kann mir nichts anhaben. In einem Gerichtssaal hat eine Seite soviel Gewicht wie die andere. Mein Tisch ist ebenso groß wie seiner.

„Setzen Sie sich!" knurrt Seine Ehren ins Mikrofon. „Alle beide." Ich ziehe mir einen Stuhl heran und setze mich. „Eine Frage, Mr. Baylor. Wer wird diesen Fall im Namen Ihrer Kanzlei vertreten?"

„Ich, Euer Ehren. Dies ist mein Fall, es sind meine Mandanten. Mr. Stone hat die Klage für mich eingereicht, weil ich damals das Examen noch nicht abgelegt hatte."

„Na schön. Fangen wir an. Wir verhandeln hier den Antrag der Verteidigung auf Klageabweisung, also beginnt Mr. Drummond.“

Alle nicken. Leo F. Drummond begibt sich zu einem mobilen Rednerpult in der Mitte des Gerichtssaals und eröffnet mit seinem Plädoyer. Er spricht langsam und penibel, und nach ein paar Minuten wird es langweilig. Er referiert die Hauptpunkte, die er bereits in seinem ausgedehnten Schriftsatz angeführt hat und denen zufolge Great Benefit zu Unrecht angeklagt worden sei, weil ihre Police Knochenmarktransplantationen nicht einschließe.

Ich hatte offen gestanden mehr erwartet. Ich dachte, ich würde vom großen Leo F. Drummond etwas an Magie Grenzendes zu hören bekommen. Wenn ich nicht so nervös wäre, würde ich einschlafen. Richter Hale liest etwas, vermutlich eine Zeitschrift. Drummonds drei Gehilfen machen sich hektisch Notizen. Sie versuchen offensichtlich, alles festzuhalten, was ihr großer Anführer zu sagen hat.

Ich habe Deck ganz vergessen, bis er mir mit einem Block auf die Schulter tippt. Er sitzt hinter mir und reicht mir den Block über die Schranke. Darauf hat er ein paar Worte geschrieben: *Dieser Kerl ist stinklangweilig. Halten Sie sich einfach an Ihren Schriftsatz. Bleiben Sie unter zehn Minuten. Keine Spur von Bruiser?*

Ich schüttele den Kopf, ohne mich umzudrehen.

Nach 31 Minuten beendet Drummond seinen Monolog und strebt seinem Tisch zu. Seine Klone stecken die Köpfe zusammen und flüstern rasch ihre Anerkennung für seinen grandiosen Auftritt.

Ich lege meinen Block auf das Rednerpult und schaue zu Richter Hale hinauf. Ich habe fürchterliche Angst, aber mir bleibt nichts anderes übrig, als loszulegen.

Dies ist eine einfache Klage. Great Benefits Zahlungsverweigerung hat meinen Mandanten der einzigen medizinischen Behandlung beraubt, die ihm das Leben gerettet hätte. Wir sind im Recht und sie im Unrecht. Es macht mich wütend.

Ich beginne mit ein paar grundlegenden Bemerkungen, und Richter Hale starrt ungläubig auf mich herab, als wäre ich der größte Schwachkopf, dem er je zugehört hat. In Fällen, bei denen sich die Parteien klar widersprechen, wird nur höchst selten einem Antrag auf Klageabweisung stattgegeben. Ich bin zuversichtlich, daß wir durchkommen werden.

Ich arbeite mich durch meine Notizen, ohne etwas Neues zu sagen. Seine Ehren ist bald gelangweilt.

„Ich möchte die Anwälte in meinem Zimmer sprechen“, verkündet Richter Hale, kaum daß ich geendet habe. Er steht auf und verschwindet rasch hinter seinem Richterstuhl.

Die Robe hat der Richter bereits abgelegt, als wir sein Büro betreten. Er steht hinter seinem Schreibtisch und deutet auf zwei Sessel. „Bitte, kommen Sie herein. Nehmen Sie Platz.“ Die Ausstattung läßt den Raum dunkel wirken: schwere, zugezogene Vorhänge, ein burgunderroter Teppich, Regale voll mit Büchern.

Wir setzen uns. Richter Hale denkt nach. „Diese Klage gefällt mir nicht, Mr. Baylor“, beginnt er nach einer Weile. „Ich neige dazu, dem Antrag auf Klageabweisung stattzugeben.“ Dann öffnet er eine Schublade und holt mehrere Röhrchen hervor, aus denen er mindestens ein Dutzend Tabletten abzählt. „Bitte entschuldigen Sie mich“, sagt er und begibt sich zu einer kleinen Tür an der anderen Seite des Raums. Sie fällt mit einem lauten Klappen hinter ihm ins Schloß.

Wie auf ein Stichwort hin erhebt sich Drummond und setzt sich auf die Schreibtischkante. Er schaut lächelnd auf mich herab, die Freundlichkeit selbst. „Also, Rudy, ich bin ein sehr teurer Anwalt einer sehr teuren Kanzlei“, erklärt er mir mit langsamer, vertraulicher Stimme. „Wenn wir einen Fall wie diesen übernehmen, dann stellen wir ein paar Berechnungen über die voraussichtlichen Kosten der Verteidigung an. Ich habe Great Benefit mitgeteilt, daß bei einem ausgewachsenen Prozeß ein Verteidigungshonorar von fünfzig- bis fünfundsiebzigtausend Dollar zusammenkommen würde.“

Er wartet darauf, daß ich mich von dieser Zahl beeindruckt zeige. In der Ferne rauscht die Toilettenspülung.

„Deshalb hat Great Benefit mich ermächtigt, Ihnen und Ihren Mandanten einen Vergleich über fünfundsiebzigtausend Dollar anzubieten.“

Ich atme heftig aus. In meinem Kopf herrscht plötzlich ein wildes Durcheinander von Gedanken, aber einer drängt sich immer wieder in den Vordergrund: 25 000 Dollar. Mein Honorar! Ich kann es regelrecht sehen. Aber Moment mal! Wenn sein Busenfreund Hale sowieso im Begriff ist, den Fall abzuweisen, weshalb bietet er mir dann Geld an?

Mit einemmal wird es mir klar – die spielen mit mir. Erst fährt Harvey das schwere Geschütz auf und jagt mir eine Heidenangst ein, und dann kommt Leo mit den Samthandschuhen.

„Damit wir uns richtig verstehen: Das ist kein Eingeständnis einer Zahlungsverpflichtung“, stellt Drummond klar. „Es ist ein einmaliges Angebot, das nur für die nächsten achtundvierzig Stunden gilt. Sie können es annehmen oder ablehnen. Wenn Sie nein sagen, dann beginnt der dritte Weltkrieg.“

Die Tür geht auf, und Seine Ehren kommt aus seiner kleinen Privattoilette. Jetzt hat Leo plötzlich eine volle Blase und entschuldigt sich.

„Zu hoher Blutdruck“, sagt Hale fast zu sich selbst, während er sich hinter dem Schreibtisch niederläßt und die Tablettenröhrchen einsammelt. Nicht hoch genug, liegt mir auf der Zunge.

„Keine große Chance auf einen Prozeß, mein Junge. Vielleicht kann ich Leo dazu bringen, daß er Ihnen einen Vergleich anbietet. Diese Versicherungsfritzen sind eventuell sogar bereit, Ihnen ein nettes Sümmchen rüberzuschieben, nur damit sie Leo nicht tausend Dollar pro Minute zahlen müssen.“ Er lacht, als wäre das wirklich komisch.

Ich kann förmlich sehen, wie Leo mit dem Ohr an der Tür in der Toilette steht und lauscht. Es würde mich nicht einmal überraschen, wenn sie da drinnen ein Mikrofon hätten.

„Er hat mir gerade fünfundsiebzigtausend angeboten.“

Hale ist ein miserabler Schauspieler. Er versucht, überrascht zu wirken. „Donnerwetter! Hören Sie, mein Junge, das ist ’ne Menge Geld. Sie wären verrückt, wenn Sie das nicht annehmen würden.“

Die Tür geht auf, und Leo gesellt sich wieder zu uns. Seine Ehren starrt Leo an. „Fünfundsiebzigtausend“, wiederholt er. Man hätte meinen können, das Geld käme aus Hales Amtsbudget.

„Der Vorschlag stammt von meinen Mandanten“, erklärt Leo.

Sie werfen sich noch eine Weile weiter die Bälle zu. Ich schweige, aber als ich das Zimmer verlasse, hat Leo mir freundschaftlich den Arm um die Schultern gelegt.

Ich finde Deck auf dem Flur, am Telefon. Er hat in den letzten zwanzig Minuten elf verschiedene Nummern gewählt, aber nirgends eine Spur von Bruiser aufgetan. Auf dem Rückweg zur Kanzlei schildere ich ihm die seltsamen Vorgänge in Richter Hales Büro. Deck ist dafür, das Geld zu nehmen und es damit gut sein zu lassen. Er bringt das Argument vor, daß kein noch so hoher Geldbetrag Donny Ray jetzt noch das Leben retten könne; also sollten wir nehmen, was wir kriegen können, und Dot und Buddy das Leben ein bißchen erleichtern.

Als wir wieder im Büro sind, rufe ich bei Yogi’s an, um mit Prince zu sprechen. Er wird wissen, wo Bruiser steckt. Ich rede mit Billy, dem Geschäftsführer, und erfahre, daß Prince offenbar ebenfalls verschwunden ist. Deck und ich unterhalten uns noch eine Weile über dies und jenes. Um halb zwölf schleichen wir uns zu einer Hintertür hinaus und gehen zum Mittagessen. Wir werden nie wieder einen Fuß in dieses Gebäude setzen.

MEIN Telefon klingelt um zwanzig nach drei in der Nacht. Es ist Deck mit zwei Neuigkeiten: Das FBI ist kurz nach Mitternacht über unsere Kanzlei hergefallen, Bruiser und Prince Thomas haben sich aus dem Staub gemacht. Und das ist noch nicht alles. Unsere Büros sind auf richterliche Anordnung hin versiegelt worden. Die Anklagen sollen erhoben werden, sobald die Sonne aufgegangen ist. Deck schlägt vor, daß wir uns gegen Mittag in unserem neuen Büro treffen.

DOT DIRIGIERT mich zum Küchentisch, auf denselben Stuhl, und setzt mir Instantkaffee vor, in derselben Tasse. Es ist noch früh am Tag, aber Buddy ist bereits draußen. Donny Ray wird immer schwächer, sagt sie, an den vergangenen beiden Tagen ist er überhaupt nicht aufgestanden.

„Wir waren gestern zum erstenmal vor Gericht", berichte ich ihr. „Die Versicherung versucht, eine Klageabweisung zu erreichen, und darüber haben wir uns gehörig in die Haare bekommen." Unterwegs habe ich beschlossen, Richter Hale und seine Drohungen nicht zu erwähnen. „Die Versicherung hat einen Vergleich angeboten."

„Was für eine Art von Angebot?"

„Fünfundsiebzigtausend Dollar. Sie haben sich ausgerechnet, daß sie ihren Anwälten ungefähr genausoviel zahlen müßten."

Ich kann zusehen, wie sie rot anläuft und die Zähne aufeinanderpreßt. „Donny Ray braucht kein Geld. Letztes Jahr hätte er eine Knochenmarktransplantation gebraucht. Jetzt ist es zu spät." Ihre Augen sind rot und glänzen feucht. „Was sollen wir mit fünfundsiebzigtausend Dollar anfangen? Donny Ray wird bald tot sein, und dann bin nur noch ich da, und er." Sie nickt mit dem Kopf zu dem Fairlane. „Sie haben vermutlich gesagt, daß wir es nehmen werden, oder?"

„Natürlich nicht. Ohne Ihre Zustimmung kann ich keinen Vergleich eingehen. Wir haben bis morgen Zeit, uns zu entscheiden."

„Wir sollten mit Donny Ray reden", beschließt sie.

Ich folge ihr durch das düstere Wohnzimmer in einen kurzen Korridor. Die Tür zu Donny Rays Zimmer ist geschlossen. Sie klopft leise an, und wir gehen hinein. Das Zimmer ist ansprechend und ordentlich. In einer Ecke surrt ein Ventilator.

Donny Ray liegt steif wie ein Brett da, ein Laken fest um den zerbrechlichen Körper gewickelt. Er lächelt, als er mich sieht, und klopft mit der Hand neben sich auf das Bett. Dort lasse ich mich nieder. Er hört aufmerksam zu, als ich über die Anhörung vom Vortag berichte und das Vergleichsangebot erläutere.

„Wieviel würden Sie bekommen?“ fragt er. Ich erkläre ihm, daß mein Anteil ein Drittel beträgt.

Er sieht seine Mutter an. „Das wären fünfzigtausend für dich und Vater“, stellt er fest.

„Was sollen wir mit fünfzigtausend Dollar?“ entgegnet sie.

„Das Haus abzahlen. Einen neuen Wagen kaufen. Etwas fürs Alter beiseite legen.“

„Ich will das verdammte Geld nicht.“

„Möchten Sie den Vergleich abschließen, Rudy?“ fragt Donny Ray.

„Nein. Das möchte ich nicht“, versichere ich entschieden. Ich sehe ihn an, dann sie. „Ich will diese Leute bloßstellen.“

Ich habe nicht den geringsten Zweifel, daß ich die Blacks dazu überreden könnte, dem Vergleich zuzustimmen. Mit ein wenig Mühe könnte ich sie davon überzeugen, daß das Geld jetzt auf dem Tisch liegt, aber bald für immer verschwunden sein wird. Es wäre ganz leicht. Und ich würde mit 25 000 Dollar abziehen, einem Honorar, das ich mir im Moment kaum vorstellen kann. Aber ich habe der Versuchung widerstanden. Heute nacht in der Hängematte habe ich gegen sie angekämpft, und jetzt bin ich ruhig und habe Frieden mit mir selbst geschlossen.

Ich verlasse die Blacks und hoffe von ganzem Herzen, daß ich nicht morgen mit der Nachricht zurückkehren muß, daß unser Fall abgewiesen wurde.

Das Antiquitätengeschäft befindet sich in einer rauhen Gegend von Memphis, die sich jetzt scheinbar in neuem Aufschwung befindet. Das Haus hat zwei Geschosse, und als mein Blick zum oberen Stock hinaufwandert, habe ich das Gefühl, mein neues Zuhause gefunden zu haben. Weil ich keine andere Tür entdecke, betrete ich das Antiquitätengeschäft. In der winzigen Diele sehe ich eine Treppe und schwaches Licht an ihrem oberen Ende.

Deck erwartet mich stolz lächelnd. „Wie finden Sie es?“ überfällt er mich. „Vier Zimmer plus Toilette. Alle Fußböden sind aus Hartholz“, sagt er und stampft dabei mit dem Fuß auf, als könnte ich das nicht selbst sehen. Er bedeutet mir, ihm zu folgen. Wir gelangen in einen kurzen Flur. „Zwei Zimmer auf jeder Seite. Das hier ist das größere, also dachte ich, daß Sie es wohl am ehesten brauchen.“

Ich betrete mein neues Büro und bin angenehm überrascht. Es mißt ungefähr viereinhalb mal viereinhalb Meter und hat ein Fenster zur Straße hinaus. Neben dem Fenster steht ein Schwarzweißfernseher auf einem kleinen Tisch.

„Nicht schlecht, Deck. Wem gehört das hier?"

„Dem Trödler unten. Alter Mann und seine Frau. Übrigens, sie haben ein paar Sachen, die wir gebrauchen könnten: Tische, Stühle, Lampen, sogar ein paar alte Aktenschränke."

Deck ist schon beim Drucker gewesen. Er zeigt mir verschiedene Entwürfe für unser Briefpapier. Auf jedem steht oben in großen Buchstaben mein Name und darunter in der Ecke seiner als Anwaltsgehilfe. „Ist einer dabei, der Ihnen gefällt?"

„Ich werde sie mir heute abend genauer anschauen."

Plötzlich sieht er auf die Uhr. „Vor einer Stunde ist Anklage erhoben worden – wegen mindestens hundert verschiedener Vergehen – gegen Bruiser, Prince Thomas und ein paar andere." Dann schaltet er den Fernseher ein. Die Mittagsnachrichten laufen schon, und das erste Bild, das wir sehen, ist eine Aufnahme von unseren früheren Büros. Beamte bewachen die Eingangstür. Der Reporter erläutert, daß Haftbefehle erlassen worden sind, aber weder Mr. Stone noch Mr. Thomas auffindbar sind. Eine weiträumige Fahndung läuft bereits.

„Lauf, Bruiser, lauf", sagt Deck, als er den Fernseher ausschaltet.

„Glauben Sie, daß das FBI vorhat, uns zu vernehmen?" frage ich.

„Wir wissen nichts, und wir haben keine Akten mitgenommen, die für sie von Interesse sein könnten. Also weshalb sollten wir uns Sorgen machen?"

„Ich mache mir aber Sorgen."

„Ich auch."

ICH WEISS, daß es Deck in diesen Tagen nicht leichtfällt, sein Temperament unter Kontrolle zu halten. Der Gedanke, ein eigenes Büro zu haben und ohne Anwaltslizenz die Hälfte der Honorare einzustecken, ist ungeheuer aufregend. Als jedoch das Telefon auch in der nächsten Nacht läutet, bevor die Sonne aufgegangen ist, und ich seine Stimme höre, fällt es mir schwer, nett zu sein.

„Haben Sie schon die Zeitung gelesen?" plaudert er putzmunter drauflos. „Die ganze Titelseite ist voll von Bruiser und Prince."

„Hätte das nicht noch eine Stunde warten können, Deck?" Ich gähne.

„Tut mir leid. Aber das ist noch nicht alles. Raten Sie mal, wer gestern abend gestorben ist."

Woher in aller Welt soll ich das wissen? „Keine Ahnung", fauche ich ins Telefon.

„Harvey Hale."

„Harvey Hale?"

„Genau der. Ihr spezieller Freund. Hatte einen Herzanfall."

Ich setze mich auf die Bettkante. „Unfaßbar."

„Stimmt, aber nehmen Sie's nicht zu schwer. Auf der ersten Seite des Lokalteils steht eine nette Geschichte über ihn."

„Ja. Ich werde sie lesen, Deck. Wir sehen uns später."

Die Hälfte der Zeitung ist den Unternehmungen von Bruiser Stone und Prince Thomas gewidmet. Bisher hat man keinen von beiden gefunden. Ich überfliege den vorderen Teil und wende mich dann dem Lokalteil zu, wo ich die betrübten Nachrufe von Hales Kollegen lese, einschließlich den seines Freundes Leo F. Drummond. Von besonderer Wichtigkeit sind die Spekulationen darüber, wer an seine Stelle treten wird. Der Gouverneur wird einen Nachfolger ernennen, der das Amt bis zur nächsten regulären Wahl versehen soll.

Bemerkenswerterweise ist der Hauptkandidat mein neuer Freund, Tyrone Kipler, der Partner in Bookers Kanzlei, der uns einen Vortrag über Verfassungsrecht gehalten hat, als wir uns auf das Anwaltsexamen vorbereiteten. Obwohl Richter Hale noch keine zwölf Stunden tot sei, heißt es in der Zeitung, spräche vieles dafür, daß Kipler sein Nachfolger werde. Der Bürgermeister von Memphis, ein Schwarzer, wird mit dem Ausspruch zitiert, daß er sich intensiv für Kiplers Ernennung einsetzen werde.

Punkt neun Uhr bin ich in der Kanzlei des Bezirksgerichts und blättere die Akte Black gegen Great Benefit durch. Ich atme auf vor Erleichterung. Seine Ehren Harvey Hale hat vor seinem plötzlichen Dahinscheiden keine Abweisung des Falls verfügt. Wir sind noch im Geschäft.

Von einem Münzfernsprecher aus rufe ich bei Tinley Britt an und lasse mich mit Leo F. Drummond verbinden. Ich spreche ihm mein Beileid zum Tod seines Freundes aus und teile ihm mit, daß meine Mandanten das Vergleichsangebot nicht annehmen werden.

Er scheint überrascht. „Ich halte das für einen Fehler, Rudy", meint er geduldig.

„Das mag sein, aber die Entscheidung haben meine Mandanten getroffen, nicht ich."

„Na schön, dann wird es eben Krieg geben", schließt er mit trauriger, monotoner Stimme.

BOOKER und ich haben zweimal am Telefon miteinander gesprochen, seit wir das Ergebnis des Anwaltsexamens erfahren haben. Wie erwartet, spielt er die Sache herunter. Ein kleiner Rückschlag. Er freut sich aufrichtig für mich.

Als ich das kleine Restaurant betrete, sitzt er bereits an einem Tisch im hinteren Teil. Wir begrüßen uns, als hätten wir uns seit Monaten nicht mehr gesehen, und bestellen Tee und Gumbo, ein tropisches Gemüse.

Er ist bester Stimmung, weil sein Abschluß möglicherweise doch noch anerkannt wird. Seine Gesamtnote lag nur einen Punkt unter dem erforderlichen Minimum. Er hat Einspruch eingelegt, und der Prüfungsausschuß wird seine Arbeit noch einmal überprüfen.

„Wie geht's Tyrone Kipler?“ frage ich.

Booker glaubt, daß ihm die Ernennung sicher ist. Kipler hat am Morgen mit dem Gouverneur gesprochen, alles geht seinen Gang.

Booker erinnert sich an Dot und Buddy Black, die er bei unserem ersten Besuch im Cypress-Gardens-Seniorenheim gesehen hat. Ich informiere ihn über den Stand der Dinge und erzähle ihm, daß der Fall bei der Abteilung acht des Bezirksgerichts liege und nur darauf warte, daß sich ein Richter seiner annehme.

„Kein Problem“, sagt er mehr als einmal. „Wenn Tyrone die Ernennung bekommt, wird er über den Fall Black bestens informiert sein.“

„Du kannst mit ihm reden?“

„Mit ihm reden? Ich werde ihm eine regelrechte Predigt halten. Er kann Trent & Brent nicht ausstehen, und Versicherungsgesellschaften verklagt er ständig. Was glaubst du, wo sie sich ihre Opfer suchen? Unter Weißen der Mittelschicht?“

„Unter allen möglichen Leuten.“

„Ganz genau. Es wird mir ein Vergnügen sein, mit Tyrone zu reden. Und er wird mir zuhören.“

ZEHN

WEIL heutzutage die Gerichtssäle verstopft und die Richter überlastet sind, wurden vor nicht allzu langer Zeit die Verfahrensregeln geändert, um eine schnellere Rechtsprechung zu ermöglichen. Es wurden schärfere Sanktionen für nichtige Klagen eingeführt, und das Hin und Her im Vorverfahren wurde durch strenge Fristen auf ein Minimum reduziert. Zu dieser Vielzahl von neuen

Bestimmungen gehört auch das sogenannte „Schnellspurverfahren", womit bestimmte Fälle rascher zur Verhandlung gebracht werden können als andere. Die Prozeßparteien können beantragen, daß ihr Fall vorgezogen wird. Aber kaum ein Verteidiger würde sich freiwillig bereit erklären, ohne die üblichen, eingehendsten Vorbereitungen im Gerichtssaal zu erscheinen. Deshalb hat der Richter die Möglichkeit, ein solches Verfahren von sich aus anzuordnen. Das geschieht gewöhnlich dann, wenn der Fall klarliegt, die Fakten scharf umrissen und ebenso heftig umstritten sind und alles, was noch fehlt, der Spruch der Geschworenen ist.

Da Black gegen Great Benefit im Grunde mein einziger Fall ist, hätte ich gern ein Schnellspurverfahren. Das erläutere ich Booker eines Morgens beim Kaffee. Booker gibt es an Kipler weiter. So funktioniert die Justiz.

AM TAG nach der Ernennung durch den Gouverneur bestellt Kipler mich in sein Arbeitszimmer. Es ist dasselbe, das noch vor gar nicht so langer Zeit Harvey Hale gehört hat, aber jetzt sieht es ganz anders aus. Die Vorhänge sind beiseite gezogen, Hales Schreibtisch ist verschwunden, und wir unterhalten uns, auf Klappstühlen sitzend.

Kipler ist noch keine vierzig, spricht mit leiser Stimme, ist ungeheuer intelligent und wird nach Ansicht vieler Leute dereinst zum Bundesrichter aufsteigen. Ich danke ihm für seine Hilfe bei der Vorbereitung zum Anwaltsexamen.

„Und Sie glauben, der Fall Black sollte vorgezogen werden?" fragt er bedächtig.

„Ja, Euer Ehren. Der Fall liegt ziemlich klar."

„Sie werden Probleme mit den Dokumenten haben", gibt er zu bedenken. „Das ist bei Versicherungsgesellschaften immer so. Ich habe schon eine Reihe von ihnen verklagt, und sie geben einem nie den ganzen Papierkram. Es wird eine Weile dauern, bis wir alle Dokumente in der Hand halten, auf die Sie Anspruch haben."

Mir gefällt die Art, auf die er „wir" sagt. Ein Richter hat unter anderem auch die Aufgabe, Druck auszuüben. Es ist seine Pflicht, alle Parteien bei ihren Bemühungen zu unterstützen, im Vorfeld des Prozesses alles Beweismaterial zusammenzubekommen, das ihnen zusteht. Allerdings scheint Kipler ein wenig parteiisch zu unseren Gunsten zu sein. Aber vermutlich ist dagegen nichts einzuwenden – schließlich hatte Drummond Harvey Hale viele Jahre lang am Gängelband.

„Stellen Sie einen Antrag auf beschleunigtes Verfahren", rät er mir.

„Die Verteidigung wird Einspruch erheben, worauf es zur Anhörung kommt. Sofern ich von der Gegenseite nicht etwas sehr Überzeugendes höre, werde ich dem Antrag stattgeben. Ich gewähre vier Monate für die Beweisaufnahme, dann setze ich einen Prozeßtermin fest."

Ich hole tief Luft. Für mich hört sich das unheimlich schnell an. „Wir werden bereit sein", sage ich.

Wir plaudern noch ein wenig, dann gehe ich. Er sagt, ich solle ihn anrufen, wenn ich Fragen hätte.

EINE Stunde später hätte ich ihn fast angerufen. Als ich in mein Büro zurückkehre, erwartet mich ein dicker Umschlag von Tinley Britt.

Leo F. Drummond hat einen Antrag auf Sicherheitsleistung für die Prozeßkosten gestellt, eine sanfte Ohrfeige für mich und meine Mandanten. Da wir alle arm sind, behauptet Drummond, mache er sich Sorgen, ob wir überhaupt in der Lage wären, die Kosten zu tragen, wenn wir den Prozeß verlieren sollten und vom Richter aufgefordert würden, die gesamten Prozeßkosten zu tragen. Außerdem hat er Strafantrag gestellt, das Gericht möge sowohl über mich als auch über meine Mandanten eine Geldstrafe verhängen, weil wir eine derart unhaltbare Klage eingereicht hätten. Beide Anträge sind von langen, wohlformulierten Schriftsätzen mit Fußnoten begleitet.

Nachdem ich sie aufmerksam gelesen habe, komme ich zu dem Schluß, daß Drummond sie eingereicht hat, um mir etwas zu beweisen. Da jede Seite auf die Anträge der anderen reagieren muß und ich einen Vergleich abgelehnt habe, bringt Drummond mir damit bei, daß sie mich unter Papierbergen begraben werden.

Aber ich habe Muße, das Antragsspiel mitzumachen. Ich bin der einzige Anwalt, den Donny Ray hat, und um mir den Wind aus den Segeln zu nehmen, braucht es wesentlich mehr als einen Haufen Papier.

ICH HABE mir angewöhnt, Donny Ray jeden Nachmittag anzurufen, gewöhnlich gegen fünf. Nach dem ersten Anruf vor etlichen Wochen hat Dot erwähnt, wieviel ihm das bedeutet, und seither versuche ich, täglich mit ihm zu reden. Wir unterhalten uns über alles mögliche, aber nie über seine Krankheit oder den Prozeß.

Heute nachmittag hört er sich recht kräftig an. Er sagt, daß er aufgestanden ist, auf der Veranda sitzt und gern für ein paar Stunden fortfahren würde, mal weg aus dem Haus und von seinen Eltern.

Ich hole ihn um sieben ab. Wir essen in einem Grillrestaurant in der

Nachbarschaft. Wir reden über seine Kindheit und lachen ein wenig, aber die Unterhaltung ermüdet ihn. Das Essen rührt er kaum an.

Kurz nach Einbruch der Dunkelheit treffen wir in einem Park in der Nähe des Messegeländes ein, wo Softball gespielt wird.

Wir parken an einem grasbewachsenen Hang, am Ende des rechten Felds. Ich hole zwei Liegestühle aus dem Kofferraum, die ich mir von Miß Birdie geliehen habe, und helfe Donny Ray in einen von ihnen. Es ist Spätsommer und selbst nach Einbruch der Dunkelheit knapp dreißig Grad warm.

Dies ist die A-Liga. Hier werden erbitterte Wettkämpfe zwischen Softballteams mit wirklich guten Spielern ausgetragen. Jedenfalls halten sie sich dafür. Die Gegner heute sind PFX Freight, das Team mit den gelben Trikots, und Army Surplus, ganz in Grün. Hier geht es um was. Alle Spieler greifen an wie die Wahnsinnigen, stürzen kopfüber, streiten mit den Schiedsrichtern.

Donny Ray und ich reden wenig. Ich hole ihm Popcorn und eine Limonade vom Imbißstand. Er bedankt sich, daß ich ihn hierhergebracht habe.

Ich achte besonders auf den PFX-Mann am dritten Schlagmal. Er ist ständig in Bewegung, ganz bei der Sache und wirft der gegnerischen Mannschaft unablässig dumme Bemerkungen an den Kopf. Als die Schlagzeit von Army Surplus vorüber ist, beobachte ich, wie er auf den Zaun neben seinem Unterstand zugeht und etwas zu einem Mädchen sagt. Kelly lächelt, und Cliff lacht. Er küßt sie flüchtig, dann stolziert er zu seinem Team zurück, das jetzt mit dem Schlagen an der Reihe ist.

Ich sollte froh sein, daß sie einen so glücklichen und gesunden Eindruck macht und mit ihrem Mann auszukommen scheint. Sie wird offensichtlich nicht mehr verprügelt, und dafür bin ich dankbar.

Cliff ist am Schlag. Er schickt den dritten Ball weit nach links über die Lichter hinweg außer Sichtweite. Es ist wirklich ein Mordsschlag. Ich kann mir nicht vorstellen, wie schrecklich es wäre, von diesem Mann mit seinem Softballschläger angegriffen zu werden.

Nach einer Stunde will Donny Ray ins Bett. Auf der Rückfahrt unterhalten wir uns über seine Aussage. Ich habe heute einen Antrag eingereicht und darum gebeten, seine Aussage, eine, die vor Gericht Gültigkeit hat, so bald wie möglich aufnehmen zu dürfen. Mein Mandant wird bald zu schwach sein, um eine zweistündige Frage-und-Antwort-Sitzung mit einem Haufen von Anwälten durchzustehen; also müssen wir uns beeilen.

„Wir sollten es bald tun“, sagt er, als wir in die Auffahrt einbiegen.

WENN ich nicht so nervös wäre, könnte ich wahrscheinlich über die ganze Szene lachen. Ich bin sicher, ein unbeteiligter Beobachter würde die Komik erkennen, aber niemand im Gerichtssaal lächelt. Ich schon gar nicht.

Ich sitze allein am Anwaltstisch und habe Berge von Anträgen und Schriftsätzen säuberlich vor mir aufgestapelt. Deck hockt hinter mir, auf einem Stuhl jenseits der Schranke, mindestens drei Armlängen entfernt, so daß es aussieht, als wäre ich allein. Ich fühle mich sehr einsam.

Der Tisch der Verteidigung auf der anderen Seite des schmalen Gangs ist voll besetzt. Leo F. Drummond thront natürlich in der Mitte, flankiert von seinen Mitarbeitern, zwei an jeder Seite. Drummond ist sechzig Jahre alt und hat in Yale Jura studiert. T. Pierce Morehouse, ebenfalls Yale-Absolvent, ist 39. B. Dewey Clay Hill III. ist 31 und hat einen Abschluß an der Columbia-Universität vorzuweisen. M. Alec Plunk Junior ist 28 und kommt von Harvard. Brandon Fuller Grone, ein bedauernswerter Mann, der weder ein Initial vor noch eine Zahl hinter dem Namen hat, hat vor zwei Jahren an der Memphis-State-Universität abgeschlossen.

Am Tisch der Verteidigung sitzen 58 Jahre geballte Gerichtserfahrung. Ich habe meine Anwaltslizenz vor weniger als einem Monat erhalten. Mein Mitarbeiter ist sechsmal beim Anwaltsexamen durchgefallen.

Hinter den Anwälten haben sich zwei Männer niedergelassen, die den Eindruck von Firmenvertretern machen. Sie sind vermutlich Mitarbeiter von Great Benefit.

Dies ist die erste Verhandlung, bei der der Ehrenwerte Tyrone Kipler den Vorsitz hat. Jetzt warten wir alle darauf, unsere diversen Anträge zu diskutieren. Drummond schreitet zielstrebig zum Rednerpult und fängt mit dem Antrag auf Sicherheitsleistung für die Prozeßkosten an. Er schätzt, daß sich die Kosten auf rund 1000 Dollar belaufen könnten, wenn es zum Prozeß kommen sollte, und er macht sich einfach Sorgen, daß weder ich noch meine Mandanten imstande sein werden, diese Summe aufzubringen, falls wir verlieren sollten und dann die Kosten tragen müßten.

„Darf ich Sie einen Moment unterbrechen, Mr. Drummond", sagt Richter Kipler. „Ich habe Ihren Antrag, und ich habe Ihren Schriftsatz zur Begründung Ihres Antrags. Sie haben jetzt vier Minuten geredet und genau das gesagt, was schon schwarz auf weiß hier steht. Haben Sie etwas Neues hinzuzufügen?"

„Nun, Euer Ehren, ich habe das Recht ...“

„Ja oder nein, Mr. Drummond? Ich bin durchaus imstande, zu lesen und zu verstehen, und Sie schreiben sehr gut, wie ich vielleicht hinzufügen darf. Aber wenn Sie nichts Neues vorzubringen haben, weshalb sind wir dann hier?“

Ich bin sicher, daß so etwas dem großen Leo Drummond noch nie widerfahren ist, aber er tut so, als wäre das ein alltäglicher Vorgang.

„Ich versuche lediglich, dem Gericht behilflich zu sein, Euer Ehren“, erklärt er mit einem Lächeln.

„Abgelehnt“, sagt Kipler rundheraus. „Nächster Punkt.“

Drummond kommt zum nächsten Punkt, ohne ins Stocken zu geraten. „Wir stellen Antrag auf Strafzuweisung. Wir behaupten...“

„Abgelehnt“, fällt Kipler ihm ins Wort.

„Wie bitte?“

„Abgelehnt.“

Deck kichert hinter mir. Alle vier Köpfe am Tisch gegenüber senken sich gleichzeitig, während dieses Ereignis in gebührender Form festgehalten wird. Ich vermute, sie schreiben alle in großen Buchstaben das Wort ABGELEHNT.

„Sonst noch etwas?“ fragt Kipler.

„Nein, Euer Ehren.“ Drummond rafft seine Papiere zusammen und verläßt das Pult.

Kipler legt einen anderen Gang ein. „Es liegen noch zwei Anträge des Klägers vor. Erstens, das Verfahren zu beschleunigen, und zweitens, die Vernehmung von Donny Ray Black vorzuziehen. Diese Anträge gehören zusammen, also, Mr. Baylor, sollten wir sie nicht vielleicht gleichzeitig erörtern?“

Ich bin schon auf den Beinen. „Gern, Euer Ehren.“ In Anbetracht des Gemetzels, dessen Zeuge ich gerade geworden bin, entschließe ich mich zu einer anderen Strategie. „Euer Ehren, meine Schriftsätze sprechen für sich. Ich habe nichts Neues hinzuzufügen.“

Kipler bedenkt mich mit einem warmen Lächeln. So ein intelligenter junger Anwalt! Dann stürzt er sich sofort auf die Verteidigung. „Mr. Drummond, Sie haben gegen ein Schnellspurverfahren Einspruch erhoben. Wo liegt das Problem?“

T. Pierce Morehouse steht langsam auf und rückt seine Krawatte zurecht. „Euer Ehren, wir sind der Ansicht, daß die Vorbereitungen zu diesem Prozeß geraume Zeit in Anspruch nehmen werden. Wir meinen, daß ein Schnellspurverfahren für beide Seiten eine unmäßige Belastung darstellen würde.“

„Unsinn", widerspricht Kipler schroff. „Mr. Morehouse, haben Sie in Ihrer Eigenschaft als Verteidiger je einem beschleunigten Verfahren zugestimmt?"

Morehouse gerät in Verlegenheit. „Nun, ja, äh, natürlich, Euer Ehren."

„Gut. Nennen Sie mir den Fall und das Gericht, vor dem er verhandelt worden ist."

T. Pierce wirft B. Dewey Clay Hill III. einen verzweifelten Blick zu. „Also, Euer Ehren, das müßte ich erst nachschlagen."

„Rufen Sie mich heute gegen fünfzehn Uhr an. Ich brenne darauf, von diesem Fall zu hören, dessen beschleunigter Abwicklung Sie zugestimmt haben."

T. Pierce sackt in sich zusammen. „Ja, Euer Ehren", sagt er matt.

„Dem Antrag des Klägers ist hiermit stattgegeben. Die Beweisaufnahme beginnt in sieben Tagen, und sie endet nach hundertzwanzig Tagen von heute an gerechnet."

Nun ist der Teufel los am Tisch der Verteidigung. Papiere werden von einem Anwalt zum nächsten geschoben. Drummond und Genossen flüstern miteinander und werfen sich finstere Blicke zu. Man könnte fast seinen Spaß daran haben.

„Als letztes wird eine vorgezogene Vernehmung von Donny Ray Black beantragt", fährt Seine Ehren fort. Mit diesem Antrag habe ich eine zweiseitige, von Donny Ray Blacks Onkologen, Dr. Walter Kord, unterschriebene Bescheinigung eingereicht, in der er ohne Umschweife erklärt, daß Donny Ray nicht mehr lange leben wird.

T. Pierce macht Anstalten, etwas zu sagen, aber Kipler kommt ihm zuvor. „Behaupten Sie nicht, Sie hätten ernsthafte Einwände gegen diesen Antrag!"

Es liegt klar auf der Hand, wie Seine Ehren zu entscheiden gedenkt, und deshalb rückt T. Pierce wieder vor. „Es ist eine Zeitfrage, Euer Ehren. Wir haben unsere Antwort bisher noch nicht eingereicht."

„Ich weiß genau, wie Ihre Antwort lauten wird. Und Sie haben ganz offensichtlich Zeit genug gehabt, alles andere einzureichen. Also nennen Sie mir ein Datum." Plötzlich sieht er mich an. „Mr. Baylor?"

„Jederzeit, Euer Ehren." Ich sage dies mit einem Lächeln. Ah, die Vorteile, sonst nichts zu tun zu haben.

„Wie wäre es mit nächstem Donnerstag?" erkundigt sich Kipler.

„Das wäre mir recht, Euer Ehren", sage ich laut.

Drummond studiert ein Dokument. „Ich habe einen Prozeß, der Montag vor dem Bundesgericht beginnt, Euer Ehren. Geschätzte Prozeßdauer zwei Wochen."

Kipler betrachtet einen Moment lang seinen Terminkalender. „Wie wäre es mit nächstem Samstag, dem Neunundzwanzigsten?“

„Ist mir recht“, bemerke ich erneut. Alle ignorieren mich.

Drummond sieht T. Pierce an, der sich langsam erhebt und ein schwarzes Buch in der Hand hält, als bestünde es aus Gold. „Tut mir leid, Euer Ehren“, sagt er. „Aber ich bin nächstes Wochenende nicht in der Stadt, ich bin auf einer Hochzeit.“

„Ihre Hochzeit?“

„Nein. Die meiner Schwester.“

Aus strategischen Gründen ist es für die Verteidigung von Vorteil, die Vernehmung hinauszuzögern, bis Donny Ray gestorben ist. Damit verhindern sie, daß die Geschworenen sein eingefallenes Gesicht sehen und seine gequälte Stimme hören. Es besteht nicht der geringste Zweifel daran, daß sie genügend Ausreden vorbringen werden, um die Sache aufzuschieben, bis ich an Altersschwäche gestorben bin.

Richter Kipler weiß das. „Die Vernehmung wird auf Samstag, den Neunundzwanzigsten angesetzt“, beschließt er. „Tut mir leid, wenn das den Herren von der Verteidigung Ungelegenheiten bereiten sollte, aber schließlich sind Sie ja zahlreich genug. Da macht es nichts, wenn einer oder zwei von Ihnen fernbleiben. Sonst noch etwas?“

Drummond steht bereits, und er ist wie immer der vollkommene Anwalt. „Nein, Euer Ehren, das wäre im Augenblick alles.“

„Mr. Baylor?“ fragt Seine Ehren mich.

„Nein, Euer Ehren“, entgegne ich mit einem Lächeln. Ich habe bei meinem ersten juristischen Scharmützel die großen Jungs geschlagen und will mein Glück nicht überstrapazieren.

„Gut“, meint er und schlägt leicht mit seinem Hammer auf den Tisch. „Das Gericht vertagt sich.“

DECK erscheint gewöhnlich etwa eine Stunde nach mir zur Arbeit und verbringt die Vormittage in seinem Büro am Telefon. Ich denke, er bietet unsere Dienste an, überprüft Unfallberichte oder pflegt seine Kontakte. Jeden Morgen fragt er mich, ob ich Schreibarbeit für ihn habe. Er kann wesentlich besser tippen als ich, und er ist immer begierig, meine Briefe und Dokumente zu schreiben. Am späten Vormittag schmiedet er gewöhnlich Pläne, einen nicht näher bezeichneten Ort aufzusuchen und sich um mysteriöse Geschäfte zu kümmern. Ich bin sicher, er begibt sich in ein Zentrum juristischer Aktivitäten, vielleicht das Konkurs- oder das Stadtgericht, und versucht jemanden aufzutun, der einen Anwalt braucht. Wir sprechen nicht darüber. Abends dreht er seine Runde durch die Krankenhäuser.

Während er Memphis unsicher macht, treibe ich mich in der Kanzlei des Bezirksgerichts herum. Die Gerichtsakten sind öffentlich zugänglich, und ich mache einige Fälle ausfindig, an denen Leo F. Drummond beteiligt war. Keiner betraf Great Benefit, aber bei allen ging es um die Verteidigung von Versicherungsgesellschaften.

In den vergangenen drei Wochen habe ich viele Stunden damit verbracht, diese Akten zu wälzen und mir seitenweise Notizen zu machen. Ich studiere seine Plädoyers, Schriftsätze, Anträge, schriftlichen Beweisaufnahmen und Reaktionen auf die entsprechenden Dokumente der Kläger. Nachts im Bett lese ich seine Zeugenvernehmungen. Ich lese sogar seine Briefe an das Gericht.

ICH KONNTE Deck zu einem kurzen Ausflug nach Atlanta bewegen. Heute ist er zurückgekehrt mit den Nachrichten, die ich erwartet hatte. Miß Birdies Vermögen beläuft sich auf etwas über 42000 Dollar. Ihr Mann hat tatsächlich einen Bruder in Florida beerbt, aber sein Anteil an dem Nachlaß betrug weniger als eine halbe Million. Bevor er Miß Birdie heiratete, hatte Anthony Murdine zwei weitere Ehefrauen, die ihm sechs Kinder schenkten. Die Kinder, die Anwälte und die Steuerbehörde kassierten fast den gesamten Nachlaß. Miß Birdie bekam 40000.

Ich bin enttäuscht, aber nicht überrascht.

DONNY RAYS Vernehmung sollte ursprünglich in unserem neuen Büro stattfinden, aber am Tag vor der Vernehmung teilt Dot mir mit, daß Donny Ray bettlägerig ist und das Haus nicht verlassen kann. Ich rufe Richter Kipler an, der die Vernehmung ins Haus der Blacks verlegt.

Seltsamerweise will Kipler bei der Vernehmung anwesend sein. Das ist äußerst ungewöhnlich, aber er hat seine Gründe. Wenn er dabei ist, wird die Vernehmung reibungslos ablaufen. Er wird über Einsprüche entscheiden und dafür sorgen, daß Drummond bei der Sache bleibt. Außerdem glaube ich, er macht sich Sorgen, wie ich meine erste Zeugenvernehmung überstehen werde. Dazu hat er allen Grund.

Freitag nacht verbringe ich einige schlaflose Stunden damit, mir genau zu überlegen, wie die Vernehmung arrangiert werden kann. Das Haus der Blacks ist feucht und dunkel, und die Beleuchtung ist grauenhaft, was ein großes Problem ist, weil Donny Rays Aussage auf Video festgehalten werden soll. Es gibt nur eine bescheidene Klimaanlage, und die Temperatur beträgt drinnen über dreißig Grad. Ich kann mir nicht vorstellen, wie man fünf oder sechs Anwälte, einen Richter, eine Protokollantin, den Bediener der Videokamera und Donny Ray im Haus halbwegs komfortabel unterbringen kann.

Eine Stunde vor der Vernehmung treffen Deck und ich bei den Blacks ein. Das Haus erscheint mir noch kleiner und heißer als sonst. Es ist vollgestopft mit Mobiliar aus den Sechzigern, auf dem überall billige Souvenirs herumstehen. Von Minute zu Minute wird es heißer.

Richter Kipler trifft ein und wird mit allen bekannt gemacht. „Lassen Sie uns einen Blick nach draußen werfen“, schlägt er vor. Er folgt mir durch die Küchentür auf die kleine Terrasse. Am hinteren Zaun steht eine Eiche. Unter ihr ist es schattig. Er sieht den Fairlane und die Katzen auf der Haube. Buddy sitzt am Lenkrad. „Wieso nicht hier?“ fragt Kipler, als wir unter dem Baum stehen.

„Warum nicht?“ stimme ich zu, obwohl ich noch nie von einer Vernehmung im Freien gehört habe.

„Lassen Sie uns ein paar Stühle holen“, beschließt Kipler und krempelt die Ärmel hoch. Dot, der Richter und ich tragen Stühle aus der Küche in den Garten, während Deck sich mit dem Verlängerungskabel und einer veralteten Videokamera, die er sich von einem Freund geborgt hat, abmüht. Dot erlaubt uns, ihre Terrassenmöbel zu benutzen. Nur Minuten später sind Kipler und ich schweißgebadet.

Kurz vor neun trifft die Protokollantin ein, und Dot führt sie durch das Haus in den Garten. Dort unterhält sie sich mit Deck über die Stromzufuhr.

Drummond und seine Mannschaft erscheinen Punkt neun Uhr. Er bringt nur B. Dewey Clay Hill III. und Brandon Fuller Grone mit, die wie Zwillinge gekleidet sind: dunkelblaue Sakkos, weiße Baumwollhemden, gestärkte Khakihosen. Nur die Krawatten stimmen nicht überein. Drummond trägt keine. Die drei sind fassungslos angesichts unseres Arrangements.

Dot und ich helfen Donny Ray in den Garten. Er ist sehr schwach. Wir setzen ihn in einen mit Kissen ausgepolsterten Schaukelstuhl, wo Dot es ihm so bequem wie möglich macht. Sein Atem geht schwer, und sein Gesicht ist naß. Er sieht schlechter aus als sonst.

Kipler dirigiert mich auf Donny Rays rechte Seite und die Verteidiger auf die linke. Seine Ehren selbst läßt sich neben mir nieder. Wir rücken unsere Stühle nahe an den Zeugen heran. Dot steht ein paar Schritte hinter der Videokamera und läßt sich keine Bewegung ihres Sohnes entgehen. Es ist Samstagmorgen, und man hört das Summen ferner Rasenmäher und elektrischer Heckenscheren.

Kipler fragt Donny Ray, ob wir anfangen können, dann fordert er die Protokollantin auf, ihn zu vereidigen. Er verspricht, die Wahrheit zu sagen. Da er mein Zeuge ist und es sich um eine offizielle Beweisaufnahme handelt, muß ich mich genau an die Regeln halten.

Ich frage Donny Ray nach Name, Adresse, Geburtsdatum und bitte ihn um ein paar Angaben über seine Eltern und Angehörigen. Simples Zeug, einfach für ihn und für mich. Er antwortet langsam, wobei er in die Kamera sieht, genau, wie ich ihn gebeten habe. Er kennt sämtliche Fragen, die ich ihm stellen werde, und die meisten, die Drummond vorbringen könnte. Gelegentlich tupft er sich mit einem Taschentuch die Stirn ab.

Donny Ray und ich unterhalten uns über seine Schulzeit, seine Jobs, die Tatsachen, daß er nie aus seinem Elternhaus ausgezogen und nie mit dem Gesetz in Konflikt gekommen ist. Ich stelle ihm Fragen nach seiner Krankheit und der Behandlung, die ihm nicht zuteil wurde. Hier bin ich sehr vorsichtig. Donny Rays Durchhaltevermögen ist begrenzt, sowohl geistig als auch körperlich, und auch die Geschworenen werden sich das hier nur bis zu einer gewissen Grenze ansehen wollen. Nach zwanzig Minuten mache ich Schluß, ohne Einwände von der Gegenseite. Deck zwinkert mir zu, als wäre ich der Größte.

Leo Drummond stellt sich, fürs Protokoll, Donny Ray vor, dann erklärt er, wen er vertritt und wie leid es ihm tut, hiersein zu müssen. Er spricht nicht mit Donny Ray, sondern eher zu den Geschworenen.

Nur ein paar Fragen. Er stochert sanft in dem Thema herum, ob Donny Ray sein Elternhaus nicht einmal für eine Woche oder einen Monat verlassen hat, um woanders zu leben. Da er volljährig ist, würden sie nur allzugern feststellen, daß er ausgezogen und deshalb von der von seinen Eltern abgeschlossenen Police nicht gedeckt ist.

Donny Ray antwortet mehrfach mit einem höflichen „Nein, Sir".

Drummond geht kurz auf die Frage nach anderweitiger Deckung ein. Hat Donny Ray je eine eigene Police abgeschlossen? Hat er je für eine Firma gearbeitet, die für ihre Mitarbeiter eine Krankenversicherung abgeschlossen hatte? Ein paar weitere Fragen in dieser Richtung beantwortet Donny Ray alle mit einem leisen „Nein, Sir".

Nach weniger als zehn Minuten ist Drummond fertig. Die Vernehmung ist beendet. Donny Ray sieht mich beifallheischend an, und ich recke kurz den Daumen hoch. Die Anwälte der Verteidigung greifen nach ihren Aktenkoffern und verabschieden sich. Sie können gar nicht schnell genug verschwinden.

Dot und ich helfen Donny Ray zurück ins Haus.

Als ich die Tür zu meiner Wohnung öffne, steht eine Frau im Wohnzimmer mit einer Zeitschrift in der Hand. Sobald sie mich sieht, fährt sie zusammen und läßt die Zeitschrift fallen. Ihr Mund öffnet sich. „Wer sind Sie?“ kreischt sie. Sie scheint keine Kriminelle zu sein.

„Ich wohne hier. Wer sind Sie?“

„Du lieber Himmel“, entfährt es ihr, und sie preßt eine Hand auf ihr Herz. „Ich bin Delberts Frau. Birdie hat mir den Schlüssel gegeben und gesagt, ich könnte mich umschauen.“

„Das hat sie bestimmt nicht getan!“

„Doch, das hat sie!“ Sie zieht einen Schlüssel aus ihren engen Shorts und schwenkt ihn vor meiner Nase. „Ich heiße Vera. Wir sind aus Florida für ein paar Tage zu Birdie zu Besuch gekommen.“

Delbert ist Miß Birdies jüngerer Sohn, den sie seit drei Jahren nicht gesehen hat und der nie anruft oder schreibt. Ich kann mich nicht erinnern, ob Vera diejenige ist, die Miß Birdie ein Flittchen genannt hat, aber es wäre durchaus passend. Sie ist um die Fünfzig mit der ledrig braunen Haut einer passionierten Sonnenanbeterin.

„Sie haben kein Recht hierzusein“, weise ich sie zurecht, wobei ich versuche mich zu entspannen.

„Kein Grund zur Aufregung.“ Als sie an mir vorbeigeht, steigt mir ihr billiges Parfum in die Nase. „Birdie möchte Sie sehen“, eröffnet sie mir, als sie die Wohnung verläßt. Ich lausche, wie ihre Sandalen auf den Treppenstufen klappern.

Miß Birdie sitzt mit verschränkten Armen auf dem Sofa, sieht sich eine dieser idiotischen Comedy-Serien an und ignoriert den Rest der Welt. Vera durchstöbert den Kühlschrank. Am Küchentisch sitzt eine weitere gebräunte Kreatur, ein großer Mann mit dauergewelltem Haar, das schlecht gefärbt ist, und grauen Elvis-Koteletten. Goldene Armbänder prangen an beiden Handgelenken.

„Sie müssen der Anwalt sein“, begrüßt er mich, als ich hinter mir die Tür schließe. Vor ihm liegen einige Papiere.

„Mein Name ist Rudy Baylor“, stelle ich mich vor und bleibe am anderen Ende des Tischs stehen.

„Ich heiße Delbert Birdsong.“ Er ist Ende Fünfzig und versucht verzweifelt, auszusehen wie vierzig.

„Ihre Frau hat gesagt, Miß Birdie wolle mich sprechen.“ Ich rede so laut, daß Miß Birdie es hören muß, aber sie rührt sich nicht.

Vera nimmt sich einen Stuhl und rückt ihn nahe an den von Delbert heran. Er rückt seine Brille zurecht und sieht mich an. „Sie haben an Mamas Testament rumgepfuscht.“

„Das geht nur mich und Miß Birdie etwas an." Auf dem Tisch sehe ich ein Dokument. Es ist das Testament, das ihr verstorbener Anwalt aufgesetzt hat. Das ist ziemlich irritierend, denn Miß Birdie hat immer behauptet, daß keiner ihrer Söhne etwas von dem Geld wüßte. Aber Delbert weiß jetzt Bescheid. Nach Paragraph drei stehen ihm zwei Millionen zu.

Noch irritierender ist die Frage, wie Delbert dieses Dokument in die Hände bekommen hat. Miß Birdie hätte es ihm nie freiwillig gegeben. Da fällt mir ein, daß ich eine Kopie von Miß Birdies Testament in einer Akte unter meinem Bett habe.

„Ich frage Sie nur einmal", sagt er drohend. „Haben Sie für meine Mutter ein neues Testament aufgesetzt?"

„Sie ist Ihre Mutter. Weshalb fragen Sie nicht sie?"

„Sie rückt nicht mit der Sprache heraus", meldet sich Vera zu Wort.

„Gut. Dann tue ich es auch nicht. Das ist streng vertraulich."

Ich wende mich zum Gehen. „Miß Birdie!" rufe ich. Eine Sekunde lang bewegt sie sich nicht, dann hebt sie langsam die Fernbedienung und stellt den Ton lauter.

Soll mir auch recht sein. Ich zeige auf Delbert und Vera. „Wenn Sie noch einmal in die Nähe meiner Wohnung kommen, rufe ich die Polizei. Haben Sie verstanden?"

Delbert zwingt sich als erster zu einem Auflachen, dann kichert auch Vera schnell ein bißchen. Ich knalle die Tür hinter mir zu.

Ich kann nicht erkennen, ob sich jemand an den Akten unter meinem Bett zu schaffen gemacht hat. Miß Birdies Testament ist da, genau so, wie ich es hinterlassen habe. Es ist Wochen her, seit ich es zum letztenmal angesehen habe. Alles scheint in Ordnung zu sein.

Ich schließe die Tür ab und verkeile einen Stuhl unter der Klinke.

ALS ICH am nächsten Abend in die Auffahrt einbiege, stehen neben Miß Birdies Cadillac zwei fremde Wagen, zwei funkelnde Pontiacs mit Mietwagenaufklebern an der hinteren Stoßstange.

Ich bin lange im Büro geblieben, in erster Linie, weil ich Delbert und Vera aus dem Weg gehen wollte. Aber das Glück habe ich nicht. Sie sitzen mit Miß Birdie auf der Terrasse und trinken Tee. Und da ist noch mehr Besuch.

„Kommen Sie her, Rudy!" ruft Delbert. Als ich näher komme, steht er langsam auf, und ein anderer Mann folgt seinem Beispiel. Delbert zeigt auf den Neuankömmling. „Rudy, das ist mein Bruder Randolph."

Randolph und ich geben uns die Hand. „Meine Frau June", sagt er und deutet auf eine weitere alternde, lederhäutige Person von Veras Typ, diesmal mit gebleichtem Haar. Sie bedenkt mich mit einem Blick, der Käse zum Kochen bringen könnte.

„Miß Birdie“, grüße ich höflich und nicke meiner Hauswirtin zu.

„Hallo, Rudy“, sagt sie zuckersüß.

Im Gegensatz zu seinem aufgedonnerten Bruder altert Randolph mit Würde. Er ist nicht dick, sein Haar ist nicht dauergewellt und gefärbt, er ist nicht mit Gold behängt.

„Wie lange gedenken Sie, noch hier wohnen zu bleiben, Rudy?“ fragt er.

„Ich wüßte nicht, daß ich ausziehe.“

„Das habe ich auch nicht behauptet. Reine Neugierde. Die Miete ist sehr niedrig.“

„Sie haben sich doch wohl nicht beschwert, Miß Birdie, oder?“ frage ich sie.

„Ach nein“, sagt sie vage, als hätte sie vielleicht daran gedacht, sich zu beschweren, aber einfach nicht die Zeit dazu gefunden.

Ich könnte die Säcke Mulch und das Unkrautjäten zur Sprache bringen, aber ich bin entschlossen, mich mit diesen Schwachköpfen auf keine Diskussion einzulassen.

„Von jetzt an wird alles anders“, verkündet Randolph. „Wir sind hier, um Mutter zu helfen. Wir machen uns Gedanken über ihre Angelegenheiten. Das ist alles.“

Ich beobachte Miß Birdie, während Randolph redet. Ihr Gesicht glüht. Ihre Söhne sind da, machen sich Sorgen um sie, stellen Fragen, beschützen ihre Mama. Miß Birdie ist selig.

„Schön“, sage ich. „Aber lassen Sie mich in Ruhe. Und halten Sie sich von meiner Wohnung fern.“ Ich mache kehrt und gehe rasch davon. Ich kann mir nicht helfen, aber der Gedanke an diese Versammlung bringt mich zum Kichern. Wie lange wird es wohl dauern, bis sie die Wahrheit erfahren?

ELF

Ich komme pünktlich zu meiner Neunuhrverabredung mit Dr. Walter Kord, aber das nützt mir nicht das geringste. Ich warte eine Stunde und lese in Donny Rays medizinischen Unterlagen.

Um zehn erscheint eine Schwester, um mich zu holen. Ich folge ihr in einen fensterlosen Raum und warte weitere fünfzehn Minuten.

Stimmen auf dem Flur, dann geht die Tür auf. Ein Mann von ungefähr 35 stürmt herein. „Mr. Baylor?“ fragt er und ergreift meine Hand.

„Ja.“

„Walter Kord. Ich bin in Eile. Können wir das in fünf Minuten erledigen?“

„Ich denke schon.“

„Machen wir es so kurz wie möglich. Ich habe viele Patienten“, sagt er und bringt sogar ein Lächeln zustande. Mir ist vollauf bewußt, wie sehr Ärzte Anwälte hassen. Ich kann es ihnen nicht einmal verübeln.

„Danke für das Gutachten. Es hat funktioniert. Wir haben Donny Ray bereits vernommen. Aber wir brauchen Ihre Aussage.“

Seine Reaktion ist typisch für Ärzte. Sie hassen Gerichtssäle. Und um sie zu vermeiden, erklären sie sich manchmal zu einer aufgezeichneten Vernehmung bereit, die dann anstelle ihrer persönlichen Aussage vor Gericht verwendet wird.

„Ich bin sehr beschäftigt“, weicht er aus. „Ich berechne fünfhundert Dollar die Stunde für eine Zeugenaussage.“

„Das kann ich mir nicht leisten, Dr. Kord. Ich habe meine Kanzlei erst vor sechs Wochen eröffnet. Dies ist der einzige anständige Fall, den ich habe.“

Es ist erstaunlich, was die Wahrheit bewirken kann. Dieser Mann verdient vermutlich eine Million Dollar im Jahr, und er ist sofort entwaffnet von meiner Offenheit. Ich sehe Mitleid in seinen Augen.

Er zögert eine Sekunde, denkt vielleicht an Donny Ray und daran, wie frustrierend es ist, ihm nicht helfen zu können. „Ich schicke Ihnen eine Rechnung, einverstanden? Bezahlen Sie sie, wann Sie können.“

„Danke, Doktor.“

„Machen Sie mit meiner Sekretärin einen Termin aus.“

EIN PAAR Tage später treffen wir uns in Richter Kiplers Gerichtssaal zu Dots Vernehmung. Sie wird bei der Verhandlung aussagen, also ist dies nicht die offizielle Zeugenaussage, sondern nur eine Vernehmung zu Ermittlungszwecken. Drummond wird den Anfang machen und praktisch alle Fragen stellen. Es wird Stunden dauern.

Kipler ist auch diesmal anwesend. Wir versammeln uns an einem Tisch unterhalb der Richterbank. Ich bin überzeugt, er befürchtet, daß Drummond mich einfach überrennt, wenn ich auf mich allein gestellt bin.

Die erste Stunde wird mit Familiengeschichte verbracht. Drummond bewegt sich langsam von einem Thema zum nächsten – Schulbildung,

Beschäftigungen, Wohnsitze, Hobbys – und stellt Fragen, die mir nicht einmal im Traum eingefallen wären. Das meiste davon ist sinnloses Geschwätz, aber so verhalten sich gewiefte Anwälte nun mal bei einer Vorvernehmung. Frage, grabe, stoß nach, man kann ja nie wissen, was vielleicht dabei herauskommt.

Ungefähr in der Mitte der dritten Stunde, nach einigen kurzen Pausen, kommen wir endlich auf die Versicherung. Ich habe eine vollständige Kopie sämtlicher zu der Akte gehörenden Unterlagen angefertigt, Donny Rays Krankengeschichte eingeschlossen, und alle diese Dokumente liegen in einem säuberlichen Stapel auf dem Tisch. Kipler hat sie sich angesehen. Wir sind in der seltenen und beneidenswerten Lage, daß wir keine üblen Dokumente haben. Es ist nichts dabei, was wir lieber verbergen würden. Drummond kann alles sehen.

Wir vermuten, daß er das meiste, wenn nicht sogar alles, was vor Dot auf dem Tisch liegt, bereits gesehen hat. Er hat seine Dokumente von seinen Mandanten bekommen. Meine stammen von den Blacks.

Wir fangen mit dem Antrag und der Police an. Dot gibt sie Drummond, der sie überfliegt und dann an Hill weiterreicht; dann wandert sie weiter zu Plunk und schließlich zu Grone. Es dauert seine Zeit, bis jeder sie Seite für Seite durchgeblättert hat. Das nächste Dokument ist der erste Ablehnungsbrief, und er wird gleichfalls um den Tisch herumgereicht. Ebenso geht es mit den anderen Ablehnungsschreiben.

Schließlich kommt der „Blöde"-Brief. Ich habe Dot eingeschärft, ihn Drummond ohne Kommentar auszuhändigen. Drummond nimmt ihn und liest:

> Sehr geehrte Mrs. Black,
> unsere Gesellschaft hat Ihre Ansprüche bereits siebenmal schriftlich abgewiesen. Wir tun es jetzt zum achten und letzten Mal. Offenbar sind Sie blöde, blöde, blöde!

Mir ist sofort klar, daß er diesen Brief noch nie gesehen hat. Seine Mandanten haben ihn der Akte nicht beigefügt. Der Brief ist ein schwerer Schlag für ihn. Dann macht er die Sache noch schlimmer, indem er Kipler ansieht. Seine Ehren läßt sich keine Regung entgehen, kein Zucken und Zwinkern, und er registriert das Offenkundige. Drummond ist fassungslos über das, was er in der Hand hält.

„Mr. Drummond, es ist offensichtlich, daß Sie diesen Brief nie zuvor gesehen haben. Und ich vermute, daß dies nicht das letzte Dokument sein wird, das Ihre Mandanten verheimlichen möchten." Kipler beugt sich vor und zeigt mit dem Finger auf Drummond. „Wenn ich Sie oder

Ihre Mandanten dabei ertappe, daß Sie dem Kläger Dokumente vorenthalten, werde ich Sie beide zu Geldbußen verurteilen, in denen Kosten und Anwaltshonorare auf stündlicher Basis in der Höhe enthalten sind, die Sie Ihren Mandanten berechnen. Haben Sie mich verstanden?"

Drummond taumelt noch immer. Ich kann mir vorstellen, wie dieser Brief auf die Geschworenen wirken wird, und ich bin sicher, er denkt dasselbe.

Um halb eins unterbrechen wir für die Mittagspause, und eine Stunde später sind wir wieder versammelt. Dot ist erschöpft.

Um halb vier, sechseinhalb Stunden nachdem wir angefangen haben, erklärt Kipler die Vernehmung für beendet.

ZUM ERSTENMAL seit über zwei Wochen sind sämtliche Mietwagen verschwunden. Nur Miß Birdies Cadillac steht noch da. Ich parke dahinter, auf meinem alten Platz, und gehe ums Haus herum. Niemand ist da. Ich bin an der Treppe zu meiner Wohnung angelangt, als ich eine Stimme höre. Es ist nicht die von Miß Birdie.

„Rudy, haben Sie eine Minute Zeit?" Es ist Randolph auf der Terrasse. „Wir müssen miteinander reden."

„Wo ist Miß Birdie?" frage ich, während ich auf ihn zuschlendere.

„Sie ist, äh, für eine Weile verreist. Will einige Zeit mit uns in Florida verbringen. Sie ist heute morgen abgeflogen."

„Wann kommt sie zurück?" erkundige ich mich.

„Das weiß ich nicht. Vielleicht überhaupt nicht. Hören Sie, von jetzt an werden wir, Delbert und ich, uns um ihre Angelegenheiten kümmern. Wir möchten, daß Sie weiter hier wohnen, und möchten Ihnen ein Angebot machen. Sie bleiben hier, passen auf das Haus auf, halten alles in Ordnung, und dafür brauchen Sie keine Miete zu zahlen."

„Was meinen Sie mit ‚alles in Ordnung halten'?"

„Nur das Übliche, nichts Ausgefallenes. Mama hat gesagt, Sie wären ihr in diesem Sommer eine große Hilfe gewesen, und Sie brauchen nur zu tun, was Sie bisher auch schon getan haben. Falls sich schwerwiegende Probleme ergeben sollten, rufen Sie mich an. Es ist ein gutes Angebot, Rudy."

Das ist es in der Tat. „Ich nehme an", willige ich ein.

„Gut." Er überreicht mir einen großen Umschlag. „Hier sind die Schlüssel zum Haus, die Telefonnummern des Versicherungsagenten, der Firma, die für die Alarmanlage verantwortlich ist, und so weiter. Dazu meine Adresse und Telefonnummer."

„Wo wird Miß Birdie wohnen?"

„Bei uns, in der Nähe von Tampa. Wir haben ein hübsches kleines Haus mit einem Gästezimmer. Wir werden gut für sie sorgen. Zwei meiner Kinder wohnen ganz in der Nähe. Sie wird also viel Gesellschaft haben."

Ich sehe sie vor mir, wie sie sich geradezu überschlagen, Omi zu Diensten zu sein. Sie hoffen, daß sie nicht mehr allzu lange lebt. Sie können es gar nicht abwarten, daß sie stirbt, damit sie alle reich werden. Es fällt mir sehr schwer, ein Grinsen zu unterdrücken.

„Das ist schön", sage ich. „Sie ist sehr einsam gewesen."

Wir geben uns die Hand und sagen einander Lebewohl.

ICH VERMUTE, Booker hat dieses elegante Restaurant ausgesucht, weil er gute Nachrichten hat. Echtes Silberbesteck. Leinenservietten. Er muß einen Mandanten haben, der das bezahlt.

Er kommt eine Viertelstunde zu spät, was sonst gar nicht seine Art ist. Aber er ist neuerdings ein vielbeschäftigter Mann, und seine ersten Worte sind: „Ich habe bestanden." Sein Examen wurde nachkorrigiert, die Punktezahl um drei heraufgesetzt, und jetzt ist er ein richtiger Anwalt. Ich habe ihn noch nie so oft lächeln sehen. Trotz seiner Proteste bestelle ich eine Flasche Champagner.

Das Essen kommt. Es sind unglaublich winzige, aber sehr hübsch angerichtete Scheibchen Lachs, die wir eine Weile bewundern, bevor wir sie verspeisen. Shankle läßt Booker in dreißig Richtungen gleichzeitig rennen, fünfzehn Stunden am Tag, aber Charlene ist eine Frau mit sehr viel Geduld. Ihr ist klar, daß er in diesen Anfangsjahren Opfer bringen muß, wenn er später die Belohnung kassieren möchte.

Wir unterhalten uns über Kipler. Er und Shankle hatten eine nette Unterhaltung, von der so einiges durchgesickert ist. Shankle hat Booker gegenüber erwähnt, daß Kipler ihm gegenüber erwähnt habe, daß ich einen Fall hätte, der womöglich Millionen wert sei. Kipler ist überzeugt, daß ich Great Benefit am Haken habe und es jetzt nur noch darum geht, wieviel die Geschworenen uns zusprechen werden.

Welch wundervoller Klatsch!

Beim Kaffee beschäftigen wir uns wieder mit dem, was Anwälte am besten können – über andere Anwälte reden. In unserem Fall dreht es sich um unsere Mitstudenten und darum, wie es ihnen in der wirklichen Welt ergeht.

ES IST ein zorniger Richter, der sich in wallender schwarzer Robe auf dem Richterstuhl niederläßt. Richter Kipler will es hinter sich bringen. Ich hatte eine Mitteilung eingereicht, daß ich vom kommenden Montag an sechs Angestellte von Great Benefit in Cleveland vernehmen will. Drummond hat Widerspruch eingelegt und natürlich behauptet, er wäre wegen eines Prozesses unabkömmlich. Aber nicht nur er steht nicht zur Verfügung, auch alle sechs zur Vernehmung vorgesehenen Personen sind anderweitig beschäftigt. Alle sechs! Was den Richter so aufgebracht hat, war Drummonds Versicherung, daß er es frühestens in zwei Monaten einrichten könnte, drei Tage in Cleveland zu verbringen.

Kipler hat diese Anhörung angesetzt, damit er Drummond ganz offiziell durch die Mangel drehen und es zu Protokoll nehmen kann. Es wird sehr unerfreulich werden, und ich werde nicht viel sagen müssen. „Fürs Protokoll“, fährt Kipler die Protokollantin an. „Im Fall Nummer 214 668, Black gegen Great Benefit, haben die Kläger die Vernehmung von sechs Angestellten der Beklagten beantragt, die nächsten Montag in der Zentrale der Gesellschaft in Cleveland stattfinden soll. Der Anwalt der Beklagten hat, was nicht weiter verwunderlich ist, Einspruch erhoben mit der Begründung, daß er unabkömmlich sei. Trifft das soweit zu, Mr. Drummond?“

Drummond erhebt sich langsam. „Ja, Euer Ehren.“

„Also, Mr. Drummond“, bestimmt Kipler. „Hören Sie mir genau zu. Es handelt sich hier um ein beschleunigtes Verfahren, und in meinem Gericht bedeutet das, daß ich keine Verzögerungen zulasse. Die betreffenden sechs Vernehmungen beginnen Montag früh in Cleveland.“

Drummond sinkt auf seinen Stuhl und macht sich Notizen.

„Wenn Sie das nicht einrichten können, dann tut es mir leid. Aber nach der letzten Zählung verfügen Sie über vier weitere Anwälte, die an diesem Fall mitarbeiten, die alle über wesentlich mehr Erfahrung verfügen als Mr. Baylor, der seine Lizenz erst im Sommer bekommen hat. Mir ist natürlich klar, daß Sie nicht einfach einen Anwalt nach Cleveland schicken können, es müssen mindestens zwei sein, aber ich bin sicher, Sie können es so einrichten, daß genügend Anwälte anwesend sein werden, um Ihren Mandanten angemessen zu vertreten.“ Die Worte versengen die Luft. „Außerdem werden die sechs benannten Angestellten am Montagmorgen zur Verfügung stehen, und sie werden verfügbar bleiben, bis Mr. Baylor sie entläßt. Ich weise diese sechs Personen hiermit an, uneingeschränkt zu kooperieren.“

Drummond und Genossen beugen sich tiefer über den Tisch und schreiben schneller.

„Weiterhin haben die Kläger Akten angefordert.“ Kipler hält einen Moment inne und schaut hinunter auf den Tisch der Verteidigung. „Mr. Drummond, ich dulde keine krummen Touren mit den Dokumenten. Ich werde Montag und Dienstag ständig in der Nähe meines Telefons sein, und wenn Mr. Baylor mich anruft und mir sagt, daß er Schriftstücke, auf die er Anspruch hat, nicht bekommt, dann werde ich dafür sorgen, daß er sie erhält. Haben Sie mich verstanden?“

„Ja, Euer Ehren“, antwortet Drummond.

Kipler entspannt sich ein wenig und holt tief Luft. Im Gerichtssaal herrscht absolute Stille. „Der Beginn des Prozesses wird hiermit auf Montag, den 8. Februar, festgesetzt“, erklärt Seine Ehren. Ich versuche, selbstsicher auszusehen. Vier Monate, das hört sich an wie eine sehr lange Zeit, aber für jemanden, der noch nicht einmal einen einfachen Blechschaden vor Gericht vertreten hat, ist der Termin beängstigend nah.

Als Kipler uns entläßt, raffe ich schnell meine Papiere zusammen und verschwinde.

ICH BIN nie zuvor im oberen Stockwerk von Miß Birdies Haus gewesen, und es ist genauso verstaubt und muffig wie das Erdgeschoß. Ich öffne eine Zimmertür nach der anderen, schalte das Licht ein, sehe mich schnell um, dann mache ich das Licht wieder aus. Der Fußboden auf dem Flur knarrt unter meinen Füßen. Da ist eine schmale Treppe zum zweiten Stock, aber es widerstrebt mir, dort hinaufzugehen.

Das Erdgeschoß scheint ebenso frei von Einbrechern zu sein wie das Obergeschoß. In der Küche betrachte ich das altmodische Telefon und bin nahe daran, Kellys Nummer zu wählen. Deck hat sie für mich ausfindig gemacht. Ich habe heute mehr an Kelly gedacht als gestern. Diese Woche mehr als in der vorigen. Ich muß sie sehen.

AM FRÜHEN Sonntagmorgen bringt mich Deck mit seinem Kombi zum Busbahnhof. Die Kanzlei Rudy Baylor kann sich einen Flug nach Cleveland einfach nicht leisten. Ein Flugticket hin und zurück kostet fast 700 Dollar. Und die lange Strecke mit dem Toyota zu fahren ist zu riskant. Sollte er streiken, säße ich fest, und die Vernehmungen müßten verschoben werden.

Deck sagt wenig. Ich glaube, er ist etwas verlegen, weil wir uns nichts Besseres leisten können. Wir verabschieden uns auf dem Parkplatz neben dem Busbahnhof. Er verspricht, sich um die Kanzlei zu kümmern und ein paar Fälle an Land zu ziehen. Dann fährt er in Richtung St. Peter's davon.

Der Bus ist fast voll, nur vier Plätze sind noch frei. Dem Fahrplan nach sollen wir um elf in Cleveland ankommen. Das sind 15 Stunden in diesem Bus. Die Vernehmungen beginnen morgen früh um neun.

Ich bin sicher, daß meine Gegenspieler bei Trent & Brent noch schlafen. Gegen siebzehn Uhr werden ihre Frauen sie zum Flughafen fahren, ihnen einen Abschiedskuß geben und sie dann gemeinsam in der ersten Klasse abfliegen lassen. Eine Stunde später werden sie in Cleveland landen. Nach einem köstlichen Abendessen mit Aperitif und Wein werden sie sich in einem eleganten Konferenzzimmer versammeln und Pläne gegen mich schmieden. Ungefähr um die Zeit, zu der ich in einem Motel eintreffe, werden sie sich schlafen legen, ausgeruht, bestens vorbereitet, kampfbereit.

DIE ZENTRALE von Great Benefit liegt in einem reichen Vorort von Cleveland. Das Gebäude ist leicht zu finden, weil die Adresse in großen schwarzen Buchstaben neben einer Betoneinfahrt steht: 5550 BAKER GAP ROAD. Aber der Name Great Benefit ist nirgends zu sehen.

Ich betrete ein kleines Foyer mit ein paar künstlichen Topfpflanzen an der einen Wand und einer hübschen Empfangsdame an der anderen. An der Wand hinter ihr stehen die Namen von drei nicht näher bezeichneten Firmen: PINNCONN GROUP, GREEN LAKE MARINE und GREAT-BENEFIT-LEBENSVERSICHERUNGSGESELLSCHAFT. Was gehört wem? Jede hat ein selbstbewußtes, in Bronze graviertes Emblem.

„Mein Name ist Rudy Baylor, und ich bin mit Mr. Paul Moyer verabredet“, erkläre ich höflich.

„Einen Moment bitte.“ Sie drückt auf einen Knopf, wartet und sagt dann: „Mr. Moyer, ein Mr. Baylor für Sie.“

Sein Büro muß ganz in der Nähe sein, denn ich brauche nicht einmal eine Minute zu warten, bis er mit Händeschütteln und „Wie geht es Ihnen?“ über mich herfällt. Ich folge ihm zu einem Fahrstuhl. Wir steigen im vierten Stock aus, wo er eine schwere Tür öffnet.

Willkommen bei einer der laut Wirtschaftsmagazin *Fortune* 500 reichsten Firmen des Landes. Wir gehen in einen Sitzungssaal mit einem glänzenden Tisch in der Mitte und mindestens fünfzig lederbezogenen Stühlen darum herum. Rechts von mir steht ein Buffet mit Kaffee, Keksen und Brötchen. Davor hat sich eine Horde von acht Verschwörern versammelt. Mein inneres nervöses Zittern verwandelt sich in ein heftiges Beben.

In vier Männern erkenne ich meine alten Freunde von Trent & Brent. Ein anderes Gesicht ist mir von den Anhörungen in Memphis her vertraut, die übrigen drei sind Fremde, und alle verstummen auf der Stelle, sobald sie mich bemerken.

T. Pierce Morehouse faßt sich als erster. „Rudy, kommen Sie herein." Ich nicke den vier neuen Bekannten zu, während Morehouse ihre Namen herunterrattert, Namen, die ich sofort wieder vergesse. Das Gesicht von Jack Underhall kenne ich aus Richter Kiplers Gerichtssaal. Er ist einer der hausinternen Anwälte von Great Benefit und der designierte Wortführer der Gesellschaft.

T. Pierce dirigiert uns zum Tisch. Er zeigt hierhin und dorthin, wobei er den Sitz am Kopf für die Zeugen reserviert. Ich setze mich gehorsam auf den mir zugewiesenen Stuhl.

„Also, Rudy", sagt T. Pierce, „wir haben gedacht, wir fangen mit der Vernehmung von Jack Underhall an."

Das habe ich vorhergesehen und mich bereits dagegen entschieden. „Nein, ich denke nicht", lehne ich ab. „Ich möchte mit Jackie Lemancyzk anfangen, der zuständigen Sachbearbeiterin in der Schadensabteilung. Aber zuerst hätte ich gern die Akte."

Das Herzstück jedes Versicherungsfalles ist die Schadensakte, die Kollektion von Briefen und Dokumenten, die der Schadenssachbearbeiter in der Zentrale anlegt. Kipler hat unmißverständlich angeordnet, daß die Akte heute morgen für mich auf dem Tisch zu liegen hat.

„Wir denken, es wäre besser, mit Mr. Underhall anzufangen", widerspricht T. Pierce schwach.

„Mir ist egal, was Sie denken", gebe ich zurück, und es hört sich bemerkenswert entrüstet an. Ich komme damit durch, weil der Richter auf meiner Seite steht. Kiplers Anweisungen besagen, daß die sechs Zeugen, die ich verlangt habe, um neun Uhr heute morgen zur Verfügung zu stehen haben und daß es allein meine Entscheidung ist, in welcher Reihenfolge sie vernommen werden.

„Äh, ja, also, mit Jackie Lemancyzk haben wir ein Problem", gesteht T. Pierce. „Sie arbeitet nicht mehr hier."

Ich kann gerade noch verhindern, daß mein Mund aufklappt. Einen Moment lang bin ich so verblüfft, daß mir nichts einfällt. Ich starre ihn an und versuche, meine Gedanken zu ordnen. „Seit wann?" frage ich.

„Sie hat letzten Samstag gekündigt."

„Wo ist sie jetzt?"

„Sie arbeitet nicht mehr hier, verstehen Sie? Sie steht als Zeugin nicht zur Verfügung."

Ich werfe einen Blick auf meine Notizen. „Na schön, wie ist es mit Tony Krick, dem zweiten Sachbearbeiter?"

„Der ist ebenfalls fort“, eröffnet mir T. Pierce. „Er ist im Rahmen des Personalabbaus entlassen worden.“

Ich stecke den zweiten Schlag ein. Great Benefit hat tatsächlich Leute entlassen, damit sie nicht mit mir reden können.

„Was ist mit Richard Pellrod, dem leitenden Sachbearbeiter der Schadensabteilung?“

„Er ist hier.“

„Und Russell Krokit?“

„Mr. Krokit hat zu einer anderen Firma gewechselt.“

Russell Krokit war Leiter der Schadensabteilung, als er den „Blöde“-Brief schrieb. Auf seine Vernehmung habe ich mich irgendwie gefreut.

„Und Everett Lufkin, der für die Schadensabteilung zuständige Vizepräsident?“

„Er ist hier.“

„Wo ist die Akte?“ frage ich.

T. Pierce schiebt mir einen Stapel Papiere über den Tisch zu.

Die Akte ist gut zehn Zentimeter dick. „Geben Sie mir eine Stunde“, sage ich.

„In Ordnung“, sagt T. Pierce. „Nebenan ist ein kleiner Konferenzraum.“ Er steht auf, und ich folge ihm in den angrenzenden Raum, wo er mich verläßt. Ich setze mich an den Tisch und fange sofort an, mich durch die Dokumente hindurchzuwühlen.

EINE Stunde später kehre ich in den Sitzungssaal zurück. Sie trinken Kaffee und unterhalten sich. „Wir müssen den Richter anrufen“, verkünde ich, und T. Pierce ist plötzlich hellwach. „Hier drinnen“, bestimme ich und deute auf den kleinen angrenzenden Raum.

Mit ihm an dem einen Apparat und mir am anderen wähle ich die Nummer von Kiplers Büro. Er meldet sich beim zweiten Läuten, und wir nennen unsere Namen. „Wir haben ein kleines Problem, Euer Ehren“, beginne ich. „Von den sechs Zeugen, die ich angefordert und die Sie in Ihrer Anweisung benannt hatten, sind drei plötzlich verschwunden. Jackie Lemancyzk, Tony Krick und Russell Krokit arbeiten nicht mehr hier.“

„Was ist mit der Akte?“

„Die habe ich bekommen und gerade eben durchgesehen. Es fehlt mindestens ein Dokument: der ‚Blöde‘-Brief. Er ist nicht in der Akte.“

„Befinden Sie sich beide im selben Raum?“ fragt Kipler.

„Ja, Euer Ehren“, erwidern T. Pierce und ich einstimmig.

„Gut. Picrcc, gchcn Sic bitte hinaus. Rudy, Sie bleiben am Apparat.“

T. Pierce will etwas sagen, überlegt es sich dann aber anders. Verwirrt legt er seinen Hörer auf und verläßt den Raum.

„So, Richter, wir sind unter uns", sage ich.

„Also dann. Ich werde folgendes tun: Durch das Beiseiteschaffen von Zeugen und das Vorenthalten von Dokumenten bin ich jetzt in der Position, anzuordnen, daß alle Vernehmungen hier durchgeführt werden. Ich finde, Sie sollten Underhall vernehmen. Wenn Sie mit ihm fertig sind, kommen Sie zurück."

JACK UNDERHALL ist ein stämmiger kleiner Mann mit kurzem Schnurrbart und knapper Redeweise. Er setzt mich über die Gesellschaft ins Bild. Great Benefit gehört PinnConn, einer Firma in Privatbesitz, deren Inhaber schwer festzustellen sind. Er legt zwei Kündigungsschreiben der verschwundenen Zeugen vor und versichert mir, ihr Ausscheiden habe absolut nichts mit diesem Fall zu tun.

Ich befrage ihn drei Stunden lang, dann mache ich Schluß. Ich hatte mich darauf eingestellt, mindestens drei Tage in Cleveland verbringen zu müssen. Aber ich verlasse diesen Ort bereits kurz vor vierzehn Uhr auf Nimmerwiedersehen und in dem sicheren Wissen, daß nun drei Fieslinge gezwungen sein werden, in meiner Domäne zu erscheinen und ihre Aussagen in meinem Gerichtssaal zu machen, mit meinem Richter ganz in der Nähe.

Die Busfahrt zurück nach Memphis kommt mir viel kürzer vor.

AM DONNERSTAG nach dem Montag, den ich in Cleveland verbracht habe, besteht mein Abendessen aus einem Sandwich mit Dot. Die Sonne versinkt langsam hinter den Bäumen in ihrem Garten, hinter dem Fairlane, in dem Buddy hockt und sich weigert, zum Essen hereinzukommen. Sie sagt, er verbringe immer mehr Zeit dort draußen wegen Donny Ray. Er sitzt jeden Morgen ein paar Minuten bei seinem Sohn, verläßt das Zimmer gewöhnlich weinend und geht dann den Rest des Tages jedermann aus dem Weg.

Dot und ich unterhalten uns über die Klage und die unglaubliche Fairneß von Richter Tyrone Kipler, aber sie hat das Interesse daran verloren. Die leidenschaftliche Frau, die ich vor sechs Monaten kennengelernt habe, scheint den Kampf aufgegeben zu haben. Damals war sie felsenfest davon überzeugt, daß ein Anwalt Great Benefit dazu veranlassen könnte, das Rechte zu tun. Damals war noch Zeit für ein Wunder. Jetzt ist alle Hoffnung verflogen.

Dot serviert mir eine Tasse koffeinfreien Instantkaffee, ehe sie hinausgeht, um nach ihrem Mann zu sehen. Ich nehme meinen Kaffee mit auf Donny Rays Zimmer, wo er, auf der rechten Seite zusammengerollt, unter den Laken schläft. Ich setze mich an das offene Fenster. In der Umgebung ist es ruhig, im Zimmer ist kein Laut zu hören.

Sein Testament ist ein simples, aus nur zwei Absätzen bestehendes Dokument, in dem er alles seiner Mutter vermacht. Ich habe es letzte Woche ausgearbeitet. Er besitzt nichts und hat auch keinerlei Schulden. Das Testament ist eigentlich unnötig. Aber er hat sich dadurch besser gefühlt. Seine Beisetzung hat er auch geplant. Er möchte, daß ich einer der Sargträger bin.

Ich greife nach dem Buch, in dem ich jetzt seit zwei Monaten von Zeit zu Zeit lese, ein Buch mit vier gekürzten Romanen. Ich lasse es immer am selben Platz in Donny Rays Zimmer liegen und lese bei jedem Besuch ein paar Seiten.

Er stöhnt und bewegt sich ein bißchen. So sterben also die nicht Versicherten. In einer Gesellschaft voller reicher Ärzte und funkelnder Krankenhäuser ist es empörend, daß jemand wie Donny Ray dahinsiechen und ohne angemessene ärztliche Behandlung sterben muß.

Ich höre eine fremde Stimme im Wohnzimmer, dann klopft jemand an die Tür. Sie wird langsam geöffnet, und ich brauche ein paar Sekunden, um den Mann zu erkennen, der da steht. Es ist Dr. Kord, Donny Rays Onkologe, der einen Hausbesuch macht. Wir geben uns am Fußende des Bettes die Hand, dann gehen wir zum Fenster.

„Ich war gerade in der Nähe", flüstert er, als führe er ständig hier herum.

„Setzen Sie sich", bitte ich ihn und deute auf den einzigen weiteren Stuhl im Zimmer. Wir sitzen im Halbdunkel, Knie an Knie, und betrachten den sterbenden Jungen in dem knapp zwei Meter entfernten Bett. Eine leichte Brise streift unsere Nacken.

„Ich habe über den Prozeß nachgedacht", sagt Kord fast lautlos. „Glauben Sie, es wäre wirkungsvoller, wenn ich vor Ort aussage, anstatt über ein Video oder eine schriftliche Vernehmung zu den Geschworenen zu sprechen?"

„Natürlich wäre es das."

Er beugt sich vor und stützt die Ellenbogen auf die Knie. „Dann sage ich vor Gericht aus und schicke Ihnen keine Rechnung."

„Das ist sehr großzügig von Ihnen."

„Nicht der Rede wert. Es ist das mindeste, was ich tun kann."

Wir denken lange Zeit darüber nach. Kord ist ein Mann, dem lange Gesprächspausen nichts ausmachen.

„Wissen Sie, was ich tue?“ fragt er schließlich.
„Was?“
„Ich untersuche Leute, dann bereite ich sie auf den Tod vor.“ Er schweigt einen Moment und betrachtet seinen Patienten. „Aber das hier geht mir an die Nieren. Zusehen zu müssen, wie ein Patient unbehandelt bleibt. Wenn die Knochenmarktransplantation nicht so teuer wäre, hätten wir vielleicht etwas tun können. Ich war bereit, meine Zeit kostenlos zur Verfügung zu stellen, aber es ist trotzdem noch ein 200 000-Dollar-Eingriff. Kein Krankenhaus kann es sich leisten, so viel Geld zu verschenken.“
„Und deshalb hassen Sie Versicherungsgesellschaften, stimmt's?“
„Ja.“ Eine lange Pause folgt. „Wir müssen es ihnen heimzahlen“, meint er dann.

Ich schlafe zufällig gerade einmal, als um zwanzig nach drei in der Nacht das Telefon läutet. Entweder ist Donny Ray tot, oder ein Flugzeug ist abgestürzt und Deck wittert fette Beute. Wer sonst würde um diese Zeit anrufen?
„Rudy?“ ertönt eine sehr vertraute Stimme am anderen Ende.
„Miß Birdie?“ Ich setze mich auf und taste nach dem Lichtschalter. „Wie geht es Ihnen?“
„Ach, sie sind so gemein zu mir.“
Ich schließe die Augen und lasse mich auf mein Bett zurücksinken. Weshalb überrascht mich das nicht? „Wer ist gemein?“ frage ich.
„June ist die Gemeinste“, stößt sie hervor, als hätte sie eine Rangordnung aufgestellt. „Sie will mich nicht im Haus haben.“
„Sie wohnen bei Randolph und June?“
„Ja, und es ist fürchterlich. Einfach fürchterlich. Ich habe Angst, etwas zu essen. Sie könnten Gift hineingetan haben.“
„Na, hören Sie mal, Miß Birdie.“
„Das ist mein Ernst. Ich habe ein neues Testament unterschrieben, das ihnen gibt, was sie wollen. Sie warten alle nur darauf, daß ich sterbe.“
„Weshalb rufen Sie um diese Zeit an, Miß Birdie?“
„Weil, also, ich vermisse mein Haus, Rudy. Ist alles in Ordnung?“
„Alles bestens, Miß Birdie.“ Sie wartet darauf, daß ich ihr anbiete, zu kommen und sie zu holen.
„Sie haben mich in ein kleines Schlafzimmer mit einem winzigen Bad gesteckt. Ich bin es gewohnt, viel Platz zu haben, wie Sie wissen. Oh, da kommt jemand. Ich muß Schluß machen.“ Am anderen Ende wird der Hörer auf die Gabel geknallt.

Ich betrachte den Anruf nicht als bedeutsames Ereignis. Er war fast belustigend. Wenn Miß Birdie heimkommen will, werde ich sie holen.

Ich schaffe es, wieder einzuschlafen.

ZWÖLF

Der Anruf, vor dem ich mich gefürchtet habe, kommt schließlich an einem Sonntagmorgen. Es ist Dot, die mir sagt, daß sie ihn vor einer Stunde gefunden hat. Er ist gestern abend eingeschlafen und nicht wieder aufgewacht. Ihre Stimme bebt ein wenig, aber sie hat ihre Gefühle unter Kontrolle. Wir unterhalten uns kurz, und ich spüre, daß mein Hals trocken ist und meine Augen feucht sind. In ihren Worten klingt ein Anflug von Erleichterung mit. „Er ist jetzt besser dran", sagt sie mehr als einmal. Ich sage ihr, wie leid es mir tue, und verspreche, am Nachmittag zu kommen.

Als ich bei den Blacks eintreffe, hat sich die gesamte Nachbarschaft zum Trauern versammelt. Ich lächle und nicke und bahne mir einen Weg durch die Menge. Ich finde Dot in der Küche. Das Haus ist brechend voll. Der Küchentisch und sämtliche freien Flächen sind bedeckt mit Pasteten, Aufläufen und Tupperdosen mit gebratenen Hähnchen.

Dot und ich umarmen uns sanft. Ich spreche ihr mein Beileid aus, und sie dankt mir für mein Kommen. Sie deutet auf all die Eßwaren und fordert mich auf, mich zu bedienen.

Plötzlich bin ich hungrig. Ich fülle einen großen Pappteller mit Hähnchen, gebackenen Bohnen und Krautsalat und nehme ihn mit auf die kleine Terrasse, wo ich langsam esse. Bald darauf gesellt sich ein junger Mann zu mir, der mir seltsam bekannt vorkommt. „Ich heiße Ron Black", stellt er sich vor. „Der Zwillingsbruder."

Er ist schlank, gut in Form und nicht sehr groß. „Ich freue mich, Sie kennenzulernen", sage ich.

„Sie sind also der Anwalt?" Er hält eine Dose Cola in der Hand.

„Ganz recht. Rudy Baylor. Das mit Ihrem Bruder tut mir sehr leid."

„Danke."

Mir ist bewußt, wie selten Dot und Donny Ray über Ron gesprochen haben. Er hat das Haus kurz nach der High-School verlassen, ist weit fortgezogen und hat sich ferngehalten. Ich bin sicher, daß er traurig ist, aber er wird mit seinem Kummer gut fertig.

Die Besucherschar nimmt ab und wächst wieder an, aber das Essen bleibt. Ich esse zwei Stück Schokoladenkuchen, während Ron warme Cola trinkt. Nach zwei Stunden Herumsitzen bin ich erschöpft. Ich verabschiede mich und fahre davon.

HINTER einer kleinen Dorfkirche, ein paar Kilometer nördlich von Memphis, wird Donny Ray Black zur letzten Ruhe gebettet. Weil ich einer der acht Sargträger bin, werde ich angewiesen, hinter den Stühlen zu stehen, auf denen die Familie sitzt. Es ist kühl, und der Himmel ist bedeckt, ein passender Tag für eine Beisetzung.

Die Menge drängt sich unter dem burgunderfarbenen Baldachin zusammen, als der junge Geistliche aus der Bibel vorliest. Wir starren auf den grauen, von Blumen umgebenen Sarg. Ich höre Dot leise weinen und nehme Buddy wahr, der neben Ron sitzt. Ich schaue woandershin und versuche, im Geist diesen Ort zu verlassen.

DECK ist ein Nervenbündel, als ich ins Büro zurückkehre. Sein Kumpel Butch, ein Privatdetektiv, den er bei seiner Arbeit für Bruiser kennengelernt hat, sitzt auf einem Tisch. Unter seinem engen Rollkragenpullover zeichnen sich dicke Oberarmmuskeln ab. Er ist ein schmuddeliger Typ mit roten Wangen, spitzen Cowboystiefeln und dem Aussehen eines Mannes, der Spaß an Schlägereien hat. Deck macht uns miteinander bekannt, dann reicht er mir einen Block mit einer Botschaft: „Reden Sie bitte nur belangloses Zeug."

„Wie war die Beerdigung?" fragt Deck.

„Wie Beerdigungen nun einmal sind", antworte ich. Butch schraubt rasch den Deckel von einem Telefonhörer ab und deutet ins Innere.

„Der Junge ist jetzt besser dran, meinen Sie nicht?" plaudert Deck weiter, während ich Butch zuschaue. Mit einem Finger deutet er auf einen kleinen, runden schwarzen Gegenstand. Ich starre ihn an.

„Meinen Sie nicht auch, daß der Junge jetzt besser dran ist?" wiederholt Deck laut.

„Ja, natürlich. Er ist jetzt bestimmt besser dran. Aber traurig ist es trotzdem."

Wir sehen zu, wie Butch den Hörer gekonnt wieder zusammensetzt.

„Lassen Sie uns einen Kaffee trinken gehen", schlägt Deck vor.

„Gute Idee", sage ich, während sich mein Magen zusammenzieht.

Anderthalb Blocks entfernt gibt es ein kleines Café, und auf dem Weg dorthin ist die Geschichte schnell erklärt. Deck und ich haben oft genug über das FBI gesprochen, seit Bruiser und Prince verschwunden sind. Butch ist vor einer Stunde im Büro aufgekreuzt, und Deck hat ihn leise gebeten, einen Blick auf unsere Telefone zu werfen. Butch gesteht, daß er in Sachen Wanzen kein Experte ist, aber sie sind leicht zu entdecken. Identische Vorrichtungen in all unseren Telefonen.

„Und was ist, wenn wir mehr finden?“ frage ich.

„Von Rechts wegen dürfen Sie sie entfernen“, erklärt Butch. „Sie können aber auch einfach auf das achtgeben, was Sie sagen.“

„Was ist, wenn wir die Dinger entfernen?“

„Dann wissen die FBI-Fritzen, daß Sie sie gefunden haben. Sie werden noch argwöhnischer und verstärken wahrscheinlich die Überwachung in anderer Form. Ich halte es für das beste, so zu tun, als wäre nichts passiert.“

„Ich möchte wissen, ob noch andere Wanzen da sind“, wende ich mich an Butch.

„Dazu müssen wir das Büro durchkämmen.“

„Dann nichts wie los.“

Wir gehen zurück ins Büro, wo wir mit Tischen und Stühlen anfangen. Auf allen vieren kriechen wir herum, wühlen in Papierkörben und durchsuchen Akten. Wir inspizieren Heizungsrohre und Fußleisten. Zum ersten Mal bin ich dankbar dafür, daß wir so wenige Möbel und Geräte haben. Wir suchen vier Stunden, finden aber nichts. Nur unsere Telefone sind angezapft worden.

AM MONTAG morgen sitzt eine ganze Horde von ernst dreinblickenden, dunkel gekleideten Männern auf der anderen Seite des Gerichtssaals um Leo. F. Drummond herum. Es ist ein erfreulicher Anblick, diese großen Firmenbosse so verängstigt dahocken zu sehen. Ich kann mir in etwa vorstellen, welche harten Worte sie für mich, Kipler und Anwälte im allgemeinen hatten, als ihnen mitgeteilt wurde, daß sie alle heute hier zu erscheinen haben – und daß sie nicht nur erscheinen und aussagen, sondern außerdem stunden- und tagelang herumsitzen müssen, bis ich mit ihnen fertig bin.

Ich habe beschlossen, M. Wilfred Keeley, den Generaldirektor, als ersten zu vernehmen. Er ist 56 Jahre alt, ein richtiger Gesund-und-munter-Typ mit einem warmen Lächeln, selbst für mich. Er dankt mir sogar dafür, daß ich ihm gestatte, als erster auszusagen.

In der ersten Stunde klopfe ich die Randgebiete ab. Ich sitze an meinem Tisch in Jeans, Flanellhemd, weißen Socken und Turnschuhen. Deck hält das für respektlos. Nach zwei Stunden händigt Keeley mir einen Finanzbericht aus, worauf wir eine Weile über Geld reden. Ich stelle tausend nutzlose Fragen, stochere einfach herum und gebe

Schüsse ins dunkle ab. Als wir uns um halb sechs vertagen, bin ich körperlich erschöpft.

Am Dienstag nimmt das Tempo ein wenig zu. Ich fange mit Everett Lufkin an, dem Vizepräsidenten der Schadensabteilung. Am späten Vormittag gibt er schließlich zu, daß der „nachträgliche Haftungsausschluß“ zur Politik der Gesellschaft gehört, eine anrüchige, aber nicht illegale Vorgehensweise. Sobald ein Versicherungsnehmer einen Anspruch erhebt, fordert der Sachbearbeiter sämtliche medizinischen Unterlagen aus den vorangegangenen fünf Jahren an. In unserem Fall erhielt Great Benefit die Unterlagen des Hausarztes, der Donny Ray fünf Jahre zuvor wegen einer schweren Grippe behandelt hatte. Die Grippe hatte nichts mit der Leukämie zu tun, aber Great Benefit begründete eine ihrer frühen Abweisungen mit der Tatsache, daß die Grippe eine bereits vor Vertragsabschluß bestehende Krankheit war.

An diesem Punkt bin ich versucht, ihm den Todesstoß zu versetzen. Es wäre einfach, aber auch unklug. Lufkin wird beim Prozeß aussagen, und es empfiehlt sich, das brutale Kreuzverhör bis dahin aufzusparen.

Kermit Aldy, Vizepräsident der Haftungsabteilung, ist verdrießlich und zurückhaltend. Ich erledige ihn in weniger als zwei Stunden.

Am Mittwoch nachmittag rufe ich als letzten Zeugen Richard Pellrod auf, den leitenden Schadenssachbearbeiter, der zumindest zwei Ablehnungsbriefe an die Blacks geschrieben hat. Er ist der Ansicht – und diese Ansicht wird nach wie vor von Great Benefit vertreten –, daß Knochenmarktransplantationen einfach noch zu experimentell sind, um als ernsthafte Behandlungsmethode zu gelten. Ich beschließe, Pellrod leiden zu lassen. Ich ziehe einen Stapel Dokumente heran und zwinge ihn, ein Schriftstück nach dem anderen zu erläutern und die Verantwortung für jedes einzelne zu übernehmen. Nach vier Stunden ununterbrochenen Bombardements bittet er um eine Pause.

Am Mittwoch abend um halb acht sind wir mit Pellrod fertig, und die Vernehmungen der Great-Benefit-Leute sind vorüber. Während Leo F. Drummonds Begleiter ihre Aktenkoffer packen, zieht er mich beiseite. „Gute Arbeit, Rudy“, lobt er.

„Danke.“

Er holt tief Luft. „Hören Sie, Rudy, wie wäre es mit einem Drink? Es gibt etwas, worüber ich gern mit Ihnen reden würde. Vergleichsmöglichkeiten. Mein Büro ist gleich um die Ecke, wie Sie wissen.“

„Ich habe nicht viel Zeit“, schütze ich vor.

„Natürlich. Wir können sofort losgehen.“

Wir laufen drei Blocks zum höchsten Gebäude von Memphis. Während wir zum vierzigsten Stock hinauffahren, unterhalten wir uns über das Wetter.

Drummonds Büro ist elegant eingerichtet, aber nicht übermäßig groß. Die Mieten in diesem Gebäude sind die höchsten in der Stadt, und der Platz wird sinnvoll genutzt. „Was möchten Sie trinken?" fragt er.

„Nur eine Cola", sage ich, und eine Sekunde lang ist er enttäuscht. Er geht zu einer kleinen Bar in der Ecke und macht sich selbst einen Drink zurecht, Scotch und Wasser.

Es klopft an der Tür, und zu meiner großen Überraschung tritt Mr. M. Wilfred Keeley ein. Wir haben uns nicht mehr gesehen, seit ich ihn am Montag acht Stunden lang vernommen habe. Er tut, als wäre er entzückt, mich wiederzusehen. Er geht zur Bar und gießt sich gleichfalls einen Drink ein. Wir lassen uns an einem kleinen runden Tisch in einer Ecke nieder, und sie trinken ihren Whisky.

„Richter Kipler macht mir große Sorgen", meint Drummond unvermittelt.

„So etwas habe ich noch nicht erlebt", fügt Keeley rasch hinzu.

„Um ehrlich zu sein, Rudy, ich fürchte mich vor dem, was er beim Prozeß anstellen könnte", sagt Drummond. „Wir würden gern einen Vergleich schließen, Rudy. Wir haben ein gutes Gefühl, was unsere Verteidigung angeht, und das meine ich ganz ernst. Wenn wir gleiche Bedingungen hätten, wären wir bereit, uns schon morgen ins Getümmel zu stürzen. Aber dieser Richter ist so voreingenommen, daß es beängstigend ist."

„Wieviel?" frage ich, um dem Geschwätz ein Ende zu setzen.

„Wir verdoppeln", teilt Drummond mir mit. „Hundertfünfzigtausend. Sie bekommen fünfzigtausend und Ihre Mandanten…"

„Rechnen kann ich selbst", unterbreche ich ihn. Es geht ihn nichts an, wie hoch mein Honorar wäre. Er weiß, daß ich pleite bin, und 50 000 würden mich reich machen. „Und was, meinen Sie, soll ich mit diesem Angebot anfangen? Mein Mandant ist tot. Seine Mutter hat ihn vorige Woche begraben, und jetzt erwarten Sie von mir, daß ich ihr sage, daß mehr Geld auf dem Tisch liegt."

„Hören Sie, Rudy, wir unterbreiten Ihnen hier ein anständiges Vergleichsangebot", entgegnet Drummond.

„Sie haben einen äußerst ungünstigen Zeitpunkt gewählt."

Es tritt eine Pause ein, während der wir alle einen Schluck trinken. Drummond lächelt als erster wieder. „Was will die Dame? Sagen Sie's uns, Rudy."

„Nichts."
„Nichts?"
„Es gibt nichts, was Sie jetzt noch tun könnten. Der Junge ist tot."
„Wozu dann der Prozeß?" Keeley versteht das alles nicht.
„Um publik zu machen, was Sie getan haben", eröffne ich ihm. „Sie will Sie bloßstellen, und dann will sie Ihnen das Genick brechen."
„Dazu sind wir zu groß", meint Keeley selbstgefällig.
„Warten wir's ab." Damit stehe ich auf und greife nach meinem Aktenkoffer. „Ich finde selbst hinaus", sage ich und lasse die beiden einfach sitzen.

LANGSAM sammeln sich in unserem Büro die Beweise kommerzieller Aktivitäten an. Im Vorderzimmer stehen vier gemietete Tische, auf denen sich die zum Fall Black gehörenden Unterlagen türmen. Sie sind aufgeteilt in kleine Stapel, alle beschriftet, numeriert und registriert. Ihr Vorhandensein erweckt den Anschein, als wäre hier ein wahrhaft großes Werk im Gang.

Inzwischen klingelt das Telefon häufiger. Es gehört sehr viel Disziplin dazu, in einen verwanzten Apparat zu sprechen, und ich muß mich jeden Tag neu überwinden. Ich sage mir immer wieder, daß vor dem Anzapfen unserer Telefone eine richterliche Verfügung unterschrieben worden sein muß. Ein Richter mußte es genehmigen, also muß es halbwegs legitim sein.

Jedenfalls überlebt das Büro. Unser bester Mandant ist Derrick Dogan, der einen Zusammenstoß mit einem zu schnell fahrenden Jugendlichen hatte. Wenn es uns gelingt, seinen Fall mit einem Vergleich über 25 000 Dollar, dem Höchstbetrag der Police des Teenagers, abzuschließen, können wir leichter atmen. Wir hoffen, daß das noch vor Weihnachten passiert.

Ich werde die Feiertage damit verbringen, am Fall Black zu arbeiten. Der Februar ist nicht mehr fern.

EINE Stunde lang wandere ich in dem Einkaufszentrum herum. Der Juwelierladen ist eins von über hundert Geschäften unter diesem Dach. Beim ersten Vorbeischlendern habe ich sie an einer Kasse stehen sehen.

Ich betrete den Laden und gehe langsam auf den langen Glastresen zu, an dem Kelly eine Kundin bedient. Sie schaut auf, sieht mich und lächelt. Der Laden ist voll. Ein halbes Dutzend Verkäuferinnen redet und holt Stücke aus den Schaukästen.

„Kann ich Ihnen helfen, Sir?" fragt sie, als sie mir gegenübersteht.

Wir lächeln uns so lange an, wie wir es wagen. „Ich sehe mich nur um“, behaupte ich. Niemand beobachtet uns, das hoffe ich jedenfalls. „Wie geht es Ihnen?“

„Gut, und Ihnen?“

„Prächtig.“

„Darf ich Ihnen etwas zeigen? Das sind Sonderangebote.“

Sie hält eine Goldkette in der Hand, und ich betrachte sie. „Hübsch“, murmle ich. „Können wir miteinander reden?“

„Nicht hier“, wehrt sie ab und beugt sich vor. „Gleich neben dem Einkaufszentrum ist ein Kino. Kaufen Sie eine Karte für den Eddie-Murphy-Film. Mittelblock, letzte Reihe. Ich komme in einer halben Stunde nach.“

Meine Knie sind weich, und ich schwebe förmlich durch das Einkaufszentrum. Sie hat gewußt, daß ich kommen würde, und alles geplant – das Kino, den Film, den Platz und den Block. Ich versuche mir vorzustellen, was sie sagen wird, was ihr durch den Kopf geht.

Sie kommt ein paar Minuten zu spät und setzt sich neben mich. Es sind nicht mehr als fünfzig Leute im Kino.

„Sind wir hier sicher?“ frage ich.

„Ja, er ist heute abend mit seinen Freunden unterwegs.“

„Trinkt er wieder?“

„Ja, aber nicht viel“, setzt sie hinzu.

„Also hat er Sie nicht . . .?“

„Nein. Lassen Sie uns über etwas anderes reden.“

„Tut mir leid. Ich mache mir Ihretwegen Sorgen, das ist alles.“

„Weshalb machen Sie sich meinetwegen Sorgen?“

„Weil ich ständig an Sie denke. Denken Sie jemals an mich?“

„Immerzu“, gesteht sie, und mein Herz steht still.

Auf der Leinwand reißen sich ein Mann und eine Frau plötzlich die Kleider vom Leib. Sie fallen auf ein Bett. Während die beiden sich lieben, schiebt Kelly ihren Arm unter meinen, ergreift meine Hand und rückt näher an mich heran. Wir reden nicht, bis eine andere Szene kommt. Erst danach fange ich wieder an zu atmen.

„Wann hast du angefangen zu arbeiten?“ frage ich.

„Vor zwei Wochen. Wir brauchen ein bißchen Extrageld für Weihnachten.“

Wahrscheinlich verdient sie zwischen jetzt und Weihnachten mehr als ich. Weshalb sitze ich hier in einem dunklen Kino und halte die Hand einer verheirateten Frau? Das ist die Frage des Tages.

Wir lösen unsere Hände voneinander und schauen uns ein paar

Augenblicke den Film an. Kelly dreht sich langsam um und stützt sich auf den Ellenbogen. „Ich wollte dich nur sehen, Rudy", flüstert sie.

„Bist du glücklich?" frage ich und berühre mit dem Handrücken ihre Wange.

Sie schüttelt den Kopf. „Nein, eigentlich nicht." Sie beißt sich auf die Lippe, und ich meine, feuchte Augen zu sehen.

„Du mußt dich entscheiden!" fordere ich. „Entweder mich vergessen oder die Scheidung einreichen."

„Ich dachte, du wärst mein Freund."

„Das dachte ich auch. Aber ich bin es nicht. Es ist mehr als Freundschaft, und wir wissen es beide."

Wir schauen einen Moment auf die Leinwand.

„Meine Pause ist gleich um", sagt sie. „Tut mir leid, daß ich dir Scherereien gemacht habe."

„Du hast mir keine Scherereien gemacht, Kelly. Ich bin froh, daß ich dich sehen konnte. Aber diese Heimlichkeiten mache ich nicht mit. Entweder reichst du die Scheidung ein, oder du vergißt mich."

„Ich kann dich nicht vergessen." Sie beugt sich vor, haucht mir einen Kuß auf die Wange und ist verschwunden.

OHNE mir vorher Bescheid zu sagen, schmuggelt Deck sein Telefon aus der Kanzlei und bringt es zu Butch. Gemeinsam gehen sie damit zu einem Bekannten, der angeblich früher einmal beim Militär gearbeitet hat. Nach Meinung des Bekannten hat das immer noch in unserem Telefon steckende Abhörgerät nicht die geringste Ähnlichkeit mit den Wanzen, die das FBI gewöhnlich benutzt. Er ist sich so gut wie sicher, daß es nicht von der Polizei oder dem FBI angebracht worden ist.

Ich bekomme diesen Bericht eine Woche vor Thanksgiving bei einer Tasse Kaffee.

„Jemand anders hört uns ab", eröffnet mir Deck nervös.

Ich bin zu verblüfft, um reagieren zu können.

„Wer könnte das sein?" fragt Butch.

„Woher zum Teufel soll ich das wissen?" fahre ich ihn wütend an.

Wir bezahlen den Kaffee und kehren in die Kanzlei zurück.

Ich gehe in mein Büro, schließe die Tür ab und schlage die Zeit tot. Während ich darauf warte, daß Butch verschwindet, kommt mir eine geniale Idee. Schließlich klopft Deck leise an meine Tür.

Wir diskutieren meinen Plan, woraufhin Deck in die Innenstadt zum Gericht fährt. Eine halbe Stunde später ruft er mich an. Er wollte nur fragen, gibt er vor, ob ich etwas aus der Innenstadt bräuchte.

Wir unterhalten uns ein paar Minuten. „Raten Sie mal, wer jetzt zu einem Vergleich bereit ist!“ platze ich plötzlich heraus.

„Wer?“

„Dot Black.“

„Dot Black?“ wiederholt er, ungläubig und geheuchelt. Deck hat keinerlei schauspielerische Qualitäten.

„Ja, ich habe sie heute morgen besucht, ihr einen Obstkuchen gebracht. Sie hat gesagt, sie hätte einfach nicht die Kraft, den Prozeß durchzustehen. Sie will sofort einen Vergleich.“

„Wieviel?“

„Sie sagte, sie würde hundertsechzig akzeptieren.“

„Tun Sie es nicht. Hundertsechzig sind kaum mehr als ein Trinkgeld.“ Deck bringt das halbwegs überzeugend vor, aber ich muß doch grinsen. Er ist bereits damit beschäftigt, sich seinen Anteil an 160 000 Dollar auszurechnen. „Glauben Sie, daß sie hundertsechzig zahlen werden?“ fragt er.

„Ich weiß es nicht. Ich hatte den Eindruck, daß sie nicht über hundertfünfzig hinausgehen wollten.“

„Lassen Sie uns darüber sprechen, wenn ich zurück bin“, sagt er.

„Einverstanden.“ Wir legen auf, und eine halbe Stunde später sitzt Deck mir an meinem Schreibtisch gegenüber.

UM NEUN UHR am folgenden Morgen läutet das Telefon. Deck nimmt den Anruf in seinem Büro entgegen und kommt in mein Zimmer gerannt. „Es ist Drummond“, verkündet er aufgeregt.

Unsere kleine Kanzlei ist über ihren Schatten gesprungen und hat für vierzig Dollar einen Kassettenrecorder gekauft. Er ist an mein Telefon angeschlossen.

„Hallo“, sage ich und versuche, mir meine Nervosität nicht anmerken zu lassen.

„Rudy? Leo Drummond hier“, meldet er sich herzlich. „Wie geht es Ihnen?“

Die Ethik würde gebieten, daß ich ihm zu diesem Zeitpunkt mitteile, daß ein Recorder läuft. Aus naheliegenden Gründen haben Deck und ich uns dagegen entschieden. „Gut, Mr. Drummond. Und Ihnen?“

„Es geht so. Hören Sie, Rudy, meine Mandanten wollen keine Woche in Memphis verbringen und den Prozeß über sich ergehen lassen. Sie möchten sich vergleichen, Rudy, und ich bin beauftragt, Sie das wissen zu lassen. Wir reden hier nur über einen Vergleich. Eine Schuld wird damit nicht anerkannt, verstehen Sie?“

„Ja." Ich zwinkere Deck zu.

„Ihr Experte sagt, die Kosten der Knochenmarktransplantation hätten hundertfünfzig- bis zweihunderttausend Dollar betragen. Nehmen wir mal an – und das ist tatsächlich nur eine Annahme –, daß mein Mandant für diese Transplantation hätte aufkommen müssen. Dann hätte er so an die hundertfünfundsiebzigtausend zahlen müssen."

„Wenn Sie es sagen."

„Also bieten wir Ihnen diese Summe als sofortigen Vergleich. Hundertfünfundsiebzigtausend! Sie würden binnen sieben Tagen einen Scheck erhalten."

„Das glaube ich nicht."

„Hören Sie, Rudy. Auch eine Million wird diesen Jungen nicht wieder lebendig machen. Sie müssen Ihre Mandantin zur Vernunft bringen. Ich bin sicher, daß sie einem Vergleich zustimmen wird. Diese arme Frau hat keine Ahnung, was beim Prozeß passieren wird."

„Ich rede mit ihr und melde mich wieder bei Ihnen, Mr. Drummond. Guten Tag."

Ich lege den Hörer auf, und Deck weicht zurück und sinkt auf einen Stuhl. Sein Mund steht weit offen. „Sie haben unser Telefon angezapft." Er ist völlig fassungslos.

Minutenlang bin ich von dem Schock buchstäblich gelähmt. „Ich denke, wir sollten Kipler informieren", sage ich schließlich.

„Das finde ich nicht", widerspricht Deck, nimmt seine dicke Brille ab und wischt sich die Augen. „Wir wissen, daß Drummond oder sein Mandant unsere Telefone angezapft hat. Aber wir haben keine Möglichkeit, das zu beweisen, keine Möglichkeit, ihn auf frischer Tat zu ertappen. Also, was kann Kipler unternehmen?"

Wir starren den Recorder an, versuchen beide, die Erkenntnis zu verdauen und uns unseren Weg durch den Nebel zu ertasten.

„Wir können es zu unserem Vorteil nutzen", überlege ich.

„Genau das habe ich auch gerade gedacht. Wir sollten es uns für den Prozeß aufsparen. Den passenden Moment abwarten und diese Kerle dann an der Nase herumführen."

Langsam fangen wir beide an zu grinsen.

ICH WARTE zwei Tage, ehe ich Drummond anrufe und ihm die betrübliche Nachricht mitteile, daß meine Mandantin sein schmutziges Geld nicht haben will. Sie ist ein bißchen komisch, gestehe ich ihm. An einem Tag hat sie Angst vor dem Prozeß, am nächsten will sie ihren Auftritt vor Gericht. Im Augenblick will sie kämpfen.

Er ist nicht im mindesten mißtrauisch und kehrt zu der für ihn typischen harten Masche zurück. Er droht mir mit der Wahrscheinlichkeit, daß das Geld für immer vom Tisch verschwinde, daß es ein harter Prozeß bis zum bitteren Ende werde.

Aber von einem bin ich überzeugt: Wenn die Leute von Great Benefit so viel Angst haben, daß sie unsere Telefone anzapfen, dann haben sie ganz bestimmt dunkle Geheimnisse.

DREIZEHN

WIR WUSSTEN, daß er in der Post sein mußte, aber erst die schweren Schritte verraten mir, daß er eingetroffen ist. Deck stürmt, den Umschlag schwenkend, in mein Büro. „Er ist da! Wir sind reich!"

Er reißt das Kuvert auf, zieht vorsichtig den Scheck heraus und legt ihn auf meinen Schreibtisch. Wir bewundern ihn. 25000 Dollar von der State-Farm-Versicherung! Es ist Weihnachten. Da Derrick Dogan immer noch an Krücken geht, fahren wir mit dem Papierkram zu ihm. Er unterschreibt, und wir teilen das Geld. Er bekommt genau 16667 Dollar, und wir bekommen genau 8333 Dollar.

Wir haben beschlossen, jeder 3000 zu nehmen und den Rest in der Kasse zu lassen. Von meinen 3000 kaufe ich mir einen blauen Volvo DL, Baujahr 1984, mit vier Gängen plus Energiespargang und nur 180000 Kilometern auf dem Tacho. Es ist mein erstes Anwaltsauto. Der Toyota bringt 300 Dollar, und von diesem Geld kaufe ich mir ein Autotelefon.

LAUT Deck macht das gesamte Justizwesen vom 15. Dezember bis kurz nach Neujahr Pause. Richter setzen keine Prozesse und Anhörungen an, Anwälte und ihre Kanzleien sind mit Büropartys beschäftigt. Für mich ist das eine ideale Zeit, die Stadt zu verlassen.

Ich packe ein paar Sachen zum Anziehen, werfe sie in den Kofferraum meines Volvo und fahre los. Ziellos rolle ich über kleine, zweispurige Straßen in grob nordwestlicher Richtung, bis ich in Kansas und Nebraska auf Schnee treffe. Ich schlafe in billigen Motels und lebe von Fast food.

Am 23. Dezember treffe ich in Madison, Wisconsin, ein, wo ich auch ein kleines Hotel finde. Nach dem Essen rufe ich Max Leuberg an. Er ist als Juraprofessor an die hiesige Universität zurückgekehrt, und ich habe ihn etwa einmal im Monat angerufen, um seinen Rat einzuholen. Er hat mich eingeladen, ihn zu besuchen. Ich habe ihm Kopien von den wichtigsten Unterlagen gesandt.

Er scheint sich ehrlich zu freuen, daß ich in Madison bin. Weil er Jude ist, spielt Weihnachten für ihn keine große Rolle, und er sagt, es wäre eine ideale Zeit zum Arbeiten.

Um neun Uhr am nächsten Morgen betrete ich die juristische Fakultät. Das Gebäude ist menschenleer. Leuberg wartet in seinem Büro.

Ich folge ihm den Flur entlang zu einem kleinen Seminarraum mit einem langen Tisch in der Mitte. Auf dem Tisch sind die Unterlagen ausgebreitet, die ich ihm geschickt habe. Wir setzen uns, und er schenkt Kaffee aus einer Thermosflasche ein.

„Irgendwelche Vergleichsangebote?"

„Ja, mehrere. Inzwischen sind sie bei hundertfünfundsiebzigtausend angekommen."

„Das ist ungewöhnlich, aber es überrascht mich nicht."

„Weshalb nicht?"

„Weil Sie sie am Kanthaken haben. Das hier ist einer der besten Versicherungsfälle, die mir je begegnet sind. Wo ist Ihr Aufnahmegerät?" Der Professor springt auf, bereit, seine Vorlesung zu halten. Ich hole den Recorder aus meinem Aktenkoffer und stelle ihn auf den Tisch. Stift und Notizblock liegen bereit.

Leuberg legt los. Er redet über meine Zeugen, ihre Zeugen, die Dokumente, die verschiedenen Strategien. „Heben Sie sich das Beste bis zuletzt auf", rät er. „Das Band mit diesem armen Jungen kurz vor seinem Tod. Das wird einen tollen Eindruck auf die Geschworenen machen."

„Und dann?"

„Dann lehnen Sie sich zurück und sehen zu, wie die anderen versuchen, sich da rauszuwinden." Er greift nach etwas auf dem Tisch und schiebt es mir zu.

„Was ist das?"

„Das ist die neue Police von Great Benefit, vorigen Monat für einen meiner Studenten ausgestellt. Ich habe dafür bezahlt, und nächsten Monat werden wir sie wieder kündigen. Ich wollte nur einen Blick auf den Text werfen. Raten Sie mal, was jetzt ausgeschlossen ist, in Fettdruck."

„Knochenmarktransplantationen."

„Alle Transplantationen, einschließlich der von Knochenmark. Behalten Sie die Police, und benutzen Sie sie beim Prozeß."

Ich fülle drei Blöcke mit Notizen und ein halbes Dutzend Kassetten mit seinen Gedanken über alles mögliche. Irgendwann nach Einbruch der Dunkelheit, als Leuberg endlich sagt, wir wären durch, bin ich völlig erschöpft.

Wir sagen uns an der Vordertür der Fakultät auf Wiedersehen. Er läßt mich versprechen, daß ich ihn vor dem Prozeß mindestens einmal die Woche anrufe und während des Prozesses jeden Tag.

ICH BRAUCHE drei Tage, um nach Spartanburg, South Carolina, zu kommen. Diese Billigreise mag den meisten Leuten öde vorkommen, aber für mich ist es ein Luxusurlaub. Er reinigt meinen Kopf und meine Seele und erlaubt mir, an andere Dinge als die Juristerei zu denken. Ich schwöre, damit aufzuhören, mir wegen Miß Birdie und ihrer elenden Familie Sorgen zu machen. Sollen sie ihre Probleme doch ohne mich lösen. Über Kilometer hinweg träume ich von Kelly Riker.

Wenn ich mich mit juristischen Dingen beschäftige, konzentriere ich mich nur auf den bevorstehenden Prozeß. Ich habe mit vier Anwälten telefoniert, die Great Benefit verklagt haben oder gerade verklagen. Die ersten drei waren nicht sehr hilfreich. Der vierte Anwalt wohnt in Spartanburg. Er heißt Cooper Jackson und ist bei einer kleinen Kanzlei mit sechs Anwälten. Ich habe ihn gestern von North Carolina aus über mein Autotelefon angerufen, und er hat angeboten, daß ich in seinem Büro vorbeikommen könnte.

Er ist ein untersetzter Mann mit massigen Gliedmaßen und einem dunklen Bart. Er erzählt mir, daß er sein Geld mit Produkthaftung verdient hat. Bevor er zum Thema kommt, vergewissert er sich, daß seine Bürotür geschlossen ist.

Das meiste von dem, was er mir zu erzählen gedenkt, dürfte er gar nicht erzählen. Er hat mit Great Benefit einen Vergleich geschlossen, wobei er und seine Mandantin eine Vereinbarung unterschreiben mußten, die sie zu strikter Vertraulichkeit verpflichtet und schwere Strafen androht, falls einer von ihnen die Bedingungen des Vergleichs publik machen sollte. Vor einem Jahr hat er die Klage für eine Frau eingereicht, die unter einer schweren Nebenhöhlenerkrankung litt und operiert werden mußte. Great Benefit lehnte den Anspruch mit der Begründung ab, daß die Frau auf ihrem Antrag anzugeben versäumt hätte, daß ihr fünf Jahre vor Abschluß der Police eine Eierstockzyste entfernt worden war. Die Zyste gelte als Vorerkrankung, hieß es in dem Ablehnungsschreiben. Die Forderung der Frau belief sich auf 11000 Dollar. Jackson drängte auf einen Prozeß, aber Great Benefit wollte einen stillen Vergleich.

„Das ist der vertrauliche Teil", sagt er. „Sie haben uns die elftausend gezahlt und dann noch zweihunderttausend draufgelegt, damit wir Ruhe geben. Ich selbst wollte keinen Vergleich, aber meine Mandantin brauchte das Geld. Ich bin sicher, daß wir einen haushohen Schuldspruch herausgeholt hätten."

Ich folge ihm in einen kleinen, fensterlosen Raum voller Regale, die mit Lagerkartons gefüllt sind. Er deutet auf drei von ihnen, dann lehnt er seinen massigen Körper an das Regal. „Hier ist ihr System", eröffnet er mir und tippt auf einen Karton, als steckten große Geheimnisse darin. „Der Anspruch kommt herein und wird einem Schadenssachbearbeiter zugewiesen, einem einfachen Papierschieber. Er oder sie schreibt einen Brief an den Versicherungsnehmer und bestreitet jeglichen Anspruch. Ich bin sicher, daß Sie einen solchen Brief haben. Dann fordert der Sachbearbeiter die medizinischen Unterlagen aus den letzten fünf Jahren an. Die Unterlagen werden geprüft. Der Versicherungsnehmer bekommt einen weiteren Brief von der Schadensabteilung, in dem es heißt: ‚Anspruch abgelehnt, vorbehaltlich weiterer Überprüfung.' Das ist der Punkt, an dem es lustig wird. Der Schadenssachbearbeiter schickt die Akte an die Vertragsabteilung, und diese sendet eine Aktennotiz zurück, in der so etwas steht wie: ‚Regulieren Sie diesen Anspruch nicht, bis Sie von uns gehört haben.' Dann folgt weitere Korrespondenz zwischen Schadens- und Vertragsabteilung, es kommt zu Meinungsverschiedenheiten, die beiden Abteilungen ziehen in den Krieg. Inzwischen sitzt Ihr Mandant in seinem Wohnzimmer und bekommt diese Briefe, einige von der Schadensabteilung, andere von der Vertragsabteilung. Die meisten Leute geben auf, und das ist natürlich das, worauf spekuliert wird."

„Wie können Sie das beweisen?" frage ich.

„Steht alles hier drin", erklärt Jackson. „Ich habe die Handbücher."

Er läßt mich mit den Kartons allein, und ich stürze mich sofort auf die dunkelgrünen Handbücher. Eines ist für die Schadensabteilung, das andere für die Vertragsabteilung. Auf den ersten Blick scheinen sie identisch zu sein mit denen, die ich im Lauf der Beweisaufnahme bekommen habe. Dann fällt mir ein Unterschied auf: Am Ende des Handbuchs für die Schadensabteilung entdecke ich einen Abschnitt U. Mein Exemplar enthält diesen Abschnitt nicht. Ich lese ihn sorgfältig, und die Verschwörung kommt ans Licht. Auch das Handbuch für die Vertragsabteilung enthält einen Abschnitt U. Es ist die andere Hälfte des Systems, ganz genau so, wie Cooper Jackson es beschrieben hat. Zusammen gelesen, weisen die Handbücher jede Abteilung an, den Anspruch abzulehnen, natürlich vorbehaltlich weiterer Überprüfung. Dann schicken sie die Akte an die andere Abteilung mit der Instruktion, nicht zu zahlen, bis eine weitere Anweisung ergangen ist.

Die weitere Anweisung kommt nie. Keine der beiden Abteilungen kann die Forderung begleichen, solange die andere Abteilung es nicht gestattet.

Keins meiner Handbücher hat einen Abschnitt U. Sie wurden praktischerweise entfernt, bevor ich die Handbücher bekommen habe. Das ist, um es milde auszudrücken, eine erschütternde Entdeckung.

COOPER JACKSON trinkt gern Wodka in seinem Büro, aber erst nach achtzehn Uhr. Er lädt mich zum Mittrinken ein. Er trinkt ihn pur, kein Eis, kein Wasser. Ich nippe an meinem Glas, und der Wodka brennt auf dem Weg die Speiseröhre hinunter.

„Es ist die Rede von einer Gruppenklage“, berichtet er, nachdem er sein Glas geleert hat. „Ein paar Anwälte in Raleigh vertreten eine Handvoll kleinerer Ansprüche gegen Great Benefit, aber sie warten noch ab. Sieht so aus, als gäbe es eine ganze Reihe von Fällen, die innerhalb einer kurzen Zeitspanne abgelehnt worden sind.“

„Wie viele Policen sind im Umlauf?“ Diese Frage habe ich bereits während der Beweisaufnahme gestellt, aber bisher keine Antwort erhalten.

„Knapp hunderttausend. Wenn man von einer Anspruchsrate von zehn Prozent ausgeht, sind das zehntausend Ansprüche im Jahr; das ist ungefähr der Durchschnitt in dieser Branche. Sagen wir, daß sie die Hälfte der Ansprüche abweisen. Damit bleiben noch fünftausend. Ein Anspruch beläuft sich im Mittel auf zehntausend Dollar. Fünftausend mal zehntausend Dollar macht fünfzig Millionen. Und nehmen wir an, sie geben zehn Millionen aus, um die wenigen Prozesse, die gegen sie angestrengt werden, aus der Welt zu schaffen. Dann heimsen sie mit ihrer Masche vierzig Millionen Dollar ein. Vielleicht erfüllen sie im darauffolgenden Jahr die legitimen Ansprüche und kehren im nächsten Jahr zur Abweisungsroutine zurück.“

Ich starre ihn an. „Können Sie das beweisen?“

„Nein. Das ist nur eine Vermutung. Wahrscheinlich ist es unmöglich, das zu beweisen, weil es so belastend ist.“ Er macht eine Pause. „Es gibt einen lockeren Zusammenschluß von Anwälten, denen es Spaß macht, Versicherungsgesellschaften wegen Verstoßes gegen Treu und Glauben zu verklagen. Wir halten Kontakt. Es wird viel geredet.

Ich glaube, Great Benefit hat zu viele Forderungen abgewiesen. Alle warten jetzt auf den ersten großen Prozeß, in dem Great Benefit bloßgestellt wird. Ein strenges Urteil wird eine Lawine auslösen."

ICH VERBRINGE die Hälfte des nächsten Tags damit, mich noch einmal durch Jacksons Akte zu wühlen, dann danke ich ihm und verabschiede mich. Er besteht darauf, daß wir in Verbindung bleiben. Er meint, daß eine Menge Anwälte unseren Prozeß verfolgen werden.

Weshalb jagt mir das Angst ein?

Ich fahre in zwölf Stunden nach Memphis. Während ich hinter Miß Birdies dunklem Haus den Volvo auslade, beginnt es leicht zu schneien. Morgen ist Neujahr.

DIE PROZESSVORBESPRECHUNG findet Mitte Januar in Richter Kiplers Gerichtssaal statt. Es fällt mir sehr schwer, zu Drummond höflich zu sein. Jedesmal wenn ich in meinem Büro telefoniere, sehe ich diesen gut gekleideten, makellos gepflegten und hochgeachteten Ganoven vor mir, wie er mein Gespräch mithört.

Kipler war nur mäßig überrascht, als ich ihm die Handbücher zeigte, die ich mir von Cooper Jackson geborgt habe. Seines Erachtens bin ich nicht verpflichtet, Drummond zu informieren, daß ich jetzt weiß, daß er Dokumente unterschlagen hat. Es ist Rechtens, wenn ich damit bis zum Prozeß warte und die Mine gegen Great Benefit vor den Geschworenen hochgehen lasse. Die Wirkung sollte verheerend sein.

Wir einigen uns darauf, daß sich der von der Klägerin geforderte Schadenersatz auf 200 000 Dollar beläuft.

Dann kommen wir zu den Zeugen. Ich habe die Namen von so ungefähr jedermann aufgelistet, der etwas mit dem Fall zu tun hat.

„Jackie Lemancyzk arbeitet nicht mehr für meine Mandanten", gibt Drummond zu verstehen.

„Wissen Sie, wo sie ist?" fragt Kipler mich.

„Nein." Das stimmt. Ich habe an die hundert Anrufe in Cleveland und Umgebung getätigt, aber keine Spur von Jackie Lemancyzk gefunden.

„Also ist ihr Erscheinen fraglich."

„So ist es."

Wir streiten eine Stunde lang um Dokumente. Drummond versichert dem Richter, daß sie reinen Tisch gemacht und alles ausgehändigt haben.

„Was ist mit dem Ersuchen des Vertreters der Anklage nach Information über die Zahl der im Lauf der vergangenen beiden Jahre ausgefertigten Policen sowie über die Zahl der im gleichen Zeitraum erhobenen Ansprüche und die Zahl der abgewiesenen Forderungen?"

Drummond macht ein verlegenes Gesicht. „Wir arbeiten daran, Euer Ehren. Die Informationen sind über diverse Geschäftsstellen im ganzen Land verstreut, da ist es äußerst schwierig . . ."

„Ich will diese Informationen."

„Wir tun, was wir können, Euer Ehren. Ich erinnere meine Mandanten jeden Tag daran."

„Beschaffen Sie sie!" beharrt Kipler und richtet sogar den Finger auf den großen Leo F. Drummond. Morehouse, Hill, Plunk und Grone werden allesamt ein paar Zentimeter kleiner, hören aber trotzdem nicht auf, sich Notizen zu machen.

Kipler händigt Drummond und mir eine Liste aus. „Das sind die Namen und Adressen der möglichen Geschworenen. Zweiundneunzig, glaube ich, aber bestimmt sind einige von ihnen inzwischen umgezogen oder anderweitig verhindert. Wir wählen die Geschworenen eine Woche vor dem Prozeß aus, also stellen Sie sich auf den 1. Februar ein. Sie dürfen ihren Hintergrund recherchieren, aber jeder direkte Kontakt ist natürlich ein schweres Vergehen."

„Wo sind die Fragebögen?" fragt Drummond. Jeder mögliche Geschworene muß einen Fragebogen ausfüllen und Angaben über Alter, Rasse, Geschlecht, Arbeitgeber, Art der von ihm betriebenen Arbeit und Schulbildung machen.

„Sie werden morgen abgeschickt. Sonst noch etwas?"

„Nein, Sir", sage ich, und auch Drummond schüttelt den Kopf.

ICH ESSE allein in dem vegetarischen Restaurant in der Nähe des Büros zu Mittag. Schwarze Bohnen und Risotto, Kräutertee. Ich esse langsam, stochere in den Bohnen herum und starre auf die 92 Namen auf der Geschworenenliste. Drummond mit seinen unbegrenzten Ressourcen wird ein Team damit beauftragen, diese Leute ausfindig zu machen und ihr Leben zu erforschen. Sie werden heimlich ihre Häuser fotografieren, herausfinden, ob sie in Rechtsstreitigkeiten verwickelt waren, sich ihre Kreditunterlagen beschaffen, die Geschichte ihrer Arbeitsverhältnisse zurückverfolgen. Das einzige Verbot ist persönliche Kontaktaufnahme, sei es direkt oder über einen Mittelsmann.

Wenn wir dann alle im Gerichtssaal versammelt sind, um die endgültigen zwölf Geschworenen auszuwählen, wird Drummond über jeden dieser Leute eine hübsche Akte haben. Diese Akten werden nicht nur von ihm und seinen Mitstreitern begutachtet, sondern außerdem von einem Team von professionellen Juryberatern.

Sie werden sogar im Gerichtssaal sitzen, wenn wir die Geschworenen auswählen, und Gesichter, Körpersprache, Kleidung, Verhalten und weiß der Himmel was sonst noch analysieren.

Ich dagegen habe nur Deck. Unsere Arbeit ist wesentlich härter. Wir werden in erster Linie darauf angewiesen sein, die Leute anhand ihres Auftretens im Gerichtssaal auszuwählen.

ICH GEHE jetzt mindestens dreimal pro Woche in das Einkaufszentrum. Ich habe sogar einen Stammtisch an der Promenade, von dem ich den Fußgängerstrom beobachte, ohne selbst gesehen zu werden. Sie ist nur einmal vorbeigekommen. Ich wünsche mir nichts sehnlicher, als ihre Hand zu nehmen und sie in eine schicke kleine Boutique zu führen, wo wir uns zwischen den Gestellen verstecken und reden können.

Deck und ich haben aus den von den Geschworenen ausgefüllten Fragebögen knappe Übersichtskarten gemacht, und heute abend sitze ich an der Promenade, mustere die umherwandernden Leute und frage mich, ob einer von ihnen zu den Geschworenen gehört. Ich ziehe eine Karte aus dem Stapel: R. C. Badley, Alter: 47, weiß, männlich, Klempner, High-School-Absolvent. Ich drehe die Karte um, um mich zu vergewissern, daß mein Gedächtnis funktioniert hat. Es hat. Ich habe das so oft getan, daß mir diese Leute inzwischen beinahe zuwider sind.

Mein idealer Geschworener ist jung und schwarz mit mindestens High-School-Abschluß. Es ist eine alte Weisheit, daß Schwarze die besseren Geschworenen für die Anklage sind. Sie fühlen mit den sozial Benachteiligten und mißtrauen dem weißen Amerika der Großfirmen.

Was Männer kontra Frauen angeht, habe ich gemischte Gefühle. Die konventionelle Weisheit besagt, daß Frauen geiziger mit Geld umgehen. Aber Max Leuberg neigt dazu, in diesem Fall Frauen den Vorzug zu geben, weil sie Mütter sind. Sie werden die Trauer um den Verlust eines Kindes mitfühlen. Ich glaube, er hat recht. Es gibt nur einen Typ von Geschworenen, den ich in diesem Fall vermeiden muß: den weißen, männlichen leitenden Angestellten. Diese Burschen sind tödlich in Fällen, in denen es um Entschädigungssummen geht.

ICH BIN sicher, daß mir, wenn ich in diesem Geschäft bleibe, eines Tages ein noch schmutzigerer Trick einfallen wird, aber im Augenblick kann ich mir nur schwer einen vorstellen. Ich habe wochenlang nachgedacht und schließlich vor ein paar Tagen mit Deck darüber gesprochen. Er war sofort Feuer und Flamme.

Wenn Drummond und seine Bande unsere Telefonate belauschen wollen, dann sollen sie auch etwas zu hören bekommen. Wir warten bis zum Spätnachmittag. Ich bin im Büro, Deck um die Ecke in einer Telefonzelle. Er ruft mich an. Sogar den Text haben wir vorbereitet.

„Rudy, Deck hier. Ich habe endlich Dean Goodlow gefunden."

Goodlow ist weiß, männlich, 39 Jahre alt, College-Absolvent und besitzt eine Teppichreinigung. Er ist eindeutig ein Geschworener, den wir nicht wollen. Drummond würde ihn mit Freuden nehmen.

„Wo?" frage ich.

„Habe ihn in seinem Büro erwischt. Er war eine Woche nicht in der Stadt. Wirklich ein netter Mann. Wir haben uns gründlich in ihm getäuscht. Er sagt, er kann Versicherungsgesellschaften nicht ausstehen. Ich habe ihm einiges über unseren Fall erzählt, und er ist buchstäblich in die Luft gegangen. Er wird einen großartigen Geschworenen abgeben."

„Was für eine Überraschung!" heuchle ich. „War ihm unbehaglich zumute bei dem Gespräch?"

„Ein bißchen. Ich habe ihm das gleiche erzählt wie den anderen. Ich bin nur ein Ermittler, kein Anwalt. Und wenn sie niemandem von unserer Unterhaltung berichten, bekommt auch niemand Ärger."

„Gut. Und Sie glauben, Goodlow steht auf unserer Seite?"

„Ganz bestimmt. Wir müssen ihn haben."

Ich raschele neben dem Telefon mit ein paar Papieren. „Wen haben Sie noch auf Ihrer Liste?"

„Ich habe mit Dermot King, Lawrence Perotti und RaTilda Browning gesprochen."

Mit Ausnahme von RaTilda Browning sind das Weiße, die wir nicht in der Jury haben wollen. Wenn wir sie genügend anschwärzen, wird Drummond alles tun, um sie auszuschließen.

„Was ist mit Dermot King?" frage ich.

„Solide. Mußte einmal einen Versicherungsvertreter aus dem Haus werfen."

„Und mit Perotti?"

„Toller Mann. Konnte einfach nicht glauben, daß eine Versicherungsgesellschaft tatsächlich einen Menschen umbringen kann. Er ist auf unserer Seite."

Es ist schwer, nicht laut loszulachen. Ich drücke den Hörer fester ans Ohr. „RaTilda Browning?"

„Radikale Schwarze, für Weiße nutzlos. Sie arbeitet in einer schwarzen Bank. Sie würde uns keinen Cent geben."

Eine lange Pause entsteht, während Deck mit Papieren raschelt. „Wie steht es bei Ihnen?" fragt er.

„Vor ungefähr einer Stunde habe ich Esther Samuelson zu Hause erwischt. Wir haben uns ausführlich darüber unterhalten, wie grauenhaft es ist, ein Kind zu verlieren. Sie steht auf unserer Seite."

Esther Samuelsons verstorbener Mann war viele Jahre lang Direktor der Handelskammer. Sie würde alles tun, was Drummond will.

Wenn Drummonds Herz jetzt immer noch schlägt, dann nur noch ganz schwach. Die Vorstellung, daß ich, ein Anwalt, die Fakten des Falls mit potentiellen Geschworenen erörtere, reicht wahrscheinlich aus, um bei ihm eine Arterie platzen zu lassen. Aber inzwischen dürfte ihm klargeworden sein, daß er absolut nichts dagegen unternehmen kann. Jede Reaktion seinerseits würde die Tatsache offenbaren, daß er unsere Telefone abhört. Dafür würde er sofort aus der Anwaltskammer ausgeschlossen und vermutlich außerdem angeklagt werden. Ihm bleibt keine andere Möglichkeit, als den Mund zu halten und zu versuchen, die Leute, mit deren Namen wir herumwerfen, zu meiden.

Deck ruft mich im Lauf des Abends noch zweimal an. Wir erwecken den Eindruck, als wären wir beide unterwegs, klopften an Türen, bäten um Unterstützung und verletzten genügend ethische Kanons, um mich auf Lebenszeit aus der Anwaltskammer auszuschließen. Diese niederträchtige Aktion findet dazu am Abend vor dem Tag statt, an dem sich die Geschworenen versammeln, um befragt zu werden!

Es ist uns gelungen, ungefähr ein Drittel der gut sechzig Leute, die zur Befragung erscheinen werden, schwer in Zweifel zu ziehen. Und wir haben uns ganz bewußt diejenigen ausgesucht, vor denen wir uns am meisten fürchten.

Ich wette, Leo Drummond wird heute nacht kein Auge zutun.

Die ersten Eindrücke sind entscheidend. Die Geschworenen treffen zwischen acht Uhr dreißig und neun Uhr ein. Dot und ich sitzen zusammen am Ende unseres Tischs, mit dem Gesicht zu den Reihen von gepolsterten Bänken, die sich jetzt mit Geschworenen füllen. Unsere Rücken sind dem Richtertisch zugewandt. Auf unserem Tisch liegt ein Notizblock, sonst nichts.

Der Tisch der Verteidigung jenseits des Gangs bietet ein absolut gegensätzliches Bild. Er ist von fünf Männern in schwarzen Anzügen und mit finsteren Mienen umlagert, die alle über Stapeln von Papieren brüten, mit denen der ganze Tisch bedeckt ist.

Hier findet ganz offensichtlich ein Kampf David gegen Goliath statt, und er beginnt jetzt. Das erste, was die Geschworenen sehen, ist, daß ich meinem Gegner zahlen- und waffenmäßig und offensichtlich auch finanziell unterlegen bin. Meine arme Mandantin ist schwach und gebrechlich. Den reichen Typen da drüben sind wir nicht gewachsen.

Heute morgen haben sich die Männer von Trent & Brent geweigert, mit mir zu sprechen, aber ihre verächtlichen Blicke haben mir verraten, daß sie empört sind über meine direkte Kontaktaufnahme mit den Geschworenen. Das Kontaktieren von möglichen Geschworenen ist das schwerste Verbrechen, das ein Anwalt begehen kann. Es ist genauso schwerwiegend wie das illegale Anbringen von Wanzen in den Telefonen des Gegners.

Kipler betritt den Saal, und alle erheben sich. Er begrüßt die Geschworenen und hält eine kurze und eindringliche Rede über das Geschworenenamt und die Bürgerpflichten. Ein paar Hände heben sich, als er fragt, ob es begründete Entschuldigungen gebe. Er läßt sie einzeln zum Richtertisch kommen, wo sie mit gedämpfter Stimme ihre Gründe vortragen.

Das dauert einige Zeit, aber es verschafft uns Gelegenheit, die Leute zu mustern. Auf den Bänken unmittelbar hinter dem Tisch der Verteidigung entdecke ich zwei Fremde. Juryberater, vermute ich. Wie hat sich unsere Kriegslist auf ihre tiefschürfenden psychologischen Analysen ausgewirkt? Ich wette, sie hatten es noch nie mit ein paar armen Irren zu tun, die am Vorabend herumlaufen und mit potentiellen Geschworenen reden.

DEN REST des Tages verbringen wir mit dem mühsamen Prozeß der Auswahl der Geschworenen. Drummond und Genossen meiden entschlossen all die Leute, die Deck und ich am Vorabend am Telefon erwähnt haben. Sie sind überzeugt, daß wir uns an diese Leute herangemacht haben.

Das Resultat ist aus meiner Sicht eine Traumjury. Sechs schwarze Frauen, alle Mütter. Zwei schwarze Männer, einer ein College-Absolvent, der andere ein invalider ehemaliger Lastwagenfahrer. Drei weiße Männer, von denen zwei der Gewerkschaft angehören. Eine weiße Frau, Gattin eines namhaften Grundstücksmaklers. Ich konnte sie nicht vermeiden, aber ich mache mir ihretwegen keine Sorgen. Für einen Urteilsspruch sind nur neun der zwölf Geschworenen erforderlich.

VIERZEHN

SECHS Tage nach der Auswahl der Geschworenen und vier Tage vor Prozeßbeginn nimmt Deck im Büro den Anruf eines Anwalts aus Cleveland entgegen, der mit mir sprechen möchte. Ich bin sofort argwöhnisch, weil ich keinen Anwalt in Cleveland kenne, und ich rede mit dem Mann gerade so lange, bis er seinen Namen genannt hat. Dann lege ich mitten in einem seiner Sätze auf und tue so, als wäre das Gespräch unterbrochen worden. Dann nehmen wir die Hörer aller drei Bürotelefone ab, und ich laufe auf die Straße hinunter zu meinem Volvo. Butch hat mein Autotelefon überprüft, und es scheint frei von Wanzen zu sein. Ich lasse mir von der Auskunft die Nummer des Anwalts in Cleveland geben, dann rufe ich ihn an.

Er heißt Peter Corsa und vertritt eine junge Frau namens Jackie Lemancyzk. Sie hat den Weg in seine Kanzlei gefunden, nachdem sie von Great Benefit aus unerfindlichen Gründen entlassen worden war. Sie ist in eine Wohnung mit einem nicht eingetragenen Telefon umgezogen.

Was nun kommt, ist eine wunderbar saftige Geschichte.

Seine Mandantin hatte sexuelle Beziehungen zu mehreren ihrer Bosse bei Great Benefit. Ihre Beförderung und ihr Gehalt hingen davon ab, ob sie sich bereit erklärte, mit bestimmten Leuten ins Bett zu gehen. Eine Zeitlang war sie leitende Schadenssachbearbeiterin, verlor diesen Posten aber, als sie die Affäre mit Everett Lufkin, dem stellvertretenden Leiter der Schadensabteilung, beendete. Offenbar ist er ein widerlicher Kerl mit einer Vorliebe für abartige Sexualpraktiken.

Sie werden einige Männer bei Great Benefit wegen sexueller Belästigung verklagen, aber Jackie Lemancyzk weiß auch über große Haufen schmutziger Wäsche in der Schadensabteilung Bescheid. Schließlich hat sie mit dem stellvertretenden Leiter der Schadensabteilung geschlafen.

Endlich stelle ich die entscheidende Frage: „Wird sie kommen und aussagen?"

Er weiß es nicht. Vielleicht. Aber sie hat Angst. Das sind niederträchtige Leute mit Unmengen von Geld. Im Augenblick macht sie eine Therapie, sie ist sehr labil. Trotzdem ist er einverstanden, daß ich mich am Telefon mit ihr unterhalte, und wir verabreden ein Gespräch am späten Abend am Apparat in meiner Wohnung.

Zur vereinbarten Zeit unterhalte ich mich eine Stunde lang mit Jackie Lemancyzk. Manchmal klingt sie kräftig und eindringlich, dann wieder kann sie kaum klar denken. Sie hat mit keinem dieser Männer schlafen wollen, aber es war die einzige Möglichkeit voranzukommen. Sie ist geschieden und hat zwei Kinder.

Sie erklärt sich bereit, nach Memphis zu kommen, nimmt mir jedoch das Versprechen ab, daß es, falls sie aussagt, für Great Benefit eine absolute Überraschung sein muß. Sie hat eine Heidenangst vor diesen Leuten.

Ich denke, es wäre eine großartige Überraschung.

„IRGENDWELCHE Vorbemerkungen?“ fragt Kipler eine angespannte Gruppe in seinem Büro am Morgen des 8. Februar. Ich sitze neben Drummond, und wir schauen beide über den Schreibtisch hinweg Seine Ehren an.

„Mir fällt nichts ein“, sage ich.

Drummond schüttelt den Kopf.

Kipler notiert sich etwas auf seinem Block. „Danke, dann können wir anfangen. Jede Seite hat fünfzehn Minuten für das Eröffnungsplädoyer, aber natürlich brauchen Sie nicht die ganze Zeit in Anspruch zu nehmen.“

Ich habe mein Eröffnungsplädoyer schon ein dutzendmal gehalten – es dauert genau sechseinhalb Minuten. Die Geschworenen werden hereingeführt, von Seinen Ehren begrüßt. Sie erhalten ein paar Instruktionen, dann werden sie mir überlassen.

Wenn ich so etwas sehr oft tue, werde ich vielleicht eines Tages ein gewisses Talent für Dramatik entwickeln. Im Augenblick halte ich einen Notizblock in der Hand, werfe ein- oder zweimal einen Blick darauf und erzähle den Geschworenen von meinem Fall. Es gab eine Police, die Prämien wurden regelmäßig gezahlt, sie schloß Donny Ray ein, er wurde krank, und dann wurde ihm ein Strick gedreht. Sie, die Geschworenen, werden Donny Ray kennenlernen, aber nur mittels eines Videobands. Er ist tot. Bei diesem Prozeß geht es nicht nur darum, von Great Benefit einzufordern, was von Anfang an hätte gezahlt werden müssen, sondern auch darum, die Versicherungsgesellschaft für ihre Missetat zu bestrafen. Es ist eine sehr reiche Gesellschaft, die ihr Geld damit gemacht hat, daß sie Prämien kassiert und Leistungsansprüche abgewiesen hat. Wenn alle Zeugen ausgesagt haben, werde ich mich wieder an Sie, die Geschworenen, wenden und Sie darum bitten, eine hohe Geldstrafe über Great Benefit zu verhängen.

Das Eröffnungsplädoyer läuft glatt. Ich stottere und zittere nicht und provoziere auch keine Einsprüche von Drummond. Ich lasse mich neben Dot nieder.

Drummond begibt sich selbstsicher vor die Geschworenen mit einer Kopie der Police in der Hand. Ihm gelingt ein dramatischer Start. „Dies ist die Police, die Mr. und Mrs. Black gekauft haben", beginnt er. „Und in dieser Police steht nirgends, daß Great Benefit für Transplantationen zahlen muß. Diese Police kostet achtzehn Dollar pro Woche und deckt keine Knochenmarktransplantationen ab, und trotzdem erwartete die Klägerin von meinen Mandanten, daß sie zweihunderttausend Dollar zahlen für, Sie haben es erraten, eine Knochenmarktransplantation. Meine Mandanten haben sich geweigert, dies zu tun. Für sie war es keine Sache auf Leben oder Tod, es ging lediglich darum, was diese Police abdeckt." Er schwenkt die Police. „Sie wollen nicht nur zweihunderttausend Dollar, auf die sie keinen Anspruch haben, sie wollen außerdem meine Mandanten auf zehn Millionen Dollar verklagen. Sie nennen das eine Geldstrafe. Ich nenne es Habgier."

Die Strategie der Verteidigung wird deutlich. Anstatt leise zuzugeben, daß einer inkompetenten Person tief im Innern einer riesigen Gesellschaft ein Fehler unterlaufen sei, macht Drummond keinerlei Eingeständnisse. Nach fünfzehn Minuten unterbricht ihn Kipler, und Drummond bedankt sich bei den Geschworenen.

„Rufen Sie Ihren ersten Zeugen, Mr. Baylor!" ordnet Kipler an.

Dot Black begibt sich zum Zeugenstand, wird vereidigt und setzt sich. Sie trägt ein einfaches, aber ordentliches Baumwollkleid. Sie hat eine Mordsangst, völlig zu Recht. Ich habe ihr gesagt, daß sie ruhig nervös sein darf.

Dot beschreibt, wie frustrierend es war, als Mutter nicht erreichen zu können, daß der todkranke Sohn behandelt wurde. Sie hat Great Benefit viele Male geschrieben und angerufen. Sie hat Krankenhäuser angefleht, ihn umsonst zu behandeln. Sie hat Freunde zusammengetrommelt, und sie haben gemeinsam versucht, das Geld aufzubringen, sind jedoch kläglich gescheitert.

Dann kommen wir zum wirklich guten Teil. Ich reiche ihr die ersten sieben Abweisungsbriefe, und Dot liest sie den Geschworenen vor. Sie hören sich schlimmer an, als ich gehofft hatte. Glatte Abweisung aus keinem ersichtlichen Grund. Abweisung von der Schadensabteilung, vorbehaltlich der Überprüfung durch die Vertragsabteilung. Abweisung von der Vertragsabteilung, vorbehaltlich der Überprüfung durch die Schadensabteilung. Abweisung von der Schadensabteilung, basierend auf einer angeblichen Vorerkrankung. Abweisung von der Vertragsabteilung, basierend auf der Behauptung, daß Donny Ray nicht mehr zum Haushalt gehöre, da er volljährig sei. Abweisung von der Schadensabteilung, basierend auf der Behauptung, daß Knochenmarktransplantationen von der Police nicht abgedeckt seien. Abweisung von der Schadensabteilung, basierend auf der Behauptung, Knochenmarktransplantationen seien zu experimentell und deshalb keine akzeptable Behandlungsmethode.

Die Geschworenen lassen sich kein Wort entgehen. Die Sache stinkt zum Himmel.

Und dann der „Blöde"-Brief. Während Dot ihn entschlossen den Geschworenen vorliest, beobachte ich ihre Gesichter genau. Etliche sind sichtlich fassungslos. Andere blinzeln ungläubig. Wieder andere richten den Blick auf den Tisch der Verteidigung.

Als Dot endet, herrscht Stille im Gerichtssaal.

Genau das habe ich beabsichtigt. Deshalb danke ich der Zeugin und ziehe mich zurück. Drummond begibt sich zum Rednerpult.

Er beginnt mit ein paar Fragen, weshalb sie gerade diese spezielle Police gekauft hat. Was hatte sie im Sinn, als sie sie kaufte? Drummond dringt in sie, will wissen, ob sie vorgehabt habe, eine Police abzuschließen, die Knochenmarktransplantationen abdecke. „Also haben Sie nicht ausdrücklich eine Police verlangt, die das abdecken würde?" fragt er.

„An solche Dinge habe ich überhaupt nicht gedacht, als ich die Police abschloß. Ich wollte lediglich vollen Versicherungsschutz für meine Familie."

Damit erzielt Drummond einen schwachen Punkt. „Weshalb haben Sie Great Benefit auf zehn Millionen Dollar verklagt?" bohrt er weiter. Diese Frage kann zu Beginn eines Prozesses verheerende Auswirkungen haben, weil sie die Klägerin habgierig erscheinen läßt. Aber ich habe gewußt, daß die Frage kommen würde, weil ich die Protokolle von Drummonds früheren Prozessen gelesen habe. Dot ist vorbereitet.

„Zehn Millionen?" fragt sie. „Ist das alles?"

„Wie bitte?"

„Ich dachte, es wäre wesentlich mehr. Ihre Mandanten haben eine Milliarde Dollar, und Ihre Mandanten haben meinen Sohn umgebracht. Ich wollte sie auf wesentlich mehr verklagen."

Drummonds Knie geben ein wenig nach, und er verlagert sein Gewicht. Aber er lächelt trotzdem weiter, ein bemerkenswertes Talent.

Anstatt sich zurückzuziehen, macht er mit Dot Black noch einen letzten Fehler. „Was werden Sie mit dem Geld anfangen, falls die Geschworenen Ihnen zehn Millionen Dollar zusprechen?“

„Ich würde es der Amerikanischen Leukämiegesellschaft spenden. Bis auf den letzten Cent. Ich will nichts von Ihrem stinkenden Geld.“

„Danke“, sagt Drummond und kehrt rasch zu seinem Tisch zurück.

Zwei der Geschworenen kichern hörbar, als Dot den Zeugenstand verläßt und sich wieder neben mich setzt. Drummond sieht blaß aus.

„Wie war ich?“ flüstert sie.

„Sie haben es ihm gegeben, Dot“, flüstere ich zurück.

Dr. Walter Kord macht im Zeugenstand eine sehr gute Figur. Ich gehe seine Laufbahn durch und habe keinerlei Schwierigkeiten, ihn als Experten für Onkologie zu qualifizieren. Ich gebe ihm Donny Rays medizinische Unterlagen, und er liefert den Geschworenen eine Zusammenfassung seiner Behandlung.

„Dr. Kord, können Sie den Geschworenen erklären, wie Sie eine Knochenmarktransplantation vornehmen?“

„Natürlich. Nachdem der Patient die Chemotherapie hinter sich hat, und wenn er das Glück hatte, einen Spender zu finden, dessen Knochenmark dem seinen genetisch hinreichend ähnlich ist, entnehmen wir dem Spender Knochenmark und injizieren es dem Empfänger durch eine intravenöse Sonde. Sinn der Sache ist es, eine gesamte Population von Knochenmarkzellen vom Spender auf den Patienten zu übertragen.“

„War Ron Black ein geeigneter Spender für Donny Ray?“

„Vollkommen. Die Brüder waren eineiige Zwillinge. Wir haben an beiden Männern die erforderlichen Tests durchgeführt, und die Transplantation wäre einfach gewesen. Sie hätte funktioniert.“

Drummond springt auf. „Einspruch. Spekulation. Der Arzt kann nicht beweisen, daß die Transplantation funktioniert hätte.“

„Abgelehnt.“

Ich stelle noch ein paar weitere Fragen über das Verfahren. „Hätte eine solche Transplantation die Chancen, eine akute Leukämie zu überleben, verbessert?“

„Zweifellos. Um etwa achtzig bis neunzig Prozent.“

„Und die Chancen eines Überlebens ohne Transplantation?“

„Null.“

„Keine weiteren Fragen.“

Es ist nach zwölf und Zeit für die Mittagspause. Kipler vertagt bis halb zwei. Deck erbietet sich, Sandwiches zu holen, und Kord und ich bereiten uns auf die nächste Runde vor. Er freut sich regelrecht auf den Kampf mit Drummond.

ICH WERDE nie erfahren, wie viele medizinische Berater Drummond bei der Vorbereitung dieses Prozesses engagiert hat. Er ist nicht verpflichtet, das anzugeben. Dr. Kord hat mir wiederholt versichert, daß Knochenmarktransplantationen jetzt als beste Behandlungsmethode so allgemein anerkannt sind, daß nur ein Quacksalber etwas anderes behaupten würde.

Offensichtlich hat Drummond dasselbe festgestellt. Also legt er sich nicht allzu stark mit Dr. Kord an. Sein Hauptargument ist, daß nur sehr wenige Patienten mit akuter Leukämie Knochenmarktransplantationen erhalten. Weniger als fünf Prozent, stimmt Dr. Kord zu, aber nur deshalb, weil es schwierig ist, einen Spender zu finden. Donny Ray hatte dieses Glück. Er hatte einen Spender. – Dr. Kord wirkt fast enttäuscht, als Drummond nach ein paar kurzen Fragen aufgibt. Da ich keine Gegenfragen habe, wird Dr. Kord entlassen.

Der nächste Moment ist sehr spannend, weil ich verkünden muß, welchen der Firmenbosse ich zuerst als Zeugen aufrufe. Drummond hat mich heute morgen danach gefragt, und ich habe gesagt, ich hätte mich noch nicht entschieden. Sie halten sich in einem Zeugenraum auf, ein Stück den Flur hinunter, und warten und schmoren vor sich hin.

„Mr. Everett Lufkin“, verkünde ich. Als der Gerichtsdiener verschwindet, um ihn zu holen, bricht am Tisch der Verteidigung hektische Aktivität aus. Papiere werden verschoben, Zettel mit Notizen herumgereicht, Aktenstücke hervorgesucht.

Lufkin betritt den Gerichtssaal und folgt dem Gerichtsdiener den Gang hinunter. Er ist ungefähr 55, hat graues Haar, ein angenehmes Gesicht und eine ruhige Stimme. Man würde ihm die örtliche Pfadfindertruppe anvertrauen. Jackie Lemancyzk hat mir erzählt, daß er sie fesseln wollte.

Wir reden über die Schadensabteilung und ihre Rolle im Gesamtsystem von Great Benefit. Er arbeitet dort seit acht Jahren, sechs davon als stellvertretender Leiter der Schadensabteilung, und hat die Abteilung fest unter Kontrolle, ganz der tüchtige Manager. Binnen Minuten haben wir festgestellt, daß es seine Aufgabe ist, alle Handlungen der Schadensabteilung zu überwachen. Es gelingt mir, ihn mit einer langweiligen Erörterung über nichts einzulullen, dann frage ich plötzlich: „Wer ist Jackie Lemancyzk?“

Seine Schultern zucken ein bißchen. „Eine ehemalige Sachbearbeiterin."

„Wann hat sie aufgehört, für Great Benefit zu arbeiten?"

Er kann sich nicht an das Datum erinnern.

„Wie wäre es mit dem 3. Oktober vergangenen Jahres?"

„Könnte hinkommen."

„Und war das nicht zwei Tage vor ihrer geplanten Vernehmung in diesem Fall?"

„Das weiß ich wirklich nicht mehr."

Ich frische sein Gedächtnis auf, indem ich ihm zwei Dokumente zeige. Das erste ist Jackie Lemancyzks Kündigungsschreiben, datiert auf den 3. Oktober, das zweite ist meine Ankündigung, sie am 5. Oktober zu vernehmen. Jetzt erinnert er sich. Er gibt widerstrebend zu, daß sie Great Benefit zwei Tage vor ihrer geplanten Vernehmung in diesem Fall verlassen hat.

„Und sie war die Person, die für die Bearbeitung dieses Falles zuständig war?"

„Das ist richtig."

„Und Sie haben sie entlassen?"

„Natürlich nicht. Sie hat gekündigt. Es steht hier in ihrem Brief."

„Wie lange hat sie unter Ihnen gearbeitet?"

„Ich bin mir nicht sicher. Mehrere Jahre."

„Haben Sie sie gut gekannt?"

„Im Grunde nicht. Sie war nur eine Sachbearbeiterin, eine von vielen."

Morgen wird sie aussagen, daß ihre schmutzige kleine Affäre drei Jahre gedauert hat.

Ich lasse ihn eine Minute hängen, während ich zu meinem Tisch gehe und einen Stapel Dokumente hole. Es ist die Schadensakte der Blacks, und ich reiche sie Lufkin. Ich fordere ihn auf, jeden einzelnen Brief zu lesen und zu erklären. Wer hat ihn geschrieben? Warum wurde er geschrieben? Entsprach er den im Handbuch der Schadensabteilung enthaltenen Richtlinien?

Dann muß er den Geschworenen sämtliche Briefe von Dot vorlesen. Sie fleht darin um Hilfe. Ihr Sohn stirbt. Gibt es da oben jemanden, der ihr zuhört? Wieder befrage ich ihn zu jedem Brief: Wer hat ihn bekommen? Was ist damit geschehen? Was verlangt das Handbuch? Hat er ihn selbst gesehen?

Die Geschworenen scheinen darauf zu warten, daß wir zu dem „Blöde"-Brief kommen, aber Lufkin ist präpariert worden. Er liest ihn vor, dann erklärt er, ziemlich trocken und monoton und ohne den geringsten Anflug von Mitgefühl, daß dieser Brief von einem Mann geschrieben wurde, der später ausgeschieden ist. Der Mann hat einen Fehler begangen, die Gesellschaft hat einen Fehler begangen, und jetzt, in diesem Moment, vor dem Gericht, entschuldigt sich die Gesellschaft für diesen Brief.

„Finden Sie nicht, daß diese Entschuldigung ein bißchen spät kommt?“ frage ich schließlich und setze damit seinem Gerede ein Ende. „Der junge Mann ist tot, nicht wahr?“

„Ja.“

„Und, fürs Protokoll, Mr. Lufkin, es gibt keine schriftliche Entschuldigung für diesen Brief, richtig?“

„Das stimmt.“

Ich gehe absichtlich ausführlich auf das Handbuch der Schadensabteilung ein und stelle es so dar, als wäre es die unumstößliche Festlegung der Firmenstrategie. Ich gebe Lufkin das Exemplar, das ich im Rahmen der Beweisaufnahme erhalten habe, und er bestätigt, daß dies, jawohl, die heilige Schrift über Schadensregulierungen sei. Es sei getestet und erprobt worden, von Zeit zu Zeit überarbeitet, abgewandelt, auf den neuesten Stand gebracht.

„Also, Mr. Lufkin“, frage ich, nachdem er sich weitschweifig über das Handbuch ausgelassen hat, „ist dies das vollständige Handbuch?“

Er blättert es rasch durch. „Ja.“

„Sind Sie sicher?“

„Ja.“

„Und Sie wurden im Lauf der Beweisaufnahme aufgefordert, mir dieses Exemplar auszuhändigen?“

„Das stimmt.“

„Haben Sie dieses spezielle Exemplar des Handbuchs persönlich für mich ausgewählt?“

„Ja, das habe ich getan.“

Ich gehe zu meinem Tisch. Unter ihm steht ein kleiner Karton voller Akten und Papiere. Ich suche eine Sekunde darin herum, dann richte ich mich plötzlich auf. „Würden Sie bitte das Handbuch nehmen und Abschnitt U aufschlagen?“ wende ich mich an den Zeugen. Bei den letzten Worten schaue ich direkt Jack Underhall an, den hinter Drummond sitzenden hausinternen Anwalt. Er schließt die Augen. Sein Kopf sinkt nach vorn, dann stützt er den Kopf auf die Ellenbogen und starrt zu Boden.

Drummond hat keine Ahnung.

„Wie bitte?" fragt Lufkin mit einer um eine Oktave höheren Stimme. Ich hole Cooper Jacksons Exemplar des Handbuchs aus dem Karton und lege es auf meinen Tisch. Ich werfe einen Blick auf Kipler, dem das Ganze einen Heidenspaß macht.

„Bitte schlagen Sie Abschnitt U auf, Mr. Lufkin. Ich möchte mit Ihnen darüber sprechen."

Tatsächlich nimmt er das Handbuch und blättert es abermals durch. „Ich habe keinen Abschnitt U", stellt er betrübt, fast stammelnd fest.

„Wie bitte?" sage ich laut. „Ich habe Sie nicht verstanden."

„Äh, ja also, dieses Exemplar enthält keinen Abschnitt U." Er ist völlig außer sich, nicht weil der Abschnitt fehlt, sondern weil er erwischt worden ist.

Leo F. Drummond weiß nicht, was seine Mandanten ihm da angetan haben. Sie haben das Handbuch manipuliert und es ihrem Anwalt nicht gesagt. Er flüstert mit Morehouse. Was zum Teufel geht da vor?

Ich stelle mich mit dem zweiten Handbuch vor den Zeugen. Es sieht genauso aus wie das, das er in der Hand hält. „Wissen Sie, was das ist, Mr. Lufkin?" frage ich, gebe ihm Jacksons Exemplar und nehme meins wieder an mich.

„Ja. Ein Exemplar des Handbuchs der Schadensabteilung."

„Und enthält dieses Exemplar einen Abschnitt U?"

Er blättert darin, dann nickt er. „Es enthält einen Abschnitt U."

„Danke. Haben Sie den Abschnitt U aus meinem Exemplar selbst entfernt, oder haben Sie jemand anderen angewiesen, es zu tun?"

Er legt das Handbuch sanft auf die Brüstung, die den Zeugenstand umgibt, und verschränkt bedächtig die Arme vor der Brust.

„Beantworten Sie die Frage!" bellt Kipler von oben herunter.

„Ich weiß nicht, wer es getan hat."

„Aber es ist getan worden, nicht wahr?" Ich lasse nicht locker.

„Offensichtlich."

„Sie geben also zu, daß Great Benefit Dokumente unterschlagen hat."

„Ich gebe gar nichts zu. Ich bin sicher, daß es ein Versehen war."

„Machen Sie bitte keine Witze, Mr. Lufkin. Stimmt es etwa nicht, daß jemand bei Great Benefit absichtlich den Abschnitt U aus meinem Exemplar des Handbuchs herausgenommen hat?"

„Ich weiß es nicht. Ich – äh – wahrscheinlich ist es eben irgendwie passiert."

Auf der Suche nach nichts Speziellem kehre ich zu meinem Tisch zurück. Ich will ihn ein paar Sekunden hängenlassen, damit die Geschworenen ihn hinreichend hassen können.

„Also, Mr. Lufkin, reden wir über den mysteriösen Abschnitt U. Er ist am 1. Januar 1991 in Kraft getreten, richtig?“

„Ja.“

„Wer hat ihn verfaßt?“

„Ich weiß es nicht“, behauptet er.

„Sie wissen es nicht? Haben Sie nicht gerade erst ausgesagt, daß dies eindeutig zu Ihrem Tätigkeitsbereich bei Great Benefit gehört?“

Er starrt wieder auf den Boden, hofft, daß ich einfach verschwinde.

„Na schön“, sage ich. „Lesen Sie Paragraph drei vor.“

Paragraph drei weist den Sachbearbeiter an, jeden Anspruch innerhalb von drei Tagen nach Eingang abzuweisen. Keine Ausnahmen. Jeden Anspruch. Paragraph vier gestattet die anschließende Überprüfung einiger Ansprüche und beschreibt die Papierarbeit, die erforderlich ist, um herauszufinden, ob ein Anspruch kostengünstig und berechtigt und deshalb zu erfüllen ist. Paragraph fünf weist den Sachbearbeiter an, alle Ansprüche, die voraussichtlich über 5000 Dollar hinausgehen, an die Vertragsabteilung weiterzuleiten, mit einem Ablehnungsbrief an den Versicherungsnehmer. Natürlich behält man sich eine Überprüfung durch die Vertragsabteilung vor.

Und so geht es weiter. Ich lasse Lufkin aus seinem Handbuch vorlesen, dann bombardiere ich ihn mit Fragen, die er nicht beantworten kann. Es ist ganz offensichtlich, daß das System auf Nummer Sicher setzt. Wenn ein Versicherungsnehmer mit Anwälten und Klage droht, wird die Akte sofort von einem leitenden Mitarbeiter überprüft. Wenn der Versicherungsnehmer aber keinerlei Widerstand leistet, bleibt es bei der Abweisung.

Um halb fünf unterbrechen wir für eine kurze Pause. Zwanzig Minuten später sitzt Lufkin wieder im Zeugenstand.

„Nur noch ein paar kurze Fragen“, beginne ich. „Wie viele Krankenversicherungspolicen hat Great Benefit 1991 ausgestellt?“ Diese Information hätte ich schon vor drei Wochen erhalten sollen.

„Ich weiß es nicht“, weigert er sich zu antworten.

„Und wie viele Ansprüche wurden 1991 geltend gemacht?“

„Ich weiß es nicht.“

„Wie viele Ansprüche wurden 1991 abgewiesen?“

„Ich weiß es nicht.“

An diesem Punkt schaltet sich Richter Kipler ein. „Der Zeuge wird für heute entlassen. Wir unterbrechen jetzt für ein paar Minuten. Die Geschworenen können nach Hause gehen.“ Er verabschiedet sich von den Geschworenen. Einige von ihnen lächeln mir zu, als sie an unserem

Tisch vorbeikommen. Nachdem der letzte Geschworene durch die Doppeltür verschwunden ist, ergreift Kipler wieder das Wort: „Zurück zum Protokoll. Mr. Drummond, sowohl Sie als auch Ihre Mandanten haben sich der Mißachtung des Gerichts schuldig gemacht. Ich habe verfügt, daß diese Informationen dem Anwalt der Anklage bereits vor mehreren Wochen zugeleitet werden sollten. Das ist nicht geschehen. Sind Sie und Ihre Mandanten darauf vorbereitet, in Haft genommen zu werden, bis wir die betreffenden Informationen erhalten haben?"

Drummond ist auf den Beinen, er wirkt sehr erschöpft und altert zusehends. „Euer Ehren, ich habe versucht, diese Informationen zu bekommen. Ich habe alles getan, was in meinen Kräften stand." Armer Leo. In diesem Moment ist er völlig glaubwürdig. Einer seiner Mandanten hat gerade vor aller Welt kundgetan, daß er Dokumente vor ihm geheimhält.

„Holen Sie Mr. Keeley", weist Kipler den Gerichtsdiener an. Sekunden später führt dieser den Generaldirektor in den Gerichtssaal.

Kipler deutet auf den Zeugenstand. Er vereidigt Keeley selbst, dann fragt er ihn, ob es gute Gründe dafür gebe, daß seine Gesellschaft sich weigere, mir die angeforderten Informationen zur Verfügung zu stellen.

Keeley stottert, stammelt, versucht, die Schuld auf die Zweigniederlassungen und Geschäftsstellen zu schieben.

„Ihre Gesellschaft hat sich der Mißachtung des Gerichts schuldig gemacht, Mr. Keeley. Ich kann Ihre Gesellschaft entweder zu einer Geldstrafe verurteilen oder Sie, den Generaldirektor, ins Gefängnis stecken. Was ziehen Sie vor?"

„Ich möchte wirklich nicht ins Gefängnis, Euer Ehren."

„Das habe ich mir gedacht. Ich verurteile Great Benefit hiermit zu einer Geldstrafe von zehntausend Dollar, fällig und zahlbar an den Anwalt der Anklage bis morgen siebzehn Uhr. Rufen Sie Ihre Zentrale an, und ordnen Sie an, einen Scheck per FedEx zu schicken, okay?"

Keeley bleibt nichts anderes, als zu nicken.

„Wenn diese Informationen nicht bis morgen früh um neun Uhr hierhergefaxt worden sind, wandern Sie ins Stadtgefängnis von Memphis, wo Sie bleiben werden, bis Sie die gewünschten Informationen beibringen." Kipler dreht sich um und zeigt mit dem Finger auf Drummond. „Ich habe Sie wegen dieser Dokumente wiederholt verwarnt, Mr. Drummond. Dieses Verhalten ist absolut unannehmbar." Wütend läßt er den Hammer niederfahren und verläßt den Saal.

FÜNFZEHN

UM NEUN UHR am Dienstag morgen ruft Richter Kipler uns zu sich, weist aber den Gerichtsdiener an, die Geschworenen noch ein paar Minuten in ihrem Zimmer zu lassen. Er fragt Drummond, ob die Informationen von der Schadensabteilung eingegangen seien.

„Sie sind vor ungefähr einer Stunde gekommen, Euer Ehren“, antwortet Drummond, offensichtlich erleichtert. Er gibt mir einen gut zwei Zentimeter dicken Stapel Papier.

„Mr. Baylor, Sie werden ein bißchen Zeit brauchen“, sagt Seine Ehren.

„Geben Sie mir eine halbe Stunde“, bitte ich ihn.

„Gut. Wir holen die Geschworenen um neun Uhr dreißig.“

Deck und ich eilen in ein kleines Anwaltsberatungszimmer und wühlen uns durch die Informationen. Wie kaum anders zu erwarten, sind sie völlig unverständlich und unmöglich zu entschlüsseln. Das wird unseren Gegnern noch leid tun.

Um halb zehn werden die Geschworenen in den Saal gebracht und von Richter Kipler freundlich begrüßt. „Ihr Zeuge, Mr. Baylor“, wendet sich Kipler dann an mich. Der zweite Tag hat begonnen.

„Wir möchten mit Everett Lufkin fortfahren“, verkünde ich.

Lufkin wird geholt und betritt den Zeugenstand. Ich reiche ihm die offiziellen Papiere der Schadensabteilung und frage ihn, ob er sie identifizieren kann.

„Dies ist ein Ausdruck einer Zusammenfassung verschiedener Informationen der Schadensabteilung.“

„Erstellt von den Computern von Great Benefit.“

„Das ist richtig.“

„Gut. Und nun, Mr. Lufkin, sagen Sie den Geschworenen bitte, wie viele Krankenversicherungspolicen 1991 existierten.“

Er zögert, dann beginnt er den Ausdruck durchzublättern. Wir warten, während er darin herumsucht. „Das ist wirklich schwer zu sagen“, erklärt er, kaum hörbar. „Wenn ich etwas mehr Zeit hätte…“

„Sie haben zwei Monate Zeit gehabt“, schaltet sich Kipler laut ein. Sein Mikrofon funktioniert prächtig. „Und nun beantworten Sie die Frage.“

Es ist offensichtlich, daß Lufkin das nicht kann. Er tut so, als wäre er ganz in das Material vertieft.

„Vergessen Sie den Ausdruck für eine Minute, Mr. Lufkin!" fordere ich ihn auf. „Wie sieht in einem durchschnittlichen Jahr das Verhältnis zwischen Policen und Ansprüchen aus?"

„Im Durchschnitt werden bei acht bis zehn Prozent unserer Policen Ansprüche geltend gemacht."

„Und wieviel Prozent der Ansprüche werden endgültig abgewiesen?"

„Ungefähr zehn Prozent aller Ansprüche werden abgewiesen", antwortet er. Obwohl er plötzlich über die Antworten verfügt, widerstrebt es ihm, sie zu liefern.

„Auf welchen Betrag beläuft sich ein Anspruch im Durchschnitt?"

Es tritt eine lange Pause ein, während Lufkin darüber nachdenkt. „Durchschnittlich auf ungefähr fünftausend Dollar."

„Danke." Ich konsultiere kurz meine Notizen und zwinkere Deck zu, der daraufhin den Gerichtssaal verläßt. „Mr. Lufkin, haben Sie Jackie Lemancyzk nahegelegt zu kündigen?"

„Das habe ich nicht getan."

„Weshalb ist sie von ihrer Position als leitende Schadenssachbearbeiterin entfernt worden?"

„Es hatte etwas mit ihren mangelnden Fähigkeiten im Umgang mit Menschen zu tun."

„Hat sie bei ihrem Ausscheiden irgendeine Art von Abfindung erhalten?"

„Nein."

„Danke, Mr. Lufkin. Euer Ehren, ich bin fertig mit diesem Zeugen."

Drummond hat zwei Möglichkeiten. Er kann Lufkin gleich vernehmen oder ihn sich für später aufsparen. Ich zweifle nicht daran, daß er ihn jetzt so schnell wie möglich hier hinausschaffen will.

„Euer Ehren, wir werden Mr. Lufkin später aufrufen", sagt Drummond. Keine Überraschung. Die Geschworenen werden ihn nicht wieder zu Gesicht bekommen.

„In Ordnung. Mr. Baylor, rufen Sie Ihren nächsten Zeugen auf."

Ich tue es mit voller Lautstärke. „Die Anklage ruft Jackie Lemancyzk auf."

Ich drehe mich schnell um, um die Reaktion von Jack Underhall und Kermit Aldy zu beobachten. Sie erstarren, als sie den Namen hören. Ihre Augen quellen hervor, ihre Münder öffnen sich in fassungsloser Verblüffung.

Drummond ist auf den Beinen, umgeben von seinen Leuten: „Euer Ehren, dürfen wir nach vorn kommen?"

Kipler bedeutet uns heraufzukommen; er hat sich vom Mikrofon abgewendet. Mein Gegner tut so, als wäre er außer sich. „Euer Ehren, das kommt völlig überraschend“, zischt er.

„Wieso?“ frage ich gelassen. „Sie ist im Vorverfahren als potentielle Zeugin benannt worden.“

„Wir haben ein Recht darauf, im voraus informiert zu werden. Wann haben Sie sie gefunden?“

„Ich wußte nicht, daß sie verlorengegangen war.“

„Das ist eine faire Frage, Mr. Baylor“, sagt Seine Ehren und wirft mir zum erstenmal einen mißbilligenden Blick zu.

Ich schaue sie beide unschuldig an. „Sie ist im Vorverfahren benannt worden“, erkläre ich, und wir wissen alle drei, daß sie aussagen wird. Vielleicht hätte ich das Gericht gestern informieren sollen, daß sie in der Stadt ist, aber das ist schließlich mein erster Prozeß.

Sie folgt Deck in den Gerichtssaal. Gestern abend, als wir sie in ihrem Hotel trafen, um das Verhör mit ihr durchzusprechen, schien sie mitgenommen und zerbrechlich. Ihr Haar ist kurz geschnitten und in einem dunkelroten Ton schlecht gefärbt. Heute sieht sie hübscher aus. An ihrem dünnen Körper hängt ein locker sitzendes Kleid. Sie legt den Eid ab und nimmt im Zeugenstand Platz.

Wir bringen die grundlegenden Fragen schnell hinter uns, dann kommen wir zur Sache.

„Wie lange haben Sie für Great Benefit gearbeitet?“

„Sechs Jahre.“

„Und wann endete Ihre Anstellung?“

„Ich wurde am 3. Oktober entlassen.“

„Wer hat Sie entlassen?“

„Everett Lufkin, Kermit Aldy und Jack Underhall.“

Ich reiche ihr eine Kopie ihres Kündigungsschreibens. „In diesem Brief heißt es, daß Sie aus persönlichen Gründen kündigen.“

„Der Brief ist eine Lüge. Ich wurde entlassen, weil ich mit dem Fall Donny Ray Black zu tun hatte und weil ich am 5. Oktober vernommen werden sollte. Ich wurde entlassen, damit die Firma behaupten konnte, ich arbeitete nicht mehr für sie.“

„Können Sie uns das erklären?“

Zum erstenmal schaut sie die Geschworenen an. „Am Samstag vor meiner geplanten Vernehmung wurde ich aufgefordert, in die Personalabteilung zu kommen. Dort wartete Jack Underhall, der Mann im grauen Anzug da drüben. Er sagte mir, ich müßte die Firma sofort verlassen und hätte zwei Möglichkeiten. Ich könnte es Entlassung nennen und ohne Abfindung gehen. Oder ich könnte diesen Brief schreiben und es Kündigung nennen. Die Firma würde mir in diesem Fall zehntausend Dollar in bar geben, damit ich den Mund halte."

Gestern abend war sie imstande, emotionslos darüber zu sprechen, aber vor Gericht liegen die Dinge anders. Sie beißt sich auf die Unterlippe, kämpft eine Minute mit sich, ehe sie weiterspricht. „Ich bin eine alleinstehende Mutter mit zwei Kindern, und ich habe Unmengen an Rechnungen zu bezahlen. Ich hatte keine Wahl. Plötzlich war ich arbeitslos. Ich schrieb den Brief, nahm das Geld und unterzeichnete eine Abmachung, daß ich nie über meine Schadensakten reden würde."

„Wenn Sie das Geld genommen und die Abmachung unterschrieben haben – weshalb sind Sie dann hier?"

„Nachdem ich den Schock einigermaßen überwunden hatte, habe ich mit einem Anwalt gesprochen. Er hat mir versichert, daß die Abmachung, die ich unterschrieben habe, gesetzwidrig ist."

„Haben Sie eine Kopie dieser Abmachung?"

„Nein. Mr. Underhall wollte mir keine geben."

Ich sehe Leo Drummond an, und er macht erstmals einen völlig geschlagenen Eindruck. Natürlich hat sein Mandant ihm nichts von dieser Bestechung oder der abgenötigten Unterschrift erzählt.

„Weshalb haben Sie einen Anwalt aufgesucht?"

„Ich wurde rechtswidrig entlassen. Aber vorher wurde ich von mehreren der leitenden Mitarbeiter bei Great Benefit sexuell belästigt."

„War jemand darunter, den wir kennen?"

„Einspruch, Euer Ehren", sagt Drummond. „Es wäre ja vielleicht ganz lustig, über diese Sache zu reden, aber für den Fall ist sie nicht relevant."

„Lassen Sie uns sehen, wohin es führt. Fürs erste weise ich den Einspruch zurück. Bitte beantworten Sie die Frage, Mrs. Lemancyzk."

Sie holt tief Luft. „Ich hatte drei Jahre lang ein Verhältnis mit Everett Lufkin. Solange ich bereit war zu tun, was er wollte, wurde mein Gehalt erhöht, und ich wurde befördert. Als ich es satt hatte und Schluß machte, verlor ich meine Stellung als leitende Schadenssachbearbeiterin. Dann kam Russell Krokit, der damals mein direkter Vorgesetzter war und gleichzeitig mit mir entlassen worden ist, auf die Idee, daß er gern eine Affäre mit mir hätte. Er sagte, wenn ich nicht mitspielte, würde ich meinen Job verlieren."

„Beide Männer sind verheiratet?"

„Ja, und sie haben Kinder. Es war allgemein bekannt, daß sie den jungen Frauen in der Schadensabteilung nachstellten. Ich könnte Ihnen viele Namen nennen."

Ich sehe Jackie Lemancyzk an, und sie tupft sich mit einem Papiertaschentuch die Augen ab. Die Geschworenen sind auf ihrer Seite.

„Lassen Sie uns über die Akte Black reden", wechsle ich das Thema. „Sie wurde Ihnen zugeteilt."

„Das ist richtig. Der damaligen Verfahrensweise der Gesellschaft entsprechend, habe ich einen Brief geschrieben und den Anspruch abgewiesen."

„Weshalb?"

„Weshalb? Weil alle Ansprüche erst einmal abgewiesen wurden, zumindest 1991."

„Alle Ansprüche?"

„Ja. Es war unsere Taktik, sämtliche Ansprüche erst einmal abzuweisen und dann die geringeren zu überprüfen, die legitim zu sein schienen. Einige davon wurden schließlich ausgezahlt, aber die größeren Ansprüche wurden nicht reguliert, außer wenn ein Anwalt eingeschaltet wurde."

„Wann wurde diese Taktik eingeführt?"

„Am 1. Januar 1991. Es war ein Experiment über einen Zeitraum von zwölf Monaten. So etwas war in der Branche noch nie zuvor gemacht worden, und das Management hielt es für eine großartige Idee. Ein Jahr lang alles abweisen, das gesparte Geld zusammenzählen, den für schnelle Vergleiche gezahlten Betrag abziehen, und was übrigbleibt, ist ein Topf voller Gold."

„Wieviel Gold?"

„Das Verfahren brachte einen zusätzlichen Reingewinn von rund vierzig Millionen ein."

„Woher wissen Sie das?"

„Wenn man mit diesen elenden Kerlen lange genug ins Bett geht, bekommt man alles mögliche zu hören. Darauf bin ich nicht stolz. Es hat mir nicht eine Sekunde lang Spaß gemacht. Ich war ein Opfer." Ihre Stimme bebt ein wenig.

Eine lange Pause entsteht, während ich meine Notizen konsultiere. „Hat die Schadensabteilung gewußt, daß Donny Ray sterben würde?"

„Natürlich. Seine medizinischen Unterlagen waren eindeutig. Ich habe sie Russell Krokit gezeigt. Er hat sie seinem Vorgesetzten, Everett Lufkin, gezeigt. Irgendwo ganz oben wurde die Entscheidung getroffen, den Anspruch weiterhin abzuweisen."

„Aber Sie wußten, daß das Geld hätte gezahlt werden müssen?"

„Alle wußten es, aber die Firma setzte auf ihr Glück, daß der Versicherungsnehmer keinen Anwalt einschalten würde."

„Was passierte, wenn Sie einen Brief von einem Anwalt bekamen?“

„Wenn sich der Anspruch auf weniger als fünftausend Dollar belief und legitim war, haben wir sofort gezahlt. Wenn sich der Anspruch auf mehr als fünftausend Dollar belief, wurde die Akte einer höheren Instanz zugewiesen. Ich glaube, dann wurde fast immer bezahlt. Wenn ein Anwalt eine Klage einreichte, bemühte sich die Gesellschaft um einen stillschweigenden Vergleich.“

Ich trete vom Pult zurück und bedanke mich. Dann wende ich mich mit einem freundlichen Lächeln an Drummond. „Ihre Zeugin.“

Ich setze mich zu Dot, die leise vor sich hin schluchzt. Sie hat sich schon immer Vorwürfe gemacht, daß sie sich nicht schon früher einen Anwalt gesucht hat. Jetzt diese Aussage hören zu müssen tut besonders weh. Sie wird es sich nie verzeihen.

Glücklicherweise sehen mehrere der Geschworenen, daß sie weint.

Der arme Leo begibt sich langsam zu einer so weit von den Geschworenen entfernten Stelle, daß er gerade noch die Möglichkeit hat, Fragen zu stellen. Er stellt sich vor, sehr herzlich, teilt Jackie mit, daß sie sich natürlich noch nie begegnet wären. Damit will er den Geschworenen mitteilen, daß er keine Ahnung gehabt hat, was sie aussagen würde. Sie bedenkt ihn mit einem vernichtenden Blick. Sie haßt nicht nur Great Benefit, sondern auch jeden Anwalt, der erbärmlich genug ist, diese Gesellschaft zu vertreten.

„Stimmt es, Mrs. Lemancyzk, daß Sie kürzlich wegen verschiedener Probleme in eine psychiatrische Klinik eingewiesen wurden?“

In einem Prozeß sollte man keine Fragen stellen, wenn man nicht die Antwort darauf bereits weiß, aber ich habe das Gefühl, daß Leo nicht weiß, was kommen wird. Seine einzige Quelle sind ein paar verzweifelte Zuflüsterungen in der letzten Viertelstunde.

„Nein, das stimmt nicht.“ Sie ist wütend. „Ich bin nicht eingewiesen worden. Ich habe mich freiwillig in eine Klinik begeben und dort zwei Wochen verbracht. Die Behandlung war angeblich durch meine Personalpolice bei Great Benefit gedeckt. Natürlich haben sie den Anspruch abgewiesen.“

Drummond kaut auf einem Fingernagel. Nächste Frage. „Sind Sie deshalb hier? Weil Sie wütend sind auf Great Benefit?“

„Nein. Ich bin hier, weil ich weiß, daß ganz bewußt Tausende von Leuten betrogen wurden. Diese Geschichte muß publik werden.“

Gib lieber auf, Leo!

„Weshalb haben Sie sich in eine psychiatrische Klinik begeben?“

„Ich kämpfe gegen Alkoholismus und Depressionen. Sechs Jahre lang wurde ich im Büro herumgereicht wie eine Schachtel Pralinen, und jeder hat sich genommen, was er haben wollte. Sie haben mir nachgestellt, weil ich pleite war, geschieden mit zwei Kindern, und weil ich einen hübschen Körper hatte. Das hat mich meine Selbstachtung gekostet. Jetzt schlage ich zurück, Mr. Drummond. Ich versuche, mich selbst zu retten, und wenn ich Behandlung brauche, dann beschaffe ich sie mir."

„Keine weiteren Fragen, Euer Ehren." Drummond kehrt eiligst zu seinem Tisch zurück. Ich begleite Jackie durch die Schranke und danke ihr mehr als einmal. Deck wird sie zum Flughafen fahren.

EINIGE der Geschworenen lächeln mir zu, als sie nach dem Mittagessen auf ihre Plätze zurückkehren. Sie hatten zwei Stunden, um Jackies Aussage auf sich wirken zu lassen. Jetzt ist für mich die Zeit gekommen, ihnen zu zeigen, wie man einige dieser Missetaten vergelten kann. Es ist an der Zeit, über Geld zu reden.

„Euer Ehren, die Anklage ruft Wilfred Keeley in den Zeugenstand." Keeley ist rasch gefunden, und er kommt flotten Schritts in den Saal, geradezu begierig darauf, auszusagen. Ganz offensichtlich will er den Geschworenen klarmachen, daß er das Kommando hat und jemand ist, dem man vertrauen kann.

Ich stelle ein paar allgemeine Fragen und verifiziere die Tatsache, daß er der Generaldirektor ist. Dann gebe ich ihm eine Kopie des letzten Finanzberichts der Gesellschaft. „Mr. Keeley, können Sie den Geschworenen sagen, wie hoch das Vermögen Ihrer Gesellschaft ist?"

„Was meinen Sie mit ‚Vermögen'?" schießt er zurück.

„Ich meine das Reinvermögen."

„Das ist kein klar definierter Begriff."

„Doch, das ist es. Werfen Sie einen Blick auf Ihre Bilanz hier, nehmen Sie die Aktiva auf der einen Seite, ziehen Sie die Verbindlichkeiten auf der anderen ab, und sagen Sie den Geschworenen, was übrigbleibt. Das ist das Reinvermögen."

„So einfach ist das nicht."

Ich schüttele ungläubig den Kopf. „Würden Sie mir zustimmen, wenn ich sage, daß Ihre Gesellschaft über ein Reinvermögen von schätzungsweise vierhundertfünfzig Millionen Dollar verfügt?"

Abgesehen von den auf der Hand liegenden Vorteilen, hat das Ertappen eines Firmenganoven beim Lügen den zusätzlichen Nutzen, daß der nachfolgende Zeuge die Wahrheit sagen muß. Keeley muß ehrlich sein, und ich bin sicher, daß Drummond ihm das um die Ohren geschlagen hat.

„Das ist eine gute Schätzung. Ich stimme Ihnen zu."

„Danke. Nun, über wieviel Bargeld verfügt Ihre Firma?"

„Das ist schwer zu sagen", sagt Keeley und fängt an, komplizierte Begriffe aus dem Finanzwesen zu verwenden, die ich nicht verstehe. Er verwirrt lieber die Geschworenen, als die Wahrheit einzugestehen.

An diesem Punkt danke ich Max Leuberg. In Wisconsin hat er mir einen Einblick in die Grundlagen der Versicherungsbuchhaltung gegeben. Ich befrage Keeley über Rücklagen, dann kommen wir zu den Gewinnkonten. Ich knöpfe ihn mir gründlich vor, und es hört sich ziemlich intelligent an. Ich rechne die Zahlen zusammen und frage Keeley, ob die Gesellschaft über rund 485 Millionen Dollar Bargeld verfügt.

„Schön wär's", sagt er mit einem Lachen. Niemand sonst verzieht eine Miene.

„Wieviel Bargeld haben Sie dann, Mr. Keeley?"

„Oh, das weiß ich nicht genau. Ich würde sagen, vermutlich um die hundert Millionen."

Das reicht fürs erste. Bei meinem Schlußplädoyer kann ich meine Zahlen auf eine Tafel schreiben und erklären, wo das Geld steckt.

Ich gebe ihm die Great-Benefit-Police, die ich von Max Leuberg bekommen habe. „Erkennen Sie dies?"

„Natürlich", sagt er. „Es ist eine von meiner Gesellschaft ausgestellte Krankenversicherungspolice."

„Wann ausgestellt?"

Er wirft einen Blick darauf. „Im September 1992. Vor fünf Monaten."

„Bitte sehen Sie sich Seite elf, Abschnitt F, Paragraph vier, Unterparagraph C, Klausel dreizehn an. Finden Sie das?"

Die Schrift ist so klein, daß er die Police fast an die Nase halten muß. „Ich habe sie", sagt er schließlich.

„Gut. Was ist der Sinn dieser Klausel?"

„Sie schließt sämtliche Transplantationen aus."

„Ist Knochenmark als Ausschluß aufgeführt?"

„Ja. Knochenmark ist aufgeführt."

Ich trete vor den Zeugen, gebe ihm eine Kopie der Black-Police und fordere ihn auf, einen bestimmten Abschnitt vorzulesen. Wieder ist die winzige Schrift eine Strapaze für seine Augen, aber er kämpft sich tapfer hindurch.

„Welche Transplantationen schließt diese Police aus?"

„Alle wichtigen Organe, Nieren, Leber, Herz, Lungen, Augen."

„Was ist mit Knochenmark?"

„Das ist nicht aufgeführt."

„Mr. Keeley, wissen Sie, wann die Police dahingehend geändert wurde, daß sie jetzt auch Knochenmarktransplantationen ausschließt?"

„Nein, das weiß ich nicht."

„Könnte man mit Gewißheit sagen, daß die Police irgendwann nach Einreichung dieser Klage geändert wurde?"

Er mustert mich einen Moment eingehend. „Nein, das weiß ich nicht."

Seine Antwort klingt verdächtig. Entweder kümmert er sich nicht darum, was in seiner Firma vorgeht, oder er lügt. Für mich macht das im Grunde keinen Unterschied. Ich habe nur noch eine Angelegenheit mit Keeley zu besprechen. „Haben Sie eine Kopie der Abmachung, die Jackie Lemancyzk am Tag ihrer Entlassung unterschrieben hat?"

„Nein."

„Haben Sie die Zahlung von zehntausend Dollar in bar an Jackie Lemancyzk genehmigt?"

„Nein. In dieser Beziehung hat sie gelogen."

„Was ist mit Everett Lufkin? Hat er die Geschworenen in Beziehung auf das Handbuch der Schadensabteilung angelogen?" Ich hatte diese Frage nicht geplant, sie ist mir einfach so herausgerutscht.

„Ich glaube, diese Frage muß ich nicht beantworten."

„Beantworten Sie die Frage!" fordert ihn Kipler streng auf.

Keeley starrt mich an. Im Saal herrscht Stille. Jeder einzelne Geschworene beobachtet ihn.

Die Antwort liegt auf der Hand, und so beschließe ich, den netten Jungen zu spielen. „Sie können sie nicht beantworten, nicht wahr, weil Sie nicht zugeben können, daß ein Vizepräsident Ihrer Gesellschaft die Geschworenen angelogen hat?"

„Einspruch."

„Stattgegeben."

„Keine weiteren Fragen."

Drummond verzichtet auf Gegenfragen.

Kipler unterbricht für eine Viertelstunde, damit Deck und ich die Monitore aufstellen können. Unser letzter Zeuge ist Donny Ray Black. Der Gerichtsdiener dämpft die Beleuchtung im Gerichtssaal, und die Geschworenen lehnen sich vor, begierig, Donny Rays Gesicht zu sehen. Wir haben seine Aussage auf 31 Minuten gekürzt.

Statt mir das zum hundertstenmal anzusehen, sitze ich dicht neben Dot und beobachte die Gesichter der Geschworenen. Ich entdecke sehr viel Mitgefühl. Dot wischt sich mit dem Handrücken über die Wangen. Gegen Ende habe ich einen Kloß im Hals. Als die Videovorführung vorüber ist, ist es eine volle Minute lang sehr still im Saal. Im Halbdunkel ist leise, aber unmißverständlich, Dots Weinen zu hören.

Wir haben all den Schaden angerichtet, den ich mir vorstellen konnte. Im Augenblick haben wir den Fall gewonnen. Jetzt besteht die Herausforderung darin, ihn nicht wieder zu verlieren. Die Lichter gehen an, und ich verkünde feierlich: „Euer Ehren, die Anklage hat ihre Zeugenvernehmung abgeschlossen."

ICH BIN gespannt, wie Drummond seine Verteidigung aufbauen wird. Wenn er weitere Leute aus der Zentrale anschleppt und versucht, ihr System der Abweisung von Ansprüchen hinwegzuerklären, riskiert er, noch mehr Unheil anzurichten. Er weiß, daß ich einfach den Abschnitt U hervorziehen und alle möglichen unangenehmen Fragen stellen werde.

Ich habe keine Ahnung, wen er als ersten aufrufen wird. Als ich meine Zeugen vernahm, verfügte ich über den Luxus, zu wissen, was als nächstes passieren, wer der nächste Zeuge, welches das nächste Dokument sein würde. Jetzt ist es umgekehrt – ich muß reagieren, und das schnell.

ALS ICH um halb neun im Gerichtssaal eintreffe, bin ich angenehm überrascht, Cooper Jackson dort vorzufinden. Er macht mich mit zwei weiteren Anwälten bekannt, beide aus Raleigh, North Carolina. Sie sind gekommen, um den Prozeß zu verfolgen.

Als ersten Zeugen ruft die Verteidigung André Weeks auf, den stellvertretenden Leiter der Versicherungsaufsichtsbehörde des Staates Tennessee. Er ist ein hochrangiger Beamter in einem eleganten Anzug, mit einem verbindlichen Lächeln und einem ehrlichen Gesicht. Außerdem hat er in diesem Moment einen entscheidenden Vorzug: Er arbeitet nicht für Great Benefit.

Drummond stellt ihm lauter belanglose Fragen über die Überwachungspflichten der Behörde; er versucht, es so klingen zu lassen, als gingen diese Leute erbarmungslos auf die Branche los und ließen ständig die Peitsche knallen. Er gibt Weeks die Black-Police, und sie verbringen eine halbe Stunde damit, den Geschworenen zu erklären, daß jede Police, jede einzelne Police, von der Versicherungsaufsichtsbehörde gutgeheißen werden muß.

Nach ungefähr anderthalb Stunden eines stinklangweiligen Verhörs läßt die Aufmerksamkeit der Geschworenen nach. Drummond kümmert das nicht. Er versucht verzweifelt, den Prozeß bis in die nächste Woche hinein auszudehnen. Wahrscheinlich hofft er, die Geschworenen vergessen bis dahin einen Teil der schrecklichen Dinge, die sie gehört haben. Kurz vor elf entläßt er schließlich den Zeugen, und dann bin ich an der Reihe, ein paar Schüsse ins dunkle abzugeben.

Weeks sagt, daß im Augenblick mehr als 600 Versicherungsgesellschaften in Tennessee operieren. Widerstrebend schätzt er, daß jede dieser 600 Gesellschaften mindestens zehn verschiedene Policen ausstelle, und er gibt zu, daß die Policen ständig geändert und ergänzt werden. Wir stellen noch ein paar weitere Berechnungen an, und es gelingt mir, meine Botschaft zu vermitteln, daß es einer Behörde unmöglich ist, den Ozean von Kleingedrucktem, den die Versicherungsgesellschaften erzeugen, zu überwachen.

Ich lege die beiden grünen Handbücher auf meinen Tisch und frage Weeks, ob er sich von Zeit zu Zeit mit den internen Schadensregulierungsverfahren der Gesellschaften befasse, die seine Behörde so aufmerksam überwacht. Er möchte ja sagen, aber er hat offensichtlich von Abschnitt U gehört. Also sagt er nein, und ich bin natürlich regelrecht schockiert. Ich bombardiere ihn mit ein paar sarkastischen Fragen, dann lasse ich ihn vom Haken.

Drummonds nächster Zeuge arbeitet gleichfalls nicht bei Great Benefit. Sein Name ist Payton Reisky, und sein Titel ist Direktor und Präsident des Nationalen Versicherungsverbands, dessen Sitz in Washington ist. Der Verband wurde von Versicherungsgesellschaften ins Leben gerufen, um als ihr Sprachrohr im Kapitol zu fungieren. Er vollbringt Unmengen wundervoller Dinge, so wird uns berichtet, in dem Bemühen, faire Versicherungspraktiken zu fördern.

Diese kleine Einführung zieht sich sehr lange hin. Sie beginnt um halb zwei, und um zwei sind wir überzeugt, daß der Nationale Versicherungsverband nahe daran ist, die Menschheit zu retten. Was für fabelhafte Leute!

Der Tenor von Reiskys Ansichten ist, daß Great Benefit vollkommen im Recht war, den Anspruch der Blacks seines Ausmaßes wegen abzuweisen. Er erklärt den Geschworenen nachdrücklich, daß von einer Police mit einer Prämie von achtzehn Dollar in der Woche vernünftigerweise nicht erwartet werden könne, daß sie eine Transplantation abdeckt, die 200 000 Dollar kostet.

Fast ohne Aufforderung führt er uns durch eine Liste von Punkten, nach der ein Anspruch reguliert werden sollte. Great Benefit hat sich in diesem Fall absolut korrekt verhalten. Vielleicht sind ein paar kleine Fehler unterlaufen, aber schließlich ist es eine große Firma, die mit Unmengen von Schadensfällen zu tun hat. Kein größeres Abweichen von dem, was vernünftig ist.

Dann gehen sie zu den Zahlen über. Drummond fragt, ob Reisky Gelegenheit gehabt habe, sich die Informationen über Policen, Ansprüche und Abweisungen anzusehen. Reisky nickt ernst, dann läßt er sich von Drummond den Ausdruck geben.

Von Great Benefit wurde 1991 in der Tat ein hoher Prozentsatz von Ansprüchen abgewiesen. Aber so etwas ist in der Branche schon des öfteren vorgekommen. Und wenn man sich die letzten zehn Jahre ansieht, liegt die Abweisungsrate von Great Benefit leicht unter zwölf Prozent, was durchaus dem Branchendurchschnitt entspricht. Es folgen Zahlen auf Zahlen, und wir Zuhörer sind rasch verwirrt.

Um halb vier gewährt Kipler uns gnädigerweise eine Pause. Ich unterhalte mich auf dem Flur mit Cooper Jackson und seinen Freunden. Wir sind uns einig, daß Drummond versucht, die Sache hinzuziehen, und daß er aufs Wochenende hofft.

Ich gebe während der gesamten Nachmittagssitzung kein einziges Wort von mir. Reisky sagt bis gegen Abend aus und endet schließlich mit einem Schwall von Beteuerungen, wie fair alles gelaufen sei. Ich bin dankbar für ein paar zusätzliche Stunden, in denen ich mich auf das Kreuzverhör vorbereiten kann.

PAYTON REISKY begibt sich am Donnerstag morgen in den Zeugenstand, und ich stürze mich in seine Befragung. „Wer zahlt Ihnen Ihr Gehalt, Mr. Reisky?“

„Mein Arbeitgeber: der Nationale Versicherungsverband.“

„Trägt Great Benefit zu seiner Finanzierung bei?“

„Ja.“

„Und wie hoch ist dieser Beitrag?“

„Einspruch, Euer Ehren, das ist irrelevant.“

„Abgelehnt. Ich halte das für durchaus relevant.“

„Wieviel, Mr. Reisky?“ wiederhole ich hilfreich.

Er möchte es offensichtlich nicht sagen und wirkt verlegen. „Zehntausend Dollar im Jahr.“

„Also geben sie Ihnen mehr, als sie Donny Ray Black gezahlt haben.“

„Einspruch!“

„Stattgegeben.“

„Tut mir leid, Euer Ehren. Ich nehme die Bemerkung zurück.“

Wir schöpfen Atem, während sich die Aufregung wieder legt. Sehr langsam drehe ich mich um und zeige auf Dot Black. „Mr. Reisky, können Sie Mrs. Black ansehen, ihr in die Augen schauen und ihr sagen, daß der Anspruch ihres Sohnes von Great Benefit fair und angemessen gehandhabt wurde?“

Er braucht ein oder zwei Sekunden, bis es ihm gelingt, den Blick auf Mrs. Black zu richten, aber er hat keine andere Wahl. Er nickt, dann sagt er entschlossen: „Ja, das wurde er.“

Das hatte ich natürlich vorausgesehen. Ich wollte die Vernehmung von Mr. Reisky auf dramatische Weise beenden. Aber damit, daß es lustig werden würde, hatte ich wirklich nicht gerechnet. Eine Geschworene, die in der Mitte der vorderen Reihe der Bank sitzt, lacht bei Reiskys Antwort. Es ist ein plötzliches Auflachen, offensichtlich spontan, weil sie es so schnell wie möglich unterdrückt. Aber binnen Sekunden hat sich das ansteckende Lachen über die Bänke der Geschworenen ausgebreitet.

Kipler würde am liebsten mitlachen. Er duldet die Heiterkeit kurze Zeit; erst als sie sich zu legen beginnt, läßt er seinen Hammer niederfahren. So kurz der Augenblick auch ist, es ist ein goldener Moment.

Ich lächle die Geschworenen an. „Keine weiteren Fragen, Euer Ehren.“

Drummond ist offensichtlich überrascht. Er dachte, ich würde den ganzen Tag damit verbringen, Reisky zu befragen. Er raschelt mit Papier, flüstert T. Price etwas zu, schließlich steht er auf. „Unser nächster Zeuge ist Richard Pellrod“, bestimmt er.

Pellrod ist leitender Schadenssachbearbeiter. Bei der Vernehmung war er ein fürchterlicher Zeuge, der so tat, als bräche er unter der Last seines Amts fast zusammen. Sein Auftreten jetzt ist keine Überraschung. Er ist der beste Mann, den die Verteidiger zu bieten haben! Sie können weder Lufkin noch Keeley wieder hereinholen, weil die bei den Geschworenen bereits jede Glaubwürdigkeit verloren haben.

Drummond und Pellrod arbeiten sich eine halbe Stunde lang durch einen gründlich einstudierten Text, wieder atemberaubende interne Vorgehensweisen in der Schadensabteilung, wieder heroische Anstrengungen von Great Benefit, die Versicherungsnehmer fair zu behandeln, wieder Gähnen bei den Geschworenen.

Es wurden Fehler gemacht, gesteht Pellrod, aber keine schwerwiegenden. Und die meisten Fehler gehen auf das Konto von Jackie Lemancyzk, einer jungen Frau mit vielen Problemen. Es war bekannt, daß sie alkoholkrank war.

Sie entschließen sich zu einer neuen Strategie hinsichtlich des

Handbuchs der Schadensabteilung. Pellrod sagt, es ist nur ein Leitfaden, nicht mehr und nicht weniger. Es wird so oft geändert, daß die erfahrenen Schadenssachbearbeiter es einfach ignorieren. Drummond zeigt ihm Abschnitt U, und, es ist kaum zu glauben, er hat ihn noch nie gesehen. Hat für ihn keinerlei Bedeutung.

Also, wie werden die Ansprüche in Wirklichkeit bearbeitet? Pellrod erläutert es uns Schritt um Schritt, Formular um Formular, Aktennotiz um Aktennotiz. Sie schlagen noch ein bißchen mehr Zeit tot und ziehen es fast bis zwölf Uhr hin, bevor Pellrod mir ausgeliefert wird.

Ich fange damit an, daß ich Pellrod eine Kopie des Ablehnungsschreibens gebe, das er unterzeichnet und an Dot Black geschickt hat. Es war die vierte Abweisung, und sie wurde damit begründet, daß Donny Rays Leukämie eine Krankheit wäre, die bereits vor Vertragsabschluß bestanden hätte. Ich fordere ihn auf, den Brief den Geschworenen vorzulesen, und er gibt zu, daß er ihn geschrieben hat. Ich lasse zu, daß er zu erklären versucht, weshalb er ihn geschrieben hat; aber natürlich gibt es dafür keine Erklärung. Die ganze Sache war einfach ein Versehen. Und es tue ihm sehr leid.

„Es ist ein bißchen spät für eine Entschuldigung, nicht wahr?"

„Vermutlich."

„Woran ist Donny Ray Black gestorben?"

Er zuckt die Achseln. „Leukämie."

„Auf welche Vorerkrankung bezieht sich Ihr Schreiben?"

„Eine Grippe."

„Und wann hatte er diese Grippe?"

„Ich glaube, als er fünfzehn oder sechzehn war", antwortet er.

„Mr. Pellrod, haben Sie im Lauf Ihrer langjährigen Erfahrung mit Schadensfällen jemals einen Fall erlebt, bei dem eine Grippe etwas mit einer fünf Jahre später ausgebrochenen Leukämie zu tun hatte?"

Darauf gibt es nur eine Antwort. „Ich glaube nicht."

„Dann hatte die Grippe nichts mit der Leukämie zu tun?"

„Nein."

„Also haben Sie in Ihrem Brief gelogen, nicht wahr?"

„Der Brief war ein Irrtum", beteuert Pellrod.

„Ein Irrtum, der dazu beigetragen hat, daß Donny Ray Black gestorben ist?"

„Einspruch!" brüllt Drummond von seinem Platz aus.

„Abgelehnt", sagt Kipler. „Beantworten Sie die Frage!"

„Es war ein Irrtum, mehr kann ich dazu nicht sagen."

Ich drehe mich um und zeige auf Dot Black, dann wende ich mich wieder an den Zeugen. „Mr. Pellrod, können Sie als leitender Schadenssachbearbeiter Mrs. Black hier in die Augen sehen und ihr sagen, daß der Anspruch ihres Sohnes von Ihrer Gesellschaft fair gehandhabt wurde? Können Sie das?"

Er räuspert sich, versucht, den Beleidigten zu spielen. „Ich glaube nicht, daß ich dazu gezwungen werden kann."

„Danke. Keine weiteren Fragen."

Ich habe weniger als fünf Minuten gebraucht, und die Verteidigung ist ins Schleudern gekommen. Sie dachte, wir würden den Tag mit Reisky verbringen und dann morgen mit Pellrod weitermachen. Aber ich denke nicht daran, mit diesen Typen Zeit zu vergeuden. Ich will zu den Geschworenen sprechen.

Der Prozeß ist nahezu vorüber. Drummond verkündet nach der Pause, daß die Verteidigung keine weiteren Zeugen aufzurufen gedenke. Kipler setzt die Schlußplädoyers auf neun Uhr am Freitag morgen an. Er verspricht den Geschworenen, daß ihnen der Fall um elf Uhr übergeben wird.

SECHZEHN

AM ABEND sitzen Deck und ich im Büro, essen ein paar Sandwiches und trinken Limonade. Ich plaziere Deck auf einem Stuhl in meinem Büro und probe das Schlußplädoyer für die Geschworenen. Ich bitte um Fairneß und fordere gleichzeitig eine horrende Geldsumme. Deck unterbricht mich häufig, und wir diskutieren lebhaft. Wiederholt erinnert er mich daran, daß der Fall morgen früh noch immer verloren werden kann. Gegen zehn schalten wir das Licht aus und fahren nach Hause. Ich trinke ein Bier als Einschlafhilfe, und es funktioniert. Irgendwann nach elf schlafe ich über den in meinem Kopf herumwirbelnden Erfolgsvisionen ein.

Kaum eine Stunde später läutet das Telefon. Es ist eine mir unbekannte Stimme, eine Frau, jung und sehr eindringlich. „Sie kennen mich nicht, aber ich bin eine Freundin von Kelly." Sie flüstert fast.

„Was ist passiert?" frage ich und bin schlagartig wach.

„Kelly geht es nicht gut. Er hat sie wieder geschlagen."

„Wann?" Ich stehe im Dunkeln neben meinem Bett und versuche, den Lampenschalter zu finden.

„Gestern abend. Sie braucht Ihre Hilfe, Mr. Baylor."

„Wo ist sie?"

„Hier bei mir. Nachdem die Polizei Cliff mitgenommen hatte, ist sie zu einer Notfallaufnahme gefahren. Ich habe sie dort abgeholt, und jetzt versteckt sie sich hier bei mir."

„Wie schwer ist sie verletzt?"

„Es sieht ziemlich schlimm aus, aber keine gebrochenen Knochen. Dafür Schnittwunden und Prellungen."

Ich lasse mir Namen und Adresse geben, lege den Hörer auf und ziehe mich schnell an. Es ist eine große Wohnanlage, nicht weit von Kellys Wohnung entfernt. Ich fahre zu dem Gebäude.

Robin, die Freundin, öffnet die Tür bei vorgelegter Kette einen Spaltbreit, und ich muß mich ausweisen, bevor sie mich einläßt. Sie ist selbst noch sehr jung. Ich trete ins Wohnzimmer, einen kleinen Raum. Kelly sitzt auf dem Sofa, mit einem Eisbeutel auf dem Kopf.

Ich kann nur vermuten, daß es die Frau ist, die ich kenne. Ihr linkes Auge ist vollständig zugeschwollen, die Haut darum herum verfärbt sich bereits blau. Beide Wangen sind geschwollen. Ihre Unterlippe ist aufgeplatzt und steht auf groteske Weise vor. Kelly trägt ein langes T-Shirt, sonst nichts, und auf beiden Schenkeln oberhalb der Knie zeigen sich große Quetschungen.

Ich beuge mich vor und küsse sie auf die Stirn, dann setze ich mich dicht vor ihr auf einen Schemel. In ihrem rechten Auge schimmert bereits eine Träne. „Danke fürs Kommen", murmelt sie. Wegen der verletzten Wangen und der aufgeplatzten Lippe kann sie kaum sprechen.

Ich tätschele ihr sehr sanft das Knie. Ich könnte ihn umbringen.

„Diesmal hat er seine Fäuste gebraucht. Er konnte den Softballschläger nicht finden", erklärt Robin, die neben Kelly sitzt.

„Was ist passiert?" frage ich Robin, sehe aber weiterhin Kelly an.

„Es war ein Streit wegen der Kreditkarten. Die Weihnachtsrechnungen mußten bezahlt werden. Er hatte eine Menge getrunken. Den Rest kennen Sie." Der Bericht ist flüssig, und ich vermute, daß Robin selbst schon einiges erlebt hat. „Ich habe sie gestern abend hierhergebracht, und heute morgen war ich mit ihr bei einer Beratungsstelle für mißhandelte Frauen. Im Grunde läuft es darauf hinaus, daß sie die Scheidung einreichen und dann sofort verschwinden soll."

„Ist sie fotografiert worden?" frage ich, immer noch Kellys Knie streichelnd. Sie nickt. Tränen rinnen ihr über die Wangen.

„Ja, sie haben eine Menge Aufnahmen gemacht. Da ist noch einiges, was Sie nicht sehen können. Zeig es ihm, Kelly. Er ist dein Anwalt. Er muß es sehen."

Mit Robins Hilfe kommt sie langsam auf die Beine, dreht mir den Rücken zu und hebt das T-Shirt bis über die Taille an. Es ist nichts darunter, nichts außer massiven Quetschungen auf ihrem Hinterteil und der Rückseite ihrer Beine. Das T-Shirt rutscht höher und enthüllt noch mehr Quetschungen auf ihrem Rücken. Das T-Shirt fällt herunter, und sie läßt sich vorsichtig wieder auf das Sofa nieder.

„Er hat sie mit einem Gürtel geschlagen", erklärt Robin.

„Haben Sie ein Kleenex?" frage ich Robin.

„Natürlich." Sie gibt mir einen großen Karton, und ich tupfe Kelly sehr behutsam die Wangen ab.

„Was willst du jetzt tun?" wende ich mich an Kelly.

„Machen Sie Witze?" fragt Robin. „Sie muß die Scheidung einreichen. Wenn sie es nicht tut, bringt er sie um."

„Ist das wahr? Reichen wir die Scheidung ein?"

Kelly nickt. „Ja. So schnell wie möglich."

„Ich tue es gleich morgen früh."

Sie drückt meine Hand und schließt das rechte Auge.

„Womit wir zum zweiten Problem kommen", sagt Robin. „Cliff ist heute morgen aus dem Gefängnis entlassen worden und hat angefangen, ihre Freundinnen anzurufen. Es wird nicht lange dauern, bis er sie gefunden hat."

„Ich kann hier nicht bleiben", sagt Kelly leise und mühsam.

„Also, wo willst du hin?" frage ich.

Robin hat bereits darüber nachgedacht. „Nun, der Berater, mit dem wir heute morgen gesprochen haben, hat uns von einem Heim für mißhandelte Frauen erzählt."

„Möchtest du dorthin?" frage ich Kelly. Sie nickt unter Schmerzen. „Gut. Ich bringe dich morgen hin."

Robin seufzt erleichtert auf. Als sie mir die Karte gibt, hat sie noch einen guten Rat. „Hören Sie, Mr. Baylor, Sie kennen Cliff nicht. Er ist verrückt, verschlagen und unberechenbar, wenn er getrunken hat. Seien Sie bitte vorsichtig."

„Ich habe keine Angst." Ich stehe auf und küsse Kelly abermals auf die Stirn. „Ich reiche morgen früh die Scheidung ein. Dann komme ich und hole dich ab. Ich stecke mitten in einem Prozeß, aber das geht vor."

Robin bringt mich zur Tür, und wir danken uns gegenseitig. Es ist fast ein Uhr. Die Luft ist sehr kalt. Niemand lauert in den Schatten.

Ich fahre ins Büro. So schrecklich die Umstände auch sein mögen, eine Scheidung ist eine recht simple Angelegenheit, zumindest juristisch. Ich fange an zu tippen, eine Beschäftigung, die mir schwerfällt, aber der Zweck der Sache erleichtert die Arbeit. Ich bin fest davon überzeugt, daß ich in diesem Fall mithelfe, ein Leben zu retten.

DECK erscheint gegen sieben und weckt mich. Irgendwann nach vier muß ich auf meinem Stuhl eingeschlafen sein. Er sagt mir, daß ich müde und mitgenommen aussehe, und erkundigt sich, was aus der guten Nachtruhe geworden sei.

Als ich ihm die Geschichte erzähle, reagiert er sauer. „Sie haben die Nacht damit verbracht, an einer dämlichen Scheidung zu arbeiten? Und das, wo Sie in zwei Stunden Ihr Schlußplädoyer halten müssen?"

„Immer mit der Ruhe, Deck. Wo ist mein Kaffee?"

Deck zuckt und zappelt. Er ist ein nervöses Wrack. „Ich hole ihn", sagt er und verläßt mein Büro.

Die Scheidungsklage liegt auf meinem Tisch, fertig zum Einreichen. Ich werde einen Zusteller damit beauftragen, sie Cliff auszuhändigen, während er bei der Arbeit ist. Die Klage enthält einen Antrag auf eine sofortige einstweilige Verfügung, sich von Kelly fernzuhalten.

DASS ICH ein Anfänger bin, hat einen großen Vorteil: Man rechnet damit, daß ich nervös und unsicher bin. Die Geschworenen wissen, daß es mir an jeglicher Erfahrung fehlt. Die Erwartungen sind also gering.

Ich stehe vor ihnen, ziemlich nervös und angespannt, und fange damit an, daß ich erkläre, dies sei ein sehr wichtiger Tag für meine Mandantin, weil es ihre einzige Chance sei, Great Benefit zur Rechenschaft zu ziehen. Es gibt kein Morgen, keine zweite Chance vor Gericht, keine zweite Geschworenenversammlung, die ihr helfen könnte. Ich fordere sie auf, an Dot zu denken und an das, was sie durchgemacht hat. Ich rede ein wenig über Donny Ray. Ich fordere die Geschworenen auf, sich vorzustellen, wie es ist, wenn man langsam und unter Schmerzen stirbt und dabei weiß, daß man eigentlich auf die Behandlung Anspruch hat. Ich spreche langsam und gemessen, sehr eindringlich, und meine Worte machen Eindruck

Ich trage die Grundlagen der Police vor und beschreibe kurz die Knochenmarktransplantation. Ich weise darauf hin, daß die Verteidigung keinerlei Beweise vorgelegt habe, die Dr. Kords Aussage widersprechen. Dieses Verfahren hätte Donny Ray höchstwahrscheinlich das Leben gerettet. Ich referiere über die vorenthaltenen Dokumente und die Lügen, die Great Benefit aufgetischt hat. Diese Dinge haben während des Prozesses einen so tiefen Eindruck hinterlassen, daß es ein Fehler wäre, sie jetzt breit auszuwalzen.

Ich nehme die Bilanz zur Hand und erkläre, wenn man die von Great Benefit selbst gelieferten Zahlen nehme, sei massenhaft Geld vorhanden. Ich schreibe die verfügbaren Geldmittel, die Rücklagen und die nicht ausgeschütteten Gewinne an die Tafel und addiere sie zu der Summe von 475 Millionen. Das zugegebene Reinvermögen beläuft sich auf 450 Millionen.

Wie bestraft man ein derart reiches Unternehmen? Ich stelle diese Frage, und ich sehe funkelnde Blicke auf mich gerichtet. Die Geschworenen können es kaum abwarten!

Ich benutze ein Beispiel, das schon seit vielen Jahren gebräuchlich ist. Prozeßanwälte lieben es, und ich habe ein Dutzend Versionen davon gelesen. Ich sage den Geschworenen, daß ich ein junger Anwalt bin. Was ist, wenn ich schwer arbeite, mein Geld spare und in zwei Jahren 10 000 Dollar auf der Bank habe? Und was ist, wenn ich etwas Unrechtes tue, sagen wir, die Beherrschung verliere und jemandem einen Schlag versetze und ihm dabei das Nasenbein breche? Natürlich muß ich für den tatsächlichen Schaden aufkommen, den ich bei meinem Opfer angerichtet habe. Aber ich muß außerdem bestraft werden, damit ich es nicht noch einmal tue. Wieviel müßte ich zahlen, um einen Denkzettel verpaßt zu bekommen? Ein Prozent wären 100 Dollar, die mir weh tun könnten oder auch nicht. Was ist mit fünf Prozent? Würden 500 Dollar ausreichen, mich dafür zu bestrafen? Vielleicht, vielleicht auch nicht. Was ist mit zehn Prozent? Ich wette, wenn ich gezwungen wäre, 1000 Dollar zu zahlen, dann würde es mir ehrlich leid tun und ich würde mein Verhalten ändern.

Wie soll man Great Benefit bestrafen? Genau so, wie man mich oder wen auch immer bestrafen würde. Man sieht sich die Kontoauszüge an, findet heraus, wieviel Geld vorhanden ist, und verurteilt ihn zu einer Geldstrafe, die weh tut.

Ich sage den Geschworenen, daß die Entscheidung bei ihnen liegt. Wir haben auf zehn Millionen geklagt, aber sie sind nicht an diese Summe gebunden. Sie können entscheiden, wie sie es für richtig halten, und es ist nicht meine Sache, einen bestimmten Betrag vorzuschlagen.

Ich ende mit einem lächelnden „Danke!", dann sage ich ihnen, wenn sie Great Benefit nicht einen Riegel vorschöben, könnten sie die nächsten sein. Ich kehre zu meinem Tisch zurück. Deck sitzt an der Ecke und grinst von einem Ohr zum anderen. Ich setze mich neben Dot und bin sehr gespannt, ob es dem großen Leo F. Drummond gelingt, aus der Niederlage noch einen Sieg herauszuholen.

Er beginnt mit einer wortreichen Entschuldigung. Sein Mandant sei eine der ältesten und geachtetsten Versicherungsgesellschaften in Amerika. In diesem Fall habe sie Fehler gemacht. Schwerwiegende

Fehler. Er gibt zu, daß der Anspruch hätte bezahlt werden müssen, die ganzen 200 000 Dollar. Das ist ein schwerwiegendes Zugeständnis, und die Geschworenen nehmen es zur Kenntnis. Und nun zu der Geldstrafe. Er sei einfach fassungslos angesichts meines Vorschlags, die Geschworenen sollten erwägen, Dot Black einen Prozentanteil des Reinvermögens von Great Benefit zuzusprechen. Es sei unglaublich! Welchen Sinn sollte das haben?

Drummond begibt sich vorsichtig auf das Gebiet ungerechtfertigter Bereicherung. Er liefert ein paar Fakten über die Blacks; wo sie wohnen, seit wann, das Haus, die Gegend und so weiter. Indem er das tut, porträtiert er sie als durchschnittliche Familie aus der Mittelschicht, die ein einfaches, aber glückliches Leben führt. Er geht zur Tafel, schreibt den Betrag von 746 Dollar darauf und teilt den Geschworenen mit, daß dies das Monatseinkommen der Blacks ist. Daneben schreibt er die Summe von 200 000 Dollar, errechnet sechs Prozent davon und kommt auf 12 000 Dollar. Dann sagt er den Geschworenen, wenn Sie den Blacks die 200 000 Dollar zusprächen, die die Transplantation gekostet hätte, und wenn sie das Geld in steuerfreien Wertpapieren zu sechs Prozent anlegten, dann hätten sie monatlich ein steuerfreies Einkommen von 1000 Dollar. Was für ein Angebot!

Die Argumentation ist zwingend, und ich sehe, daß die Geschworenen darüber nachdenken. Es scheint ein netter Kompromiß zu sein.

Als Vertreter der Anklage habe ich das letzte Wort. Ich habe mir zehn Minuten der mir zustehenden halben Stunde für die Widerlegung aufgespart, und während ich auf die Geschworenen zugehe, lächle ich. Ich sage ihnen, daß ich hoffte, eines Tages das tun zu können, was Mr. Drummond eben getan habe. Ich lobe ihn als tüchtigen Prozeßanwalt, einen der besten im ganzen Land. Ich bin ein sehr netter junger Mann.

Ich habe nur ein paar Anmerkungen. Erstens, Great Benefit gibt jetzt zu, ein Unrecht begangen zu haben, und offeriert 200 000 Dollar als Friedensangebot. Warum? Weil sie jetzt inbrünstig darum beten, daß ihnen nichts Schlimmeres passiert. Zweitens: Hat Mr. Drummond diese Fehler zugegeben und das Geld angeboten, als er am Montagmorgen vor die Geschworenen getreten ist? Nein, das hat er nicht getan. Warum hat er Ihnen nicht rundheraus gesagt, daß sein Mandant ein Unrecht begangen hat? Weil sie gehofft haben, daß man die Wahrheit nicht erfahren würde. Und jetzt, da die Wahrheit ans Licht gekommen ist, sind sie regelrecht demütig geworden.

Ich ende damit, daß ich die Geschworenen provoziere. Ich sage:

„Wenn Sie nichts Besseres zustande bringen als die zweihunderttausend Dollar, dann behalten Sie sie. Wir wollen sie nicht. Sie sind für eine Operation bestimmt, die nie stattfinden wird. Wenn Sie nicht der Ansicht sind, daß Great Benefit bestraft werden muß, dann behalten Sie die zweihunderttausend Dollar, und wir gehen alle nach Hause." Ich wandere an der Geschworenenbank entlang und sehe jedem einzelnen Geschworenen in die Augen.

„Danke", sage ich und kehre auf den Platz neben meiner Mandantin zurück. Während Richter Kipler den Geschworenen letzte Instruktionen erteilt, befällt mich ein berauschendes Gefühl der Erleichterung. Es gibt keine weiteren Zeugen, Dokumente oder Schriftsätze, keine weiteren Anhörungen oder einzuhaltenden Termine.

Jetzt beginnt das Warten.

DECK und ich gehen in den zweiten Stock des Gerichtsgebäudes und reichen Kellys Scheidung ein. Dann begeben wir uns in Kiplers Richterzimmer. Der Richter gratuliert mir zu einer guten Leistung, und ich danke ihm zum hundertsten Mal. Aber eigentlich habe ich etwas anderes auf dem Herzen. Ich erzähle ihm kurz von Kelly Riker und den Schlägen und frage ihn, ob er bereit sei, eine einstweilige Verfügung zu erlassen, die Mr. Riker verbiete, sich Mrs. Riker zu nähern. Dies ist eine Routinesache in Mißhandlungsfällen. Kipler vertraut mir und unterschreibt die Anordnung.

Butch wartet auf dem Flur und bekommt je eine Kopie der Scheidungsklage, der von Richter Kipler unterschriebenen einstweiligen Verfügung und der Vorladung. Er hat sich bereit erklärt, sie Cliff an seiner Arbeitsstelle auszuhändigen.

Wir warten eine Stunde im Gerichtssaal. Um zwölf wird den Geschworenen das Mittagessen gebracht, und Kipler entläßt uns bis halb zwei. In meinem Magen herrscht ein derartiges Chaos, daß ich unmöglich etwas essen könnte. Ich rase quer durch die Stadt zu Robins Wohnung. Kelly ist allein. Sie trägt einen weiten Jogginganzug und geborgte Turnschuhe. Sie konnte weder Kleidung noch Kosmetika mitnehmen. Sie geht unsicher, unter großen Schmerzen. Ich helfe ihr zu meinem Wagen, öffne die Tür und schiebe sie behutsam hinein.

„Das haben wir gerade eingereicht", sage ich und gebe ihr eine Kopie der Scheidungsklage.

„Wann bekommt er sie?" fragt sie.

„Wahrscheinlich gerade jetzt."

DAS HAUS ist alt und unterscheidet sich in nichts von den anderen in der Straße. Ich lasse Kelly im Auto und klopfe an einen Seiteneingang. Über eine Sprechanlage werde ich aufgefordert, mich auszuweisen. Sicherheit hat hier oberste Priorität. An allen Fenstern sind die Vorhänge zugezogen, und den Garten hinter dem Haus begrenzt ein mindestens zweieinhalb Meter hoher Holzzaun.

Die Tür wird halb geöffnet. „Ich möchte zu Betty Norvelle“, sage ich.

„Das bin ich. Wo ist Kelly?“ erkundigt sich eine Frau.

Ich deute mit einem Kopfnicken auf den Wagen.

„Bringen Sie sie herein.“

Ich könnte Kelly ohne weiteres tragen, aber die Rückseiten ihrer Beine sind so druckempfindlich, daß es für sie leichter ist, selbst zu gehen. Betty lächelt sie an und führt uns in einen kleinen Raum. Es ist eine Art Büro. Sie will eine Kopie der Scheidungsklage, die sie schnell überfliegt. Kelly und ich halten uns bei den Händen.

„Sie sind also ihr Anwalt“, stellt Betty fest, die ineinanderliegenden Hände registrierend.

„Ja. Und außerdem ihr Freund.“

„Wir sind kein lizenziertes Unternehmen“, erklärt Betty. „Dies ist ein Zufluchtsort für mißhandelte Frauen, deren Leben in Gefahr ist. Sie können höchstens sieben Tage bleiben. Sie müssen sich überlegen, wohin Sie anschließend wollen.“

Ich würde Kelly liebend gern in meine Wohnung bringen, aber darüber haben wir noch nicht gesprochen.

„Darf er mich besuchen?“ fragt Kelly, mit einem Kopfnicken auf mich deutend.

„Wir erlauben nur einen Besucher zur Zeit, und jeder Besuch muß vorher vereinbart werden. Rufen Sie vorher an, und vergewissern Sie sich, daß Sie nicht verfolgt werden. Die Nacht können Sie nicht hier verbringen, tut mir leid.“

„Das geht in Ordnung“, sage ich.

„Noch Fragen? Wenn nicht, führe ich Kelly jetzt herum.“

Der Hinweis ist klar. Ich verabschiede mich von Kelly und verspreche ihr, später am Abend zurückzukehren. Sie bittet mich, eine Pizza mitzubringen.

EIN REPORTER von einer Zeitung in Cleveland erwischt mich auf dem Flur vor dem Gerichtssaal und möchte mit mir über Great Benefit reden.

Ob ich gehört hätte, daß der Generalstaatsanwalt von Ohio gegen die Gesellschaft ermitteln soll? Ich sage nichts. Er folgt mir in den Gerichtssaal. Deck sitzt allein am Tisch der Anklage.

Butch hat Cliff Riker die Papiere ausgehändigt, als er gerade zur Mittagspause gehen wollte. Riker ist ausfällig geworden. Als Butch sich bereit erklärte, seine Fäuste zu gebrauchen, verschwand Riker schleunigst. Auf der Vorladung steht mein Name, und von jetzt an werde ich auf der Hut sein.

Als es auf zwei Uhr zugeht, kommen immer mehr Leute herein. Booker Kane erscheint und setzt sich zu uns. Ich gehe hinaus, um ein Glas Wasser zu trinken. Herumlaufen ist besser, als im Gerichtssaal zu sitzen. Mein Herz hämmert wie ein Kolben. Booker kennt mich besser als irgend jemand sonst, und er leistet mir Gesellschaft. Er ist ebenfalls nervös. Wir wandern ziellos durch die marmorverkleideten Flure, schlagen die Zeit tot und warten.

Um halb vier höre ich, wie jemand weit entfernt meinen Namen ruft. Es ist Deck, vor der Tür des Sitzungssaals, der mich hektisch zu sich winkt. „O mein Gott“, entfährt es mir.

„Nicht aufregen“, rät Booker, dann stürmen wir beide zum Gerichtssaal. Alle sind bereits auf ihren Plätzen. Die Geschworenen kehren in den Saal zurück, während ich mich neben meiner Mandantin niederlasse. Den Gesichtern der Geschworenen ist nichts zu entnehmen. Als alle sitzen, fragt Seine Ehren: „Sind die Geschworenen zu einem Urteil gelangt?“

„Das sind wir, Euer Ehren“, sagt Ben Charnes, der junge schwarze College-Absolvent und Sprecher der Geschworenen.

„Bitte stehen Sie auf, und lesen Sie das Urteil vor!“

Charnes erhebt sich langsam, ein Blatt Papier in der Hand. Ich bin so benommen, daß ich fürchte, ohnmächtig zu werden. Dot dagegen ist erstaunlich gelassen. Great Benefit hat vor Gericht zugegeben, ein Unrecht begangen zu haben. Das ist das einzige, worauf es ihr ankam.

Ich bin entschlossen, keine Miene zu verziehen und keine Gefühle zu zeigen, ganz egal, wie das Urteil ausfällt. Das tue ich auf die Weise, die man mir beigebracht hat. Ich kritzele auf einem Notizblock herum.

Charnes räuspert sich. „Wir, die Geschworenen, haben zugunsten der Klägerin entschieden und sprechen ihr Schadenersatz in Höhe von zweihunderttausend Dollar zu.“ Dann folgt eine Pause. Alle Blicke ruhen auf dem Blatt Papier. Bisher keine Überraschung. Charnes räuspert sich abermals. „Wir, die Geschworenen, haben zugunsten der Klägerin entschieden und verhängen über die Great-Benefit-Lebensversicherungsgesellschaft eine Geldstrafe von fünfzig Millionen Dollar.“

Hinter mir höre ich ein Keuchen, als die Bombe explodiert. Ich schreibe diese Zahlen auf meinen Block. Ich weigere mich zu lächeln, obwohl ich mir, um das zu schaffen, in die Unterlippe beiße.

Ich flüstere nur meiner Klientin „Herzlichen Glückwunsch" zu. Sie sagt nichts. Ich schaue zum Richtertisch hinauf, und Seine Ehren betrachtet das schriftliche Urteil, das der Gerichtsdiener ihm ausgehändigt hat. Ich schaue zu den Geschworenen, und die meisten von ihnen sehen mich an. Jetzt ist es mir unmöglich, nicht zu lächeln. Ich nicke und bedanke mich wortlos.

Ich zeichne ein Kreuz auf meinen Block, und darunter schreibe ich den Namen – Donny Ray Black. In meiner Kehle bildet sich ein Klumpen, und meine Augen werden feucht. Er hätte nicht sterben müssen.

„Das Urteil scheint in Ordnung zu sein", äußert sich Kipler schließlich. Er wendet sich an die Geschworenen, dankt ihnen für die Erfüllung ihrer Bürgerpflicht und entläßt sie. Unter der Aufsicht des Gerichtsdieners verlassen sie zum letztenmal den Saal.

Auch Kipler bemüht sich, keine Miene zu verziehen. Er läßt seinen Hammer niederfahren, womit dieser Prozeß offiziell beendet ist. Ich werfe einen Blick auf Dot und sehe ihre Tränen. Sie ist eine harte Frau, die nur sehr widerstrebend weint, aber langsam verliert sie die Fassung. Ich reiche ihr ein Papiertaschentuch.

Deck eilt herbei, um uns zu gratulieren. Booker kneift mich in den Nacken und sagt, er würde mich nächste Woche anrufen. Cooper kommt an meinen Tisch, strahlend und des Lobes voll. Ich nehme diese Leute kaum zur Kenntnis, weil ich mir Sorgen um meine Mandantin mache. Sie bricht jetzt zusammen, ihr Schluchzen wird immer lauter.

Außer mir, Dot und Deck ist niemand mehr im Saal. Ich halte Dots Hand, während sie eine Sturzflut entlädt. Das Geld ist ihr völlig gleichgültig. Sie möchte ihren Sohn wiederhaben.

Jemand, vermutlich der Gerichtsdiener, drückt in dem schmalen Gang neben den Geschworenenbänken auf einen Schalter, und die Lichter gehen aus. Keiner von uns rührt sich. Das Weinen läßt nach.

„Tut mir leid", sagt sie heiser. Sie möchte fort von hier. Ich tätschle ihren Arm, während Deck unsere Sachen zusammensucht und in drei Aktenkoffern verstaut.

Als wir den unbeleuchteten Gerichtssaal verlassen, ist es bereits fünf Uhr. Es ist Freitag nachmittag, und es herrscht nicht viel Betrieb. Keine Kameras, keine Reporter, keine Horde, die auf mich wartet, um vom Anwalt des Augenblicks ein paar Worte zu erhaschen.

Niemand nimmt uns zur Kenntnis.

Vor dem Gericht verabschiede ich mich von Deck und Dot. Dann fahre ich zu Miß Birdies Haus und absolviere meine tägliche Routine, indem ich einmal alle Zimmer abgehe. Ich setze mich auf ihre Terrasse. Wie lange wird es dauern, bis ich mein erstes Haus kaufe oder baue? Was für einen neuen Wagen soll ich mir anschaffen? Ich versuche, diese Gedanken zu verdrängen, aber es ist unmöglich. Was fängt man mit sechzehneinhalb Millionen Dollar an? Ich kann es einfach nicht fassen.

Fast ein Jahr lang habe ich mit einem verzehrenden Haß auf Great Benefit gelebt. Ich war erfüllt von Bitterkeit gegen die Menschen, die dort arbeiten, die eine Folge von Ereignissen in Gang gesetzt haben, die Donny Ray das Leben kosteten. Ich hoffe, Donny Ray ruht in Frieden. Bestimmt wird ein Engel ihm sagen, was heute passiert ist.

KELLY zerteilt ihr schmales Stück Pizza mit einer Gabel und ißt winzige Häppchen. Ihre Lippe ist immer noch geschwollen, und ihre Wangen und der Kiefer sind sehr empfindlich. Wir sitzen auf ihrem Bett, mit ausgestreckten Beinen, den Rücken an der Wand und sehen uns auf einem 45-Zentimeter-Fernseher, der nicht weit von uns auf einer Kommode steht, einen Western mit John Wayne an.

Sie hat ihr Haar gewaschen und zu einem Pferdeschwanz zusammengerafft. Außerdem hat sie ihre Fingernägel lackiert. Sie versucht Konversation zu machen und lustig zu sein, aber sie hat so starke Schmerzen, daß sie es nicht recht schafft.

Ich erzähle ihr nichts von dem Urteil. Hier, wo ich neben ihr in diesem dunklen, kleinen Zimmer sitze und John Wayne beim Reiten zusehe, scheint Kiplers Gerichtssaal tage- und kilometerweit entfernt.

Und dies hier ist genau der Ort, an dem ich sein möchte.

Wir essen den Rest der Pizza, schmiegen uns eng aneinander und halten uns bei den Händen wie zwei Teenager.

Der Film geht zu Ende, und es kommen die Zehnuhrnachrichten. „In einem Gerichtssaal in Memphis wurde heute Geschichte geschrieben", verkündet der Moderator großspurig. „In einem Zivilprozeß haben die Geschworenen die Great-Benefit-Lebensversicherungsgesellschaft in Cleveland, Ohio, zu einer Rekordgeldstrafe von fünfzig Millionen Dollar verurteilt. Rodney Frate mit den Einzelheiten."

Ich kann nicht anders, ich muß lächeln. Wir sehen Rodney Frate live vor dem Shelby County Courthouse stehen. „Die Kanzlistin hier am Gericht hat mir bestätigt, daß heute gegen sechzehn Uhr eine Geschworenenversammlung der Abteilung acht unter dem Vorsitz von

Richter Tyrone Kipler mit einem Urteil über zweihunderttausend Dollar Schadenersatz und einer Geldstrafe von fünfzig Millionen in den Saal zurückgekehrt ist. Richter Kipler sagte, bei diesem Fall sei es um böswillige Leistungsverweigerung durch Great Benefit gegangen. Seines Wissens sei diese Geldstrafe die höchste, die jemals in Tennessee verhängt wurde. Leo F. Drummond, der Anwalt der Beklagten, wollte keinen Kommentar abgeben. Rudy Baylor, der Anwalt der Klägerin, war nicht zu erreichen."

„Du hast gewonnen?" fragt Kelly. „Fünfzig Millionen Dollar?"

„Ja. Aber noch ist das Geld nicht auf der Bank."

„Rudy!"

Ich zucke die Achseln, als wäre das bloßer Alltagskram. „Ich hatte Glück."

Sie nimmt die Fernbedienung und dämpft die Lautstärke. Sie will weiter darüber reden. „Deine Bescheidenheit funktioniert nicht. Sie ist nur gespielt."

„Du hast recht. Im Augenblick bin ich der beste Anwalt der Welt."

„Schon besser", meint sie und versucht zu lächeln. Sie will sich zu mir umdrehen, aber das verursacht ihr derartige Schmerzen, daß sie aufstöhnt. Ich helfe ihr, sich auf den Bauch zu legen. Wegen der Prellungen kann sie nicht auf dem Rücken schlafen.

Ich streiche ihr übers Haar und flüstere ihr ins Ohr, bis die Gegensprechanlage uns stört. Es ist Betty Norvelle. Meine Zeit ist um. Kelly drückt meine Hand ganz fest, als ich sie auf die verletzte Wange küsse und ihr verspreche, morgen wiederzukommen. Sie fleht mich an, nicht zu gehen.

DIE VORTEILE, meinen ersten Prozeß mit einem derartigen Urteil abgeschlossen zu haben, liegen auf der Hand. Der einzige Nachteil, den ich erkenne, ist der, daß es von nun an nur noch abwärtsgehen kann. Jeder künftige Mandant wird die gleiche Zauberei erwarten. Doch darüber zerbreche ich mir später den Kopf.

Samstag vormittag sitze ich allein in meinem Büro und warte auf einen Reporter und einen Fotografen von der *Memphis Press*, als das Telefon läutet. „Hier ist Cliff Riker", meldet sich eine rauhe Stimme, und ich drücke sofort auf den Knopf des Aufnahmegeräts.

„Was wollen Sie?"

„Wo ist meine Frau?"

„Sie haben Glück, daß sie nicht im Leichenschauhaus ist."

„Ich kriege Sie."

„Reden Sie ruhig weiter, Freundchen. Das Band läuft."

Er legt rasch auf. Ich rufe Butch zu Hause an und informiere ihn über mein kurzes Gespräch mit Mr. Riker. Butch hat wegen der gestrigen Auseinandersetzung, als er Cliff die Papiere überbrachte, noch ein Hühnchen mit ihm zu rupfen. Cliff hat ihm unflätige Beschimpfungen an den Kopf geworfen.

Ich beschäftige mich im Büro, bin aber außerstande zu arbeiten. Die Hälfte der Zeit verbringe ich damit, den Prozeß noch einmal ablaufen zu lassen, die andere Hälfte vergeht mit Träumen über eine Zukunft mit Kelly.

UNSER Zusammensein am Samstag abend ist dem am Freitag sehr ähnlich, nur gibt es etwas anderes zu essen und einen anderen Film. Sie liebt chinesisches Essen, und ich bringe eine große Tüte voll mit. Wir sehen uns eine Komödie an.

Aber es ist alles andere als langweilig. Ihre körperlichen Verletzungen heilen. Das Lachen kommt ein wenig leichter, ihre Bewegungen sind etwas rascher. Wir berühren uns öfter, aber nicht viel öfter. Bei weitem nicht häufig genug.

Sie möchte heraus aus dem Jogginganzug. Sie waschen ihn zwar jeden Tag, aber sie hat ihn satt. Sie möchte ihre Kleider. Wir reden davon, uns in ihre Wohnung zu schleichen und ihre Sachen herauszuholen. Über die Zukunft reden wir immer noch nicht.

SIEBZEHN

MONTAG morgen. Jetzt, da ich ein vermögender Mann bin und Zeit habe, schlafe ich bis neun, ziehe eine bequeme Khakihose und Turnschuhe an, keine Krawatte, und bin gegen zehn im Büro. Mein Partner ist damit beschäftigt, die Akte Black wegzupacken. Wir grinsen beide und lächeln über alles mögliche. Der Druck ist weg. Wir sind ausgeruht, jetzt können wir uns freuen.

Deck hat den Artikel aus der gestrigen *Memphis Press* ausgeschnitten. Der Bericht stand auf der Titelseite des Lokalteils, ein langer, gut geschriebener Artikel über meinen Triumph, mit einem ziemlich großen Foto von mir an meinem Schreibtisch. Gestern konnte ich den ganzen Tag den Blick nicht davon abwenden. Die Zeitung wurde an 300 000 Haushalte ausgeliefert. Soviel Werbung kann man mit Geld nicht kaufen.

Ein paar Faxe sind eingegangen, zwei von ehemaligen Studienkollegen mit Glückwünschen und eins von Max Leuberg. Mindestens sieben Staaten ermitteln inzwischen gegen Great Benefit. Man rechnet damit, daß das Urteil von Memphis eine Flut von Prozessen auslösen wird.

Hahaha. Wir freuen uns über den Jammer, den wir hervorgerufen haben.

Ein Bote erscheint mit einem prächtigen Blumenarrangement, einem Glückwunsch von Booker Kane und seinen Kollegen in der Kanzlei von Marvin Shankle. Der nächste Anruf kommt von Cooper Jackson. Er und seine Freunde haben heute morgen vor dem Bundesgericht in Charlotte Klage eingereicht. Sie vertreten mehr als zwanzig Inhaber von Policen, die 1991 von Great Benefit aufs Kreuz gelegt wurden. Wenn ich nichts dagegen hätte, würde er bei Gelegenheit gern zu mir kommen und meine Akte durchsehen. Gern, willige ich ein, jederzeit.

DIE AKTION ist für heute abend, Montag, angesetzt, weil der Boden trocken ist und die Temperatur bei fünf Grad über Null liegt. Die letzten drei Spiele sind wegen schlechten Wetters ausgefallen. Was sind das für Irre, die im Winter Softball spielen? Kelly beantwortet meine Frage nicht. Es liegt auf der Hand, mit was für einem Irren wir es zu tun haben. Sie ist sicher, daß sie heute abend spielen werden, und Cliff würde es nicht wagen, das Spiel zu versäumen.

Es fängt um sieben an, und sicherheitshalber fahren wir an dem Softballfeld vorbei. PFX Freight spielt tatsächlich. Ich gebe Gas. Ich habe so etwas noch nie gemacht, und ich bin ziemlich nervös.

Kelly meint, daß wir es in zehn Minuten schaffen können, wenn er nicht die Schlösser ausgewechselt hat. Die Verletzungen wurden ihr vor fünf Tagen beigebracht, und das Schlimmste ist überstanden. Sie behauptet, sie wäre kräftig genug, um ihre Sachen zusammenzuklauben und sich schnell zu bewegen.

Die Wohnanlage ist eine Viertelstunde vom Softballfeld entfernt. Zum Glück liegt die Wohnung im Erdgeschoß. Ich parke das Auto und atme tief durch. „Also, dann los."

Wir schleichen in der Dunkelheit zur Wohnung, ohne jemanden zu sehen. Der Schlüssel paßt, die Tür ist offen, wir sind drinnen. Eine Lampe ist eingeschaltet, und das Licht reicht Kelly aus. Eine schmale Durchreiche trennt das Wohnzimmer von der Küche.

„Beeil dich, Kelly!" treibe ich sie an. Wir gehen ins Schlafzimmer, wo ich eine kleine Lampe einschalte. Das Bett ist seit Tagen nicht gemacht worden. Sie zeigt auf die Schubladen einer kleinen, billigen Kommode. „Da drin sind meine Sachen“, flüstert sie.

Ich ziehe die Kopfkissenbezüge ab und fange an, sie mit Wäsche, Strümpfen und Schlafanzügen vollzustopfen. Kelly holt Kleider aus dem Schrank. Eine Ladung davon trage ich ins Wohnzimmer und hänge sie über einen Stuhl, dann kehre ich ins Schlafzimmer zurück. Sie gibt mir eine weitere Ladung, die ich ebenfalls ins Wohnzimmer bringe. Wir arbeiten schnell und schweigend.

Ich komme mir vor wie ein Dieb. Jede Bewegung macht zuviel Lärm. Mein Herz klopft, während ich mit einer Ladung nach der anderen vom Schlafzimmer ins Wohnzimmer renne.

„Das reicht“, bestimme ich schließlich. „Laß uns verschwinden!“ Ich folge Kelly ins Wohnzimmer.

Plötzlich hören wir ein leises Geräusch an der Tür. Jemand versucht hereinzukommen. Wir erstarren und sehen uns an. Sie tut einen Schritt auf die Tür zu, als diese mit einemmal auffliegt und Kelly gegen die Wand schleudert.

Cliff Riker stürmt herein. „Kelly, ich bin zu Hause!“ ruft er. Alles, was ich sehe, ist ein gelbes PFX-Freight-Trikot, seine roten Augen und seine Lieblingswaffe. Ich erstarre vor Entsetzen, als er den Aluminium-Softballschläger hebt. „Du Dreckskerl!“ brüllt er. Millisekunden bevor der Schläger über mich hinwegsaust, gelingt es mir trotz meiner Erstarrung, mich zu ducken. Sein Schlag trifft eine unglückliche kleine Holzfigur am Rand der Durchreiche und zermalmt sie. Kelly schreit. Der Schlag sollte meinen Schädel zertrümmern, doch als er danebenging, wirbelte Cliff weiter herum, so daß er mir jetzt den Rücken zudreht. Ich stürze mich wie ein Wahnsinniger auf ihn und werfe ihn über den mit Kleidern und Kleiderbügeln beladenen Stuhl.

Er ist schnell, stark und wieder auf den Beinen, bevor ich mein Gleichgewicht zurückgewonnen habe. „Ich bring dich um!“ brüllt er, holt abermals aus und verfehlt mich wieder, als ich mit knapper Not ausweiche.

Eine dritte Chance bekommt er nicht, entscheide ich rasch. Bevor er den Schläger erneut heben kann, hole ich zu einem rechten Haken auf sein Gesicht aus. Meine Faust landet auf seinem Kinn und macht ihn gerade lang genug benommen, daß ich ihm einen Tritt zwischen die Beine versetzen kann. Mein Fuß landet zielgenau. Während er einen Schmerzensschrei ausstößt, läßt er den Schläger sinken. Ich packe die Waffe und reiße sie ihm aus der Hand.

Ich schwinge den Schläger hoch, und er trifft Cliff direkt oberhalb des linken Ohrs. Bei dem Geräusch wird mir fast schlecht. Knochen knirschen und brechen. Er fällt auf alle viere, läßt den Kopf eine Sekunde herabhängen, dann versucht er aufzustehen. Mein zweiter Schwinger beginnt an der Zimmerdecke, und in ihm steckt alle Kraft, die ich aufbringen kann. Ich lasse den Schläger voller Haß und Angst niederfahren, und er landet mitten auf Cliffs Schädel.

Ich will abermals ausholen, aber Kelly ergreift meinen Arm. „Hör auf, Rudy."

Ich halte inne, sehe erst sie an und dann Cliff. Er liegt ausgestreckt auf dem Bauch, zitternd und stöhnend. Entsetzt sehen wir zu, wie er still wird.

„Ich bringe das Schwein um, Kelly!" keuche ich, schwer atmend, immer noch verängstigt und wütend. „Er hätte uns umgebracht."

„Gib mir den Schläger."

„Was?"

„Gib mir den Schläger, dann geh."

Ich bin verblüfft, wie ruhig sie in diesem Moment ist. Sie weiß genau, was zu tun ist.

„Was . . .?" beginne ich, sehe erst sie und dann ihn an.

Sie nimmt mir den Schläger aus der Hand. „Bitte, geh jetzt, Rudy!" drängt sie mich. „Versteck dich. Du warst heute abend nicht hier."

Wir richten beide den Blick auf den Fußboden. Ich gehe hinaus, mache leise die Tür hinter mir zu und halte Ausschau nach neugierigen Nachbarn. Niemand zu sehen. Mir ist schlecht. Ich schleiche davon in die Dunkelheit.

Es dauert zehn Minuten, bis der erste Streifenwagen eintrifft. Gleich darauf kommt ein zweiter. Dann eine Ambulanz. Ich sitze in meinem Volvo und beobachte alles. Rotes und blaues Blinklicht erhellt die Finsternis und zieht eine Menschenmenge an.

Kelly ist allein da drinnen, verängstigt, und beantwortet hundert Fragen, wie es passiert ist, und ich sitze hier wie ein Feigling, ducke mich hinter das Lenkrad und hoffe, daß mich niemand sieht. Warum habe ich sie allein gelassen? Soll ich losgehen und sie retten? In meinem Kopf herrscht Chaos.

Der Schock läßt nach, und jetzt überfällt mich die Angst. Ich wünsche mir, daß sie Cliff auf einer Trage herausbringen und ihn wieder zusammenflicken. Plötzlich will ich, daß er lebt.

Ich habe doch keinen Mann umgebracht!

Die Menge wird größer, und ein Polizist winkt die Leute zurück. Ich verliere jegliches Gespür für die Zeit. Ein Leichenwagen trifft ein, und das löst in der Menge aufgeregtes Gemurmel aus. Ich öffne die Tür und erbreche mich so leise wie möglich gegen den neben meinem Auto stehenden Wagen. Niemand nimmt Notiz von mir. Schließlich wische ich mir den Mund ab und dränge mich in die Menge. „Nun hat er sie schließlich doch umgebracht", höre ich jemanden sagen. Die Polizei spannt ein gelbes Band um das gesamte Ende des Gebäudes.

Wir warten. An der Haustür bewegt sich etwas. Ein Sanitäter kommt rückwärts heraus und zieht eine Bahre hinter sich her. Der Tote steckt in einem silbernen Plastiksack. Sie rollen ihn den Fußweg entlang zum Leichenwagen, mit dem sie ihn wegbringen. Minuten später erscheint Kelly, flankiert von zwei Polizisten. Sie sieht winzig und verängstigt aus. Sie muß Gelegenheit gehabt haben, sich umzuziehen, denn sie trägt jetzt Jeans und einen Parka. Die Polizisten verfrachten sie auf den Rücksitz eines Streifenwagens und fahren davon. Ich gehe rasch zu meinem Wagen und mache mich auf den Weg zum Polizeirevier.

Ich informiere den diensthabenden Sergeant, daß ich Anwalt bin und daß meine Mandantin soeben festgenommen wurde. Ich werde in den ersten Stock gebracht, wo Kelly allein in einem Vernehmungsraum sitzt. Ein Detektiv namens Smotherton mustert sie durch ein einseitiges Fenster. Ich gebe ihm meine Visitenkarte.

Er weigert sich, mir die Hand zu reichen. „Ihr Burschen seid immer schnell zur Stelle, nicht wahr?" sagt er verächtlich.

„Sie hat mich angerufen, gleich nachdem sie den Notruf gewählt hatte. Was haben Sie festgestellt?"

Smotherton grunzt, während er überlegt, was er sagen soll. „Fanden ihren Mann tot auf dem Fußboden, Schädelbruch, sieht aus wie von einem Baseballschläger. Sie hat nicht viel gesagt, nur daß sie sich scheiden lassen will, sich in die Wohnung geschlichen hat, um ihre Sachen zu holen. Er fand sie, sie kämpften. Er war ziemlich betrunken. Irgendwie bekam sie den Schläger in die Hand, und jetzt ist er im Leichenschauhaus. Sie betreiben ihre Scheidung?"

„Ja. Ich kann Ihnen eine Kopie zugehen lassen. Vorige Woche hat der Richter angeordnet, daß er sich von ihr fernzuhalten hat. Er hat sie seit Jahren geschlagen."

„Wir haben die Verletzungen gesehen. Ich möchte ihr nur ein paar Fragen stellen, in Ordnung?"

„Natürlich." Wir betreten gemeinsam das Zimmer. Kelly ist überrascht, mich zu sehen, behält aber die Fassung. Wir begrüßen uns auf höfliche Anwalt-Mandant-Manier. Ein weiterer Polizist erscheint, Officer Hamlet.

Smotherton beginnt mit einer Reihe von Fragen über Kelly und Cliff – grundlegende Informationen wie Geburtsdaten, Eheschließung, Beschäftigung, Kinder und so weiter. Sie antwortet geduldig, mit einem abwesenden Ausdruck in den Augen. Ihr linkes Auge ist immer noch schwarz und blau. Sie ist völlig verängstigt.

Sie beschreibt die Mißhandlungen so detailliert, daß wir drei Zuhörer entsetzt sind. Smotherton schickt Hamlet los, die Unterlagen über Cliffs drei Festnahmen wegen der Mißhandlungen zu holen. Sie redet über die letzte Attacke, dann über den Entschluß, ihn zu verlassen, sich zu verstecken und die Scheidung einzureichen. Sie ist durch und durch glaubwürdig, weil alles wahr ist. Es sind die kommenden Lügen, die mir Sorgen machen.

„Weshalb sind Sie heute abend in die Wohnung gegangen?" fragt Smotherton.

„Um meine Sachen zu holen. Ich war sicher, daß er nicht dasein würde."

„Wo haben Sie die letzten Tage verbracht?"

„In einem Haus für mißhandelte Frauen."

„Wie sind Sie heute abend zur Wohnung gekommen?"

Bei dieser Frage setzt mein Herz einen Schlag aus, aber sie hat bereits darüber nachgedacht. „Mit meinem Wagen", gibt sie an. „Einem VW Golf."

„Wo ist er jetzt?"

„Auf dem Parkplatz vor der Wohnung."

„Können wir ihn uns ansehen?"

„Nicht, bevor ich es getan habe", sage ich, mich plötzlich erinnernd, daß ich hier der Anwalt bin und nicht etwa ein Mitverschwörer.

Smotherton schüttelt den Kopf. Wenn Blicke töten könnten! „Wie sind Sie in die Wohnung gekommen?"

„Mit meinem Schlüssel."

„Wie lange waren Sie dort, bevor Mr. Riker nach Hause kam?"

„Vielleicht zehn Minuten."

„Was ist dann passiert?"

An dieser Stelle unterbreche ich. „Diese Frage wird sie nicht beantworten, bevor ich Gelegenheit gehabt habe, mit ihr zu sprechen."

Hamlet kommt mit dem Computerausdruck zurück, und sie studieren ihn gemeinsam. Smotherton schreibt etwas auf ein Blatt Papier und gibt es mir. „Dies wird als Tötungsdelikt behandelt, aber es geht an die Abteilung für Mißhandlungen im häuslichen Bereich bei der Staatsanwaltschaft. Die zuständige Staatsanwältin heißt Morgan Wilson. Von jetzt an ist es ihr Fall."

„Sie behalten sie hier?"

„Mir bleibt nichts anderes übrig. Ich kann sie nicht einfach laufenlassen. Wir haben eine Leiche."

„Wie lautet die Anklage?"

„Totschlag."

„Ich muß ins Gefängnis?" fragt Kelly.

„Wir haben keine andere Wahl, Madam", erklärt Smotherton, plötzlich viel netter. „Ihr Anwalt holt Sie morgen raus."

Ich ergreife ihre Hand. „Das ist richtig, Kelly." Sie nickt rasch und beißt die Zähne zusammen, versucht stark zu sein.

Smotherton und Hamlet gehen zur Tür. „Sie haben fünf Minuten", meint Smotherton über die Schulter hinweg, dann knallt die Tür zu.

„Rühr dich nicht von der Stelle", weise ich sie fast lautlos an. „Sie beobachten uns durch das Fenster dort. Und das Zimmer ist vermutlich verwanzt, also sei vorsichtig, was du sagst."

Sie sagt gar nichts.

„Tut mir sehr leid, daß das passiert ist", versichere ich steif.

„Was bedeutet Totschlag?"

„Im Grunde ist es Mord ohne Tötungsabsicht."

„Wie viele Jahre könnte ich bekommen?"

„Zuerst einmal müßtest du verurteilt werden, und dazu kommt es nicht. Hast du Angst?"

Sie wischt sich sorgfältig die Augen ab und denkt lange nach. „Er hat eine große Familie, und sie sind alle genau wie er. Lauter gewalttätige Saufbolde. Ich habe fürchterliche Angst vor ihnen."

Darauf fällt mir keine Erwiderung ein. Ich habe auch Angst vor ihnen.

Ein paar Minuten später kommen zwei Polizisten, um sie abzuholen. Ich sehe zu, wie sie sie wegführen. Sie bleiben vor einem Fahrstuhl stehen, und Kelly reckt den Kopf an einem der Polizisten vorbei, um mich zu sehen. Ich winke langsam, dann ist sie verschwunden.

WENN man einen Mord begeht, macht man 25 Fehler. Wer zehn davon vermeiden kann, ist ein Genie. Das jedenfalls habe ich einmal in einem Film gehört. Es war genaugenommen kein Mord, sondern eher ein Fall von Notwehr. Aber die Fehler beginnen sich zu summieren.

Ich wandere die ganze Nacht um den Schreibtisch in meinem Büro herum. Fehler Nummer eins, ich hätte nicht so schnell verschwinden dürfen. Ich hätte zehn Minuten warten müssen, um festzustellen, ob die Nachbarn etwas gehört haben. Erst dann hätte ich mich in die Dunkelheit davonschleichen sollen.

Fehler Nummer zwei war die Lüge über ihren Wagen. Nach dem Verlassen des Polizeireviers bin ich über den Parkplatz gefahren und habe ihren VW Golf gefunden. Mit dieser Lüge kommen wir nur durch, wenn niemand der Polizei erzählt, daß der Wagen seit Tagen nicht bewegt worden ist.

Aber der schlimmste Fehler, der mir seit vier Stunden zu schaffen macht, ist die Lüge über den Anruf, den Kelly angeblich getätigt hat, nachdem sie den Notruf gewählt hatte. Das war meine Ausrede dafür, daß ich so schnell auf dem Revier eingetroffen bin. Es war eine unglaublich dämliche Lüge, weil es über diesen Anruf keine Aufzeichnung gibt. Wenn die Polizisten die Telefonanrufe überprüfen, stecke ich in ernsthaften Schwierigkeiten.

Ich lasse Deck bis fünf Uhr schlafen, bevor ich ihn wecke. Eine Stunde später trifft er mit Kaffee im Büro ein. Ich liefere ihm meine Version der Geschichte. „Keine Jury in der Welt wird sie verurteilen", meint er ohne die Spur eines Zweifels.

„Der Prozeß ist eine Sache", gebe ich zu bedenken. „Eine andere ist es, sie aus dem Gefängnis zu holen."

Wir arbeiten einen Plan aus. Ich brauche Unterlagen – Verhaftungsberichte, Gerichtsakten, medizinische Unterlagen und eine Kopie ihrer ersten Scheidungsklage. Deck kann es kaum abwarten, den Schmutz zusammenzuraffen.

Ich rufe Butch an, den ich anscheinend von den Toten erwecke. Ich erzähle ihm, daß sein spezieller Freund Cliff Riker eines vorzeitigen Todes gestorben ist, was ihn munter zu machen scheint. Kurz nach acht trifft er im Büro ein, wo ich ihn bitte, die Umgebung der Wohnung durchzukämmen und festzustellen, ob jemand etwas gehört oder gesehen hat. Butch läßt mich gar nicht ausreden. Er ist der Detektiv. Wenn einer weiß, was zu tun ist, dann er.

Ich rufe Booker in der Kanzlei an und erkläre, daß eine Mandantin von mir – Scheidungssache – gestern abend ihren Mann umgebracht hat; aber sie ist eine wirklich reizende Person, und ich will sie aus dem Gefängnis holen. Ich brauche seine Hilfe. Marvin Shankles Bruder Lonnie ist Richter an einem Strafgericht, und ich möchte, daß er sie entweder gegen Kautionszusage entläßt oder eine lächerlich geringe Kaution festsetzt. Booker verspricht, sich ans Telefon zu hängen.

Um halb neun verlasse ich mein Büro und fahre in die Innenstadt. Die ganze Nacht hindurch habe ich mich bemüht, den Gedanken an Kelly in einer Gefängniszelle zu verdrängen.

Die Büros der Bezirksstaatsanwaltschaft liegen im dritten Stock des Justizgebäudes von Shelby County. Dort arbeiten mehr als siebzig Staatsanwälte in fünf Abteilungen. In der Abteilung für Mißhandlungen im häuslichen Bereich sind es nur zwei, Morgan Wilson und eine weitere Frau. Zum Glück ist Morgan Wilson in ihrem Büro.

Sie ist eine beeindruckende Frau um die Vierzig. In ihrem Zimmer türmen sich die Akten zu Bergen. Wir setzen uns, dann fällt bei ihr der Groschen.

„Der 50-Millionen-Dollar-Mann?" fragt sie mit einem Lächeln.

„Der bin ich." Ich zucke die Achseln.

„Herzlichen Glückwunsch." Sie ist sichtlich beeindruckt. Sie verdient maximal 40 000 Dollar im Jahr, also möchte sie über mein Glück reden. Ich liefere ihr einen knappen Bericht über den Prozeß und sage ihr dann, weshalb ich hier bin.

Sie hört aufmerksam zu und macht sich ausgiebig Notizen. Ich gebe ihr Kopien der früheren und der laufenden Scheidungsklage und der Protokolle über Cliffs drei Festnahmen wegen Mißhandlung seiner Frau. Ich verspreche ihr, daß sie noch heute Kellys medizinische Unterlagen bekommt, und beschreibe die Verletzungen der schlimmsten Vorfälle.

Praktisch all diese Akten um mich herum betreffen Männer, die ihre Frauen oder Freundinnen mißhandelt haben, also läßt sich leicht vorhersagen, auf wessen Seite Morgan steht. „Das arme Kind", sagt sie, und damit meint sie nicht Cliff.

„Ich möchte sie gern aus dem Gefängnis herausholen", eröffne ich.

„Ich muß mir die Akte kommen lassen und sie durchsehen. Dann werde ich den für die Kautionen zuständigen Mann anrufen und ihm mitteilen, daß wir nichts gegen eine niedrige Kaution haben."

Wir vereinbaren, uns morgen früh um neun zu treffen.

Deck, Butch und ich kommen mittags im Büro zusammen, um ein Sandwich zu essen. Butch hat an die Tür jeder Wohnung in der Umgebung der Rikers geklopft und nur eine Frau gefunden, die glaubt, etwas krachen gehört zu haben. Sie wohnt direkt über den Rikers, und ich bezweifle, daß sie mich beim Verlassen des Hauses sehen konnte. Die Polizei hat nicht mit ihr gesprochen. Butch berichtet, die Wohnung sei verschlossen und versiegelt und scheine einen Haufen Leute anzuziehen. Einmal seien zwei bullige junge Männer erschienen, allem Anschein nach Verwandte von Cliff. Bei ihnen waren mehrere Jungs von Cliffs Arbeitsstelle. Die Gruppe stand hinter der polizeilichen Absperrung, starrte auf die Wohnungstür und schwor Rache.

Butch hat auch einen gewerblichen Kautionssteller aufgetrieben, einen seiner Freunde, der uns einen Gefallen tun will und nur fünf Prozent Zinsen berechnen wird. Deck hat den Vormittag auf dem Polizeirevier verbracht und Kellys Unterlagen ausfindig gemacht.

Ich beschließe gerade, zum Gefängnis zu fahren und nach ihr zu sehen, als das Telefon läutet. Es ist Peter Corsa, Jackie Lemancyzks Anwalt in Cleveland. Er gratuliert mir zu dem Urteil. Es hat für große Schlagzeilen in der dortigen Sonntagszeitung gesorgt. Die Nachricht von meinem Ruhm verbreitet sich schnell. Dann erzählt er mir, daß bei Great Benefit merkwürdige Dinge vorgingen. Heute morgen hat das FBI in Zusammenarbeit mit dem Generalstaatsanwalt von Ohio und der Versicherungsaufsicht des Staates die Büros der Gesellschaft durchsucht und begonnen, Unterlagen zu beschlagnahmen. Mit Ausnahme der Computeranalytiker in der Buchhaltung wurden alle Angestellten für zwei Tage nach Hause geschickt. Einem Zeitungsartikel zufolge ist PinnConn, die Muttergesellschaft, Zahlungsverpflichtungen nicht nachgekommen und hat massenhaft Angestellte entlassen.

Dazu kann ich nicht viel sagen. Vor achtzehn Stunden habe ich einen Mann umgebracht, und es fällt mir schwer, mich auf Dinge zu konzentrieren, die damit nichts zu tun haben. Wir plaudern. Ich danke ihm. Er verspricht, mich auf dem laufenden zu halten.

ES KOSTET mich anderthalb Stunden, bis ich Kelly im Labyrinth des Gefängnisses gefunden und veranlaßt habe, daß man sie ins Besucherzimmer bringt. Wir sitzen uns gegenüber, durch eine Glasscheibe getrennt, und unterhalten uns über Telefone. Sie hat eine Einzelzelle, aber es ist laut, und sie kann nicht schlafen. Sie möchte so schnell wie möglich hier raus. Ich sage ihr, daß ich tue, was ich kann.

Als wir uns voneinander verabschiedet haben und ich das Besucherzimmer verlasse, ruft eine Wärterin in Uniform meinen Namen. Sie fragt, ob ich Kelly Rikers Anwalt sei. „In den vergangenen zwei Stunden hatten wir vier Anrufe wegen dieser Frau."

„Was für Anrufe?"

„Morddrohungen. Von irgendwelchen Irren."

RICHTER LONNIE SHANKLE trifft um halb vier in seinem Büro ein. Deck und ich warten auf ihn. Er hat hundert Dinge zu tun, aber Booker hat angerufen und sich für uns verwandt. Ich gebe dem Richter einen Stoß Papiere, liefere ihm in fünf Minuten einen Bericht über den Fall und ende mit der Bitte um eine niedrige Kaution. Shankle setzt die Kaution auf 10 000 Dollar fest. Wir danken ihm und gehen.

Eine halbe Stunde später sind wir alle, samt Kautionssteller, im Gefängnis. Wir sind auf alles gefaßt. Es dauert eine Ewigkeit, Kelly loszueisen, aber endlich sehen wir sie auf uns zukommen. Wir begleiten sie rasch zu meinem Wagen. Ich habe Butch und Deck gebeten, uns ein paar Blocks weit zu folgen, nur sicherheitshalber.

Ich informiere Kelly über die Morddrohungen. Wir vermuten, daß sie von Cliffs Verwandten oder Arbeitskollegen stammen. Wir reden wenig, während wir schnell die Innenstadt hinter uns lassen und zu dem Frauenhaus fahren. Ich möchte nicht über den gestrigen Abend reden, und auch sie ist noch nicht dazu bereit.

AM DIENSTAG um siebzehn Uhr meldet Great Benefit beim Bundesgericht in Cleveland Konkurs an. Peter Corsa ruft im Büro an, während ich Kelly verstecke, und Deck nimmt den Anruf entgegen. Als ich ein paar Minuten später eintreffe, ist Deck leichenblaß.

Wir sitzen, die Füße auf dem Schreibtisch, lange Zeit wortlos in meinem Büro. Totenstille. Keine Stimmen. Kein Telefon. Wir sind von Papiermillionären zu fast Zahlungsunfähigen geworden.

Corsa hat seine Privatnummer hinterlassen, und endlich bringe ich die Kraft auf, ihn anzurufen. Er entschuldigt sich für die schlechte Nachricht, sagt, in Juristen- und Finanzkreisen in Cleveland herrsche heller Aufruhr. Es ist noch zu früh, um Genaues zu erfahren, aber es sieht so aus, als hätte PinnConn beim Spekulieren mit ausländischen Währungen schwere Verluste einstecken müssen. Daraufhin hätten sie angefangen, die riesigen Geldreserven der Tochtergesellschaften, darunter auch die von Great Benefit, anzuzapfen. Das Geld wurde von PinnConn einfach abgezogen und nach Europa transferiert. Die Sache entwickelt sich rasch zu einem gewaltigen Coup.

Ich informiere Deck über das Gespräch, und wir wissen beide, daß die Lage hoffnungslos ist. Das Geld ist von Gangstern beiseite geschafft worden, die zu gerissen sind, um sich erwischen zu lassen. Tausende von Versicherungsnehmern, die legitime Ansprüche hatten und schon einmal leer ausgegangen sind, sind abermals angeschmiert. Deck und ich sind angeschmiert. Ebenso Dot und Buddy. Donny Ray ist am meisten angeschmiert. Drummond ist angeschmiert, wenn er seine beachtliche Rechnung für juristische Dienste präsentiert. Ich erwähne das Deck gegenüber, aber es fällt uns schwer zu lachen.

Ich habe den größten Teil des letzten halben Jahres mit der Arbeit an diesem Fall verbracht. Die Kanzlei hat, seit wir damit anfingen, im Durchschnitt monatlich ungefähr 1 000 Dollar Gewinn gemacht, aber wir wurden angespornt von der Hoffnung auf das große Geld aus dem Fall Black. In unseren Akten stecken nicht genügend Honorare, um die nächsten beiden Monate zu überleben, und ich denke nicht daran, mich auf irgendwelche Leute zu stürzen und ihnen meine Dienste aufzudrängen.

Das Telefon läutet. Deck nimmt den Hörer ab, hört zu, dann legt er rasch wieder auf. „Irgendein Kerl sagt, er wird Sie umbringen“, berichtet er sachlich.

„Das ist nicht der schlimmste Anruf des Tages.“

KELLYS Anblick hebt meine Stimmung. Wir essen wieder chinesisch in ihrem Zimmer, bei abgeschlossener Tür. Es gibt so viele Gefühle, die uns bedrängen und um Beachtung wetteifern, daß die Unterhaltung nicht leicht ist. Ich erzähle ihr von Great Benefit, und sie ist nur traurig, weil ich so mutlos bin. Das Geld bedeutet ihr nichts.

Manchmal lachen wir, manchmal weinen wir beinah. Sie macht sich Sorgen darüber, was die Polizei tun oder herausfinden könnte. Sie hat fürchterliche Angst vor dem Riker-Clan. Sie hat Angst davor, wieder ins Gefängnis zurückkehren zu müssen, obwohl ich ihr versichere, daß es dazu nicht kommen werde. Wenn die Polizei Anklage gegen sie erheben sollte, werde ich vortreten und die Wahrheit sagen.

Als ich auf den gestrigen Abend zu sprechen komme, erträgt sie es nicht. Sie beginnt zu weinen, und wir schweigen lange Zeit.

Ich schließe die Tür auf und gehe leise den dunklen Korridor entlang durch das weitläufige Haus, bis ich Betty Norvelle finde. Ich erkläre ihr, daß Kelly im Moment zu labil sei, um allein gelassen zu werden. Ich muß bei ihr bleiben und bin bereit, notfalls auf dem Fußboden zu schlafen. In diesem Haus ist es Männern streng verboten, über Nacht zu bleiben, aber in diesem Fall macht sie eine Ausnahme.

Kelly und ich liegen zusammen auf dem schmalen Bett und halten uns eng umschlungen. Ich kann sie nicht an mich drücken, weil ich Angst habe, ihr weh zu tun. Ich schlafe ein.

DER ZUSAMMENBRUCH von Great Benefit mag in Cleveland eine Sensation sein, aber in Memphis nimmt man das kaum zur Kenntnis. Es steht kein Wort darüber in der Mittwochszeitung.

Der erste Anruf kommt von Leo Drummond. Wir unterhalten uns

kurz, und es ist schwer zu sagen, wer deprimierter ist. Keiner von uns wird für den Krieg bezahlt werden, den wir gerade geführt haben.

Der zweite Anrufer ist Roger Rice, Miß Birdies neuer Anwalt. Miß Birdie versucht, ihr Testament abermals zu ändern, und in Florida haben sie genug von ihr. Delbert und Randolph ist es schließlich gelungen, von den Anwälten in Atlanta eine volle Offenlegung des Vermögens ihrer Mutter zu erlangen. Die Wahrheit kam ans Licht, daß Miß Birdie sie zum besten hielt und keine zwanzig Millionen Dollar besitzt. Spät am Montag abend rief Miß Birdie dann Roger Rice zu Hause an und teilte ihm mit, daß sie nach Memphis zurückkehren wolle. Sie sagte, sie hätte versucht, mich anzurufen, aber ich schiene sehr beschäftigt zu sein. Jedenfalls wollte Rice mich vorwarnen, daß sie jetzt jeden Tag zurückkehren könne. Ich danke ihm.

MORGAN WILSON hat sich eingehend mit der Akte Riker beschäftigt und neigt dazu, die Anklage fallenzulassen. Aber ihr Boß, Al Vance, hat sich noch nicht entschieden. Ich folge Mrs. Wilson in sein Büro.

„Diese Leute sind Irre", sagt Vance und wirft die Akte auf seinen Schreibtisch. „Sie haben mehrfach hier angerufen, allein zweimal heute morgen. Meine Sekretärin hat mit Rikers Vater und einem seiner Brüder gesprochen."

„Was wollen sie?" frage ich.

„Den Tod Ihrer Mandantin. ‚Vergeßt den Prozeß, schnallt sie einfach auf den elektrischen Stuhl, noch heute.' Hält sie sich versteckt?"

„Ja."

„Gut. Diese Typen sind so verdammt blöde, daß sie ihr Leben bedrohen. Sie wissen nicht einmal, daß es gegen das Gesetz ist, so etwas zu tun. Ein ausgesprochen widerliches Volk."

Wir sind uns alle drei einig, daß die Rikers ziemlich dumm und sehr gefährlich sind.

„Mrs. Wilson will keine Anklage erheben", fährt Vance fort.

„Es ist sehr einfach, Mr. Vance", sage ich. „Wenn es zum Prozeß kommt, werden Sie verlieren. Ich werde diesen verdammten Aluminiumschläger vor den Geschworenen schwenken. Ich werde meine Mandantin zu einem Symbol machen, und Sie und Ihre Leute werden sehr alt aussehen, wenn Sie versuchen, sie zu verurteilen. Kein einziger der zwölf Geschworenen wird für Sie stimmen."

„Er hat recht, Al", stimmte Mrs. Wilson zu. „Es ist ausgeschlossen, daß sie verurteilt wird."

Al war schon bereit gewesen, das Handtuch zu werfen, als wir hereinkamen, aber er wollte es erst von uns beiden hören. Er stimmt zu, alle Anklagen fallenzulassen.

Ich danke beiden und verschwinde schnell. Ich bin allein im Fahrstuhl, und ich sehe in dem polierten Messing über den Zahlenknöpfen, daß ich grinse. Alle Anklagen werden fallengelassen! Für immer!

Ich renne praktisch über den Parkplatz zu meinem Wagen.

DIE KUGEL wurde von der Straße her abgeschossen, durchschlug das Fenster im vorderen Büro, hinterließ ein säuberliches Loch von anderthalb Zentimeter Durchmesser in der Scheibe und beendete ihre Reise tief in der Wand. Deck war im vorderen Büro, als er den Schuß hörte. Die Kugel verfehlte ihn um ungefähr drei Meter.

Decks erster Anruf galt Butch. Zwanzig Minuten später erschien er schwer bewaffnet im Büro und bemühte sich, Deck zu beruhigen.

Als ich eintreffe, untersuchen sie gerade das Loch in der Scheibe. Deck zittert heftig am ganzen Leib. Er behauptet, ihm fehle nichts, aber seine Stimme klingt schrill. Butch sagt, er werde direkt unter dem Fenster warten und sie schnappen, wenn sie zurückkämen. Er hat zwei Schrotflinten in seinem Wagen und ein AK-47-Sturmgewehr. Gott helfe den Rikers, falls sie noch einmal versuchen sollten, im Vorbeifahren zu schießen.

DECK und ich entscheiden uns für ein Mittagessen außer Reichweite von herumfliegenden Kugeln. Wir kaufen uns Sandwiches und essen in Miß Birdies Küche. Butch sitzt in seinem Wagen, der auf der Einfahrt hinter meinem Volvo steht. Er wird enttäuscht sein, wenn er keine Gelegenheit findet, sein AK 47 abzufeuern.

Der wöchentliche Reinigungsdienst war gestern hier, das Haus ist also sauber, der schimmlige Geruch ist verschwunden. Alles steht bereit für Miß Birdie.

Der Handel, den wir abschließen, ist simpel. Deck bekommt die Akten, die er haben will, und ich bekomme 2000 Dollar. Die Kanzlei hat 3400 Dollar auf der Bank und ein paar offene Rechnungen.

Wir einigen uns über die Details, während wir essen. Der geschäftliche Aspekt der Trennung ist leicht, nicht dagegen das persönliche Auseinandergehen. Deck hat keine Zukunft. Er kann das Anwaltsexamen nicht bestehen, und er kann nirgendwo hingehen. Das wissen wir beide, aber es bleibt unausgesprochen.

Er beißt ein goßes Stück von einer Gewürzgurke ab und zerkaut es geräuschvoll. „Ich habe gestern abend mit Bruiser gesprochen", erzählt er.

„Wo ist er?“

„Auf den Bahamas.“

„Ist Prince bei ihm?“

„Ja.“

Das ist eine gute Nachricht, und es freut mich, das zu hören. „Sie haben es also geschafft“, sage ich, schaue zum Fenster hinaus und versuche, mir die beiden mit Strohhüten vorzustellen.

„Ja. Ich weiß nicht, wie. Nach manchen Dingen fragt man nicht.“ Decks Stimme klingt, als wäre er weit fort.

Wir verlassen Miß Birdies Haus und gehen in meine Wohnung. Deck hilft mir, ein paar Kleidungsstücke zum Wagen zu tragen. Da ich nicht in die Kanzlei zurückkehre, verabschieden wir uns beim Auto.

„Ich nehme Ihnen nicht übel, daß Sie abreisen“, versichert er mir. Wir umarmen uns verlegen ein oder zwei Sekunden lang, und meine Kehle ist wie zugeschnürt.

„Sie haben Geschichte gemacht, Rudy, wissen Sie das?“

„Wir haben es zusammen getan.“

Wir geben uns die Hand, und Decks Augen sind feucht. Ich sehe ihm nach, wie er davonschlurft und zu Butch ins Auto steigt. Sie fahren weg.

ALS ICH an die Tür der Blacks klopfe, ist es schon fast dunkel. Dot öffnet und lächelt beinahe, als sie mich erkennt. Das Haus ist still und dunkel, immer noch sehr in Trauer. Ich glaube nicht, daß es jemals anders werden wird. Buddy liegt mit einer Grippe im Bett.

Bei einer Tasse Instantkaffee bringe ich ihr schonend die Neuigkeit bei, daß Great Benefit mit dem Bauch nach oben schwimmt. Wenn nicht ein Wunder geschieht, sehen wir keinen Cent. Ihre Reaktion überrascht mich nicht. Es gibt mehrere unklare Gründe für den Untergang von Great Benefit, aber im Augenblick ist es für Dot sehr wichtig zu glauben, daß sie das Geschehene ausgelöst hat. Ihre Augen funkeln, und auf ihrem Gesicht liegt ein glücklicher Ausdruck, während sie die Nachricht verdaut. Sie hat Great Benefit aus dem Geschäft befördert. Eine kleine, entschlossene Frau aus Memphis, Tennessee, hat die Versicherungsgesellschaft in den Konkurs getrieben. Morgen wird sie zu Donny Rays Grab gehen und es ihm erzählen.

KELLY wartet nervös in Betty Norvelles Zimmer und umklammert eine kleine lederne Reisetasche, die ich ihr gestern mitgebracht habe. Sie enthält einige Toilettenartikel und ein paar vom Frauenhaus gespendete

Kleidungsstücke. Wir unterschreiben die erforderlichen Papiere und danken Betty. Während wir rasch auf den Wagen zugehen, halten wir uns bei den Händen, dann fahren wir davon.

„Welche Richtung, Liebling?“ frage ich, als wir die Kreuzung der Straße erreicht haben, die um die Stadt herumführt.

„Ich möchte die Berge sehen“, sagt sie.

„Ich auch. Osten oder Westen?“

„Hohe Berge.“

„Also dann nach Westen.“

„Ich möchte Schnee sehen.“

„Ich nehme an, wir werden welchen finden.“

Sie kuschelt sich an mich und legt den Kopf an meine Schulter. Wir überqueren den Fluß und sind in Arkansas. Hinter uns verschwindet die Skyline von Memphis.

Wir werden uns an einem Ort niederlassen, an dem uns niemand finden kann. Ich habe keine Angst davor, verfolgt zu werden, ich möchte nur, daß man mich in Ruhe läßt. Ich will nichts von Deck und Bruiser hören. Ich will nichts über die Folgen des Konkurses von Great Benefit hören. Ich will nicht, daß Miß Birdie anruft und um juristischen Rat bittet. Ich will mir keine Sorgen machen müssen wegen Cliffs Tod. Kelly und ich werden darüber sprechen, aber nicht so bald.

Wir werden uns für eine kleine Stadt mit einem College entscheiden, weil sie ihren Schulabschluß nachholen möchte. Sie ist erst zwanzig. Und auch ich bin noch ein halbes Kind. Wir haben eine Menge Ballast abgeworfen, und jetzt ist es an der Zeit, ein bißchen Spaß zu haben. Ich würde gern an einer High-School Geschichte unterrichten. Das sollte nicht sonderlich schwierig sein. Schließlich bin ich sieben Jahre aufs College gegangen.

Unter gar keinen Umständen will ich noch einmal etwas mit der Juristerei zu tun haben. Ich werde meine Lizenz verfallen lassen. Ich werde nie wieder freiwillig den Fuß in einen Gerichtssaal setzen.

Wir lächeln und kichern, während Memphis hinter uns verschwindet. Ich gelobe mir, nie dorthin zurückzukehren.

Foto: © 1995 USA TODAY

Comeback im Gerichtssaal

Noch gut erinnert sich John Grisham an den ersten Fall, den er übernommen hat. Als frischgebackener Anwalt verteidigte er einen mittellosen Mann, der des Mordes beschuldigt wurde. „Ich stand da und sollte Geschworene auswählen. Ich wußte gar nicht, was ich da tat“, gesteht er. „Die Verhandlung war eine einzige Katastrophe. Zum Schluß trat ich vor die Geschworenen und entschuldigte mich. Ich erklärte ihnen, mein Mandant hätte einen besseren Anwalt verdient als mich. ‚Bitte lassen Sie sich durch meinen Auftritt vor Gericht nicht in Ihrem Urteil beeinflussen‘, schloß ich. Sie sprachen den Mann nicht schuldig.“ Dies sei der erhebendste Augenblick in seiner Laufbahn als Jurist gewesen, glaubt Grisham.

In bezug auf seine frühen Jahre als Anwalt mag Grisham zurückhaltend sein, doch es ist immerhin diese Karriere, die ihn zu so erfolgreichen Romanen wie *Die Firma, Die Akte* oder *Der Klient* angeregt hat. Nach nur sechs Büchern ist der 1955 geborene Autor bereits eine Legende. Seine Thriller haben eine Gesamtauflage von bereits über sechzig Millionen erreicht, und *Der Regenmacher* verspricht alle Rekorde zu brechen.

Dennoch hat Grisham seine Wurzeln nicht vergessen. „Ich bin sehr stolz auf die Tatsache, daß ich zehn Jahre lang als Prozeßanwalt gearbeitet habe, und ich halte mich immer noch für einen.“ Tatsächlich kehrte er im Januar 1996 in den Gerichtssaal zurück und verklagte wie Rudy Baylor in *Der Regenmacher* eine große Gesellschaft. Dabei vertrat er unentgeltlich die Frau eines Angestellten von Illinois Central Railroad, deren Mann bei der Arbeit getötet worden war. Grisham plädierte auf Fahrlässigkeit, und die Geschworenen sprachen der Witwe fast 700 000 Dollar zu.

Trotz dieses Zwischenspiels wird ein neuer Roman des echten Regenmachers nicht lange auf sich warten lassen.

DIE BRÜCKEN AM FLUSS

ROBERT JAMES WALLER

Nur wenige Liebesgeschichten sind von unvergänglicher Schönheit und bleiben in unserer Seele haften wie ein aus der Zeit genommener Augenblick. Die Geschichte von Robert Kincaid und Francesca Johnson ist eine davon. Robert James Wallers leise und eindringlich erzähltes Buch hat weltweit Millionen Leser verzaubert und gilt heute schon als moderner Klassiker.

Wie alles begann

Es gibt Lieder, die entsteigen dem Blau der Binsenlilien und dem Staub von Tausenden von Landstraßen. Dies hier ist eines davon.

Eines Nachmittags im Herbst 1989 sitze ich an meinem Schreibtisch, den blinkenden Cursor meines Computers vor mir, als das Telefon schrillt. Am anderen Ende der Leitung ist ein Michael Johnson, der aus Iowa stammt und mittlerweile in Florida lebt. Er hat eins meiner Bücher gelesen; seine Schwester Carolyn hat es gelesen; und jetzt haben die beiden eine Geschichte, die mich ihrer Ansicht nach interessieren könnte. Er ist sehr vorsichtig, lehnt es ab, auch nur das mindeste über diese Geschichte zu sagen, außer daß Carolyn und er nach Iowa reisen würden, um sich mit mir darüber zu unterhalten. Daß die beiden bereit sind, sich eine solche Mühe zu machen, läßt mich neugierig werden. Also willige ich ein, mich die Woche darauf mit ihnen in Des Moines zu verabreden. Wir treffen uns in einem Holiday Inn in der Nähe des Flughafens, und die anfängliche Verlegenheit gibt sich, während die beiden mir gegenübersitzen und draußen der Abend hereinbricht.

Sie nehmen mir ein Versprechen ab: Sollte ich die Geschichte nicht schreiben wollen, muß ich absolutes Stillschweigen bewahren über das, was sich seinerzeit, 1965, im Madison County von Iowa und während der folgenden vierundzwanzig Jahre ereignet hat. Na schön, das ist nur recht und billig. Immerhin ist es ihre Geschichte, nicht die meine.

Also höre ich zu, aufmerksam, stelle fleißig Fragen. Und die beiden reden. Schier unaufhörlich. Carolyn weint hin und wieder ungeniert, während Michael tapfer dagegen ankämpft. Sie zeigen mir Dokumente, Ausschnitte aus Zeitschriften und die Tagebücher ihrer Mutter Francesca. Während sie erzählen, sehe ich schon die ersten Bilder. Zuerst muß man Bilder haben, die Worte kommen danach. Und schließlich höre ich auch die Worte, sehe sie auf beschriebenen Seiten vor mir. Irgendwann kurz nach Mitternacht erkläre ich mich einverstanden, die Geschichte zu schreiben – oder wenigstens, es zu versuchen.

Der Entschluß, mit ihrem Wissen an die Öffentlichkeit zu gehen, war den beiden nicht leichtgefallen. Sie waren sich darüber im klaren, daß eine Veröffentlichung dieser Geschichte zu geschmacklosem Klatsch und einer unschönen Entwürdigung des Gedenkens an ihre Eltern führen könnte.

In einer Welt jedoch, in der persönliche Bindungen in die Brüche zu gehen scheinen und Liebe nur noch eine Annehmlichkeit ist, hatten die beiden das Gefühl, daß diese bemerkenswerte Geschichte erzählt werden sollte. Ich war und bin der Ansicht, daß sie mit ihrem Urteil absolut richtig lagen.

Über die Hilfe von Michael und Carolyn hinaus basiert die Geschichte, so wie ich sie hier erzähle, auf Informationen aus den Tagebüchern Francesca Johnsons, auf eigenen Recherchen im Nordwesten der Vereinigten Staaten, unauffälligen Nachforschungen im Madison County in Iowa, indirekten Informationen aus Robert Kincaids fotografischen Essays, der Unterstützung diverser Zeitschriftenredakteure sowie langen Diskussionen mit einer Reihe von wunderbaren alten Herrschaften im Seniorenheim von Barnesville, Ohio, die Kincaid noch aus seinen Kindertagen kannten.

Trotz aller Mühe, die ich auf meine Recherchen verwandt habe, bleiben dennoch Lücken. Ich habe in solchen Fällen mit meiner Phantasie etwas nachgeholfen, doch bin ich überzeugt, dem, was sich tatsächlich zugetragen hat, sehr nahe gekommen zu sein.

Die Arbeit an diesem Buch hat meine Weltsicht verändert, meine Art zu denken. Vor allem aber habe ich gelernt, zwischenmenschliche Beziehungen in all ihren Spielarten mit weniger Zynismus zu betrachten. Francesca Johnson und Robert Kincaid, wie ich sie im Lauf meiner Recherchen kennenlernen konnte, haben mir gezeigt, daß die Grenzen solcher Beziehungen um ein Beträchtliches weiter gezogen werden müssen, als ich das je für möglich gehalten hätte. Vielleicht werden Sie im Verlauf der Lektüre die gleiche Erfahrung machen.

Leicht wird das freilich nicht. Leben wir in dieser sich zunehmend verhärtenden Welt doch alle mit unserem ganz persönlichen Panzer verschorfter Gefühle. Wo die große Leidenschaft aufhört und der Kitsch beginnt, kann ich nicht mit Sicherheit sagen. Sicher ist jedoch, daß unsere Neigung, uns schon über die Möglichkeit einer solchen großen Leidenschaft zu mokieren und echte, tiefe Gefühle als rührselig abzutun, uns den Zugang zum Reich der Zärtlichkeit erschwert, in dem allein die Geschichte von Francesca Johnson und Robert Kincaid zu verstehen ist. Ich jedenfalls mußte diese Neigung erst einmal überwinden, bevor ich mit dem Schreiben beginnen konnte.

Wenn Sie jedoch bei der nun folgenden Lektüre Ihre vernunftbetonte Skepsis einmal bewußt beiseite schieben, so werden Sie sicherlich die gleiche Erfahrung machen wie ich.

Vielleicht finden Sie, wie Francesca Johnson, in den gleichgültigen Räumen Ihres Herzens sogar wieder Platz zum Tanzen.

Robert James Waller

Robert Kincaid

Am Morgen des 8. August 1965 verschloß Robert Kincaid seine kleine Zweizimmerwohnung im zweiten Stock eines weitläufigen Mietshauses in Bellingham im Bundesstaat Washington. Er trug einen Rucksack voller Fotoausrüstung und einen Koffer die hölzerne Treppe hinunter und durch einen Korridor nach hinten hinaus zu seinem alten Chevrolet-Pick-up.

In dem kleinen Laster lagen bereits ein zweiter Rucksack, eine mittelgroße Kühlbox, zwei Stative, mehrere Stangen Camel-Zigaretten, eine Thermosflasche und eine große Tüte mit Obst. Hinten auf der Ladefläche lag ein Gitarrenkoffer. Kincaid plazierte die beiden Rucksäcke sorgfältig auf dem Sitz und Kühlbox und Stative auf dem Boden davor. Er kletterte auf die Ladefläche und verkeilte Gitarre und Koffer in einer Ecke, stützte sie mit einem flach auf dem Boden liegenden Ersatzreifen ab und zurrte die beiden Koffer dann mit einem Stück Wäscheleine an dem Reifen fest.

Schließlich setzte er sich ans Steuer, steckte sich eine Zigarette an und ging in Gedanken eine Checkliste durch: zweihundert Filme diverser Sorten, größtenteils wenig empfindliches Kodachromematerial; die Stative; die Kühlbox; drei Kameras mit fünf Objektiven; die Jeans; die Khakihose; Hemden; die Fotoweste hatte er bereits an. Kincaid trug verwaschene Levi's, gut eingelaufene Armeestiefel, Khakihemd und orangefarbene Hosenträger. An seinem breiten Gürtel hatte er ein Futteral mit einem Schweizer Offiziersmesser.

Er warf einen Blick auf seine Armbanduhr: acht Uhr siebzehn. Der kleine Laster sprang beim zweiten Versuch an, und er fuhr langsam die im dunstigen Sonnenlicht liegende Gasse hinunter. Dann ging es durch die Straßen von Bellingham Richtung Süden auf die Staatsstraße 11, die ihn einige Kilometer die Küste des Puget Sound entlangführte, bevor sie sich mit der Bundesstraße 20 traf.

Auf dieser machte er sich, die Morgensonne direkt im Gesicht, an die lange und kurvenreiche Fahrt durch die Cascades. Er mochte dieses Land und verspürte nicht die geringste Eile, legte hin und wieder sogar einen Stopp ein, um sich an Stellen, die ihm interessant genug für künftige Ausflüge schienen, Notizen zu machen und „Gedächtnisstützen" zu schießen, wie er solche Fotos nannte. Ihr Zweck bestand darin, ihn an Orte zu erinnern, an die er vielleicht einmal zurückkommen wollte, um sie sich ernsthaft vorzunehmen. Am späten Nachmittag nahm er in Spokane die Bundesstraße 2 Richtung Norden, die ihn über den halben Kontinent nach Duluth in Minnesota bringen sollte.

Zum tausendstenmal im Leben wünschte er sich, einen Hund zu haben, einen Golden Retriever vielleicht, um auf Reisen wie dieser nicht allein zu sein und zu Hause etwas Gesellschaft zu haben. Aber er war so oft im Ausland, meist in Übersee, daß es dem Tier gegenüber nicht fair gewesen wäre. Trotzdem, daran denken mußte er immer wieder.

Fahrten wie diese machten ihm stets Laune auf eine Bestandsaufnahme. Robert Kincaid war so allein, wie man es nur sein konnte – ein Einzelkind, beide Eltern tot, entfernte Verwandte, die ihn längst aus den Augen verloren hatten, ohne einen einzigen engen Freund.

Er kannte den Namen des Mannes, dem in Bellingham der Lebensmittelmarkt an der Ecke gehörte, und den vom Besitzer der Fotohandlung, in der er seine Ausrüstung kaufte. Und dann hatte er förmliche, weil rein berufliche Beziehungen zu mehreren Redakteuren von Zeitschriften. Darüber hinaus kannte er so gut wie niemanden, jedenfalls nicht näher, und den anderen ging es genauso mit ihm.

Er dachte an Marian. Sie hatte ihn vor neun Jahren verlassen, nach fünf Jahren Ehe. Er war jetzt zweiundfünfzig, sie knapp unter vierzig. Marian hatte von einer Karriere als Musikerin geträumt; sie wäre gern Folksängerin geworden.

Seine langen Abwesenheiten – zuweilen gleich zwei, drei Monate – hatten die Ehe ausgezehrt. Beide hatten gedacht, sie würden das schon irgendwie hinkriegen. Aber sie hatten sich getäuscht. Als er einmal von einer Fotoexpedition aus Island zurückkam, war sie nicht mehr da. Sie hatte ihm einen Zettel hinterlassen: „Robert, es hat einfach nicht geklappt. Ich hab dir die Gitarre dagelassen. Melde dich mal."

Er meldete sich nicht. Ebensowenig wie sie. Als ein Jahr später die

Scheidungspapiere kamen, unterschrieb er sie und stieg tags darauf in eine Maschine nach Australien. Sie hatte nichts verlangt außer ihrer Freiheit.

In Kalispell, Montana, machte er halt für die Nacht. Das Cozy Inn war erschwinglich. Er trug seine Ausrüstung in sein Zimmer. Im Bett las er bei einer Flasche Bier „Die Grünen Hügel Afrikas" und konnte dabei die Papiermühlen von Kalispell riechen. Am Morgen joggte er vierzig Minuten, machte fünfzig Liegestütze und erledigte, mit seinen Kameras als leichten Handgewichten, den Rest seines Pensums.

Er fuhr, immer parallel zur oberen Grenze von Montana, nach North Dakota hinein, und das karge, flache Land, das er hier fand, faszinierte ihn nicht weniger als die Berge oder das Meer. Das Land war von einer herben Schönheit, und er hielt mehrere Male an, baute ein Stativ auf und schoß Schwarzweißaufnahmen von alten Farmgebäuden.

Am Morgen des 14. August, zwei Autostunden vor Duluth, bog er in nordöstlicher Richtung ab und nahm eine Landstraße hinauf nach Hibbings, zu den Erzbergwerken. Roter Staub lag hier in der Luft, überall standen riesige Maschinen und Züge mit Spezialwaggons für den Erztransport. Er verbrachte den Nachmittag damit, sich in Hibbings umzusehen, fand es aber nicht nach seinem Geschmack. Auch daß Bob Dylan von hier stammte, änderte nichts daran. Der einzige Dylan-Song, für den er je wirklich etwas übrig gehabt hatte, war „Girl from the North Country" gewesen. Den konnte er spielen und singen. Er summte die Worte vor sich hin, als er diese Gegend mit den gigantischen roten Löchern in der Erde wieder verließ.

Der Superior-Nationalpark war ein herrliches Waldgebiet; hier gefiel es ihm. Ein Land wie zu Zeiten der Trapper, die dieses Gebiet erforscht hatten. Als er noch jung war, hatte er sich immer gewünscht, in jenen Tagen zu leben, um selbst Forschungsreisender werden zu können. Er fuhr an Wiesen vorbei, sah drei Elche, einen Rotfuchs und jede Menge Hirsche. An einem kleinen See machte er halt und fotografierte die Spiegelungen eines merkwürdig gewachsenen Astes auf dem Wasser. Als er fertig war, setzte er sich auf das Trittbrett seines Lasters, trank Kaffee, rauchte eine Zigarette und lauschte auf den Wind in den Birken.

Es wäre schon gut, jemanden zu haben, eine Frau, dachte er und sah dem Rauch seiner Zigarette nach. Aber so oft, wie er weg war, wäre das nicht gerade leicht für den, der zu Hause blieb. Das hatte er ja bereits erfahren müssen.

Wenn er zu Hause in Bellingham war, dann traf er sich gelegentlich mit der künstlerischen Leiterin einer in Seattle ansässigen Werbeagentur. Sie war zweiundvierzig, intelligent und ein netter Typ, aber er liebte sie eben nicht und würde sie auch niemals lieben.

Manchmal jedoch verbrachten sie einen Abend zusammen, gingen ins Kino, genehmigten sich ein paar Biere und beendeten den Abend mit einem recht ordentlichen Schäferstündchen. Sie war eine Frau mit Erfahrung – zwei Ehen und Jobs in diversen Bars, mit denen sie ihr Studium finanziert hatte. Einmal sagte sie etwas, was ihm nicht mehr aus dem Kopf gehen wollte: „Robert, in dir steckt ein Wesen, das herauszubringen ich nicht gut genug und das zu erreichen ich nicht stark genug bin. Ich habe manchmal das Gefühl, du bist schon sehr lange hier, mehr als nur ein Leben, und daß du an Orten gelebt hast, von denen wir anderen noch nicht mal träumen. Du jagst mir Angst ein, auch wenn du zärtlich zu mir bist. Würde ich mich bei dir nicht mit aller Kraft unter Kontrolle halten, ich würde mich völlig verlieren und nie wieder zurückbekommen."

Er ahnte dunkel, was sie meinte. Aber auch er selbst konnte es nicht greifen.

Auch seiner Mutter war aufgefallen, daß er anders war. Er sprach nicht ein Wort, bevor er drei war, und redete dann sofort in vollständigen Sätzen, und schon mit fünf las er ganz außergewöhnlich gut. An der Schule war er nicht interessiert, ein frustrierender Schüler für seine Lehrer.

Seine Mutter traf sich mit mehreren seiner Lehrer. Als die sich über Roberts stillschweigende Widerspenstigkeit beklagten, sagte sie: „Robert lebt in seiner eigenen Welt. Manchmal habe ich das Gefühl, er stammt von ganz woanders her, wohin er zurückzukehren versucht. Ich weiß Ihr Interesse an ihm zu schätzen, und ich werde noch mal versuchen, ihn dazu zu bekommen, sich in der Schule mehr Mühe zu geben."

Er jedoch hatte sich damit begnügt, sämtliche Abenteuerbücher und Reisebeschreibungen in der Stadtbibliothek zu verschlingen, und sonst verbrachte er seine Tage lieber am Fluß am Rande der Stadt, ignorierte Schulbälle und Footballspiele und alles, was ihn sonst noch langweilte. Er angelte, schwamm, ging spazieren, lag im hohen Gras und lauschte fernen Stimmen, die seiner Vorstellung nach nur er hören konnte. „Es gibt Zauberer da draußen", pflegte er sich zu sagen. „Wenn du nur still und offen genug bist, sie zu hören, sie sind da draußen." Und er wünschte, er hätte einen Hund, um diese Augenblicke zu teilen.

Fürs College fehlte das Geld. Aber er hatte ohnehin kein Verlangen danach. Sein Vater war ein tüchtiger Arbeiter und gut zu seiner Mutter und ihm, aber sein Lohn in einer Ventilfabrik erlaubte keine großen Sprünge, auch an einen Hund war gar nicht zu denken.

Robert war achtzehn, als sein Vater starb, und er ging zum Militär, um seine Mutter und sich durchzubringen. Er blieb vier Jahre dabei, sie veränderten sein Leben.

Aus irgendwelchen Gründen machte man ihn, der nicht einmal einen Film einlegen konnte, zum Fotoassistenten. Aber in ebendieser Arbeit entdeckte er seinen Beruf. Die technische Seite bereitete ihm keinerlei Probleme. Es dauerte nur einen Monat, und er erledigte nicht nur die Dunkelkammerarbeit für zwei der Stabsfotografen, sondern durfte überdies auch schon einfache Projekte selbst übernehmen. Einer der Fotografen, ein gewisser Jim Peterson, konnte ihn gut leiden und verbrachte einen Teil seiner Freizeit damit, ihm die Feinheiten der Fotografie beizubringen. Robert Kincaid besorgte sich Foto- und Kunstbände aus der Stadtbibliothek von Fort Monmouth und studierte sie. Schon früh hatten es ihm besonders die französischen Impressionisten und Rembrandts Umgang mit Licht angetan.

Schließlich begann er dann zu verstehen, daß er überhaupt nur Licht fotografierte, nicht etwa Gegenstände. Die Gegenstände waren nichts weiter als Vehikel für das Licht. Solange nur das Licht gut war, fand man immer etwas zu fotografieren. Damals begann sich die Kleinbildkamera durchzusetzen, und er kaufte sich in einem Fotogeschäft am Ort eine gebrauchte Leica. Die nahm er mit hinunter nach Cape May in New Jersey und verbrachte eine Woche seines Urlaubs damit, das Leben entlang der Küste zu fotografieren. Er fing an, sich Notizen zu Blendeneinstellungen und Verschlußzeiten zu machen und sich Orte zu notieren, an die er noch einmal zurückkehren wollte.

Als er die Armee mit zweiundzwanzig verließ, war er ein ganz ordentlicher Fotograf geworden und fand in New York Arbeit als Assistent eines bekannten Modefotografen.

Die weiblichen Models waren hübsch, er traf sich mit einigen und verliebte sich sogar ein bißchen in eine von ihnen, bevor sie nach Paris zog. Für die Mode selbst vermochte er sich nie so recht zu begeistern. Daß Leute absolut einwandfreie Kleidungsstücke auf den Müll warfen oder sie auf den Wink eines europäischen Modediktators hin in aller Eile abändern ließen, schien ihm die reine Dummheit, und er fand es unter seiner Würde, dafür zu fotografieren.

Seine Mutter starb während seines zweiten Jahres in New York. Er ging zurück nach Ohio, sorgte für ihre Beerdigung und saß dann vor einem Anwalt, der ihm das Testament vorlas. Zu seiner Überraschung stellte er fest, daß sich seine Eltern mit dem winzigen Häuschen in der Franklin Street, in dem sie ihre gesamte Ehe hindurch wohnten, durchaus ein kleines Kapital geschaffen hatten. Er verkaufte das Haus und erstand mit dem Erlös eine erstklassige Kameraausrüstung. Als er den Fotohändler bezahlte, mußte er an all die Jahre denken, die sein Vater für diese Dollars geschuftet hatte, und an das einfache Leben, das seine Eltern geführt hatten.

In kleinen Magazinen begannen einige seiner Arbeiten zu erscheinen. Dann rief *National Geographic* bei ihm an. Man hatte ein Kalenderfoto gesehen, das er draußen auf Cape May geschossen hatte. Er unterhielt sich mit den Leuten und bekam einen kleinen Auftrag, führte diesen professionell aus und war damit auf dem Weg nach oben.

1943 holte ihn das Militär zurück. Er ging zur Marine, schleppte sich im Südpazifik mit baumelnden Kameras ungezählte Strände hinauf, legte sich auf den Rücken und fotografierte die Männer, wenn sie von den Landungsbooten sprangen. Er sah den Schrecken auf ihren Gesichtern und verspürte ihn selbst. Er sah, wie Maschinengewehrgarben sie in Stücke rissen, sah sie Gott und ihre Mütter um Hilfe anflehen. Er bannte all das auf Zelluloid und überlebte es, ohne süchtig zu werden nach der vermeintlich romantischen Glorie der Kriegsfotografie.

Als er 1945 aus dem Militärdienst ausschied, rief er bei *National Geographic* an. Dort hatte man Arbeit für ihn, jederzeit. Er kaufte sich in San Francisco ein Motorrad, fuhr damit an den Big Sur im Süden, liebte am Strand eine Cellistin aus Carmel und wandte sich dann nach Norden, um Washington zu erkunden. Es gefiel ihm, und er entschloß sich, dort seine Zelte aufzuschlagen.

Jetzt, mit zweiundfünfzig, beobachtete er noch immer das Licht. Er hatte die meisten Orte gesehen, deren Namen ihn als Junge fasziniert hatten. Die Küste des Lake Superior war wirklich so schön, wie er gehört hatte. Er notierte sich einige Stellen, schoß ein paar Fotos, um später seinem Gedächtnis auf die Sprünge zu helfen, und fuhr dann den Mississippi entlang Richtung Iowa. Er war noch nie in Iowa gewesen, aber die Hügel im Nordosten des Staates, am Fluß entlang, begeisterten ihn sofort. Bei einem Halt in der kleinen Stadt Clayton stieg er in einem Anglerhotel ab und fotografierte zwei Vormittage lang die Schleppdampfer.

Am Montag, dem 16. August 1965, durchquerte er frühmorgens Des

Moines, wandte sich dahinter auf der Staatsstraße 92 nach Westen und fuhr schnurstracks in Richtung Madison County mit seinen überdachten Brücken, die es laut *National Geographic* dort geben sollte. Oh, die gebe es tatsächlich, sagte der Mann an der Texaco-Tankstelle und beschrieb ihm ungefähr den Weg.

Die ersten sechs waren leicht zu finden. Die siebte, genannt Roseman Bridge, konnte er allerdings nicht entdecken. Es war heiß, sehr heiß, und auch „Harry" – seinem Laster – war es zu heiß, wie er so über geschotterte Straßen karjuckelte, die nirgendwo anders hinzuführen schienen als auf die nächste geschotterte Straße.

Im Ausland verfuhr er in solchen Fällen nach der Faustregel „Immer dreimal fragen". Er hatte die Erfahrung gemacht, daß drei Antworten, und mochten sie auch alle drei falsch sein, einen dem Ziel doch näher brachten. Vielleicht würden hier sogar zwei genügen.

Ein Briefkasten tauchte auf. Er stand an der Einmündung eines Sträßchens von vielleicht hundert Meter Länge. Der Name auf dem roten Kasten lautete RICHARD JOHNSON, RR 2. Er bog in das Sträßchen ein.

Als er in den Hof fuhr, saß eine Frau im Schatten der Veranda vor dem Haus. Sie stieg von der Veranda und kam zu ihm herüber. Er kletterte aus dem kleinen Laster und sah sie an. Sie war wunderschön. Und auf der Stelle verspürte er wieder seine alte Unbeholfenheit, die ihn immer dann befiel, wenn er sich auch nur im geringsten von einer Frau angezogen fühlte.

Francesca

Spätherbst war für Francesca Geburtstagszeit. Kalte Regenschauer klatschten gegen ihr ganz aus Holz gebautes Haus im ländlichen Süden von Iowa. Sie schaute dem Regen zu und dachte dabei an Richard. An einem Tag wie diesem war er gestorben, acht Jahre war das nun her. Francesca dachte an seine unerschütterliche Herzensgüte, seine solide Lebensweise und das ausgeglichene, ruhige Leben, das er ihr ermöglicht hatte.

Die Kinder hatten angerufen. Auch dieses Jahr hatten sie es nicht einrichten können, zu ihrem Geburtstag vorbeizuschauen, ihrem siebenundsechzigsten. Sie verstand sie, wie sie immer alles verstanden hatte. Beide standen sie mitten im Berufsleben, strampelten sich ab, der eine als Leiter eines Krankenhauses, die andere als Lehrerin, Michael kurz vor einer zweiten Ehe, Carolyn vollauf beschäftigt mit ihrer ersten. Insgeheim war sie froh, daß die beiden es offenbar nie einrichten konnten, sie an ihrem Geburtstag zu besuchen; sie hatte ihre eigenen Zeremonien für diesen speziellen Tag.

Am Vormittag waren ihre Freunde aus Winterset mit einem Geburtstagskuchen vorbeigekommen. Während Francesca Kaffee machte, hatten sie sich unterhalten: über Enkelkinder, das Stadtgeschehen und darüber, was man wohl wem zu Weihnachten schenken sollte. Das leise Lachen und das Auf und Ab der Unterhaltung aus dem Wohnzimmer hatten in ihrer Vertrautheit etwas Tröstliches und erinnerten Francesca an einen der Gründe, einen ganz kleinen, warum sie nach Richards Tod hier wohnen geblieben war.

Francesca hatte ihnen hinterhergesehen, als sie zur Mittagszeit wieder gefahren waren. Es waren gute Freunde, auch wenn sie niemals verstehen würden, was in ihr ruhte; selbst wenn sie es ihnen gesagt hätte, sie würden es nicht verstehen. Ihr Mann hatte gesagt, sie würde hier gute Freunde finden, als er sie nach dem Krieg hergebracht hatte, aus Neapel. „Die Leute in Iowa“, sagte er ihr, „mögen ihre Fehler haben, aber einen Mangel an Anteilnahme kann man ihnen nun wirklich nicht nachsagen.“ Und damit hatte er damals ebenso recht wie heute.

Sie war fünfundzwanzig gewesen, als sie einander kennenlernten – drei Jahre nach ihrem Studium. Sie unterrichtete damals an einer Privatschule für Mädchen und machte sich Gedanken über ihr Leben. Viele junge Italiener waren gefallen, verwundet, in Gefangenschaft oder vom Krieg gebrochen. Ihre Affäre mit Nicolo, einem Professor für bildende Künste, war schon seit einem Jahr vorbei. Richard bot ihr eine vernünftige Alternative: Herzensgüte und das süße Versprechen Amerikas.

Sie hatte ihn sich genau angesehen in seiner Uniform, als sie zusammen in einem Café unter der mediterranen Sonne saßen, sah seinen ernsten Blick auf ihr ruhen, den Blick eines Menschen aus dem amerikanischen Mittelwesten, und ging mit ihm nach Iowa. Ging mit ihm, um mit ihm Kinder zu haben, Michael an kalten Oktoberabenden bei Footballspielen zuzusehen und Carolyn nach Des Moines zu fahren, wenn sie ein Kleid für den Schulball brauchte. Sie schrieb sich mit ihrer Schwester in Neapel mehrmals im Jahr Briefe und war zweimal dorthin zurückgekehrt, jeweils beim Tod eines Elternteils. Aber ihr Zuhause war jetzt das Madison County, und sie verspürte keinerlei Sehnsucht nach ihrer Heimat.

Am Nachmittag hörte der Regen auf, setzte aber noch kurz vor Abend wieder ein. Im Zwielicht schenkte Francesca sich ein Gläschen Brandy ein und öffnete die unterste Lade vom Schreibtisch. Sie holte ein großes braunes Kuvert heraus und fuhr langsam mit der Hand darüber, so wie sie es Jahr für Jahr an diesem Tag tat.

Auf dem Poststempel stand „Seattle, WA, 12. September 1965". Jedesmal sah sie sich zuerst den Poststempel an. Das gehörte zum Ritual. Dann die Anschrift, die von Hand geschrieben war: „Francesca Johnson, RR 2, Winterset, Iowa". Als nächstes den Absender, sorglos in die linke obere Ecke gekritzelt: „Post Box 642, Bellingham, Washington". Sie setzte sich auf einen Stuhl am Fenster, besah sich die beiden Adressen, konzentriert, weil sie die Bewegung seiner Hände enthielten und sie das Gefühl dieser Hände auf ihr zurückbringen wollte, die sie vor zweiundzwanzig Jahren berührt hatten.

Sobald sie die Berührung seiner Hände spürte, öffnete sie den Umschlag, entnahm ihm behutsam drei Briefe, ein kurzes Manuskript, zwei Fotografien und eine komplette Nummer des *National Geographic* nebst Ausschnitten aus anderen Ausgaben dieses Magazins. Dann saß sie im schwindenden grauen Licht, nippte an ihrem Brandy und schaute über den Rand des Glases auf die handgeschriebene, mit einer Büroklammer an das getippte Manuskript geheftete Notiz. Der Brief war auf seinem schmucklosen Briefpapier geschrieben, dessen Kopf in unauffälligen Buchstaben nichts weiter als ROBERT KINCAID, FOTOGRAF & AUTOR besagte.

10. September 1965

Liebe Francesca,
beiliegend zwei Fotos. Eines davon ist der Schnappschuß, den ich von Dir bei Sonnenaufgang auf der Weide gemacht habe. Ich hoffe, es gefällt Dir so gut wie mir. Das andere ist von der Roseman Bridge, bevor ich die Nachricht weggenommen habe, die Du drangespießt hattest.

Ich sitze hier und fische in den grauen Gewässern meiner Erinnerung nach jeder Einzelheit, jedem Augenblick unserer gemeinsamen Zeit. Immer und immer wieder frage ich mich das eine: Was ist mir nur im Madison County in Iowa passiert? Und dann mühe ich mich ab, alles zusammenzukriegen. Deshalb habe ich das kleine Stück geschrieben,

„Sturz aus der Dimension Z", das ich Dir beigelegt habe, als Versuch, Klarheit in meine Verwirrung zu bringen.

Ich schaue durch ein Objektiv und sehe Dich am anderen Ende. Ich beginne mit der Arbeit an einem Artikel, und ich schreibe über Dich. Ich weiß noch nicht mal so recht, wie ich von Iowa wieder nach Hause gekommen bin.

Vor einigen Wochen noch war ich ausgeglichen und durchaus zufrieden. Vielleicht nicht der glücklichste Mensch der Welt, vielleicht ein bißchen einsam, aber immerhin zufrieden. Das hat sich gründlich geändert.

Mir ist jetzt klar, daß ich mich schon seit langem auf Dich zubewegt habe und Du Dich auf mich. Obwohl keiner sich des anderen bewußt war, bevor wir einander kennengelernt haben, so summte doch unter unserer Unwissenheit eine Art blinde Gewißheit, die sicherstellte, daß wir zueinanderfanden. Wie zwei einsame Vögel über den großen Prärien ihren Weg mit Hilfe der Gestirne bestimmen, haben wir uns all die Jahre, ja unser ganzes Leben lang, aufeinander zubewegt.

Das Reisen ist eine merkwürdige Sache. Ich schlurfe so vor mich hin, hebe den Kopf, und da kommst eines Augusttages Du übers Gras herüber auf meinen Laster zu. Im nachhinein betrachtet scheint es unausweichlich – es hätte gar nicht anders passieren können –, typischer Fall von hoher Wahrscheinlichkeit des Unwahrscheinlichen, würde ich sagen.

So laufe ich also jetzt mit einem anderen Menschen in mir herum. Obwohl ich glaube, ich habe mich besser ausgedrückt an dem Tag, an dem wir auseinandergegangen sind, als ich sagte, wir hätten aus uns beiden eine dritte Person geschaffen. Jetzt werde ich von diesem anderen Wesen verfolgt.

Irgendwie müssen wir einander wiedersehen. Egal, wo, egal, wann.

Ruf mich an, wenn Du irgend etwas brauchen solltest oder mich ganz einfach nur wiedersehen willst. Ich werde da sein, und zwar sofort. Laß es mich wissen, wenn Du irgendwann einmal hier rüberkommen kannst – egal, wann. Ich kann das mit dem Flug erledigen, falls das ein Problem sein sollte. Ich fliege nächste Woche nach Südostindien, bin aber Ende Oktober wieder zurück.

Ich liebe Dich,
Robert

PS: Aus dem Fotoprojekt im Madison County ist richtig was geworden. Kannst es nächstes Jahr im *National Geographic* nachblättern. Oder sag mir einfach, ob ich Dir die entsprechende Nummer schicken soll, wenn sie herauskommt.

Francesca Johnson stellte ihr Glas Brandy auf das breite eichene Fensterbrett und starrte auf das Schwarzweißfoto von ihr selbst. In engen, verwaschenen Jeans, Sandalen und einem weißen T-Shirt, das Haar im Morgenwind, gegen einen Zaunpfosten gelehnt.

Von ihrem Platz am Fenster aus sah sie durch den Regen noch immer diesen Pfosten, dort, wo der alte Zaun die Weide umschloß. Nach Richards Tod hatte sie das Land nur unter der Bedingung verpachtet, daß diese Weide intakt blieb, auch wenn sie jetzt mit ganz gewöhnlichem Unkraut überwuchert war.

Auf dem Foto zeigten sich eben die ersten ernstzunehmenden Falten in ihrem Gesicht. Seine Kamera hatte sie gefunden. Trotzdem, sie war sehr zufrieden mit dem, was sie sah. Ihr Haar war schwarz, ihr Körper voll und rund; er füllte die Jeans gerade richtig. Und ihr Gesicht war das Gesicht einer Frau, die hoffnungslos verliebt war in den Mann, der das Foto schoß.

Sie sah jetzt auch ihn wieder deutlich vor sich, weit hinten auf dem Fluß ihrer Erinnerung. Sie ließ sämtliche Bilder an sich vorüberziehen, jede Einzelheit, prägte sich alles ein, für immer und ewig. Er war hochgewachsen, schlank und muskulös. Sein silbergraues Haar reichte ihm ein gutes Stück über die Ohren und war fast immer zerzaust, so als käme er eben von einer langen Seereise durch einen steifen Wind und hätte es gerade mal mit den Händen zurechtzukämmen versucht. In seinem schmalen Gesicht mit den hohen Wangenknochen suchten seine hellblauen Augen unablässig nach dem nächsten Foto. Er hatte sie angelächelt, ihr gesagt, wie schön und warm sie im Morgenlicht aussehe, sie gebeten, sich gegen den Pfosten zu lehnen, und sie dann in einem weiten Bogen umkreist, sie aus Kniehöhe fotografiert, dann stehend, dann auf dem Rücken liegend, die Kamera im schrägen Winkel nach oben gerichtet.

Es war ihr etwas peinlich gewesen, daß er ihretwegen so viele Filme verschoß, aber es hatte sie auch gefreut, daß er ihr so viel Aufmerksamkeit schenkte. Sie hoffte nur, daß keiner der Nachbarn so früh schon mit dem Traktor unterwegs wäre. Obwohl sie sich an diesem besonderen Morgen keine allzu großen Gedanken gemacht hatte um die Nachbarn und das, was sie denken mochten.

Er knipste, sagte ihr, wie gut sie ihm gefalle und wie sehr er sie liebe. Mitunter hielt er einfach inne und starrte sie nur an, durch sie hindurch, um sie herum, in sie hinein. Deutlich waren ihre Brustwarzen zu sehen, wo sie gegen das baumwollene T-Shirt drückten. Es hatte ihr merkwürdigerweise überhaupt nichts ausgemacht, daß sie nackt war unter dem Hemd. Im Gegenteil, sie war froh darüber und verspürte eine gewisse Wärme bei dem Gedanken, daß er ihre Brüste durch sein Objektiv so deutlich sehen konnte. Nie und nimmer hätte sie sich in Richards Gegenwart in diesem Aufzug sehen lassen.

Robert hatte sie gebeten, das Kreuz durchzudrücken, aber ganz, ganz leicht nur, und dann geflüstert: „Ja, ja, genau so, bleib so." Das war der Augenblick, in dem er das Foto geschossen hatte, das sie jetzt anstarrte. Das Licht war perfekt, hatte er jedenfalls gesagt, und während er sich um sie herumbewegte, hatte rhythmisch der Verschluß seiner Kamera geklickt.

Er war geschmeidig – genau das war das Wort, an das sie hatte denken müssen, während sie ihn so beobachtete. Trotz seiner zweiundfünfzig Jahre bestand sein Körper aus nichts als Muskeln, Muskeln, deren Spiel von einer Intensität und Kraft war, wie nur Männer sie entwickeln, die auf sich achten. Er erzählte ihr, daß er Frontfotograf im Pazifik gewesen sei, und Francesca konnte sich vorstellen, wie er zusammen mit den Marinesoldaten in Pulverdampf gehüllte Strände heraufkam, die Kameras gegen seinen Körper schlagend, eine am Auge, mit der er rasend seine Bilder schoß.

Sie sah sich das Bild noch einmal an, studierte es. „Ich habe weder vorher noch nachher jemals so gut ausgesehen. Das hat er bewirkt." Worauf sie sich wieder ein Schlückchen Brandy genehmigte, während der Regen sich auf den Rücken des Novemberwinds schwang und auf ihm über die Hügel fegte.

Robert Kincaid hatte etwas von einem Zauberer, der an merkwürdigen, fast schon bedrohlichen Orten lebte. Francesca hatte das sogleich gespürt, als er an jenem heißen, trockenen Montag im August 1965 auf ihrem Hof aus seinem Wagen stieg. Richard und die Kinder waren auf der Landwirtschaftsausstellung im benachbarten Illinois, um ihren eigens für den Wettbewerb gemästeten Bullen auszustellen, so daß sie die ganze Woche für sich allein hatte.

Eistee trinkend hatte sie vor dem Haus auf der Veranda gesessen und ganz beiläufig die Staubwolke des Pick-ups beobachtet, der da die Landstraße langgekommen war. Er bewegte sich ziemlich langsam, so als wäre der Fahrer auf der Suche nach etwas. Vor ihrer Zufahrt hielt er kurz an, bog ab und kam aufs Haus zu. Großer Gott, hatte sie gedacht, wer ist das?

Sie war barfuß, trug Jeans und ein verblichenes blaues Arbeitshemd mit aufgerollten Ärmeln. Ihr langes schwarzes Haar wurde von einem Schildpattkamm gehalten, den ihr ihr Vater zum Abschied von der

Heimat geschenkt hatte. Der kleine Laster rollte das Sträßchen herauf und hielt in der Nähe des Gatters.

Francesca trat von der Veranda und ging ohne Eile durchs Gras in Richtung des Gatters. Und dann stieg Robert Kincaid aus dem Laster. Das braune, militärisch geschnittene Hemd klebte ihm vor Schweiß auf dem Rücken; unter den Armen hatte er breite dunkle Ringe. Die obersten drei Knöpfe standen offen, und sie sah die kräftigen Brustmuskeln direkt unter dem schlichten Silberkettchen um seinen Hals. Über den Schultern hatte er breite orangefarbene Hosenträger, solche, wie Leute sie tragen, die viel Zeit in der Wildnis zubringen.

Er lächelte. „Tut mir leid, Sie so zu überfallen, aber ich bin auf der Suche nach einer überdachten Brücke, die irgendwo hier draußen sein soll, und ich kann sie einfach nicht finden. Ich weiß im Augenblick nicht mehr, wo ich bin." Er wischte sich mit einem blauen Halstuch über die Stirn und lächelte wieder.

Seine Augen sahen sie unverhohlen an, und sie spürte etwas in ihr einen Hüpfer tun. Die Augen, die Stimme, das Gesicht, das silbrige Haar, die ungezwungene Art, mit der er sich bewegte, eine alte Art, eine beunruhigende Art, eine Art, die einen unwillkürlich in ihren Bann schlug. Jene Art, die bei allen Lebewesen die Moleküle im Raum zwischen den Geschlechtern verschiebt. Ihre Macht ist unendlich, ihr Ziel völlig klar. Die alten Gesetze sind einfach; wir haben bloß dafür gesorgt, daß sie kompliziert erscheinen. Francesca spürte dies, ohne es zu wissen.

Auf der Straße fuhr, eine Staubfahne hinter sich herziehend, ein Auto vorbei und hupte. Francesca winkte Floyd Clark zu, dessen sonnengebräunter Arm aus dem Fenster seines Chevy stak, und wandte sich wieder dem Fremden zu. „Sie sind nah dran. Die Brücke ist nur etwa drei Kilometer von hier." Und dann, nach zwanzig Jahren in dieser engen Welt, einer Welt voller unantastbarer Verhaltensregeln und versteckter Gefühle, wie sie die ländliche Kultur nun mal verlangte, sagte Francesca Johnson zu ihrer eigenen Überraschung: „Ich kann sie Ihnen gerne zeigen, wenn Sie wollen."

Ihr Angebot überraschte ihn ganz offensichtlich. Aber er faßte sich rasch und meinte mit ernster Miene, daß er ihr in diesem Fall wirklich dankbar wäre. Von der Treppe vor der Hintertür holte sie ihre Cowboystiefel, die sie bei der Farmarbeit trug, und ging zurück zu seinem Laster.

„Ich brauche nur einen Augenblick, um Ihnen Platz zu machen – bei dem ganzen Krempel hier drin", meinte er.

Sie sah, daß ihn diese Geschichte etwas aus dem Konzept gebracht hatte. Er schichtete grobleinene Rucksäcke und Stative um, eine Thermosflasche, Papiertüten. Hinten auf der Ladefläche sah sie einen großen braunen Reisekoffer und einen Gitarrenkoffer, beide arg ramponiert und völlig verstaubt.

Die Tür des Lasters schlug ihm gegen den Hintern, während er herumsortierte und Pappkaffeebecher und Bananenschalen in eine braune Einkaufstüte steckte, die er dann in den Stauraum warf, als er fertig war. Schließlich nahm er noch eine blauweiße Kühlbox vom Sitz und stellte auch sie nach hinten. In verblaßten roten Buchstaben stand auf der grünen Tür des Lasters KINCAID-FOTOGRAFIE, BELLINGHAM, WASHINGTON.

„Okay, ich denke, Sie können sich jetzt reinquetschen." Er hielt ihr die Tür auf, schloß sie hinter ihr, ging dann zur Fahrerseite und stieg mit einer eigenartigen, tiergleichen Anmut hinters Steuer. Er sah sie mit einem kurzen Blick an, lächelte dann verhalten und sagte: „Also, in welche Richtung?"

„Rechts." Er drehte den Schlüssel, der Motor sprang mühsam an, dann ging es hinunter zur Straße, eine holprige Fahrt. Seine langen Beine bedienten die Pedale ganz automatisch; die alte Levi's reichte ihm über die braunen ledergeschnürten Stiefel.

Er beugte sich herüber und griff ins Handschuhfach, wobei sein Unterarm ihren Schenkel streifte. Den Blick halb durch die Windschutzscheibe, halb ins Handschuhfach gerichtet, holte er eine Visitenkarte heraus und gab sie ihr. ROBERT KINCAID, FOTOGRAF & AUTOR. Auch seine Adresse stand darauf, zusammen mit einer Telefonnummer.

„Ich bin hier im Auftrag von *National Geographic*", erklärte er. „Die machen einen Artikel über überdachte Brücken, und das Madison County hat ein paar besonders interessante. Sechs habe ich bereits entdeckt, aber ich denke, es gibt noch mindestens eine weitere, und die soll irgendwo in dieser Richtung sein."

„Das ist die Roseman Bridge", sagte Francesca über den Lärm des Windes, der Reifen und des Motors hinweg. Ihre Stimme hörte sich merkwürdig an, als gehöre sie jemand anderem, einem Teenager, der sich in Neapel aus einem Fenster lehnt, weit durch die Straßen der Stadt in Richtung der Züge schaut oder hinaus zum Hafen späht und von fernen Liebhabern träumt, die noch kommen werden. Während sie sprach, beobachtete sie das Spiel der Muskeln auf seinem Unterarm, wann immer er einen anderen Gang einlegte.

Neben ihr lagen zwei Rucksäcke. Die Klappe des einen war geschlossen, die des anderen jedoch zurückgeschlagen, und sie sah das silbrige Gehäuse einer Kamera herauslugen. Hinter die Rucksäcke gestopft sah sie eine braune Weste mit unzähligen Taschen. Aus einer der Taschen baumelte eine dünne Schnur mit einem Drücker am Ende.

„Biegen Sie an der nächsten Ecke rechts ab", sagte sie. Was ihr Gelegenheit gab, einen raschen Blick auf Robert Kincaids Profil zu werfen. Seine Haut war gebräunt und glatt und glänzte vor Schweiß. Er hatte hübsche Lippen, die ihr gleich aufgefallen waren. Und seine Nase ähnelte jenen, wie sie Indianer hatten.

Am linken Handgelenk trug er eine kompliziert aussehende Uhr an einem braunen, schweißfleckigen Lederband. Am rechten hing ein filigran geflochtenes silbernes Kettchen. Es hätte eine ordentliche Abreibung mit Silberpolitur nötig, dachte sie und schalt sich sofort dafür.

Robert Kincaid zog eine Schachtel Zigaretten aus seiner Brusttasche, schüttelte eine zur Hälfte heraus und bot sie ihr an. Und zum zweitenmal innerhalb von Minuten überraschte sie sich selbst, indem sie die Zigarette nahm. Was mache ich nur? dachte sie. Sie hatte vor Jahren einmal geraucht, es dann aber unter dem steten Druck von Richards Kritik aufgegeben. Er schüttelte eine zweite heraus, steckte sie sich zwischen die Lippen und schlug ein goldenes Feuerzeug an, das er ihr dann hinhielt, wobei er den Blick keinen Moment von der Straße nahm.

Sie legte die Hände schützend um die Flamme, um den Fahrtwind abzuhalten, und berührte dabei seine Hand. Sie brauchte nur einen Augenblick, die Zigarette anzuzünden, aber es war lange genug, um die Wärme seiner Hand und die winzigen Härchen auf dem Handrücken zu spüren. Er zündete seine eigene Zigarette an, ohne die Hände länger als eine Sekunde vom Steuer zu nehmen.

Francesca Johnson, Farmersgattin, saß in den staubigen Sitz des Lasters gelehnt, rauchte und wies nach vorn: „Da ist sie, gleich hinter der Kurve." Die alte Brücke, mit ihrer abblätternden roten Farbe, neigte sich etwas zur Seite nach all den Jahren, die sie sich nun schon über den kleinen Bach spannte.

Dann hatte Robert Kincaid gelächelt. Er warf ihr einen raschen Blick zu und sagte: „Toll! Da mach ich eine Aufnahme bei Sonnenaufgang." Etwa dreißig Meter vor der Brücke hielt er an und stieg aus, den offenen Rucksack in der Hand. „Ich gehe mal ein paar Minuten auf Erkundung, wenn's Ihnen nichts ausmacht."

Francesca sah ihm zu, wie er die Landstraße entlangging, eine Kamera aus dem Rucksack nahm und den Sack dann über die linke Schulter schlang. Es war eine so flüssige Bewegung, daß er sie schon Tausende von Malen gemacht haben mußte. Als er so ging, blickte er unentwegt von einer Seite auf die andere, dann auf die Brücke, auf die Bäume dahinter. Einmal drehte er sich um und schaute mit ernster Miene zu ihr zurück.

Im Gegensatz zu den Leuten hier, die sich von Bratensoße, Kartoffeln und viel Fleisch ernährten, sah Robert Kincaid ganz so aus, als äße er nur Obst, Nüsse und Gemüse. Ein zäher Kerl, dachte sie. Kein Gramm Fett an diesem Körper.

Es war still. Auf dem Draht eines Zaunes saß ein Sumpfhordenvogel und äugte zu ihr herein. Aus dem Gras neben der Straße rief ein Wiesenstärling herauf. Nichts sonst bewegte sich unter der Weißglut der Augustsonne.

Knapp vor der Brücke blieb Robert Kincaid stehen. Einen Augenblick lang stand er da, ging dann in die Hocke und schaute durch die Kamera. Er ging auf die andere Straßenseite und tat dort das gleiche. Dann trat er unter das Dach der Brücke, studierte Balken und Bodenplanken und warf durch ein Loch in der Seite einen Blick auf den Fluß unter ihm.

Francesca drückte ihre Zigarette in den Aschenbecher, schwang die Tür auf und setzte die Stiefel auf den Kies. Sie warf einen Blick die Straße entlang, um sich zu vergewissern, daß auch kein Auto ihrer Nachbarn gefahren kam, und ging dann auf die Brücke zu. Die Sonne wirkte jetzt, am späten Nachmittag, wie ein Hammer, und es sah ganz so aus, als wäre es unter dem Dach der Brücke kühler. Sie sah seine Silhouette am anderen Ende, bis er die Böschung zum Fluß hinunter verschwand.

Drinnen hörte sie die Tauben in ihren Nestern im Dachstuhl leise gurren. Auf einigen der Planken waren Kritzeleien: *Jimbo – Denison, Iowa. Sherry + Dubby. Vorwärts, Hawks!* Die Tauben gurrten leise vor sich hin.

Francesca spähte durch einen Spalt zwischen zwei Seitenplanken hinunter zum Fluß, wo Robert Kincaid verschwunden war. Er stand auf einem Stein in der Mitte des schmalen Wasserlaufs, von wo aus er sich die Brücke besah; als sie ihn winken sah, fuhr sie zusammen. Er sprang zurück ans Ufer und kam mühelos die steile Böschung herauf. Sie beobachtete das Wasser, bis sie seine Stiefel auf den Planken der Brücke spürte.

„Ist wirklich nett hier, richtig hübsch“, sagte er, und seine Stimme hallte unter dem Dach der Brücke.

Francesca nickte. „Ja, das ist es. Für uns hier aus der Gegend sind die alten Brücken nichts Besonderes, hier denkt keiner groß darüber nach.“

Er kam auf sie zu und hielt ihr einen kleinen Strauß Wiesenblumen hin: Goldbälle. „Danke für die Führung.“ Ein kleines Lächeln umspielte seinen Mund. Wieder rührte sich etwas in ihr. Blumen. Niemand hier schenkte ihr Blumen, noch nicht mal bei besonderen Anlässen.

„Ich weiß nicht mal, wie Sie heißen“, sagte er. Als sie ihm ihren Namen nannte, nickte er und sagte: „Mir ist da eine Spur von einem Akzent aufgefallen. Sind Sie Italienerin?“

„Ja. Ist aber schon lange her.“

Zurück in den grünen Laster. In der untergehenden Sonne über die geschotterten Straßen. Zweimal begegneten sie Autos, aber es war niemand, den Francesca kannte. In den vier Minuten, die sie zurück zur Farm brauchten, begann sie sich treiben zu lassen; sie fühlte sich merkwürdig aufgewühlt. Der Grund dafür war, daß sie mehr von Robert Kincaid, Fotograf & Autor, wollte. Sie wollte mehr über ihn wissen und hielt kerzengerade seine Blumen im Schoß, wie ein Schulmädchen, das vom Wandertag kommt.

Das Blut war ihr ins Gesicht gestiegen. Er lenkte den Laster die Zufahrt hinauf. „Ist Richard Ihr Mann?“ Er hatte den Briefkasten gesehen.

„Ja“, sagte sie, etwas außer Atem. „Ist ganz schön heiß. Hätten Sie gern einen Eistee?“

Er sah zu ihr herüber. „Also, wenn's Ihnen recht ist, ich könnte einen vertragen.“

Sie nickte und gab ihm – beiläufig genug, so hoffte sie – Anweisung, den Laster hinter dem Haus zu parken.

Sie stiegen die rissigen Betonstufen zur Tür an der hinteren Veranda hinauf. Er hielt ihr, seine Kamerasäcke in der Hand, die Tür auf. „Ist viel zu heiß, um die Ausrüstung im Wagen zu lassen“, hatte er gesagt, als er sie herausgezogen hatte.

In der Küche war es ein wenig kühler, aber immer noch heiß. Der Collie beschnupperte Kincaids Stiefel, trottete dann hinaus auf die hintere Veranda und machte es sich bequem, während Francesca Eis aus Metallformen brach und aus einem gläsernen Krug Tee einschenkte. Sie wußte, er beobachtete sie, wie er da am Küchentisch saß, die langen Beine von sich gestreckt.

„Zitrone?"

„Ja, bitte."

„Zucker?"

„Nein, danke."

Francesca stellte das Glas vor ihn hin. Sie stellte ihr eigenes auf die andere Seite des Tisches und ihre Blumen ins Wasser, in ein altes Geleeglas mit Bildern von Donald Duck. Gegen die Arbeitsplatte der Anrichte gelehnt, balancierte sie auf einem Bein, bückte sich und zog einen Stiefel aus. Stand dann auf einem bloßen Fuß da und wiederholte den Vorgang mit dem anderen Stiefel.

Er nahm einen kleinen Schluck Tee und beobachtete sie. Sie war etwa einssiebenundsechzig, um die Vierzig, vielleicht auch ein bißchen älter, hatte ein hübsches Gesicht und einen schönen, warmen Körper. Aber schönen Frauen begegnete er überall auf seinen Reisen. Diese körperlichen Dinge waren ja durchaus angenehm, aber Intelligenz und aus dem Leben erwachsene Leidenschaft, die Fähigkeit, etwas durch Feinheiten des Geistes und der Seele zu bewegen und selbst davon bewegt zu werden, das war es, was wirklich für ihn zählte.

Francesca Johnson hatte etwas, das sein Interesse erweckte. Sie war intelligent; das konnte er spüren. Und sie war leidenschaftlich, obwohl er nicht so recht dahinterkam, auf was diese Leidenschaft gerichtet war oder ob sie überhaupt eine Richtung hatte.

Später erzählte er ihr, er könne zwar nicht sagen, warum, aber ihr zuzusehen, wie sie die Stiefel auszog, sei einer der sinnlichsten Augenblicke gewesen, an die er zurückdenken könne.

Sie setzte sich an den Tisch, ein Bein unter den Körper gezogen, schob einige Haarsträhnen nach hinten, die ihr ins Gesicht gefallen waren, befestigte sie wieder mit dem Schildpattkamm. Dann stand sie noch einmal auf und trat ans Geschirregal, nahm einen Aschenbecher herunter und stellte ihn auf den Tisch, so daß er ihn erreichen konnte.

Mit diesem stillschweigenden Einverständnis zog er die Packung Camel heraus und hielt sie ihr hin. Sie nahm eine und bemerkte, daß sie etwas feucht war, weil er so stark schwitzte. Und wieder das gleiche Zeremoniell. Er hielt ihr das goldene Feuerzeug hin, sie berührte seine Hand, spürte seine Haut und lehnte sich dann zurück. Die Zigarette schmeckte herrlich, und sie lächelte.

„Was genau machen Sie eigentlich – ich meine als Fotograf?"

Er musterte seine Zigarette und sagte dann leise: „Ich arbeite freiberuflich für *National Geographic.* Ich habe eine Idee, verkaufe sie der Zeitschrift und krieg dann den Auftrag für die Bilder. Oder die haben etwas, was sie fotografiert haben wollen, und setzen sich mit mir in Verbindung. Man hat keine großen künstlerischen Ausdrucksmöglichkeiten, es ist schließlich ein ziemlich konservatives Magazin. Aber sie bezahlen anständig. Nicht großartig, aber anständig, und sie haben immer wieder was. Den Rest der Zeit schreibe und fotografiere ich auf eigene Kappe und schicke die Artikel dann an andere Zeitschriften. Wenn es mal nicht so gut läuft, dann arbeite ich auch schon mal für die Industrie, obwohl ich das fürchterlich beengend finde.

Manchmal schreibe ich auch Gedichte, nur so für mich selbst. Hin und wieder versuche ich mich an einer Geschichte, aber ich scheine nicht das rechte Gespür für so was zu haben. Ich lebe nördlich von Seattle und arbeite manchmal auch in der Gegend. Ich fotografiere gern die Fischerboote und die Indianersiedlungen, und dann Landschaften. Die Arbeit für *National Geographic* bringt es mit sich, daß ich manchmal monatelang irgendwo festhänge, vor allem, wenn es um eine große Story geht wie über einen Teil des Amazonas oder die nordafrikanische Wüste. Normalerweise nehme ich den Flieger für einen Auftrag wie den hier und miete mir dann einen Wagen. Aber mir war einfach danach, ein bißchen durch die Gegend zu fahren und sie auf künftige Möglichkeiten hin auszukundschaften. Und was machen Sie?"

Francesca hatte die Frage nicht erwartet. Sie stammelte einen Augenblick. „Ach, na ja, bestimmt nicht so was wie Sie. Ich habe Literaturwissenschaft studiert. Und in Winterset hatte man grade Schwierigkeiten, Lehrer zu finden, als ich 1946 hierherkam. Durch meinen Mann war ich für die Leute hier akzeptabel. Also habe ich die Lehrerprüfung gemacht und an der High-School einige Jahre Englisch unterrichtet. Aber Richard paßte es nicht, daß seine Frau arbeitete. Er meinte, daß es nicht nötig wäre, vor allem nicht, als dann unsere beiden Kinder größer wurden. Also bin ich Farmersfrau geworden – ganztags. Das ist alles."

Sie merkte, daß sein Glas fast leer war, und schenkte ihm aus dem Krug nach.

„Danke. Wie gefällt es Ihnen hier in Iowa?"

Sie antwortete ihm nicht sofort. „Könnte ich noch eine Zigarette haben?" Wieder die Packung Camel, das Feuerzeug, wieder die Berührung seiner Hand, ganz sachte. Die Sonne spazierte über die hintere Veranda und erreichte den Hund, der sofort aufstand und sich verkroch. Francesca sah Robert Kincaid zum erstenmal in die Augen. „Ich sollte jetzt wohl sagen: ‚Och, ganz gut. Es ist ruhig. Die Leute sind wirklich nett.‘ Was natürlich auch stimmt. Es ist ruhig hier. Die Leute sind nett. Wir helfen einander aus. Wenn jemand krank wird oder sich verletzt, dann fassen die Nachbarn mit an und ernten Mais oder Hafer, was eben gerade anfällt. In der Stadt kann man sein Auto unverschlossen stehenlassen, und die Kinder können herumlaufen, ohne daß man sich Sorgen um sie machen muß. Die Leute hier haben eine Menge guter Seiten, und ich respektiere sie für diese Qualitäten.

Aber“ – sie zögerte, rauchte, blickte über den Tisch hinweg Robert Kincaid an – „es ist nicht das, was ich mir als Mädchen erträumt habe.“ Die Beichte, endlich. Die Worte waren seit Jahren schon dagewesen, aber sie hatte sie nie ausgesprochen. Jetzt hatte sie sie einem Mann mit einem grünen Pick-up aus Bellingham in Washington gesagt.

Einen Augenblick lang sagte er nichts. Dann: „Ich habe mir neulich was notiert, falls ich vielleicht irgendwann mal Verwendung dafür habe, nur so ein Gedanke, der mir kam, als ich so vor mich hin gefahren bin. Passiert mir oft, so was. Er geht so: ‚Die alten Träume waren gute Träume; sie haben sich nicht erfüllt, aber ich bin froh, sie gehabt zu haben.‘ Ich will nur sagen, ich glaube, ich weiß ein bißchen, wie Ihnen zumute ist.“

Francesca lächelte ihn daraufhin an. Zum ersten Mal, und ihr Lächeln war warm und kam von Herzen. Und dann siegte die Spielerin in ihr. „Möchten Sie zum Abendessen bleiben? Meine Familie ist nicht da, also habe ich nicht allzuviel im Haus, aber es wird mir schon was einfallen.“

„Na ja, von Lebensmittelläden und Restaurants hab ich die Nase ziemlich voll. Soviel steht fest. Also, wenn es Ihnen nicht zu viele Umstände macht, ich hätte nichts dagegen.“

„Mögen Sie Schweinekoteletts? Ich könnte welche machen mit etwas Gemüse aus dem Garten.“

„Das Gemüse allein würde mir völlig genügen. Ich esse seit Jahren kein Fleisch mehr. Ich fühle mich einfach besser so.“

Francesca lächelte wieder. „Richard und seine Freunde würden sagen, Sie versuchen, ihnen ihre Existenz kaputtzumachen. Ich selbst esse auch nicht viel Fleisch. Aber bei jedem Versuch, meiner Familie ein fleischloses Abendessen vorzusetzen, ernte ich nur Proteste. Also habe ich es schließlich aufgegeben. Es wird mir eine Freude sein, mir zur Abwechslung mal was anderes ausdenken zu können.“

„Na schön, aber machen Sie sich bloß keine großen Umstände wegen mir. Übrigens, ich habe da eine ganze Menge Filme in meiner Kühlbox. Ich muß das geschmolzene Eiswasser ausleeren und ein bißchen Ordnung in meine Sachen bringen. Das wird ein Weilchen dauern." Er stand auf und trank den Rest seines Tees.

Sie sah ihm zu, wie er zur Küchentür hinaus über die Veranda und in den Garten ging. Er ließ die Fliegentür nicht zuknallen wie alle anderen, sondern machte sie sachte zu. Kurz bevor er hinausging, ging er in die Hocke und tätschelte den Collie, der ihm dafür ein paarmal freundlich über die Arme schleckte.

Francesca ließ sich oben ein schnelles Bad einlaufen und spähte, während sie sich abtrocknete, über den Rand der Spanngardine in den Hof. Sein Koffer war offen, und er wusch sich an der alten Handpumpe. Sie hatte ihm sagen wollen, daß er sich im Haus duschen könnte, war dann aber vor der Intimität zurückgeschreckt, die dies für sie bedeutet hätte, und hatte es in ihrer Verwirrung wieder vergessen.

Aber Robert Kincaid hatte sich schon unter schlechteren Bedingungen gewaschen. In ihrem Hof hatte er sich bis zur Hüfte ausgezogen und benutzte das schmutzige Hemd zugleich als Waschlappen und Handtuch. „Ein Handtuch", schalt sie sich, „wenigstens ein Handtuch hätte ich ihm geben können."

Auf seinem Rasiermesser, das auf dem Betonsockel der Pumpe lag, blitzte das Licht der Sonne, und sie sah ihm zu, wie er sich einseifte und abschabte. Er war vielleicht einsvierundachtzig, eher schmal. Aber er hatte kräftige Schultermuskeln, und sein Bauch war flach wie eine Messerklinge. Er sah mit Sicherheit jünger aus, als er war, und er sah auch ganz anders aus als die Männer hier aus der Gegend, die schon zum Frühstück zuviel Nudeln mit Bratensoße aßen.

Das letzte Mal, als sie in Des Moines einkaufen gewesen war, hatte sie sich ein neues Parfüm mitgebracht – *Wind Song* –, das benutzte sie jetzt, sparsam. Was sollte sie anziehen? Es schien ihr nicht richtig, sich aufzudonnern, da er ja noch immer in Arbeitskleidung war. Eine langärmelige Bluse, die Ärmel bis unter die Ellenbogen gerollt, saubere Jeans, Sandalen. Die goldenen Ohrringe, große Creolen, die sie laut Richard wie ein Flittchen aussehen ließen, und einen goldenen Armreif. Das Haar mit einer Spange nach hinten gezogen, so daß es ihr über den Rücken fiel. Das war bestimmt das richtige.

Als sie in die Küche kam, saß er bei seinen Rucksäcken und der Kühlbox, in einem sauberen Khakihemd, die orangefarbenen Hosenträger darüber. Auf dem Tisch lagen drei Kameras, fünf Objektive und ein frisches Päckchen Camel. Seine Ausrüstung war verkratzt und hatte hier und da eine Delle. Aber er ging behutsam, wenn auch lässig damit um, als er sie so abwischte, bürstete oder den Staub wegblies.

Er blickte zu ihr auf, wieder mit seiner ernsten, schüchternen Miene. „Ich habe etwas Bier in der Box. Möchten Sie eins?"

„Ja, sehr gerne."

Er holte zwei Flaschen Budweiser heraus. Als er den Deckel hob, konnte sie, wie Klafterholz gestapelt, durchsichtige Plastikschalen voller Filme sehen. Außer den beiden Flaschen, die er herausholte, befanden sich noch vier weitere in der Box.

Francesca zog eine Schublade auf und suchte nach einem Öffner, aber er sagte: „Ich hab einen." Er nahm das Schweizer Offiziersmesser aus dem Etui am Gürtel und klappte den Flaschenöffner heraus.

Er reichte ihr eine Flasche und hob dann die seine wie zum Gruß: „Auf überdachte Brücken am Spätnachmittag oder, besser noch, an warmen roten Morgen." Er grinste.

Francesca sagte nichts, lächelte aber sanft und hob ihre Flasche, zögernd und verlegen, ein wenig an. Ein merkwürdiger Fremder: Blumen, Parfüm, Bier und ein Trinkspruch an einem heißen Montag im Spätsommer. Es war fast schon mehr, als sie verkraften konnte.

Er hantierte an seiner Kamera herum, und sie sagte: „Ich gehe mal für einen Augenblick in den Garten. Ich bin gleich wieder da."

„Soll ich helfen?"

Sie schüttelte den Kopf und ging an ihm vorbei, spürte seinen Blick auf ihren Hüften und fragte sich, ob er ihr wohl den ganzen Weg über die Veranda hinterhersah. Sie vermutete es, und sie hatte recht.

Der Garten lag jetzt im Schatten. Francesca sammelte Karotten und Petersilie, Pastinaken, Zwiebeln und weiße Rüben.

Als sie wieder in die Küche trat, war Robert Kincaid eben dabei, seine Rucksäcke zu packen, sauber und methodisch, wie sie bemerkte. Ganz offensichtlich hatte alles seinen festen Platz. Er hatte sein Bier ausgetrunken und zwei weitere geöffnet, obwohl sie mit dem ihren noch nicht ganz fertig war. Sie legte den Kopf in den Nacken, leerte das erste und reichte ihm die leere Flasche.

„Kann ich was tun?" fragte er.

„Sie können die Wassermelone von der Veranda holen und ein paar Kartoffeln aus dem Eimer draußen."

Er bewegte sich mit einer solchen Leichtigkeit; sie war erstaunt, wie rasch er auf die Veranda ging und wieder hereinkam, die Melone unterm Arm, vier Kartoffeln in den Händen. „Genügen die?"

Sie nickte. Er legte alles auf die Arbeitsfläche neben der Spüle, wo sie das Gemüse putzte, kehrte dann wieder zu seinem Stuhl zurück und steckte sich eine Zigarette an.

„Wie lange werden Sie hier sein?“ fragte sie, den Blick auf das Gemüse gerichtet, das sie vorbereitete.

„Ich weiß noch nicht. Bis zu meinem Abgabetermin für die Aufnahmen von den Brücken hab ich noch drei Wochen. Ich nehme an, solange es eben dauert, alles richtig hinzukriegen. Wahrscheinlich eine Woche.“

„Wo wohnen Sie denn? In der Stadt?“

„Ja. In so einem kleinen Hotel mit Blockhütten. Ich habe mich heute morgen erst eingemietet. Ich habe noch nicht mal meine Sachen ausgepackt.“

„Ist auch die einzige Möglichkeit, hier zu übernachten, es sei denn bei Mrs. Carlson, die nimmt auch Gäste. Die Restaurants werden Sie allerdings enttäuschen, noch dazu bei Ihren Eßgewohnheiten.“

„Das ist überall so. Aber um diese Jahreszeit ist es nicht so schlimm, da finde ich frisches Gemüse in den Läden und an den Ständen entlang der Straße. Brot und noch ein paar andere Kleinigkeiten, damit komme ich schon so ungefähr hin. Aber es ist schön, so eingeladen zu werden. Ich bin Ihnen wirklich dankbar.“

Sie langte über die Platte und machte ein kleines Radio an, eines mit nur zwei Knöpfen und braunem Stoff vor den Lautsprechern. „Mit Zeit in der Tasche und dem Wetter als Freund“, sang eine Stimme zu dröhnenden Gitarren. Sie stellte den Ton leise.

„Ich bin ziemlich gut im Gemüseschnitzeln“, erbot er sich.

„Okay, hier ist das Schneidebrett, ein Messer ist in der Schublade rechts darunter. Ich mache uns einen Eintopf, also würfeln Sie es halt, so gut es geht.“

Er stand einen halben Meter neben ihr, den Blick gesenkt, und schnitt und schnipselte Karotten, Rüben, Pastinaken und Zwiebeln. Francesca schälte die Kartoffeln in die Spüle, sich der Nähe dieses fremden Mannes ständig bewußt. „Spielen Sie Gitarre? Ich habe den Koffer in Ihrem Laster gesehen.“

„So ’n bißchen. Sie leistet mir nur Gesellschaft, mehr nicht. Meine Frau war sozusagen eine der ersten Folksängerinnen, lange bevor diese Musik populär wurde. Sie hat mir ein bißchen was beigebracht.“

Bei dem Wort *Frau* war Francesca leicht erstarrt. Irgendwie paßte es nicht zu ihm. Sie wollte nicht, daß er verheiratet war.

„Sie hat meine langen Reisen nicht ausgehalten, wenn ich gleich monatelang weg war. Ich kann’s ihr nicht verübeln. Sie hat sich vor neun Jahren verabschiedet. Und sich ein Jahr später scheiden lassen. Da wir keine Kinder hatten, war es nicht weiter kompliziert.“

„Haben Sie seither von ihr gehört?“

„Nein, nie wieder.“ Das war alles, was er dazu sagte. „Ich bin zweimal in Italien gewesen“, sagte er. „Wo stammen Sie her?“

„Neapel.“

„Ich war einmal im Norden zu Aufnahmen am Po. Und das zweite Mal dann wegen einer Fotoserie auf Sizilien.“

Francesca schälte Kartoffeln und dachte kurz an Italien, während sie die Anwesenheit Robert Kincaids neben sich spürte.

Im Westen waren Wolken aufgezogen und hatten das Sonnenlicht in schräge Strahlen gespalten, die in verschiedenen Richtungen abstanden. Er sah zum Fenster über der Spüle hinaus und sagte: „Gotteslicht. Kalenderverlage sind ganz scharf darauf. Und kirchliche Zeitschriften.“

„Hört sich interessant an, Ihre Arbeit“, sagte Francesca. Sie verspürte das Bedürfnis, eine unverfängliche Unterhaltung aufrechtzuerhalten.

„Das ist sie. Ich mache sie ausgesprochen gern. Ich bin gern unterwegs, und ich mache gern Bilder.“

Ihr fiel auf, daß er sagte, er mache gern „Bilder“, nicht Fotos oder daß er gern fotografiere. „Sie machen Bilder, keine ‚Fotos‘?“

„Ja. So sehe ich es jedenfalls. Das ist der Unterschied zwischen Leuten, die sonntags ein paar Schnappschüsse machen, und jemandem, der sich damit den Lebensunterhalt verdient. Wenn ich mit der Brücke fertig bin, die wir heute gesehen haben, dann wird sie nicht ganz so aussehen, wie Sie das erwarten. Ich werde etwas Eigenes daraus gemacht haben, durch die Wahl meines Objektivs, durch den Aufnahmewinkel, den Bildaufbau und so weiter.

Ich betrachte Dinge nicht einfach als gegeben; ich versuche die Poesie in einem Bild zu finden. Das Magazin hat seinen eigenen Stil, seine eigenen Vorstellungen, und mein Geschmack deckt sich nicht immer mit dem der Redaktion; genaugenommen tut er das ziemlich selten. Und das stört die dann manchmal, obwohl sie ja entscheiden, was gedruckt und was weggelassen wird. Ich nehme an, die kennen ihre Leser, aber ich wollte, sie würden hin und wieder ein kleines Risiko eingehen. Ab und zu mal nimmt eine andere Zeitschrift ein oder zwei der ungewöhnlicheren Bilder, oder ich kann einen Artikel über eine Gegend schreiben, in der ich gewesen bin, und sie mit etwas Gewagterem illustrieren, als es dem Geschmack von *National Geographic* entspricht.

Irgendwann schreibe ich noch mal einen Essay mit dem Titel ‚Die

Vorzüge der Liebhaberei'. Für all die Leute, die sich wünschen, sie könnten sich ihren Lebensunterhalt mit Kunst verdienen. Nichts ist tödlicher für künstlerische Leidenschaft als der Markt. Alles, was in dieser Welt da draußen zählt, ist Sicherheit, für die meisten jedenfalls. Alle wollen Sicherheit, und die Magazine, die Industrie geben den Leuten diese Sicherheit, geben ihnen das Vertraute und Bequeme – nur nichts in Frage stellen. Die Marketingleute sprechen ständig von einem Wesen, das sie ‚Konsument' nennen. Ich muß dabei immer an einen kleinen dicken Kerl in weiten Bermudashorts denken, Hawaiihemd und Strohhut mit Flaschenöffnern dran – und in der Hand ein Bündel Dollarscheine."

Francesca lachte leise und dachte dabei an ihre Sicherheit und Bequemlichkeit.

„Nicht daß ich wirklich Grund zum Jammern hätte. Die Reisen sind toll, und dann mach ich nun mal gern mit Kameras herum und bin gern in der freien Natur. Es ist beileibe kein schlechtes Leben."

Francesca nahm an, daß diese Unterhaltung für Robert Kincaid etwas Alltägliches war. Für sie nicht. Die Leute im Madison County unterhielten sich über das Wetter und die Agrarpreise, über Geburten und Beerdigungen, Regierungsmaßnahmen, Football, Baseball. Nicht über Kunst und Träume.

Er hatte das Gemüse gewürfelt. „Kann ich sonst noch was tun?"

Sie schüttelte den Kopf. „Nein, wir sind so gut wie fertig."

Er setzte sich wieder an den Tisch, rauchte und trank sein Bier. Sie kochte, nippte dabei ab und zu an ihrer eigenen Flasche. Sie begann den Alkohol zu spüren, selbst das bißchen schon. Sie und Richard tranken im Grunde nur an Silvester in der Festhalle, abgesehen von der Flasche Brandy, die sie irgendwann einmal gekauft hatte, war selten Alkohol im Haus. Die Flasche war nie geöffnet worden.

Pflanzenöl, anderthalb Tassen Gemüse. Leicht anbräunen. Mehl hinzugeben und gut verrühren. Wasser hinzufügen, einen halben Liter. Den Rest des Gemüses dazugeben und würzen. Auf kleiner Flamme kochen lassen, etwa vierzig Minuten.

Da der Rest sich von allein erledigte, setzte Francesca sich wieder ihm gegenüber. Abendessen für einen Fremden zu machen, das hatte ihm etwas von seiner Fremdheit genommen und Raum für Intimität geschaffen.

Er schob ihr die Zigaretten hinüber, das Feuerzeug auf der Packung. Sie schüttelte eine heraus, hantierte ungeschickt mit dem Feuerzeug herum, kam sich vor, als hätte sie zwei linke Hände. Er lächelte, nahm ihr das Feuerzeug behutsam aus der Hand und drehte den Feuerstein zweimal, bevor der Docht Feuer fing. Er hielt es ihr hin, und sie entzündete ihre Zigarette.

Die weiße Sonne hatte sich in einen großen roten Ball verwandelt, der genau über den Maisfeldern lag. Durchs Küchenfenster sah sie einen Falken die ersten Aufwinde des Abends reiten. Im Radio gab es die Siebenuhrnachrichten und den Marktbericht. Und Francesca sah über die gelbe Resopalplatte hinweg Robert Kincaid an, der einen so weiten Weg zurückgelegt hatte, um in ihrer Küche zu landen. Einen weiten Weg, der nicht in Kilometern zu messen war.

„Riecht wirklich gut", sagte er und deutete auf den Herd. „Es riecht … nach Stille." Er sah sie an.

„Nach Stille? Kann etwas nach Stille riechen?" Sie ließ sich den Satz durch den Kopf gehen. Er hatte recht. Verglichen mit den Fleischgerichten, die sie ihrer Familie machte, war das hier eine ruhige Küche, außer dem Herausreißen des Gemüses nirgendwo auch nur die Spur von Gewalt. Der Eintopf köchelte leise vor sich hin, und es roch tatsächlich nach Stille in der Küche.

„Wenn es Ihnen nichts ausmacht, erzählen Sie mir doch was über Ihr Leben in Italien." Er hatte sich auf dem Stuhl ausgestreckt, das rechte Bein an den Knöcheln übers linke gelegt.

Es war ihr nicht wohl bei so viel Stille in seiner Gegenwart, und so redete sie. Erzählte ihm von ihrer Kindheit, der Privatschule, den Nonnen, ihren Eltern. Davon, wie sie als Teenager an der Kaimauer gestanden und den Schiffen aus aller Welt zugesehen hatte. Von den amerikanischen Soldaten, die später gekommen waren. Davon, wie sie Richard in einem Café kennenlernte, in dem sie zusammen mit ihrer Freundin einen Kaffee getrunken hatte. Er hörte ihr zu, sagte nichts, nickte gelegentlich verständnisvoll. Als sie schließlich innehielt, sagte er: „Und Sie haben Kinder, haben Sie gesagt?"

„Ja. Michael ist siebzehn, Carolyn sechzehn. Sie gehen beide in Winterset zur Schule. Sie sind in der Landjugend, deshalb sind sie auch auf der Landwirtschaftsausstellung drüben in Illinois. Um Carolyns Mastochsen zu präsentieren. Das ist etwas, an das ich mich nie habe gewöhnen können. Ich verstehe einfach nicht, wie man einem Tier so viel Liebe und Pflege zukommen lassen kann, nur um dann zuzusehen, wie man es an den Schlachthof verkauft."

Sie überlegte, wie sie den Rest des Abends überstehen sollte und ob sie sich da in etwas hineinmanövriert hatte, dem sie nicht gewachsen war. Vielleicht würde Robert Kincaid einfach gehen. Er schien einer von der stillen Sorte und nett, sogar ein bißchen schüchtern.

Als sie sich so unterhielten, wurde der Abend blau, dünner Nebel strich über das Gras. Er öffnete zwei weitere Biere, während Francescas Eintopf still vor sich hin kochte. Sie erwärmte sich für diesen Robert Kincaid aus Bellingham in Washington. Hoffte, er würde nicht zu früh gehen.

Still und manierlich aß er zwei Portionen von ihrem Eintopf und sagte ihr zweimal, wie gut er sei. Die Wassermelone war ein Gedicht. Das Bier war kalt. Der Abend blau. Francesca Johnson war fünfundvierzig Jahre alt, und Hank Snow im Radio sang ein Lied von Zügen.

Uralte Nächte, ferne Klänge

Was nun? dachte Francesca. Das Abendessen ist vorbei, jetzt sitzen wir da. Er löste das Problem. „Was halten Sie von einem Spaziergang über die Wiese? Es kühlt etwas ab.“ Als sie ja sagte, griff er in einen Rucksack, holte eine Kamera heraus und hängte sie sich am Riemen über die Schulter. Kincaid öffnete die Tür zur hinteren Veranda und hielt sie ihr auf, folgte ihr dann hinaus und schloß sie sachte wieder. Sie ließen den rissigen Weg hinter sich, überquerten den kiesbestreuten Hof und gelangten auf das Gras östlich des Geräteschuppens.

Als sie den Zaun erreichten, drückte sie mit einer Hand den Stacheldraht nieder und stieg darüber hinweg, spürte dann sofort um die dünnen Riemen der Sandalen herum den Tau. Er bediente sich derselben Technik und schwang dabei mühelos die Stiefel über den Draht.

Ein fast schon voller Mond kam am östlichen Himmel hoch. Die Sonne war eben hinter den Horizont getaucht, und der Himmel war strahlend blau. Es war schon lange her, daß sie so spazierengegangen war. Nach dem Abendessen, das es pünktlich um fünf gab, sah man sich im Fernsehen die Nachrichten an, dann das Abendprogramm, meist nur Richard, manchmal aber auch die Kinder, wenn sie mit den

Hausaufgaben fertig waren. Francesca saß für gewöhnlich in der Küche oder auf der Veranda und las – Bücher aus der Stadtbibliothek oder vom Buchclub. Fernsehen langweilte sie.

Wenn Richard rief: „Frannie, das mußt du sehen!“, dann ging sie hinein und setzte sich eine Weile neben ihn. Elvis Presley war unweigerlich Auslöser eines solchen Ausrufs. Auch die Beatles, als sie das erste Mal in der *Ed Sullivan Show* auftraten. Richard sah sich ihre Haare an und schüttelte voll ungläubiger Mißbilligung den Kopf.

Für kurze Zeit zogen rote Streifen über einen Teil des Himmels. „Das nenne ich ‚Spiegellicht‘“, sagte Robert Kincaid und deutete nach oben. „Die meisten Leute packen ihre Kamera viel zu früh weg. Nach Sonnenuntergang gibt es oft noch ein paar Minuten wunderschönes Licht und herrliche Farben am Himmel – wenn die Sonne gerade hinterm Horizont ist, ihr Licht sich aber noch am Himmel spiegelt.“

Francesca sagte nichts, voller Staunen über einen Mann, der sich für die Farben des Himmels begeistern konnte, der hin und wieder ein Gedicht schrieb. Der Gitarre spielte, seinen Lebensunterhalt mit Bildern verdiente und sein Handwerkszeug in Rucksäcken herumschleppte. Der wie der Wind schien. Und sich wie der Wind bewegte.

Er blickte nach oben, die Hände in den Taschen seiner Levi's, die Kamera an der linken Hüfte. „Die Silberäpfel mir vom Mond / Die goldnen mir vom Sonnenrand.“

Sie sah zu ihm hinüber. „W. B. Yeats, ‚Das Lied des wandernden Ængus‘.“

„Richtig. Großartig, dieser Yeats. Realistisch, sparsam, sinnlich, schön und voller Zauber. Spricht mein irisches Erbe an.“

Er hatte es in sechs Wörtern gesagt; alles, was es darüber zu sagen gab. Francesca hatte sich alle Mühe gegeben, ihren Schülern in Winterset Yeats zu erklären, war aber zu kaum einem von ihnen wirklich durchgedrungen. Sie mußte an Matthew Clark denken, der seinen Banknachbarn ansah und dabei mit den Händen eine Geste machte, als würde er sie auf die Brüste einer Frau legen, als sie von den „goldenen Äpfeln der Sonne“ sprach. Sie hatten gekichert, und die Mädchen in der Reihe neben ihnen waren rot angelaufen.

Sie war sich bloßgestellt und allein vorgekommen. Daran hatte auch die von den Leuten nach außen an den Tag gelegte Freundlichkeit nichts ändern können. Poeten waren hier nicht gefragt. „Das hier ist ein gutes Land, um Kinder aufzuziehen“, sagten die Leute aus dem Madison County gern – um damit ihr eigenes kulturelles Minderwertigkeitsgefühl zu kompensieren. Und ihr lag dabei immer dieselbe Antwort auf der Zunge: „Aber ist es auch ein gutes Land, um Erwachsene aus ihnen zu machen?“

Langsam waren sie einige hundert Meter über die Weide gewandert, hatten einen Bogen geschlagen und befanden sich nun wieder auf dem Rückweg zum Haus. Dunkelheit senkte sich über sie, als sie wieder über den Zaun stiegen, wobei er ihr diesmal den Draht nach unten hielt.

Der Brandy fiel ihr ein. „Ich habe etwas Brandy. Oder wäre Ihnen ein Kaffee lieber?“

„Kann man auch beides kriegen?“ Seine Worte kamen aus der Dunkelheit. Sie wußte, daß er lächelte.

Als sie den Kreis erreichten, den das Hoflicht auf Kies und Gras zeichnete, antwortete sie: „Selbstverständlich.“ Und hörte dabei einen beunruhigenden Klang in ihrer Stimme: das unbeschwerte Lachen aus den Cafés von Neapel.

Die Weinbrandschwenker, zwei Stück, standen kopfüber ganz hinten im Schrank, und so wie der Brandy ungeöffnet geblieben war, hatte auch die Gläser noch keiner benutzt. Sie mußte sich auf die Zehenspitzen stellen und ordentlich strecken, um sie zu erreichen, und war sich dabei ihrer nassen Sandalen ebenso bewußt wie der über ihrem Po spannenden Jeans.

Er setzte sich auf denselben Stuhl wie schon vorhin und sah ihr zu. Die Gefühle längst vergangener Zeiten überkamen ihn wieder. Er fragte sich, wie sich ihr Haar wohl anfassen, wie die Wölbung ihres Kreuzes in seine Hand passen, wie es sich wohl anfühlen mochte, sie unter sich zu haben. Er versuchte an etwas anderes zu denken, an die Fotografie, die Straße, an überdachte Brücken. Aber es wollte ihm nicht gelingen, und er überlegte aufs neue, wie es wohl sein mochte, ihre Haut zu berühren, seinen Bauch an den ihren zu legen. Ewige Fragen, die sich nie änderten. Er drängte sie zurück, steckte sich eine Camel an und atmete tief durch.

Während sie sich um den Kaffee kümmerte, öffnete er die Flasche und goß genau die richtige Menge in jedes Glas. Ein Schluck Brandy nach dem Abendessen war Robert Kincaid offensichtlich nichts Neues.

Sie überlegte, in wie vielen Küchen, wie vielen guten Restaurants, wie vielen Wohnzimmern mit gedämpftem Licht er diese kleine Aufgabe schon übernommen hatte. Das Deckenlicht der Küche war zu hell für Kaffee und Brandy. Die Situation verlangte nach einer Kerze, aber das wäre nun doch wieder zuviel gewesen. Er könnte womöglich einen falschen Eindruck bekommen. Sie machte also das kleine Licht über der Spüle an und das große aus. Es war noch immer nicht vollkommen, aber besser war es allemal.

Er hob das Glas in Schulterhöhe und bewegte es auf sie zu. „Auf uralte Nächte und ferne Klänge.“ Aus irgendeinem Grund ließen seine Worte sie kurz nach Luft schnappen. Aber sie berührte mit ihrem Glas das seine und brachte ein kleines Lächeln hervor.

Sie rauchten beide, sprachen kein Wort, tranken Brandy, tranken Kaffee. Ein Fasan schrie über die Felder. Jack, der Collie, bellte zweimal draußen im Hof.

Es war nach wie vor heiß, nicht der Hauch eines Lüftchens war zu spüren, wenn auch die Luft jetzt feuchter war. Robert Kincaid sah sie nicht direkt an, obwohl sie spürte, daß er sie, auch wenn es ganz den Anschein hatte, als starre er aus dem Fenster, aus den Augenwinkeln betrachten konnte. Er saß leicht abgewandt, so daß sie wegen der offenen Knöpfe an seinem Hemd seine Brust und die kleinen feuchten Perlen auf seiner Haut sehen konnte.

Francesca verspürte gute Gefühle, alte Gefühle, Gefühle aus Poesie und Musik. Dennoch, so dachte sie, wird es jetzt Zeit, daß er geht. Neun Uhr zweiundfünfzig war es auf der Uhr über dem Kühlschrank.

Sein Glas war leer. Gerade als er sich vom Fenster ab- und ihr zuwandte, nahm Francesca die Flasche am Hals und machte damit eine Geste in Richtung des leeren Glases. Er schüttelte den Kopf. „Roseman Bridge bei Tagesanbruch. Ich mache mich besser mal auf den Weg.“

Sie war erleichtert, aber auch enttäuscht. Ja, bitte, gehen Sie. Trinken Sie noch etwas. Bleiben Sie. Gehen Sie.

Er stand auf, schwang einen der Rucksäcke über die Schulter, legte den anderen auf die Kühlbox. Sie kam um den Tisch herum. Seine Hand bewegte sich ihr entgegen; sie schüttelte sie. „Danke für den Abend, das Abendessen und den Spaziergang. Es war wirklich schön. Sie sind ein guter Mensch, Francesca. Lassen Sie den Brandy lieber mal ganz vorn im Schrank; vielleicht ergibt sich ja irgendwann noch mal was.“

Sie folgte ihm hinaus zu seinem kleinen Laster und stand daneben, während er seine Ausrüstung verstaute. Der Collie kam über den Hof, schnüffelte um den Wagen herum. „Jack, hierher!“ flüsterte sie scharf, und der Hund kam neben sie und setzte sich hechelnd hin.

„Wiedersehen. Und alles Gute“, sagte er, einen Augenblick an der

Tür verweilend, um ihr einen Moment lang direkt in die Augen zu sehen. Dann, mit einer einzigen Bewegung, saß er auch schon am Steuer und schlug die Tür hinter sich zu. Der Motor sprang klappernd an. Er beugte sich aus dem Fenster und meinte grinsend: „Könnte wohl mal etwas Nachstellen vertragen."

Er setzte zurück und überquerte unter dem Licht der Lampe den Hof. Gerade als er das im Dunkel liegende Sträßchen erreichte, kam seine Linke aus dem Fenster und winkte zurück. Auch sie winkte, obwohl sie wußte, daß er es nicht sehen konnte.

Nachdem er weg war, stellte Francesca sich vor den Spiegel ihrer Kommode – nackt. Ihre Hüften waren durch die Kinder gar nicht mal so sehr in die Breite gegangen, ihre Brüste noch immer hübsch und fest, nicht zu groß, nicht zu klein, der Bauch ein klein wenig gerundet. Ihre Beine konnten sich noch immer sehen lassen.

Richard war nur gelegentlich an Sex interessiert, alle paar Monate mal, und dann war es immer rasch vorbei; das Nötigste nur und nicht gerade überwältigend; und an Parfüms und glatter Haut und dergleichen schien ihm nicht viel gelegen. In erster Linie war sie für ihn eine Geschäftspartnerin. Und ein Teil von ihr wußte das durchaus zu schätzen. Aber in ihr drin, da rührte sich noch eine andere, eine, die Bäder nehmen und sich in Düfte hüllen wollte …, eine, die genommen und mitgerissen, befreit werden wollte von einer Macht, die vage, nie so recht greifbar, durch ihre Gedankenwelt geisterte.

Sie zog sich wieder an, setzte sich an den Küchentisch und schrieb etwas auf ein schlichtes, halbiertes Blatt Papier. Jack folgte ihr hinaus zu ihrem Ford-Pick-up und sprang hinein, als sie die Tür aufmachte. Er kletterte auf den Beifahrersitz und steckte den Kopf zum Fenster hinaus, während sie den Pick-up aus dem Schuppen rangierte, sah dann zu ihr herüber, dann wieder zum Fenster hinaus, als sie das Sträßchen hinunterfuhr und nach rechts auf die Landstraße bog.

Die Roseman Bridge lag völlig im Dunkeln. Mit einer Reißzwecke spießte sie ihren Zettel linker Hand des Eingangs an die Brücke und fuhr wieder heim.

Die Brücken vom Dienstag

Eine Stunde vor Morgendämmerung fuhr Robert Kincaid an Richard Johnsons Briefkasten vorbei. Abwechselnd kaute er ein Milky Way und einen Apfel. Seine Kaffeetasse hatte er, damit sie nicht umfiel, fest zwischen die Schenkel geklemmt. Im Vorüberfahren warf er einen Blick auf das im letzten Rest des fahlen Mondlichts stehende weiße Haus und schüttelte den Kopf ob der Dummheit der Männer, einiger Männer, ach was, der meisten. Den Brandy könnten sie ja wenigstens trinken und aufhören, mit der Fliegentür zu knallen, wenn sie aus dem Haus gingen.

Francesca hörte den Laster vorbeiklappern. Sie lag im Bett. Sie hatte, soweit sie zurückdenken konnte, zum erstenmal völlig nackt geschlafen. Sie konnte sich ihn vorstellen, Kincaid, die Haare im Wind, der durch das Fenster des Lasters wirbelte, die eine Hand auf dem Lenkrad, in der anderen eine Camel.

Sie lauschte ihm nach und begann Worte aus Yeats' Gedicht vorüberziehen zu lassen: „Ich ging hinaus zum Haselwald, weil mir im Kopf ein Feuer ging."

Er parkte den Pick-up ein gutes Stück von der Brücke entfernt, damit er ihm beim Fotografieren nicht im Weg stand. Aus dem kleinen Stauraum hinter dem Sitz nahm er ein Paar kniehohe Gummistiefel und setzte sich auf das Trittbrett, um sie anzuziehen. Den einen Rucksack mit beiden Trägern über den Schultern, ein Stativ an seinem Lederriemen über der linken Schulter, den anderen Rucksack in der rechten Hand, kletterte er die steile Böschung hinunter an den Bach.

Es galt, die Brücke in einem bestimmten Winkel zu erwischen, um dem Bildaufbau Spannung zu geben, mit der Brücke auch ein Stückchen Bach auf das Bild zu bekommen und die Schmierereien auf den Wänden neben dem Eingang zu vermeiden. Auch die Telefonleitungen im Hintergrund waren ein Problem, das aber später durch die Wahl des exakten Bildausschnitts zu lösen wäre.

Er holte die mit einem Kodachromefilm geladene Nikon heraus und schraubte sie auf das schwere Stativ. Er hatte noch das 24-mm-Weitwinkelobjektiv an der Kamera und ersetzte es durch sein Lieblingsteleobjektiv, das 105er. Im Osten zeigte sich jetzt das erste Grau, während er mit dem Bildaufbau zu experimentieren begann. Das Stativ einen halben Meter nach links, die Beine angepaßt, die nun neben dem Bach im schlammigen Boden staken. Er hielt den Tragriemen der Kamera ums linke Handgelenk gewickelt, etwas, was er sich bei der Arbeit am Wasser zur Regel gemacht hatte. Er hatte schon zu viele Kameras im Wasser landen sehen, wenn ein Stativ wegkippte.

Der Horizont färbte sich jetzt rot, der Himmel erhellte sich. Die Kamera fünfzehn Zentimeter tiefer, noch einmal die Beine des Stativs angepaßt. Auch das war es noch nicht. Noch einen Fußbreit nach links. Noch einmal die Beine anpassen. Die Kamera auf dem Stativkopf in die Waagerechte bringen. Blendenring auf f/8. Die Schärfentiefe erst über den Daumen gepeilt, dann mit Hilfe einer kleinen Korrektur an der Tiefenschärfeskala maximiert. Den Drahtauslöser in das Gewinde im Auslöseknopf geschraubt. Mit der Sonne zu vierzig Prozent über dem Horizont, verwandelte sich der alte Anstrich der Brücke langsam in ein warmes Rot – genau wie er es gewollt hatte.

Den Belichtungsmesser aus der linken Brusttasche geholt. Mal sehen, was das bei Blende 8 gibt. Eine Belichtungszeit von einer Sekunde. Er warf einen weiteren Blick durch den Sucher. „Was zum Teufel hängt da am Eingang der Brücke?“ murmelte er. „Ein Zettel. Der war doch gestern nicht da.“

Das Stativ stand fest. Er rannte die Böschung hinauf, die Sonne im Nacken. Der Zettel war sauber an die Brücke gespießt. Abreißen, die Reißzwecke in die Westentasche. Fix wieder die Böschung hinunter, hinter die Kamera. Die Sonne war zu sechzig Prozent draußen.

Schwer atmend von seinem Sprint, schoß er die erste Aufnahme. Dann noch zwei für Duplikate. Kein Wind, kein Gräschen rührte sich. Schieß lieber sicherheitshalber noch drei mit zwei Sekunden und drei mit einer halben.

Die Blende bei f/16 einrasten lassen. Die ganze Prozedur wiederholen. Die ganze Sequenz noch mal. Eine neue Rolle Kodachrome. Das Objektiv wechseln. Er setzte das 24er Weitwinkel auf, steckte das 105er in eine Tasche. Ging, bachaufwärts watend, näher an die Brücke heran. Stativ anpassen, Kamera in die Waagerechte bringen, das Licht gecheckt, dreimal abgedrückt, die üblichen Aufnahmen um die erste Einstellung herum, nur um sicherzugehen.

Die Kamera hochkant gestellt, neu komponieren. Abdrücken. Die gleiche Sequenz, alles mit Methode. Keine seiner Bewegungen zeigte Ungeschick oder Unsicherheit, alles ging effizient und professionell.

Dann also im Wettlauf mit der Sonne und mit der gesamten Ausrüstung unter der Brücke hindurch. Jetzt wurde es knifflig. Fix nach der zweiten Kamera gegriffen, der mit dem weniger empfindlichen Film, beide Kameras um den Hals gehängt und rauf auf den Baum hinter der Brücke. Er schürfte sich den Arm auf – „Verdammt!“ – höher. Hoch oben jetzt, sah er nun auf die Brücke hinab, und das in einem Winkel, bei dem sich im Bach das Sonnenlicht fing.

Neun Aufnahmen. Er wechselte die Kameras und schoß ein Dutzend weitere Aufnahmen.

Den Baum hinunter. Die Böschung hinunter. Er holte die dritte Kamera aus der Tasche. Die alte Sucherkamera mit dem Sportsucher. Er arbeitete jetzt in Schwarzweiß. Das Licht an der Brücke änderte sich von Sekunde zu Sekunde.

Nach zwanzig Minuten äußerster Anspannung schwang Robert Kincaid seine Rucksäcke in den Pick-up und fuhr die Straße zurück, die er gekommen war. Es waren von hier fünfzehn Minuten zur Hogback Bridge im Nordwesten der Stadt, und wenn er sich beeilte, konnte er dort womöglich auch noch ein paar Aufnahmen in den Kasten bringen.

Eine Staubwolke hinter sich herziehend, eine Camel im Mundwinkel, holperte er mit seinem Laster an dem weißen Holzhaus vorbei. Keine Spur von ihr. Was hast du erwartet? Wer kann diese Art Komplikationen schon brauchen? Es war ein netter Abend mit einer netten Frau. Laß es dabei. Gott, wenn sie nur nicht so toll wäre; und sie hat so was an sich. Es fällt mir schwer, sie nicht ständig anzustarren.

Francesca war in der Scheune bei der Arbeit, als er an ihrem Haus vorbeigefahren kam. Der Lärm der Stalltiere verhüllte jedes Geräusch von der Straße her.

Auch an der zweiten Brücke lief alles einwandfrei. Sie lag in einem Tal, so daß, als er ankam, rund um sie noch immer die Nebel aus den Wiesen stiegen. Mit dem 300er Tele bekam er eine große Sonne in den linken oberen Rand seiner Aufnahmen, während auf dem übrigen Bild die gewundene weiße Schotterstraße zur Brücke hin und die Brücke selbst zu sehen waren.

Dann kam ihm ein Bauer mit einem Pferdefuhrwerk in den Sucher, ein Gespann hellbrauner Belgier, die einen Wagen über die weiße Straße zogen. Bei den hochkant stehenden Aufnahmen nahm er viel hellen Himmel mit.

Als er um fünf nach halb neun sein Stativ zusammenschob, fühlte er sich ausgezeichnet. Das mit dem Farmer und seinen Pferden könnte sogar ein Titelbild abgeben; deshalb hatte er auch so viel Platz über dem Motiv gelassen, Platz für den Titel einer Zeitschrift. Die Redakteure dankten einem diese Art von aufmerksamer Professionalität.

Er hatte, ganz oder teilweise, sieben Filme verschossen; er leerte alle drei Kameras und griff in die linke untere Tasche seiner Fotografenweste, um auch die anderen vier Filme zu verstauen. „Verdammt!" Er war mit dem Zeigefinger an die Reißzwecke geraten. Er hatte ganz vergessen, daß er sie in die Tasche gesteckt hatte, als er den Zettel von der Roseman Bridge genommen hatte. Er hatte sogar den Zettel vergessen. Er fischte ihn aus der Tasche, faltete ihn auseinander und las: *Falls Ihnen nach einem weiteren Abendessen ist, „wenn weiße Nachtfalter wach werden", dann kommen Sie doch heute abend nach der Arbeit vorbei. Wann Sie wollen.*

Er konnte ein kleines Lächeln nicht verkneifen, als er sich Francesca Johnson vorstellte, wie sie mit Zettel und Reißzwecke durch Nacht und Nebel zur Brücke fuhr. Innerhalb von fünf Minuten war er in der Stadt. Während der Mann bei Texaco den Tank auffüllte, benutzte er das Münztelefon in der Tankstelle. Das schmächtige Telefonbuch war ganz schmierig vom vielen Blättern der Tankwarte. Es gab zwei „R. Johnson", einen davon in der Stadt.

Er wählte die Nummer vom Land und wartete.

„Johnson."

„Hallo, hier ist Robert Kincaid."

Francesca durchfuhr ein kleines Stechen, das in ihrer Brust begann und dann in den Magen hinuntertauchte.

„Ich habe Ihre Nachricht erhalten. Mitsamt W. B. Yeats als Überbringer. Ich nehme Ihre Einladung an, aber es wird womöglich spät. Das Wetter ist ziemlich gut, und da habe ich vor, die Cedar Bridge zu fotografieren ..., heute abend. Könnte neun werden und später, bis ich fertig bin. Und dann würde ich mich gern ein bißchen frisch machen. Das heißt, es könnte sein, daß ich nicht vor halb zehn, zehn rauskommen kann. Ist Ihnen das recht?"

Nein, es war ihr nicht recht. Sie hatte nicht die geringste Lust, so lange zu warten, aber sie sagte: „Oh, sicher. Machen Sie nur Ihre Arbeit fertig. Es gibt etwas, was leicht aufzuwärmen ist, wenn Sie kommen."

Dann fügte er hinzu: „Falls Sie mich zum Fotografieren begleiten wollen, kommen Sie ruhig mit. Sie stören mich nicht. Ich könnte so gegen halb sechs vorbeikommen und Sie abholen."

Francesca wollte mitgehen. Aber wenn sie jemand mit ihm sah? Was sollte sie dann Richard sagen?

In weniger als zwei Sekunden hatte sie sich entschieden. „Ja, ich würde gern mitkommen. Aber ich nehme meinen eigenen Wagen und treffe Sie dann dort. Um wieviel Uhr?“

„So um sechs. Bis dann.“

Er verbrachte den Rest des Tages in der Redaktion der Lokalzeitung und blätterte alte Ausgaben durch. Es war eine schöne Stadt mit einem hübschen Platz vor dem Amtsgericht, wo er sich zur Mittagszeit mit einer kleinen Tüte Obst, etwas Brot und einer Cola auf eine Bank im Schatten setzte.

Die Cola hatte er aus dem Café gegenüber geholt. Wie in einem alten Wildwestsaloon beim Eintreten des Revolverhelden waren für einen Augenblick sämtliche Gespräche verstummt, während man ihn mit Blicken maß. Er konnte das auf den Tod nicht leiden. Und er wußte, was sie nachher reden würden.

„Also ich hab gehört, er ist so ’n Fotograf. Jedenfalls hat ihn heut morgen einer draußen an der Hogback Bridge gesehen, mit allen möglichen Fotoapparaten.“

„Dem Nummernschild auf seinem Laster nach ist er aus Washington drüben im Westen.“

„Der junge Fischer von der Texaco hat gesagt, er hätt’ gestern nach dem Weg zu sämtlichen überdachten Brücken gefragt.“

„Warum sollte einer ’n Foto von denen machen wollen? Die fallen doch eh schon alle auseinander.“

„Jedenfalls könnt er mal ’n Haarschnitt vertragen. Schaut ja ganz so aus wie einer von diesen Beatles, oder wie haben sie die andren gleich wieder genannt? Hippies, war’s das nicht gewesen, Hippies?“ Was bis in die hinterste Nische für Gelächter sorgte.

Kincaid trank seine Cola und überlegte. Vielleicht war es ein Fehler gewesen, Francesca einzuladen. Wenn jemand sie an der Cedar Bridge sah, dann würde das gleich morgen hier im Café unter die Leute getragen: Die Frau von Richard Johnson mit einem langhaarigen Fremden – das war eine Nachricht! Eine, über die man sich das Maul zerreißen konnte und die eine vage lustvolle Regung, wahrscheinlich die einzige des ganzen Jahres, bereitete.

Er aß zu Ende und ging hinüber zum öffentlichen Telefon auf dem Parkplatz des Amtsgerichts. Er wählte ihre Nummer. Sie antwortete, etwas außer Atem, beim dritten Klingeln. „Hallo, hier ist noch mal Robert Kincaid.“

Sofort verspürte sie ein Ziehen im Magen, weil sie dachte: Er kann nicht kommen, deshalb ruft er an.

„Lassen Sie's mich gradeheraus sagen: Falls es für Sie ein Problem ist, heute abend mit mir da rauszufahren – ich meine, bei der typischen Neugier von Kleinstädtern –, fühlen Sie sich nicht von mir gedrängt. Mir ist es völlig schnuppe, was die hier von mir denken. Aber Sie sollten sich in keiner Weise genötigt fühlen. Obwohl ich Sie natürlich liebend gern dabeihabe."

Es war genau das, worüber sie selbst schon nachgedacht hatte seit ihrer Unterhaltung vom Vormittag. Aber ihr Entschluß stand fest. „Nein, ich würde Sie gern bei der Arbeit sehen. Ich kümmere mich nicht um Klatsch." Sie machte sich durchaus Sorgen, aber sie würde zur Cedar Bridge hinausfahren, koste es, was es wolle.

„Großartig. Ich dachte nur, ich frag mal nach. Bis dann also."

„Okay." Ein feinfühliger Mensch. Aber das hatte sie ja bereits gewußt.

Um vier schaute er in seinem Hotel vorbei und erledigte im Waschbecken etwas Wäsche, zog ein sauberes Hemd an und warf ein zweites in den Laster, dazu eine Khakihose und die braunen Sandalen. In einer Kneipe kaufte er zwei Sechserpacks Budweiser. Acht Flaschen, mehr wollten nicht hineinpassen, schichtete er um seine Filme herum in die Kühlbox.

Es war heiß, wieder mal so richtig heiß. Die Spätnachmittagssonne Iowas brannte auch von Westen her noch ziemlich scharf herunter.

Francesca Johnson jedoch machte keineswegs einen überhitzten Eindruck. Sie stand gegen den Kotflügel ihres Ford-Pick-up gelehnt, den sie hinter einigen Bäumen in der Nähe der Brücke geparkt hatte. Sie trug wieder die Jeans, die ihr so gut stand, Sandalen und ein weißes Baumwoll-T-Shirt, das ihren Körper besonders gut zur Geltung brachte. Er winkte, als er neben ihrem Laster hielt.

Wieder das alte Unbehagen in Gegenwart einer Frau, die ihn nicht kaltließ.

„Ich wollte Ihnen zusehen, wie Sie Ihre Bilder machen – beim ‚Schießen', wie Sie gesagt haben."

„Tja, das werden Sie gleich, und Sie werden's ziemlich langweilig finden. Aber um ehrlich zu sein, ich bin froh, daß Sie da sind."

Sie klammerte sich an diesen letzten Satz. Er war aufrichtig froh, sie zu sehen. Sie hoffte, die Tatsache, daß sie hier war, ließ durchblicken, daß es ihr nicht anders ging. „Kann ich Ihnen irgendwie helfen?" fragte sie, während er sich die Gummistiefel überzog.

„Sie können den blauen Rucksack tragen. Ich nehme den braunen und das Stativ."

So wurde Francesca zur Fotoassistentin. Er hatte unrecht gehabt. Es gab viel zu sehen, dessen er sich nicht bewußt war und was für sie einen Teil seiner Anziehungskraft ausmachte: seine Anmut, seine flinken Augen, das Spiel der Muskeln an seinen Unterarmen. Vor allem aber, wie er sich bewegte. Er hatte eher etwas von einem Leoparden als von einer Gazelle. Ja. Ein Leopard. Das paßte. Er war keine Beute. Ganz im Gegenteil. Sie spürte es.

„Francesca, geben Sie mir doch bitte die Kamera mit dem blauen Riemen."

Sie öffnete den Rucksack, etwas übervorsichtig wegen der teuren Ausrüstung, die er so lässig handhabte, und nahm die Kamera heraus.

Er streckte ihr die Linke entgegen, ohne das Auge vom Sucher zu nehmen, und sie gab ihm die Kamera, sah zu, wie sich die Hand um das Objektiv schloß, als er die Berührung spürte. Er drückte den Knopf am Ende der Schnur, die sie gestern schon aus seiner Weste hatte hängen sehen. Der Verschluß klickte. Er spannte ihn erneut und ließ ihn noch einmal klicken. Er griff unter den Stativkopf, schraubte die daraufsitzende Kamera ab und ersetzte sie durch diejenige, die sie ihm gegeben hatte. Dabei wandte er ihr den Kopf zu und grinste. „Danke, Sie sind eine erstklassige Assistentin." Sie errötete leicht.

Herr im Himmel, was hatte er nur an sich! Er war wie ein Wesen von einem anderen Stern, das im Windschatten eines Kometenschweifs auf die Erde gekommen und am Fuß ihrer Zufahrt heruntergeplumpst war. Warum kann ich nicht einfach sagen: „Ist mir ein Vergnügen"? dachte sie. Ich komme mir in seiner Gegenwart irgendwie so langsam vor. Ich bin es einfach nicht gewöhnt, Leute um mich zu haben, deren Verstand so schnell arbeitet wie der seine.

Er stieg in den Bach und dann die gegenüberliegende Böschung hinauf. Sie ging mit dem blauen Rucksack durch die Brücke und stellte sich hinter ihn, glücklich, auf sonderbare Weise glücklich. Sie spürte seine Energie, eine bestimmte Kraft in der Art, wie er arbeitete. Er wartete nicht einfach auf die Natur, er vereinnahmte sie ganz sachte, paßte sie dem an, was er vor seinem geistigen Auge sah.

Er zwang der Szenerie seinen Willen auf, begegnete den Veränderungen des Lichts mit verschiedenen Objektiven, verschiedenen Filmen und hin und wieder auch einem Filter. Er kämpfte nicht einfach gegen sie an, er dominierte sie mit seiner Fertigkeit und seinem Verstand. Auch Farmer dominierten das Land – mit Chemikalien und Traktoren. Aber Robert Kincaids Art, die Natur zu verändern, war flexibel und beließ, nachdem er fertig war, stets alles in seiner ursprünglichen Form.

Sie sah, als er niederkniete, wie sich seine Jeans über die Muskeln seiner Schenkel spannte. Sah das verblichene Jeanshemd, das ihm am Rücken klebte, die grauen Haare, die ihm über den Kragen standen. Sah, wie er in die Hocke ging, um etwas an der Ausrüstung nachzustellen, und zum erstenmal seit vielen, vielen Jahren spürte sie, nur indem sie jemanden ansah, ein starkes Verlangen.

Er durchquerte wieder den Bach und stapfte in seinen Gummistiefeln zu den beiden Lastern zurück. Francesca ging unter das Dach der Brücke, und als sie am anderen Ende heraustrat, kauerte er davor und hatte die Kamera auf sie gerichtet. Er löste aus, spannte den Verschluß, löste ein zweites Mal aus und ein drittes Mal, als sie auf der Straße auf ihn zukam. Sie spürte ihr etwas verlegenes Grinsen.

„Keine Bange." Er lächelte. „Ich werde sie nicht ohne Ihre Genehmigung verwenden. Ich bin hier fertig. Ich denke, ich fahr noch mal im Hotel vorbei und stell mich unter die Dusche, bevor ich rauskomme."

„Nun, das können Sie natürlich. Aber ich kann durchaus Handtuch und Dusche erübrigen, auch die Pumpe, wenn Sie wollen", sagte sie leise und ganz und gar ernst.

„Okay, einverstanden. Fahren Sie schon mal vor. Ich pack noch die Ausrüstung zusammen und komme dann nach."

Sie bugsierte Richards neuen Ford rückwärts zwischen den Bäumen hervor, lenkte ihn von der Brücke weg hinauf zur Hauptstraße und fuhr in Richtung Winterset, von wo aus sie in südwestlicher Richtung nach Hause rollte.

Kurz nach ihrer Ankunft hörte sie seinen Wagen die Zufahrt heraufkommen. Jack schlug an, ließ sich dann aber gleich wieder nieder. Kincaid blieb einen Augenblick bei ihm stehen, um sich mit ihm zu unterhalten.

Francesca trat aus der Tür zur hinteren Veranda. „Dusche gefällig?"

„Das wäre toll. Zeigen Sie mir, wo."

Sie führte ihn hinauf in das Bad, auf das sie bestanden hatte, als die Kinder größer wurden. Es war eine der wenigen Forderungen, auf denen sie Richard gegenüber je wirklich bestanden hatte. Sie nahm für ihr Leben gern ein langes heißes Bad am Abend, und sie hatte keine Lust, daß Teenager in ihrem privaten Bereich herumtrampelten.

Das Bad war nur durch ihr Schlafzimmer zu erreichen. Sie öffnete die Tür und entnahm einem Schränkchen unter dem Waschbecken ein Sortiment Handtücher und einen Waschlappen. „Nehmen Sie, was Sie wollen.“ Sie lächelte und knabberte dabei an ihrer Unterlippe.

„Ich würde mir vielleicht etwas Shampoo borgen, wenn Sie's entbehren können. Meines ist im Hotel.“

„Sicher doch. Suchen Sie sich eins aus.“ Sie stellte drei verschiedene Flaschen auf das Schränkchen, alle drei angebrochen.

„Danke.“ Er warf seine frischen Sachen auf das Bett; Francesca sah eine Khakihose, ein weißes Hemd und Sandalen. Keiner der Männer hier trug Sandalen.

Sie ging hinunter und hörte, daß die Dusche angedreht wurde. Jetzt ist er nackt, dachte sie und verspürte ein komisches Gefühl im unteren Teil ihres Bauches.

Früher am Tag, nach seinem Anruf, war sie die sechzig Kilometer nach Des Moines gefahren und hatte in der Spirituosenhandlung eingekauft. Der Verkäufer hatte nicht mehr Ahnung als sie. Also sah sie die Reihen von Weinflaschen durch, bis sie auf ein Etikett stieß, auf dem „Valpolicella“ stand. An den erinnerte sie sich noch. Trockener italienischer Rotwein. Sie kaufte zwei Flaschen und noch eine Flasche Brandy.

Als nächstes sah sie sich in einem Laden im Zentrum nach einem neuen Sommerkleid um. Sie fand eines – zartrosa mit Spaghettiträgern. Es hatte einen tiefen runden Ausschnitt am Rücken und einen nicht weniger gewagten vorn, der ihren Brustansatz freigab; um die Taille wurde es von einer schmalen Schärpe gehalten. Dazu neue, weiße, teure Sandaletten mit flachen Absätzen und von Hand verzierten Riemen.

Am Nachmittag machte sie gefüllte Paprikaschoten mit Tomatensoße, Naturreis, Käse und gehackter Petersilie. Dann einen einfachen Spinatsalat, Maisbrot und, als Nachtisch, ein Soufflé mit Apfelmus. Schließlich kam alles außer dem Soufflé in den Kühlschrank.

Dann kürzte sie eiligst das Kleid auf Knielänge. Die Länge stand ihr nun mal gut.

Der Wein war ein Problem. Schließlich fiel ihr das Kühlhaus über dem Brunnen ein. Dort hatte es auch im Sommer nur knapp fünfzehn Grad, und so stellte sie den Wein da an die Wand.

Oben hörte in dem Augenblick die Dusche auf zu laufen, als das Telefon klingelte. Es war Richard, der aus Illinois anrief. „Alles in Ordnung?“ Carolyns Ochse werde am Mittwoch bewertet. Sie kämen dann am Freitag, spät.

„Ist in Ordnung, amüsiert euch gut, und daß ihr mir ja vorsichtig fahrt."

„Grüß Jack von mir."

„Ja, mach ich."

Robert Kincaid kam die Treppe herunter im weißen Hemd mit Button-down-Kragen, die Ärmel bis genau über die Ellenbogen gerollt. Seine Haare waren noch feucht, sauber gekämmt, den Scheitel genau in der Mitte. Und sie bestaunte die Sandalen.

„Ich bring nur die Arbeitsklamotten raus in den Laster und hol die Ausrüstung rein, um sie ein wenig sauberzumachen."

„Nur zu. Ich werde inzwischen baden."

„Wollen Sie ein Bier zum Bad?"

„Wenn Sie eins übrig haben."

Er brachte zuerst die Kühlbox herein, nahm ein Bier heraus und öffnete es, während sie zwei hohe Gläser auftrieb. Als er wieder zum Laster ging, um die Kameras zu holen, nahm sie ihr Bier und ging hinauf. Sie ließ sich ein warmes Bad ein, machte es sich darin bequem, ihr Glas auf dem Boden neben ihr. Nur wenige Minuten zuvor hatte er hier gestanden; sie lag jetzt da, wo das Wasser über seinen Körper gelaufen war, und sie fand das ungemein erotisch. Mittlerweile schien ihr fast alles an Robert Kincaid erotisch.

Etwas so Einfaches wie ein kühles Bier zum Bad hatte etwas so Elegantes. Warum lebten sie und Richard nicht so? Zum Teil war es Gewöhnung. Sie bringt Vorhersehbarkeit, und Vorhersehbarkeit war auf ihre ganz spezielle Weise auch eine Wohltat.

Und dann war da die Farm. Sie war wie eine anspruchsvolle Kranke; ständig mußte man dasein, obwohl durch die Maschinen viele der Arbeiten weniger mühselig als früher waren.

Aber es war noch mehr im Spiel. Richard hatte, was ihre Ehe anbelangte, Angst vor Veränderungen, egal, welcher Art. Er sprach nicht gern darüber. Und insbesondere nicht über Sex. Erotik war in gewisser Hinsicht eine gefährliche Sache und seiner Ansicht nach etwas Ungehöriges.

Aber warum die Mauern und Zäune, die eine offene Beziehung zwischen Männern und Frauen verhinderten? Warum dieser Mangel an Intimität, dieses Fehlen jeglicher Erotik?

Die Frauenzeitschriften schrieben über derlei Dinge. Und Frauen begannen nicht nur gewisse Erwartungen zu haben, was den ihnen im Lauf dieser Welt zugewiesenen Platz anbelangte, sondern auch bezüglich dessen, was in ihren Schlafzimmern passierte. Männer wie

Richard – überhaupt die Mehrzahl der Männer, wie sie annahm – fühlten sich von diesen Erwartungen bedroht.

Wenn also die Erotik etwas Feineres war, eine eigene Kunstform, wovon Francesca überzeugt war, dann hatte sie eben keinen Platz im Gefüge ihres Lebens.

Etwas in Robert Kincaid ließ ihn all das verstehen, ohne daß man darüber zu reden brauchte. Dessen war sie sich sicher.

Als sie ins Schlafzimmer kam, um sich abzufrottieren, stellte sie fest, daß es kurz nach zehn war.

Sie holte ihr neues Kleid aus dem Schrank, dann zog sie ihr langes schwarzes Haar nach hinten und befestigte es mit einer silbernen Spange. Silberne Ohrringe und ein weites silbernes Armband, das sie am Vormittag in Des Moines gekauft hatte.

Noch einmal Parfüm – *Wind Song*. Einen Hauch Lippenstift auf das römische Gesicht mit seinen hohen Wangenknochen, ein Pinkton noch zarter sogar als das Kleid. Die Bräune, die sie bei der Arbeit im Freien abbekommen hatte, gab ihrer Aufmachung den letzten Schliff.

Robert Kincaid trank sein zweites Bier und packte eben die Kameras wieder weg, als sie in die Küche kam. Er hob den Kopf und sah sie an. „Mein Gott", sagte er leise. Alles, was er gefühlt hatte, alles, was er je gesucht hatte, was er sich je überlegt hatte, ein Leben voller Gefühle, voller Suchen, voller Gedanken, in diesem einen Augenblick kam alles zusammen. Und er verliebte sich in Francesca Johnson, die Farmersgattin aus dem Madison County in Iowa, die einst aus Neapel gekommen war.

„Ich will sagen" – seine Stimme war etwas brüchig und leicht belegt –, „wenn Sie mir meine Unverfrorenheit verzeihen, Sie sehen umwerfend aus. So umwerfend, daß man am liebsten heulend vor Schmerz um die Häuser laufen möchte."

Seine Bewunderung war aufrichtig. Sie schwelgte darin, ließ sie in jede Pore ihres Körpers wie schmeichelnden Balsam aus der Hand eines Gottes, der sie vor Jahren verlassen hatte und jetzt zurückgekehrt war.

Und in genau diesem Bruchteil eines Augenblicks verliebte sie sich in Robert Kincaid, Fotograf & Autor aus Bellingham, Washington, der einen alten Pick-up namens Harry fuhr.

Wieder Platz zum Tanzen

An jenem Dienstagabend im August 1965 sah Robert Kincaid Francesca Johnson ruhig an. Sie erwiderte seinen Blick. Gut drei Meter voneinander entfernt, waren sie doch ineinander verschränkt, und das fest, nah und unentwirrbar. Das Telefon klingelte. Den Blick noch auf ihn gerichtet, reagierte sie nicht gleich beim ersten Klingeln, auch nicht beim zweiten. In der langen Stille nach dem zweiten Klingeln tat er einen tiefen Atemzug und senkte den Blick auf seine Kamerataschen. Das ermöglichte es ihr, die Küche zu durchqueren und an den Apparat zu gehen, der gleich hinter seinem Stuhl an der Wand hing.

„Johnson ... Hallo, Marge. Ja, mir geht's prima. Donnerstag abend?" Sie überlegte: Er hat gesagt, er wäre eine Woche hier, gestern ist er gekommen, heute ist erst Dienstag. Die Entscheidung zu lügen fiel ihr nicht schwer.

Sie stand neben der Tür zur Veranda, den Hörer in der Linken. Er saß zum Greifen nahe, mit dem Rücken zu ihr. Sie streckte die Rechte aus und legte sie auf seine Schulter. „O Marge, da hab ich aber zu tun, du. Ich fahre nach Des Moines zum Einkaufen. Endlich eine Gelegenheit, wo Richard und die Kinder aus dem Haus sind."

Sie spürte den Muskel von seinem Hals die Schulter entlang. Sie blickte hinab auf das dichte, sauber gescheitelte graue Haar.

„Ja, Richard hat vor 'ner Weile angerufen ... Nein, die Preisverleihung ist nicht vor Mittwoch ... Richard meint, sie kämen nicht vor Freitag nacht ... Nein, Footballtraining fängt erst in einer Woche wieder an. Ja, ja, in einer Woche. Jedenfalls hat Michael das gesagt."

Die Wärme seines Körpers ging auf ihre Hand über, bewegte sich ihren Arm herauf und von dort aus, wo immer sie hinwollte. „Ach, ja, da hat einer nach dem Weg gefragt." Wie sie vermutete, war Floyd Clark schnurstracks nach Hause gefahren und hatte seiner Frau brühwarm von dem grünen Pick-up erzählt, den er gestern im Vorüberfahren auf dem Hof der Johnsons hatte stehen sehen.

„Ein Fotograf? Ehrlich, ich hab keine Ahnung. Ich hab mich nicht weiter drum gekümmert. Möglich wär's schon." Die Lügen gingen ihr jetzt leichter von der Zunge.

„Er wollte zur Roseman Bridge ... Ist das wahr? Er macht Fotos von den alten Brücken? Na ja, wenn's nichts Schlimmeres ist. Ein Hippie?“ Francesca kicherte und beobachtete Kincaids Kopf, der sich langsam hin und her bewegte. „Na ja, ich weiß nicht, wie so ein Hippie aussieht, Marge. Ich wollte eben ins Bad steigen, als du angerufen hast, ich lauf also besser mal, bevor mir das Wasser kalt wird ... Ist recht, ich ruf dich bald mal an. Tschüs!“

Nur ungern nahm sie ihre Hand von seiner Schulter, aber sie fand keinen Grund dafür, sie nicht wegzunehmen. Sie trat an die Spüle und drehte das Radio an. Wieder mal Country-music. Sie drehte am Knopf, bis sie die Klänge einer Big Band gefunden hatte.

Sie lächelte ihn milde an. „Haben Sie Hunger? Ich kann das Abendessen machen, wann immer Sie wollen.“

„Es war ein langer, guter Tag. Ich hätt gern noch ein Bier, bevor ich was esse. Trinken Sie eines mit?“ Zeit schindend, auf der Suche nach seiner Mitte, die ihm nach und nach entglitt.

Sie wollte. Er öffnete zwei und stellte ihr eines auf ihre Seite des Tisches.

Francesca hatte ihre Freude an ihrem Aussehen und der Art, wie sie sich fühlte: unbeschwert, warm und weiblich. Sie setzte sich auf den Küchenstuhl, schlug die Beine übereinander, so daß ihr der Saum des Kleides ein gutes Stück übers rechte Knie rutschte. Sie genoß es, daß er ihre Beine zur Kenntnis nahm.

Er nahm alles an ihr zur Kenntnis. Seine Vernunft kreischte: „Laß gut sein, Kincaid, sieh zu, daß du wieder Straße unter die Füße kriegst. Fotografier deine Brücken, geh nach Indien. Mach unterwegs in Bangkok halt und schau bei der Tochter des Seidenhändlers vorbei, die sämtliche geheimen Ekstasen kennt, die einen die alte Art nur lehren kann. Laß das hier“ – die Stimme war zu einem Zischen geworden –, „es wächst dir über den Kopf.“

Aber der langsame Straßentango hatte bereits begonnen. Spielte irgendwo, er konnte ihn hören, auf einem alten Akkordeon. Weit zurück oder weit vor ihm, er hätte es nicht sagen können. Kein Weg mehr blieb als der hin zu Francesca Johnson.

„Wir können tanzen, wenn Sie wollen. Ist eine ziemlich gute Musik dafür“, sagte er auf seine ernste, zurückhaltende Art. „Nicht daß ich ein großer Tänzer wäre, aber ich denke, für eine Küche wird es wohl reichen.“

Francesca errötete nur leicht. „Okay. Ich tanze auch nicht gerade viel ..., jedenfalls nicht mehr. Als junges Mädchen in Italien schon ...“

Er lächelte und stellte sein Bier auf die Anrichte. Sie erhob sich, und sie bewegten sich aufeinander zu. Er hatte die Hand ausgestreckt und nach ihrer Rechten gegriffen, hielt sie jetzt in seiner Linken. Sie spürte seine schlanken Finger um ihre Hand. Kein Lüftchen regte sich draußen.

„Oh, nur einen Augenblick." Sie löste zögernd ihre Hand aus der seinen und öffnete die rechte untere Tür des Büfetts. Sie nahm zwei weiße Kerzen heraus, die sie am Vormittag in Des Moines gekauft hatte, zusammen mit den Messingständern. Sie stellte sie auf den Tisch. Er zündete sie an, während Francesca das Deckenlicht ausknipste. Die kleinen Flammen brannten ruhig, geradewegs nach oben. Die schlichte Küche hatte noch nie so gut ausgesehen.

Im Radio spielte eine langsame Version von „Autumn Leaves". Sie war verlegen. Er nicht minder. Aber er nahm ihre Hand, legte ihr einen Arm um die Taille, sie drückte sich an ihn, und die Verlegenheit verschwand. Irgendwie schien sich alles wie von selbst zu geben. Er zog sie näher an sich heran.

Sie konnte ihn riechen: sauber, abgeseift und warm. Der elementare Wohlgeruch eines zivilisierten Mannes, der irgendwo in sich einen Ureinwohner zu beherbergen schien.

„Gutes Parfüm", sagte er und holte ihre beiden Hände heran, so daß sie, in der Nähe seiner Schulter, auf seiner Brust zu liegen kamen.

„Danke."

Sie tanzten, langsam. Ohne sich groß vom Fleck zu bewegen. Sie spürte ihre Beine an den seinen, hin und wieder berührten sich ihre Bäuche.

Das Stück war zu Ende, aber er hielt sie an sich gedrückt und summte die Melodie, die sie eben gehört hatten, und so standen sie da, bis das nächste Lied begann. Er war real, realer als alles, was sie jemals gekannt hatte. Er beugte sich etwas vor, um seine Wange an die ihre zu legen.

Während der Zeit, die sie miteinander verbrachten, bezeichnete er sich einmal als einen der letzten Cowboys. Sie hatten im Gras neben der Pumpe hinter dem Haus gesessen. Sie verstand nicht und fragte, wie er das meinte. „Es gibt eine bestimmte Art von Männern, die sich überlebt hat", hatte er gesagt. „Die Welt wird immer geordneter, viel zu geordnet für solche wie mich. Alles ist an seinem Platz. Ich meine, zugegeben, ich halte meine Kameraausrüstung auch in Ordnung, aber ich meine etwas mehr als das: Regeln, Vorschriften, Gesetze, Konventionen. Hackordnungen, das Ausmaß an Kontrolle, Langzeitpläne,

Budgets. Die Macht der Großkonzerne. Geld statt Gott. Eine Welt voll verknitterter Anzüge mit Namensschildchen an der Brust.

In älteren Welten gab es Dinge, für die Männer wie ich geschaffen waren, die sonst keiner konnte und eine Maschine schon gleich gar nicht. Wir sind schnell, wir sind stark und flink, aggressiv und robust. Wir haben Mut mitbekommen.

Es kommt aber irgendwann soweit, daß Computer und Roboter die Welt bestimmen. Zwar werden Menschen diese Maschinen bedienen, aber dazu braucht es weder Mut noch Kraft oder ähnliche Charaktereigenschaften. Alles, was man noch brauchen wird, sind Samenbanken, um die Spezies über die Runden zu bringen, und die sind ja schon im Kommen. Die meisten Männer sind, nach Meinung der Frauen, sowieso lausige Liebhaber, also was ist schon verloren, wenn die Wissenschaft den Sex ersetzt. Wir geben die Freiheit auf, bringen Ordnung in alles, versehen unsere Emotionen mit Nut und Feder. Und mit dem Verlust der Freiheit verschwindet auch der Cowboy, zusammen mit dem Silberlöwen und dem grauen Wolf.

Ich bin nicht traurig deswegen. Ein bißchen wehmütig vielleicht schon. Aber es muß so sein; es ist die einzige Möglichkeit zu verhindern, daß wir uns selbst vernichten. Ich behaupte, die männlichen Hormone sind letztendlich die Ursache für jeglichen Ärger auf diesem Planeten. Es war eine Sache, einen anderen Stamm oder einen anderen Krieger zu unterwerfen. Raketen sind eine ganz andere Geschichte. Es ist auch etwas anderes, die Macht zu haben, die Natur zu zerstören, so wie wir das momentan tun.

Der Fluch der modernen Zeit ist das Übergewicht der männlichen Hormone dort, wo sie auf lange Zeit Schaden anrichten können. Hol's der Teufel, ich seh es ja. Ich versuch nichts anderes, als ein paar gute Bilder zu schießen und meinen Abgang zu machen, bevor ich mich total überlebt habe oder ernsthaften Schaden anrichten kann."

Sie hatte im Lauf der Jahre selbst schon nachgedacht über das, was er da gesagt hatte. Er schien recht zu haben, irgendwie, oberflächlich betrachtet. Aber seine Art widersprach dem, was er sagte. Er hatte eine gewisse unbedachte Aggressivität an sich, die er freilich im Griff zu haben schien; es hatte ganz den Anschein, als könnte er sie einschalten und wieder ablegen, ganz wie er wollte. Genau das hatte sie sowohl angezogen als auch verwirrt – seine unglaubliche Intensität, eine kontrollierte, wohlaustarierte, pfeilartige Intensität, gemischt mit Wärme und ohne die geringste Spur von Gemeinheit.

An jenem Dienstagabend, beim Tanz in der Küche, waren sie allmählich einander nähergekommen. Francesca, fest an seine Brust gedrückt, überlegte, ob er wohl ihre Brüste spürte durch das Kleid und das Hemd, und war sicher, daß er es konnte.

Er fühlte sich so gut an. Sie wollte, daß es ewig so weiterginge. Sie wollte mehr alte Lieder, immer weiter tanzen, immer mehr von seinem Körper gegen den ihren spüren. Sie war wieder Frau geworden. Sie hatte wieder Platz zum Tanzen.

Sie bewegte die Wange weg von der seinen, sah mit dunklen Augen zu ihm auf, und er küßte sie und sie ihn, ein endloser, weicher Kuß, ein Fluß langer, weicher Küsse.

Sie hörten auf, so zu tun, als tanzten sie, ihre Arme schlangen sich um seinen Hals. Seine Linke ruhte in ihrem Kreuz, die Rechte strich über ihren Hals, ihre Wange, ihr Haar. Der Dichter Thomas Wolfe hatte vom „Geist der alten Begierde" gesprochen. Dieser Geist hatte sich in Francesca Johnson geregt. Und nicht nur in ihr.

An ihrem siebenundsechzigsten Geburtstag dachte Francesca zurück. Sie starrte auf genau die Stelle, an der sie gestanden hatten. Ihre Gefühle waren dabei so stark, daß sie das Ganze in allen Einzelheiten nur einmal im Jahr durchzuspielen wagte. Ihre Abstinenz von diesen Erinnerungen war eine Überlebensfrage gewesen. Jetzt waren die Bilder klar, lebendig, gegenwärtig. Obwohl sie nun schon zweiundzwanzig Jahre zurücklagen. Er war hier und hatte die Arme um sie gelegt.

Sie entzog sich ihm schließlich, dort in der Küche, wo sie standen, und nahm ihn bei der Hand, führte ihn zur Treppe, die Treppe hinauf, an Carolyns Zimmer vorbei, an Michaels Zimmer vorbei und in ihr eigenes, wo sie die kleine Leselampe neben dem Bett anmachte.

Jetzt, so viele Jahre später, stieg Francesca, ihren Brandy in der Hand, die Treppe hinauf, ihre Rechte hinter sich herziehend, um die Erinnerung an ihn mit hinaufzunehmen, den Flur entlang in ihr Schlafzimmer.

Sie erinnerte sich an die traumgleiche Folge von Handgriffen, mit denen sie sich ihrer Kleidung entledigten, an sie beide nackt im Bett. Sie erinnerte sich daran, wie er sich ein Stück über sie gestemmt und seine Brust langsam gegen ihren Bauch und ihre Brüste bewegt hatte. Während er sich über ihr bewegte, küßte er abwechselnd ihre Lippen, ihre Ohren, streifte mit seiner Zunge ihren Hals entlang, leckte sie, wie einer der prächtigen Leoparden im hohen Gras afrikanischer Steppen es getan haben mochte.

Er war ein Tier. Ein anmutiges, hartes männliches Tier, das nichts tat, um sie zu dominieren, und sie dennoch völlig beherrschte.

Aber es ging weit über das Körperliche hinaus, obwohl der Umstand, daß er sie so lange lieben konnte, ohne müde zu werden, sehr wohl dazugehörte. Ihn zu lieben war eine spirituelle Erfahrung.

Während sie einander liebten, hatte sie ihm, alles in einen einzigen Satz packend, zugeflüstert: „Robert, du bist so stark, daß man sich fürchten möchte." Er verfügte in der Tat über große körperliche Kraft, aber das war es nicht allein. Sie hatte nicht mit seiner merkwürdigen Macht gerechnet. Es war fast, als hätte er von ihr in jeder Hinsicht Besitz ergriffen.

Sie hatte anfänglich geglaubt, ein Teil von ihr würde immer über dem stehen, was auch immer sie und Robert Kincaid miteinander machten, der Teil nämlich, der ihrer Familie und ihrem Leben im Madison County gehörte. Aber er nahm ihr das alles, mir nichts, dir nichts. Sie hätte es gleich wissen sollen, als er aus dem Laster stieg, um nach dem Weg zu fragen.

Wenn sie beisammen waren, so liebten sie einander eine Stunde, vielleicht auch länger, dann entzog er sich ihr langsam und betrachtete sie, zündete sich und ihr eine Zigarette an. Oder er legte sich einfach neben sie, aber immer bewegte sich eine seiner Hände über ihren Körper. Dann war er wieder in ihr, flüsterte ihr leise ins Ohr, während er sie liebte, küßte sie zwischen den Sätzen, zwischen Worten, seinen Arm um ihre Taille gelegt, zog sie an sich.

Und allmählich ließ sie ihren Verstand fahren, schwerer atmend jetzt, ließ sich von ihm verschleppen in seine merkwürdigen, geisterhaften Gefilde. Ihr Gesicht an seinem Hals vergraben, ihre Haut an der seinen, roch sie Flüsse und Holzfeuer, hörte, in längst vergangenen Nächten, dampfende Züge aus verschneiten Bahnhöfen schnaufen, sah einen steten Zug Reisender in schwarzen Mänteln sich entlang gefrorener Flüsse und über Sommerwiesen einen Weg zum Ende aller Dinge bahnen. Wieder und immer wieder fuhr der Leopard über sie hinweg wie ein anhaltender Wind und, sich unter ihm drehend, ritt sie diesen Wind wie eine Tempeljungfrau in Richtung der wonnigen Feuer, die das sanfte Abgleiten ins Vergessen markierten.

Und sie murmelte, leise, atemlos: „O Robert ... Robert ... Ich verliere mich."

Auch er ging die Pfade der alten Art zurück. Und er hörte die Worte, die er ihr zuflüsterte, als spräche die Stimme eines anderen und nicht die seine. Laute, leise, unverständliche Laute kamen aus ihrem Mund, als sie sich ihm entgegenbäumte. Aber er war dieser Sprache mächtig, und in dieser Frau fand Robert Kincaids lange Suche ein Ende.

Und endlich erfuhr er die Bedeutung der zahllosen Fußspuren auf den zahllosen verlassenen Stränden, die er in seinem Leben beschritten hatte, der zahllosen verhangenen Gesichter, die ihn gemustert hatten auf seinem Weg durch die gewundenen Straßen dämmernder Städte. Und wie einer der großen vorgeschichtlichen Jäger, der meilenweit gewandert war, um jetzt den Schein der heimatlichen Lagerfeuer zu sehen, löste sich seine Einsamkeit auf in seiner Liebe zu ihr.

Gegen Morgen stützte er sich etwas auf und sagte mit einem direkten Blick in ihre Augen: „Genau deshalb bin ich hier auf diesem Planeten und zu genau dieser Zeit, Francesca. Nicht um zu reisen und Bilder zu machen, sondern um dich zu lieben. Ich bin, irgendwann in einer anderen Zeit, vom Rand eines großen heiligen Berges gestürzt und seither gefallen, viele Jahre länger, als ich in diesem Leben gelebt habe. Und all diese Jahre hindurch bin ich dir entgegengestürzt."

Als sie wieder hinunterkamen, lief das Radio noch.

„Francesca, ich möchte dich um einen Gefallen bitten." Er lächelte sie an, während sie mit der Kaffeekanne hantierte.

„Ja?" Sie schaute ihn an. O Gott, ich liebe ihn so sehr, dachte sie taumelig und wollte ihn wieder und wieder bis in alle Ewigkeit.

„Schlüpf in die Jeans und das T-Shirt von gestern abend und ein Paar Sandalen. Sonst nichts. Ich möchte ein Bild von dir, genau so, wie du heute morgen aussiehst. Ein Foto nur für uns zwei."

Sie ging hinauf, ihre Beine ganz schwach davon, ihn die ganze Nacht umschlungen zu haben, zog sich an und ging mit ihm hinaus auf die Weide. Und so war das Foto entstanden, das sie nun Jahr für Jahr betrachtete.

Der Highway und der Wanderfalke

Für die nächsten paar Tage gab Robert Kincaid die Fotografie auf. So wie Francesca Johnson, abgesehen von einigen unabdinglichen Verrichtungen, das Farmleben aufgab. Die beiden verbrachten jede Minute zusammen, unterhielten sich, liebten sich. Zweimal spielte er, als sie ihn darum bat, auf der Gitarre und sang ihr, mehr recht als schlecht, etwas vor, ein bißchen verlegen, weil sie, wie er sagte, sein erstes Publikum war.

Sie fuhr mit ihm nach Des Moines zum Flughafen, von wo aus er Filme nach New York schickte.

Anschließend führte er sie zum Abendessen in ein teures Restaurant aus und hielt über den Tisch hinweg ihre Hände, während er ihr auf die ihm eigene intensive Art in die Augen sah. Und der Kellner, der sie beobachtete, lächelte in der Hoffnung, sich selbst einmal so zu fühlen.

Am Donnerstag unterhielten sie sich, nachdem sie sich nachmittags geliebt hatten. Beide hatten sie gewußt, daß es früher oder später zu diesem Gespräch kommen mußte. Beide waren sie ihm aus dem Weg gegangen.

„Was sollen wir machen?“ fragte er.

Sie schwieg, hin- und hergerissen. Dann sagte sie leise: „Ich weiß es nicht.“

„Wenn du willst, bleibe ich hier oder in der Stadt oder sonstwo. Wenn deine Familie wiederkommt, rede ich eben mit deinem Mann und erkläre ihm, wie die Sache steht. Es wird nicht leicht sein, aber ich werde das schon erledigen.“

Sie schüttelte den Kopf. „Richard würde es nicht begreifen, er denkt nicht in solchen Kategorien. Er versteht nichts von Zauber und Leidenschaft und all den anderen Dingen, über die wir uns unterhalten, die wir erfahren. Es ist einfach zu weit weg von allem, was er je gefühlt oder gedacht hat.“

„Sollen wir denn das alles einfach wegwerfen?“ Er war ernst, lächelte nicht.

„Ich weiß auch nicht, Robert, auf eine merkwürdige Art und Weise gehöre ich jetzt dir. Ich wollte niemandem gehören, ich hatte das nicht nötig, und ich weiß auch, daß du das nicht beabsichtigt hast. Aber du hast mich in dir als freiwillige Gefangene."

Er antwortete: „Ich bin mir nicht sicher, ob du in mir bist oder ich in dir. Ich glaube, wir stecken beide in einem anderen, von uns geschaffenen Wesen. Wir *sind* dieses Wesen. Wir haben uns beide verloren und etwas Neues geschaffen. Herrgott noch mal, wir lieben uns. So tief und aufrichtig, wie man sich nur lieben kann.

Komm mit mir auf Reisen, Francesca. Ich zeige dir das Land der Löwen und ein wunderbares Dachrestaurant in einer alten Kolonialstadt im Golf von Bengalen und Züge, die über Bergpässe klettern, und kleine baskische Herbergen hoch in den Pyrenäen. Und wenn dir das Zigeunerleben nicht gefällt, dann mache ich irgendwo ein Geschäft auf und fotografiere am Ort oder mache Porträts oder was auch immer es braucht, um uns über Wasser zu halten."

„Robert, als wir uns gestern nacht geliebt haben, da hast du etwas gesagt, was ich nicht vergessen habe. Ich habe dir ins Ohr geflüstert, was für geheimnisvolle Kräfte du hast, immer wieder – und bei Gott, die hast du auch. Du hast gesagt: ‚Ich bin der Highway und ein Wanderfalke und alle Segel, die je in See gestochen sind.' Und du hattest recht. Du bist die Straße. In dem schmalen Riß, in dem Illusion und Realität sich treffen, da lebst du – irgendwo da draußen auf der Straße, und die Straße, das bist du. Du *bist* ein Düsenflieger nach Asien. Und ich will, daß du das bist. Verstehst du nicht, ich liebe dich so sehr, daß ich auch nicht einen einzigen Augenblick daran denken will, dir Fesseln anzulegen. Das zu tun hieße, das herrliche wilde Tier zu töten, das du bist, und mit ihm würden auch deine geheimnisvollen Kräfte sterben."

Er wollte etwas sagen, aber Francesca gebot ihm zu schweigen. „Ich bin noch nicht ganz fertig, Robert. Würdest du mich in die Arme nehmen und zwingen, mit dir zu gehen, du würdest nicht einen Laut der Klage hören. Du könntest das, nur indem du mit mir redest. Aber ich glaube nicht, daß du es tust. Dafür bist du zu sensibel und dir meiner Gefühle zu sehr bewußt. Und ich habe nun einmal das Gefühl, hier Verantwortung zu haben.

Stimmt, meinem Leben hier geht jegliche Romantik ab, jegliche Erotik: nie ein Tanz in der Küche bei Kerzenlicht, nie das wunderbare Gefühl, einen Mann zu spüren, der weiß, wie man eine Frau liebt. Aber mein Weggehen wäre eine Katastrophe für Richard. Und darüber hinaus hätte er, und das wäre noch schlimmer als alles andere, den Rest seines Lebens mit dem Getuschel der Leute hier zu leben. ‚Schaut mal, das ist Richard Johnson. Seine kleine italienische Frau hatte so viel Pfeffer im Arsch, daß sie ihm vor Jahren mit einem langhaarigen Fotografen durchgegangen ist.‘ Richard würde darunter leiden, und die Kinder würden das Gekicher von ganz Winterset hören. Und mich dafür hassen.

Wenn du mich, körperlich oder geistig, zwingst, mit dir zu gehen, dann kann ich nichts dagegen tun. Aber zwinge mich bitte nicht, hier alles aufzugeben. Ich könnte das nicht, ohne ständig mit dem Gedanken daran zu leben. Wenn ich jetzt wegginge, dann würde mich dieser Gedanke in jemand anderen verwandeln als die Frau, in die du dich verliebt hast.“

Robert Kincaid schwieg. Er wußte, was sie meinte, wenn sie über Verantwortung sprach, über die Schuld, die sie womöglich verändern würde. Er wußte, daß sie recht hatte. Den Blick aus dem Fenster gerichtet, rang er mit sich, rang um Verständnis für ihre Gefühle. Sie begann zu weinen.

Dann hielten sie einander lange in den Armen. Und er flüsterte ihr zu: „Ich habe nur eines zu sagen, nur dieses eine; ich werde es nie wieder sagen, zu niemandem, und ich bitte dich, es nie zu vergessen: In einem Universum voller Zweideutigkeit begegnet einem eine derartige Gewißheit nur einmal und dann nie wieder, egal, wie viele Leben man lebt.“

AM ABEND, Donnerstag abend, liebten sie sich wieder und lagen dann, unter Berührungen und Geflüster, bis nach Sonnenaufgang beieinander. Dann schlief Francesca ein wenig, und als sie aufwachte, stand die Sonne bereits hoch und heiß am Himmel.

Er hatte Kaffee gemacht und saß am Küchentisch und rauchte, als sie hinunterkam. Er grinste sie an. Sie ging hinüber zu ihm, und mit seinen Armen um ihre Taille vergrub sie ihr Gesicht in seinem Hals und die Hände in seinem Haar. Er zog sie auf seinen Schoß.

Schließlich stand er auf. Er hatte seine alte Jeans wieder an, die orangefarbenen Hosenträger über einem sauberen Khakihemd.

„Ist es okay, wenn ich dir mal schreibe? Ich würde dir wenigstens gern das eine oder andere Foto schicken.“

„Das geht in Ordnung“, sagte Francesca und wischte sich mit dem Handtuch an der Tür des Küchenschranks die Tränen aus den Augen. „Ich werd mir schon eine Ausrede dafür einfallen lassen, Post von einem fotografierenden Hippie zu kriegen, solange es nicht überhandnimmt.“

„Du hast meine Adresse in Bellingham und meine Nummer, ja?“ Sie nickte. „Wenn ich nicht da bin, dann ruf in der Redaktion von *National Geographic* an. Hier, ich schreib dir die Nummer auf.“ Er schrieb sie auf den Block neben dem Telefon, riß das Blatt ab und reichte es ihr. „Du findest die Nummer auch in der Zeitschrift. Verlang die Redaktion. Die wissen meistens, wo ich bin. Du kannst mich überall in der Welt anrufen – R-Gespräch, damit die Gebühren nicht auf deiner Rechnung landen.“

„Geh nicht weg, Robert Kincaid!“ hörte sie es von irgendwo in sich herausschreien.

Sie bei der Hand nehmend, ging er durch die Hintertür hinaus und zu seinem Laster. Er öffnete die Fahrertür, stellte seinen Fuß auf das Trittbrett, stieg dann noch einmal ab, um sie erneut für mehrere Minuten zu halten. Keiner von beiden sagte auch nur ein Wort; sie standen einfach da, gaben, empfingen, prägten sich unauslöschlich ein, wie der andere sich anfühlte. Bestätigten sich aufs neue die Existenz jenes besonderen Wesens, von dem er gesprochen hatte.

Zum letzten Mal ließ er von ihr ab, stieg in den Laster und saß dann bei offener Tür da. Tränen rannen ihm über die Wangen. Tränen rannen ihr über die Wangen. Langsam und unter dem Quietschen der Scharniere zog er die Tür zu. Harry wollte zunächst nicht anspringen, aber schließlich und endlich gab der alte Laster nach.

„Ich werde nächsten Monat in Südostindien sein. Möchtest du eine Karte von dort?“

Sie brachte kein Wort heraus, verneinte aber mit einem Kopfschütteln. Sie wußte, daß Robert verstand. Er nickte.

Der kleine Laster fuhr rückwärts, knirschte über den Kies, scheuchte die Hühner auf. Robert Kincaid winkte ihr durch das offene Fenster auf der Beifahrerseite zu. Sie sah den Blitz der Sonne auf seinem silbernen Armkettchen. Die obersten beiden Knöpfe seines Hemdes standen offen.

Francesca sah den alten Pick-up davonholpern. Am Ende des Sträßchens hielt der Fahrer an, die Tür ging auf, und er trat auf das Trittbrett. Er konnte sie sehen, hundert Meter weiter hinten; sie wirkte klein aus dieser Entfernung.

Er stand da und starrte sie an. Dann schloß er die Tür, schaltete knirschend und weinte wieder, als er links auf die Landstraße nach Winterset bog. Er schaute noch einmal zurück und sah sie mit gekreuzten Beinen, den Kopf in den Händen, im Staub sitzen.

RICHARD und die Kinder kamen am frühen Abend zurück, voller Geschichten über die Ausstellung und das Band, das der Ochse vor seinem Verkauf an den Schlachter gewonnen hatte. Carolyn stand, kaum angekommen, schon am Telefon. Da Freitag war, fuhr Michael mit dem Pick-up in die Stadt, um zu tun, was siebzehnjährige Jungs Freitagabend so taten – vor allem auf dem Marktplatz herumhängen, sich unterhalten und den Mädchen etwas zurufen, die im Auto vorbeifuhren. Richard machte den Fernseher an, sagte Francesca dabei, wie gut der Maisfladen sei, den er mit Butter und Ahornsirup aß.

Sie setzte sich auf die Schaukel auf der Veranda. Richard kam um zehn, nachdem seine Sendung vorbei war, zu ihr heraus. Er streckte sich und sagte: „Tut wirklich gut, wieder daheim zu sein." Dann, mit einem Blick auf sie: „Fehlt dir was, Frannie? Du scheinst mir 'n bißchen müde oder verträumt oder so."

„Nein, mir geht's gut, Richard. Schön, euch wieder gesund und munter daheim zu haben."

„Na denn, ich hau mich dann mal aufs Ohr; war eine lange Woche auf der Ausstellung, und ich bin hundemüde."

Asche

Im Madison County war es Nacht geworden. Es war 1987, Francescas siebenundsechzigster Geburtstag. Sie lag seit zwei Stunden auf ihrem Bett. Nach zweiundzwanzig Jahren noch konnte sie alles spüren, sehen, riechen, hören. Sie berührte ihre Brüste und spürte dabei seine Brustmuskeln über sie hinwegstreichen. Gott, sie liebte ihn so sehr. Sie hätte alles für ihn getan, außer ihre Familie kaputtzumachen und damit womöglich auch ihn selbst.

Sie ging die Treppe hinunter und setzte sich an den alten Küchentisch mit der gelben Resopalplatte. Richard hatte einen neuen gekauft, er hatte darauf bestanden. Aber sie hatte darum gebeten, daß man den alten in einen Schuppen stellte, und hatte ihn vorsichtig in Plastik gepackt, bevor man ihn wegräumte.

„Ich versteh nicht, warum du an dem alten Tisch da so hängst", hatte er sich beklagt, während er ihr beim Wegstellen half. Nachdem Richard gestorben war, hatte Michael ihr den Tisch wieder ins Haus gebracht.

Jetzt trat sie an den Schrank und nahm zwei weiße Kerzen auf kleinen Messingständern heraus. Sie zündete die Kerzen an und schaltete das Radio ein, drehte so lange, bis sie leise Musik gefunden hatte. Lange stand sie dann an der Spüle, den Kopf leicht nach hinten geneigt, weil sie ihm ins Gesicht blickte, und flüsterte: „Ich erinnere mich an dich, Robert Kincaid. Vielleicht warst du wirklich der letzte. Vielleicht sind die Cowboys tatsächlich am Aussterben."

Vor Richards Tod hatte sie Kincaid nicht ein einziges Mal geschrieben oder anzurufen versucht, obwohl jahrelang Tag für Tag nicht viel dazu gefehlt hatte. Hätte sie nur einmal mit ihm gesprochen, sie wäre zu ihm gegangen. Hätte sie ihm nur einmal geschrieben, sie wußte, er wäre sie holen gekommen. Auch er hatte sich all die Jahre nicht mehr gemeldet, nicht mehr, seit er ihr das eine Päckchen mit den Fotos und dem Manuskript geschickt hatte.

Noch im September 1965 hatte sie den *National Geographic* abonniert. Der Artikel über die überdachten Brücken erschien im Jahr darauf, und da hatte sie sie dann, die Roseman Bridge im warmen Licht des frühen Morgens, jenes Morgens, an dem er ihren Zettel gefunden hatte. Das Titelbild stammte von ihm: ein Pferdegespann, das einen Wagen auf die Hogback Bridge zog. Auch der Text des Artikels war von ihm.

Auf der letzten Seite des Magazins waren Autoren und Fotografen aufgeführt, gelegentlich auch mit Bild. Hin und wieder gab es auch eines von ihm. Sie schnitt sie sich aus und bewahrte sie zusammen mit der Nummer über die überdachten Brücken, dem Manuskript, den beiden Fotos und seinem Brief in dem großen braunen Umschlag auf. Den Umschlag legte sie in ihrer Kommode zwischen ihre Unterwäsche, an einen Ort also, an dem Richard nie und nimmer nach etwas suchen würde. Und wie eine ferne Beobachterin, die ihn über die Jahre hinweg verfolgte, sah sie Robert Kincaid altern. Und sein Älterwerden ließ sie, wenn das überhaupt möglich war, sich mehr denn je nach ihm sehnen. Sie vermutete – nein, sie wußte –, er war allein.

Bei Kerzenlicht, am Tisch, studierte sie die ausgeschnittenen Fotos. Von fernen Orten her sah er sie an. Sie kam zu dem speziellen Bild aus einer Ausgabe von 1967. Er kauerte in der Hocke an einem Fluß in Ostafrika. Als sie dieses Foto das erste Mal gesehen hatte, war ihr aufgefallen, daß an dem Silberkettchen um seinen Hals jetzt ein kleines Medaillon hing. Michael war damals weg auf dem College, und nachdem Richard und Carolyn zu Bett gegangen waren, hatte sie sich das Vergrößerungsglas geholt, durch das Michael als kleiner Junge seine Briefmarken betrachtet hatte, und hielt es vor das Foto.

„Mein Gott!" hauchte sie. Auf dem Medaillon stand *Francesca.* Es war dies seine einzige und obendrein eine sehr kleine Indiskretion, und sie vergab sie ihm lächelnd. Auf allen späteren Fotos war stets dieses Medaillon an dem Silberkettchen zu sehen. Nach 1975 sah sie ihn in der Zeitschrift nicht mehr. Auch sein Name fand sich nicht mehr. Sie durchsuchte jede Nummer, konnte aber nichts finden. Zweiundsechzig wäre er in jenem Jahr gewesen.

Als Richard 1979 starb, als die Beerdigung vorbei und die Kinder wieder fortgefahren waren, dachte sie daran, Robert Kincaid anzurufen. Er wäre damals sechsundsechzig gewesen; sie war neunundfünfzig. Auch wenn sie vierzehn Jahre verloren hatten, es wäre noch immer Zeit gewesen. Sie brütete eine Woche lang darüber, dann wählte sie schließlich die Nummer von seinem Briefkopf.

Ihr wäre fast das Herz stehengeblieben, als das Telefon zu klingeln begann. Sie hörte, wie jemand abhob, und hätte fast wieder aufgelegt. Eine Frauenstimme sagte: „McGregor, Versicherungen." Ihre Kräfte verließen sie, aber sie erholte sich und fragte, ob sie sich wohl verwählt habe. Hatte sie nicht. Francesca dankte ihr und legte auf.

Bei der Auskunft gab es keinen Eintrag in Bellingham, Washington. Ihr fiel die Zeitschrift ein. Ein Redakteur des *National Geographic* erinnerte sich an ihn. „Wir haben immer gesagt, Kincaid wäre so ein bißchen merkwürdig; es kannte ihn ja keiner von uns so recht außerhalb der Arbeit, die er für uns machte. Aber er war ein Profi. Den konnten wir hinschicken, wo wir wollten, der lieferte, auch wenn ihm die Entscheidungen der Redaktion meist nicht paßten. Was seinen Aufenthaltsort anbelangt, also ich bin hier während unserer Unterhaltung unsere Kartei durchgegangen. Er hat die Zeitschrift 1975 verlassen. Die Adresse und Telefonnummer, die ich hier habe, lautet ..." Er las vor, was Francesca bereits hatte. Danach gab sie es auf, vor allem, weil sie Angst vor dem hatte, was sie womöglich entdeckte.

Sie gestattete sich immer öfter, an Robert Kincaid zu denken. Sie fuhr noch immer gut genug Auto, um mehrere Male im Jahr nach Des

Moines zu fahren und in dem Restaurant zu essen, in das er sie ausgeführt hatte. Auf einem dieser Ausflüge kaufte sie sich ein in Leder gebundenes Buch mit leeren Seiten. Und auf diesen Seiten begann sie in hübscher, sauberer Handschrift die Einzelheiten ihrer Geschichte und ihre Gedanken über ihn niederzuschreiben. Es bedurfte fast dreier solcher Bücher, bevor sie ihre Aufgabe zu ihrer eigenen Zufriedenheit erledigt hatte.

Am 2. Februar 1982 rollte ein Zustellwagen von UPS in den Hof. Verwundert quittierte sie den Erhalt des Pakets und warf einen Blick auf die Anschrift: FRANCESCA JOHNSON, RR 2, WINTERSET, IOWA 50273. Der Absender war eine Anwaltskanzlei in Seattle.

Sie setzte das Paket auf dem Küchentisch ab und öffnete es vorsichtig. Sie fand drei Kartons, stoßsicher in Styroporflocken verpackt. Mit Klebstreifen am obersten Karton befestigt, fand sie einen kleinen wattierten Umschlag. Außerdem einen an sie adressierten Geschäftsumschlag mit dem Absender der Kanzlei:

23. Januar 1982

Ms. Francesca Johnson
RR 2
Winterset, IA 50273

Sehr geehrte Ms. Johnson,
in unserer Eigenschaft als Testamentsvollstrecker des kürzlich verschiedenen Robert L. Kincaid …

„O Robert … Robert … Nein." Francesca legte den Brief auf den Tisch. Draußen wirbelte der Schnee über die winterlichen Felder. Sie las die Worte ein zweites Mal:

…in unserer Eigenschaft als Testamentsvollstrecker des kürzlich verschiedenen Robert L. Kincaid … teilen wir Ihnen mit, daß nur ein einziges, auf den 8. Juli 1967 datiertes Testament existiert. Oben Genannter hat darin ausdrücklich angeordnet, Ihnen beiliegende Gegenstände zukommen zu lassen. Im Falle Ihrer Unauffindbarkeit sollten diese Dinge eingeäschert werden.

Ebenfalls beiliegend, in dem mit der Aufschrift „Brief" gekennzeichneten Karton, ist eine Nachricht an Sie, die er im Jahre 1978 bei uns hinterlegt hat. Besagter Umschlag wurde von ihm versiegelt und ist seither ungeöffnet geblieben.

Mr. Kincaids sterbliche Überreste wurden eingeäschert. Auf seinen eigenen Wunsch hin wurde kein Grabstein aufgestellt. Seine Asche wurde, gleichfalls auf seinen Wunsch, an einem Ort in der Nähe Ihres Wohnsitzes verstreut. Meines Wissens nannte sich die Örtlichkeit Roseman Bridge.

Falls wir Ihnen weiter zu Diensten sein können, bitte zögern Sie nicht, es uns wissen zu lassen.

Mit freundlichen Grüßen
Allen B. Quippen, Rechtsbeistand

Sie hielt den Atem an, trocknete einmal mehr ihre Augen und machte sich daran, den restlichen Inhalt des Pakets durchzugehen.

Sie wußte, was in dem wattierten Umschlag war. Sie machte ihn vorsichtig auf und griff hinein. Zum Vorschein kam die silberne Kette. Auf dem verkratzten Medaillon las sie *Francesca.* Auf der Rückseite stand in winzigen Buchstaben eingraviert: AN DEN FINDER: BITTE AN FRANCESCA JOHNSON, RR 2, WINTERSET, IOWA, USA.

Sein silbernes Armkettchen lag in Seidenpapier gewickelt auf dem Grund des Umschlags. Mit eingewickelt war ein Zettel. Darauf stand – in ihrer eigenen Handschrift:

Falls Ihnen nach einem weiteren Abendessen ist, „wenn weiße Nachtfalter wach werden", dann kommen Sie doch heute abend nach der Arbeit vorbei.

Ihre Nachricht von der Roseman Bridge. Selbst die hatte er sich für seine Erinnerungen aufbewahrt.

Dann fiel ihr ein, daß das hier das einzige gewesen war, abgesehen von einigen vergänglichen Bildern, was er von ihr gehabt hatte, sein einziger Beweis für ihre Existenz. Ihre kleine Botschaft von der Roseman Bridge. Sie war fleckig und leicht gebogen, so als hätte er sie lange Zeit in einem Geldbeutel herumgetragen.

Die drei Kartons enthielten je eine Kamera mit einem Objektiv. Sie waren verbeult und verkratzt. Schließlich öffnete sie seinen Brief an sie. Er war handschriftlich und auf seinem Briefpapier abgefaßt. Datiert war er auf den 16. August 1978.

Liebe Francesca,
ich hoffe, dieser Brief erreicht Dich bei bester Gesundheit. Ich weiß nicht, wann Du ihn erhalten wirst. Einige Zeit, nachdem ich nicht mehr bin. Ich bin jetzt fünfundsechzig, und es sind auf den Tag genau dreizehn Jahre, daß wir einander begegnet sind, als ich kam, um nach dem Weg zu fragen.

Ich gehe mit meinem Paket ein Risiko ein, und ich kann nur hoffen, daß es keinen Unfrieden in Dein Leben bringt. Ich kann nur einfach den

Gedanken nicht ertragen, daß die Kameras im Schaukasten für Gebrauchtes oder in der Hand irgendeines Fremden landen. Sie werden ziemlich übel zugerichtet sein, bis Du sie bekommst. Aber ich habe nun mal niemanden sonst, dem ich sie hinterlassen könnte, und ich entschuldige mich dafür, das Risiko einzugehen, sie Dir zu schicken.

Ich war zwischen 1965 und 1975 fast ununterbrochen unterwegs. Zum Teil schon allein deswegen, um der Versuchung zu widerstehen, Dich anzurufen oder Dich holen zu kommen, habe ich jeden Auftrag in Übersee angenommen, den ich nur kriegen konnte. Es hat Zeiten gegeben, und nicht zu knapp, da habe ich mir gesagt: „Zum Teufel damit, ich gehe nach Iowa und hole Francesca, koste es, was es wolle.“

Aber ich muß immer an Deine Worte denken, und ich respektiere Deine Gefühle. Vielleicht hattest Du recht, ich könnte es beim besten Willen nicht sagen. Alles, was ich weiß, ist, daß an jenem heißen Freitagvormittag von Deinem Hof zu fahren mir schwerer gefallen ist als alles, was ich meiner Lebtag getan habe oder tun werde.

Ich bin 1975 von *National Geographic* weg und mache den Rest meiner Jahre als Fotograf meist nur das, was ich will, hier und da Jobs, rund um den Puget Sound. Das ist mir am liebsten. Es hat fast den Anschein, als würde es Männer mit zunehmendem Alter ans Wasser ziehen.

Ach ja, ich habe jetzt auch einen Hund, einen Golden Retriever. Ich nenne ihn „Highway“, und er begleitet mich auf den meisten meiner Reisen, den Kopf zum Fenster rausgestreckt, auf der Suche nach guten Motiven.

Ich lebe mit Staub auf dem Herzen. Anders kann ich es einfach nicht nennen. Es hat vor Dir andere Frauen gegeben, die eine oder andere, aber keine danach. Nicht daß ich mich bewußt dem Zölibat verschrieben hätte, ich bin einfach nicht interessiert.

An nebeligen Morgen oder an Nachmittagen, wenn die Sonne im Nordwesten ins Meer fällt, versuche ich mir auszumalen, wo Du gerade bist in Deinem Leben und was Du wohl gerade machst, während ich an Dich denke. Nichts Kompliziertes – Du gehst in den Garten, sitzt auf der Schaukel auf Deiner vorderen Veranda, stehst an der Spüle in Deiner Küche. Und so fort.

Ich erinnere mich noch an jede Einzelheit. An Deinen Geruch. Du hast nach Sommer gerochen. Wie sich Deine Haut auf der meinen angefühlt hat. Dein Flüstern, als ich Dich geliebt habe.

Ich tue mir nicht gern selbst leid. Das ist mir fremd. Und die meiste Zeit über ist das ja auch nicht der Fall. Ich bin vielmehr dankbar, Dich überhaupt gefunden zu haben. Schließlich hätten wir ja auch wie zwei Staubkörnchen aus dem All aneinander vorbeizischen können.

Gott oder das Universum oder wie immer man die großen Systeme, die für Balance und Ordnung sorgen, nennen will, erkennen die Erdenzeit nicht an. Dem Universum sind vier Tage dasselbe wie vier Milliarden Lichtjahre. Ich versuche immer, mir das vor Augen zu halten.

Aber andererseits bin ich nun mal ein Mensch. Und ich kann mir so viele philosophische Erklärungen zurechtlegen, wie ich nur will, sie können nicht verhindern, daß ich Dich will, tagein, tagaus, jeden Augenblick, und tief in meinem Kopf ständig das unbarmherzige Heulen der Zeit, einer Zeit, die ich nie und nimmer mit Dir verbringen kann.

Ich liebe Dich, innig und von ganzem Herzen. Und das werde ich immer tun.

Der letzte Cowboy
Robert

PS: Ich habe Harry letzten Sommer einen neuen Motor eingebaut, und es geht ihm prima.

Das Paket war vor fünf Jahren gekommen. Und sich seinen Inhalt anzusehen war Teil ihres alljährlichen Geburtstagsrituals geworden. Sie bewahrte die Kameras, das Armband und die Kette mit dem Medaillon in einer speziellen Kiste im Schrank auf. Ein Schreiner am Ort hatte sie ihr nach ihren Angaben gemacht, aus Walnußholz, staubdicht und mit gepolsterten Fächern. „Die reinste Luxustruhe", hatte er gesagt. Francesca hatte nur gelächelt.

Den letzten Teil des Rituals bildete das Manuskript. Sie las es immer bei Kerzenlicht, gegen Ende des Tages. Sie nahm es mit aus dem Wohnzimmer und legte es behutsam auf das gelbe Resopal, neben eine Kerze, steckte sich die eine Zigarette an, die sie im Jahr rauchte, eine Camel, nahm einen Schluck Brandy und begann zu lesen.

Sturz aus der Dimension Z

ROBERT KINCAID

Es gibt alte Winde, die verstehe ich heute noch nicht, und das, obwohl ich doch schon seit Anbeginn aller Zeiten, wie es scheint, auf ihren gekräuselten Kämmen dahinreite. Ich bewege mich in der Dimension Z; die Welt spielt sich woanders ab, in einer anderen Scheibe des Ganzen, parallel zu mir. Als würde ich sie, die Hände in den Hosentaschen, leicht vornübergebeugt, durch das Schaufenster eines Kaufhauses sehen – von außen.

In der Dimension Z gibt es merkwürdige Augenblicke. Ich komme westlich von Magdalena, New Mexico, um eine lange, verregnete Kurve, der Highway wird zu einem Fußweg, der Fußweg zu einem Wildwechsel. Eine Bewegung meiner Scheibenwischer, und der Wildwechsel wird zu einer Waldlichtung, auf die kein Tier, kein Mensch je einen Fuß gesetzt hat. Und es geht noch weiter zurück. Ins Eis diesmal. In Felle gehüllt bewege ich mich, mein Haar ist verfilzt, ich habe einen Speer in der Hand, ich bin dünn und hart wie das Eis um mich, nichts als unerbittliche Muskeln. Noch weiter zurück schwimme ich, geschuppt und bekiemt, in tiefem Salzwasser. Jenseits des Planktons erscheint die Ziffer Null.

Euklid hat nicht immer recht gehabt. Er vermutete eine Parallelität bis zum Ende aller Dinge; aber es besteht auch die Möglichkeit einer nicht-euklidischen Art der Existenz, wo die Linien irgendwo weit draußen aufeinandertreffen. In einem Fluchtpunkt. Die Illusion der Konvergenz. Ich weiß jedoch, daß es mehr ist als nur eine Illusion. Hin und wieder ist so ein Aufeinandertreffen möglich, das Überschwappen einer Realität in eine andere. Eine Art sanfte Verknüpfung. Kein pedantisches Flechtwerk von den Webstühlen einer bis ins Letzte präzisen Welt, nein, kein Schiffchen stört hier die Ruhe. Nur … na ja … ein Atmen. Ja, genauso hört es sich an, fühlt es sich vielleicht sogar an. Nach Atmen. Und ich bewege mich langsam über diese andere Realität, über sie, neben ihr, unter ihr und um sie herum, immer mit Stärke, immer mit Kraft, aber immer gebe ich mich ihr dabei. Und das andere spürt das, kommt mir mit seiner eigenen Kraft entgegen, gibt sie mir im Austausch für die meine.

Irgendwo in diesem Atmen erklingt Musik, dann beginnt der merkwürdige spiralige Reigen mit einem ganz eigenen Taktmaß, das den Eismenschen mit dem Speer und dem verfilzten Haar beschwichtigt. Und langsam – sich im Adagio drehend und wendend – fällt der Eismensch – aus der Dimension Z … und in sie hinein.

AM ENDE ihres siebenundsechzigsten Geburtstages, nachdem es aufgehört hatte zu regnen, legte Francesca den braunen Umschlag wieder in die unterste Schublade des Schreibtisches. Sie hatte sich nach Richards Tod dazu entschlossen, ihn in ihrem Bankschließfach aufzubewahren, holte ihn jedoch jedes Jahr um diese Zeit für ein paar Tage nach Hause. Der Deckel der Walnußtruhe schloß sich über den Kameras, und die Truhe kam wieder auf das Brett in ihrem Schlafzimmerschrank.

Am Nachmittag schon hatte sie der Roseman Bridge einen Besuch abgestattet. Jetzt trat sie auf die Veranda hinaus, wischte mit einem

Handtuch den Schaukelstuhl ab und setzte sich. Es war kalt, aber sie würde trotzdem, wie immer, einige Minuten hier verweilen. Dann ging sie ans Gatter im Hof und stand eine Weile da. Noch zweiundzwanzig Jahre danach sah sie ihn aus seinem Laster steigen, am Spätnachmittag, auf der Suche nach dem richtigen Weg; sie sah Harry auf die Landstraße zuholpern, dann anhalten, und Robert Kincaid auf dem Trittbrett stehen und zurückschauen.

Ein Brief von Francesca

Francesca Johnson starb im Januar 1989. Sie wurde neunundsechzig Jahre alt. Robert Kincaid wäre in diesem Jahr sechsundsiebzig geworden. Sie starb, laut Totenschein, eines „natürlichen" Todes. „Sie ist einfach gestorben", sagte der Arzt zu Michael und Carolyn. „Um ehrlich zu sein, wir stehen da vor einem kleinen Rätsel. Wir können keine spezielle Todesursache feststellen. Eine Nachbarin hat sie über dem Küchentisch zusammengesunken aufgefunden."

1982 hatte sie in einem Brief an ihren Anwalt um eine Feuerbestattung gebeten, ihre Asche sollte bei der Roseman Bridge verstreut werden. Sich einäschern zu lassen war im Madison County nicht gerade üblich, so daß ihr Wunsch sowohl im Café als auch an der Texaco-Tankstelle zu ausgiebigen Diskussionen führte. Was mit der Asche geschah, verschwieg man der Öffentlichkeit.

Nach der Beisetzung fuhren Michael und Carolyn langsam hinaus zur Roseman Bridge und führten Francescas Anweisungen aus. Obwohl die Brücke ganz in der Nähe stand, hatte sie für die Johnsons nie eine spezielle Bedeutung gehabt, und die beiden fragten sich, ja zerbrachen sich den Kopf darüber, warum eine so vernünftige Person wie ihre Mutter etwas so Rätselhaftes wollte.

Michael und Carolyn machten sich an das langwierige Sichten der Hinterlassenschaft, wobei sie auch den Inhalt des Bankschließfachs nach Hause holten. Der braune Umschlag befand sich in Carolyns Stapel, etwa am Ende des ersten Drittels. Sie war verblüfft, als sie ihn öffnete und den Inhalt herausnahm. Sie las Robert Kincaids Brief an

Francesca aus dem Jahre 1965. Danach las sie den von 1978, dann den von seinem Anwalt aus dem Jahre 1982. Schließlich sah sie sich die Zeitschriftenausschnitte an.

„Michael." Carolyn hatte Tränen in den Augen, und ihre Stimme wurde brüchig. „Mutter hat einen Mann namens Robert Kincaid geliebt. Einen Fotografen. Weißt du noch, wie wir uns alle das *National-Geographic*-Heft mit dem Artikel über die Brücken ansehen mußten? Er war derjenige, der die Fotos von den Brücken hier gemacht hatte. Und weißt du noch, wie die Kinder damals alle über den seltsamen Kerl mit den Kameras geredet haben? Das war er."

Michael saß ihr gegenüber, seine Krawatte gelockert, den Kragen geöffnet. „Sag das noch mal, aber langsam. Hab ich das richtig verstanden?"

Nachdem er die Briefe gelesen hatte, ging Michael hinauf in Francescas Schlafzimmer. Die kleine Walnußtruhe war ihm nie aufgefallen. Er trug sie hinunter an den Küchentisch. „Carolyn, hier sind seine Kameras."

In eine Ecke der Truhe gesteckt befand sich ein versiegelter Umschlag mit ihren beiden Namen darauf. „Carolyn und Michael", in Francescas Handschrift. Zwischen den Kameras lagen drei in Leder gebundene Notizbücher.

„Carolyn", sagte Michael, „lies es laut vor, falls du es schaffst."

Sie öffnete den Umschlag und las vor:

7. Januar 1987

Liebe Carolyn, lieber Michael,
obwohl es mir gutgeht, denke ich, ist es doch an der Zeit, Ordnung in meine Angelegenheiten zu bringen (wie man so schön sagt). Es gibt da etwas sehr, sehr Wichtiges, was Ihr beide wissen müßt. Das ist der Grund, warum ich Euch das hier schreibe.

Nachdem Ihr das Bankschließfach durchgegangen seid und den an mich adressierten braunen Umschlag mit dem Poststempel von 1965 gefunden habt, werdet Ihr sicher auch auf diesen Brief hier stoßen. Wenn es Euch möglich ist, dann setzt Euch bitte an den alten Küchentisch, um ihn zu lesen. Ihr werdet diese Bitte gleich verstehen.

Es gibt da etwas, das zu stark ist, zu schön, um mit mir zu sterben. Und wenn Ihr wissen wollt, wer Eure Mutter war, mit ihren guten und schlechten Seiten, dann müßt Ihr auch wissen, was ich Euch jetzt sage.

Wie Ihr bereits entdeckt habt, hieß er Robert Kincaid. Er war Fotograf, und er war 1965 hier, um die überdachten Brücken zu fotografieren. Denkt nur daran, wie aufgeregt die ganze Stadt war, als die Bilder in *National Geographic* erschienen. Vielleicht erinnert Ihr Euch noch daran, daß ich die Zeitschrift um diese Zeit abonniert habe. Nun kennt Ihr den Grund für mein plötzliches Interesse daran. Ich war übrigens bei ihm (ich habe eine seiner Kameras getragen), als das Foto von der Cedar Bridge entstand.

Versteht mich nicht falsch, ich habe Euren Vater auf eine stille Art und Weise geliebt. Ich wußte das damals, ich weiß das heute. Er war gut zu mir und hat mir Euch beide geschenkt, die Ihr mir so viel bedeutet. Vergeßt das nie.

Aber Robert Kincaid war ganz anders, er war anders als alle Menschen, die ich je kennengelernt habe. Ihn Euch ganz und gar verständlich zu machen ist unmöglich. Zunächst einmal seid Ihr nicht ich. Und zweitens hättet Ihr dabeisein müssen, hättet sehen müssen, wie er sich bewegte, hättet hören müssen, wie er sprach. Vielleicht werden die Notizbücher und die Ausschnitte Euch helfen, aber genügen werden auch sie nicht.

In gewissem Sinne war er nicht von dieser Welt. Klarer kann ich mich beim besten Willen nicht ausdrücken. Ich habe in ihm immer ein leopardengleiches Wesen gesehen, das auf dem Schweif eines Kometen auf die Erde geritten kam.

Das erste Mal, daß ich ihn gesehen habe, kam er vorbei, um nach dem Weg zur Roseman Bridge zu fragen. Ihr drei wart damals gerade auf der Landwirtschaftsausstellung in Illinois. Glaubt mir, ich war wirklich nicht auf der Suche nach einem Abenteuer. Nichts, was mir ferner gelegen hätte. Aber ich brauchte ihn nur fünf Sekunden anzusehen, und ich wußte, ich wollte ihn, wenn auch nicht so sehr, wie ich ihn später noch begehren sollte.

Und bitte haltet ihn nicht für einen Casanova, der herumzog und Mädchen vom Lande ausnutzte. Er war ganz und gar nicht so. Um es genau zu sagen, er war sogar etwas schüchtern, und ich hatte nicht weniger Anteil an dem, was passiert ist, als er. Mehr als er, um genau zu sein. Der Zettel, den Ihr bei seinem Armkettchen findet, ist der, den ich damals an die Roseman Bridge geheftet habe, damit er ihn am Morgen nach unserer ersten Begegnung sehen würde. Abgesehen von seinen Fotos von mir ist dieser Zettel der einzige Beweis, den er all die Jahre gehabt hat, daß es mich wirklich gab, dafür, daß er mich nicht geträumt hatte. Ich weiß, Kinder neigen dazu, in ihren Eltern eher asexuelle Wesen zu sehen, und ich hoffe, daß Euch das, was ich Euch jetzt sagen werde, nicht schockiert.

In unserer alten Küche haben Robert und ich Stunden miteinander verbracht. Wir haben uns bei Kerzenlicht unterhalten und getanzt. Und, ja, wir haben uns dort geliebt, dort und im Schlafzimmer und im Gras auf der Weide und überhaupt fast überall, wo man sich nur denken kann. Und es war ganz unglaublich, mächtig, überwältigend, und es ging über Tage hinweg fast ununterbrochen. Ich habe immer wieder das Wort „mächtig“ benutzt in meinen Gedanken an ihn. Denn genau das war er.

Er war wie ein Pfeil in seiner Intensität. Ich war schlicht und ergreifend hilflos, wenn er mich liebte. Nicht schwach, das war es nicht. Nur überwältigt von seiner schieren emotionellen und physischen Kraft. Einmal, als ich ihm das ins Ohr geflüstert hatte, sagte er nur: „Ich bin der Highway und ein Wanderfalke und jedes Segel, das je aufs Meer hinausgefahren ist."

Wärt da nicht Ihr und Euer Vater gewesen, ich wäre diesem Mann bis ans Ende der Welt gefolgt. Er hat mich gebeten, mit ihm zu gehen, angefleht hat er mich. Aber ich wollte nicht, und er war zu empfindsam und hatte mich zu gern, um sich danach auch nur noch ein einziges Mal in unser Leben zu drängen.

Das Paradoxe an der ganzen Geschichte ist: Hätte es Robert Kincaid nicht gegeben, ich bin nicht sicher, ob ich es all diese Jahre auf der Farm hätte aushalten können. In vier Tagen hat er mir ein ganzes Leben geschenkt, ein Universum, und aus meinen einzelnen Teilen ein Ganzes geschaffen. Ich habe nie aufgehört, an ihn zu denken, nicht für einen Augenblick. Wenn ich nicht bewußt an ihn gedacht habe, so konnte ich ihn immer noch spüren, er ist immer bei mir gewesen.

Aber das hat meinen Gefühlen für Euch und Euren Vater nie auch nur den geringsten Abbruch getan. Wenn ich mal einen Augenblick nur an mich selbst denke, dann bin ich mir nicht sicher, ob ich damals die richtige Entscheidung getroffen habe. Aber wenn ich die Familie berücksichtige, so bin ich doch ziemlich sicher, daß es die richtige war.

Ich bin sicher, mein Wunsch, was meine Bestattung anbelangt, war Euch ein Rätsel; wahrscheinlich habt Ihr gedacht, es handle sich um die Schrullen einer verwirrten alten Frau. Nachdem Ihr den Brief des Anwalts aus Seattle und meine Notizbücher gelesen habt, werdet Ihr wohl verstehen, warum ich darum gebeten habe. Ich habe mein Leben meiner Familie gegeben, ich habe Robert Kincaid gegeben, was noch von mir übrig war.

Ich glaube, Richard wußte wohl, daß da etwas in mir war, was er nicht erreichen konnte, und ich frage mich zuweilen, ob er den großen braunen Umschlag nicht vielleicht gefunden hat, als ich ihn noch zu Hause in meiner Kommode aufbewahrt habe. Kurz bevor er starb, saß ich neben seinem Bett im Krankenhaus in Des Moines, und er sagte mir folgendes: „Francesca, ich weiß, auch du hast deine Träume gehabt. Tut mir leid, daß ich sie dir nicht erfüllen konnte." Es war der bewegendste Augenblick in unserem ganzen gemeinsamen Leben.

Ich will Euch keine Schuldgefühle oder Mitleid oder dergleichen einreden. Daran ist mir jetzt ganz und gar nicht gelegen. Ich will nur, daß Ihr wißt, wie sehr ich Robert Kincaid geliebt habe. Und daß ich all die Jahre Tag für Tag damit fertig werden mußte, genauso wie er.

Obwohl wir nie wieder miteinander gesprochen haben, sind wir einander doch verbunden geblieben, und das so fest, wie zwei Leute nur miteinander verbunden sein können. Ich finde einfach die Worte nicht, um das angemessen zum Ausdruck zu bringen. Er selbst hat es am besten formuliert: wir hätten aufgehört, separate Wesen zu sein, und wären statt dessen ein drittes geworden, ein Wesen, das aus uns beiden entstanden war. Und dieses Wesen konnte sich frei bewegen.

Es wäre mir am liebsten, oder wenigstens glaube ich das – schon allein Richards Gedenken wegen und der Art, wie die Leute über so etwas reden –, wenn das Ganze irgendwie innerhalb der Familie Johnson bliebe. Ich überlasse das jedoch ganz Eurem Gutdünken.

In jedem Fall schäme ich mich gewiß nicht für das, was Robert Kincaid und ich miteinander gehabt haben. Ganz im Gegenteil. Ich habe ihn all diese Jahre verzweifelt geliebt, auch wenn ich aus ganz privaten Gründen nur ein einziges Mal versucht habe, Kontakt mit ihm aufzunehmen. Das war nach dem Tod Eures Vaters. Es ist mir nicht gelungen, und weil ich solche Angst hatte, es könnte ihm etwas zugestoßen sein, habe ich es nie wieder versucht. Ich wollte mich dieser Realität einfach nicht stellen. Ihr könnt Euch also vorstellen, was ich empfand, als ich 1982 das Paket mit dem Brief von dem Anwalt bekam.

Wie schon gesagt, ich hoffe, Ihr versteht das alles und denkt nicht schlecht von mir. Wenn Ihr mich liebt, dann müßt Ihr in diese Liebe auch das einschließen, was ich getan habe.

Robert Kincaid hat mich gelehrt, was es heißt, eine Frau zu sein, und das auf eine Art und Weise, wie sie kaum eine Frau, womöglich sogar überhaupt nie eine, erfahren wird. Er war ein prächtiger Mensch, ein warmherziger Mensch, und er verdient ganz gewiß Euren Respekt und vielleicht auch Eure Liebe. Ich hoffe, Ihr könnt ihm beides geben. Auf seine eigene Art, durch mich, ist er auch gut zu Euch gewesen.

Lebt wohl, meine Kinder
Eure Mutter

Schweigen legte sich über die alte Küche. Michael holte tief Luft und blickte zum Fenster hinaus. Carolyn sah sich alles um sie herum an: die Spüle, den Boden, den Tisch.

Als sie dann etwas sagte, war ihre Stimme fast ein Flüstern. „O Michael, denk nur an all die Jahre, in denen sich die beiden so verzweifelt gewollt haben. Sie hat ihn für uns und Dad aufgegeben. Und Robert Kincaid blieb weg aus Respekt vor ihren Gefühlen für uns. Michael, allein schon bei dem Gedanken weiß ich nicht, was ich machen soll. Wir behandeln unsere Ehen so beiläufig, und wir waren mit schuld daran, daß eine so unglaubliche Liebesaffäre so enden mußte.

Sie hatten vier Tage zusammen, nur vier Tage. Aus einem ganzen Leben. Während wir auf dieser albernen Landwirtschaftsausstellung in Illinois waren. Schau dir nur das Bild von Mama an. Ich habe sie nie so gesehen. Sie ist so schön. Das hat er aus ihr gemacht. Schau sie dir nur an, wie wild und frei sie ist. Sie sieht einfach wunderbar aus."

„Großer Gott" war alles, was Michael sagen konnte. Er wischte sich mit dem Küchenhandtuch über die Stirn und tupfte sich, als Carolyn nicht hinsah, über die Augen.

Carolyn öffnete den kleinen wattierten Umschlag. „Hier ist sein Armband und die Silberkette mit dem Medaillon. Und hier der Zettel, den Mutter in ihrem Brief erwähnt, den sie an die Roseman Bridge geheftet hat. Deshalb also das Stück Papier an der Brücke auf dem Foto, das er ihr geschickt hat.

Denk nur, all die Zeit, die wir hier verbracht haben, und die Bilder, die sie gesehen haben muß, während sie kochte oder mit uns zusammensaß, mit uns über unsere Probleme sprach. Gott, wie unschuldig und unreif sind wir im Vergleich mit ihr."

Michael nickte und wandte sich den Hängeschränken über der Spüle zu. „Was meinst du, ob Mutter hier wohl irgendwo was zu trinken hat? Ich könnte weiß Gott was vertragen." Er kramte in den Schränken herum und fand eine Flasche Brandy, fast leer. „Für zwei Gläser wird es reichen, Carolyn. Willst du eins?"

„Ja."

Michael nahm die einzigen beiden Weinbrandschwenker aus dem Büffet und stellte sie vor sie beide auf die gelbe Resopalplatte. Er leerte Francescas letzte Flasche Brandy hinein, während Carolyn schweigend den ersten Band der Notizbücher zu lesen begann. „Robert Kincaid kam zu mir am 16. August, einem Montag im Jahre 1965. Er versuchte die Roseman Bridge zu finden. Es war spät am Nachmittag und heiß, und er fuhr einen kleinen Laster, den er Harry nannte …"

POSTSKRIPTUM:
Der Nachtfalke von Tacoma

Während der Arbeit an Robert Kincaids und Francesca Johnsons Geschichte war ich in zunehmendem Maße fasziniert von Kincaid und konfrontiert mit der Tatsache, wie wenig wir alle über ihn und sein Leben wußten. Nur wenige Wochen bevor das Manuskript in Satz ging, flog ich nach Seattle und versuchte einmal mehr, Informationen über ihn auszugraben. Ich hatte die Hoffnung, daß ihn jemand als Musikliebhaber und Künstler, der er war, in der Gegend um den Puget Sound gekannt hatte.

Der Kunstredakteur der *Seattle Times* erwies sich als hilfreich. Obwohl er von Kincaid nie gehört hatte, verschaffte er mir doch Zugang zu den einschlägigen Sparten der Zeitung aus den Jahren 1975 bis 1982, der Zeit also, die mich besonders interessierte.

In den Ausgaben von 1980 stieß ich auf das Foto eines schwarzen Jazzmusikers, eines Tenorsaxophonisten namens John „Nighthawk" Cummings. Und neben dem Foto stand der Name des Fotografen: *Robert Kincaid.* Beim Ortsverband der Musikergewerkschaft gab man mir Cummings' Adresse mit dem Hinweis, daß er seit einigen Jahren nicht mehr auftrete. Die Adresse war ein Haus in einer Nebenstraße am Rande eines Gewerbegebietes von Tacoma.

John Cummings war anfangs mißtrauisch, was meine Fragen anbelangte. Aber nachdem ich ihn schließlich doch davon überzeugen konnte, daß mein Interesse an Kincaid ernsthaft und ohne Hintergedanken war, wurde er offener, ja sogar herzlich. Was hier folgt, ist eine leicht bearbeitete Niederschrift meines Interviews mit Cummings, der zu dem Zeitpunkt bereits siebzig Jahre alt war. Ich schaltete einfach meinen Recorder an und ließ ihn von Robert Kincaid erzählen.

Ein Interview mit „Nighthawk" Cummings

Also, ich hatte damals einen Auftritt bei Shorty's oben in Seattle, wo ich seinerzeit auch gelebt habe, und ich brauchte da ein gutes Hochglanzfoto von mir, zwecks der Werbung. Unser Bassist hat mir gesagt, draußen auf einer von den Inseln, also, da würde so 'n Typ wohnen, der schon gute Sachen gemacht hat. Weil er kein Telefon gehabt hat, habe ich ihm eine Postkarte geschickt.

Er kam dann vorbei, ein absolut komischer alter Typ in Jeans und Stiefel, orange Hosenträger, packt drei ramponierte alte Kameras aus, die aussahen, als würden die nie im Leben mehr funktionieren, und ich hab mir schon gedacht: Au weh! – Er stellt mich also gegen eine helle Wand, gleich so mit meiner Kanne, und sagt mir, ich soll was spielen und nicht aufhören. Also hab ich gespielt. Die ersten paar Minuten, also da stand der Typ bloß so da und hat mich angeguckt, ganz intensiv, also wirklich intensiv kann ich Ihnen sagen, und das mit den coolsten blauen Augen, die Sie Ihr Lebtag gesehen haben.

Nach einer Weile dann fängt er an zu knipsen. Dann hat er mich gebeten, doch „Autumn Leaves" zu spielen. Und das hab ich denn auch gespielt. Ich spiele die Melodie vielleicht so zehn Minuten am Stück, während er wie ein Wilder mit seinen drei Kameras drauflosmacht und ein Bild nach dem andren schießt. Dann sagt er: „Prima, das wär's. Ich hab sie dann morgen fertig."

Am nächsten Tag dann bringt er sie vorbei, und es hat mich glatt umgehauen. Ich hab ja schon viele Fotos von mir machen lassen, aber das waren die besten, mit Abstand. Dafür hat er dann fünfzig Dollar verlangt, fand ich ziemlich billig. Er dankt mir und geht, und beim Rausgehen, da fragt er kurz nach, wo ich denn spiel. Und ich hab ihm gesagt: Bei Shorty's.

Paar Tage später, abends, da schau ich so ins Publikum, und da seh ich ihn dasitzen, an einem Tisch hinten in der Ecke, und er hat wirklich zugehört. Na ja, er ist dann einmal die Woche gekommen, immer am Dienstag, hat sein Bier getrunken, vielleicht auch zwei, aber nicht mehr. Ich bin in der Pause manchmal zu ihm rüber und hab mich ein paar Minuten mit ihm unterhalten. Er war so einer von der stillen Sorte, aber richtig angenehm, und er hat mich immer ganz höflich gebeten, doch „Autumn Leaves" zu spielen.

Nach einer Weile haben wir uns dann so 'n bißchen kennengelernt. Ich bin damals gern zum Hafen hinuntergegangen, aufs Wasser hinausschauen, die Schiffe angucken, und wie sich herausgestellt hat, machte er das auch gern. Das ist dann soweit gekommen, daß wir uns auf eine Bank gesetzt haben, ganze Nachmittage lang, und uns unterhalten haben. Zwei alte Knaben eben, die so langsam, aber sicher fünfe grade sein lassen, sich allmählich so 'n bißchen bedeutungslos vorkommen, 'n bißchen von gestern.

Hat immer seinen Hund mitgebracht. Netter Kerl. Highway hat er den genannt.

Er verstand was von Magie. Jazzmusikern geht das genauso. Deswegen sind wir wahrscheinlich auch so gut miteinander ausgekommen. Da spielt man eine Melodie, die man schon tausendmal gespielt hat, und mit einem Schlag kommen einem jede Menge neuer Ideen aus der Kanne, ohne daß das über das Bewußtsein gelaufen wäre. Er hat gesagt, daß es bei der Fotografie und mit dem Leben im allgemeinen, also daß es da ganz ähnlich wäre. Dann hat er noch gesagt: „Und wenn man mit einer Frau schläft, die man liebt."

Er hat da an was gearbeitet, wo er versucht hat, Musik in sichtbare Bilder umzuwandeln. Er hat mir gesagt: „John, weißt du, der Riff, den du fast immer im vierten Takt von ‚Sophisticated Lady' spielst? Also, ich glaube, den hab ich gestern früh auf den Film gekriegt. Das Licht kam genau richtig übers Wasser, und dann zieht mir doch gerade im selben Augenblick ein Blaureiher im Bogen durch den Sucher. Ich konnte deinen Riff *sehen,* während ich ihn gehört und auf den Auslöser gedrückt habe."

Er hat seine ganze Zeit mit diesem Tick zugebracht, Musik in Bilder umzuwandeln. Er war richtig besessen davon. Ich hab keine Ahnung, wie er sich über Wasser gehalten hat.

Über sein Leben hat er nie viel gesagt. Ich wußte, daß er viel gereist war bei seiner Arbeit als Fotograf, aber das war auch schon ziemlich alles, bis ich ihn eines Tages wegen des silbernen Dings gefragt habe, das er an einer Kette um den Hals trug. Von nahem hab ich nämlich gesehen, daß der Name *Francesca* draufstand. Also habe ich ihn gefragt: „Hat es damit was Besonderes auf sich?"

Er hat darauf eine ganze Weile überhaupt nichts gesagt und bloß so auf das Wasser hinausgestarrt. Dann sagte er: „Wieviel Zeit hast du?" Na ja, es war Montag, mein freier Abend, also habe ich ihm gesagt, so lang es eben dauern würde.

Da hat er zu reden angefangen. Das war, als hätte man einen Wasserhahn aufgedreht. Den ganzen Nachmittag hat er geredet und die halbe Nacht. Ich hatte so den Eindruck, daß er die ganzen Gefühle da lange mit sich rumgetragen hat.

Er hat nie gesagt, wie die Frau mit Nachnamen geheißen hat, auch nicht, wo das alles passiert ist. Aber, Mann, ich kann Ihnen sagen, dieser Robert Kincaid war der reinste Dichter, als er über sie gesprochen hat. Muß wirklich was Besonderes gewesen sein, eine ganz ungewöhnliche Frau. Und, Mann, ich sag Ihnen, geheult hat er dabei. Riesentränen, wie sie bloß ein alter Mann weinen kann, Tränen, wie man sie bloß mit einem Saxophon spielen kann. Hinterher habe ich dann auch verstanden, warum er sich immer „Autumn Leaves" gewünscht hat. Und, Mann, was habe ich den Kerl danach gern gehabt. Also, einer, der solche Gefühle für eine Frau haben kann, der ist auch selber einige Liebe wert.

Und so habe ich denn darüber nachgedacht, über die Macht von dem, was er und diese Frau da gehabt haben. Über das, was er die „alte Art" nannte. Und ich habe mir gesagt: „Diese Macht mußt du spielen, diese Liebesaffäre, diese alte Art, das mußt du aus deiner Kanne holen."

Ich hab dann eine Melodie geschrieben – drei Monate hab ich dazu gebraucht. Ich wollte sie einfach halten, aber elegant. Komplexe Sachen sind leicht. Einfache sind die wirkliche Herausforderung. Ich habe jeden Tag daran gearbeitet, bis es richtig zu klingen begann. Dann habe ich es noch ausgearbeitet und das Motiv für Klavier und Baß geschrieben. Und schließlich, eines Abends, da hab ich es dann gespielt.

Er saß im Publikum, es war Dienstagabend, wie immer. Na, jedenfalls war nicht viel los, es waren vielleicht zwanzig Leute im Laden, und kein Mensch hat sich um die Gruppe gekümmert. Er sitzt da, ganz still, und hört so richtig aufmerksam zu wie immer, und ich sage übers Mikro: „Ich spiele jetzt eine Melodie für einen Freund von mir. Das Stück heißt ‚Francesca'."

Ich habe ihn beobachtet, als ich das sagte. Er starrt in seine Flasche Bier, aber als ich „Francesca" sage, da schaut er langsam zu mir hoch, streicht sich die langen grauen Haare nach hinten, so mit beiden Händen, steckt sich eine Camel an und schaut mich direkt an mit seinen blauen Augen.

Ich habe meine Kanne singen lassen wie nie zuvor im Leben; weinen habe ich sie lassen für all die Meilen und Jahre, die die beiden voneinander trennten. Im ersten Takt, da hatte das so eine kleine melodische Figur, die sozusagen ihren Namen aussprach: „Fran-ces-ca".

Als ich fertig war, da stand er kerzengerade an seinem Tisch, lächelte so und nickte mir zu, zahlte und ging dann. Ich habe es danach immer gespielt, wenn er vorbeikam. Dafür, daß ich das Lied geschrieben habe, hat er mir ein Foto von einer alten Brücke mit einem Dach drüber eingerahmt und geschenkt. Es hängt gleich da drüben. Er hat mir nie gesagt, wo er das aufgenommen hat, aber gleich unter seiner Unterschrift da steht „Roseman Bridge".

Dann, eines Dienstagabends, so vor sieben, acht Jahren, da war er nicht da. Und auch die nächste Woche nicht. Ich denke mir, daß er vielleicht krank ist oder was. Ich mache mir langsam Sorgen, gehe zum Hafen hinunter, hör mich um. Aber keiner weiß was über ihn. Schließlich nehme ich ein Schiff rüber zu der Insel, auf der er gewohnt hat. In einem alten Häuschen – ach was, einer Holzhütte – unten am Wasser.

Während ich da so rumstochere, kommt ein Nachbar und fragt mich, was ich da mache. Also sag ich es ihm. Und der Nachbar sagt mir darauf, daß er vor zehn Tagen gestorben sei. Mann, das hat vielleicht weh getan, wie ich das höre. Und es tut noch immer weh. Ich habe den Kerl wirklich gern gehabt. Also der Bursche, der hatte was.

Ich hatte immer so das Gefühl, daß der Sachen weiß, die der Rest von uns nicht weiß.

Ich hab seinen Nachbarn nach dem Hund gefragt. Er wußte nichts von ihm. Er hätte ja noch nicht mal Kincaid selbst gekannt, sagt er mir. Also rufe ich im Tierheim an, und als hätt' ich's gewußt, die hatten den alten Highway glatt dort. Ich nichts wie hin und ihn da weggeholt, und ich habe ihn meinem Neffen gegeben. Als ich ihn das letzte Mal gesehen habe, also ich sage Ihnen, der Kleine und der Hund, die waren so was von verschossen in'nander. Das hat mir so richtig gutgetan.

Na wie auch immer, das ist so ziemlich alles. Nicht lange nachdem ich rausgefunden hatte, was mit Kincaid passiert war, da ging das bei mir los, daß mir der Arm lahm wurde, wenn ich mehr als zwanzig Minuten gespielt hatte. Hat irgendwas mit der Wirbelsäule zu tun. Darum arbeite ich jetzt nicht mehr.

Aber, Mann, diese Geschichte von ihm und der Frau, die er da erzählt hat, die geht mir heute noch nach. Und so hol ich denn jeden Dienstagabend meine Kanne raus und spiel die Melodie, die ich für ihn geschrieben habe. Ich spiel sie hier, ganz für mich allein.

Und aus irgendeinem Grund schau ich mir dabei immer das Bild an, das er mir geschenkt hat.

Ich steh dann einfach da, so wenn es dämmert, und lass' die alte Kanne weinen und spiele die Melodie für einen Mann namens Robert Kincaid und eine Frau namens Francesca.

ROBERT JAMES WALLER

Foto: Éd. Albin Michel, D. R.

Ein Doktor der Wirtschaftsmathematik schrieb den erfolgreichsten Liebesroman der letzten zehn Jahre

Robert James Waller hat seiner Hauptfigur Robert Kincaid nicht allein seinen Vornamen verliehen, sondern auch viele interessante Züge seiner eigenen Persönlichkeit. Mit zahlreichen Begabungen gesegnet, führt der in Cedar Falls in Iowa wohnhafte Waller ein unabhängiges Leben abseits genormter Bahnen, das dem Ideal des „letzten Cowboys" recht nahekommt. Vor seinem Durchbruch als Autor hielt der promovierte Wirtschaftsmathematiker lange Jahre Vorlesungen an der Universität, sang am Abend in Kneipen und Clubs Lieder zur Gitarre und ließ sich zwischendurch von der Hochschule beurlauben, um ein Buch über die wirtschaftliche Zukunft Iowas zu schreiben.

Die Idee zu dem Welterfolg *Die Brücken am Fluß* verdankt Robert Waller nicht etwa den Angehörigen von Francesca Johnson (diese sind frei erfunden), sondern einem weiteren seiner Hobbys, der Fotografie. Als er an einem Freitag im Juli 1990 überdachte Brücken in Iowa fotografierte, sah er plötzlich die Story samt der dazugehörigen Figuren klar vor sich. Erfüllt von der Gunst des Augenblicks eilte er nach Hause und begann unverzüglich mit dem Schreiben. Als seine Frau Georgie Anne, eine Töpferin, am Montag von einer Reise zurückkehrte, sah sie am erschöpften Gesicht ihres Mannes, daß dieser das ganze Wochenende am Schreibtisch verbracht haben mußte. Und sie war es auch, die als erste jene zarte, gefühlvolle Liebesgeschichte zu lesen bekam, die ganz ohne teure Werbekampagnen, allein durch die Mundpropaganda begeisterter Leser, an die Spitze der US-Bestsellerlisten stürmte und schließlich auch in der Filmversion einen Siegeszug durch die ganze Welt antrat. Wohl selten ist in Kinosälen soviel geweint worden wie beim herzzerreißenden Abschied zwischen Robert und Francesca, großartig verkörpert von den Hollywoodstars Clint Eastwood und Meryl Streep.

GEGEN DIE UHR
JOHN NANCE

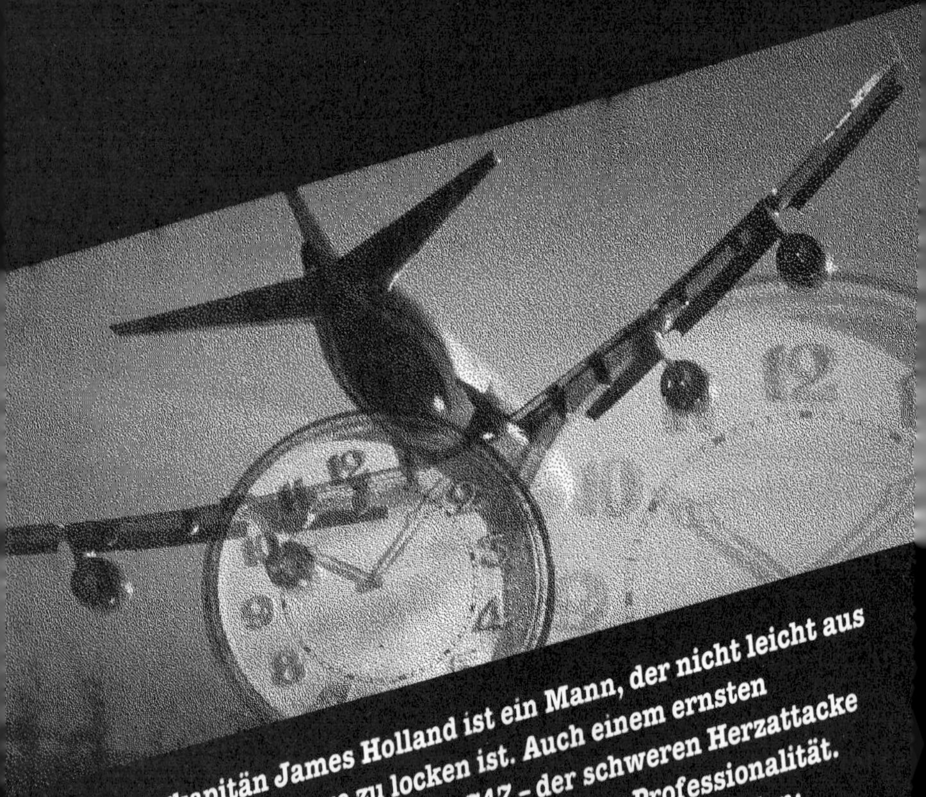

Flugkapitän James Holland ist ein Mann, der nicht leicht aus der Reserve zu locken ist. Auch einem ernsten Notfall an Bord seiner Boeing 747 – der schweren Herzattacke eines Passagiers – begegnet er mit kühler Professionalität. Doch plötzlich scheint die Welt verrückt zu spielen: Aus einem bayerischen Labor ist ein Virus entwichen, dessen Gefährlichkeit niemand so recht einzuschätzen weiß, und der Zufall will es, daß die einzige Person, die mit dem Erreger infiziert sein könnte, zu Hollands Passagieren gehört. Bald schwant dem Piloten, daß er vor Problemen steht, deren Dimensionen er sich in seinen schlimmsten Alpträumen nicht hätte ausmalen können.

Prolog

Professor Ernest Helms verließ den verschneiten Waldweg, von dem aus er ein paar Videoaufnahmen für seine Familie gemacht hatte, und kehrte zum Ausgangspunkt seines Spaziergangs zurück. Er kam gerade rechtzeitig. Fünfzig Meter vor ihm brach jemand seinen Wagen auf. Die Absichten des Mannes waren unverkennbar. Er war untersetzt, trug eine Art Overall und feilte mit irgendeinem Werkzeug am Türschloß herum.

Helms zögerte und wog die Risiken ab. Er hatte sich noch nicht aus seiner Schreckensstarre gelöst, als das Geräusch eines nahenden Hubschraubers an seine Ohren drang. Sein Blick fixierte den Dieb. Dann ließ er, ohne weiter nachzudenken, die Kameratasche fallen und stürzte auf das Auto zu. „He, Sie, was machen Sie da? Lassen Sie die Finger von meinem Wagen!“ schrie er.

Der Automarder fuhr herum und starrte ihn an. Er wirkte unbeholfen und verwirrt. Nervös blickte er zum Himmel, dann wieder auf Helms, während seine rechte Hand an der Autotür herumfingerte.

In diesem Augenblick schwebte der Helikopter ein. Er kam hinter Helms über den Wald und verharrte über dem Parkplatz in der Luft. Der Dieb machte kehrt und lief auf der gegenüberliegenden Straßenseite in den Wald. Der Hubschrauber steuerte in die gleiche Richtung und verschwand über den Baumkronen.

Ernest Helms hatte beim Eintreffen des Hubschraubers unter den Bäumen am Waldrand Deckung gesucht. Dabei war er über seine Kameratasche gestolpert und hatte einen kleinen Gepäckanhänger, auf dem seine Adresse vermerkt war, abgerissen. Als er jetzt wieder auf den Parkplatz ging, nahm er die Tasche an sich, doch der Gepäckanhänger blieb auf dem Waldboden liegen.

Der Türgriff war übel zerkratzt. Wer immer der Mann sein mochte – ein professioneller Autodieb war er nicht. Das kleine Wappen an der Seite des Hubschraubers fiel Helms ein und der Overall des Mannes. Auf einmal war ihm alles klar: ein entsprungener Häftling!

Helms’ Herz raste vor Aufregung. Er fühlte sich plötzlich schwach und spürte Schmerzen in der Brust. Er klaubte den Autoschlüssel hervor, riß die Tür auf und ließ sich auf den Fahrersitz fallen, um wieder zu Atem zu kommen. Der Hubschrauber schien irgendwo in der Nähe zu kreisen. Helms schlug die Autotür zu. Als er den Zündschlüssel berührte, krachte etwas gegen die linke Wagenseite.

Helms riß den Kopf herum – und starrte in die Augen des wild dreinblickenden Mannes, der die Lichtung noch vor wenigen Minuten in heilloser Flucht verlassen hatte. In Panik drehte er den Zündschlüssel herum. Der Motor reagierte nicht.

Der Mann trommelte gegen die Scheibe. Helms versuchte, erneut die Zündung zu betätigen, aber irgend etwas stimmte nicht. Das Gesicht des Angreifers verschwand und tauchte sofort wieder auf. Helms hörte ein Klirren – der Mann schlug mit einem Stein auf die Scheibe ein. Noch einmal drehte er den Zündschlüssel, und der Motor sprang an.

Helms rammte den ersten Gang ein. In diesem Moment zerbarst das Sicherheitsglas vor seinen Augen, ein Splitterschauer regnete auf ihn herab, eine Hand griff durch die entstandene Öffnung und packte ihn am Kragen. Unwillkürlich riß Helms den Arm hoch und befreite sich mit einem heftigen Ruck. Der Wagen setzte sich in Bewegung. Helms gab Gas. Ein Blick in den Rückspiegel sagte ihm, daß der Angreifer in die Knie gesunken war. Sein Arm war blutverschmiert.

Helms raste über die Landstraße in Richtung Autobahn. Nach ein paar Kilometern hielt er an und zog Bilanz. Seine Videokamera lag unversehrt auf dem Rücksitz. Schon zu Beginn seines sechsmonatigen Aufenthalts an der Universität Heidelberg hatte er sich fest vorgenommen, in Bayern ein paar Videofilme zu drehen, aber dann hatte er die Reise bis zur letzten Minute aufschieben müssen. In zwei Tagen würde er wieder zu Hause in den Staaten sein.

Sein Blick fiel auf das Loch in der Scheibe. Blut. Das Glas war voller Blut. Es stammte zweifellos von dem Angreifer.

Aber da war auch ein anhaltendes Brennen an seiner linken Hand. Ernest Helms sah hin und entdeckte einen tiefen Schnitt.

Mainz, Deutschland · Freitag, 22. Dezember
13.50 Uhr (1250 Z*)

FLUGKAPITÄN JAMES HOLLAND sah auf die Uhr neben seinem Bett. Die Zeit wurde knapp. In zehn Minuten würde sich die Crew der Boeing 747 in Ferienstimmung in der Hotelhalle versammeln, um gemeinsam den kurzen Fußmarsch über die Straße zur Bahnstation anzutreten. Die Fahrt zum Frankfurter Flughafen war nur kurz, doch das Protokoll verlangte, daß der Flugkapitän die Parade seiner Mannschaft anführen müsse.

Holland zupfte seine Krawatte zurecht, schloß die Reisetasche, zog die Uniformjacke über sein weißes Uniformhemd und stellte seine beiden Taschen auf das Gepäckwägelchen. Neben der Tür befand sich ein mannshoher Spiegel. Holland warf noch einen kritischen Blick auf sein Äußeres. Er war sich der dunklen Ringe um seine Augen nur allzu bewußt, die von seinen sechsundvierzig Jahren kündeten.

Die erste, der aufgefallen war, daß sein Gesicht allmählich schlaff und faltig wurde, war seine Frau Sandra gewesen – seine ehemalige Frau, wie er sich korrigierte. Sie hatte ihn verlassen – aber aus Gründen, die mit seinem Äußeren nichts zu tun hatten. Als sie sich davongemacht hatte, war in seinem Innern eine schmerzhafte Leere entstanden, die seither seine ständige Begleiterin war.

James Holland öffnete die schwere Tür zum Flur. Er fühlte sich alt und müde. Ein einsames Weihnachtsfest stand ihm bevor. Die Stewardessen hatten den ganzen Vormittag mit Weihnachtseinkäufen verbracht. Schon auf dem Flug von New York hierher waren sie ziemlich aufgeregt gewesen. Er hatte sich vorgenommen, ihnen nicht die Stimmung zu verderben.

Der sechsstündige Flug über den Atlantik versprach kein Vergnügen

---

* Der in diesem Buch verwendete, in Fliegerkreisen übliche Ausdruck „Z"-(oder „Zulu"-)Zeit bezeichnet die Koordinierte Weltzeit (Universal Coordinated Time), früher bekannt als Greenwich Mean Time.

Die Ortszeit von Washington, D. C., liegt außerhalb der Sommerzeit fünf Stunden gegenüber Zulu zurück (ein Beispiel: 16 Uhr in Washington entspricht 2100 Z). In London sind die beiden Zeiten außerhalb der Sommerzeit identisch; in Deutschland gilt: Ortszeit = Z-Zeit + 1 Stunde.

zu werden, denn im Kopilotensessel würde ausgerechnet Dick Robb sitzen. Robb war ein junger Checkpilot aus der Ausbildungsabteilung, und er hatte den Auftrag, Flugkapitän James Holland auf einem Qualifikationsflug mit der Boeing 747-400 zu begleiten. Die beiden letzten Tage hatte er damit verbracht, alles, was Holland tat, vehement zu kritisieren, und diesen damit schier zur Verzweiflung gebracht. Aber James Holland würde, wie üblich, den Mund halten.

Er hatte Sandra einmal erklärt, was ein Checkpilot ist. „Das sind Piloten, die von der Ausbildungsabteilung geschickt werden. Einige von ihnen sind vorzeitig zu Flugkapitänen befördert worden, manchmal Jahre bevor sie von den Dienstjahren her eigentlich dran wären. Sie fliegen als Prüfer mit und beurteilen die Kompetenz von uns anderen, die wir regelmäßig im Liniendienst fliegen. Die meisten sind echte Gentlemen, aber einige von ihnen werden mit der Zeit arrogant und rechthaberisch, und ihre Macht steigt ihnen zu Kopf. Der Richter in ihnen verdrängt den Ausbilder. Am schlimmsten sind arrogante junge Checkpiloten." Robb entsprach dieser Beschreibung aufs Haar.

Als der Captain aus dem Aufzug trat, kam Dick Robb auf ihn zu, sah demonstrativ auf die Uhr und fragte, ob die Maschine pünktlich starten würde.

„Soweit ich weiß, ja, Dick", erwiderte Holland.

„Falsch, der Abflug wurde verschoben!" korrigierte Robb mit kaum verhohlener Schadenfreude. „Ich habe vor einer halben Stunde die Einsatzzentrale angerufen und mich informiert. Ich dachte, Sie hätten sich längst erkundigt, und war ganz schön überrascht, als man mir sagte, Sie hätten nichts von sich hören lassen."

Ein hängengebliebenes Ventil in der Treibstoffversorgung müsse ersetzt werden, fuhr Robb fort. Flug 66 würde daher dreißig Minuten später mit 245 Passagieren, also einer mittleren Last, starten.

Vor den Fenstern rieselte der Schnee auf eine wunderschöne Winterlandschaft. Wichtigtuerisch erinnerte Robb auf der Bahnfahrt zum Flughafen Holland daran, daß es zu den Pflichten des Flugkapitäns gehöre, auf Interkontinentalflughäfen mit der Einsatzzentrale Kontakt aufzunehmen. Holland blieb höflich und nickte immer an den richtigen Stellen. Aber es fiel ihm schwer, die Ruhe zu bewahren. Kurz bevor sie den Flughafen erreichten, gab Robb es auf. Insgeheim glaubte er, Holland sei ausgebrannt und faul. Und Holland hielt Robb für einen selbstgerechten Idioten.

Vor der Quantum-Geschäftsstelle trennten sie sich. Holland überließ Robb die Überprüfung der Systeme – eine Tätigkeit, die normalerweise vom Kopiloten erledigt wurde – und begab sich zur Abflugwartehalle.

Vor den Fenstern von Flugsteig 34 ragte die gewaltige 747-400 auf. Die Tragflächen waren mit Schnee überstäubt, doch daneben standen bereits die Enteisungsfahrzeuge. Holland blieb stehen, lehnte sich an eine freie Telefonzelle und dachte kurz nach. Ich muß checken, ob Robb die nach der Enteisung vorgeschriebene Inspektion korrekt durchführt, erinnerte er sich.

IN DER Nähe von Flugsteig 34 stand Rachael Sherwood, bürstete ihr schulterlanges kastanienbraunes Haar zurück – und merkte auf einmal, daß sie den Fremden genauso unverhohlen anstarrte wie er sie. So etwas gehört sich nicht für die Assistentin eines Botschafters, ermahnte sie sich. Verlegen blickte sie wieder den Gang hinunter. Es ärgerte sie ein wenig, daß US-Sonderbotschafter Lee Lancaster sich so verspätete. Sie hatte schon zehn Minuten vor der Wartehalle gestanden und die Flut der Weihnachtsreisenden inspiziert, als ihr plötzlich der hochgewachsene amerikanische Pilot aufgefallen war. Einen Arm über die Oberkante der Trennwand gelegt, lehnte er an einer offenen Telefonzelle. Daß er Flugkapitän war, erkannte sie an den vier Schulterstreifen seiner Uniform, doch was sie faszinierte, waren seine tiefblauen Augen. Er war mindestens 1,90 m groß, mit dicken Augenbrauen über schweren Lidern; die dunkelbraunen Haare über dem glattrasierten Gesicht mit der markanten Kieferpartie waren grau meliert. Rachael ließ ihren Blick auf seinen breiten Schultern verweilen und dann über seinen Oberkörper gleiten. Offensichtlich ein Mann, der sich fit hält, überlegte sie. Sie wandte den Blick ab, als er an ihr vorüberging. Hoffentlich hat er nicht gemerkt, wie ich ihn angestarrt habe, dachte sie und riskierte einen weiteren Blick. Welche Maschine wird er übernehmen? fragte sie sich – und hoffte dabei, daß es ihre sei. Wo bleibt nur Lee? Sie nahm das Funktelefon aus ihrer Handtasche, doch da kam Lancaster im Eilschritt auf sie zu.

Eine Viertelstunde später befand sich Captain James Holland allein im Cockpit der Boeing und begann mit der üblichen Überprüfung der Systeme und Geräte. Als er das Radargerät auf Testbetrieb stellte, traf er eine Entscheidung. Er wollte wieder ausgehen, wieder flirten. Er hatte das Alleinsein satt.

EINE Etage tiefer löste sich vor Tür Nr. 2 auf der linken Seite ein kleiner Mann mit schütterem Haar und einer Aktentasche aus der Schlange der einsteigenden Passagiere und lehnte sich schweratmend gegen die Wand der ausziehbaren Passagierbrücke. Wie aus dem Nichts tauchte eine große rothaarige Stewardeß neben ihm auf, ergriff seinen Arm und fragte ihn, ob ihm etwas fehle.

Professor Ernest Helms blickte zu Brenda Hopkins auf. „Es geht schon wieder, danke. Ein kleiner Schwächeanfall ..."

„Ihre Sitznummer, Sir? Ich helfe Ihnen."

„... möchte Sie aber nicht anstecken ..., bin erkältet ..."

Sie nahm ihm die Aktentasche ab, führte ihn durch die Tür und geleitete ihn vorsichtig nach rechts auf seinen Sitz. Der Fluggast schwitzte heftig, obwohl es im Passagierraum kühl und draußen kalt war. Brenda spürte den rasenden Puls an seinem Arm. Wahrscheinlich eine Grippe, dachte sie. Wenn ich ihn angeschnallt habe, wasch ich mir besser die Hände ...

IM GLEICHEN Augenblick steckte Dick Robb gut zwölf Meter unter ihnen auf dem verschneiten Beton die Hände in die Manteltaschen und betrachtete die prächtige Boeing 747. Auf dem schimmernden Aluminium brach sich das gefilterte Licht der Sonne, die gerade versuchte, die Wolkendecke über Frankfurt zu durchbrechen. Quantum hatte vier „Wale", wie die Maschinen bei den Piloten hießen, für mehr als 700 Millionen Dollar eingekauft. Der Innenraum war für 365 Passagiere ausgelegt und in drei Klassen unterteilt. Eine unglaublich riesige Maschine, dachte Robb, imstande, bis zu 400 Tonnen an Menschen, Material und Treibstoff in die Luft zu befördern. Und damit sie das tat, bedurfte es im entscheidenden Moment lediglich einer einzigen zugartigen Bewegung aus dem Handgelenk heraus.

Und er war verantwortlich! Obwohl er erst zweiunddreißig Jahre alt war und nicht auf eine militärische Fliegerlaufbahn zurückblicken konnte, hatte er als verantwortlicher Captain den Flugplan unterzeichnet. Rein formal gesehen, mußte er Holland natürlich die Kommandos und Entscheidungen überlassen. Es war ein Überprüfungsflug – ein Passagierflug mit dem Ziel, die Qualifikation eines Linienpiloten für einen bestimmten Flugzeugtyp zu überprüfen. Doch bis er die letzte Zeile in James Hollands Prüfbogen abgezeichnet und den Flug mit der Erklärung beendet hatte, daß Holland allein zur Führung dieser Maschine imstande war, blieb er, Richard Robb, der verantwortliche Flugzeugführer und Captain der Maschine. Robb sah auf seine Armbanduhr.

Bevor der Schlepper die Maschine vom Terminal wegzog, mußte er noch die Funkgeräte, die Instrumente und das Abflugverfahren überprüfen, was ungefähr zwanzig Minuten in Anspruch nehmen würde. Dann folgten fünf Stunden, in denen er Holland schmoren lassen konnte, bevor er ihm sein Placet gab. Die Machtfülle stimulierte ihn.

Kurz vor 16.30 Uhr wurden die letzten Passagiere an Bord und zu ihren Plätzen geleitet. Die Stewardessen waren in Ferienstimmung. Die meisten von ihnen hatten freie Weihnachtsfeiertage vor sich. Sie freuten sich an diesem winterlichen, kalten Nachmittag auf das Wiedersehen mit ihren Familienangehörigen, auf ein warmes Kaminfeuer und das bevorstehende Fest. Dazwischen lag nur noch der Flug über den Atlantik.

Die Türen wurden geschlossen. Kurze Zeit später donnerte Flug 66 über die Startbahn Süd und erhob sich majestätisch in den dunklen Himmel über dem Rhein-Main-Gebiet.

An Bord von Flug 66 · 22. Dezember 17.10 Uhr (1610 Z)

Als die Quantum-Maschine die englische Küste überflog, ertönte im Cockpit die Klingel des Intercoms, der internen Sprechverbindung mit der Flugbegleitung – gleich fünfmal hintereinander. James Holland nahm die Sprechmuschel des Geräts zur Hand. „Cockpit“, sagte er.

Eine angespannte Frauenstimme drang an sein Ohr. „Captain, hier spricht Linda an Tür 2B. Ich glaube, wir haben hier einen Herzanfall!“

„Wie ernst ist es?“

„Ein älterer Mann. Brenda gibt ihm Erste Hilfe. Ihm wurde gleich nach dem Start übel, und dann kippte er plötzlich in seinem Sitz vornüber. Wir haben ihm Sauerstoff gegeben.“

„Haben Sie feststellen können, ob ein Arzt an Bord ist?“

„Ja, haben wir. Ein Schweizer Arzt meldete sich. Er meint, der Mann muß ins Krankenhaus, sonst stirbt er.“

„Okay, Linda, halten Sie uns auf dem laufenden.“

Dick Robb nahm bereits mit der Flugbereichskontrolle London Centre Verbindung auf. „London Centre – Quantum sixty-six. Wir haben einen medizinischen Notfall an Bord und brauchen sofort Kursvektoren für eine Dringlichkeitslandung in…“ Robb sah sich nach Holland um. Er wußte, daß er vorschnell gehandelt hatte, und rechnete mit Hollands Protest. Welche Wahl blieb ihnen?

„London-Heathrow!“ fuhr Holland ihn an. „Ersuchen Sie um Priorität! Außerdem muß ein Krankenwagen bereitstehen.“

Robb wiederholte seine Forderung und bestätigte die Änderung des Flugplans. Holland stellte den Kompaßkurs auf London-Heathrow ein und ging per Autopilot aus einer Höhe von 10 000 Metern in den Sinkflug über. Gleichzeitig gab er „LON“ in den Bordcomputer ein und betätigte den Ausführungsknopf. Die Boeing reagierte sofort auf den neuen Kurs. Dick Robb lehnte sich mit empörter Miene zurück. „Sie wollen das also solo durchziehen?“ fragte er. „In den Vorschriften heißt es, daß der nicht fliegende Pilot den Rechner programmiert. Das bin ich.“

„Tut mir leid, Dick“, erwiderte Holland. „Sie waren ja gerade mit dem Funk beschäftigt, und wir haben einen Notfall an Bord.“ Er wies auf den Computer. „Bitte lassen Sie uns den Instrumentenanflug vorbereiten.“

„Das klingt schon besser“, erwiderte Robb.

Eine Etage weiter unten, in der neutralen Zone zwischen Touristenklasse und erster Klasse, drängte sich eine Gruppe von Stewardessen und besorgten Passagieren um einen kleinen Mann, der ausgestreckt auf dem Boden lag. Brenda Hopkins, die rothaarige Flugbegleiterin, kniete vor Ernest Helms' Kopf. Sie blies ihm Luft in den Mund und unterbrach die Beatmung nur, um in regelmäßigen Abständen eine Herzdruckmassage durchzuführen. Ihr Haar war in Unordnung, ihre Uniform verschmutzt. Doch Brenda achtete nicht darauf. Sie kämpfte um das Leben ihres Passagiers.

Der Schweizer Arzt stand daneben und überwachte den Rhythmus der Wiederbelebungsversuche. Er hatte keinerlei Medikamente oder Geräte dabei, um dem Erkrankten zu helfen, und überlegte fieberhaft, ob es nicht irgendwelche Alternativen gäbe. Eine andere Stewardeß hatte die medizinische Notfallausrüstung der Maschine geholt, die jedoch keinen Defibrillator enthielt, das einzige Gerät, das man jetzt dringend benötigte.

Flugbereichskontrolle London

Dreihundertzwanzig Kilometer südwestlich, in der Londoner Flugbereichskontrolle, war Flug Quantum 66 auf den Bildschirmen soeben auf Kurs Heathrow eingeschwenkt, als der für diesen Sektor zuständige Fluglotse seinen Vorgesetzten von dem Notfall unterrichtete. Sein

Anruf löste eine Folge exakt vorbereiteter Maßnahmen aus: Die Flughafendienststellen mußten über den bevorstehenden medizinischen Notfall informiert werden, Sanitäter mußten alarmiert und der Zoll, die Einwanderungs- und Gesundheitsbehörden sowie die betroffene Fluggesellschaft benachrichtigt werden.

Der Routineanruf beim britischen Gesundheitsamt ging in einem weitläufigen Gebäudekomplex auf dem Flughafengelände von Heathrow ein. Dort überprüfte ein Beamter des britischen Gesundheitsdienstes die Ankunftszeit der Maschine und ließ sich von der Quantum-Dienststelle den Namen des erkrankten Passagiers durchgeben. Dann legte er den Telefonhörer auf und überdachte die Informationen. Vermutlich handelte es sich um nichts weiter als einen Herzinfarkt, doch Vorsicht war immer geboten. Schließlich war es die Aufgabe des Beamten, zu verhindern, daß ansteckende Krankheiten nach England eingeschleppt wurden. Eine Rückfrage bei den deutschen Kollegen konnte nicht schaden.

Er griff wieder zum Hörer, tippte die Nummer des Bundesgesundheitsministeriums in Bonn ein. Nur eine Routineanfrage, ließ er den Deutschen wissen. Wahrscheinlich ein Infarkt, möglicherweise war der Patient bei der Landung schon tot. Vorsichtshalber wolle er aber wissen, ob zufällig eine Krankengeschichte des Betroffenen oder Hinweise auf eine Infektion vorlägen.

„Stammt der Patient aus Deutschland, oder ist er deutscher Staatsangehöriger?“ fragte der Mann in Bonn.

„Ich glaube, er ging in Frankfurt an Bord. Er ist Amerikaner und heißt Helms, Ernest Helms. Sein Alter ist mir nicht bekannt.“

Auf einmal herrschte Schweigen in der Leitung. Plötzlich meldete sich der Deutsche wieder. Seine Stimme klang jetzt angespannt. „Bitte geben Sie mir Ihre Telefonnummer. Ich rufe Sie zurück.“

„Gibt es ein Problem?“

„Ich muß noch etwas überprüfen.“

Der britische Beamte gab seine Telefonnummer durch und legte auf.

Bonn

KEINE zehn Minuten später legte in Bonn jemand den Telefonhörer auf die Gabel und sank betroffen in seinen Schreibtischstuhl zurück. Horst Zeitner, hochrangiger Beamter im Gesundheitsministerium, fühlte sich wie vor den Kopf gestoßen. All seine Bemühungen, die bayerischen Ereignisse unter Kontrolle zu halten, waren gescheitert.

Die schlimmsten Befürchtungen bewahrheiteten sich. Auf seine Initiative hin war in ganz Deutschland vor einigen Stunden eine ebenso riskante wie diskrete Suchaktion nach einer „besonders gefährlichen Person“ eingeleitet worden. Indem er die Polizeibehörden der Länder ersucht hatte, alle Autobahnen und Fernstraßen, die zu den internationalen Flughäfen führten, zu überwachen, hatte er seine Kompetenzen weit überschritten. Nachdem ermittelt worden war, daß der Mann für den Spätnachmittag einen Flug von Stuttgart nach New York gebucht hatte, konzentrierte sich die Suche auf die baden-württembergische Landeshauptstadt. Zeitner hatte die Polizeibehörden wissen lassen, daß es sich um einen äußerst dringenden, die nationale Sicherheit berührenden Fall handele. Seit in und um Stuttgart alle denkbaren Fluchtwege abgesperrt worden waren, hatte er wie auf Kohlen an seinem Schreibtisch gesessen und auf die erlösende Nachricht gewartet, daß dieser Professor namens Ernest Helms abgefangen worden war, ehe er das Land verlassen konnte.

Und nun war er ihnen doch entkommen! Ernest Helms hatte umdisponiert und war bereits mit einer früheren Maschine von Frankfurt aus geflogen. Sein Mietwagen war soeben dort aufgefunden worden.

Zeitner war wütend auf sich selbst. Die Möglichkeit einer Umbuchung hatte er nicht einkalkuliert. Die Sicherheitsmaßnahmen auf den anderen Flughäfen waren daher nicht annähernd so streng gewesen wie in Stuttgart. Jetzt blieb ihm nichts anderes übrig, als seinen Minister zu informieren. Es bestand nicht mehr die geringste Chance, die Angelegenheit geheimzuhalten. Vor allem durfte Großbritannien nicht in die Sache hineingezogen werden. Wenn eine aggressive Grippeepidemie nach England eingeschleppt würde und dort ein paar hundert Todesfälle verursachte, nur weil die deutschen Behörden ihre britischen Kollegen nicht gewarnt hatten, stand ein diplomatischer Feuersturm bevor. Helms durfte weder tot noch lebendig in London landen.

Zeitner griff hastig zum Telefon. Der Minister mußte die Briten umgehend warnen.

Flughafen Heathrow, London

DER DIREKTOR der Anflugkontrolle war unbemerkt hinter dem Fluglotsen aufgetaucht, der von der Flugbereichskontrolle die Einweisung von Quantum 66 übernommen hatte, und sah ihm über die linke

Schulter. Die 747 sollte schon als nächste Maschine in Heathrow landen. Alle anderen Flüge waren so umgeleitet worden, daß sie den Quantum-Flug nicht behindern konnten. Feuerwehr und ein Notarztwagen standen an der Piste bereit. Der Fluglotse konzentrierte sich darauf, eine möglichst schnelle Landung des amerikanischen Jumbos zu gewährleisten. Da ließ ihn ein unerwarteter Klaps auf die Schulter hochfahren. Er drehte sich um und sah sich zu seinem Erstaunen mit dem eigenen Chef konfrontiert.

„Wo ist die Quantum?" fragte der Direktor.

„Ich habe sie gerade auf dem Queranflug", antwortete der Fluglotse.

„Lassen Sie sie eine Warteschleife fliegen, und sagen Sie dem Captain, er soll sich auf der Frequenz der Quantum-Fluggesellschaft für Miami, Florida, mit uns in Verbindung setzen." Er reichte dem Fluglotsen einen Zettel, auf dem die Zahl 124.35 stand. „Und geben Sie diese Frequenz nicht über den Äther durch", fügte er hinzu.

Irritiert schüttelte der Lotse den Kopf.

„Bitte tun Sie, was ich Ihnen sage. Und zwar sofort."

Die Stimme des Quantum-Piloten knisterte durch den Lautsprecher. „Hier Quantum sixty-six. Wir haben den Flughafen in Sicht. Erbitten Genehmigung zum Sichtlandeanflug."

Der Fluglotse justierte sein Mikrofon. „Quantum – Anflug auf London. Fliegen Sie eine Standardwarteschleife auf der Position zweihundert Grad, zehn Meilen von LON-Funkfeuer in tausendfünfhundert Meter Höhe. Außerdem bitten wir Sie, sich auf der Frequenz Ihrer Fluggesellschaft für Miami, Florida, mit uns in Verbindung zu setzen. Wir müssen Sie vertraulich sprechen."

Nach kurzem Schweigen ertönte Hollands bestürzte Stimme: „London ... Sie wollen uns in die Warteschleife schicken? Wissen Sie nicht, daß wir das Opfer eines Herzinfarkts an Bord haben? Der Mann macht es nicht mehr lange ..."

Der Fluglotse wirkte wie vom Schlag gerührt. Er wußte nicht mehr, was er sagen sollte. Der Direktor griff sich einen Kopfhörer, stöpselte ihn ein und justierte das Mikrofon. „Captain, hier London. Haben Sie die Instruktionen verstanden?"

Die Stimme klang deutlich anders als die des Fluglotsen, verriet Autorität und Entschlossenheit. James Holland im Cockpit von Quantum meldete sich. „Ja, London, wir haben Ihre Instruktionen erhalten, aber – verdammt noch mal! – wir können nicht warten. Sie übernehmen die Verantwortung für den Tod eines Passagiers!"

„Captain, ich bitte Sie, die Instruktionen zu befolgen. Je schneller

Sie sich auf der genannten Frequenz melden, desto eher kann ich Ihnen alles erklären."

Holland warf einen Blick auf seinen Kopiloten. Robb war genauso perplex wie er selbst. „Sie übernehmen das Steuer, Dick. Fliegen Sie in die genannte Position. Ich suche derweil diese Frequenz heraus." Es entging ihm nicht, daß Robb erstmals widerspruchslos reagierte.

Es dauerte gut eine Minute, bis Holland die Frequenz hervorgekramt und die Ziffernfolge eingegeben hatte. Sofort meldete sich wieder die entschlossene Stimme. Der Sprecher identifizierte sich mit Namen und Dienstrang und kam dann zur Sache. „Captain, es gibt noch ein anderes Problem als Ihren medizinischen Notfall. Das britische Gesundheitsministerium wurde von den Kollegen in Deutschland darüber informiert, daß einer Ihrer Passagiere einem besonders bösartigen und gefährlichen Grippevirus ausgesetzt war. Weitere Informationen liegen mir bisher nicht vor. Fest steht jedoch, daß Sie aus diesem Grund nach Frankfurt zurückkehren und sich den erforderlichen Quarantänemaßnahmen unterziehen müssen. Ihre Fluggesellschaft wurde bereits darüber in Kenntnis gesetzt, daß Ihnen die britische Regierung die Landung im Vereinigten Königreich nicht gestatten kann."

Holland schüttelte den Kopf. „Wegen einer Grippe? Ich fliege seit fünfundzwanzig Jahren, aber so etwas ist mir bisher noch nicht untergekommen. Einzelpersonen steckt man in Quarantäne, aber doch nicht ganze Flugzeuge!"

„Es tut mir leid, Captain, aber die Entscheidung wurde auf höchster Regierungsebene getroffen."

„Wieso bekommen wir nicht wenigstens Hilfe für unseren Herzinfarktpatienten an Bord?"

„Captain, haben Sie schon die Möglichkeit in Erwägung gezogen, daß es sich bei Ihrem Infarktopfer und dem infizierten Passagier um ein und dieselbe Person handeln könnte?"

„Ist Ihnen denn der Name des infizierten Passagiers bekannt?" fragte Holland.

„Die beiden sind tatsächlich identisch, ich bin aber nicht befugt, den Namen des Mannes über eine unverschlüsselte Frequenz zu nennen. Sicher haben Sie mehr als genug Treibstoff an Bord, um nach Frankfurt zurückzukehren?"

„Ja, aber unser Passagier wird tot sein, wenn wir dort ankommen – ob er nun die Grippe hat oder nicht!"

„Das läßt sich dann wohl nicht vermeiden, fürchte ich. Wenn Sie jetzt auf die alte Frequenz gehen, übergebe ich Sie wieder an London Centre. Sie bekommen dann die Freigabe für den Rückflug."

„Und was ist, wenn ich trotzdem in Heathrow lande?" fuhr Holland ihn an. „Wollen Sie uns vielleicht beim Anflug abschießen?"

Die Stimme klang jetzt noch autoritärer als zuvor. „Das wäre äußerst töricht, Captain. Sie würden einen ernsten internationalen Zwischenfall auslösen. Ihr Flugzeug, die Crew und die Passagiere würden stundenlang auf der Rollbahn festgehalten und dann doch zur Rückkehr nach Deutschland gezwungen. Ihre Regierung würde Sie wegen Verletzung der luftfahrtrechtlichen Bestimmungen eines anderen Staates zur Rechenschaft ziehen. Ich denke, das dürfte Sie am Ende Ihre Pilotenlizenz kosten. Ihr erkrankter Passagier wird in Frankfurt versorgt. Hier hilft ihm niemand. Ich bedauere das, was ich hier zu tun gezwungen bin, genauso wie Sie. Sie müssen sich beeilen. Wie man mir sagte, müssen alle Menschen an Bord sofort behandelt werden, wenn eine Ansteckung verhindert werden soll."

„Okay." Das war alles, was Holland zu dieser Nachricht noch hervorbrachte. Die Sache war grotesk. Er wählte wieder die Frequenz der Anflugkontrolle, gab Dick Robb mit einem Wink zu verstehen, er solle das Gespräch führen, und versuchte dann, darüber nachzudenken, was der Direktor gesagt hatte.

Das Infarktopfer war also einem Grippevirus ausgesetzt gewesen. Na und? Der Mann befand sich noch immer in den Fängen einer Herzattacke, die kaum etwas mit der Grippe zu tun haben konnte. Oder etwa doch? Holland pflückte das Mikrofon des Intercoms aus seiner Halterung und gab die Nummer für Tür zwei links ein. Die Chefstewardeß Barb Rollings meldete sich. „Barb, es geht um unseren Infarktpatienten. War er schon krank, als er an Bord kam?"

„Ja, war er. Wie schwer, kann ich allerdings nicht sagen. Warum?"

„Nur so, einfach nur so. Ich erklär's Ihnen in ein paar Minuten." Holland hängte das Mikrofon wieder ein. Seine Beunruhigung wuchs. Die Deutschen, so dachte er, wollen uns in Quarantäne stecken, um den Ausbruch einer Grippeepidemie zu verhindern ... Grippe entsteht doch durch ein Virus, oder? Eine Viruserkrankung? Irgend etwas war faul an der Geschichte.

In der Nähe von London-Heathrow

GENAU um 16.48 Uhr Ortszeit – Quantum 66 befand sich auf dem Rückflug nach Frankfurt – saß der Bewohner einer kleinen Hochhauswohnung zehn Kilometer nördlich des Flughafens London-Heathrow am Telefon und tippte die Nummer des Londoner Büros des amerikanischen Fernsehsenders CNN ein.

Der junge Mann zitterte buchstäblich vor Erregung, als er auf den Anschluß wartete. Er besaß inzwischen die meisten Geheimnummern von BBC und CNN – das Ergebnis von mehreren Jahren verläßlicher Tips und dem gelegentlichen Verkauf von Tonbändern, auf denen er den Funkverkehr rund um den Flughafen aufgenommen hatte. Niemand kannte sich in und um Heathrow besser aus als er!

Der junge Mann war stolz darauf, daß es ihm schneller als dem Captain von Flug 66 gelungen war, die Frequenz von Quantum in Miami herauszufinden. Als der Flugkapitän den Tower anrief, hatte er sie längst eingestellt, und seine Tonbänder liefen bereits. Er hatte das gesamte Gespräch aufgenommen. Jetzt kam es nur noch darauf an, das Höchstgebot einzuholen. Dieser Notfall war in seiner Art einzigartig: sämtliche Passagiere und Besatzungsmitglieder einer Linienmaschine seien einem bösartigen Grippevirus ausgesetzt, hatte der Fluglotse behauptet. Eine absolut heiße Information, ganz nach dem Geschmack von CNN. In Gedanken sah er schon den Moderator in Atlanta die sensationelle Nachricht verkünden.

An Bord von Flug 66

BOTSCHAFTER Lee Lancaster trommelte mit den Fingern auf die Armlehne von Sitz 2A. Die erste Ankündigung des Captains, in London zwischenzulanden, um einen lebensgefährlich erkrankten Passagier versorgen zu lassen, war glaubwürdig. Die zweite jedoch ergab keinen Sinn: Die Maschine, so der Kapitän, müsse nach Frankfurt zurückfliegen, weil das Infarktopfer dort besser versorgt werden könne.

Zehn Meter hinter seinem Sitz bemühten sich der Arzt und die Crew um das Leben des Kranken. Lancaster hatte ihnen zugesehen und wußte, daß der arme Kerl nicht mehr lange durchhalten würde. Offenbar kam es auf jede Minute an – und nun blieb der Pilot noch eine

Stunde länger in der Luft, um nach Deutschland zurückzukehren. Da stimmte etwas nicht. Dem Botschafter schoß der Gedanke durch den Kopf, die Sache könne mit ihm zu tun haben. Immerhin wünschte ihn mindestens die Hälfte der arabischen Welt zum Teufel. Kaschierte der Captain mit der Rückkehr nach Deutschland vielleicht eine Flugzeugentführung?

Er spürte, daß Rachael Sherwood ihn beobachtete. Sie konnte beinahe seine Gedanken lesen. Rachael war hochintelligent und eine brillante Redenschreiberin, die eigentlich in den Stab des Präsidenten gehört hätte und nicht in seinen.

Eine Flugzeugentführung meinetwegen – das ist doch lächerlich! versuchte er sich zu beruhigen. Aber als amerikanischen Sonderbotschafter, dessen Hauptaufgabe in der Vermittlung von Waffenstillständen und dem Aufbau von Wirtschaftsbeziehungen zwischen Israel und den arabischen Staaten lag, brandmarkte man ihn in bestimmten Kreisen schon seit langem als Todfeind des Islam. Die Tatsache, daß er ein anerkannter Islamwissenschaftler war, interessierte die Schiiten nicht. Inzwischen hatte sogar er selbst den Überblick darüber verloren, welche terroristischen Organisationen, geächteten islamischen Staaten und Einzelpersonen im Laufe der Jahre geschworen hatten, ihn zu töten. Lancaster hatte sich stets geweigert, zum Gefangenen von Sicherheitsvorkehrungen zu werden, doch der Preis dafür war hoch. Sein Leben war eine ständige Gratwanderung am Abgrund des Terrors.

Nein, sagte er sich. Terroristen verlassen sich nicht auf unvorhersehbare Gelegenheiten wie Herzinfarkte. Doch was war es dann? Drohte ihm vielleicht in Frankfurt eine andere Gefahr? „Rachael", sagte er, „ich brauche Ihre Hilfe."

„Ja, Lee?"

„Hier ist irgend etwas faul. Ich meine, falls es mich persönlich betrifft ... Dieser Rückflug nach Frankfurt ist sehr seltsam ..."

„Soll ich mit den Piloten reden?" fragte sie.

„Wenden Sie sich erst einmal an die Chefstewardeß. Machen Sie ihr klar, wer wir sind, und versuchen Sie herauszufinden, was hier gespielt wird."

Rachael lächelte ihn an, öffnete ihren Sicherheitsgurt, erhob sich und strich ihren Rock glatt.

IM COCKPIT legte James Holland den Hörer des Satellitentelefons auf und schüttelte den Kopf. „Unsere Leute haben keine Ahnung, Dick. Das war der Einsatzleiter. Er bestätigt, daß die deutsche Regierung unsere Rückkehr verlangt hat. Allerdings behaupten die Deutschen, mit der verweigerten Landeerlaubnis in Heathrow nichts zu tun zu haben. Unser Außenministerium ist informiert, hat aber angeblich auch keine Ahnung. Kein Mensch weiß, was für Vorkehrungen in Frankfurt getroffen werden. Niemand kann uns etwas über Mr. Helms sagen. Niemand weiß, was diejenigen erwartet, die sich vielleicht schon bei Helms angesteckt haben. Niemand sagt uns, wie ernst dieses Grippevirus zu nehmen ist – und der Vizepräsident unserer Firma sitzt auf seiner Ranch in Texarkana und hat das Telefon abgestellt!"

Die Klingel der Sprechanlage der Crew ertönte. Nervös betätigte Robb den Knopf. Eine Frauenstimme drang an sein Ohr. „Spreche ich mit dem Captain?"

„Im Prinzip, ja", erwiderte Robb. „Hier spricht der Checkpilot. Was gibt's?"

„Hier ist Dee in der ersten Klasse. Wir haben einen amerikanischen Botschafter an Bord. Seine Assistentin ist gerade bei mir und stellt mir Fragen, die ich nicht beantworten kann. Sie möchte wissen, was eigentlich los ist. Darf ich sie raufbringen?"

„Natürlich. Die Tür ist offen." Mit dem linken Zeigefinger tastete er nach dem Knopf, der die elektronische Türsicherung entriegelte. Die Entscheidung, ob jemand das Cockpit betreten durfte, lag eigentlich beim Captain. Robb forschte in Hollands Gesicht nach einer Reaktion, die jedoch ausblieb.

Sie hatten inzwischen wieder eine Flughöhe von 10 000 Metern erreicht und näherten sich der niederländischen Küste.

Bonn

Die Nachricht von einer Notfallsituation, in der es um eine ernst zu nehmende Krankheit ging, war binnen einer Viertelstunde ganz nach oben weitergeleitet worden. Zeitner hatte seinem Minister zerknirscht berichtet, daß er in Überschreitung seiner Kompetenzen eine ergebnislose polizeiliche Fahndung in die Wege geleitet hatte, und ihn dann gebeten, die Briten um die Verweigerung der Landeerlaubnis für Flug 66 zu ersuchen. Die Tatsache, daß der Minister, ohne den Kanzler oder sonst irgend jemanden zu konsultieren, der Bitte des Beamten gefolgt war, hatte so etwas wie eine politische Krise ausgelöst. Inzwischen hatte die Furcht, die Presse könne Wind von der Sache bekommen, den Kanzler persönlich zur Einberufung einer Krisensitzung veranlaßt. Zeitner und sein Chef waren zum Rapport bestellt.

Im Konferenzzimmer saßen die führenden Mitglieder des Kabinetts mit ihren engsten Mitarbeitern. Der Regierungschef thronte an der Kopfseite des langen Tisches. Sein finsterer Blick ruhte auf Zeitner. „Berichten Sie, Herr Zeitner“, sagte er.

„Ein amerikanischer Professor ..., ein gewisser Professor Helms ..., er lehrt in Heidelberg, war vor zwei Tagen in Bayern einem, wie man uns sagte, extrem starken Grippevirus ausgesetzt. Er ist mit einem an diesem Virus erkrankten Angestellten der Hauptmann-Laboratorien in Berührung gekommen. Der Direktor von Hauptmann hat uns darüber informiert. Wir dachten, wir könnten diesen Professor noch erwischen und in Quarantäne stecken, bevor er einen Flughafen erreichte. Leider schlugen unsere Bemühungen fehl, was zur Folge hatte, daß inzwischen ein ganzes Passagierflugzeug der Ansteckungsgefahr ausgesetzt ist.“

„Weist dieser Professor schon irgendwelche Krankheitssymptome auf?“ fragte der Kanzler.

„Ja, er ist an Bord des Flugzeugs schwer erkrankt. Die Symptome, die wir auf die Krankheit zurückführen, haben offensichtlich einen Herzinfarkt ausgelöst.“

„Diese Krankheit kann Herzinfarkte auslösen? Und Sie nennen das eine Grippe?“

„So, wie ich es verstehe, kann dieser Grippetyp bei Personen mit schwachem Herzen einen Infarkt auslösen.“

„Wie kam es zu der Ansteckung?“

„Der Professor kam in Kontakt mit dem Blut eines infizierten Laborangestellten aus der Forschungsabteilung der Firma Hauptmann. Der Mann zerschlug bei dem Versuch, in einen von Helms gemieteten Wagen einzudringen, eine Scheibe und erlitt dabei eine Schnittwunde. Wie es aussieht, handelte er im Fieberwahn. Die Firma Hauptmann hatte unter anderem einen Hubschrauber eingesetzt, um den Mann in Verwahrung zu nehmen, und der Hubschrauberpilot hat den Einbruchsversuch beobachtet. Er notierte das Autokennzeichen, ehe er den Laborangestellten weiter verfolgte. Wir nehmen nun an, daß Helms sich an den Scheibensplittern selbst verletzt hat und dabei mit dem virenverseuchten Blut in Berührung gekommen ist.“

„Ist der Laborangestellte noch immer krank?“

„Er ist gestorben, Herr Bundeskanzler.“

Die Miene des Regierungschefs verdüsterte sich noch mehr.

„Hauptmann ist, wenn ich mich recht entsinne, ein pharmazeutischer Betrieb mit einer großen biologischen Forschungsabteilung?“

Zeitner nickte.

„Und dieser Betrieb meldet sich bei Ihnen und sagt, daß ein amerikanischer Staatsbürger unter Quarantäne gestellt werden muß, weil er Kontakt zu einem kranken – und inzwischen verstorbenen – Hauptmann-Angestellten hatte? Es gehe jedoch lediglich um ein Grippevirus? Kommt Ihnen das nicht seltsam vor, Herr Zeitner?“ Die Finger des Kanzlers trommelten auf den Tisch. „Ist sonst noch jemand mit dem Kranken in Kontakt gekommen?“

„Nun ja …, einige, aber ich glaube, daß wir sie inzwischen alle haben. Wir haben die Leute, die sich zusammen mit Helms in einem nahe gelegenen Gasthaus aufhielten, in Verwahrung genommen, ebenso seine Kontaktpersonen auf dem Frankfurter Flughafen. Ob er aber vor dem Abflug in Frankfurt noch mit jemandem gesprochen oder jemanden berührt hat, wissen wir nicht.“

„Wo befinden sich die Kontaktpersonen jetzt?“

„In einer biologischen Quarantäneeinrichtung in der Nähe von Bitburg. Bisher ist niemand von ihnen erkrankt.“

„Haben Sie Helms’ Reiseroute rekonstruiert?“ fragte der Kanzler.

Zeitner nickte. „Und wir überprüfen sie – die Polizei, meine ich. Jeder Laden, jede Gaststätte entlang sämtlicher in Frage kommender Routen wird abgeklappert. Die Universität Heidelberg hat uns ein Bild von Helms zur Verfügung gestellt, das uns als Fahndungsfoto dient.“

„Und wenn Ihnen doch wer durch die Lappen gegangen ist?“ fragte der Regierungschef. „Wenn ein paar Leute schon infiziert sind und es gar nicht wissen? Wenn sie noch ein paar Tage herumlaufen und die Krankheit verbreiten, ehe wir sie erwischen?“

Zeitner schluckte. „Jedes Grippevirus kann sich verbreiten wie ein Flächenbrand. Unglücklicherweise wissen wir nicht viel über diesen speziellen Stamm. Ich habe um weitere Informationen gebeten . . .“

Der Innenminister beugte sich vor. Seine Miene verriet Panik. „Sie wissen offenbar gar nicht, was für eine Krankheit das ist, wie? Haben die Leute von Hauptmann Ihnen denn keine Details mitgeteilt?“

Zeitner schüttelte den Kopf.

„Dann kann es sich um weiß der Himmel was handeln, möglicherweise sogar um etwas viel Schlimmeres als eine Grippe! Was tun wir, wenn es sich um dieses grauenhafte afrikanische Virus handelt?“

Erneut schüttelte Zeitner den Kopf. „Es ist eine Grippe, Herr Minister. Bei dem afrikanischen Erreger handelt es sich um ein sogenanntes Filovirus, das ist etwas völlig anderes als eine Grippe. Verursacher der afrikanischen Krankheit ist entweder ein Marburg- oder ein Ebola-Virus. Sie werden als hämorrhagische Viren bezeichnet und sind scheußlich gefährlich. Die Zellwände der Organe kollabieren, und das Opfer blutet nicht nur aus jeder Körperöffnung, sondern auch innerlich. Im vorliegenden Fall haben wir es lediglich mit einem Grippevirus zu tun. Das hat man mir versichert. Das Problem liegt darin, daß es sich um einen mutierten Erregerstamm handelt, der deshalb besonders gefährlich sein kann, weil die meisten von uns dagegen noch keine Antikörper entwickelt haben."

„Was, Herr Zeitner, steht uns bevor, wenn dieses Virus sich im ganzen Land verbreitet?"

„Nach der Beschreibung, die ich erhielt", antwortete Zeitner, „handelt es sich um einen Virusstamm, der besonders unter älteren und schwächeren Personen Tausende von Todesopfern fordern könnte, wenn er sich ausbreitet. Deutschland kann sich das Risiko, daß diese Krankheit sich von hier aus über andere Länder verbreitet, nicht leisten, vor allem, weil die Ansteckung möglicherweise durch Tröpfcheninfektion über die Luft erfolgt. Deshalb, Herr Bundeskanzler, habe ich umgehend gehandelt und nicht erst auf Genehmigungen gewartet. Ich durfte keine Zeit verlieren. Als ich dann rein zufällig erfuhr, daß Professor Helms ein früheres Flugzeug genommen hatte, war mir klar, daß wir die britische Regierung vor der Landung warnen mußten. Die Entscheidung, der Maschine keine Landeerlaubnis zu erteilen, stammt aber von den Engländern."

Der Kanzler zog die Brauen hoch. „Allein auf den Verdacht hin, daß ein einziger Passagier diesem Grippevirus ausgesetzt war, schlagen Sie also vor, daß wir fast dreihundert Personen einsperren und isolieren?"

„Daß der Passagier infiziert ist, steht fest, Herr Bundeskanzler. In dem betreffenden Flugzeug, einer Boeing 747, zirkuliert die Atemluft, weshalb sich so ein Virus innerhalb von Minuten in der Kabine verbreiten kann."

„Wie lange muß die Quarantäne aufrechterhalten werden?"

„Das läßt sich jetzt noch nicht genau sagen. Vielleicht fünf Tage lang, vielleicht auch ein paar Tage länger. Wer in diesem Zeitraum nicht erkrankt, stellt keine Gefahr mehr dar."

„Nun noch eine letzte Frage, Herr Zeitner", sagte der Kanzler. „Da Sie so erpicht darauf waren, dieses Flugzeug mit den möglicherweise infizierten Menschen auf deutschen Boden zurückzubringen, haben Sie gewiß auch schon die erforderlichen Maßnahmen zur Isolierung von annähernd dreihundert Menschen getroffen. Sie kennen einen sicheren Ort, an dem die Leute untergebracht werden. Und gewiß haben Sie auch schon eine Mannschaft zusammengestellt, Kommunikations- und Kontrolleinrichtungen zur Verfügung gestellt, haben sich darum gekümmert, wer in dem bevorstehenden Medienspektakel für Presse, Funk und Fernsehen zuständig sein wird und wer für die Verbindungen zwischen den Isolierten und ihren Familienangehörigen. Außerdem haben Sie sicher längst alle Regierungsstellen und Behörden unterrichtet, die mit den diplomatischen, juristischen, finanziellen, logistischen, militärischen und innenpolitischen Konsequenzen dieser Angelegenheit zu tun haben werden. Das haben Sie doch sicherlich alles schon getan, Herr Zeitner?" Der Bundeskanzler zwang sich zu einem falschen Lachen.

„Nein, Herr Bundeskanzler, noch nicht. Die Zeit war zu knapp."

Der Kanzler nickte. „Ich verstehe. Dann haben wir wohl noch einiges zu tun, bevor uns diese geflügelte ‚Büchse der Pandora' wieder in den Schoß fällt." Er wandte sich an den Außenminister. „Karl, komm doch bitte mit in mein Büro. Wir müssen den amerikanischen Botschafter anrufen."

Der Außenminister nickte; der Kanzler stand auf und verließ den Raum. Zeitner fühlte sich schwindlig und völlig überfordert.

Hauptmann-Werk, Bayern

IM FENSTERLOSEN Kontrollraum des Hauptmann-Forschungslabors saß der Werksleiter vor einer Reihe von flackernden Monitoren, auf denen leere Zimmer zu sehen waren. In den Isolierräumen waren zwei seiner Angestellten eines furchtbaren Todes gestorben, und er hatte die Behörden in dieser Angelegenheit belogen.

Das qualvolle Telefongespräch, das er vor fast vierundzwanzig Stunden mit dem Generaldirektor des Unternehmens in Berlin geführt hatte, ging ihm nicht aus dem Kopf. Wir müssen jetzt die Behörden informieren, hatte er gesagt. Die müssen wissen, was auf sie zukommt. Aber die Konzernleitung war zur Lüge entschlossen. Nach offizieller Lesart handelte es sich um eine „Grippe".

„Eine Grippe?" Er hatte die Worte fast gebrüllt. Dieses Virus beschleunigte den Herzschlag, rief hohes Fieber und ungeheure Schmerzen hervor, und den Betroffenen wurde übel. Schon nach kurzer Zeit traten Orientierungsprobleme, Hysterie und Panik auf, paranoide Wahnvorstellungen und Halluzinationen. Rolf Bronchmann, der zweite infizierte Laborant, hatte ihnen genaue Berichte geliefert. „Das wirkt psychoaktiv und geht ans Hirn. Die Persönlichkeit verändert sich. Eine Grippe macht so etwas nicht."

Aber die Anordnung aus Berlin ließ an Deutlichkeit nichts zu wünschen übrig. Solange noch eine Chance bestand, die Sache einzudämmen, durfte niemand außerhalb der engsten Firmenleitung die Wahrheit erfahren.

An Bord von Flug 66 · Freitag, 22. Dezember 18.20 Uhr (1720 Z)

Brenda Hopkins rückte die Sauerstoffmaske auf Ernest Helms' Gesicht zurecht und sah zu dem Schweizer Arzt auf, der ihr beruhigend den Arm tätschelte. Sie konnten im Augenblick nichts weiter tun. Der Herzschlag war den Umständen entsprechend stabil.

„Was meinen Sie – wann landen wir endlich?" fragte der Arzt.

„Ich denke, innerhalb der nächsten dreißig Minuten." Brenda deutete auf Helms. „Hält er durch?"

„Vielleicht", sagte der Mediziner. Er wollte sie nicht enttäuschen.

Zur gleichen Zeit folgte Rachael Sherwood der Stewardeß namens Dee über eine Treppe hinauf zum Oberdeck und dann zu einer kleinen Tür, die ins Cockpit der 747-400 führte. Dee klopfte zweimal, zog die Tür auf und stellte die Assistentin des Botschafters vor. Holland deutete auf den erhöhten Sitz rechts hinter der Mittelkonsole.

Dick Robb stellte sich selbst als „Co-Captain" vor und schüttelte ihr die Hand. Holland ließ seinen Sitz so zurückgleiten, daß er Rachael während ihres Gesprächs ansehen konnte. „James Holland ist mein Name. Freut mich, Sie kennenzulernen."

Es war der gutaussehende Pilot, der ihr auf dem Flughafen aufgefallen war. Sie reichte ihm die Hand, die von seiner riesigen Pranke ganz umschlossen wurde. Die Wärme der Berührung und der Blick aus seinen tiefblauen Augen trafen Rachael bis ins Mark. Sie räusperte sich und berichtete von den Sorgen, die sich der Botschafter machte.

„Nein, entführen will uns niemand", versicherte ihr Holland. „Aber erlauben Sie mir, daß ich Ihnen auch eine Frage stelle: Was bedeutet es aus diplomatischer Sicht, wenn eine amerikanische Linienmaschine mit überwiegend amerikanischen Staatsbürgern an Bord von einer ausländischen Regierung buchstäblich gezwungen wird, zum

Ausgangspunkt des Fluges zurückzukehren, um sich dort in Quarantäne stecken zu lassen? Das ist doch ein dicker Hund, oder?“

Rachael verschlug es einen Augenblick lang die Sprache. Was sollte das bedeuten – „Quarantäne“? Holland hatte über den Bordlautsprecher lediglich bekanntgegeben, daß man nach Frankfurt zurückkehre, um den Herzinfarktpatienten besser versorgen zu können.

Der Captain erklärte ihr, daß die Gefahr bestand, daß das Infarktopfer an einer hochinfektiösen Virusgrippe erkrankt war und möglicherweise alle Menschen an Bord der Maschine angesteckt hatte.

„Wie lange wird diese ... Quarantäne denn dauern?“ fragte Rachael. In ihrem Kopf überstürzten sich die Gedanken. Sie wurden in Washington gebraucht, hatten Termine.

„Ich weiß es nicht, Ms. Sherwood“, antwortete Holland.

„Rachael“, sagte sie.

Holland nickte. „Wir haben keine Ahnung, Rachael, wie lange die uns isolieren wollen oder welche Behandlung sie mit uns vorhaben. Aber bitte sagen Sie außer dem Botschafter niemandem etwas. Ich habe bisher noch nicht einmal meine Crew informiert.“

Ihre Stimme klang angespannt. „Kein Problem. Wenn es Ihnen recht ist, bitte ich den Botschafter einfach zu Ihnen.“

Rachael kehrte in die Erste-Klasse-Kabine zurück, ohne von dem hochgewachsenen silberhaarigen Passagier auf Sitz 3 B Notiz zu nehmen, der mit irgendeinem weit entfernten Gesprächspartner dringende Terminangelegenheiten besprach. Jetzt ließ er sein Mobiltelefon sinken und drückte wutentbrannt den Knopf, mit dem die Stewardeß herbeigerufen wurde. Pfarrer Garson W. Wilson, ein in den USA berühmter Erweckungsprediger, wandte sich an seinen verschreckten Sekretär, einen jungen Mann namens Roger.

„Wir kriegen keinen neuen Termin für das NBC-Interview! Das war der Produzent, irgendein Casey. Er sagt, er habe für die Fernsehshow am Donnerstag einen Filmstar engagiert. Entweder sind wir pünktlich da, oder wir können die Sache abschreiben!“

„Das geht schon in Ordnung, Sir. Wir machen dann später einen neuen Termin. Ich rufe die Leute an.“

Angewidert schüttelte Wilson den Kopf. „Wir können es uns nicht leisten, in Frankfurt herumzusitzen! Sobald wir am Boden sind, möchte ich, daß Sie sich an die zuständige Stelle wenden und Druck machen. Man muß uns unter allen Umständen rauslassen. Ich bin nicht bereit, auf die Show mit ihrem Riesenpublikum zu verzichten. Das ist genau das, was wir brauchen, um das neue Buch zu lancieren.“

Roger rieb hektisch die Finger aneinander. Er haßte diese Konfrontationen. „Sir, ist Ihnen noch nicht der Gedanke gekommen, daß der Herr uns vielleicht nur deshalb in dieses Flugzeug hier gesetzt hat, damit Ihnen die Show erspart bleibt?“

Wilson schnaubte verächtlich. Er konnte es nicht ausstehen, von seinem Sekretär belehrt zu werden. Er war der wortgewaltige Prediger, nicht dieser eingebildete Lümmel. Aber vielleicht war er wirklich zu süchtig nach öffentlichen Auftritten? Mein Geschäft ist die Rettung von Menschenseelen, erinnerte er sich. Er setzte eine strenge Miene auf. Er hatte ein sehr genaues Bild von sich selbst: ein Blick von unerreichter Redlichkeit, die Bibel fest im Griff, vor sich eine Phalanx von Mikrofonen, die ihm entgegengestreckt wurden. *Es ist meine Aufgabe, Sir, das Wort des Herrn auf verschiedenen Wegen zu verbreiten.* Er wollte auf dem schnellsten Weg nach New York!

UNGEFÄHR dreißig Reihen hinter ihm gab Keith Erickson das Mobiltelefon an seine Frau Lisa weiter. Den Kindern ging es offenbar gut, und auch seine Schwägerin schien die Nachricht von der verspäteten Ankunft problemlos verkraftet zu haben.

Er sah Lisa an. Sie telefonierte erst mit dem zweijährigen Jason und danach mit dem drei Jahre älteren Tommy. Fast ein ganzes Jahr lang hatte er auf seine Frau einreden müssen, bis sie sich endlich dazu bereit erklärte, ohne die Kinder mit ihm in Urlaub zu fliegen. Doch mit geradezu manischer Besessenheit hatte Lisa mit zu Hause Kontakt gehalten. Die Reise war eine Katastrophe gewesen, ständig Spannung, ständig Streß. Schon die Abschiedsszene auf dem Flughafen in Des Moines war an Peinlichkeit kaum noch zu überbieten gewesen: Lisa hatte die beiden Jungen immer wieder von neuem umarmt und gar nicht mehr zu weinen aufgehört, so daß schließlich auch die Kinder in Tränen ausbrachen und sich sogar der Abflug der Maschine verzögerte. Auf dem Flug nach Frankfurt hatte sich Lisa unentwegt den Kopf über die Kinder zerbrochen. Nach der Landung weigerte sie sich zwei Stunden lang, eine Telefonzelle zu verlassen, nur weil ihre Mutter mit Jason und Tommy gerade einen Abendspaziergang machte. Und jetzt die Heulerei, weil sich die Rückkehr verzögerte! Keith Erickson erkannte im Verhalten seiner Frau inzwischen eine Gesetzmäßigkeit, die ihn erschreckte – genauso wie der dunkle, wilde Haß, mit dem Lisa ihn verfolgte, weil er sie angeblich den Kindern weggenommen hatte. Lisa interessierte sich nicht für Sex, nicht für ihren Mann. Dic hysterische Reaktion auf die Trennung von ihren Kindern beherrschte alles. Bereits in Des Moines war ihm im Grund klargewesen, daß an dem Verhalten seiner Frau etwas nicht stimmte. Und eigentlich spürte er schon seit geraumer Zeit, daß sie ärztlicher Hilfe bedurfte. In Frankfurt hatte er sich einmal heimlich aus dem Hotel geschlichen und mit einem Psychiater in Des Moines für die Woche nach ihrer Rückkehr einen Termin vereinbart. Der Arzt hatte ihm aufmerksam zugehört und ihn gewarnt: Es sei nicht auszuschließen, daß man Lisa in eine Anstalt würde einweisen müssen.

Niederländische Flugbereichskontrolle, Amsterdam Center

Die Nachricht erreichte den Kontrollturm des Flughafens Amsterdam in Form einer einfachen Botschaft über den Fernschreiber, gefolgt von einem Anruf aus Frankfurt. Als die Nachricht dem für Flug 66 zuständigen Fluglotsen ausgehändigt wurde, schüttelte dieser verblüfft den Kopf, reagierte aber sofort und schaltete das Mikrofon ein. „Quantum sixty-six. Dutch Control. Ich muß Ihnen mitteilen, Sir, daß Frankfurt Center soeben Ihre Freigabe für den deutschen Luftraum zurückgezogen hat. Wir müssen Sie in eine andere Richtung umleiten."

Im Cockpit von Flug 66 schlugen die Worte ein wie eine Bombe. „Wie können die denn die Freigabe zurücknehmen?" schimpfte Robb. „Erst die Briten und nun die Deutschen! Die Deutschen haben doch mit dem Zirkus angefangen!" Er drückte unverzüglich auf den Übertragungsknopf. „Dutch Control. Quantum sixty-six kehrt auf ausdrückliche Anweisung der deutschen Regierung nach Frankfurt zurück! Wir haben einen medizinischen Notfall an Bord!"

„Quantum sixty-six, der deutsche Luftraum ist für Sie gesperrt. Wenn Sie um keine andere Freigabe ersuchen, muß ich Sie vor der Grenze in eine Warteschleife schicken."

Mit einem Wink gab James Holland Robb zu verstehen, er möge einen Augenblick warten. Was war passiert? Hatte die Quantum-Zentrale den Plan geändert und vergessen, ihn zu informieren? Möglich. Doch bei einer einfachen Richtungsänderung hätte der Lotse sich anders ausgedrückt. Holland schaltete das Mikrofon ein. „Dutch Control. Erbitten Kursvektoren für eine sofortige Landung in Amsterdam-Schiphol."

Der Fluglotse klang erleichtert. „Verstehe, Sir. Fliegen Sie jetzt eine Linkskurve bis auf zwei-neun-null Grad. Gehen Sie dann auf 1800 Meter runter, und bleiben Sie dort. Amsterdams Höhenmesser ist zwei-neun-acht-acht. Stellen Sie den Transpondercode auf drei-vier-fünf-sieben."

Robb wiederholte die Vorgaben, während Holland die Automatik abschaltete und die riesige 747 in eine sanfte Linkskurve führte. Der Sinkflug begann.

Amsterdam · Freitag, 22. Dezember 18.40 Uhr (1740 Z)

DER DEZERNENT für Zivilluftfahrt im niederländischen Verkehrsministerium lehnte sich entspannt in seinem Drehstuhl zurück. Vor ihm auf dem Schreibtisch stand eine Tasse mit frisch aufgebrühtem Kaffee. Mit der Fernbedienung stellte er den Ton des Fernsehgeräts lauter. Sein Lieblingssender war CNN.

Er hatte telefoniert, als das Geschehen auf der Mattscheibe seine Aufmerksamkeit erregte; auf dem Bildschirm war eine große Linienmaschine, eine Boeing 747, zu sehen.

„Berichten zufolge, die uns am Nachmittag aus England erreichten, wurden heute einer amerikanischen Linienmaschine auf dem Weg nach London die Landerechte verweigert. Obwohl der Quantum-Pilot ein Herzinfarktopfer an Bord hat, das dringend medizinischer Hilfe bedarf, wurde ihm bedeutet, daß dem Flugzeug auf Initiative der britischen Regierung die Landeerlaubnis verweigert würde. Die gleiche Quelle berichtet, daß die Maschine offenbar einen an einem besonders gefährlichen Grippevirus erkrankten Patienten an Bord hat und daß die Behörden befürchten ..."

Das Telefon klingelte, und der Dezernent nahm verärgert den Hörer ab. Der CNN-Sprecher verlas die Nachricht unterdessen weiter. „Ja?"

Die Stimme seines Mitarbeiters klang beunruhigt. Es handele sich um eine Notfallsituation in Schiphol, sagte er.

„Was für ein Notfall?" Der Dezernent starrte noch immer auf den Bildschirm. Dann griff er nach einem Kugelschreiber und notierte sich die Informationen, die sein Mitarbeiter ihm durchgab, einschließlich der Kennung der anfliegenden Maschine.

„In einer Viertelstunde ist sie unten und braucht ärztliche Versorgung", fuhr der Anrufer fort. Der Dezernent quittierte die Nachricht mit einem Nicken. Er dankte seinem Mitarbcitcr, lcgtc den Hörer auf und versuchte sich wieder auf den Bildschirm zu konzentrieren. Doch der Bericht über das Flugzeug war bereits zu Ende.

Was habe ich nicht mitbekommen? dachte er. Da war doch etwas mit einem verseuchten Flugzeug in London ... Ach ja, sie haben ihm die Landeerlaubnis entzogen und es weitergeschickt. In Quarantäne.

Er starrte auf den vor ihm liegenden Notizblock. Und auf einmal war die Nummer 66 auf dem Block deckungsgleich mit den Worten des CNN-Moderators. Es ging um ein und denselben Flug, um die Maschine, die die Briten abgewiesen hatten! Der Mitarbeiter hatte von einer Boeing 747 gesprochen. Und nun steuerte der Pilot Amsterdam an. Und in Schiphol war kein Mensch auf ein solches Problem vorbereitet! Der Dezernent hechtete buchstäblich zum Telefon.

An Bord von Flug 66

Captain James Holland wartete auf die Anfluggenehmigung. Vor ihnen lag Amsterdam, ein flackernder Lichterteppich. Plötzlich ertönte die Stimme des Fluglotsen. „Quantum sixty-six, wir haben eine Änderung Ihrer Freigabe, Sir. Wieviel Treibstoff haben Sie an Bord?"

Holland warf einen Blick auf die Treibstoffanzeige. Reserven für knapp sieben Stunden. Er gab das Ergebnis weiter.

Der Fluglotse meldete sich innerhalb kürzester Zeit. „Tut mir leid, Sir, aber die Landefreigabe Schiphol ist vorübergehend aufgehoben. Wir müssen Sie in eine Warteschleife über dem Meer schicken. Sie dürfen nicht in Schiphol landen. Es tut mir sehr leid."

Holland und Robb sahen einander bestürzt an. Dick Robb drückte auf den Sendeknopf und brüllte in sein Kopfhörermikrofon: „Dutch Control! Was soll das? Warum werden wir so behandelt? Wissen Sie nicht, was ein Notruf bedeutet? Sie müssen uns landen lassen! Quantum sixty-six landet in Schiphol, ob es Ihnen paßt oder nicht!"

„Um Gottes willen, Dick!" sagte Holland. „Das geht nicht gut."

Erst nach etwa einer halben Minute meldete sich die niederländische Anflugkontrolle wieder. Eine andere Stimme ließ sich vernehmen, ohne jede Spur von Mitgefühl diesmal. Es handelte sich offenbar um einen höhergestellten Beamten. „Quantum sixty-six, jeder Versuch, auf niederländischem Boden zu landen oder ohne Genehmigung im niederländischen Luftraum zu verbleiben, zieht unweigerlich eine strenge Bestrafung nach sich. Selbst eine bewaffnete Intervention ist nicht ausgeschlossen. Solange Ihre Maschine technisch fliegen kann, sind Sie verpflichtet, sich an unsere Instruktionen zu halten."

Robb sank resigniert in seinem Sitz zurück. Holland übernahm das Funkgerät. „Dutch Control. Quantum sixty-six folgt Ihren Anweisungen. Auf das Militär können Sie verzichten. Wären Sie so gut, herauszufinden, ob wir vielleicht in Brüssel oder Kopenhagen Landeerlaubnis bekommen – oder vielleicht in Oslo oder Stockholm?"

„Machen wir, Sixty-six. Wir verstehen Ihre Notsituation, aber wir erfuhren, daß Sie möglicherweise eine Krankheit an Bord haben, auf die unsere Behörden nicht vorbereitet sind."

Holland schob die Gashebel vor und schaltete den Autopiloten ein. „Nehmen Sie über Satellitentelefon mit der Firmenzentrale Kontakt auf, Dick. Finden Sie heraus, was man dort vorhat. Irgendwo müssen wir diesen Vogel doch wieder auf die Erde bringen! Und selbst wenn unser Patient sich erholen sollte, haben wir für den Flug nach New York nicht mehr die vorgeschriebene Mindestreserve an Treibstoff."

Das Intercom klingelte, und Robb meldete sich. Er murmelte ein paar Worte ins Mikrofon und schaltete es dann aus. „Das war die Cheftante da unten", berichtete er. „Ich soll Ihnen sagen, daß sich der Notfall erledigt hat. Ihr Passagier ist tot."

ALS JAMES HOLLAND per Satellitentelefon mit der Fluggesellschaft in Dallas Kontakt aufnahm, hatte Quantum 66 eine Höhe von 9450 Metern erreicht und flog über der dunklen Nordsee Warteschleifen. In der Zentrale herrschte unter den Managern und Einsatzleitern, die Holland um Hilfe und Anweisungen bat, totale Verwirrung.

In Texas saß der für den Flugbetrieb zuständige Vizepräsident der Gesellschaft mittlerweile in einem Helikopter, der ihn von seiner Ranch abgeholt hatte, doch was er von sich gab, klang genauso konfus wie die Kommentare des Personals am Flughafen von Dallas-Fort Worth, das ohne ihn keine Entscheidung treffen wollte.

Zum drittenmal wiederholte Holland, was geschehen war. Ja, sie waren in der Warteschleife. Ja, der Infarktpatient war inzwischen gestorben und angeblich von einem schlimmen Grippevirus befallen. Und jawohl, sie brauchten einen Flughafen, auf dem sie landen konnten. Noch ein paar Stunden Kreisen in niedriger Höhe, dann würde es kritisch.

„Nun denn…", begann der Vize auf dem linken Sitz des Hubschraubers, „haben wir eigentlich schon Kontakt mit unserem Außenministerium aufgenommen?"

Am anderen Ende der Leitung in Dallas bekannte der leitende Flugkoordinator, daß er nicht gewußt habe, wen man dort anrufen solle. „Wir haben die FAA, die Luftfahrtbehörde, angerufen und sie über den Stand der Dinge informiert", berichtete er. „Sie sagten uns, wir sollten abwarten. Ich hatte den Eindruck, sie waren gerade dabei, in ihrer Kommandozentrale in Washington einen Krisenstab einzurichten."

„Werden sie sich mit den holländischen Behörden in Verbindung setzen?" fragte der Vize.

Holland hörte das Gespräch über das Satellitentelefon mit. Die Stimmen klangen schrill.

Der leitende Flugkoordinator seufzte. „Sir, ich glaube, die wissen genausowenig wie wir, wen sie kontaktieren sollen. Es gibt dafür keine Vorschriften. Wir haben die niederländische Luftverkehrsbehörde angerufen, aber dort hat man uns auch nur vertröstet. Der Befehl, Flug 66 nicht landen zu lassen, soll von irgendeiner holländischen Regierungsstelle kommen."

Der Vizepräsident wußte, daß alle auf ein klärendes Wort von ihm warteten. „Okay, verbinden Sie mich jetzt mit der Kommandozentrale der FAA, halten Sie die Leitung offen, und sorgen Sie dafür, daß die FAA mit dem diensthabenden Beamten im Außenministerium Kontakt aufnimmt ..."

„Und was", unterbrach ihn Holland, „sollen wir unterdessen tun?"

„Wer ist denn das?" fragte der Vize.

„Hier spricht Flug 66."

„Oh, tut mir leid, Captain. Bleiben Sie da, wo Sie sind, und halten Sie die Leitung frei für einen Rückruf. Wir werden in Kürze eine Antwort haben. Wir melden uns wieder."

Holland unterbrach die Verbindung und informierte Robb kopfschüttelnd über den Inhalt des Gesprächs. Dann erhob er sich. „Übernehmen Sie mal", sagte er. „Ich bin in ein paar Minuten wieder da."

Der Flugkapitän betrat den kleinen Waschraum vor dem Cockpit und schloß die Tür hinter sich ab. Er machte sich ein wenig frisch, verließ dann den Waschraum, durchschritt das Oberdeck und stieg die Treppe hinunter, die zur Passagierkabine führte. Sie endete neben der Erste-Klasse-Kabine. Verfolgt von den Blicken mehrerer Dutzend aufmerksamer Augenpaare, begab sich Holland in den hinteren Teil der Kabine, wo man Helms' Leichnam inzwischen abgelegt und zugedeckt hatte. Neben dem Toten stand Brenda Hopkins. Sie war vollkommen erschöpft. Man hatte Holland von ihrem selbstlosen Einsatz berichtet.

Jetzt kam sie auf ihn zu. Der Captain geleitete sie hinter einen Vorhang und hielt sie ein paar Minuten lang in den Armen.

„Ich habe getan, was ich konnte", sagte sie.

„Ich weiß. Und ich bin stolz auf Sie, Brenda. Wenn London uns hätte landen lassen, wäre er vielleicht durchgekommen."

Barb Rollins, die Chefstewardeß, trat zu ihnen. Sie bat Holland um die neuesten Informationen. Er deutete nach vorn in Richtung auf die Küche der ersten Klasse. Als sie dort angekommen waren, zog er die Vorhänge zu und berichtete ihnen über den letzten Stand der Dinge: daß sie sich zur Zeit in einer Warteschleife befänden und daß ihnen drei Länder die Landeerlaubnis verweigert hätten.

Barb riß die Augen weit auf. „Was sagen Sie da? Jemand soll eine Supergrippe haben? So eine Art Schweinepest?"

„Es handelt sich wahrscheinlich nur um eine Vorsichtsmaßnahme. Wir kriegen das schon hin. Ich kann den Passagieren aber leider bis auf weiteres noch nichts Genaues mitteilen."

„Aber sie verlangen nach Erklärungen!" drängte Barb. „Alles, was Sie bisher über den Bordlautsprecher erklärt haben, ist, daß Sie auf die Landefreigabe für Frankfurt warten. Daß das nicht so lange dauern kann, weiß jeder an Bord. Die Passagiere wissen auch, daß Frankfurt nicht vom Meer umgeben ist. Sie ahnen, daß irgend etwas nicht stimmt, und sie wissen, daß der Kranke tot ist. Und viele von ihnen wissen auch, daß Helms schon krank war, als er das Flugzeug betrat."

Holland rieb sich die Stirn. „Barb, angenommen, ich erkläre, was wirklich los ist – da werden doch mindestens ein Dutzend Leute schon aus purer Angst krank!"

„Sie müssen den Passagieren aber irgendwas sagen, Captain! Und zwar bald!"

Der Vorhang zu ihrer Rechten teilte sich, und ein hochgewachsener Schwarzer mit silberweißem Haar steckte den Kopf herein. Sein Blick war auf Holland gerichtet. „Entschuldigen Sie die Störung, Captain. Ich bin Lee Lancaster. Meine Assistentin hat mir mitgeteilt, daß Sie mich sprechen wollen, und sie hat mir erklärt, worum es geht."

Wortlos verließ Barb die Küche und zog Brenda mit sich fort. Holland bat Lancaster herein, reichte ihm die Hand und berichtete von der verworrenen Lage in Texas. „Unterm Strich, Herr Botschafter: Sie wissen nicht, an wen sie sich wenden sollen."

„Nun ...", sagte Lancaster, „wie es der Zufall will – ich weiß es. Sie haben ein Satellitentelefon im Cockpit, das ich benutzen kann?" Holland nickte. „Dann gehen wir rauf. Es gibt ganz zivile Methoden, um solche Situationen in den Griff zu bekommen."

Amsterdam

DER FLUGHAFENDEZERNENT im niederländischen Verkehrsministerium legte behutsam den Hörer auf und starrte ein paar Sekunden an die Bürowand. Es war eine Schande! Die Niederländer waren ein hilfsbereites Volk und er ein hilfsbereiter Mann. Wie konnten wir 245 Menschen, die lediglich vorübergehender medizinischer Beobachtung bedurften, die Zuflucht verweigern?

„Wie lautet das Urteil?" Der Chef der Amsterdamer Anflugkontrolle war lautlos neben ihn getreten.

Der Dezernent schüttelte traurig den Kopf. „Unsere Regierung sagt nein. Solange wir nicht wissen, wie gefährlich dieses Grippevirus wirklich ist, können wir sie nicht hereinlassen. Wir haben es in Belgien versucht, in Dänemark, in Schweden . . . Bei allen unseren lieben Freunden in der EU, ausnahmslos. Sie alle bombardieren die Deutschen mit Fragen und erhalten nur finstere Warnungen als Antwort. Niemand will eine Grippeepidemie in seinem Land."

„Aber diese Menschen müssen doch irgendwohin!"

„Das weiß ich auch. Aber so, wie es aussieht, gibt es auf diesem Kontinent niemanden, der sie haben will. Die amerikanische Regierung wird ihnen einen Bestimmungsort suchen müssen."

„Können wir die Maschine nicht wenigstens auftanken?"

Der Dezernent schüttelte erneut den Kopf. „Die Anweisungen sind klar und deutlich. Dieses Flugzeug darf nicht mehr in den niederländischen Luftraum einfliegen. Die Angst vor diesem Grippevirus ist so groß, daß man sogar befürchtet, das Gelände könne über die Druckausgleichsventile verseucht werden."

Der Chef der Anflugkontrolle nickte und kratzte sich dann am Kopf. „Ich habe gerade die Reichweite der Maschine durchkalkuliert. Ich denke, sie würden's mit dem Treibstoff, den sie an Bord haben, noch nach Kanada schaffen. Auf jeden Fall aber nach Island oder Grönland. Das sind die einzigen Flughäfen in westlicher Richtung, die sie noch erreichen können."

„Dann wären sie gut beraten, es klammheimlich zu tun, weil Kanada, Grönland und Island auch schon nein gesagt haben", sagte der Dezernent.

CIA-Hauptquartier · Langley, Virginia
Freitag, 22. Dezember · 14.30 Uhr (1930 Z)

DER STELLVERTRETENDE CIA-DIREKTOR JONATHAN ROTH betrat einen kleinen, abhörsicheren Konferenzraum. Unter dem Arm einen prallen, mit Geheimhaltungsvermerken versehenen Aktenordner, spähte er mißtrauisch über den Rand seiner Brille. Mit seiner Fliege und seiner hageren, fast 1,90 m hohen Gestalt sah er aus – so hatte es ein Untergebener einmal ausgedrückt – „wie ein Oxfordprofessor, den man dazu degradiert hat, Abc-Schützen einzuschüchtern".

Roth legte den Aktenordner auf der Stirnseite des Mahagonitisches ab und warf einen Blick in die Runde. Nicht der Anflug eines Lächelns lag auf seinem Gesicht. Er haßte es, von einer Krise, in der der Geheimdienst allenfalls eine Nebenrolle spielte, aus einem produktiven Nachmittag gerissen zu werden. Aber er hatte keine Wahl. Der Befehl, die CIA einzubeziehen, war aus dem Weißen Haus gekommen.

Wortlos deutete Roth auf die Stühle, worauf drei Männer und eine Frau Platz nahmen. Die Tür wurde geschlossen, und die Signallampe, die darauf hinwies, daß in dem Raum eine Konferenz abgehalten wurde, leuchtete auf. Eigentlich waren Terrorismus und der Nahe Osten Roths Spezialgebiet, doch seit der Chef der CIA im Koma lag und kein Mensch mehr mit seiner Genesung rechnete, hatte er das Sagen in der Firma.

„Wie ich höre", begann Roth, „sind Sie alle bereits über dieses Verkehrsflugzeug, die Quantum sixty-six, informiert?"

Alle nickten.

„Sehr gut", fuhr Roth fort. „In den nächsten sechzig Minuten müssen wir folgendes herausfinden. Erstens: Um welchen Grippetyp oder -erreger handelt es sich genau? Zweitens: Wie gefährlich ist er? Drittens: Falls es eine Grippe ist, wie lange dauert die Inkubationszeit, wie verläuft die Krankheit, wie hoch ist das Ansteckungspotential und so weiter." Die anderen Konferenzteilnehmer machten sich Notizen. „Außerdem will ich den Namen des auf diesem Gebiet führenden Wissenschaftlers in diesem Lande wissen und ob es hier in Langley jemanden gibt, der mir sagen kann, inwieweit ein Grippevirus über die Klimaanlage eines Verkehrsflugzeugs verbreitet werden kann."

Ein dunkelhaariger Mann mit kantigen Gesichtszügen hob den

Zeigefinger, und Roth nickte ihm zu. „Sie sprechen für die Gruppe, Mark, nehme ich an?“ fragte Roth.

„*Yes, Sir*“, erwiderte Mark Hastings.

Ein Analytiker links neben ihm, jünger als Hastings, konnte sich nur mit Mühe ein Lächeln verkneifen. Jedermann wußte, daß Hastings bei internen Projekten ein Vertrauensmann Roths war – was sollte da noch diese Farce?

„Bisher wissen wir folgendes“, begann Hastings. „Die Person, von der angenommen wird, daß sie infiziert war, ist definitiv identisch mit dem Passagier, der vor knapp zwei Stunden an Bord der Maschine angeblich einem Herzinfarkt erlag, ein amerikanischer Professor namens Ernest Helms. Das deutsche Gesundheitsministerium wurde heute früh darüber in Kenntnis gesetzt, daß dieser Helms unwissentlich Kontakt hatte mit einem deutschen Staatsbürger, der an einer gefährlichen, hochinfektiösen Form eines, wie die Deutschen es nennen, ‚menschlichen Grippevirus‘ erkrankt ist. Bei dem Erkrankten handelte es sich um einen Laborangestellten des Pharmaherstellers Hauptmann, den man wegen einer schweren Grippe isoliert hatte. Er floh im Fieberwahn aus dem Gebäude und versuchte, den auf einem nahe gelegenen Parkplatz abgestellten Mietwagen Helms' aufzubrechen. Als der Professor ihn dabei überraschte, setzte er sich einer möglichen Infektion aus. Nachdem Helms den Schauplatz des Geschehens verlassen hatte, schlug die Firma Hauptmann Alarm und ließ landesweit nach ihm suchen. Helms ging den Fahndern jedoch durch die Lappen und tauchte erst wieder auf, als er in Frankfurt die Quantum-Maschine bestieg. Zu diesem Zeitpunkt war er bereits krank. Und kurz darauf erlitt er einen Herzinfarkt.“

Roth beugte sich vor. „Die isolieren einen Laboranten wegen einer Grippe – und lassen ihn dann davonlaufen?“

Hastings lächelte. „Wir kaufen ihnen das auch nicht ab, Sir. Aber es ist die offizielle Darstellung.“

„Was war mit diesem Infarkt? Starb Helms tatsächlich daran – oder an dieser sogenannten Grippe?“

„Das können wir noch nicht sagen. Die Leiche des Professors befindet sich ja noch an Bord. Die Deutschen behaupten allerdings, daß diese Grippe einen Infarkt auslösen kann. Ohne Autopsie läßt sich die Frage nicht beantworten.“

Jon Roth lehnte sich zurück. „Was erforschen die denn in diesem Labor?“

Einer der Experten erklärte, daß sich das Unternehmen mit der Erforschung von Antibiotika und Impfstoffen beschäftige.

„Das heißt also, daß sie auch mit Lebendkulturen von Viren herumpfuschen“, konstatierte Roth.

„*Yes, Sir*“, meinte Mark Hastings mit einem Nicken. „Aber sie sind erst im Anfangsstadium. Die Fabrik ist offiziell noch gar nicht eröffnet. Wenn sie fertig ist, soll sie allerdings voll ausgerüstet sein, so daß sie sogar mit BL4-Erregern experimentieren können.“

„Sie wissen alle, was ein BL4-Erreger ist?“ fragte Roth und erklärte dann: „Ein hochansteckender Humanerreger. BL4 bedeutet *Biosafety Level 4* – höchste Sicherheitsstufe erforderlich. Normalerweise handelt es sich um Viren. Ein BL4-Erreger bewirkt eine sehr hohe Sterberate, und es gibt praktisch keine Gegenmittel, weder einen Impfstoff noch eine sinnvolle Therapie.“

„Beispiele sind das Ebola- oder das Marburg-Virus“, ergänzte Mark.

Jon Roth nickte. „Wenn Hauptmann mit solchen Dingen forschen will, kann es durchaus sein, daß ihnen irgendeine Scheußlichkeit entkommen ist.“ Er wandte sich an Hastings. „Könnte es sich auch um einen militärischen Bazillus handeln, Mark? Aus einem Geheimlabor, von dem wir nichts erfahren sollen?“

Hastings zögerte. „Wir glauben tatsächlich, daß ihnen etwas entwischt ist. Ich persönlich denke, daß die deutsche Regierung das auch vermutet, aber noch nichts Genaues weiß. Jedenfalls haben die deutschen Gesundheitsbehörden eine Heidenangst.“ Er schob einen kleinen Stoß mit Dokumenten über den Tisch. „Ich habe hier etwas, was Spezialisten unserer Armee zusammengestellt haben. Es geht um größere Epidemien und weltweite Pandemien. Die Studie entstand im vergangenen Jahr auf der Basis der Ebola-Reston-Panik und behandelt den möglichen Ausbruch von BL4-Krankheiten in der Zukunft. Da packt einen das kalte Grausen.“

„Haben wir schon einen Namen für dieses sogenannte Grippevirus?“ fragte Roth, während er in dem Armeebericht blätterte.

„Nein, Sir. Wir müssen ihnen Daumenschrauben anlegen, damit sie endlich Roß und Reiter nennen. Das deutsche Gesundheitsministerium – ein Mann namens Zeitner – vertritt die Meinung, die Inkubationszeit betrage zwischen achtundvierzig und sechzig Stunden. Und das ist seltsam, denn bisher gibt es kaum Viren, die sich mit solcher Schnelligkeit verbreiten. Wenn Helms tatsächlich an dem Virus und nicht an seinem Infarkt starb, dann wären zwischen der Ansteckung und seinem Tod lediglich einundfünfzig Stunden vergangen.“

Roth legte den Armeebericht beiseite. „Na gut. Was ist nun mit der Klimaanlage? Angenommen, dieser Professor war wirklich ansteckend – heißt das, daß auch alle anderen Fluggäste infiziert wurden, selbst wenn sie ihn gar nicht berührt haben?"

„Diese Frage können wir gegenwärtig noch nicht beantworten, Sir. Aber wir haben einen Experten in der Belegschaft und suchen ihn bereits. Ein ehemaliger FAA-Arzt namens Rusty Sanders. Hat sich vor einigen Jahren selbst aus der Luftfahrtbehörde verabschiedet, weil er mit einer Untersuchung an die Öffentlichkeit ging, der zufolge bei den Klimaanlagen und Belüftungssystemen von Verkehrsflugzeugen die Gefahr besteht, daß sie in der Luft befindliche Krankheitserreger aufnehmen und weiterverbreiten."

„Die FAA hat ihn wegen Aufsässigkeit gefeuert, worauf wir ihn natürlich gleich engagieren mußten." Roth lächelte süffisant.

„Er beherrscht sein Fach, Mr. Roth", sagte Hastings.

„Das hoffe ich", erwiderte Roth. „Das hoffe ich wirklich!"

An Bord von Flug 66 · 20.45 Uhr (1945 Z)

JAMES HOLLAND nahm das Intercom zur Hand und grübelte darüber nach, was er seinen Fluggästen sagen sollte. Vor einer Stunde hatte sich Botschafter Lancaster über das Satellitentelefon gekauert und mit dem Washingtoner Außenministerium ein heißes Pokerspiel begonnen. Holland hatte den Passagieren erzählt, sie hingen wegen irgendwelcher diplomatischer Querelen durch einen Todesfall über internationalen Gewässern in der Luft. Durch die geschlossene Cockpittür hindurch hatte er ihre Unmutsäußerungen hören können. Bis zum Kennedy Airport in New York reiche ihr Treibstoff nicht mehr, hatte Holland den Fluggästen erklärt. Was er ihnen verschwiegen hatte, war die Geschichte mit dem Grippevirus und einer möglichen Quarantäne.

Doch jetzt ließ sich auch das nicht mehr umgehen. Holland drückte den Knopf und hielt sich das Mikrofon vor den Mund: „Liebe Fluggäste, hier spricht Captain Holland. Entschuldigen Sie bitte, daß ich Sie so lange auf die Folter gespannt habe. Unsere gegenwärtige Lage erfordert jedoch eine ungeschminkte Erklärung. Ich habe Ihnen beim letztenmal nicht die ganze Geschichte erzählt, weil ich mir nicht sicher war, ob ich selbst daran glauben sollte. Da unten findet, wie ich Ihnen sagte, tatsächlich ein diplomatisches Hickhack statt, aber nicht wegen eines Todesfalls über internationalen Gewässern. Kurz nach unserem Abflug in Frankfurt teilte die deutsche Regierung sowohl uns als auch sämtlichen europäischen Staaten mit, daß einer unserer Fluggäste mit einem bisher unbekannten Grippevirus infiziert ist. Dies bedeutet leider, daß wir alle damit rechnen müssen, in Quarantäne gesteckt zu werden. Wie lange diese Quarantäne dauert, weiß ich nicht. Inzwischen ist unser Außenministerium eingeschaltet und kümmert sich um einen sicheren Landeplatz. Persönlich halte ich die ganze Angelegenheit für eine maßlose Übertreibung."

Im Passagierraum einen Stock tiefer herrschte Schweigen. Alle lauschten angestrengt, um ja nicht die nächsten Worte des Flugkapitäns zu verpassen. Besorgnis zeichnete jedes Gesicht. In der Nische hinter Tür 2 L tastete Brenda Hopkins nach dem aufklappbaren Flugbegleitersitz und ließ sich darauf nieder. Ihr Herz klopfte heftig. Die Erinnerung an die Mund-zu-Mund-Beatmung, mit der sie Ernest Helms hatte retten wollen, erschien ihr jetzt wie reiner Hohn. War er etwa der infizierte Passagier? Was immer er gehabt haben mochte – sie würde es auch bekommen.

Wieder ertönte Hollands Stimme über den Bordlautsprecher. „Ich bin mir im klaren darüber, daß viele von Ihnen dringende Termine haben. Kein Mensch will über Weihnachten irgendwo festgehalten werden. Vorerst bleibt uns aber, fürchte ich, nichts anderes übrig, als uns zu gedulden. Mir ist natürlich klar, daß Sie noch eine Menge Fragen zu dieser mysteriösen Krankheit haben. Im Augenblick kann ich all diese Fragen nicht beantworten, doch ich verspreche Ihnen, daß ich Sie auf dem laufenden halten werde."

Kaum hatte er die Durchsage beendet, klingelte auch schon die Sprechanlage. Die gespannte Stille im Passagierraum war schlagartig einem aufgeregten Stimmengewirr gewichen. Schock und Empörung brachen sich Bahn. Von überall her riefen die Stewardessen an, um besorgte Anfragen weiterzugeben. Der Aufruhr war oben im Cockpit deutlich zu hören.

Holland schaltete den Bordlautsprecher erneut ein: „Hier spricht noch einmal Captain Holland. Liebe Fluggäste, bitte verschonen Sie unser Personal mit Fragen, die die Mitarbeiter nicht beantworten können. Die Stewardessen – die ich hiermit wegen einiger Anweisungen kurz zum Intercom bitte – wissen nicht mehr als Sie." Er hielt den Hörer ans Ohr und wartete, bis sich alle zehn Türpositionen, das Oberdeck und der Crew-Erholungsraum oberhalb der hinteren Bordküche zugeschaltet hatten. „Alle da? Okay. Ich habe den Passagieren alles gesagt – bis auf eines: Der Infizierte war Helms, aber kein Mensch weiß, ob sein Infarkt damit zu tun hatte. Kann sein, daß während des

Fluges noch jemand anders krank wird. Wenn Sie bei irgend jemandem Symptome einer Erkrankung erkennen, lassen Sie es mich unauffällig wissen. Ich möchte, daß der oder die Betroffene dann so schnell wie möglich von den übrigen Passagieren getrennt wird."

„Wohin mit ihm?" Die Frage kam von drei Flugbegleiterinnen gleichzeitig.

„In den Crew-Erholungsraum. Dort wäre die Person völlig isoliert. Bitten Sie den Schweizer Arzt um Hilfe."

„Captain, hier spricht Brenda auf Zwo-links. Ich habe mich bestimmt angesteckt, genau wie Dr. Turnherr. Wir beide haben Helms von Mund zu Mund beatmet ..."

„Brenda", sagte Holland, „wir wissen ja gar nicht, ob überhaupt eine Gefahr besteht ... Aber es wäre vielleicht doch besser, wenn wir den toten Professor und die, die sich um ihn gekümmert haben, im Crew-Erholungsraum unterbringen würden."

Barb Rollings mischte sich ein. „Für den Toten ist das okay. Aber Brenda und der Arzt können doch auch auf dem Oberdeck isoliert werden."

„Gute Idee, Barb. Brenda, ich melde mich bei Ihnen, sobald ich Genaueres über dieses Virus weiß. Und denken Sie daran: Gut möglich, daß alles nur falscher Alarm ist."

Das Satellitentelefon klingelte im gleichen Augenblick, als Dick Robb von Westen her die Lichter eines sich nähernden Flugzeugs aufblitzen sah. Holland nahm den Hörer auf.

„Sixty-six? Hier Dallas, Zentrale."

„Hier ist Sixty-six", bestätigte Holland.

„Wir haben eine Lösung gefunden, Captain. Die Diplomaten haben die Luftwaffe eingeschaltet. Zwei Kampfflugzeuge werden Sie zum Luftwaffenstützpunkt Mildenhall eskortieren. Nehmen Sie auf 124.55 Kontakt mit ihnen auf."

Hinter der linken Tragfläche waren tatsächlich die Lichter von zwei Kampfflugzeugen aufgetaucht. Es waren F-15-Jets. Sie trugen die Hoheitszeichen der US-Luftwaffe. Mildenhall befand sich knapp 150 Kilometer nördlich von London.

„Die Jets sind schon hier. Dürfen wir denn jetzt auf britischem Boden landen?"

„Ja, anscheinend, Captain. Folgen Sie einfach ihren Instruktionen. Melden Sie sich, sobald Sie unten sind."

Holland dankte und legte den Hörer auf. Robb wählte die angegebene Frequenz und identifizierte sich.

„Roger, Sixty-six. Hier ist Fox One, an Ihrer linken Tragfläche. Stellen Sie Ihre Transponderkennung ab, und folgen Sie uns. Bitte bleiben Sie auf dieser Frequenz, und reden Sie mit keiner Flugkontrollbehörde mehr. Wir fliegen jetzt eine Linkskurve und gehen allmählich runter. Bleiben Sie einfach an meiner Tragfläche."

Die beiden Jets begannen eine leichte Linkskurve, und Holland stellte den Autopiloten ab, um ihnen zu folgen. „Sie wissen, was die vorhaben?" fragte er Robb, der plötzlich ganz aufgeregt wirkte.

„Selbstverständlich. Die schleusen uns heimlich ein."

Holland nickte. „Ohne Genehmigung der Briten wird das ein teurer Spaß."

Luftwaffenstützpunkt Mildenhall, England

DER BEFEHLSHABENDE GENERAL des amerikanischen Geschwaders auf dem Luftwaffenstützpunkt Mildenhall hatte in den vergangenen zwanzig Minuten mit wachsender Sorge einen Befehl nach dem anderen erteilt. Vor zwei Stunden hatte er über CNN von der Krise gehört. Dann hatte plötzlich der Notruf geschrillt. Ein aufgeregter Dreisternegeneral im Pentagon hatte ihm eine einzige Frage gestellt: „Haben Sie genügend Personal mit ABC-Schutzanzügen und Entseuchungsgerät, um mit einer 747 samt Crew und Passagieren fertig zu werden?"

Nach einer raschen Überschlagsrechnung hatte er ja gesagt. Zwei F 15 wurden losgeschickt und ein riesiger Hangar geräumt. Nicht weniger als hundert Offiziere und Soldaten der US-Luftwaffe erhielten den Befehl, die Schutzanzüge anzulegen. Der General hatte ihnen folgenden Plan dargelegt: Die 747 sollte mit ihrem Bug so weit wie möglich in den Hangar eingefahren werden. Dann sollte eine mit Plastikfolie versiegelte Gangway an die Fronttür angeschlossen und das Flugzeug selbst als Quarantäneraum genutzt werden, bis die Seuchenexperten ihnen genauere Instruktionen geben konnten. Der Fliegerarzt des Stützpunktkrankenhauses war herbeibeordert worden und hatte bestätigt, daß man bis auf eine bestimmte Gruppe alle viralen Pathogene unter Kontrolle halten könne.

„Unter keinen Umständen", hatte der General gewarnt, „darf die britische Royal Air Force auf der anderen Seite des Flugfelds von der Sache erfahren. Das ist eine rein amerikanische Angelegenheit."

Flugbereichskontrolle London

DER FÜR den Nordseesektor zwischen Amsterdam und England zuständige Fluglotse beugte sich über seinen Radarschirm und verfolgte eine Formation von amerikanischen F-15-Jägern, die auf die Ostküste zuflogen.

„Sind Sie sicher?" fragte sein Vorgesetzter, der neben ihm stand.

„Ganz sicher. Ich hatte die 747 auf ihrer Warteschleife beobachtet. Und dann haben die beiden Jäger, die bereits an die niederländische Bereichskontrolle übergeben waren, wieder Kurs auf Mildenhall genommen. Und ich bekomme plötzlich die Radarreflexion der Sixty-six in einer gemeinsamen Linkskurve mit den F 15. Die Burschen versuchen, die 747 einzuschmuggeln!"

Der Vorgesetzte starrte ihn mit offenem Mund an. „Unglaublich! Machen Sie weiter! Ich hänge mich unterdessen ans Telefon."

CIA-Hauptquartier · Langley, Virginia
Freitag, 22. Dezember · 15 Uhr (2000 Z)

JONATHAN ROTH saß hinter seinem überladenen Mahagonischreibtisch und hielt sich einen Telefonhörer ans Ohr. Ein paar Minuten zuvor hatte er Mark Hastings hereingewinkt. Nun schnappte er sich einen Bogen Papier und schob ihn Hastings zu. Er nickte mehrere Male, machte sich ein paar Notizen und beendete das Gespräch. An Hastings gerichtet, fuhr er fort: „Der letzte Stand der Dinge ist, daß das Pentagon offenbar versucht, die 747 ohne britische Genehmigung auf einem Luftwaffenstützpunkt bei London landen zu lassen. Das Außenministerium behauptet, von diesem Plan nichts gewußt zu haben. Wie es heißt, wurde es von einem US-Botschafter, der sich zufällig an Bord der Maschine befindet, informiert. Momentan setzt der stellvertretende Außenminister Himmel und Hölle in Bewegung, um den Präsidenten zu erreichen und ihn zu beschwören, diesen Infiltrationsversuch zu stoppen, ehe darüber ein kleiner Krieg ausbricht."

Ein mittelgroßer Mann in einem zerknitterten Anzug war in die Tür getreten. Ein roter Schlips baumelte lose um den offenen Hemdkragen. „Tut mir leid, Direktor Roth, wenn ich hier einfach so hereinplatze. Aber man hat mir gesagt, daß Sie mich sofort sehen wollten. Und da bin ich fast den ganzen Weg gerannt ..."

Jonathan Roth musterte die Garderobe des Mannes mit sichtlichem Mißvergnügen. „So sehen Sie auch aus. Und Sie sind ...?"

Der Mann betrat das Büro. „Ich bin Dr. Rusty Sanders."

Zögernd gab Roth ihm die Hand und stellte ihm Mark Hastings vor.

„Sie wissen also schon Bescheid?" fragte Hastings.

Sanders neigte den Kopf in Richtung Tür. „Ich glaube, die Dame hieß Mary Ellen, aus Ihrer Abteilung. Sie hat mich informiert."

Roth beugte sich vor. „Wir brauchen sofort klare Auskünfte, und zwar Auskünfte, die wissenschaftlich absolut einwandfrei sind."

„Verstanden, Sir. Die Deutschen wollen uns offenbar weismachen, daß es sich um eine Grippe handelt, während wir glauben, ihre panikartige Reaktion könne auf etwas viel Schlimmeres hindeuten, vielleicht sogar auf einen BL4-Fall. Besteht auch nur der geringste Grund zur Annahme, daß an dieser Vermutung was dran ist, sind die allerstrengsten Vorsichtsmaßnahmen gerechtfertigt, und ich glaube, wir wären gut beraten, wenn wir diese Maschine gar nicht wieder in die Vereinigten Staaten zurückließen. Nur gibt es da noch ein Problem. Wir wissen nicht genau, was das für ein Virus ist. Ich muß wissen, welche Symptome der erkrankte Laborant hatte und ob er sich inzwischen wieder erholt hat. Angenommen, es ist wirklich ein bösartiges Virus – wie hoch ist dann die Sterblichkeitsrate? Wie wird es übertragen? Welche Eigenschaften hat der Stamm? Die Deutschen wissen das wahrscheinlich selber nicht."

Mark Hastings reichte Rusty Sanders den Bogen Papier.

Sanders pfiff leise durch die Zähne. „Dann ist der Laborant also gestorben. Und der amerikanische Professor, der mit ihm Kontakt hatte, ist schon der zweite ..."

Roth nickte. „Das kam gerade aus Bonn."

Sanders gab das Papier zurück. „Okay, dann haben wir also zwei tote Patienten und eine gewisse Ahnung von der Geschwindigkeit, mit der sich das Virus offenbar ausbreiten kann. Was wir nicht haben, ist eine elektronenmikroskopische Untersuchung oder Proben des Virus selbst. Die Deutschen sprechen von einer zweitägigen Inkubationszeit, was für ein Virus beispiellos schnell wäre. Wir können nicht mit Sicherheit sagen, daß der Passagier der 747 daran gestorben ist, ja wir wissen nicht einmal, ob überhaupt eine Infektion vorlag. Was mir die größten Sorgen macht, ist die Kombination aus kurzer Inkubationszeit und hoher Sterblichkeitsrate. Wenn beides zutrifft – wenn also der Tod zum Beispiel nach drei Tagen eintritt und die Sterblichkeitsrate bei siebzig bis achtzig Prozent liegt –, dann besteht im Falle eines Übergreifens des Virus auf die Bevölkerung eine furchtbare Gefahr – und zwar für alle Menschen auf der Welt. Im schlimmsten Fall haben wir es mit einer Art mutiertem viralem Erreger zu tun, der über die Luft übertragen wird, einige Stunden dort überleben kann und eine Krankheit hervorruft, die innerhalb von achtundvierzig Stunden zum Tod führt. Die Übertragung durch die Luft ist der unheimlichste Faktor, und ich nehme an, daß Sie mich deswegen haben kommen lassen. Ich kenne die Belüftungssysteme von Boeing- und Douglas-Maschinen sowie die des Airbus."

„Könnten die Viren durch die Systeme verbreitet werden?"

Sanders nickte. „Ja, vorausgesetzt, sie schaffen es, an den Filtern vorbeizukommen. Die Frage ist also: Können die Luftfilter oder die Filter des Luftrecyclingsystems virale Krankheitserreger aufhalten? Einige ja, aber wahrscheinlich keinen besonders virulenten Stamm. Wenn tatsächlich ein Killervirus an Bord ist, das über die Luft verbreitet werden kann, dann müssen wir davon ausgehen, daß praktisch jeder ihm ausgesetzt ist. Bei hoher Sterblichkeitsrate müssen wir mit dem Tod aller Insassen der Maschine rechnen."

Roth lehnte sich zurück. „Genau das befürchte ich."

„Wir brauchen eine Autopsie des Herzinfarktopfers", sagte Sanders. „Wir brauchen Kulturen des Virus und sofortige Tierversuche im Labor. Wir brauchen eine biologisch sichere, abgeschottete Unterkunft, bakteriologische Schutzkleidung und ein mobiles Labor. Und noch eins: Falls es sich wirklich um etwas extrem Ansteckendes handelt, würde ich empfehlen, die Autopsie an einem möglichst abgelegenen Ort und nicht auf dem Festland durchzuführen."

Roth und Hastings sahen einander an. „Zum Beispiel?" fragte Roth.

Sanders entdeckte eine Weltkarte an der Bürowand neben dem Fenster, sprang auf und ging darauf zu. Sein Zeigefinger fuhr über den Atlantischen Ozean und verharrte auf Island. „Wir haben dort doch den Stützpunkt Keflavik. Bringt die Maschine entweder dorthin oder nach Grönland. Irgendwohin, wo's kalt ist und isoliert."

Roth seufzte und schüttelte den Kopf. Mark Hastings erklärte Sanders die Einzelheiten der geplanten Landung auf dem Luftwaffenstützpunkt Mildenhall und registrierte seine erschrockene Reaktion.

„Soll das ein Witz sein? Nach England? Können Sie das nicht verhindern?"

„Wieso denn?" fragte Roth.

Rusty Sanders deutete auf die Karte. „Wenn sich ein tödlicher, über die Luft übertragbarer Krankheitserreger an Bord dieses Flugzeugs befindet, dann hat er in der feuchten Luft Englands nichts zu suchen. Das betreffende Gebiet in England ist viel zu dicht bevölkert."

An Bord von Flug 66 · 20.15 Uhr (2015 Z)

HOLLAND und Robb konnten bereits die Landebahnbefeuerung erkennen und waren gerade dabei, die Lande-Checkliste durchzugehen, als sich der vorausfliegende F-15-Pilot über Funk meldete.

„Hallo, Fox three… Oder Sixty-six. Mein Kommandeur teilt mir gerade mit, daß die Pläne geändert wurden. Ich habe jetzt den Befehl, Sie aus dem britischen Luftraum hinauszueskortieren. Ich soll Ihnen sagen, daß der Befehl direkt aus Washington kommt und daß Ihre Fluggesellschaft Ihnen in ein paar Minuten per Satellitentelefon genaue Anweisungen über Ihren neuen Zielflughafen geben wird."

„Heiliger Strohsack! Nicht schon wieder!" entfuhr es Robb.

Holland blickte voraus. Ihre Flughöhe betrug inzwischen weniger als 460 Meter, und die Landebahnbefeuerung wurde zusehends deutlicher. Normalerweise wäre in der Dunkelheit von der Pistenoberfläche nichts zu sehen gewesen, doch in diesem Fall schimmerten auch dort irgendwelche Lichter. Allmählich nahmen auch sie Konturen an, und Holland erkannte, um was es sich handelte: Zwischen der rechten und der linken Landebahnbefeuerung blinkten in ununterbrochener Reihe rot-weiße und blaue Warnlampen – offenbar auf den Dächern von Fahrzeugen!

„Herr im Himmel! Sie haben die Landebahn blockiert!" sagte er.

Robb war inzwischen auf die Frequenz des Towers gegangen. Sofort meldete sich eine Stimme mit amerikanischem Akzent: „Sixty-six. Mildenhall Tower hier. Starten Sie durch, Sir! Sie haben keine Landefreigabe. Die Piste ist gesperrt! Bitte bestätigen Sie!"

Holland nickte. „Wir starten durch."

„Ich fasse es nicht", murmelte Robb.

„Maximaler Schub, Klappen auf fünfzehn Grad hochfahren."

Die Adern an Robbs Hals traten hervor. „Verdammt! Wir können doch nicht die ganze Nacht in der Luft bleiben!"

Die Landschaft unter ihnen entfernte sich. Holland folgte der führenden F 15 in den Steigflug und fragte sich, wo und wann dieser Alptraum wohl zu Ende gehen würde.

Der Sprit reicht noch für mindestens vier Flugstunden, dachte er, und es gibt Hunderte von Landebahnen innerhalb unserer Reichweite. Wenn alles schiefgeht, kann ich immer noch auf einem vorher nicht informierten Flugfeld runtergehen, sofern nur die Piste lang genug ist... Aber was ist, wenn wir alle krank werden? Wenn an dieser Sache mit dem tödlichen Virus tatsächlich etwas dran ist? Wieviel Zeit bleibt uns noch? Wieviel Zeit bleibt mir noch, um diese Maschine sicher auf den Boden zu bringen? Er stellte den Gashebel auf Automatik und ließ sich in seinen Sitz zurücksinken. Er konnte nichts weiter tun.

Bonn · Freitag, 22. Dezember
21.30 Uhr (2030 Z)

Horst Zeitner vom Bundesgesundheitsministerium hatte sich in eine Ecke des Konferenzzimmers zurückgezogen, um ein Telefongespräch zu führen. Als er aufblickte, bemerkte er einen Referenten, der seine Aufmerksamkeit zu erregen suchte. Rasch beendete Zeitner sein Telefonat und durchquerte den Raum. „Was gibt's?"

„Herr Zeitner, da ist ein Herr, mit dem Sie, glaube ich, sofort sprechen sollten. Herr Hauptmann vom gleichnamigen Pharmaunternehmen. Er hat hochbrisante Informationen für Sie."

Stumm deutete Zeitner in Richtung Foyer; der Referent ging voraus.

Andreas Hauptmann, ein Mann in einem eleganten, teuren Anzug, war vermögender Besitzer mehrerer Firmen. Der hagere, gebrechlich wirkende Berliner in den Siebzigern stand im Ruf, arrogant zu sein, doch als er Horst Zeitner begrüßte, verriet sein Blick Panik. „Wo können wir unter vier Augen sprechen?" fragte er.

Zeitner führte ihn in sein Büro. Hauptmann rückte sich einen Stuhl gegenüber dem Schreibtisch zurecht.

„Meine Leute in Bayern haben Sie falsch informiert, Herr Zeitner. Sie hatten Angst. Erlauben Sie mir, daß ich Ihnen kurz schildere, was wir bisher wissen. Da sind zunächst einmal die beiden Toten, ein hochqualifizierter Labortechniker und ein in der Forschung tätiger Mediziner, zwei hervorragende Männer. Vor fünf Tagen unterlief dem Techniker ein Fehler. Unsere Forschungsabteilung hatte eine neue Lieferung gefährlicher Viren- und Bakterienstämme erhalten. Der Mann wollte sie gerade wegschließen, als er stolperte. Er stürzte und stieß sich dabei so unglücklich am Kopf, daß er das Bewußtsein verlor. Auch einer der Behälter fiel zu Boden. Die Proben befanden sich in versiegelten Fläschchen aus schwerem Glas. Einige von ihnen lösten sich aus der Halterung und zerbrachen. Wir glauben, daß unser Techniker einige Stunden bewußtlos im Hochsicherheitslabor lag, bis man ihn entdeckte. Der Mann, der ihn fand, war der Arzt. Glücklicherweise besitzt das Labor eine Luftschleuse mit allen BL3-Sicherheitsvorkehrungen, die ein Entweichen von durch die Luft übertragbaren Krankheitserregern verhüten. Der Arzt löste Alarm aus, säuberte und sterilisierte das Labor und ließ dann sich und den Techniker zur Beobachtung isolieren."

„Keiner der beiden trug einen Schutzanzug?"

„Nein, nur weiße Firmenoveralls. Zwei Tage später erkrankte der Labortechniker schwer. Er bekam hohes Fieber, Schüttelfrost und Hautausschläge. Ein paar Stunden später erkrankte auch der Arzt. Zunächst kümmerte er sich um den Sterbenden, doch dann begann er plötzlich zu delirieren und hysterisch zu werden. Er brach die Versiegelung auf, öffnete den Notausgang und rannte davon. Meine Leute sprangen in den Firmenhubschrauber und verfolgten ihn. Als sie ihn entdeckten, hatte er jedoch schon das Seitenfenster jenes Wagens eingeschlagen, mit dem der amerikanische Professor unterwegs war. Es geschah auf einem Parkplatz. Unsere Leute sahen, wie der Arzt im angrenzenden Wald verschwand. Der Direktor meiner Firma wußte, daß der Inhalt der zerbrochenen Fläschchen sehr ansteckend war und daß der Arzt sich infiziert hatte. Als unser Team am Parkplatz Scherben fand, versuchte es, den Fahrer des Wagens ausfindig zu machen. Unsere Leute suchten die Umgebung ab und fanden dabei einen Gepäckanhänger dieses Amerikaners. Sie glaubten, der Mann habe sich infiziert, riefen daher im Gesundheitsministerium an und baten Ihre Abteilung um Hilfe. Ich war zu jenem Zeitpunkt nicht in Deutschland. Erst gegen Mittag erfuhr ich, daß man Ihnen immer noch erzählte, es handele sich um ein Grippevirus."

„Was es aber nicht ist – oder?" fragte Zeitner.

Hauptmann schüttelte den Kopf. „Nein, es handelt sich um etwas sehr viel Schlimmeres ..., etwas Tödliches ..."

„Was, um Himmels willen, war denn nun in diesem Fläschchen?"

Hauptmann sah Zeitner an. „Wir wissen es nicht genau."

„Was? Wie ist denn das . . ."

Hauptmann seufzte. „In der ehemaligen Sowjetunion gab es, wie Sie wissen, viele biologische Forschungszentren. Voriges Jahr erhielten wir eine diskrete Anfrage vom Management zweier dieser Einrichtungen. Sie wollten die Ergebnisse langjähriger Forschungsarbeit gegen harte Devisen verkaufen. In der Hoffnung, einen Teil ihrer Arbeit zu marktfähigen Arzneimitteln und Impfstoffen weiterentwickeln zu können, erklärten wir uns zum Kauf der angebotenen Proben bereit. Es gab jedoch von Beginn an Probleme. Viele der gelieferten Proben waren ordnungsgemäß verpackt und mit wissenschaftlicher Dokumentation versehen. Daneben gab es aber auch Lieferungen, die sich in einem geradezu chaotischen Zustand befanden – lebende Viruskulturen in Glasröhrchen und Bazillenkulturen bunt gemischt. Manche Glasbehälter waren ohne jede Beschriftung. Nie wußten wir, was eine Sendung enthielt. Wir mußten sie erst öffnen und nachsehen – und wenn die Dokumentation fehlte, blieb uns nichts anderes übrig, als die Proben zu vernichten. Die Lieferungen gingen zunächst an unser Hamburger Werk, wurden dort untersucht und dann an unser neues Zweigwerk in Bayern weitergeleitet. Diese eine Sendung war allerdings ein Irrläufer, der durch einen Fehler beim russischen Absender direkt nach Bayern gelangte. Die Firmenleitung dort dachte, sie wäre bereits überprüft worden, was jedoch nicht den Tatsachen entsprach."

„Wollen Sie damit sagen, daß Sie keine Ahnung haben, was die betreffende Sendung enthielt?"

Hauptmann schüttelte langsam den Kopf. „Nicht die geringste. Der Tod unserer beiden Mitarbeiter kann durch Viren, Bakterien oder sogar durch Chemikalien hervorgerufen worden sein. Vieles deutet allerdings auf Viren hin."

„Mein Gott, dann haben wir also keinerlei Hintergrunddaten!"

Hauptmann nickte. „Wir haben heute mit einem der Forscher aus dem Herkunftslabor Kontakt aufgenommen. Er lebt in der Ukraine. Glücklicherweise besitzt er hervorragend geführte Laborprotokolle aus seiner aktiven Zeit an diesem Institut. Er konnte uns einige wichtige Einzelheiten nennen, die uns bis dato unbekannt waren. Das Labor, um das es hier geht, war ein Forschungsinstitut der Roten Armee, in dem seit Jahrzehnten biologische Kriegsführung geprobt wurde. Man versuchte, virale und bakterielle Krankheitserreger mit höchster Sterblichkeitsrate zu entwickeln, gegen die man sowjetische Soldaten und die eigene Bevölkerung vorbeugend impfen könnte, denen aber alle anderen Menschen schutzlos ausgeliefert sein würden. Unter den Erregern, die man im Lauf der Jahre fand, gab es einen bestimmten Typ, der imstande war, eine Affenpopulation innerhalb weniger Tage zu infizieren, und der fast hundertprozentig tödlich wirkte. Schutzmaßnahmen gegen diesen Erreger waren nicht bekannt.

Die sowjetischen Behörden fürchteten diesen Virustyp, weil er im Fall eines Einsatzes auch die eigene Bevölkerung vernichten konnte. Die Krankheiten, die diese Viren auslösen, sind absolut grauenhaft. Einige von ihnen zerstören das innere Gewebe des menschlichen Körpers, andere nur bestimmte Organe. Ein Virus soll, wie man mir sagte, den Körper unglaublich aufheizen, ihn praktisch von innen her verkochen lassen. Andere Erreger lassen, beginnend beim Gehirn, den Kreislauf zusammenbrechen. Voraussetzung dafür, daß ein Erreger dieser Extremkategorie zugerechnet wurde, war, daß die Inkubationszeit nur wenige Tage beträgt und die Krankheit ebenso schnell zum Tod führt. Er mußte resistent und durch Tröpfcheninfektion oder Berührung leicht übertragbar sein. Alle Pathogene dieser Kategorie wurden in einem eigens dafür errichteten Spezialbunker unterhalb des Labors verstaut und hermetisch abgeriegelt. Die Sowjets hatten für diese Vorräte ihren eigenen Namen: die ‚Omega-Reserve'."

„Mein Gott", rief Zeitner, „soll das etwa heißen, daß diese Glasfläschchen in Bayern …"

Hauptmann nickte. „Genau das, Herr Zeitner. Was mein Labortechniker auspackte und fallen ließ, stammte aus der Omega-Reserve."

An Bord von Flug 66

HOLLAND überprüfte den Bordcomputer. Vor zehn Minuten war ihnen aus Dallas die lange erwartete Entscheidung übermittelt worden.

„Okay, Sixty-six", hatte der Vizepräsident der Firma gesagt, „wir schicken Sie zum Luftwaffenstützpunkt Keflavik auf Island. Nur darf das vorher nicht bekannt werden. Geben Sie einen Flugplan nach Gander, Neufundland, durch. Irgendwo südlich von Island werden Sie dann von der Luftwaffe aufgeschnappt und nach Keflavik eskortiert."

„Das haben wir schon bei Mildenhall probiert", hatte Holland ihn erinnert. „Und wir sind noch immer in der Luft."

„Ich weiß, ich weiß. Aber man hat mir versichert, daß das auf Island nicht passieren wird."

„Wer ist ‚man', wenn ich fragen darf, Sir?"

„Wir stehen jetzt in direktem Kontakt mit dem Lageraum im Weißen Haus. Von dort aus werden die anderen beteiligten Dienststellen koordiniert – Luftwaffe, Außenministerium, FAA, CIA und so weiter …"

CIA, dachte Holland. Wieso denn der Geheimdienst? „Island ist ein unabhängiger Staat, Sir. Ist die dortige Regierung mit unserer Landung einverstanden?"

„Um aufrichtig zu sein, Captain: Ich weiß es nicht. Aber Island besitzt keine militärischen Einsatzkräfte, mit denen es die Landebahn auf einem amerikanischen Stützpunkt blockieren könnte. Außerdem stellt sich unsere Luftwaffe dort bereits auf Ihr Kommen ein. Sie werden dort aufgetankt und gewartet. Danach können Sie jeden amerikanischen Flughafen ansteuern, den wir hier für Sie aussuchen."

„Aber müssen wir dann noch in Quarantäne? Und für wie lange? Was soll ich den Leuten hier an Bord sagen? In zwei Tagen ist Heiligabend."

„Wir bringen Sie vielleicht zum Luftwaffenstützpunkt Edwards in Kalifornien oder nach Holoman, New Mexico. Die Luftwaffe, das Rote Kreuz und die Seuchenzentrale in Atlanta tüfteln momentan aus, wie man Sie alle sicher unterbringt. Wer nach zwei Tagen Beobachtung nicht erkrankt, darf nach Hause. Sagen Sie den Leuten, daß wir sie auf unsere Kosten an den Ort ihrer Wahl bringen lassen, natürlich erster Klasse. Wir tun, was wir können."

„Also glaubt man wirklich, daß wir verseucht sind."

„Es kann sich immer noch um einen Fehlalarm handeln, Captain. Selbst wenn Ihr Passagier tatsächlich an diesem Virus gestorben ist, so heißt das noch lange nicht, daß jetzt alle befallen sind."

„Was?" Holland hatte das Wort fast ins Telefon gefaucht. „Was soll das heißen, daß unser Passagier an diesem Virus gestorben sein soll?"

„Eine ganz entfernte Möglichkeit, Captain! Der Herzinfarkt könnte ein Symptom der Krankheit gewesen sein."

Holland hatte versucht, den in ihm aufkeimenden Zorn unter Kontrolle zu halten. Seine Stewardessen hatten sich um das Opfer bemüht, hatten versucht, ihm mit Mund-zu-Mund-Beatmung das Leben zu retten. Wenn Helms so ansteckend gewesen war, mußte über kurz oder lang die ganze Crew erkranken. „Sir, ich brauche ein paar handfeste Informationen. Wie gefährlich ist dieses Zeug denn jetzt wirklich?"

„Das wollen wir von Washington auch dauernd wissen. Offiziell, so heißt es, hätten die Deutschen von einer neuen Mutation des Grippevirus gesprochen. Wir bemühen uns, so schnell wie möglich Weiteres in Erfahrung zu bringen."

Holland hatte den Hörer aufgelegt. Laut Wetterbericht war es auf Island grau und stürmisch. Es herrschte Westwind mit fünfzehn Knoten in der Stunde und Schneetreiben, die Temperatur betrug minus 7° Celsius. Die Sichtweite lag kontinuierlich bei über fünf Kilometern.

Holland berechnete die Treibstoffreserven. Sie reichten bis Keflavik und eine Stunde darüber hinaus. Damit stand fest, daß sie dort auf jeden Fall landen mußten.

„Wollen Sie den Passagieren Bescheid sagen?“ fragte Robb.

Holland nickte. „Es sei denn, Sie wollen diese Aufgabe übernehmen, Dick.“

Dick sah ihn verwirrt an. „Wer wird denn hier gecheckt – Sie oder ich? Ich bin nichts weiter als ein dummer Kopilot.“

Holland lachte. „Genau! Mit Rotstift, scharfem Blick und scharfer Zunge.“ Er schaltete den Bordlautsprecher ein.

CIA-Hauptquartier, Langley, Virginia
Freitag, 22. Dezember · 18 Uhr (2300 Z)

DER KONFERENZRAUM in unmittelbarer Nähe von Jonathan Roths Büro hatte sich in eine Art Kommandozentrale verwandelt. Da der Lageraum des Weißen Hauses das Krisenmanagement inzwischen weitgehend an sich gezogen hatte, rückte die CIA ins Zentrum des Geschehens. Es war die große Stunde des stellvertretenden Direktors Roth. Er kommandierte in Langley seine Untergebenen herum, während er gleichzeitig der Regierung gegenüber ein besonnenes Gesicht zeigte. Die entscheidende Frage, die man sich gegen 18 Uhr im Lageraum stellte, war die gleiche, die Rusty Sanders beantworten sollte: Wie gefährlich war dieses Virus an Bord von Quantum 66 wirklich?

„Wir wissen ja noch nicht einmal, ob sich überhaupt ein Virus an Bord der Maschine befindet!“ warnte Sanders. „Zuallererst müssen wir diesen Helms obduzieren!“

Roth riß sich wütend die Brille von der Nase. „Wir können kein Risiko eingehen! Und jetzt, verdammt noch mal, finden Sie endlich heraus, wie schlimm dieses Virus ist! Und beeilen Sie sich gefälligst!“

Zwanzig Minuten später war Sanders zurück und hatte eine Antwort. Sein Gesicht war aschfahl. Roth schloß die Tür, und die anderen nahmen Platz.

„Okay“, begann Sanders, „ich habe neue Informationen.“ Er berichtete von dem Besuch Andreas Hauptmanns im Bonner Gesundheitsministerium und gab den Inhalt zweier Gespräche wieder, die er soeben geführt hatte – das eine mit Horst Zeitner in Bonn, das andere mit dem russischen Wissenschaftler in der Ukraine. „Hier die wesentlichen Schlußfolgerungen: Wenn ich davon ausgehe, daß Helms beim

Abflug der Maschine in Frankfurt bereits akut an der Krankheit litt, müssen wir mit neunzigprozentiger Sicherheit annehmen, daß alle Passagiere in diesem Flugzeug inzwischen einem aktiven Partikel des besagten Virus ausgesetzt gewesen sind. Und es handelt sich nicht um eine Grippe. Ich gehe in meinen Ausführungen von den Informationen aus, die mir der russische Wissenschaftler über Pathogene der Omega-Klasse gegeben hat. Eine der Grundvoraussetzungen, die ein Krankheitserreger erfüllen muß, um als Omega geführt zu werden, ist extreme Übertragbarkeit. Die Übertragungswege können unterschiedlich sein, doch besteht bei Omega-Viren die Gefahr, daß sie nicht mehr aufzuhalten sind. Dies setzt im allgemeinen eine Übertragung durch Tröpfcheninfektion über die Atemluft sowie die Fähigkeit des Virus voraus, auf der unverletzten menschlichen Haut zu leben und diese zu durchdringen. Das heißt, sobald Sie auch nur einen Tropfen Körperflüssigkeit einer befallenen Person berühren, stecken Sie sich an. Eine weitere Bedingung ist eine Mortalitätsrate von über fünfundachtzig Prozent. Hinzu kommt, daß dieser bayerische Erreger eine Inkubationszeit von nur achtundvierzig Stunden zu haben scheint – und das ist schier unfaßbar."

Roth beugte sich vor. „Woher weiß man das, Sanders?"

„Der Russe sagte mir, daß sie im Tierversuch mit Primaten zu solchen Ergebnissen kamen, aber er weiß auch nicht genau, welches Virus wir haben. Unser bayerisches Virus muß also mindestens diese Merkmale aufweisen. Zu den Befürchtungen der Russen gehörte auch die Tatsache, daß spätestens seit Beginn der achtziger Jahre selbst Erreger, die nicht so gefährlich sind wie die Omega-Kategorie, durch den modernen Passagierflugverkehr innerhalb von achtundvierzig Stunden über die ganze Welt verbreitet werden könnten. So etwas fängt heute in Frankfurt an, und ehe wir überhaupt wissen, daß es da ist, werden die ersten Infizierten schon krank und verbreiten das Virus in Los Angeles, New York, Chicago und Tokio. Der russische Experte sagte mir, daß der internationale Luftverkehr zum potentiellen Instrument eines viralen Holocaust geworden ist. Wenn dieser Omega-Erreger tatsächlich an Bord der 747 ist, dann haben wir es mit einem geflügelten Todesbringer zu tun."

Einige Mitglieder des Expertenteams atmeten hörbar aus. Mark Hastings meldete sich zu Wort. „Von was für einem ... Tod reden wir hier? Geht das schnell – oder ..."

„Der Tod", antwortete Sanders, „kann in zahlreichen Formen eintreten, je nachdem, um welchen Erreger es sich handelt. Wie man mir sagte, werden die beiden bayerischen Opfer zur Stunde von einem deutschen Expertenteam obduziert. Man hat mir versprochen, daß mir die Untersuchungsergebnisse sofort übermittelt werden. Im übrigen sind Atemkollaps, innere Blutungen, eine Schädigung der Herzkranzgefäße, die einen Infarkt vortäuschen könnte, und Überhitzung als Todesursachen möglich. Die beiden einzigen Todesopfer, die wir kennen, hatten dagegen andere Symptome, darunter bizarre psychische Begleiterscheinungen. Da zwischen dem Ausbruch der Krankheit und dem Tod mehrere Stunden vergehen, ist nicht auszuschließen, daß die Menschen an Bord dieses Flugzeugs, einschließlich der Crewmitglieder, auf einmal den Verstand verlieren können."

„Großer Gott! Die Besatzung! An die hatte ich gar nicht gedacht!" entfuhr es Mark Hastings, und seine Augen waren vor Entsetzen geweitet.

Sanders bat mit einer Handbewegung um Ruhe. „Die Leute sind diesem Virus erst seit ein paar Stunden ausgesetzt, Mark. Wenn wir sie innerhalb von vierzig Stunden irgendwo landen lassen, ist die Wahrscheinlichkeit, daß die Crew in der Zwischenzeit bereits erkrankt ist, gleich Null." Sanders schwieg und musterte seine Zuhörer. Alle waren sichtlich schockiert. „Wir dürfen nicht das geringste Risiko eingehen", schloß er. „Eine absolut sichere Quarantäne ist lebenswichtig!"

Roth räusperte sich. „Sie kennen ja unseren bisherigen Plan, Doktor. Das Flugzeug sollte in Island auftanken und dann hierher in die Staaten kommen. Ist das nach wie vor vernünftig? Sollen wir weiterhin nach einer Quarantänemöglichkeit im Südwesten des Landes suchen?"

Rusty Sanders blickte Roth in die Augen. „Je wärmer und feuchter die klimatischen Bedingungen sind, desto länger lebt ein über die Atemluft übertragbares Virus und behält seine tödliche Wirkung bei. Die Risiken, die eine Landung dieses Flugzeugs auf dem nordamerikanischen Kontinent – und ganz besonders in dessen warmem Klimabereich – mit sich bringen würde, sind meiner Meinung nach nicht zu verantworten. Ein so hochinfektiöser Krankheitserreger wie der, mit dem wir es hier eventuell zu tun haben, kann eine nicht mehr kontrollierbare Epidemie auslösen. Ihr würden einige zig Millionen Menschen zum Opfer fallen."

Eine Weile herrschte betroffenes Schweigen. Wieder war es Mark Hastings, der es als erster brach: „Für die Menschen an Bord von Flug 66 besteht also keinerlei Hoffnung mehr? Sie sind verloren, egal, was noch geschieht?"

„Sie sind wahrscheinlich verloren – oder zumindest fünfundachtzig Prozent von ihnen –, wenn dieser verstorbene Fluggast tatsächlich an der gleichen Krankheit litt wie die Laborangestellten in Bayern."

Roth beugte sich abrupt vor. „Danke, Dr. Sanders. Noch irgendwelche Kommentare?" Niemand meldete sich. „In Ordnung. Was mich betrifft, so bin ich bereit, dem Weißen Haus zu empfehlen, daß man diesem Flugzeug die Genehmigung zur Rückkehr in die Vereinigten Staaten verweigert. Es sollte statt dessen nach der Landung auf Island dort unter Quarantäne gestellt werden."

Rusty Sanders hob die rechte Hand. „Sir, an Helms muß so schnell wie möglich eine Leichenöffnung vollzogen werden. Ich empfehle, ein mit chemischer und biologischer Kriegsführung vertrautes Pathologenteam aus Fort Detrick mit dieser Aufgabe zu betrauen. Dort verfügt man auch über die entsprechende BL4-Schutzkleidung. Das Team sollte zunächst von mir auf den Fall vorbereitet und dann auf dem schnellsten Weg nach Island geflogen werden. Man kann ein solches Virus nicht auf Anhieb entdecken, aber es läßt sich schon durch eine normale Autopsie feststellen, ob der Mann an etwas anderem als an einem einfachen Herzinfarkt gestorben ist."

„Kümmern Sie sich darum, Dr. Sanders", entschied der Direktor.

Es klopfte leise an die Tür, und Sherry Ellis, eine enge Mitarbeiterin Roths, betrat das Konferenzzimmer. „Entschuldigen Sie die Störung, aber ich habe eine wichtige neue Information für Sie."

„Was gibt's?" fragte Roth.

„Dieser russische Wissenschaftler hat sich vor einer Viertelstunde wieder bei Zeitner gemeldet. Er wollte ihm noch einmal deutlich machen, daß die fünfundachtzigprozentige Mortalitätsrate bei Erregern der Omega-Klasse lediglich eine Art Einstiegswert darstellt."

„Das war uns bereits bekannt", bemerkte Rusty Sanders.

Sherry nickte. Ihr Gesicht war aschfahl. „Ja, aber der Mann hat Zeitner mitgeteilt, daß damals nur Pathogene mit einer Mortalitätsrate von hundert Prozent der Omega-Kategorie zugeordnet wurden."

An Bord von Flug 66

Seit dreiundzwanzig Jahren arbeitete Barb Rollins inzwischen für Quantum, und noch nie hatte sie einen echten Notfall erlebt. Die Chefstewardeß sollte eigentlich so etwas wie eine Glucke für das übrige Flugbegleitpersonal sein, doch Barb fühlte sich im Augenblick eher wie ein verängstigtes kleines Mädchen. Die Vorstellung, daß das Virus vielleicht schon in ihren Blutkreislauf eingedrungen war, machte sie schier verrückt. Sie spürte die Blicke der Oberdeckpassagiere auf sich ruhen, lächelte und begab sich zur Treppe, die zum Hauptdeck hinabführte.

James Hollands Durchsage war hervorragend gewesen. In beruhigendem Ton hatte er den Passagieren erklärt, daß die Maschine auf Island aufgetankt und danach zu einem noch unbekannten Quarantäneort in den Vereinigten Staaten weiterfliegen würde. Er halte die Reaktion der verschiedenen ausländischen Regierungen für übertrieben. Dennoch war es ihm nicht gelungen, die tiefe Beunruhigung zu vertreiben, die inzwischen sämtliche Passagiere ergriffen hatte. Betrug die Quarantänezeit mehr als vier Tage, so fiel für alle Betroffenen das Weihnachtsfest zu Hause aus. Zu den Passagieren gehörten neben einigen Geschäftsleuten die Mitglieder einer großen Reisegesellschaft, Studenten, Soldaten und ihre Familien. Sie alle flogen nach Hause, weil sie das Fest im Kreis ihrer Lieben verbringen wollten.

Barb begab sich in den hinteren Teil der Maschine. Sie schritt durch den Gang und beglückte alle mit ihrem Stewardessenlächeln, während sie jeden einzelnen Passagier begutachtete. Zum Beispiel den jungen Mann dort auf dem Sitz vor der Trennwand – den mit dem Gipsbein. Sie hatte ihm beim Einsteigen geholfen. Seine Krücken waren im Schrank der ersten Klasse. Er hatte einen Skiunfall in der Schweiz gehabt. Gutaussehender Junge, der sich trotz seiner Schmerzen nicht gehenließ. Wahrscheinlich schüchtern. Hatte offensichtlich ein Auge auf dieses bildhübsche junge Mädchen aus Deutschland auf dem Sitz am Gang geworfen. Jetzt sah sich das Mädchen nach ihm um . . .

Neben einer schon recht betagten Dame saß ein übergewichtiger Herr. Barb hielt die beiden für Mutter und Sohn. Der Mann schaute nach links auf ein Paar auf der anderen Seite des Gangs. Barb folgte seinem Blick und gewahrte eine Frau, die in Hysterie verfallen zu sein schien. Der Ehemann im Sitz neben ihr versuchte sie zu beruhigen. Die Frau preßte ein Telefon gegen ihre Brust und die freie Hand auf ihren Mund. Sie schluchzte.

Barb beugte sich zu dem Mann hinab. „Entschuldigen Sie – stimmt etwas nicht mit Ihrer Frau? Kann ich etwas für Sie tun?"

Sorgenvoll schaute Keith Erickson auf. „Ich kann nicht mehr vernünftig mit ihr reden. Als der Captain erklärte, daß wir Weihnachten vielleicht noch nicht zu Hause sind . . ."

Lisa Erickson blickte zu Barb auf und sagte gequält: „Wir dürfen Weihnachten nicht versäumen! Meine Babys brauchen mich!“

Barb beugte sich zu ihr. „Mrs. …“

„Erickson“, sagte der Ehemann. „Lisa Erickson.“

„Hören Sie, Lisa. Es wird alles gut. Wahrscheinlich sind Sie Weihnachten längst zu Hause. Der Flugkapitän hat lediglich den schlimmsten Fall erwähnt.“

Lisa Erickson nickte wie ein verängstigtes Kind. Dann starrte sie zum Fenster hinaus und preßte wieder die Hand gegen den Mund.

Brenda saß in der hinteren Bordküche. Die anderen Flugbegleiterinnen waren mit den Vorbereitungen fürs Abendessen beschäftigt. Barb legte ihr die Hand auf die Schulter. „Wie geht's dir, Mädchen?“

Brenda blickte auf, und Barb sah die Tränen in ihren Augen. Ihre Stimme klang zitterig. „Ich habe Angst, Barb. Ich …, ich werde krank. Ich hatte doch direkten Kontakt mit ihm! Was er hatte, kriege ich auch. Und er ist daran gestorben …“

Barb setzte sich neben Brenda und nahm sie in den Arm. „Das wird schon wieder, Brenda, ganz bestimmt! Es ist überhaupt nicht sicher, daß du dich angesteckt hast.“

„Bloß wegen einer Grippe an Bord verweigert kein Land der Welt einer großen Linienmaschine die Landeerlaubnis. Deshalb helfe ich jetzt auch nicht in der Küche. Ich bin wahrscheinlich . . . gefährlich!“

Barb wußte, daß Brenda recht hatte. „Brenda, der Captain möchte, daß ihr – du, Dee und alle anderen, die Helms angefaßt haben – ins Oberdeck geht. Wir haben dort ein paar leere Sitzreihen.“

Brenda nickte. „Ja, ich weiß. Aber mir fehlt nichts.“

„Jetzt geh schon!“ sagte Barb aufmunternd. „Such dir Dee, und verschwinde mit ihr nach oben.“

IM COCKPIT überprüfte James Holland die Frequenz des Instrumentenanflugsystems und bat um das Ausfahren des Fahrwerks sowie um die letzte Checkliste. Die beiden F 15 drehten leicht ab und baten Keflavik Tower um die Landefreigabe. Sechs Kilometer vor der Piste knipste Holland die Landescheinwerfer ein. Da man die Lichter einer 747 schwerlich mit denen einer F-15-Formation verwechseln konnte, rechnete er mit einer überraschten Reaktion von seiten des Towers, doch die blieb aus. Kurz darauf setzte die riesige Boeing sanft auf der Piste auf und rollte unweit des Kontrollturms von der Landebahn. Sofort tauchten rechts von der Landebahn zwei kleine Lastwagen mit beleuchteten *Follow-Me*-Schildern auf, und über die Towerfrequenz ertönte eine Stimme: „Sixty-six, folgen Sie den *Follow-Me*-Wagen. Öffnen Sie keinerlei Türen oder Luken, und stellen Sie die Triebwerke erst ab, wenn Sie die entsprechenden Instruktionen erhalten. Öffnen Sie auch die Cockpitfenster nicht."

„Sixty-six, Roger", sagte Robb.

Holland ließ die 747 langsam nach Westen rollen. Weiter vorn erkannte er eine Reihe von Fahrzeugen. Keine Tankwagen, aber eine mobile Gangway für eine 747 sowie eine kleine Gruppe anderer Fahrzeuge – darunter einen großen Sattelzug der Feuerwehr. Ein Feuerwehrmann in einem großen silbernen Schutzanzug, komplett mit Helm und Gesichtsmaske, zeigte ihnen mit zwei Leuchtstäben den Weg zum vorgesehenen Stellplatz. Seinen Signalen folgend, wendete Holland die Maschine, so daß die Nase wieder nach Osten zeigte. Dann schaltete er die Rollscheinwerfer ab und brachte die Boeing zum Stehen. Vor dem Flugzeug bewegten sich einige Gestalten hin und her. Auch bei ihnen schien es sich um Feuerwehrleute zu handeln, und alle trugen die gleichen Schutzanzüge. Niemand machte Anstalten, die Gangway in Position zu bringen. Statt dessen tauchten weitere Feuerwehrleute auf, und jeder von ihnen hielt etwas in den Händen.

„Was geht denn da draußen vor?" fragte Robb.

„Drehen Sie die Landelichter an!" befahl Holland. Robb folgte seiner Anweisung und tauchte die Szene vor ihnen in gleißendes Licht. Sie betrachteten die wandelnden Schutzanzüge vor dem Flugzeug genauer. Das waren keine normalen Feuerwehrschutzanzüge.

„Was haben die denn an?" fragte Robb. „Und was haben sie in der Hand? Das sind doch nicht etwa – Waffen?"

„Die tragen Schutzanzüge", erwiderte Holland. „ABC-Anzüge zur chemischen Kriegsführung. Kenne ich aus meiner Air-Force-Zeit."

„Gegen wen oder was sollen die denn schützen?"

Holland sah ihm in die Augen. „Gegen uns."

Luftwaffenstützpunkt Keflavik, Island
Freitag, 22. Dezember · 22.15 Uhr (2315 Z)

EIN LEISES Summen ertönte im Cockpit, als James Holland die vier Triebwerke der 747 abschaltete. Zwölf Meter unter ihnen hatte jemand die Ruftaste der Bodensprechanlage gedrückt. Robb und Holland stellten gleichzeitig ihre Intercoms an, und sofort dröhnte eine Stimme durch ihre Kopfhörer.

„Hört mich da oben wer?"

Holland drückte die Sprechtaste. „Hier ist der Captain. Mit wem spreche ich?"

„Ich gehöre zum Bodenpersonal, Sir. Warten Sie. Wir ziehen gerade eine Leitung zum mobilen Befehlsstand. Der Stützpunktkommandeur möchte mit Ihnen reden."

Robb überprüfte die Kraftstoffanzeige. „Sie tanken uns noch nicht auf", bemerkte er irritiert.

Holland nickte. „Ich habe keine Tankwagen gesehen, und ich bin sicher, daß dieser Stellplatz gar keinen Tankanschluß hat. Sie haben uns auf einen Rollweg am äußersten Rand des Flugfelds dirigiert."

Eine neue Stimme von draußen sagte: „Captain? Hier Oberst Nasher."

Holland drückte den Knopf der Bodensprechanlage. „Ja, Oberst, wir hören Sie. Hier ist Captain James Holland. Sind Sie bereit, unsere Maschine aufzutanken? Wir brauchen Treibstoff, und eine Überprüfung des Ölstands könnte auch nicht schaden."

„Captain, mein Befehl lautet, Sie hier festzuhalten und dafür zu sorgen, daß niemand eine Luke oder Tür öffnet, daß niemand – absolut niemand – die Maschine verläßt. Der Stützpunkt ist vorläufig für den gesamten Flugverkehr geschlossen."

„Gut, uns soll's recht sein. Wir werden die Türen nicht öffnen. Es war nicht unsere Absicht, irgendwo anders hinzurollen als zum Beginn der Startbahn, sobald wir wieder abflugbereit sind."

„Ich glaube, Sie haben mich nicht ganz verstanden, Captain Holland. Ich kann Ihnen keine Starterlaubnis erteilen, bevor ich nicht die entsprechenden Befehle dazu bekomme."

Holland fuhr zurück, als hätte ihn etwas gestochen, holte tief Luft und wandte sich an Robb: „Schnell, rufen Sie Dallas über Satellit an. Versuchen Sie zu erfahren, was hier vorgeht, verdammt noch mal!" Er drückte wieder den Übertragungsknopf. „Wir hatten vor, hier aufzutanken und zum Luftwaffenstützpunkt Edwards oder nach Holloman in New Mexico weiterzufliegen, Oberst. Ich will ja nicht unhöflich sein, aber Ihre Befehle kümmern mich einen Dreck. Ich habe nicht die Absicht, zwei Tage vor Weihnachten zweihundertvierundvierzig Passagiere hier gefangenzuhalten. Also bitte, sorgen Sie dafür, daß wir endlich aufgetankt werden."

„Tut mir leid, Captain. Solange ich keine anderslautenden Befehle erhalte, werden wir Ihre Maschine nicht auftanken. Sie haben eine biologische Zeitbombe an Bord, und Ihre Maschine wird unter strengstem militärischem Notstandsrecht hier festgehalten."

„Das kann ich einfach nicht glauben! Weil Sie nicht wissen, wo Sie zweihundertfünfzig Menschen unter Quarantänebedingungen einquartieren können, wollen Sie uns weismachen, wir müßten für wer weiß wie viele Tage in diesem Flugzeug bleiben? Innerhalb der nächsten sechs Stunden werden die Toiletten überfließen, Herr Oberst. Hätten Sie wenigstens die Güte, unsere Wassertanks aufzufüllen, uns Proviant zu liefern und unsere Toiletten reinigen zu lassen?"

Es herrschte Stille. Dann meldete sich der Stützpunktkommandeur wieder. Seine Stimme hatte nicht mehr den verbindlichen Ton, der den Beginn des Gesprächs gekennzeichnet hatte. „Schön, Captain, reden wir Tacheles. Ich darf aus Ihrer Maschine nur ein einziges Objekt annehmen, und das ist die Leiche Ihres verstorbenen Passagiers. Sobald ich Order erhalte, rollen wir die Gangway an eine Ihrer Türen. Sobald unsere Leute dann aus dem Gefahrenbereich sind, können Sie die Leiche auf der Gangway deponieren. Man hat mir gesagt, daß wir unbedingt eine Autopsie benötigen. Was Ihre Toiletten betrifft: Es ist völlig ausgeschlossen, daß wir kontaminiertes Material aus Ihrem Flugzeug entgegennehmen. Wir haben Ihr Heck so positioniert, daß das Ablaßventil für die Kabinenluft dem Meer zugewandt ist. Ich habe meine Leute in ABC-Anzüge gesteckt. Wenn auch nur ein einziges Virusmolekül aus Ihrer Maschine entweicht und irgendwen ansteckt, kostet mich das Kopf und Kragen. Machen Sie das Ihren Passagieren klar. Ihr Flugzeug ist von Sicherheitsleuten umstellt. Meine Order lautet, unter Androhung von Gewalt zu verhindern, daß irgend jemand die Maschine verläßt. Habe ich mich deutlich genug ausgedrückt?"

„Gütiger Himmel!" murmelte Holland.

Die Klingel des Intercoms läutete. Dick Robb hörte kurz über Kopfhörer zu und öffnete dann die Tür. Holland registrierte, daß Lee Lancaster und Rachael Sherwood hereinkamen. Er drückte die Sprechtaste. „Wollen Sie damit sagen, Oberst, daß Sie jeden, der versucht, von Bord zu gehen, erschießen lassen?"

„Exakt. Ob Mann, Frau oder Kind. Mir bleibt keine andere Wahl."

Robb wandte sich verstört an den Botschafter: „Man hat uns eine Falle gestellt! Sie haben uns hierhergelockt und wollen uns nicht wieder fortlassen!"

Lancaster bedeutete Rachael wortlos, auf dem Sitz hinter dem Pilotensessel Platz zu nehmen, während er sich selbst auf dem Notsitz in der Mitte niederließ. Robb hielt noch immer das Satellitentelefon ans Ohr und wartete darauf, daß in Dallas jemand abnahm.

„Wie steht's mit der Verpflegung, Oberst?" fragte Holland. „Habt ihr wenigstens daran gedacht?"

„Ja, haben wir. Wenn wir die Leiche holen, werde ich die Gangway mit Mahlzeiten beladen lassen. Wir können etwa dreihundert Tabletts liefern. Aber Sie täten gut daran, die Toilettenbenutzung irgendwie zu verringern. Ihre Wassertanks können wir auffüllen – nur rauswerfen dürfen Sie nichts."

Holland erkannte, daß Robb mit Dallas verbunden war und die Firma eilig über die aktuelle Lage in Kenntnis setzte. Plötzlich entwich alle Farbe aus Robbs Gesicht. „Der Vize will mit Ihnen sprechen." Er reichte den Hörer weiter. Holland hielt ihn sich ans Ohr und ließ ihn nach einem kurzen Wortwechsel kraftlos in seinen Schoß fallen.

„Was gibt's, James?" fragte Lancaster.

„Eine halbe Stunde vor unserer Landung erhielt Dallas einen Anruf aus dem Lageraum im Weißen Haus. Jetzt hat sogar unser eigenes Land Angst vor uns."

„Was hat man Ihnen gesagt?" fragte Lancaster.

Holland antwortete tonlos: „Die Regierung ist überzeugt, daß wir etwas viel Schlimmeres als eine simple Grippe an Bord haben. Sie sieht in uns eine gefährliche Bedrohung für alle Bevölkerungszentren. Die Rückkehr in die Vereinigten Staaten ist uns untersagt."

CIA-Hauptquartier, Langley, Virginia
18.45 Uhr (2345 Z)

Mark Hastings stand in der Tür des Konferenzraums, den Jonathan Roth in einen Befehlsstand umfunktioniert hatte, und stellte überrascht fest, daß Rusty Sanders noch immer an einem der hastig angeschlossenen Computer saß und arbeitete. Lautlos trat Hastings hinter den Arzt und blickte auf den Bildschirm. Eine lange Liste medizinischer Fachausdrücke wanderte über den Monitor – Aufzählungen ansteckender Viruserkrankungen mit detaillierten Beschreibungen der jeweiligen Symptome.

„Ich dachte, Sie wären schon gegangen", sagte Hastings.

Sanders drehte sich um. „Was? Ach, Sie sind's, Mark." Er deutete auf den Bildschirm. „Ich versuche, ein virales Pathogen zu finden, das dem von unserem russischen Freund beschriebenen ähnelt..."

Hastings zog sich einen Stuhl heran und ließ sich nieder. „Wieso graben Sie so tief? Wir wissen doch nicht mal genau, mit welchem dieser russischen Apokalypseviren wir es zu tun haben."

„Stimmt schon", sagte Sanders. „Aber Mark, ich kann keinerlei Hinweis finden, der die Theorie stützen würde, daß jemand urplötzlich mit Herzflattern aus den Socken kippt und die Ursache dafür ein Virus wäre. Die einzige Verbindung zwischen diesem Virus und Flug 66 ist Professor Helms. Ohne sie hätten wir kein infiziertes Flugzeug. Wenn der Mann einen echten Herzinfarkt hatte, ist es äußerst unwahrscheinlich, daß er sich in der ansteckenden Phase einer tödlichen Viruserkrankung befand!"

Hastings nickte. „Verstanden. Aber wäre es nicht möglich, daß dieser Professor sowohl an einer ansteckenden Viruserkrankung litt als auch – rein zufällig – einen Herzinfarkt bekam, der gar nichts mit dem Virus zu tun hat?"

„Theoretisch könnte der körperliche Streß bei einer beginnenden Viruserkrankung zum Infarkt führen – vorausgesetzt, der Mann hatte vorher bereits Herzprobleme. Aus diesem Grund versuche ich, an seine persönlichen medizinischen Daten zu kommen. Vor ein paar Minuten habe ich mit der Chefstewardeß telefoniert. Sie sagte, dem Professor sei übel gewesen, als er an Bord kam. Dennoch gilt, daß auch ein beginnender Infarkt die beschriebenen Symptome auslösen kann: hohes Fieber, Schwäche, Atemnot und Übelkeit. Aber für den Direktor ist der Fall wohl ziemlich klar, wie?"

Hastings lächelte und schaute kurz zur Seite. „Ein kleiner Rat, Rusty", sagte er dann. „Seien Sie sehr vorsichtig im Umgang mit Jonathan Roth. Er hat Macht und beste Verbindungen. Er räumt jeden aus dem Weg, der ihm auch nur den kleinsten Stein in den Weg legt. Der Mann ist gefährlich. Er war jahrelang aktiver Agent in verdeckten Operationen und ist unser führender Experte für die Aufklärung und Verhinderung terroristischer Aktionen im Nahen Osten. Er genießt hier einen geradezu legendären Ruf, weil es ihm immer wieder gelingt, Terrororganisationen, die Anschläge planen, rechtzeitig auffliegen zu lassen."

Sanders nickte. „Ich weiß. Ich habe seinen Lebenslauf gelesen. Danke für die Warnung, Mark. Aber in diesem Fall kann ich nicht klein beigeben. Ich halte sein Urteil für voreilig, und es besteht die Gefahr, daß andere aufgrund einer möglicherweise falschen Annahme weitreichende Entscheidungen treffen. Ich meine ..., er ist jetzt im Weißen Haus und informiert den Präsidenten!"

„Ich sage nicht, daß Sie klein beigeben müssen, aber wenn Sie diesen Mann überzeugen wollen, müssen Sie Beweise vorlegen, Rusty."

„Das ist mir klar. Aber meine Intuition schreit mir ins Gesicht, daß wir völlig übereilt eine unbewiesene Schlußfolgerung ziehen."

Zu den Fachleuten im Raum gehörte auch Sherry Ellis. Sie hatte soeben ein Telefongespräch beendet. Jetzt trat sie an Hastings' Seite und lächelte Rusty Sanders zu. „Mr. Roth rief gerade aus dem Weißen Haus an", sagte sie. „Wir sollen alles andere sofort stoppen und drei mögliche Landeplätze in der Wüste überprüfen."

Hastings stand auf. „Was hat er vor?"

Sherry seufzte. „Das wird dir nicht gefallen, Mark. Er sucht einen Ort in der Wüste, wo der Präsident die Leute zum Sterben hinschicken kann. Einen Ort am Ende der Welt, weitab von allen menschlichen Siedlungen, so daß sich dieses Virus nicht ausbreiten kann."

Hastings wandte sich an Sanders. „Hatten Sie nicht gesagt, wir sollten sie auf keinen Fall in warmes Klima schicken?"

Rusty Sanders nickte. „Ein feuchtwarmes Klima wäre das schlimmste. Ein trockenes Wüstenklima wäre nicht unbedingt problematisch."

„... und dieser Ort, Freunde", fuhr Sherry fort, „soll nicht nur in zehn Stunden Flugzeit von der Ostküste aus zu erreichen sein, sondern auch so abgeschieden liegen, daß er eine kleinere atomare Explosion verkraftet."

„Was??!" schrien die beiden Männer gleichzeitig.

Sherry nickte grimmig. „Seine Worte. Wenn alle tot sind, werden die 747 und die Leichen verbrannt werden müssen. Eine nukleare Sprengung wäre narrensicher."

„Das ist doch nicht zu fassen!" rief Sanders. „Niemand in dieser Maschine hat auch nur einen Schnupfen, und unser Direktor läßt bereits die Leichen einäschern!"

„Mein Gott!" brachte Hastings heraus. „Um welche drei Landeplätze handelt es sich denn überhaupt, Sherry?" fragte er dann.

„Der erste ist eine abgelegene Landebahn in der Sahara, von den Sowjets gebaut. Gehört eigentlich zu Mauretanien, aber ich bezweifle, daß die Regierung des Landes dort im Umkreis von achthundert Kilometern irgendwo präsent ist. Der zweite liegt in Südägypten und der dritte in Südalgerien. In allen Fällen handelt es sich um aufgegebene Flugplätze inmitten unendlicher Einöden. Das Außenministerium checkt gerade die Kooperationsbereitschaft der betreffenden Staaten, die Vereinten Nationen sind eingeschaltet, das Pentagon befaßt sich mit der Eignung dieser Einrichtungen zur Landung von Großraumflugzeugen sowie zur Errichtung einer Versorgungsluftbrücke von den Staaten aus. Den Rest sollen wir überprüfen. In Fort Detrick werden schon zwei Transportflugzeuge beladen."

Mark Hastings nickte. „Wir brauchen die jüngsten CIA-Berichte über die politische Lage, die Stabilität der Regierungen vor Ort, über mögliche Aufständische und so weiter, dazu die jüngsten Satellitenbilder von der Nationalen Sicherheitsbehörde. Wir müssen die Umlaufbahnen der in Frage kommenden Satelliten feststellen und wissen, welche wir uns schnappen können und wie schnell."

„Eine weitere Order noch", fügte Sherry hinzu. „Direktor Roth war knallhart. Die Kerle vom Militärischen Geheimdienst, sagte er, wollen uns ausstechen und den Präsidenten noch vor uns mit ihrem Bericht beliefern. Entweder unsere Analyse kommt noch schneller als die der Defense Intelligence Agency, oder Sie und ich, Mark, werden künftig gemeinsam Missionschefs in Feuerland!"

Mit ungläubigem Gesichtsausdruck hatte Rusty Sanders zugehört. „Die DIA . . . Sagt mal – läuft das immer so bei euch? Das Leben von mehr als zweihundert Menschen steht auf dem Spiel, und der Direktor zerbricht sich den Kopf darüber, daß eine andere Behörde schneller sein könnte als seine eigene?"

Mark lächelte dünn und wandte sich zum Gehen. „Wir könnten Ihnen diese Frage schon beantworten, Doktor – aber danach müßten wir Sie umbringen", sagte er verschmitzt. An der Tür drehte er sich noch einmal um. „Bevor die DIA es tut, natürlich."

An Bord von Flug 66 · Freitag, 22. Dezember 23.45 Uhr (0045 Z)

EIN KALTER Ostwind fegte mit Geschwindigkeiten bis zu 45 Stundenkilometern in eisigen Böen über das Rollfeld und versetzte die Boeing in leichte Schwingungen. Das Notstromaggregat lief, und in der Kabine war es warm und gemütlich, doch Holland ging unentwegt das Telefongespräch mit Dallas im Kopf herum, das er eben geführt hatte.

Zuvor waren die 38 Passagiere, die Plätze auf dem Oberdeck gebucht hatten, leise gebeten worden, in die Hauptkabine nach unten umzusiedeln. Alle hatten der Bitte ohne Widerrede Folge geleistet. Danach hatten Brenda Hopkins und die vier weiteren Personen, die direkten Körperkontakt mit Ernest Helms gehabt hatten, in den vorderen Reihen Platz genommen, und James Holland hatte den Rest seiner Crew, Botschafter Lancaster und Rachael Sherwood zur persönlichen Information hinaufgebeten. Da auch Dick Robb dazugehörte, war das Cockpit unbesetzt.

Holland räusperte sich. „Wir befinden uns hier in einer seltsamen, ja beispiellosen Situation“, begann er, „aber wir werden sie bewältigen. Dazu brauchen wir allerdings all unsere Charakterstärke und unseren ganzen Professionalismus, denn wir müssen dafür sorgen, daß die Passagiere Ruhe bewahren und nicht den Mut verlieren. Und jetzt lassen Sie mich erzählen, was ich gerade vom Vizepräsidenten unserer Fluggesellschaft in Dallas erfahren habe. Man hat unsere Firma von höchster Stelle aus darüber in Kenntnis gesetzt, daß unser Passagier einem besonders ernst zu nehmenden Virus ausgesetzt war. Unsere Regierung will uns nicht in Nordamerika haben, solange sie in der Sache nicht klarer sieht oder bis feststeht, daß keiner erkrankt ist.“ Holland blickte durch ein Seitenfenster. Die Schneeflocken trieben horizontal vorbei. „Ich weiß, es ist kurz vor Weihnachten“, setzte er wieder an. „Einige Passagiere werden sich furchtbar aufregen. Die Firma läßt euch ausrichten, daß jeder – Passagiere und Crew – kostenlos über Satellitentelefon zu Hause anrufen darf. Laßt also eure Lieben daheim wissen, daß es euch gutgeht, denn die Berichterstattung in den Medien könnte ihnen Angst einjagen.“

Holland erklärte seinen Crewmitgliedern, daß das Auftanken bis zur Bekanntgabe eines neuen Flugziels verschoben sei und daß niemand die Maschine verlassen dürfe. Den Hinweis auf die bewaffneten Wachtposten mit Tötungsbefehl schenkte er sich. „Ich werde mich gleich über den Bordlautsprecher an die Passagiere wenden und den Leuten das gleiche erzählen wie euch. Allerdings werde ich mich bemühen, noch etwas zuversichtlicher zu klingen. Bitte lächelt freundlich, unterstützt mich und sagt mir Bescheid, falls es irgendwelche bösen Reaktionen gibt.“

AUF IHREM Platz im hinteren Teil des Passagierraums lauschte Lisa Erickson konzentriert jedem Wort, das James Holland sprach. Die Augen auf den Lautsprecher über ihrem Kopf gerichtet, wartete sie auf den befreienden Satz, alles sei vorüber und sie wären in ein paar Stunden wieder zu Hause.

„... doch ich fürchte, meine Damen und Herren, wir müssen uns der Realität stellen. Vor Heiligabend wird man uns wohl nicht aus dieser Quarantäne entlassen.“

Im ersten Moment dachte Keith Erickson, eine Sirene sei losgegangen. Das durchdringende, schrille Kreischen schien nicht von einem menschlichen Wesen zu stammen. Doch als sich alle Köpfe in der Kabine in seine Richtung wandten, erkannte er, daß das unmenschliche Geräusch von seiner Frau kam. Zwei Stewardessen eilten herbei.

Keith packte Lisa und drückte sie an sich. Er wiegte sie hin und her, sprach auf sie ein, schüttelte sie – und drang endlich zu ihr durch. Das schrille Heulen wurde leiser, verwandelte sich in ein Jammern, erstarb schließlich. Sie starrte mit leerem Blick auf die Rückenlehne des Sitzes vor ihr.

„Liebling, hörst du mich?“ fragte Keith immer wieder.

Sie lächelte ihren Mann nichtssagend an. „Mir fehlt nichts, Keith“, erklärte sie. Doch als Barb Rollins sich wieder von dem Ehepaar zurückzog, heftete Lisa den Blick wieder unverwandt auf die Lehne vor ihr, und in ihrem Gesicht war ein merkwürdiger Ausdruck.

Weißes Haus, Washington, D. C.
Freitag, 22. Dezember · 21 Uhr (0200 Z)

JONATHAN ROTH eilte aus dem Hauptportal des Weißen Hauses und stieg in seinen schwarzen Mercedes, den er auf der Zufahrt vor dem Gebäude abgestellt hatte. Die Straßen der Hauptstadt waren fast menschenleer. Eine kalte Nacht war angebrochen. Er hatte ungefähr anderthalb Kilometer auf der Pennsylvania Avenue zurückgelegt, als seine Gedanken sich wieder dem Landeplatz in der Sahara zuwandten, der Flug 66 als letzte Zuflucht dienen sollte.

Es ist ein Jammer, dachte er, daß die Maschine nicht einfach abgestürzt und im Atlantik versunken ist. Keine Schmerzen, kein langes Leiden – vor allem nicht das Spektakel, Hunderte von kontaminierten Leichen verbrennen zu müssen – und keine Fernsehanstalten, die die Aktion live übertrugen …

Westlich von Georgetown bog Roth wie gewohnt in die Conrail Road ab und steuerte auf die Chain Bridge zu. Die Strecke nach Langley war seinem Gehirn sozusagen einprogrammiert.

Der Präsident hatte sich sehr bestürzt über den bevorstehenden Tod von Botschafter Lee Lancaster gezeigt und zerbrach sich nun den Kopf darüber, ob er ihm sagen sollte, was sonst keiner wußte: daß alle Menschen an Bord der Maschine im Verlauf der nächsten 72 Stunden sterben mußten. Roth seufzte. Er kannte Botschafter Lancaster gut. Ein brillanter Diplomat, gewiß, aber auch ein ständiger Stachel im

Fleisch der Geheimdienste. Lancasters viele Reisen bedeuteten regelmäßig Überstunden für die CIA, galt es doch jedesmal, den jeweils neuesten Attentatsplan gegen ihn zu vereiteln. Roth hatte längst aufgehört zu zählen, wie oft von Lancaster benutzte Passagiermaschinen schon im Visier potentieller Bombenleger gestanden hatten.

Er dachte an die Akbah, das jüngste und mörderischste der vom Iran unterstützten terroristischen Killerkommandos. Die Gruppe war doppelt gefährlich, da sie technische Kenntnisse hatte, die in jenen Kreisen bisher unbekannt gewesen waren. Sie verfügte über Kampfflugzeuge, Raketen – und wahrscheinlich sogar schon über nukleare Sprengköpfe, die sie geldgierigen Einheiten der einstigen Sowjetarmee abgekauft hatte.

Roth hatte sich geschworen, die Akbah auszurotten – wie einst die Terrororganisation Schwarzer September, an deren Zerschlagung er maßgeblich beteiligt gewesen war. Und daß man der El Fatah die Zähne gezogen hatte, war auch zum großen Teil sein Werk gewesen. Sein Ruf als „Meisterspion" beruhte auf diesen Leistungen. Er galt in allen Diensten als Genie, weil er die Denkweise solcher Gruppen so gut kannte, daß er meist schon vor ihnen selbst wußte, was sie als nächstes im Schilde führten. Bereits seit einiger Zeit erwartete man aber nun von ihm den entscheidenden Schlag gegen die Akbah, deren Aktivitäten er bisher nicht hatte unterbinden können.

Die ersten Informationen über die neue Gruppe waren 1994 aus Beirut gekommen. Es hieß, daß die Akbah im Anschluß an den Golfkrieg gegründet worden sei und mit finanzieller Unterstützung Saddam Husseins ein exquisites Waffenarsenal zusammengestellt habe. Danach hatte sie sich jedoch von Saddam abgewandt und war zu den Iranern übergelaufen. Inzwischen ging auf ihr Konto eine Reihe von Attentaten, die dafür gesorgt hatten, daß die Welt die Drohungen der Akbah ernst nahm. Von einem Führungszirkel aus fanatischen Schiiten geleitet, hatten Experten der digitalen Satelliten- und Waffentechnologie der Akbah einen fast legendären Ruf verschafft.

Roth fragte sich, ob die Führung der Akbah wußte, daß sich Botschafter Lee Lancaster an Bord von Flug 66 befand. Lancaster war ein besonders wichtiges Ziel für die Akbah. Die Gruppe hatte dem iranischen Klerus versprochen, den Botschafter wegen seiner angeblichen „Verbrechen gegen den Islam" zu exekutieren.

Roth steuerte seinen Mercedes auf die Chain Bridge, überquerte den Potomac und erreichte Arlington County. Unermüdlich suchte sein Gehirn nach einer Lösung für das Problem.

Urplötzlich war ihm alles klar. Vehement trat er auf die Bremse. Mit quietschenden Reifen kam der Mercedes auf dem Randstreifen zum Stehen. Roth drehte sich um, holte seine Aktentasche vom Rücksitz, legte sie auf den Beifahrersitz und klappte sie auf. Er entnahm ihr seinen kleinen Notebook-Computer und schaltete ihn ein. Er wählte eine persönliche Datenbank an, tippte ein paar Schlüsselwörter ein und drückte die ENTER-Taste. Wenige Augenblicke später erschien die gesuchte Information.

Nachdem er die Angaben aufmerksam studiert hatte, stellte er den Computer wieder ab und blieb, tief in Gedanken versunken, eine Weile am Steuer seines Wagens sitzen. Ihm standen nur noch wenige Stunden zur Verfügung, wenn er den Feind endgültig schachmatt setzen wollte. Reagierte die Akbah schnell, so mußte er noch schneller sein. Das Wissen um den nächsten Zug des Feindes verlieh ihm immense Macht – und daran, was die Akbah tun würde, wenn sie über die entsprechenden Informationen und eine Gelegenheit verfügte, konnte kein Zweifel bestehen: Sie würde Flug 66 vom Himmel holen! Dies war die Chance, auf die Roth schon seit 1994 wartete!

An Bord von Flug 66
Luftwaffenstützpunkt Keflavik, Island

DAS ERSCHEINEN des gut 1,90 m großen Flugkapitäns im Passagierraum sorgte für Aufregung. Einige Fluggäste standen sofort auf und gingen nach vorn, um Fragen zu stellen. James Holland schritt durch einen der Gänge auf das Heck der 747 zu.

„Warum können wir nicht in einem anderen Staat landen, wenn uns New York nicht reinläßt, Captain?“

„Wir bemühen uns darum.“

„Wir haben uns vor der Reise gegen Grippe impfen lassen, Captain. Müssen wir trotzdem hierbleiben?“

„Das Problem liegt darin, daß uns bisher kein Mensch gesagt hat, ob dieses Virus tatsächlich etwas mit einer Grippe zu tun hat. Und Sie wissen ja selbst, wie oft sich neue Grippeviren bilden.“

„Sie haben uns nicht die Wahrheit gesagt, Captain – oder?“

Holland blieb stehen und sah eine Frau in den Siebzigern an. Mit ihrer Halbbrille und dem leichten Sweater erinnerte sie ihn an eine zornige Lehrerin. Er schüttelte den Kopf. „Ich habe Ihnen gesagt, was ich weiß, Madam.“

„Das ist eine Weltuntergangsseuche!“ erwiderte sie in scharfem Ton. „Wir alle befinden uns in höchster Lebensgefahr!“

Holland blickte sich um. Einige Passagiere drängten sich näher heran, um dem Wortwechsel zu folgen. Die alte Dame durchbohrte ihn gnadenlos mit ihrem Blick.

„Sehe ich vielleicht so aus, als litte ich an Todesangst, gnädige Frau? Wenn Ihre Vermutungen korrekt wären, wäre ja auch ich verloren!“ gab Holland zurück und ging weiter. Es waren mehr Kinder an Bord, als er erwartet hatte. Rechts saß eine Familie mit drei Jungen, von denen der älteste vielleicht acht Jahre alt war. In der Reihe dahinter stillte eine junge Mutter ihren Säugling, der Ehemann saß neben ihr und schaute zu. Im Mittelabschnitt hatte eine Gruppe von jungen Leuten Platz genommen, die nach dem Aufdruck auf ihren T-Shirts offensichtlich zusammengehörten. Es handelte sich anscheinend um Gymnasiasten oder Studienanfänger. Holland wußte, daß viele Eltern in diesem Augenblick wie gebannt vor den Fernsehapparaten saßen und sich furchtbare Sorgen um ihre Söhne und Töchter machten. Er versuchte, den ängstlichen Gesichtern vor ihm ein gelassenes Lächeln zu zeigen. Fliegen war sein Metier, nicht Public Relations. Er kam sich albern und amateurhaft vor.

Die Fragen begannen von neuem. „Captain, wir kommen in Teufels Küche, wenn wir bis Weihnachten nicht zu Hause sind.“

„Herr Kapitän, wir verhungern hier, und Ihr Personal weigert sich hartnäckig, uns etwas zu essen zu servieren.“

„Captain, wissen Sie eigentlich, wie grausam die Toiletten stinken?“

„Die Medikamente meines Mannes sind im Koffer. In ein paar Stunden gehen ihm die Tabletten aus. Was sollen wir tun?“

Holland vertraute die Frau mit den im Gepäckraum verstauten Medikamenten einer Stewardeß an. Dann ging er weiter und stieß im Heck der Maschine auf Barb. Er fragte sie nach der Versorgungslage.

„Das Frühstück ist abrufbereit“, sagte sie. „Aber ich wollte damit eigentlich bis sechs Uhr morgens warten. Wenn Sie wollen, können wir es schon jetzt servieren. Oder wir bieten unsere Restbestände an Gebäck und Erdnüssen mit einem Getränk an.“

Holland nickte. „Warten Sie mit dem Frühstück, und geben Sie erst einmal die Kleinigkeiten aus!“

Barb nickte. „Vor der Trennwand in der zweiten Klasse sitzt ein junger Mann, der sich das Bein gebrochen hat“, berichtete sie. „Es ist eingegipst und schwillt an. Dr. Turnherr sagt, er müsse es hochlegen. Wir wollten ihn ursprünglich in eines der Betten dort oben legen…, aber ich möchte ihn nicht in direkten Kontakt mit . . . Mr. Helms bringen."

„Sorgen Sie dafür, daß Helms' Leiche mit einem Vorhang verhängt wird. Es ist mir unangenehm, dies zu sagen – aber vielleicht könnten Brenda und der Arzt, da sie ja ohnehin schon Körperkontakt mit Helms hatten, ein paar große Plastiksäcke aus der Küche holen und den Leichnam möglichst luftdicht darin verpacken. Solange niemand die Leiche berührt, halte ich es nicht für gefährlich, da oben zu liegen."

„Okay. Und James . . . Wenn das noch lange dauert, müssen wir einen Schichtdienst für die Crew einrichten. Wir alle brauchen Schlaf, und auch Sie sind erschöpft. Kann ich Ihnen irgend etwas bringen?"

„Ja, bitte. Einen Viertelliter Adrenalin und hunderttausend Liter Flugbenzin."

„Reichen auch zwei Excedrin und eine Cola light?"

Er lachte und nickte. „Ich werd's brauchen, ja. Mir steht ja noch der Spießrutenlauf zurück ins Cockpit bevor!"

Barb versorgte ihn im Handumdrehen. Holland warf sich die Tabletten in den Mund und spülte sie mit der Cola hinunter.

Als Holland das Cockpit betrat, wirkte Robb etwas verstört.

„Gerade habe ich auf die Treibstoffanzeige geschaut, und plötzlich stiegen die Zeiger. Der Feldwebel unten sagt bloß, sie hätten Order erhalten, die Maschine aufzutanken. Keine weitere Erklärung."

Holland glitt auf den linken Pilotensitz und nahm Kontakt mit dem Firmenvize in Dallas auf.

„Man hat beschlossen, euch an einen sichereren Ort zu bringen, James."

„Sicher für wen? Wir sind hier absolut sicher."

„Die isländische Regierung hat spitzgekriegt, daß ihr in Keflavik seid, und will euch unbedingt wieder loswerden. Die deutsche Regierung macht alle Welt verrückt, weil sie den Medien erklärt, das Virus, das ihr angeblich an Bord habt, könne die halbe Menschheit ausrotten. Ist natürlich Blödsinn. Die versuchen damit lediglich die verweigerte Landegenehmigung in Frankfurt zu rechtfertigen. Und ich sage Ihnen: Wenn Europa in Panik gerät, zieht Nordamerika nach und Island natürlich auch."

„Und wo sollen wir jetzt hinfliegen?"

„Das Weiße Haus und das Pentagon haben ein Flugfeld ausgesucht, wo ihr problemlos landen könnt. Vor einer guten Stunde hat die Luftwaffe eine ganze Frachtflotte auf die Reise geschickt – mit Ärzten, Zelten, Lebensmitteln und so weiter."

„Also, wo dürfen wir denn jetzt Weihnachten feiern? In Arizona? Oder vielleicht in New Mexico?"

„In Afrika", antwortete der Mann in Dallas. „Es gibt da ein Flugfeld mit einer perfekten Landebahn. Wurde von den Sowjets gebaut."

„Was? Afrika? Das liegt doch genau entgegengesetzt!"

„Ich weiß, James, aber es ist die beste Lösung. Sie bekommen den Flugplan in ein paar Minuten per Satellit überspielt. Ihr Flugziel liegt in der westlichen Sahara."

Robbs Augen weiteten sich. Holland mühte sich um eine besonnene Antwort. „Das halte ich nicht für klug, Sir. Die Passagiere regen sich schon genug auf. Wenn wir in die falsche Richtung fliegen, werden sie denken, daß man uns abschreibt. Warum sagen Sie demjenigen, der diese grandiose Idee hatte, nicht einfach, daß der Captain sich weigert? Es ist doch möglich, daß wir unterwegs krank werden."

„James, ob Sie wollen oder nicht, spielt leider keine Rolle mehr. Die isländische Regierung droht mit der Kündigung unseres Stationierungsvertrags und der Schließung des Stützpunkts, falls Sie nicht verschwinden. Ich bin auf Ihre Kooperation angewiesen, James. Mir ist versichert worden, daß niemand an Bord vor Ablauf der nächsten vierzig Stunden erkranken kann. Es tut mir wirklich furchtbar leid, aber Washington setzt uns gewaltig unter Druck."

James Holland seufzte tief. Er preßte den Telefonhörer an sein Ohr und hörte seine eigene Stimme etwas sagen, was weder er noch sein Kopilot hören wollte: „Okay, Sir. Wenn Sie unbedingt wollen, dann fliegen wir diesen Vogel eben nach Afrika. Schicken Sie den Flugplan rüber. Ich schließe jetzt." Holland legte den Hörer auf.

„Sie haben einfach so nachgegeben! Es gibt doch nicht den geringsten Anlaß, hier abzufliegen, bevor die Geschichte ausgestanden ist!" brüllte Dick Robb ihn an.

Holland massierte sich mit beiden Händen die Schläfen. „Man verweigert uns hier jede Hilfe, und draußen ist es eiskalt. Vielleicht ist das Wüstenklima angenehmer, und wir können die Maschine verlassen."

„Mensch, Holland, ich habe Ihnen alle Freiheit gelassen, mit voller Kapitänsautorität zu sprechen. Doch kaum wird's kritisch, da sind Sie nichts weiter als ein braver Befehlsempfänger! Wir erwarten Befehlsautorität von unseren Flugkapitänen!"

„Da Sie so offensichtlich der Meinung sind, daß ich gegen Vorschrift XYZ verstoße, sagen Sie mir doch bitte, was Sie an meiner Stelle täten!?"

„Zunächst einmal etwas Rückgrat beweisen, verdammt noch mal!"

„Sie wollen also, daß ich mich weigere zu starten?"

„Ja, zum Teufel! Wir fliegen diese Kiste nirgendwohin, es sei denn nach Hause! Sie brauchen das diesem Dummkopf von der Firma bloß zu sagen, dann ruft der in Washington an und sagt, tut mir leid, der Captain macht von seinen Hoheitsrechten Gebrauch. Ein Notfall, da hat er das letzte Wort."

„Seit wir in Frankfurt gestartet sind, haben wir schon mindestens zweimal versucht, uns auf einen Notfall zu berufen. Hat aber kein einziges Mal geklappt, oder?"

„Sie ... Sie reden von Regierungen. Ich rede von unserer Fluggesellschaft. Ein guter Kapitän weiß, wann der Zeitpunkt gekommen ist, seiner Fluggesellschaft zu sagen, sie soll ihm mal den Buckel runterrutschen!"

„Dann wäre es also ein Zeichen von Führungskompetenz, wenn ich meine eigenen Entscheidungen träfe?"

„Genau!"

„Na schön. In Ausübung meiner Autorität als verantwortlicher Flugzeugführer treffe ich meine eigene Entscheidung und beschließe, daß es das beste ist, der Order der Firmenleitung zu folgen und nach Afrika zu fliegen! Mir reicht's jetzt. Hören Sie mit Ihrer Meckerei auf, Dick, und lassen Sie mich in Ruhe!" Holland beugte sich nach links und begann, in seiner Flugtasche herumzuwühlen, dann richtete er sich wieder auf und knallte Robb die Prüfungsmappe auf den Schoß.

„Was soll das?" fragte Robb überrascht.

Hollands Stimme blieb zwar leise, aber der Zorn, der mit jeder Bemerkung Robbs in ihm gewachsen war, schien kaum noch beherrschbar. „Entweder Sie unterschreiben das hier – oder Sie übernehmen selber das Kommando!"

Robb senkte den Blick auf die Prüfungsmappe. Das Kommando zu übernehmen, alle Entscheidungen selbst treffen zu müssen – nein, das war das letzte, was er wollte. Er tastete zur Brusttasche seines Hemdes und fingerte den Kugelschreiber heraus.

Kiew, Ukraine · Freitag, 22. Dezember
4.28 Uhr (0228 Z)

WIE LANGE das Telefon in der frostigen Kühle vor Einbruch der Morgendämmerung schon klingelte, hätte Juri Steblinko nicht sagen können, doch irgendwann hatte sich das Geräusch in seinen Traum eingeschlichen. Er öffnete die Augen. Dunkelheit umgab ihn. Er lag auf dem Rücken und spürte Anjas weichen, entspannten Körper. Ihr Haar fiel über seine Wange, ihr Duft stieg ihm in die Nase. Das Telefon schrillte beharrlich weiter. Juri glitt aus dem Bett in die eisige Kälte des Zimmers, nicht ohne sich vorher noch zu vergewissern, daß Anja gut zugedeckt war. Er kannte die Altbauwohnung gut. Vorsichtig tastete er sich durch das Schlaf- und das angrenzende Wohnzimmer zum Telefon und hob den Hörer ab. „Ja?“ sagte er leise auf russisch.

Der Anrufer meldete sich in der gleichen Sprache, doch hatte sein Russisch einen Akzent, der Juri nicht unbekannt war.

„Ja, hier ist Juri. Mit wem spreche ich?“

„Mit einem Freund und potentiellen Auftraggeber“, erwiderte die Stimme.

„Soll ich raten?“

„Ja, aber nennen Sie keine Namen.“

Auf dem Telefontischchen stand eine kleine Lampe. Juri knipste das Licht an. „Welche Anhaltspunkte können Sie mir geben?“

„Erinnern Sie sich an Wladiwostok?“ fragte der Mann am anderen Ende der Leitung. „An die Person, die Sie damals im Hotel Metropol kennengelernt haben? Sie erwähnte damals, daß sie möglicherweise ein paar Aufträge für Sie hätte und Ihnen bei Ihrer Karriere behilflich sein könnte.“

Juri merkte auf. Zwanzig Jahre KGB-Arbeit hatten seine Sinne für solche Situationen geschärft. Der Mann wollte nicht, daß man seinen Namen nannte. Er überlegte fieberhaft. Wann war ich zum letztenmal im Osten …? Ach ja, vor zwei oder drei Jahren … Einer meiner letzten Aufträge als Oberst der russischen Luftwaffe … Der Mann erwähnte Wladiwostok … Und dort war Juri nur ein einziges Mal gewesen, und zwar in einer höchst privaten Angelegenheit. „Sind Sie diese Person?“ fragte er.

„Genau. Sie haben mich vor zwei Jahren in Wladiwostok aufgesucht.“

In Juris Hirn formte sich das Bild des Mannes, mit dem er damals gesprochen hatte. Die Sowjetunion war zerfallen, all seine Hoffnungen auf eine Karriere in der Luftwaffe hatten sich zerschlagen. Er hatte einen Ausweg gesucht und sogar an Flucht gedacht. „Natürlich erinnere ich mich an Sie.“

„Fliegen Sie noch, Juri? Haben Sie noch immer zu dem Material Zugang, über das wir damals sprachen?“

„Ich arbeite jetzt als Testpilot, zum Beispiel für den neu entwickelten Überschall-Busineßjet von Suchoi.“

„Gut. Ich habe da vielleicht einen Auftrag für Sie, aber wir können das nicht am Telefon besprechen.“

„Wo dann? Soll ich zu Ihnen kommen?“

„Nein. Wenn Sie noch immer an der Vereinbarung interessiert sind, über die wir damals gesprochen haben, dann könnte es jetzt soweit sein. Meine Organisation wäre dazu bereit – vorausgesetzt, Sie sind sofort einsatzfähig. Wahrscheinlich müssen Sie das richtige Material innerhalb weniger Stunden auftreiben.“

„Sagen Sie mir, wohin ich kommen soll.“

„Ich werde Ihnen jetzt eine Adresse in Kiew geben. Seien Sie Punkt neun Uhr da. Ein Russe, der sich Alexander nennen wird, erklärt Ihnen dort, was wir von Ihnen wollen. Wenn Sie einverstanden sind, sagen Sie ihm, welche finanziellen Mittel Sie benötigen. Er wird dafür sorgen, daß sie Ihnen innerhalb von drei Stunden zur Verfügung gestellt werden. Sind Sie sofort einsatzbereit?“

„Ja! Selbstverständlich!“

„Gut.“

In der alten Zeit, dachte Juri, wäre ein solches Gespräch unmöglich gewesen. Kein Agent hätte über das normale Telefonnetz unverschlüsselt solche Themen besprochen. Eilig notierte er sich die Adresse. Dann legte sein Gesprächspartner auf.

In Sekundenschnelle war Juri wieder im Schlafzimmer und fuhr mit der kalten Hand unter die Decken. Anja erwachte mit einem kleinen Schrei. Ihr Kopf hob sich aus einer blonden Lockenflut. Er beugte sich zu ihr nieder und küßte sie.

„Ich bekam eben einen phantastischen Anruf und muß sofort weg“, sagte er. „Vielleicht bin ich heute abend schon wieder da, vielleicht aber auch erst in ein paar Wochen. Doch wenn alles so läuft, wie ich mir das vorstelle, dann können wir endlich weg von hier. An einen Ort, an dem wir endlich leben können, Anja, richtig leben. Wo wir heiraten und Kinder haben können.“

Ein Lächeln erhellte ihre Miene, ihre Augen strahlten. Auch Juri lächelte. Er legte den Zeigefinger auf seine Lippen. „Es ist genau wie in den alten Zeiten, Liebling. Du weißt von nichts und hast auch keine Ahnung, wo ich bin.“

An Bord von Flug 66

Brenda Hopkins war auf ihrem Sitz im Oberdeck eingenickt. Sie erwachte, als sich jemand über sie beugte.

„Brenda? Tut mir leid, daß ich Sie aufwecken muß. Aber wir brauchen Ihre Hilfe."

Brenda rieb sich die Augen, blinzelte und erkannte Flugkapitän Holland.

„Wir müssen die Leiche von Professor Helms aus dem Crewraum entfernen. Dazu brauchen wir die Leute, die schon früher Körperkontakt mit ihm hatten."

Brenda nickte. Es bestand keine Veranlassung, auch noch andere Personen dem Ansteckungsrisiko auszusetzen.

Als die fahrbare Gangway an der hinteren linken Tür des Flugzeugs angekoppelt wurde, hatte Brenda ihren kritischen Auftrag bereits erledigt und die Leiche in mehrere Plastiksäcke eingewickelt. Im gleichen Augenblick leuchtete das Lämpchen auf, mit dem die Passagiere zum Anlegen der Sicherheitsgurte aufgefordert wurden, und die Stimme James Hollands dröhnte durch die Kabine. „Meine Damen und Herren, hier spricht Kapitän Holland. Ich darf Sie jetzt bitten, Ihre Sitzplätze einzunehmen. Wir sind zwar noch nicht abflugbereit, aber wir müssen eine Tür öffnen, um Proviant an Bord zu nehmen und den Toten an die Behörden zu übergeben."

Hier und da erklangen verhaltene Unmutsbezeugungen. Beunruhigt spähte Brenda, die in der hinteren Bordküche stand, um die Ecke. In der Touristenklasse standen mehrere Männer im Gang und weigerten sich, zu ihren Plätzen zurückzukehren. Einer von ihnen fuhr wütend einen bereits sitzenden Passagier an, der ihn aufgefordert hatte, der Bitte des Kapitäns Folge zu leisten. Zwei andere Passagiere erhoben die Stimme gegen den Unruhestifter, der sofort zurückschrie. Ein weiterer Mann sprang auf und griff auf der Seite des Randalierers in den Streit ein.

Wieder meldete sich James Holland über den Bordlautsprecher. „Ich möchte Sie kurz über den neuesten Stand der Entwicklung informieren. Wir werden, wie es scheint, in ein paar Stunden Island verlassen können … Allerdings können wir noch nicht nach Hause fliegen. In Zusammenarbeit mit unserer Fluggesellschaft hat die amerikanische Regierung beschlossen, mehrere Transportmaschinen der

Luftwaffe mit medizinischem Personal und einem Feldlazarett loszuschicken, falls wider Erwarten tatsächlich jemand von uns an diesem Virus erkranken sollte. Ich kann Ihnen noch nicht genau sagen, wo wir diese Leute treffen werden. Nur soviel: Das Klima ist dort erheblich wärmer und angenehmer als auf Island. Außerdem dürfen wir dort endlich das Flugzeug verlassen. Ich bin wiederholt gefragt worden, ob wir rechtzeitig zu Weihnachten daheim sein werden", fuhr Holland fort. „Die Antwort auf diese Frage lautet bedauerlicherweise nein."

Einige Passagiere stöhnten enttäuscht auf. Die Protestierer schimpften vernehmlich.

„Ich versichere Ihnen jedoch, daß wir Sie, sobald wir die Genehmigung dazu haben, auf dem schnellstmöglichen Weg nach Hause bringen werden."

Die Rebellen hielt es nicht länger auf ihren Stehplätzen. Sie drängten in den Gang und zettelten dort einen lauten Streit mit Barb Rollins und zwei anderen Stewardessen an. Brenda griff zum Intercom, um das Cockpit zu alarmieren. Vierzig Sekunden später erschien James Holland. Die Unruhestifter hatten Barb und ihre beiden Kolleginnen nach vorne gedrängt. Holland griff in ein Gepäckfach und holte ein Megaphon heraus. Er ging auf die Streitenden zu und schaltete das Gerät ein. „Achtung, hier spricht der Flugkapitän! Keine Bewegung mehr! Begeben Sie sich unverzüglich wieder auf Ihre Plätze!"

Die Aufrührer hielten inne und folgten der Anweisung dann widerwillig, krakeelten aber weiter und beklagten sich über die Art und Weise, wie sie behandelt wurden.

Holland ging zu Tür 3 vorne links, nahm dort ein Mikrofon der Bordsprechanlage zur Hand und wandte sich an die Passagiere. „Wir sitzen alle in einem Boot, Leute. Aber der Chef an Bord bin ich, und ich dulde keinerlei Aufruhr. Wer das nicht versteht, soll unverzüglich vortreten. Ich werde es ihm unmißverständlich erklären. Bitte bleiben Sie auf Ihren Plätzen."

Holland legte gerade den Hörer zurück, als sich eine Frau von ungefähr 30 Jahren von einem der Sitze erhob und in den Gang drängte. Der Mann neben ihr wollte sie zurückhalten, doch sie riß sich los und lief den Gang hinunter. Ihre Augen verrieten Panik und Verwirrung.

Holland trat ihr in den Weg. „Madam, ich ersuche Sie ..."

Sie fegte vorbei, ohne ihn überhaupt wahrzunehmen, und stürzte auf die erste Klasse zu. Holland drehte sich um und wollte ihr folgen. Im gleichen Moment hörte er Schritte hinter sich, und als er zurückblickte, sah er einen besorgten Mann, der ihm auf den Fersen folgte. „Das ist meine Frau, Captain. Sie fühlt sich nicht gut."

Holland nickte. Gemeinsam nahmen sie die Verfolgung auf. Als sie die Erste-Klasse-Kabine betraten, bemerkte der Prediger Garson Wilson den Captain und stand auf. Die Frau übersah er.

„Bleiben Sie stehen, Madam!" rief Holland.

Schon war Lisa an Wilson vorbei. Unmittelbar darauf trat der Prediger in den Gang und versperrte Holland den Weg.

„James? Ich muß mit Ihnen reden", dröhnte Wilson.

Lisa hatte eine Tür gefunden. Sie riß sie auf, fand aber nur einen Schrank vor. Sofort machte sie kehrt und ging wieder auf Wilson zu. Er drehte sich um und legte ihr den Arm um die Schultern. „Was ist los, meine Gute?" fragte er.

„Meine Kinder! Ich muß hier raus!" rief Lisa. Dann sah sie, daß Keith Erickson Holland überholte und auf sie zukam. „Nein!" kreischte sie und drückte sich an Wilson.

Garson Wilson wandte sich Keith Erickson zu und hob seine freie Hand. „Lassen Sie sie in Frieden! Sie hat Angst vor Ihnen."

„Das ist meine Frau! Sie ist verwirrt ... Sie will hier raus."

„Fein", schnaubte Wilson, „das will ich zufällig auch!"

„Er will mir meine Kinder wegnehmen!" heulte Lisa.

Eine plötzliche Änderung des Kabinenluftdrucks zeigte an, daß in etwa fünfzig Meter Entfernung am Ende der Hauptkabine die linke Hecktür geöffnet worden war. Auch Lisa Erickson spürte es. Sie entdeckte, daß der gegenüberliegende Gang von der ersten Klasse ins Heck der Maschine führte. Sie riß sich von Wilson los und stürmte davon. Keith Erickson setzte ihr nach, doch Wilson trat ihm in den Weg und hastete selbst aufs Heck zu, während Holland und Erickson sich erst durch eine Sitzreihe schlängeln mußten, um Lisa zu folgen. Wilson holte Lisa Erickson ein. Gemeinsam rannten sie, jeder in seinem Gang, an vierzig Sitzreihen vorbei. Holland und Keith Erickson wurden bei der Verfolgung von Passagieren behindert, die sich in den Gang vorbeugten, um Lisa und Wilson nachzuschauen.

Die hintere Tür war entriegelt und aufgestoßen worden. Direkt vor der Öffnung stand eine Gestalt im weißen Schutzanzug, die kleine Proviantpakete hereinreichte, die von Brenda und zwei weiteren Flugbegleiterinnen entgegengenommen wurden. Lisa tauchte im hinteren Durchgang auf und entdeckte die offene Tür sofort. Wilson schrie: „Na los, meine Gute! Das ist Ihre einzige Chance, und ich bin direkt hinter Ihnen!" Lisa drängelte sich an den Stewardessen und der Gestalt im

Schutzanzug vorbei, fegte die Gangway hinunter und hinaus in die Nacht.

Wilson folgte ihr hinaus auf die Stufen und begann hinabzusteigen, als er sah, daß Sicherheitspolizisten, ebenfalls in Schutzanzügen, mit erhobenen Maschinenpistolen auf sie zugerannt kamen. Abrupt hielt er inne. Erschüttert stolperte er rückwärts wieder auf die Tür zu, als ihn auch schon der Mann, der die Lebensmittel übergeben hatte, an den Schultern packte und ins Flugzeug zurückschob.

Holland und Erickson waren gerade noch rechtzeitig gekommen, um Lisa durch die Tür verschwinden zu sehen. Holland schob sich an Wilson vorbei und zwängte sich durch die Tür, während er Erickson zurief: „Bleiben Sie drin! Niemand darf hinaus!"

Der Mann im Schutzanzug war schon halb die Fluggasttreppe hinuntergehastet und schrie Lisa mit durch den Helm gedämpfter Stimme zu, sie solle zurückkommen. Holland überholte ihn.

Lisa Erickson stolperte auf ein rotes Absperrseil zu, das über den Beton gespannt war. Sie zitterte am ganzen Leib. Der Wind war beißend kalt.

Am rechten und linken Rand der abgesperrten Zone tauchten mehrere Gestalten auf. Holland stellte fest, daß das rote Seil in einer Distanz von etwa hundert Metern die gesamte Boeing umschloß. Lisas Vorsprung betrug mindestens dreißig Meter.

Als Holland den Boden erreichte, zerrissen Gewehrsalven die Stille, und die Gesten der anrückenden Sicherheitskräfte machten ihm unmißverständlich klar, daß man seinen sofortigen Rückzug in die Maschine erwartete. Andere konzentrierten sich auf Lisa, die sie jedoch gar nicht wahrzunehmen schien. Alle Männer trugen Schutzanzüge, alle hatten die Waffen im Anschlag. Von allen Seiten näherten sie sich Mrs. Erickson.

Holland formte seine Hände zu einem Trichter und brüllte: „Sie ist geistesgestört! Laßt sie in Ruhe!" Der Wind trug seine Schreie davon. Er trat einen Schritt nach vorn, und sofort peitschten unmittelbar vor ihm Kugeln auf den Beton. Er machte einen Satz rückwärts.

Einer der Wachtposten hatte sich die Schutzmaske vom Gesicht gerissen und hielt ein Megaphon vor den Mund. „Zurück, oder wir schießen! Sie dort an der Gangway, keinen weiteren Schritt vorwärts! Sie da, Madam, dort am Seil! Sofort stehenbleiben, oder wir schießen!"

Lisa strebte wie eine Schlafwandlerin auf das Absperrseil zu.

So laut er konnte, schrie Holland: „Lisa, kommen Sie zurück! Wir haben Ihre Kinder im Flugzeug!"

Sie blieb nicht stehen, sondern hielt langsam, aber stetig auf das Seil zu. Jeder Wachtposten hätte sie zurückhalten können, doch Holland war klar, daß keiner von ihnen bereit war, dieses Risiko einzugehen.

Keith Erickson schrie: „Bitte, Honey! Ich liebe dich, Lisa. Komm zu mir und den Kindern zurück, Liebling!"

Holland sah mehrere Bewaffnete, die kaum drei Meter von Lisa entfernt auf der anderen Seite des Seils standen und die Waffen auf sie richteten. Lisa stürzte auf sie zu und stieß unartikulierte, schrille Schreie aus. Keith Erickson versuchte, zu seiner Frau zu eilen, doch Holland zerrte ihn zu Boden. Plötzlich hörte er das Rattern automatischer Waffen.

Lisa Erickson fiel auf den gefrorenen Betonboden, schlitterte in das Seil und blieb bewegungslos liegen, während sich rasch eine rote Pfütze um sie bildete. Die beiden Schützen fuhren, über ihr eigenes Tun erschrocken, entsetzt zurück. Der Mann mit dem Megaphon befahl Holland und Erickson, in die Maschine zurückzukehren. Weitere Salven wurden abgefeuert und trafen direkt vor ihren Füßen auf den Boden.

„O mein Gott!" Aufschluchzend versuchte Erickson, zu seiner Frau zu laufen. Holland mußte seine ganze Kraft aufbieten, um ihn zurückzuhalten. „Bleiben Sie hier! Die erschießen Sie auch! Ihre Kinder brauchen Sie! Hören Sie mich?" Er zerrte den Mann die Gangway hinauf, hinein in die Maschine. Dort wartete Barb und kümmerte sich um Erickson.

„Bringen Sie ihn aufs Oberdeck", wies Holland sie ruhig an.

„Wo steckt der gottverdammte Kapitän?" Einer der Wachmänner war die Gangway hinaufgestiegen.

Holland stieß die Tür ein Stückchen weiter auf und streckte den Kopf hinaus. „Verdammte Schweine, ihr!" brüllte er dem Vermummten zu. „Knallt blindlings eine junge Mutter über den Haufen! Das ist Mord!"

„Verflucht noch mal, Captain, wir haben Ihnen gesagt, daß niemand die Maschine verlassen darf! Wir haben ihr – und Ihnen! – mehr Spielraum gelassen, als wir eigentlich durften. Hätte ich mich strikt an meine Befehle gehalten, wären Sie jetzt auch tot!"

„Ich habe versucht, Ihnen zu erklären, daß sie psychisch gestört war! Konnten Sie das nicht verstehen?"

Der Mann im Schutzanzug war offenkundig der Befehlshaber der anderen. „Wir konnten sie nicht laufenlassen, Sir. Unsere Befehle sind eindeutig. Die Frau war gewarnt – und Sie auch!"

„Was geschieht mit der Leiche?“ fragte Holland.

Der Mann drehte sich um und warf einen Blick auf die zusammengesunkene Gestalt auf dem Betonboden. Ein paar seiner Leute waren gerade dabei, ein Tuch über sie zu decken. Er zuckte die Achseln. „Nicht meine Entscheidung, Sir. Man wird Sie unterrichten. Wir müssen jetzt die Essenspakete einladen, den Toten übernehmen und dafür sorgen, daß diese Tür so schnell wie möglich wieder geschlossen wird. Und sagen Sie's Ihren Leuten noch einmal klipp und klar: Der nächste, der rauskommt, wird von uns weggepustet! Verstanden?“

Holland spürte, wie sämtliche Dämme in ihm brachen. Mit beiden Händen packte er den Mann und zog ihn zu sich heran. „Sie jämmerlicher Befehlsautomat! Was tun Sie denn, wenn wir alle auf einmal hier herausmarschieren? Knallen Sie uns dann alle ab?“

Nach kurzem Zögern nickte der Mann. „In diesem Fall, Captain, gäbe es ein Massaker, und meine Leute und ich würden den Rest unseres Lebens damit zubringen, mit dieser Erinnerung fertig zu werden.“

BARB ROLLINS zwang sich, auch nach Lisa Ericksons Tod weiterzufunktionieren, doch kostete sie das ihre gesamte Kraft. Sie überwachte die Übergabe der Leiche von Professor Helms und vergewisserte sich, daß alle Essenspakete an Bord gelangt waren, bevor sie die Tür wieder verriegelte. Dann entfernte sie die Wäsche von der Liege im Ruheraum der Crew, auf der der tote Helms gelegen hatte, zog den Vorhang vor und brachte den jungen Mann mit dem gebrochenen Bein auf einer unbenutzten Liege unter. Als sie in die Passagierkabine zurückkam, begegnete ihr eine verzweifelte Brenda Hopkins. „Die sind bereit, uns alle zu erschießen, Barb! Mein Gott, was für eine Angst die vor uns haben müssen! Wir müssen ja grauenhaft verseucht sein!“

Barb packte sie an den Schultern. „Schau mal, die da draußen mögen ja meinetwegen in Panik geraten sein. Aber wir wissen doch, daß Helms einen Herzinfarkt hatte, ob er auch noch sonstwie krank war oder nicht.“

Brenda sah auf und nickte wortlos.

Barb nahm die Hände von ihren Schultern und versuchte den kalten Schauder zu ignorieren, der ihr über den Rücken kroch. Sie hatte sich damit abgefunden, daß sie Weihnachten nicht zu Hause verbringen würde. Ihr Mann hatte sich damit abgefunden. Jetzt jedoch stellte sie sich die Frage, ob sie ihn überhaupt jemals wiedersehen würde.

„Ich glaube, Mrs. Erickson hatte mehr Glück als wir alle“, flüsterte Brenda.

CIA-Hauptquartier, Langley, Virginia
Freitag, 22. Dezember · 23 Uhr (0400 Z)

SHERRY ELLIS war Jonathan Roth seit vier Jahren direkt unterstellt, wie sie Dr. Rusty Sanders in einem ruhigen Moment erzählte, als sie allein in dem zum Krisenzentrum umfunktionierten Konferenzzimmer saßen. „Beruflich trägt er einen Panzer aus rostfreiem Stahl", ergänzte sie, „entstanden in der jahrelangen Praxis verdeckter Operationen. Er ist verdammt schwer zu durchschauen."

Sherry war eine zierliche, hochintelligente und selbstbewußte junge Frau mit strahlend grünen Augen. Ihr trockener Humor und ihre ruhige Energie – von ihrem Aussehen ganz zu schweigen – gefielen Rusty sehr. Es war nicht die richtige Zeit für derlei Gedanken, doch da sich die dramatische Affäre um Flug 66 immer mehr in die Länge zog, war sein überdrehter Geist für jede Ablenkung dankbar.

„Mögen Sie ihn?" fragte er.

„Ich arbeite für Jon Roth. Er ist unglaublich begabt. Ihn zu mögen – oder auch nicht – gehört nicht zu meinem Aufgabenbereich."

Rusty nickte. „Entschuldigen Sie. Ich wollte nicht herumschnüffeln."

„Klar wollten Sie das!" Sie lächelte. „Sie tragen schließlich einen CIA-Ausweis in der Tasche. Sie sollen herumschnüffeln! Dafür werden Sie bezahlt!"

Als die Nachricht von der Erschießung Lisa Ericksons in die Labyrinthe von Langley einsickerte, verschwand Sherry, um Roth in seinem Büro zu informieren. Kurze Zeit später kehrte sie mit einem grimmig dreinblickenden Mark Hastings zurück.

„Irgendwas Neues?" Rusty hatte wieder Datenbanken durchgekämmt.

„Wir halten sie so lange auf Island fest, bis der afrikanische Landeplatz vorbereitet ist. Kann einen halben Tag dauern. Die Medien fallen bereits auf Island ein. Vermutlich hören sie den Funkverkehr ab. Diese Story wird Schlagzeilen machen wie die Invasion von Kuwait!" Mark deutete auf eine Reihe von Fernsehschirmen, die eilig vor einer Wand aufgereiht worden waren. CNN berichtete nahezu ununterbrochen. Die drei größten Fernsehsender wollten vom Morgengrauen an live über Satellit aus Keflavik übertragen. „Roth sagte mir übrigens, ich solle Sie ausdrücklich loben, Rusty. Ihnen haben wir es zu verdanken, daß wir den Termin nicht überschritten und die DIA um zwanzig Minuten unterboten haben.“

Rusty Sanders nahm die Bemerkung mit einem lässigen Winken zur Kenntnis. Mark erläuterte die nächsten Aufträge. Roth wollte, daß sie sich jetzt einen Überblick über die Reaktionen der internationalen Geheimdienste verschafften. Insbesondere war ihm daran gelegen herauszufinden, ob es Hinweise darauf gab, daß die Anwesenheit des Botschafters Lee Lancaster an Bord von Flug 66 die Iraner oder eine vom Iran unterstützte Terrororganisation auf den Plan gerufen hatte.

„Glaubt er im Ernst, daß die Flug 66 aufs Korn nehmen?“ fragte Rusty. „Die Deutschen haben doch schon ganze Arbeit geleistet. So etwas schafft doch weder die Hisbollah noch die Akbah.“

Sherry und drei weitere Analytiker, die inzwischen eingetroffen waren, stimmten ihm zu. Doch Mark schüttelte den Kopf. „Roth will absolut sicher sein, daß niemand den Plan des Präsidenten durchkreuzt. Also machen wir uns an die Arbeit.“

Sie schwärmten bereits aus, als Mark einfiel, daß er vergessen hatte, Roth einen Stapel Informationsmaterial auf den Schreibtisch zu legen.

„Ich bring ihm die Unterlagen“, erklärte Rusty. „Ich muß ohnehin mit ihm reden.“

Mark Hastings sah Rusty Sanders verwundert an. Daß ein untergeordneter Mitarbeiter ohne ausdrückliche Einladung bei einem Direktor vorsprach, war in der CIA keineswegs üblich. Doch er reichte Sanders die Papiere. Rusty nahm sie entgegen und verließ das Zimmer.

Jon Roth telefonierte gerade, als Rusty Sanders’ Kopf im Türrahmen erschien. Roth winkte ihn herein und setzte sein Gespräch fort. Rusty nahm Platz und zwang sich zur Ruhe, bis Roth aufsah. „Ja, Doktor?“

„Das Obduktionsteam beginnt in Kürze mit der Untersuchung der Leiche von Professor Helms, Herr Direktor. Ich habe um sofortige Benachrichtigung gebeten, sobald Symptome einer Viruserkrankung – oder deren Fehlen – festgestellt werden. Tatsache ist jedoch, daß es Tage oder gar Wochen dauern kann, bis ein Ergebnis vorliegt.“

Das Telefon läutete. Roth nahm ab, bat Rusty mit einer Handbewegung um Geduld, genehmigte irgend etwas, legte den Hörer wieder auf und erhob sich. „Bleiben Sie hier, Doktor. Ich bin gleich wieder da.“

Rusty lehnte sich in seinem Sessel zurück und sah sich um. Der aufgeklappte Notebook-Computer auf Roths Schreibtisch fiel ihm auf und einige Papiere, deren Format ihm irgendwie vertraut erschien. Er beugte sich vor und warf einen Blick darauf. Es handelte sich um einen internationalen Flugplan mit Startort Keflavik, Island.

Er drehte den Flugplan um. Die Route verlief fast ausschließlich über Wasser, fast 5000 Kilometer südwärts über den Atlantik. Der letzte Teil führte ungefähr 250 Kilometer östlich der Kanarischen Inseln über der kleinen marokkanischen Siedlung Tan-Tan zur afrikanischen Küste und kurz dahinter über die Grenze nach Mauretanien. Der Landeplatz lag mindestens 250 Kilometer von allen menschlichen Siedlungen entfernt. Sah man von den Marokkanern ab, die über eine kleine Armee verfügten, so war der Anflugweg für alle potentiellen Widersacher von Flug 66 aus den arabischen Ländern äußerst weit.

Schritte im Gang veranlaßten Rusty, den Flugplan wieder in seine ursprüngliche Position zu drehen. Dann war Roth auch schon wieder im Zimmer. „Tut mir leid, Doktor. Eine Meldung jagt die andere.“ Sein Blick überflog den Computerbildschirm. Mit zwei Anschlägen sicherte er die eingegangene Meldung. Der Monitor wurde schwarz. „Gut, Doktor. Fahren Sie bitte fort.“

„Okay. Was passiert, wenn ich zu Ihnen komme und Ihnen sage, daß sich im Eilverfahren keine Viruserkrankung nachweisen läßt? Ich meine, wir haben nicht vor, die Passagiere von Flug 66 zu erschießen. Entweder sie erkranken – oder sie erkranken nicht.“

Roth nickte. „Ich denke, Doktor, Sie haben soeben Ihre Frage selbst beantwortet. Selbstverständlich möchte ich umgehend erfahren, was die Experten herausfinden. Unsere Planung bleibt davon aber unberührt. Wenn niemand an Bord von Flug 66 krank wird, können alle Insassen der Maschine rasch wieder nach Hause. Wird aber auch nur eine Person krank, werden alle sterben. Und für diesen Fall sind sie dann an einem sicheren Ort und werden professionell versorgt. Aber eine Frage noch, Doktor. Wenn Sie die bisherigen Fakten berücksichtigen – die nachgewiesene Infektion der beiden Laborangestellten in Bayern, Helms' tätliche Auseinandersetzung mit dem Wissenschaftler, der kurz darauf starb … Sind da noch Zweifel möglich? Oder lassen Sie sich bei Ihrer Arbeit vielleicht vom Prinzip Hoffnung leiten?“

„Wenn ich ehrlich bin, Sir, muß ich gestehen, daß ich noch einen Vorbehalt habe, der mir zu schaffen macht.“

„Und der wäre?“

„Hatte Professor Helms, als er das Flugzeug betrat, irgendwelche Symptome, die nicht mit einem beginnenden Herzinfarkt vereinbar gewesen wären? Wenn ja, dann muß ich davon ausgehen, daß die Sache hoffnungslos ist. Wenn aber alle Symptome auch bei einem Infarkt vorkommen können, dann besteht meiner Meinung nach durchaus die Möglichkeit, daß Helms gar nicht infiziert war. Ich kann nirgendwo in der Fachliteratur Hinweise auf eine Viruserkrankung finden, die dieselben Symptome wie ein Herzinfarkt hervorruft. Ich befürchte, daß wir eventuell voreilige Schlüsse ziehen."

Roth nickte. „Setzen Sie sich noch einmal mit der Maschine in Verbindung, Doktor. Interviewen Sie noch einmal diese Stewardeß und alle anderen, die mit dem Professor zu tun hatten. Und tun Sie's möglichst schnell."

„Wird gemacht!" erwiderte Rusty und sprang auf.

RUSTY brauchte zwanzig Minuten, bis er über Satellitentelefon wieder mit dem Cockpit von Flug 66 verbunden war. Die Passagierleitungen waren alle durch Privatgespräche belegt. Es gab eine Leitung, die für die Crew reserviert war, aber auch auf dieser wurde fast dauernd gesprochen. Endlich ertönte das Freizeichen.

Rusty trug seine Wünsche vor und wartete, bis sich Brenda Hopkins meldete, um seine Fragen zu beantworten. Nein, weitere Krankheitsfälle seien bislang nicht zu vermelden.

„Erzählen Sie mir noch einmal so genau wie möglich, welche Symptome Sie an dem Professor feststellen konnten, als er an Bord kam. Und was Sie beobachteten, als er den Infarkt erlitt."

Brenda sprach mehrere Minuten lang. Als sie fertig war, holte Rusty Sanders tief Luft. Brendas Bericht ließ seine Hoffnungen fast auf den Nullpunkt sinken. „Sie sagten, Helms habe stark gehustet?"

„Ja. Was hat das zu bedeuten, Doktor?"

„Ach, wahrscheinlich gar nichts. Mir ging es nur um die Bestätigung der uns vorliegenden Fakten."

Nach Beendigung des Gesprächs fühlte Rusty Sanders sich selber krank. Ein kehliger Husten allein war nichts Besonderes – nur ließ er sich nicht mit einem Herzinfarkt in Verbindung bringen. Der logische Folgeschluß war, daß dem Professor schon in Frankfurt nicht nur das Herzleiden, sondern noch etwas anderes zu schaffen gemacht hatte. Es sah so aus, als hätte Roth recht gehabt. Wahrscheinlich waren alle Menschen an Bord der Maschine infiziert und Flug 66 eine tickende Zeitbombe, die die gesamte Menschheit bedrohte.

Kiew, Ukraine · Samstag, 23. Dezember

Juri Steblinko verließ das Informationstreffen und machte sich auf den Weg in die Kiewer Innenstadt. Der russische Agent, der sich ihm als „Alexander“ vorgestellt hatte, war ihm nicht unbekannt gewesen: ein fähiger Mann und einst einer der besten KGB-Leute im Nahen Osten.

Im Prinzip war der Wunsch seines Auftraggebers erfüllbar. Doch zunächst mußte er so schnell wie möglich eine Reihe von Telefongesprächen führen, und außerdem benötigte er eine Menge Bargeld.

„Alexander“ hatte ihm eine Aktentasche mit dem Gegenwert von 100 000 US-Dollar in Rubeln übergeben und versprochen, falls nötig, bis Mittag weiteres Geld zu organisieren.

Was Juri jetzt brauchte, war ein Ort, von dem aus er streng geheime Telefonate führen konnte. Seine eigene Wohnung kam dafür nicht in Frage. Er hatte es sich zur Regel gemacht, Anja nie in seine verdeckten Aktivitäten einzuweihen und niemals sein eigenes Telefon zu benutzen. Es war sicherer für sie – und für ihn selbst –, wenn sie nicht Bescheid wußte. Anja verstand dies und stellte niemals Fragen.

Sein Ziel war das Büro eines Freundes, der eine Im- und Exportfirma leitete und sich nur mühsam über Wasser hielt. Der Freund war nicht sonderlich überrascht, als Juri ihm 200 000 Rubel übergab und sagte, er und seine Angestellten sollten für ein paar Stunden verschwinden. Der Freund war über Juris KGB-Vergangenheit informiert. Er zwinkerte ihm zu und verließ mit seinen vier Angestellten das Büro. 200 000 Rubel waren sehr überzeugend.

Juri begann mit seinem Telefonmarathon. Als erstes versicherte er sich der Mithilfe zweier vertrauter Freunde, die für ihn feststellen sollten, ob es irgendwo in der Nähe eine einsatzbereite MiG 25 oder irgendein anderes Kampfflugzeug gab, das für Geld umgehend verfügbar gemacht werden konnte. Er wollte sich als Mittelsmann eines reichen Geschäftsmanns aus dem Westen ausgeben. Der Mann, an den man sich zu wenden hatte, wenn man an schweres militärisches Gerät herankommen wollte, war ein gewisser Iwtschenko. Doch selbst der war nicht in der Lage, so kurzfristig ein so schnelles Flugzeug aufzutreiben.

Juri brauchte eine Maschine mit gut 7000 Kilometer Reichweite. Ein Kampfflugzeug mit diesen Eigenschaften gehörte jedoch nicht zum

Inventar der ehemaligen Sowjetunion. Lediglich große, schwerfällige Langstreckenbomber erfüllten diese Voraussetzung, doch konnten sie nicht von einem einzigen Piloten geflogen werden.

Kampfflugzeuge gab es überall „zu kaufen“, wenn man über die entsprechenden Schmiergelder verfügte. Doch es war unmöglich, mit einer voll bewaffneten MiG loszudüsen und, ohne Aufsehen zu erregen, auf diversen internationalen Flughäfen zwischenzulanden und aufzutanken. Es fehlte sogar die Zeit, die militärischen Abzeichen zu übermalen.

Juri wußte, daß er nichts tun durfte, was den Eindruck zerstören könnte, es handele sich um einen Plan der Akbah. „Sie sind eine Art Ghostwriter“, hatte sein Kontaktmann ihm erklärt. Er, Juri, erledigte den Job, und alle Welt hielt jemand anderen für den Täter.

Juri dachte an ein vertrauliches Informationsgespräch, das er vor zwei Jahren mit einem iranischen Kontaktmann in Teheran geführt hatte. „Die Akbah ist auf Diskretion bedacht“, hatte der Iraner gesagt. „Der Westen soll sich ruhig den Kopf darüber zerbrechen, ob sie an einem Anschlag beteiligt war oder nicht. Offiziell die Verantwortung übernehmen wird sie nie.“

Einer der alten Freunde hatte gelacht, als Juri ihm erklärte, er müsse noch am selben Nachmittag ein geeignetes Flugzeug finden. „Juri, Juri! Es gibt nur eine Möglichkeit, so schnell ein Flugzeug aufzutreiben: Du mußt es stehlen!“

Juri hatte über diesen Vorschlag nachgedacht. Er paßte zum Stil der Akbah. Natürlich würde man im Bedarfsfall stehlen, was man brauchte. Es war tatsächlich die einzige Lösung. Bei der Vorstellung, er könne sich auf einem russischen Luftwaffenstützpunkt einschleichen, mir nichts, dir nichts einen strategischen Bomber besteigen und sich mit ihm auf und davon machen, mußte Juri fast lachen. Er war Kampfpilot. Er beherrschte die MiG 25 und 29, aber eine Tupolew konnte er ohne Hilfe kaum starten, geschweige denn fliegen.

Vor seinem geistigen Auge formte sich das Bild der wunderschönen blau-weißen Gulfstream IV, die er vor einem Monat getestet hatte. Was für ein herrliches Flugzeug das war! Zwei starke Triebwerke, eine nach den individuellen Wünschen des Käufers angefertigte Kabine, ein Glascockpit mit flachen elektronischen Monitoranzeigen, mit Satellitenkommunikation und -navigation, Satellitenfernsehen, Funkgeräten und einem eigenen Abwehrsystem. Juris Aufgabe war es gewesen, das versteckte Abwehrsystem zu testen. Der saudiarabische Prinz, dem das Flugzeug gehörte, fürchtete, von irakischen oder israelischen Kampfflugzeugen beschossen zu werden. Er wollte geschützt werden, doch der einzige Schutz, den er sich vorstellen konnte, bestand in einer ständigen Kampfflugzeugeskorte – und diesen Sonderwunsch zu erfüllen, weigerte sich König Chalid.

„Warum bewaffnen Sie nicht einfach Ihre Gulfstream?“ hatte ein Bekannter ihn gefragt. „In der Ukraine gibt es einen Ort, an dem man Ihrem Flugzeug Luft-Luft-Lenkraketen auf ausfahrbaren Halterungen einbauen lassen kann.“

Da der Preis für ihn keine Rolle spielte, hatte der Prinz den Vorschlag aufgegriffen. Für drei Millionen Dollar in bar hatte er zusätzlich taktisches Radar und ein Radarwarngerät einbauen lassen. Die Maschine, mit der er nach Saudi-Arabien fliegen wollte, würde mit vier Luft-Luft-Raketen, Störfolien-Ausstoßgerät und elektronischen Antiraketensystemen zur Irreführung des gegnerischen Radars ausgestattet sein. Geheimhaltung sei oberstes Gebot, hatte man Juri berichtet. Der Prinz hatte große Sorge, daß man im Iran oder Irak von dem Umbau seines Privatflugzeugs erfuhr.

Wo befand sich die Maschine gegenwärtig? Und wann sollte sie ausgeliefert werden? Juri wußte es noch – Samstag, den 23. Dezember.

Demnach stand die Gulfstream IV noch immer auf dem Flughafen von Charkow. Die Maschine besaß über 7000 Kilometer Reichweite. Es war ein Geschäftsflugzeug ohne besondere Kennzeichen, das die ungewöhnliche Möglichkeit bot, vier Luft-Luft-Raketen abfeuern zu können. Darüber hinaus besaß es ein ausgefeiltes Kommunikationssystem, das sich nicht nur auf die Frequenzen aller anderen Flugzeuge einstellen, sondern sogar andere Satellitenübertragungen anzapfen konnte. Außerdem verstand Juri mit diesem Flugzeug umzugehen – und er wußte auch, wie man es stehlen konnte.

Er schüttelte den Kopf. Welch eine Ironie! Die Akbah stiehlt das geliebte Privatflugzeug eines Mannes, den man in Teheran als Feind des Islam bezeichnen würde, eines verhaßten Sunniten und Mitglieds der saudischen Königsfamilie, und benutzt es zu einem empfindlichen Schlag gegen den feindlichen Westen.

Bisher war alles nur Planung gewesen. Doch wenn er jetzt das telefonische Täuschungsmanöver in Szene setzte, das notwendig war, um die Maschine in aufgetanktem und bewaffnetem Zustand übernehmen zu können, legte er sich auf einen Auftrag fest, bei dem es ihm, wenn er nur daran dachte, den Magen umdrehte.

Ein Anflug von schlechtem Gewissen überkam ihn. Der Preis, den er für ein neues Leben für sich und Anja zu entrichten hatte, war die Ermordung von weit über zweihundert Menschen und die Zerstörung einer prächtigen Boeing 747 im Flug.

Welche Folgen bakteriologische Kriegsführung nach sich ziehen konnte, hatte Juri im Jahr 1972 miterlebt, als die Sowjetarmee ihre infamen Tests durchführte, bei denen politische Gefangene als Versuchskaninchen gedient hatten. Die Erinnerung an deren Leid suchte ihn noch heute in seinen Alpträumen heim. Doch wenn die Krankheit an Bord der Boeing 747 auch nur annähernd solche Leiden nach sich zog, wie sie damals jene Testpersonen hatten erdulden müssen, war das, was er vorhatte, tatsächlich ein Akt der Barmherzigkeit.

Mit heftigem Kopfschütteln vertrieb Juri seine Bedenken, nahm den Hörer ans Ohr und wählte die erste Nummer.

An Bord von Flug 66 · Keflavik, Island
Samstag, 23. Dezember · 4.30 Uhr (0530 Z)

NACH der Erschießung Lisa Ericksons war die Stimmung an Bord drastisch umgeschlagen. Hatten zuvor Gereiztheit und Beklemmung dominiert, herrschte nun tiefste Verängstigung.

Um 3.20 Uhr morgens hatte Dick Robb vorgeschlagen, die Crew in eine „A"- und eine „B"-Mannschaft einzuteilen, die, bis die Maschine Keflavik verlassen konnte, einander alle vier Stunden ablösen sollten. Erschöpft hatte James Holland zugestimmt. Die Lichter wurden gelöscht, die Fenster verdunkelt. Nur noch auf dem Oberdeck brannte Licht. Holland wies die Flugbegleiter der B-Mannschaft an, sich freie Sitze zu suchen und ein wenig zu schlafen. Und da er sich selbst der B-Mannschaft zugeteilt hatte, versprach er, das gleiche zu tun.

Nun lag er auf einem der beiden Pilotenbetten in dem winzigen Raum hinter dem Cockpit, zog die Decke über seine Beine und schloß die Augen. Er war furchtbar erschöpft, doch der erlösende Schlaf wollte sich nicht einstellen. Immer wieder spürte er die Hilflosigkeit, die er empfunden hatte, als Lisa Erickson direkt ins Feuer dieses Erschießungskommandos gelaufen war.

Sie hatten Keith Erickson sanft zu einer unbesetzten Sitzreihe auf dem Oberdeck geführt. Die Flugbegleiterinnen wechselten sich in der Betreuung des verzweifelten Manns ab. Auch Holland war eine Weile bei ihm geblieben, bevor er sich wieder ins Cockpit begeben hatte. Der Drang, sich von Angst und Schuld überwältigen zu lassen und tausend anderen Gefühlen, die er nicht zeigen durfte, war verführerisch. Wahrscheinlich hätte es ihm sogar gutgetan, einfach nur zu weinen. Aber für einen Flugkapitän war das undenkbar.

IM RUHERAUM der Crew, in dem man ihn mittlerweile untergebracht hatte, versuchte der zwanzigjährige Gary Strauss ein Lächeln zu unterdrücken. Aufregend genug, daß sich Stefanie Stiegel, die bildhübsche junge Deutsche, die er in der Schweiz auf den Skihängen kennengelernt hatte, ausgerechnet auf demselben Flug befand wie er, doch daß man sie auch noch auf den Sitz neben ihm plaziert hatte, nur durch den Gang von ihm getrennt, das war fast zu schön, um wahr zu sein! Soeben kam sie die Treppe herauf, um nach ihm zu sehen.

„Hallo, Herr Strauss!“ sagte sie lächelnd. „Wie geht es Ihnen?“

„Jetzt, wo du hier bist, schon viel besser.“

„Bringt es was, daß sie dich hierherverfrachtet haben?“

Er nickte. „Doch, ja. Obwohl Dr. Turnherr meint, er müsse wahrscheinlich den Gips runterschneiden. Er sitzt zu eng, und mein Bein ist stark angeschwollen.“

„Tut mir ehrlich leid. Kann ich dir irgendwas bringen?“

„Gönn mir bloß weiter deinen Anblick, und ich fühle mich pudelwohl.“ Er betrachtete sie ausgiebig. Sie hatte eine sportliche Figur, war braun gebrannt und mit ihren zweiundzwanzig Jahren ein wenig älter als er, doch beide hatten sie von der ersten Begegnung an diese gegenseitige Anziehungskraft gespürt. Im Augenblick allerdings war auch sie mit ihren eigenen Sorgen beschäftigt.

„Ich habe Angst, Gary. Ich glaube, auch die Crew hat Angst.“

Sanft nahm Gary ihre Hand und war beglückt, daß sie sich ihm nicht entzog. Sie war Yale-Studentin – ein höheres Semester –, und er war im zweiten Jahr in Princeton. Und wennschon. Wozu gab es Eisenbahnen? Schon in der Schweiz hatte er Pläne geschmiedet. Und daß sie nun im selben Flugzeug saß wie er! Er war beinahe froh darüber, daß er und seine Eltern wegen seines Unfalls den Urlaub hatten abbrechen müssen. „Willst du Weihnachten nicht bei deiner Familie verbringen?“ fragte er.

Sie nickte. „Doch. Mein Vater arbeitet in den Staaten. Meine Mutter ist schon vor ein paar Jahren gestorben. Weihnachten bin ich bei ihm …, zumindest hoffe ich das.“

„Ich find’s toll, daß du zu mir heraufgekommen bist, Stefanie. Die beste Medizin ist, einfach nicht dran zu denken. Ich bin überzeugt, daß der Captain recht hat. Regierungen, Militärs, Diplomaten – die schaukeln sich in ihrer Hysterie gegenseitig auf. Glaub mir, Stefanie, es wird alles wieder gut. Ganz bestimmt."

Es kostete sie sichtlich Mühe, ihr Lächeln wieder aufzusetzen. „Du brauchst Schlaf, Gary", sagte sie. „Und ich auch. Ich komme später wieder vorbei und seh nach dir."

Er sah ihr nach, wie sie nach unten verschwand. Lächelnd lehnte er sich zurück und rechnete aus, wie lange die Zugfahrt zwischen Yale und Princeton dauern mochte. Alle sorgenvollen Gedanken an tödliche Viren und das gebrochene Bein waren vorübergehend vergessen.

CIA-Hauptquartier · Langley, Virginia
Samstag, 23. Dezember · 6 Uhr (1100 Z)

AUF EINE Alarmmeldung der CIA-Niederlassung in Kairo war Rusty Sanders ganz und gar nicht vorbereitet. Die Nachricht war ihm um 5.34 Uhr ins Netz gegangen. Rusty erreichte Mark Hastings in dessen Büro am Telefon. „Kairo hat Hinweise erhalten", sagte er, „wonach sich eine schiitische Terrororganisation für Flug 66 interessiert. In Ägypten und Libyen laufen Gerüchte um, denen zufolge Terroristen versuchen, sich eines Kampfflugzeugs zu bemächtigen, mit dem sie Ostmauretanien erreichen können."

„Himmel!" rief Mark aus. „Dann kennen die also schon den Zielflughafen? Roth kriegt einen Herzinfarkt, wenn er das hört! Drucken Sie mir die Meldung aus, ich komme gleich runter und hole sie mir ab. Ich muß sofort Roth informieren."

Als Mark mit dem Computerauszug verschwunden war, holte sich Rusty die Meldung noch einmal auf den Bildschirm und las sie aufmerksam durch. Sherry Ellis kam herein und stellte sich hinter ihn. „Können Sie mir auch einen Ausdruck geben, Rusty?" fragte sie.

Sanders nickte, tippte die entsprechenden Befehle ein und genoß den Duft des Parfüms, der sie umwehte. Sherry überflog den Bericht.

„Was halten Sie davon?" fragte Rusty.

„Klingt leider ziemlich glaubwürdig", antwortete Sherry sichtlich erschüttert.

„Aber was hätten die davon?" überlegte Rusty. „CNN und Reuter kann inzwischen jede Terrorbande im Nahen Osten empfangen. Wenn sie die Piste kennen, kennen sie auch den Grund, warum Flug

Sixty-six dort landet. Sicher, Botschafter Lancaster ist an Bord, aber er ist ja ohnehin zum Tode verurteilt. Warum also Menschen und Material riskieren, um einen toten Mann umzubringen?“

Sherry stemmte die Ellbogen auf den Tisch und stützte das Kinn in beide Hände. „Ja, das wundert mich auch. Was mich an der Geschichte am meisten stört, ist die Schnelligkeit, mit der sie den Zielort herausgefunden haben. Die Fluggesellschaft hat ihre Leute im Cockpit per Satellitentelefon informiert, und die einzige Organisation, die die technischen Mittel zum Abhören dieser Kanäle besitzt, ist gleichzeitig die einzige, der man auch einen Angriff auf die Maschine zutrauen kann.“

„Und zwar welche?“

„Die Akbah. Jon Roth hat sich auf die Gruppe spezialisiert, und ich weiß, daß er eine Heidenangst vor ihr hat.“

„Aber wenn die tatsächlich so raffiniert sind, dann würden sie nicht damit hausieren gehen. Wir hätten dann noch keinen Ton von ihnen gehört.“

Sherry lächelte. „Sie haben recht. Also, was wird hier wirklich gespielt, Doktor?“

„Meinen Sie, die Vermittlung kann mir eine abhörsichere Leitung nach Kairo verschaffen?“ fragte Rusty.

„Wäre einen Versuch wert“, erwiderte sie.

Rusty stand auf und ging zur Tür. „Bin gleich wieder da“, sagte er.

Es dauerte fast zwanzig Minuten, bis nach hektischer Kommunikation mit der amerikanischen Botschaft in Kairo und anderen sicheren Quellen in der ägyptischen Hauptstadt feststand, daß in der dortigen CIA-Vertretung zum gegenwärtigen Zeitpunkt niemand formell im Dienst war. Wer immer die Nachricht übermittelt hatte – mit dem Leiter der Außenstelle, der von den Gerüchten nichts wußte, hatte er dies nicht abgesprochen.

Aber von irgendwem mußte die Alarmmeldung ja geschrieben worden sein, und je mehr Rusty über den Absender nachdachte, desto größer wurde sein Wunsch, ihn zu befragen. Er wandte seine Aufmerksamkeit der sogenannten Trackingnummer zu, mit deren Hilfe man die Herkunft jeder eingegangenen Nachricht ermitteln konnte, und folgte ihrer Spur bis tief in die Computerzentrale, wo ein freundlicher Techniker für ihn das Band ausfindig machte, das die Nachricht in Langley aufgezeichnet hatte. Der Mann verschwand in dem Elektroniklabyrinth und kehrte ein paar Minuten später mit verdutzter Miene zurück. „Kein Beleg, Doktor. Diese Nummer gibt’s gar nicht.

Der Computer hat unter dieser Zahlenfolge keine Meldung aus Kairo registriert. Absolute Sackgasse."

„Aber wie konnte ..."

Der Techniker legte Rusty die Hand auf die Schulter und führte ihn zum Ausgang der Computerzentrale. „Es gibt zwei Möglichkeiten ..." Seine Stimme war kaum mehr als ein Flüstern. „Entweder liegt eine Funktionsstörung vor – oder die Nachricht kam gar nicht von außerhalb. Aber das haben Sie nicht von mir, okay?"

„Wollen Sie damit sagen, daß Sie es nicht belegen könnten, wenn irgend jemand hier diese Meldung mit getürkten Trackingnummern ins System eingeschleust hat?"

Der Techniker blickte nervös um sich und wich der Frage aus. „Wir haben kein Wort miteinander gewechselt, verstanden? Ziehen Sie Ihre eigenen Schlußfolgerungen!"

Rusty nickte perplex. Tief in Gedanken versunken, kehrte er in sein Büro zurück. Wenn die Andeutungen des Technikers stimmten, dann kam die besagte Meldung gar nicht aus Kairo, sondern war irgendwo innerhalb des CIA-Komplexes in Langley einem Computer eingegeben worden. Doch warum?

Rusty begann unruhig in seinem kleinen Büro auf und ab zu laufen. Wer hatte ein Interesse daran, solche Alarmmeldungen in Umlauf zu bringen? Vielleicht jemand, der Roth eins auswischen wollte? Hastings hatte ihm erzählt, daß der Direktor fuchsteufelswild werden würde, wenn er erführe, daß die Gegenseite den für Flug 66 vorgesehenen Landeplatz herausgefunden hatte. Rusty blieb abrupt stehen. Angenommen, jemand würde der Akbah gern etwas in die Schuhe schieben, selbst wenn sie gar nichts im Schilde führte? Angenommen, sie sollte international an den Pranger gestellt werden? Wäre solch eine Meldung nicht der erste Schritt in diese Richtung? Um die Weltöffentlichkeit gegen eine Gruppe wie die Akbah aufzubringen, müßten auch die Regierungen anderer Länder und die Medien eingespannt werden. Und um dies zu erreichen, mußte der Person, die die Meldung in Umlauf gebracht hatte, an größtmöglicher Publicity gelegen sein.

Rusty beschloß, seine Theorie bis auf weiteres für sich zu behalten, und begab sich wieder ins Konferenzzimmer, in dem sich gerade niemand sonst aufhielt. Er setzte sich vor den Computer und suchte nach einem Hinweis, aus dem sich hätte schließen lassen, daß die Warnung an Verbündete Amerikas weitergeleitet worden war. Es war absolut nichts zu finden.

Sherry kehrte im gleichen Augenblick zurück wie Mark Hastings, der kurz bei Roth gewesen war. Der Direktor, betonte Hastings, sei sehr erbost über das Leck und wolle unbedingt wissen, wie es der Akbah gelungen sei, die Information über Flug 66 abzufangen. „Er möchte, daß von uns keiner mehr über ungesicherte Leitungen darüber spricht. Das gilt auch für Sie, Rusty."

„Mark, die Fluggesellschaft spricht sicher über Satellitentelefon mit ihrer Crew. Der Quantum liegt ja bereits der Flugplan vor."

„Ein Flugplan?" Hastings wußte nichts davon.

„Ja", bestätigte Rusty, „ich sah ihn vor ein paar Stunden auf Roths Schreibtisch. Es war ein Computerflugplan der Quantum Airlines. Wurde wahrscheinlich über ihre Datalink-Satellitenkanäle an die Maschine übertragen. Mit den entsprechenden Geräten können diese Kanäle ohne weiteres angezapft werden." Mark nickte gedankenverloren, und tief in Rustys Unterbewußtsein schrillte eine Alarmglocke. „Augenblick, Mark! Geht Roth davon aus, daß sich die Passage in der Meldung aus Kairo, in der schiitische Terrorgruppen erwähnt werden, auf die Akbah bezieht?"

„Ja, das tut er. Wieso?"

Rusty sah Sherry an. Ihr Gesicht war ausdruckslos. Waren sie nicht gerade erst vor einer Stunde zu dem Schluß gekommen, daß die Akbah von einem Angriff auf Flug 66 nichts hätte? Hatte Sherry ihm da nicht zugestimmt? Und warum hatte sie diese Folgerung Hastings gegenüber nicht erwähnt? Rusty schüttelte den Kopf. „Ach, nichts."

„Rusty", sagte Hastings, „Sie haben doch in der Nacht mit der Crew gesprochen. Haben Sie dabei diese Landepiste in der Sahara erwähnt? Gegenüber den Piloten, Stewardessen oder Botschafter Lancaster?"

Rusty dachte nach. „Ja, kann sein. Der Zielort kam zur Sprache. Er war den Piloten bereits bekannt. Ich weiß nicht mehr, wer ihn erwähnte, aber die Worte waren ‚westliches Mauretanien'."

„Verflucht! Wahrscheinlich haben Akbahs Lauscher das Gespräch abgehört."

„Die genauen Koordinaten können sie aber nicht haben. Details haben wir nicht erwähnt."

„Über die gleichen Kanäle ist doch der gesamte Flugplan rausgegangen, Mark! Und damit hatte Rusty nichts zu tun", sagte Sherry.

„Ja, aber Roth sucht nach Sündenböcken – und Rusty entspricht ganz offensichtlich dem entsprechenden Anforderungsprofil."

„Moment mal!" fuhr Rusty dazwischen. „Der Zielort war in dem Moment nicht mehr geheim, als die Quantum informiert wurde!"

Mark Hastings richtete sich auf. „Rusty, ich habe jetzt etwas für den Direktor zu erledigen. Es wird ungefähr eine Stunde dauern. Roth ist unterwegs zum Lageraum des Weißen Hauses. Wenn er zurückkommt, will er wissen, wer was zu wem gesagt hat. Doch wenn ich nicht mit Ihnen reden konnte – wie soll ich da etwas über Ihr Gespräch mit dem Piloten wissen? Andernfalls bestünde ein beträchtliches Risiko."

„Mit anderen Worten: Geh nach Hause, stell das Telefon ab, leg dich aufs Ohr, und sprich mit niemandem?"

Hastings klopfte ihm auf die Schulter. „Morgen früh ist längst Gras über die Sache gewachsen. Schlafen Sie sich erst mal aus. Und vielen Dank für all die wertvolle Hilfe!" Er eilte aus dem Zimmer.

Rusty war konsterniert. Wieso diese Geheimniskrämerei um den Landeplatz in der Sahara? Und wieso sollte er auf einmal der Buhmann sein? Sein Blick wanderte über die vielen Computer im Konferenzraum. An jedem von ihnen hätte die mysteriöse Alarmmeldung eingegeben worden sein können. „Stimmen Sie ihm zu, Sherry? Soll ich mich erst einmal eine Weile in Luft auflösen?"

Die Andeutung eines Lächelns lag auf ihrem Gesicht. „Bis morgen", sagte sie nur.

Rusty sammelte seine Notizen ein und ging. Er kam sich irgendwie verraten vor.

Keine fünfzig Meter vom Konferenzraum entfernt blieb er unvermittelt stehen. Er war auf eine Querverbindung gestoßen, die er bislang noch nicht berücksichtigt hatte. Er blätterte in seinen Aufzeichnungen. Ja, es stimmte. In der Alarmmeldung kam die gleiche Formulierung vor – „beträchtliches Risiko".

Hastings hatte sich eben derselben Worte bedient. Und er hatte sie auch noch woanders gesehen oder gehört. Aber wo?

Rusty setzte seinen Weg fort, bis der lange Flur nach rechts abbog. Kurz dahinter lehnte er sich an die Wand und verfiel in tiefes Grübeln. Wenn die Nachricht auf einem normalen PC abgefaßt worden war, dann war sie zunächst auf diesem Rechner in einer speziellen Datei gespeichert und dann erst unter dem Dateinamen an das hausinterne Datennetz weitergegeben worden. Wenn man den Rechner finden könnte, würde man auch die Datei finden.

Links von ihm waren auf dem Korridor rasch näher kommende Schritte zu hören. Rusty blickte nach rechts und merkte, daß er sich vor Jonathan Roths Büro befand. Die Vorzimmertür stand zu seiner Überraschung offen. Das Zimmer war nicht besetzt. Rusty trat ein und zog die Tür leise hinter sich zu.

Die Schritte waren jetzt ganz nahe. Rusty sah sich im Vorzimmer um. Sich für den Fall, daß Roth oder Hastings plötzlich eintraten, irgendwo im Chefbüro zu verstecken war zu riskant. Aber wenn er so täte, als würde er nur auf die Rückkehr des Chefs warten ... Er ließ sich auf die Vorzimmercouch fallen. Die Schritte im Flur gingen vorüber, verhallten irgendwo weiter hinten.

Plötzlich tauchte das Bild von Roth und dem Notebook auf dem Schreibtisch vor Rustys geistigem Auge auf. Es war ein IBM-kompatibles Gerät. Wenn Roth es nicht abgestellt hatte, ließ sich mit ein paar Tastenkombinationen das Verzeichnis der Festplatte finden. Sollte sich tatsächlich beweisen lassen, daß die Alarmmeldung nicht aus Kairo, sondern aus Langley stammte, so wäre der Vorwurf, er, Sanders, habe mit der Erwähnung Mauretaniens die ganze Operation gefährdet, ein für allemal vom Tisch.

Die Tür zum Chefbüro war nicht abgeschlossen. Rusty trat zögernd ein. Wenn man ihn hier ertappte, gab es keine Ausrede mehr, das wußte er. Er musterte den Schreibtisch. Der kleine Computer stand noch da, der Deckel war hochgeklappt, die Stromversorgung nicht unterbrochen. Kurz entschlossen setzte er sich auf den Chefsessel und hieb in die Tasten. Das Hauptverzeichnis der Festplatte war problemlos zu finden. Rusty studierte die Unterverzeichnisse, entdeckte ein Kommunikationsprogramm und befahl dem Computer, dessen Unterverzeichnis anzuzeigen. Sofort erschien eine Meldung auf dem Monitor: BITTE PASSWORT EINGEBEN. Er versuchte es mit ein paar naheliegenden Buchstabenkombinationen. Die richtige war natürlich nicht darunter. Er war ganz in das Problem vertieft, als er auf einmal ein leises Geräusch wahrnahm. Erschrocken drehte er sich um. Im Türrahmen stand Sherry Ellis.

Sie sagte kein Wort, doch ihr Gesichtsausdruck war streng. Sie kam langsam auf ihn zu und ging um den Schreibtisch herum. Ihre rechte Hand legte sich auf die Tastatur. Sie warf einen Blick auf den Bildschirm, drückte schnell eine bestimmte Tastenfolge und danach die ENTER-Taste. Dann richtete sie sich auf und sah Rusty an.

„Ich denke, das war der Code, den Sie gesucht haben. Los, los! Der Direktor kann jederzeit zurückkommen."

Rusty starrte sie schockiert an. „Sie interessieren sich für ... dieselbe Sache?"

Es dauerte Sherry zu lange. Sie beugte sich über ihn und öffnete mit einer verwirrenden Folge von Tastenkombinationen das Unterverzeichnis. „Wonach genau suchen Sie?" fragte sie.

Rusty hielt die Alarmmeldung hoch. „Ich will herausfinden, ob sie von Roth kam."

Sie schüttelte den Kopf. „Keinesfalls. Aber sie kam auch nicht aus Kairo. Die Meldung wurde angeblich am Freitagabend beziehungsweise Samstagmorgen übermittelt, gegen vier Uhr früh Kairoer Zeit. Und das ist unmöglich. Freitagnacht arbeiten selbst die eifrigsten Gnome auf der Gehaltsliste der CIA nicht mehr. Ich kenne diese Machos in unserer Kairoer Außenstelle. Wenn es was zu trinken gibt und ein paar Damen verfügbar sind, plagen die sich nachts um vier nicht mit einer Eilmeldung ab. Die Nachricht stammt hier aus dem Gebäude, aber Jon Roth ist nicht der Mann, den Sie suchen."

„Sind Sie sicher?"

„Jetzt führen Sie endlich Ihr Suchprogramm durch, Mann, bevor man uns erwischt!"

Er gab eine Formulierung aus der Alarmmeldung ein und ließ den Computer danach suchen. „Als Hastings mich indirekt beschuldigte, die Lage des Landeplatzes ausgeplaudert zu haben", erklärte er, „mußte ich Genaueres wissen. Wenn die Meldung getürkt ist, kann ich kein Geheimnis verraten haben."

„Es könnte doch auch sein, daß es Leute in Langley gibt, denen Ihre Anwesenheit hier nicht paßt."

„Wem soll ich denn schon nicht passen?"

„Sie sind zu neugierig. Sie gehören nicht zur alten Garde hier in Langley. Ich übrigens auch nicht. Ich gelte als kontrollierbar und loyal. Sie aber sind ein Renegat, und deshalb möchte irgend jemand hier in Langley, daß Sie verschwinden. Wir sollten uns daran halten – um Ihretwillen."

Der Computer piepste. Beide blickten auf den Bildschirm. SUCHBEGRIFF NICHT GEFUNDEN.

„Lassen Sie mich noch eine andere Möglichkeit testen", bat Rusty. Er gab eine längere Kette von Befehlen ein. Der Computer surrte ungefähr eine halbe Minute lang. Dann piepste er wieder. „Sackgasse", sagte Rusty. „Von Roths Computer stammt die Alarmmeldung nicht."

Sherry holte das Hauptmenü auf den Bildschirm; es war die Einstellung, in der Rusty den Computer vorgefunden hatte. Dann packte sie Rusty an der Hand und zog ihn aus dem Chefsessel. „Und nun raus hier! Ich sagte Ihnen ja, daß mein Boß nicht der Bösewicht ist."

„Aber wer dann?"

„Sie machen jetzt, daß Sie fortkommen. Ich halte die Augen offen."

Rusty kehrte in sein winziges Büro zurück und setzte sich sofort an seinen Dienstcomputer. Er durchsuchte mehrere Bildschirmoberflächen, bevor er eine Reihe von Befehlen eingab, eine kleine Diskette einschob und die gewünschten Daten überspielte. Nach zwei langen Minuten gab er eine weitere Serie von Befehlen ein, stellte den Computer ab und steckte die Diskette in seine Manteltasche. Schließlich nahm er ein paar Papiere vom Schreibtisch und holte aus einer Schublade seinen PDA, den „Personal Digital Assistant“, einen kleinen, an das Funktelefonnetz angeschlossenen Taschencomputer.

Sherry hatte die Anschlußnummer. Sie konnte sowohl per Telefon als auch per Computer Daten unmittelbar auf das kleine Display übertragen, und da sie über ein identisches Gerät verfügte, konnte Rusty sie auf die gleiche Weise erreichen, ohne Umwege über die Telefonzentrale oder das Computernetz von Langley.

Das CIA-Hauptquartier lag zehn Minuten hinter Rusty, als der kleine elektronische Assistent ihn anpiepste. Auf dem Display erschien eine kurze Meldung: „Das Personal in der Nachrichtenzentrale hat offenbar zu viele Fragen gestellt. Der interne Sicherheitsdienst war vor ein paar Minuten hier und hat nach einem ehemaligen FAA-Arzt gefragt. Meiden Sie diese Gemäuer. Sie haben in ein Wespennest gestochen!“

Charkow, Ukraine • Samstag, 23. Dezember 19 Uhr (1600 Z)

Juri Steblinko bog mit dem kleinen zweistrahligen Jet von der Hauptlandebahn ab und rollte langsam auf den Stellplatz zu, auf dem die Gulfstream des saudischen Prinzen bewaffnet, beladen und aufgetankt bereitstand. Der Stellplatz lag jetzt im Dunkeln, aber Juri kannte den Flughafen in- und auswendig.

Er streifte den ehemaligen Major der sowjetischen Luftstreitkräfte im Sitz neben sich mit einem Blick. Sein alter Freund war mit einem Schlag um 50 000 Dollar reicher geworden, weil er es geschafft hatte, den Hawker-Siddeley-Geschäftsreisejet aufzutreiben, mit dem sie nach Charkow geflogen waren.

Der Privatpilot des Prinzen höchstpersönlich hatte der kleinen Firma, die die Maschine mit Raketen bestückte, eine neue Order erteilt: Die Maschine sei auf der Stelle flugbereit zu machen. Der Pilot des Königshauses hatte angekündigt, in der Nacht oder in den frühen Morgenstunden in Charkow einzutreffen; er wolle dann sofort einen

Abnahmetestflug unternehmen. Der Prinz selber beabsichtige, am Tag darauf nachzukommen, und dann werde auch die Geldübergabe stattfinden. Bis dahin war alles ganz einfach gewesen. Sicherzustellen, daß der leibhaftige Pilot des Prinzen nicht vorzeitig in Charkow auftauchte, hatte Juri jedoch einige Stunden gekostet.

Die Scheinwerferkegel der Hawker erfaßten mehrere vor dem Flughafengebäude parkende Maschinen. Die hochgebogenen Tragflächenenden der Gulfstream IV schimmerten auf der gegenüberliegenden Seite. Juri ließ die Hawker auf einen Stellplatz rollen und schaltete die Triebwerke aus. Er hatte vor, mit der Gulfstream unter dem Hawker-Flugplan zu starten. Der Major würde dann ein paar Minuten später mit der Hawker abfliegen.

Juri schlüpfte in die Passagierkabine, wo er sich die Kopfbedeckung eines königlich-saudischen Piloten aufsetzte und einen falschen Bart anklebte. Dann lief er die Treppe hinunter und stieg aus. Mit einem kleinen Koffer in der Hand ging er rasch auf die Gulfstream zu.

Das Flugzeug war nicht beleuchtet, aber am Bug mit einem mobilen Stromgenerator verbunden. Juri zog den Stecker heraus und rollte das Aggregat vorsichtig aus dem Weg, bevor er die Vordertreppe herunterzog und seinen Koffer einlud. Er betrat das Cockpit und knipste den Batterieschalter an. Die Tanks waren voll. Er suchte die neu eingebaute Anzeigentafel für die Bewaffnung und stellte sic an. Alles war in Ordnung. Vier Raketen waren installiert.

Juri ging zurück in die Kabine. Er wollte gerade die Leiter hochziehen, als ihm die Scheinwerfer eines Fahrzeugs auffielen, das in ungefähr 400 Meter Entfernung auf die Abstellfläche einbog. Der Wagen hielt direkt auf die Gulfstream zu.

Juri ergriff seinen Koffer und eine Taschenlampe und kletterte die Leiter hinunter. Sekunden später kam der Wagen neben der Gulfstream zum Stehen. Ein Mann, der auf dem Rücksitz gesessen hatte, stieg aus. Juri war stehengeblieben.

„Scheich Faruk Akim?“ fragte der Mann.

„Achmed Amani, sein zweiter Pilot“, erwiderte Juri auf russisch, das er jetzt mit arabischem Akzent sprach.

„Der Kontrollturm hat uns alarmiert, weil sich jemand am Flugzeug zu schaffen machte.“ Der Mann war mißtrauisch. „Heute abend haben wir noch nicht mit Ihnen gerechnet.“

„Würden Sie bitte das Stromaggregat anschließen und anstellen?“

Der Mann gab seinem Fahrer einen Wink. Dieser stieg aus und ging auf den Generator zu.

Juri musterte den Mann aufmerksam. Es war der Firmeneigner, ein ehemaliges Mitglied des sowjetischen Ministeriums für Flugzeugbau namens Nikolai Sacharow. Und mit dem war Juri bestens bekannt!

Juri neigte den Kopf nach traditioneller arabischer Art und streckte zögernd die Hand aus, als koste ihn die westliche Sitte Überwindung.

Sacharow erwiderte den Händedruck. Auch er betrachtete kritisch das Gesicht des anderen. „Sind wir uns schon einmal begegnet, Kapitän Amani?“ fragte er.

„Ich glaube, wir haben einmal miteinander telefoniert“, erwiderte Juri. „Ich bin Scheich Faruk vorausgeflogen.“ Er achtete sorgsam auf den künstlichen Akzent. „Ich bin unter anderem auch für die Saudi Airlines tätig und hatte im Zusammenhang mit unserer Airbusbestellung in Europa zu tun. Ich entscheide, mit wem wir Wartungsverträge abschließen und wo wir Umbauten durchführen lassen.“

Sacharows Blick hellte sich auf. Sein Mißtrauen war wie weggeblasen. Wenn dieser Araber autorisiert war, Verträge für die Saudi Airlines abzuschließen, dann hielt man ihn besser bei Laune. „Es macht gar nichts, daß Sie ein wenig früher gekommen sind“, sagte er. „Alle Umbauten sind durchgeführt. Das Flugzeug ist startklar.“

„Der Scheich wird morgen vormittag gegen zehn Uhr eintreffen. Ich werde noch heute abend einen einstündigen Testflug vornehmen.“

„Sie …, Sie wollen heute abend noch fliegen?“

„Ja. Mein Kopilot wird sich mir gleich anschließen. Es macht nichts, Herr Sacharow, wenn Sie morgen früh noch verschiedenes überprüfen wollen. Hauptsache, die Systeme funktionieren heute abend schon einwandfrei.“

Sacharow nickte sichtlich erleichtert. Es entging Juri jedoch nicht, daß ihm bei der Sache nach wie vor nicht ganz wohl war. Der Mann war überrumpelt worden. Doch der Gedanke, innerhalb der nächsten vierundzwanzig Stunden durch den Scheich um zweieinhalb Millionen Dollar reicher zu sein, ließ ihn sein Lächeln beibehalten.

Während Juri die Bodenkontrollen durchführte, hielt Sacharow sich dezent zurück. „Der Kopilot wird vorn beim Tower zusteigen“, sagte Juri.

Sacharow verabschiedete sich und stieg in das Fahrzeug, mit dem er gekommen war, doch Juri sah, wie der Wagen am gegenüberliegenden Rand der Stellfläche stehenblieb.

Juri startete die Triebwerke und ließ die Maschine zum Kontrollturm rollen, wo er sie so parkte, daß Sacharow den Kabineneingang nicht sehen konnte. Dann ließ er die Leiter herunter, blieb ein paar

Sekunden lang auf der Betonbahn stehen, stieg wieder ein und zog auch die Treppe wieder an Bord. Sacharow würde durch sein Fernglas lediglich Beine und Füße sehen und denken, der Kopilot habe in der Dunkelheit auf das Flugzeug gewartet und sei an Bord gegangen.

Kaum hatte die Gulfstream IV die Startbahn erreicht, erteilte ihr auch schon ein verschlafener Fluglotse im Tower die Startfreigabe. Dreißig Sekunden später hatte Juri abgehoben und ging auf Westkurs.

Wenn die Gulfstream des Prinzen nach fünfundsiebzig Minuten noch nicht zurück war, würde Sacharow unruhig werden, ungefähr dreißig Minuten später mit den Luftkontrollbehörden Kontakt aufnehmen, zu seinem Entsetzen erfahren, daß die Maschine inzwischen das Land verlassen hatte, und den Prinzen des Diebstahls verdächtigen. Dann würde er sich um die Unterstützung der ukrainischen Luftwaffe und der Zivilluftfahrtbehörde bemühen, wenn dies jedoch nichts half, in der saudiarabischen Hauptstadt Riad anrufen. Die Saudis würden ihm mitteilen, daß eine Person namens Achmed Amani nicht in ihren Diensten stehe, und von Sacharow verlangen, die verschwundene Gulfstream IV des Prinzen so schnell wie möglich wieder aufzutreiben. Bei Sacharow würde sich der Eindruck verfestigen, die Saudis hätten ihr eigenes Flugzeug gestohlen, um nicht zahlen zu müssen. Er, Juri, flöge unterdessen mit anderer Kennung in fast 2000 Kilometer Entfernung über das Mittelmeer.

Sobald er die geplante Flughöhe erreicht hatte, verließ er das Cockpit und öffnete das mit allen Raffinessen ausgestattete, in Walnußholz eingelassene Fernmeldeschaltbrett vor der Passagierkabine. Er wählte die passende Satellitenverbindung, schaltete den Computer ein, gab die vereinbarten Codenummern ein und aktivierte den Sender. Die Meldung würde binnen einer Minute den Empfänger erreichen – einen eiskalten Profi, der den betreffenden Satellitentransponder überwachte. Die Gulfstream würde, sobald ihr Zielobjekt wieder in der Luft war, eine Rückmeldung bekommen, und eine weitere, die die zu erwartende Ankunftszeit über den vorgesehenen Koordinaten enthalten würde.

In der kleinen Bordküche entdeckte Juri eine Tüte Kekse und etwas Gebäck und steckte beides in einen Plastikbeutel. Dann machte er es sich auf dem linken Pilotensitz bequem. Er hatte alles präzise geplant. Ungefähr 150 Kilometer vor der türkischen Grenze wollte er in einen simulierten Landeanflug auf eine unkontrollierte Piste übergehen, dann jedoch im Tiefflug und für Radaranlagen nicht mehr erfaßbar 180 Kilometer nach Norden ausweichen. Dort wollte er dann wieder in radarkontrollierte Höhen aufsteigen und dabei den Eindruck einer von einem nahe gelegenen Flugfeld aus abhebenden Maschine erwecken. Mit neuem Flugplan unter getürkter Kennung würde er sich in einen amerikanischen Charterflieger verwandeln, der über die Kanarischen Inseln in die Staaten fliegt. In den alten Tagen wäre das sowjetische Radar auf diesen Trick kaum hereingefallen. Seit dem Auseinanderfallen der Sowjetunion hatte sich die Radarüberwachung jedoch verschlechtert.

Sobald die türkische Grenze überflogen war, standen ihm sechs Stunden Langeweile bevor. Er würde vielleicht sogar ein Weilchen auf seinem Sitz schlafen können. Hellwach mußte er erst wieder am Ende seiner Mission sein.

An Bord von Flug 66

UM 14.50 UHR ging aus Dallas die Anweisung ein, Island zu verlassen und Kurs auf den Landeplatz in Westafrika zu nehmen. Dick Robb ließ James Holland holen und unterrichtete die Flugbegleiterinnen. Der mobile Befehlsstand der Air Force vor der Maschine bestätigte den Empfang der Meldung und versprach, die Leinen zu kappen und aus dem Weg zu fahren, sobald die Piloten abflugbereit waren. Holland tauchte mit Barb im Schlepptau im Cockpit auf.

„Hier die neuesten Nachrichten“, empfing Robb sie. „Man ist bereit, uns dreihundert Lunchpakete zu liefern und eine Metallschere für das Gipsbein …“

„Metallschere?“ fragte Holland.

„Es geht um den jungen Mann im Ruheraum der Crew“, klärte Barb ihn auf. „Dr. Turnherr will den Gips runterschneiden. Das Bein ist stark angeschwollen.“

Holland nickte. „Okay.“

„Die Mahlzeiten werden gerade angeliefert.“ Barb deutete auf ein Lämpchen, das anzeigte, daß Tür 5 L geöffnet worden war.

Robb fuhr fort: „Außerdem habe ich Ersatzmedikamente für die drei Passagiere angefordert, die nicht an ihr Gepäck herankommen. Dazu haben sie uns voll aufgetankt, die Wassertanks wurden aufgefüllt, das Öl in allen vier Triebwerken geprüft und nachgefüllt.“

Holland ließ sich auf den linken Pilotensitz gleiten. „Wie sieht's bei Ihnen aus, Barb? Sind wir abflugbereit?“

Sie nickte. „Ja. Bisher ist noch keiner da unten krank geworden.

Mr. Erickson hat zu Hause angerufen. Er hat mit seiner Schwägerin und seinen Kindern gesprochen. Er steht natürlich immer noch unter Schock, aber ich bin sicher, daß er sich wieder fängt."

„Machen Sie alles startklar, Barb. Wir rollen los, sobald Sie mir grünes Licht geben."

Die Tür schloß sich hinter Barb, und Robb sah zu Holland hinüber. „James, ich hab da gestern abend ein paar ziemlich blöde Sachen gesagt ..."

Holland schüttelte heftig den Kopf. „Schon gut, Dick. Sehen wir erst mal zu, daß wir das allcs heil überstehen."

Robb biß sich auf die Lippen. „Ich wollte Sie bloß wissen lassen, daß ich hinter Ihnen stehe."

„Okay, Dick. Danke."

Um 16.08 Uhr kam endlich das Startzeichen aus Dallas, und drei Minuten später hatte James Holland bereits bei einer Geschwindigkeit von 260 Kilometern pro Stunde den Steuerknüppel zurückgezogen und die Maschine mit ihren 340 Tonnen Gesamtgewicht in den Himmel über Island gesteuert. In 150 Meter Höhe begann er auf Kurs zu gehen. Zwischen ihnen und ihrem Ziel lagen etwa 5000 Kilometer offenes Meer.

Robb informierte die Quantum-Einsatzleitung in Dallas über den Abflug, die ihn an ihre Ansprechpartner im Lageraum des Weißen Hauses weitermeldete. Und von einer Anhöhe drei Kilometer von Keflavik entfernt nahmen ein Dutzend Fernsehkameras den Start auf. Weltweit verfolgten über 280 Millionen Menschen die dramatischen Ereignisse um Quantum-Flug 66.

PUNKT 16.18 Uhr isländischer Zeit ertönte ein leises elektronisches Signal in der vorderen Kabine einer einsamen Gulfstream IV, die sich der Grenze zwischen der Ukrainischen Republik und der Türkei näherte. Juri Steblinko verließ kurz seinen Pilotensitz, um die Meldung auf dem Computerbildschirm zu lesen. Das Zielobjekt befand sich in der Luft, und er verfügte nun über eine voraussichtliche Ankunftszeit sowie über die Flugkoordinaten. Er fütterte die Daten in den Bordcomputer. Falls der geplante Tiefflug nicht länger dauerte als einkalkuliert, würde er eine Viertelstunde vor seinem Zielobjekt am entsprechenden Koordinatenschnittpunkt eintreffen.

Washington, D. C. · Samstag, 23. Dezember

EIN BIS ins Mark erschütterter Rusty Sanders saß auf dem Fahrersitz seines Chevy und fragte sich, was als nächstes zu tun sei.

Drei Stunden zuvor hatte er todmüde und ausgehungert seine Eigentumswohnung in der Nähe von Herndon, Virginia, betreten. Just in dem Augenblick, als er seinen PDA ablegte, hatte der Taschencomputer gepiepst und ihn auf eine Meldung von Sherry Ellis aufmerksam gemacht: „Wo sind Sie? Antworten Sie nur auf meinen PDA."

Rusty hatte die Nachricht abgesandt: „Ich bin zu Hause. In Herndon. Warum?"

Er war in die Küche gegangen, um sich etwas zu essen zu holen, als ihn der Piepston erneut alarmierte. Rusty ging wieder zum Tisch und las die Meldung: „Verschwinden Sie sofort! Kontaktieren Sie mich später über den PDA, aber ohne Ortsangabe!"

Fast drei Stunden lang war er ziellos durch die Gegend gefahren und hatte vergeblich versucht, wieder mit Sherry Kontakt aufzunehmen. Schließlich hatte er seinen Chevy im hintersten Winkel einer riesigen Tiefgarage abgestellt. Er fragte sich, ob Sherrys PDA inzwischen beschlagnahmt worden war und ob es möglich war, über die Funksignale seinen Standort ausfindig zu machen. Wahrscheinlich bin ich zu Fuß sicherer, dachte er.

Rusty steckte den Computer in seine Aktentasche, schloß den Chevy ab und ging zu Fuß zur U-Bahn-Station Dupont Circle. Nach einigem Suchen fand er in der Eingangshalle eines Geschäftshauses ein Münztelefon und tippte seine eigene Nummer ein. Nach dreimaligem Klingeln schaltete sich der Anrufbeantworter in seiner Wohnung ein. Rusty drückte auf die Taste mit dem Sternchen und gab dann die Ziffern 7, 2 und 8 ein, durch die das interne Mikrofon des Geräts aktiviert wurde.

In der Wohnung hörte er es krachen und scheppern. Möbel wurden verrückt und Schubladen herausgezogen. Dann hörte er Schritte, die sich dem Anrufbeantworter näherten. Der Hörer wurde abgehoben. Da die Leitung schon belegt war, ertönte natürlich kein Freizeichen. Wenn das Profis sind, dachte Rusty, dann wissen sie, daß der Wohnungseigner am ehesten den Abhörcode kennt.

Plötzlich ertönte eine fremde Stimme am anderen Ende der Leitung. „Ich weiß, daß Sie es sind, Dr. Sanders. Sprechen Sie."

„Wer sind Sie? Was tun Sie in meiner Wohnung?“ fragte Rusty und bemühte sich um einen unerschrockenen Ton.

„Sie haben etwas mitgenommen, was der CIA gehört. Sagen Sie uns, wo es ist, dann bleibt Ihre Wohnung bewohnbar.“

„Was für ein Etwas? Wer sind Sie?“

„Ihr Arbeitgeber, Doktor. Die CIA.“

„Unsinn! Mein Arbeitgeber bricht nicht in meine Wohnung ein!“

„Was bilden Sie sich eigentlich ein, für wen Sie arbeiten? Wird Zeit, daß Sie endlich aufwachen! Wir wissen, daß Sie bestimmte Informationen aus den Computern im Konferenzraum auf eine Diskette überspielt haben. Die Dateien sind streng geheim. Es handelt sich um einen schweren Verstoß gegen die Geheimhaltungsvorschriften. Aber vielleicht kommen Sie noch einmal glimpflich davon – vorausgesetzt, Sie verraten uns jetzt sofort, wo sich die Diskette befindet.“

„Sie irren sich. Ich habe keinerlei Geheiminformationen kopiert, jedenfalls nichts, was ich nicht hätte kopieren dürfen.“ Rusty schwirrte der Kopf. Das kleine Sicherungsprogramm, das er den Konferenzraumcomputern überspielt hatte, war entdeckt worden! Das Programm – es sicherte alle seit Beginn der Krise angelegten Dateien, sobald der Versuch unternommen wurde, sie zu löschen – war lediglich eine Vorsorgemaßnahme gewesen. Wie hatten sie das Programm so schnell finden können? Und warum war das gespeicherte Material so wichtig? Moment! dachte Rusty. Er kann nicht wissen, daß ich die Daten auf eine Diskette überspielt habe. So etwas wird auf keinem PC festgehalten. Es handelt sich also um eine reine Vermutung... „Die Diskette befindet sich nicht in meiner Wohnung!“ sagte Rusty scharf. „Verschwinden Sie endlich! Ich fahre jetzt zurück nach Langley und bringe alles mit, was ich dabeihatte, als ich ging.“ Wütend hängte er ein, verließ das Gebäude und eilte weiter in die U-Bahn-Station. Dort löste er am Automaten eine Fahrkarte, ging auf den Bahnsteig und bestieg den nächsten Zug nach Süden.

Er brauchte Ruhe und Zeit zum Nachdenken, doch die Gegenwart der anderen Fahrgäste machte ihn nervös. Bald war er soweit, in jedem zweiten Menschen einen CIA-Agenten zu vermuten. Hastig verließ er den Zug und sprang in den nächsten. Er gehörte zur „blauen Linie“ und fuhr ebenfalls südwärts. An der Station L'Enfant Plaza stieg er aus, fuhr mit der Rolltreppe nach oben und ging in die Richtung des Nationalen Luft- und Raumfahrtmuseums. Als er am IMAX-Filmtheater vorbeikam, kaufte er kurz entschlossen eine Eintrittskarte und nahm auf einem Sitz in der hintersten Reihe Platz. Der Film hatte gerade begonnen, als es in seiner Aktentasche piepste. Eine Nachricht von Sherry: „Konnte mich nicht früher melden. Das Risiko war zu groß. Irgend jemand hier glaubt, daß Sie in den Dateien Informationen gefunden haben, die die gegenwärtige Operation gefährden könnten. Der Konferenzraum wurde von Agenten durchsucht. Nehme an, daß die Operation mit QNFL 66 zusammenhängt. Warnung: Die Leute, die hinter Ihnen her sind, sind keine normalen Agenten der Firma! Kommen Sie ja nicht hierher. Melde mich wieder, sobald sich eine Chance bietet."

Rusty sicherte die Botschaft auf seinem Computer. Nach kurzem Nachdenken formulierte er seine Antwort: „Verstanden. Sie haben meine Wohnung durchwühlt und eine Diskette gesucht. Hab mit ihnen telefoniert. Ich weiß nicht, hinter welchen Informationen sie her sind. Danke für Ihre Hilfe."

Die Diskette. Was konnte nur drauf sein? Er hatte lediglich ganz normale Meldungen kopiert, die er sich erst zu Hause genauer ansehen wollte. Jetzt mußte er die Daten schleunigst inspizieren. Dafür brauchte er einen Computer. Sein PDA hatte kein Diskettenlaufwerk.

Rusty verließ das Kino und fuhr mit dem Taxi zur George-Washington-Universität. Die Computer im Katalogsaal der Universitätsbibliothek waren eigentlich dazu da, das Auffinden von Büchern zu erleichtern. Einige von ihnen verfügten jedoch auch über Diskettenlaufwerke. Rusty suchte sich das abgelegenste Gerät aus, zog die Diskette aus seiner Tasche, steckte sie in den Schlitz und befahl dem Computer, die Dateien auf der Diskette zu lesen.

Das Programm war denkbar einfach: Alle Angaben, die der Computer löschen sollte, wurden in ein spezielles Verzeichnis kopiert. Und genau diese Auffangdatei hatte er vor dem Verlassen des Büros auf die Diskette übertragen. Es handelte sich also um viele Seiten mit Daten, die eigentlich gelöscht worden waren. Rusty sah sie sich näher an.

Die ersten Informationen betrafen hauptsächlich die Computerkommunikation der vergangenen Nacht. Es ging im wesentlichen um den Landeplatz für Flug 66 in der Sahara. Es folgte die Kopie eines Flugplans von Island nach Mauretanien. Dann erschien die Meldung aus Kairo auf dem Bildschirm. Rusty las sie noch einmal durch. Irgend etwas stimmte nicht. Der Wortlaut war anders. Rusty ging zur nächsten Seite über und fand eine zweite Version des Textes – und auf der übernächsten eine dritte. Dann ging ihm ein Licht auf: Es handelte sich um die Reste einer Datei, auf der der Text entworfen worden war. Demnach hatte der oder die Unbekannte diese „Meldung aus Kairo" im gleichen Raum aufgesetzt, in dem er gearbeitet hatte. Die Warnung vor einem Terroranschlag auf Flug 66 stammte aus Langley selbst! Die Diskette war der Beweis.

Rusty setzte seine Inspektion fort. Eine Mitteilung über die nach Afrika in Marsch gesetzte Luftwaffeneinheit lief über die Mattscheibe, gefolgt von einer Analyse zur politischen Stabilität der nordafrikanischen Staaten und …

Rusty erschrak und starrte auf den Bildschirm. Eine Nachricht, die nur bruchstückhaft aufgezeichnet worden war – und allem Anschein nach auf arabisch! Die lesbaren Zahlen bezogen sich offenbar auf Uhrzeiten und Daten, doch gab es auch eine lange Ziffernfolge, die Rusty sich nicht erklären konnte. Mit einer Ausnahme, einer Buchstaben-Ziffern-Kombination, die Rusty erst vor kurzem auf seinem PDA gesehen hatte: QNFL 66.

Er rief sich die Geographie Nordafrikas ins Gedächtnis und überlegte, welche islamischen Staaten die Boeing 747 auf dem Weg zu ihrem neuen Bestimmungsort überfliegen würde. Dann nahm er sich die Zeitangaben vor. Sie bezogen sich auf eine Spanne zwischen 2220 und 2235 Zulu. Und in der letzten Zeile fand sich eine Angabe, die nur ein Pilot oder ein Fluglotse verstehen konnte: 3A/3966. Rusty ging davon aus, daß es sich um den vierstelligen Code handelte, den Flug 66 über Modus 3 A seinen Radartranspondern senden sollte. Die kleine Black box, die inzwischen bei fast allen modernen Flugzeugen installiert war, vergrößerte das Radarecho der betreffenden Maschine auf den Bildschirmen der Luftverkehrsüberwachung und übermittelte die Flughöhe und die Kennung. Aber solche Informationen waren nur nützlich für jemanden, der über die entsprechenden Empfangsgeräte verfügte, zum Beispiel für einen Kampfpiloten.

Rusty ließ die letzten Informationen durchlaufen. Es handelte sich um den üblichen Routinekram. Also mußte er sich mit diesem seltsamen arabischen Text auseinandersetzen, der sich mit Flug 66 befaßte. Rusty ließ sich die ersten beiden der insgesamt drei arabischen Textseiten ausdrucken und steckte die Papiere in seine Aktentasche. Dann nahm er die Diskette wieder an sich, ging in den Lesesaal und nahm einen Atlas zur Hand. Die Karte, die ihn interessierte, zeigte die Nordwestküste Afrikas und, weit oben im Norden, Island. Er vergegenwärtigte sich den wahrscheinlichen Kurs der Boeing und schickte eine kurze Anfrage an Sherry: „Was war die genaue Abflugzeit von FL 66? Und wann wird die Maschine eintreffen?“

Die Antwort kam nach fünf Minuten: Abflug 1711 Z. Ankunft 2356 Z.

Rusty kritzelte ein paar Rechnungen auf ein Stück Papier. Wenn die Angabe 22.20 Uhr Zulu aus dem arabischen Dokument tatsächlich die Ankunftszeit von Flug 66 sein sollte, dann hätte die Maschine Keflavik um 15.30 Uhr Zulu verlassen müssen. Dies entsprach 10.30 Uhr Washingtoner Zeit. Die früheste vorgesehene Abflugzeit, von der Rusty gehört hatte, war jedoch 12 Uhr mittags Washingtoner Zeit, also 17.00 Uhr Zulu. Das ergab keinen Sinn. Er beugte sich wieder über seine Zettel und berechnete die voraussichtliche Position der Maschine um 2220 Z. Sie lag ungefähr 320 Kilometer nord-nordwestlich der afrikanischen Küste über dem Atlantik. Mit Hilfe der Karte notierte er die Koordinaten. Die Eingabe in einen Navigationscomputer lautete folglich: N3130 W013.

„Mein Gott!" rief Rusty aus, zog den Computerausdruck aus der Aktentasche und fuhr hastig mit dem Zeigefinger über das Papier, bis er die in den arabischen Schriftzeichen versteckte Ziffernfolge fand: „313324" und „0132410". Das arabische Dokument enthielt den Flugplan der Quantum!

Rusty rannte in den Katalogsaal zu dem Computer zurück und legte die Diskette erneut ein. Er brauchte einige Minuten, bis er den englischen Flugplan gefunden hatte. Der Plan enthielt die Koordinatenangaben verschiedener Positionen auf der vorgesehenen Flugroute der Boeing 747. Fünf Navigationspunkte vor dem Zielort fand Rusty dann, was er suchte: „N3133.24 W01324.10".

Er spürte, daß sich sein Herzschlag beschleunigte. Eine CIA-Quelle hatte irgend jemandem in arabischer Sprache übermittelt, welche Position Flug 66 zu einem bestimmten Zeitpunkt einige hundert Kilometer vor der afrikanischen Küste einnehmen würde. Warum? Wen interessierte dieser Punkt da draußen über dem Meer?

Rusty beendete seine Computersitzung und steckte Diskette und Ausdruck wieder ein. Er nahm seine Aktentasche und verließ die Bibliothek. Was wird da gespielt? fragte er sich. Sie sind in Panik geraten, weil ich diese arabische Nachricht besitze. Ich weiß, daß die angebliche Meldung aus Kairo in Langley geschrieben wurde. Und ich weiß, daß irgend jemand auf arabisch durchgegeben hat, wann man Flug 66 an einer bestimmten Position über dem Atlantik erwarten kann. Was ich nicht kenne, sind die Gründe.

Er ließ den Wortlaut der Warnung aus Kairo, die sich zweifellos auf die Akbah bezogen hatte, noch einmal vor seinem geistigen Auge vorüberziehen: „Es ist möglich, daß eine schiitische Terrororganisation versuchen wird, sich ein bewaffnetes Kampfflugzeug zu verschaffen, das für einen Flug nach Ostmauretanien geeignet ist." Rusty wurde kalt ums Herz. War es möglich, daß die Akbah innerhalb der CIA einen Helfer hatte?

Rusty war bereits auf halbem Weg zurück zum Dupont Circle, als ihm die Obduktion einfiel. Inzwischen mußte ein vorläufiger Bericht des Expertenteams vorliegen. Alles drehte sich um eine einzige Frage: War Professor Helms an einem Killervirus gestorben oder nicht?

Im Schutz einer Toreinfahrt blieb er stehen und fragte über seinen Taschencomputer bei Sherry an. Ihre Antwort kam postwendend: „Habe nichts gehört. Man hat mich von der Operation ausgeschlossen."

Rusty blieb nichts anderes übrig, als sich in Island direkt zu erkundigen. Das Obduktionsteam war an einer streng isolierten Stelle irgendwo auf dem Flugfeld von Keflavik tätig. Eine normale Telefonverbindung dorthin gab es sicher nicht, doch der Chefpathologe würde zumindest eine Art Handy besitzen. Und der Stützpunktkommandant würde die Anschlußnummer kennen.

Rusty ging zum Parkhaus, um seinen Wagen zu holen. Alle Menschen, die ihn auch nur eines Blickes würdigten, erregten sein Mißtrauen. Einen Häuserblock nördlich der Tiefgarage fiel ihm ein junger Mann mit rotblonden Haaren auf. Er saß auf einer Bank und las Zeitung, erhob sich jedoch, nachdem Rusty an ihm vorübergegangen war. Rusty sah sich um. Der junge Mann folgte ihm. Rusty ging schneller. Der Mann beschleunigte ebenfalls seine Schritte. Um die Tiefgarage zu erreichen, mußte Rusty rechts abbiegen. Jenseits der Eingangstür befand sich ein Lift, der ihn nach unten bringen würde. Wenn der Kerl hinter mir ebenfalls abbiegt, weiß ich Bescheid, dachte Rusty.

Er bog um die Ecke, entdeckte eine Nische in der Fassade des Hauses neben sich und duckte sich hinein. Seine Befürchtungen bewahrheiteten sich: Der junge Mann mit der Zeitung schlug den gleichen Weg ein. Er ging an Rusty vorüber, vorbei auch am Eingang zur Tiefgarage und verschwand in einem Laden.

Der Mann ist offensichtlich gut ausgebildet, dachte Rusty. Er geht weiter, und ein anderer bleibt mir auf den Fersen. Die Tricks der Personenbeschattung hatte ihm vor Jahren ein Freund vom FBI erklärt.

Rusty schlüpfte aus seiner Nische und setzte seinen Weg zum Garageneingang fort. Die Eingangshalle war leer, ebenso der Fahrstuhl. Er stieg ein, drückte auf den Knopf für das dritte Untergeschoß und wartete. Doch die Fahrstuhltüren schlossen sich nicht.

Rusty hörte, wie sich die automatische Eingangshallentür öffnete. In einem polierten Messingschild auf der Innenseite der Fahrstuhlkabine spiegelte sich der Eingang des Gebäudes, so daß Rusty alle Eintretenden sehen konnte. Die Gestalt, die sich näherte, war der Mann mit der Zeitung. Rusty drückte erneut auf den Knopf. In diesem Augenblick öffnete sich die Eingangstür ein weiteres Mal, und ein zweiter Mann betrat das Gebäude. Zwei andere Männer standen vor der Tür auf dem Bürgersteig.

Endlich schlossen sich die Fahrstuhltüren. Der Lift setzte sich in Bewegung. Jetzt hocke ich in der Falle, dachte Rusty. Vor seinem geistigen Auge sah er die Verfolger schon die Treppe hinunterstürmen. Mindestens einer von ihnen würde ihn unten bereits erwarten.

Die Türen hatten sich kaum zur Hälfte geöffnet, da schoß er auch schon hinaus und rannte, so schnell er konnte, auf seinen Wagen zu. Ein paar Meter vor seinem Chevy duckte er sich zwischen zwei parkenden Wagen. Nichts rührte sich in der Tiefgarage.

Fast zwei Minuten verharrte Rusty in seiner gebeugten Haltung. Dann hörte er, wie die Fahrstuhltüren sich wieder öffneten. Der rotblonde Mann mit der Zeitung in der Hand erschien. Rusty duckte sich tiefer. Er vermutete, daß sich unter der Zeitung eine Pistole verbarg. Sherry hatte gesagt, daß diese Leute keine normalen CIA-Agenten waren. Vielleicht wollten sie ihn gar nicht festnehmen . . .

Hinter einem BMW, keine vier Meter von Rustys Schlupfwinkel entfernt, blieb der Mann plötzlich stehen, kramte etwas aus seiner Hosentasche, öffnete die Fahrertür und stieg ein. Rusty beobachtete verblüfft, wie er den Wagen anließ und davonfuhr.

Rusty blieb noch ein paar Minuten an Ort und Stelle hocken. Er kam sich vor wie ein Idiot. Schließlich stand er auf und ging auf seinen Chevy zu. Er schloß die Heckklappe auf und legte die Aktentasche hinein, nahm jedoch den PDA-Computer heraus. Plötzlich spürte er eine Hand auf seiner Schulter, stieß einen Schrei aus und fuhr herum. Wer hatte ihn entdeckt? Es war Sherry Ellis.

„Sherry? Sie? Was zum Teufel …"

„… habe ich hier zu suchen? Lassen Sie mich einsteigen. Ich stehe ungern hier unten als lebende Zielscheibe herum."

Sie verließen die Garage und schlugen den Weg nach Silver Springs ein. Sherry berichtete, wie sie ihn aufgestöbert hatte. „Ich mußte Sie vor den anderen finden", sagte sie. „Ich rief Ihr Autotelefon an, nachdem ich eine Ihrer PDA-Nachrichten erhalten hatte. Sie haben nicht abgenommen, aber wenn das Telefon selbst reagiert, ist es ziemlich leicht, den Standort des Wagens festzustellen. Wenn dieser Apparat über Funk angewählt wird, sendet er zurück: ‚Ich bin da, aber der Kerl, dem ich gehöre, geht nicht ran.‘“

„Was bin ich nur für ein Idiot! Ich hab das einfach vergessen. Man kann mich jederzeit lokalisieren, wenn das Telefon angestellt ist!“ Mit zwei Handgriffen stellte er das Telefon und den Sender seines PDA-Computers ab.

„Ich hab mich also vor den anderen mit den Technikern der Telefongesellschaft in Verbindung gesetzt“, fuhr Sherry fort. „Sie konnten die Position des Wagens auf zwei Häuserblocks genau bestimmen. Ihre Autonummer kannte ich ja. Der Rest war dann ein Kinderspiel. Und da bin ich nun – auf der Flucht wie Sie.“

„Was sind das für Kerle, die hinter uns her sind, Sherry?“

Sherry war auf einmal todernst. „Im Zusammenhang mit Flug 66 läuft eine verdeckte Gegenoperation, Rusty. Ich kann es nicht beweisen, bin mir aber ganz sicher. Sie läuft außerhalb der üblichen Dienstwege und Kontrollmechanismen. Die Drahtzieher hinterlassen keine Spuren. Wir können uns also wenden, an wen wir wollen – man wird überall sagen, wir beide sähen Gespenster.“

„Aber diese getürkte Meldung aus Kairo war nicht gerade ein Geniestreich.“

„Die haben nicht mit Ihnen gerechnet, Rusty! Sie sind ein Einzelgänger, dessen Neugier und Cleverneß niemand eingeplant hatte.“

Rusty erzählte ihr von der arabisch verfaßten Nachricht, die er auf der Diskette gefunden hatte. „Ich glaube, ich weiß, was sie vorhaben, aber ich habe keine Ahnung, welche Gründe dahinterstecken.“

„Tolle Leistung. Bringt Ihnen wahrscheinlich zehn Jahre Knast ein. Aber alle Achtung vor Ihrer Spürnase! Mir wird jetzt manches klarer.“

„Was?“

„Ich wurde verhört. Man hat mich gefragt, ob ich oder irgend jemand anders aus unserem Team eine Diskette aus dem Konferenzsaal mitgenommen hätte. Ich wollte mit Direktor Roth reden, aber der steckt noch immer im Weißen Haus und ruft nicht zurück. Jedenfalls wurde mir der Boden unter den Füßen zu heiß.“

„Wo soll ich langfahren?“ Rusty hatte unvermittelt angehalten.

„Das weiß ich doch nicht! Weg von Langley, schlage ich vor!“

Rusty nickte zustimmend und fuhr wieder an.

„Wie gesagt, ich halte das für eine Gegenoperation“, erklärte Sherry. „Und wenn die schiefgeht, steckt man uns vielleicht ’nen Orden an die

Brust, weil wir sie aufgedeckt haben. Wir dürfen uns nur vorher nicht erwischen lassen."

„Und wie sollen wir die Sache auffliegen lassen? Die Schlüsselfigur für uns ist jedenfalls Roth. Wir müssen zu ihm. Er kann dem Spuk ein Ende bereiten. Wissen Sie, was ich glaube, Sherry? Die wollen der Akbah dabei helfen, dieses Flugzeug abzuschießen!"

„Und warum?"

„Weil man der Akbah auf diese Weise das Genick brechen will. Wenn man ihr eine solche Schandtat in die Schuhe schieben kann, wird sich vielleicht sogar die schlaffe UNO bemüßigt sehen, Libyen und dem Iran wirtschaftliche Daumenschrauben anzulegen, weil sie ihre schützende Hand über die Akbah halten."

„Halten Sie die Akbah wirklich für so blöde, daß sie die Konsequenzen einer solchen Tat nicht voraussieht?"

Rusty seufzte. „Darüber habe ich auch schon nachgedacht. Ich habe mir noch einmal vergegenwärtigt, wie fanatisch und wahnsinnig der Haß der Schiiten auf den Westen inzwischen ist. Und irgendwer in der CIA wittert hier seine große Chance. Da wird diesen ohnehin zum Tode verurteilten Menschen an Bord von Flug 66 der Gnadenstoß versetzt und ein langes, qualvolles Leiden erspart – und mit derselben Operation der Anfang vom Ende einer der gefährlichsten Terrorgruppen der Welt eingeläutet. Die wahren Zusammenhänge werden natürlich nie bekannt. Doch wenn die Zerschlagung der Akbah dabei herauskommt, war die Opferung von Flug 66 nicht umsonst!"

Sherry starrte Rusty an. „Das ist ja grauenhaft!"

„Die Sache hat einen einzigen Haken", fuhr Rusty fort. „Es gibt noch keinen sicheren Beweis dafür, daß sich dieses Virus tatsächlich an Bord befindet. Womöglich holen also unsere Gegenoperateure eine Flugzeugladung vollkommen gesunder Menschen vom Himmel."

„Wir müssen also erfahren, was bei der Obduktion herausgekommen ist. Wir brauchen Beweise für das, was da offensichtlich vorgeht. Vielleicht können wir Roth noch rechtzeitig überzeugen. Kann ja sein, daß Ihre Diskette schon den Beweis enthält." Sherry hielt kurz inne. „Aber das bedeutet natürlich auch, daß diese Diskette eine tickende Zeitbombe ist. Wer immer dahintersteckt – er wird nicht wollen, daß sie Roth in die Hände fällt. Man wird alles tun, um uns daran zu hindern, sie ihm zu geben."

„Um Himmels willen, Sherry, das sind doch unsere eigenen Leute! Halten Sie es wirklich für möglich, daß sie uns umbringen wollen?"

„Daß Sie einen CIA-Ausweis in der Tasche haben, heißt noch lange nicht, daß Sie unverzichtbar wären. Denken Sie daran, daß Sie nicht zu den alten Kadern der Firma gehören und ich auch nicht."

Rusty Sanders dachte einen Moment lang nach. „Wo ist Roth jetzt gerade?" fragte er dann.

„Sagte ich doch schon: im Lageraum des Weißen Hauses."

„Dann sollten wir einfach hinfahren und ihn aufklären."

„Wir kommen da nie rein. Der Geheimdienst kann sehr unangenehm werden, wenn man so etwas versucht."

Rusty nickte. „Da haben Sie recht. Aber ich glaube, ich weiß doch einen Weg."

„Aber dann flott", sagte Sherry. „Wenn Flug 66 bei den Koordinaten, die Sie herausgefunden haben, tatsächlich in einen Hinterhalt gerät, bleiben uns nur noch knapp zwei Stunden."

„Eine Frage muß ich Ihnen noch stellen, Sherry. Sind Sie absolut sicher, daß Jon Roth nicht selbst dahintersteckt?"

„Absolut."

RUSTY SANDERS legte den Hörer auf und kehrte zu seinem Chevy zurück. Der Wagen, in dem Sherry auf ihn wartete, stand auf dem Parkplatz eines Schnellimbißrestaurants südlich des Kapitols. Es hatte fast zwanzig Minuten gedauert, bis er den Leiter des Obduktionsteams aus Fort Detrick erreichte.

„Irgendein PR-Typ in Keflavik war so dämlich, in Gegenwart eines Reporters laut zu denken", erzählte er Sherry. „Jetzt berichten die Medien, die Obduktion habe die Existenz des Virus bestätigt. Dabei wurde offiziell noch gar keine Stellungnahme abgegeben. Es liegen deutliche Belege für eine Koronarthrombose vor. Symptome einer aktiven Virusinfektion konnten dagegen bisher nicht festgestellt werden. Aber es gibt auch keinen Beweis dafür, daß Helms nicht infiziert war. Er kann also durchaus Überträger gewesen sein. Doch selbst wenn er das Virus bereits in seinem Blut hatte, so muß das noch nicht heißen, daß er alle Menschen in diesem Flugzeug angesteckt hat." Rusty fuhr an und sah auf die Uhr. „Wir müssen jetzt Roth erwischen, unbedingt. In einer knappen Stunde wird die Maschine die kritischen Koordinaten erreichen."

An Bord der Gulfstream · Samstag, 23. Dezember 10.10 Uhr Ortszeit (2110 Z)

ALLES lief nach Plan. Der Luftraum, in dem sich das Zielobjekt aufhielt, befand sich direkt vor Juri. Sein Flugweg war vom Computer so programmiert, daß die Gulfstream über eine weite Rechtskurve in Schußposition hinter das Passagierflugzeug kam. Jetzt begann der Computer, die Instruktionen mit einer stillen Flut digitaler Befehle an den Autopiloten auszuführen. Die Gulfstream reduzierte ihren Schub und trat in einer Höhe von etwa 13 000 Metern in eine Warteposition ein. Die 747-400 würde Punkt 2223 Z unter Juri vorbeiziehen.

Er sah auf die Uhr. Es war 2144 Z. Über dem westlichen Horizont hing der Vollmond und tauchte das Cockpit in weiches Licht. Viele tausend Meter unter ihm hing eine geschlossene Wolkendecke über dem Atlantik, doch die Luft darüber war kristallklar. Da sämtliche Lichter der Gulfstream ausgeschaltet waren, glitt der Busineßjet wie ein Geist durch ein endloses Sternenfeld. Die Chance, von einem Crewmitglied der Boeing entdeckt zu werden, war gleich Null. Flug 66 hingegen würde deutlich erkennbar sein. Das Mondlicht würde sich auf Rumpf und Tragflächen wunderschön spiegeln.

Juri drehte den Satellitenempfänger leiser. Weitere Positionsangaben der 747, die er bisher über die Satellitenfunkverbindung verfolgt hatte, erübrigten sich, denn die Reststrecke war bedeutungslos. Die Quantum-Maschine würde nie in Mauretanien ankommen.

Plötzlich verspürte Juri Hunger. Da der Autopilot die Gulfstream auf dem programmierten Kurs hielt, konnte er das Cockpit ruhig für ein paar Minuten verlassen. Er erhob sich und hoffte, daß Nikolai Sacharow in der Ukraine Zeit gefunden hatte, die Bordküche zu verproviantieren.

Und ob der hatte! Die Vorratsschränke, die Juri nacheinander öffnete, bargen geradezu sensationelle Schätze – kubanische Zigarren, Lebensmittel, edle Weine und den arabischen Lieblingskaffee des Prinzen. Juri brühte sich eine Kanne auf, gab frische Sahne aus dem Kühlschrank hinzu, fand eine Schachtel Gebäck und begab sich wieder zurück ins Cockpit. Dort ließ er sich auf dem Pilotensitz nieder, schlürfte genußvoll den Kaffee und kaute ein paar Kekse. Da er in den nächsten vierzig Minuten nicht viel mehr tun konnte als warten, ließ er seinen Gedanken freien Lauf. Die Vorstellung, Anja an einem fernen Strand zu lieben, war verlockend. Er war fest entschlossen, eine solche Heimat für sie und sich zu finden, und wenn es nur eine Hütte am Strand einer entlegenen Pazifikinsel wäre. Anja liebte die Sonne.

Das Ungeheuerliche der geplanten Tat hatte er in den zurückliegenden monotonen Flugstunden bewußt verdrängt, doch es ließ sich nicht verhindern, daß sich vor seinem geistigen Auge immer wieder Bilder einer brennenden Boeing 747 einstellten. Auch jetzt machte ihm diesc Vorstellung zu schaffen. Es war noch gar nicht so lange her, da hätte er ohne emotionale Beteiligung scine Pflicht getan – der Zweck, ein guter Offizier sein zu wollen, hätte alle Mittel gerechtfertigt. Doch blindes Zweckdenken gab es nach dem Ende der Sowjetunion nicht mehr. Juri war sich bewußt, daß er das, was er zu tun im Begriff stand, nicht für sein Land tat, sondern allein für sich und Anja, also aus reiner Selbstsucht.

Aber Anja ist Grund genug, dachte er. Doch die düstere Wahrheit ließ sich durch die Gedanken an Anja nur kurz verdrängen. Das ist mein letzter Einsatz, schwor er sich. Sicher, diese Menschen waren ohnehin nicht mehr zu retten – doch Juri konnte sich ihre furchtbare Angst und Verwirrung in den letzten schlimmen Sekunden vor dem Ende vorstellen, und sie taten ihm leid. Es ist ein Gnadenakt! redete er sich zum hundertstenmal ein. Du mußt an Anja denken. An Anja, die immer zu dir gestanden hat, auch in ganz schlechten Zeiten.

An Bord von Flug 66

DIE NACHRICHT, daß unten im Passagierraum ein Krankheitsfall aufgetreten war, traf James Holland völlig unvorbereitet. Das Mädchen, eine unbegleitet fliegende Minderjährige, hatte in der ersten Klasse geschlafen und war dann plötzlich mit Übelkeit, Schüttelfrost und hohem Fieber aufgewacht. Barb Rollins, Dr. Turnherr und zwei Passagiere hatten sich sofort um die Kleine gekümmert und den Captain alarmiert. Das Fieber betrug 39,7 Grad. Holland kam herunter. Nachdem er gesehen hatte, wie das Kind in Decken gewickelt und von mehreren Menschen umsorgt wurde, kehrte er wieder ins Cockpit zurück und schickte Dick Robb in den Pilotenruheraum. Bevor sie die afrikanische Küste überflogen, sollte er sich noch ein wenig erholen. Über das, was soeben vorgefallen war, verloren sie kein Wort. Es ging also offenbar los.

Im Weißen Haus, Washington, D. C.

RUSTY SANDERS hatte darauf gesetzt, daß der persönliche Arzt des Präsidenten – ein alter Freund aus Studententagen – am Samstag nicht nur erreichbar, sondern auch bereit sein würde, ihn ins Weiße Haus einzuschleusen. Er spekulierte darauf, daß der Hinweis auf eine dringende CIA-Angelegenheit seine Wirkung nicht verfehlen würde.

Er hatte sich nicht getäuscht. Dr. Irwin Seward wartete bereits auf ihn, als er vor dem Osteingang des Weißen Hauses eintraf. Sherry hatte ihn ein paar Straßenzüge vorher abgesetzt. Sie wollte an einer bestimmten Telefonzelle auf seinen Anruf oder seine Rückkehr warten.

Rusty wußte, daß der Arzt auf Treu und Glauben handelte, als er sich beim Geheimdienst für ihn verbürgte. „Ich weiß das wirklich zu schätzen, Irwin“, sagte er, als sie einem höheren Sicherheitsbeamten in das Hauptgebäude folgten. „Die Einzelheiten kann ich dir leider erst später erzählen.“

„Zieh mich bloß nicht in irgendwas rein“, erwiderte Seward. „Sobald wir dich unten beim Lageraum abgeliefert haben, bin ich auf und davon.“

Vor der Tür zu der Leitzentrale im Keller verabschiedeten sie sich. Rusty trat ein – nur um festzustellen, daß Jonathan Roth über sein Kommen bereits informiert war und auf ihn wartete. Er begrüßte Rusty mit einem Kopfnicken, gab ihm aber nicht die Hand. „Gehen wir am besten ins Konferenzzimmer, Doktor. Ich darf davon ausgehen, daß es sich um eine sehr dringende Angelegenheit handelt? Der Präsident kommt in einer halben Stunde zurück. Wir haben also ein wenig Zeit.“

Sie setzten sich an den Konferenztisch, und Rusty schob Jonathan Roth die Diskette zu. „Ich habe sie aus Langley mitgehen lassen, weil ich fürchtete, die Information könne sonst zerstört werden. Ich glaube, daß innerhalb der Firma eine hochbrisante Gegenoperation läuft.“ Er wiederholte seinen Verdacht im Zusammenhang mit der Warnung aus Kairo, die Roth bereits bekannt war. Außerdem erläuterte er die Computerfalle, die er in dem als Kommandozentrale fungierenden Konferenzraum in Langley zum Schutz gegen Datenvernichtungen eingerichtet hatte. „Egal, woher die Meldung kommt“, sagte er, „inhaltlich kann sie korrekt sein. Die Akbah kann tatsächlich vorhaben, die Boeing abzuschießen, und, um ehrlich zu sein, ich bin überzeugt, daß sie es vorhat.“

„Welche Beweise haben Sie? Wir haben keinerlei ergänzende Indizien, die den Inhalt der Meldung bestätigen."

Rusty deutete auf die Diskette. „Die finden Sie hier, Sir. Eine aus Langley stammende Botschaft auf arabisch, gerichtet an einen unbekannten Empfänger, die einen bestimmten Koordinatenpunkt über dem Atlantik aus dem Flugplan der Boeing sowie die voraussichtliche Überflugzeit erwähnt. Die Maschine wird in einer knappen Stunde dort sein. Wenn meine Vermutung stimmt, wartet da draußen jemand, der das Flugzeug abschießen will."

„Eine gewagte Theorie, Doktor! Doch selbst wenn wir die Boeing zu einer Kursänderung auffordern – was sollte den Angreifer daran hindern, den Kurs der Maschine über Radar zu verfolgen und sie dann trotzdem zu attackieren?"

„Nichts, Sir – abgesehen von der Entfernung und der Zeit. Doch je länger wir warten, desto knapper wird es. Die Abtrünnigen innerhalb der Firma haben bereits einen Schlag gegen mich geführt. Sie sind hinter dieser Diskette her." Er berichtete von der Durchsuchung seiner Wohnung. Roth machte sich Notizen.

„Ein Fazit gefällig, Herr Direktor?" fragte Rusty. „Also: Ich glaube, daß die Renegaten der Akbah direkte Hilfe leisten, daß sie sich über alle Vorschriften hinwegsetzen, um die Akbah zu einer Aktion zu veranlassen, die ihr den Rest geben wird. Ein von der CIA aktiv geförderter Massenmord. Und das vorläufige Obduktionsergebnis bestätigt mich in meiner Annahme, daß die Menschen an Bord des Flugzeugs noch nicht verloren sind. Selbst wenn Helms von dem Virus befallen war, muß er nicht unbedingt ansteckend gewesen sein. Wir wissen es einfach noch nicht."

Roth wirkte betroffen. Er nahm die Diskette auf und klopfte mit ihr auf den Tisch. „Da drauf befindet sich also diese arabische Nachricht mit den Koordinaten, der Zeit und dem Transpondercode? Haben Sie noch weitere Kopien gezogen?"

Rusty schüttelte den Kopf.

„Nun gut. Ich werde mich darum kümmern und sofort Kontakt zu der Maschine aufnehmen." Er erhob sich. „Sie haben hervorragende Arbeit geleistet. Doch solange wir nicht wissen, wer da bei uns aus dem Ruder gelaufen ist, lassen Sie sich besser eine Zeitlang nicht blicken. Suchen Sie sich irgendeinen Schlupfwinkel, ein Hotel zum Beispiel. Und rufen Sie diese Nummer an." Er kritzelte eine Telefonnummer auf einen Zettel und reichte ihn Sanders. „Mit dieser Nummer kommen Sie direkt hierher ins Lagezentrum. Fragen Sie nach mir, und sprechen Sie ausschließlich mit mir persönlich. Keine Nachrichten an andere Personen! Ist das klar?"

„Selbstverständlich, Sir", versicherte ihm Rusty.

Roth begleitete ihn zur Tür und bat einen Assistenten, Rusty zum östlichen Eingang zurückzubringen.

Rusty fand Sherry am vereinbarten Treffpunkt vor. Sie wartete im Chevy. Er glitt auf den Fahrersitz und steuerte den Wagen auf die Straße. Ein paar Ecken weiter scherte er plötzlich wieder aus dem Verkehrsstrom aus und brachte das Fahrzeug abrupt zum Stehen.

„Rusty, was ist denn?"

„O mein Gott!" Rusty sah Sherry mit Entsetzen in den Augen an. „Sherry, Roth erwähnte vorhin den Transpondercode für Flug 66. Wörtlich sagte er: ‚Da drauf befindet sich also diese arabische Nachricht mit den Koordinaten, der Zeit und dem Transpondercode?'"

„Ja und?"

„Er hatte die Diskette doch noch gar nicht geprüft, Sherry! Den Ausdruck der Meldung habe ich ihm nicht gegeben – und ich weiß mit Sicherheit, daß ich kein Wort über Transpondercodes in der arabischen Meldung verloren habe. Die einzigen Menschen außer mir, die wissen können, daß sich auf der Diskette der Transpondercode befindet, sind jene, die diese Meldung an die Akbah übermittelt haben!"

Auf Sherrys Miene spiegelte sich Ungläubigkeit: „Sie haben doch Roths Dateien gecheckt. Da war doch nichts!"

„Das war aber, bevor ich die arabische Botschaft fand, die von einem der Computer im Konferenzraum stammt. Wenn Roth Einzelheiten der arabischen Botschaft kennt, die ich nicht erwähnt habe, dann bedeutet das, daß er an der Geschichte beteiligt ist."

Sherry wirkte wie vor den Kopf gestoßen. „O mein Gott! Ich hätte nie gedacht ..."

„Er sagte, er wolle sofort Kontakt zum Flugzeug aufnehmen und den Captain zu einer Kursänderung veranlassen."

„Wenn Jon Roth tatsächlich dahintersteckt, Rusty, wird er das nicht tun. Er wird den Captain nicht warnen, sondern alles wie geplant ablaufen lassen. Wir müssen die Quantum-Maschine selber warnen."

„Genau!" Rusty startete den Wagen und schoß davon. Daß hinter einigen anderen Wagen eine schwarze Limousine die Verfolgung aufnahm, entging ihm.

„Können wir das Flugzeug direkt anwählen?" fragte Sherry. „Haben Sie die Nummer?"

„Vielleicht."

Es blieben ihnen nur noch knapp dreißig Minuten. Als das Washingtoner Hyatt-Hotel vor ihnen auftauchte, bog Rusty kurz entschlossen von der Straße ab und hielt vor dem Haupteingang. Sie stiegen eilig aus, warfen dem Portier die Autoschlüssel zu, stürmten durch die Drehtür in die Hotelhalle und liefen zum Fahrstuhl. „Wir melden uns gleich an!“ rief Rusty dem Mann am Empfang zu.

Von Rusty und Sherry unbemerkt, stiegen unterdessen zwei unauffällig gekleidete Männer aus der schwarzen Limousine, die auf der anderen Straßenseite angehalten hatte. Im Laufschritt überquerten sie die belebte Straße und rannten auf den Eingang des Hotels zu.

VOR DEN Konferenzsälen im zweiten Stock befanden sich Telefonkonsolen mit zahlreichen Apparaten, doch waren sie von allen Seiten einsehbar.

„Kommen Sie“, sagte Sherry. „Es gibt da einen alten Trick.“ Sie waren allein im Aufzug. Sherry drückte nacheinander die Knöpfe für mehrere hochgelegene Stockwerke und schlüpfte jedesmal, wenn der Fahrstuhl anhielt, hinaus, um das Terrain zu erkunden. Schließlich hatte sie gefunden, was sie suchte. Sie kehrte zum Aufzug zurück und bestimmte: „Auf geht's!“

Rusty folgte ihr. Sie ging auf einen kleinen Handwagen des Reinigungspersonals zu, der vor zwei offenstehenden Türen in der Mitte des Ganges stand. Sherry warf einen Blick ins rechte Zimmer, spähte kurz ins linke, gab Rusty mit einem Wink zu verstehen, er solle sich ins linke begeben, und sprach das Zimmermädchen im gegenüberliegenden Raum an. „Sind Sie mit unserem Zimmer fertig? Vierzehndreiundvierzig?“

„Ja, Ma'am!“

„Vielen Dank!“ Mit ein paar Schritten war Sherry in dem Raum auf der linken Seite, zog die Tür hinter sich zu und verriegelte sie. Koffer und andere Reiseutensilien zeigten an, daß das Zimmer belegt war.

„Was machen wir, wenn die Leute zurückkommen?“

„Das lassen Sie nur meine Sorge sein“, sagte Sherry.

Rusty ging zum Telefon, wählte die Nummer der Quantum Airlines in Dallas und verlangte deren Vizepräsidenten zu sprechen.

„Ihr Name, bitte?“

„Dr. Sanders, Langley. CIA. Es handelt sich um einen Notfall.“

Es dauerte eine Weile, bis sich die gleiche Stimme noch einmal meldete. „Man hat uns vor Ihrem Anruf gewarnt, Mr. Sanders. Wir wissen, daß Sie nicht in Langley sind, und haben die Polizei von Ihrem Versuch unterrichtet." Die Verbindung wurde unterbrochen.

„Jon hat uns konsequent blockiert", stellte Sherry fest. „Läßt sich vielleicht mit der Satellitennummer was machen?"

„Ich habe sie gerade gefunden!" Rusty hatte aufgeregt seine Hemdtasche durchwühlt. „Ich kritzele mir das immer irgendwo auf – eine alte Gewohnheit." Er führte seine Telefonkarte ein und wählte die Nummer. Eine Bandansage lief ab: „Das von Ihnen angewählte Schiff oder Flugzeug empfängt gegenwärtig leider keine Anrufe. Bitte versuchen Sie es zu einem späteren Zeitpunkt noch einmal."

Ihnen lief die Zeit davon. Alle offiziellen Kommunikationswege waren blockiert.

Rusty setzte sich auf die Bettkante und stützte den Kopf in die Hände. Sherry lief unruhig im Zimmer auf und ab. „Welche anderen Möglichkeiten gibt es, um mit einer fliegenden Boeing 747 Kontakt aufzunehmen? Gibt es in einem solchen Flugzeug noch andere Kommunikationsmittel? Funk? Radio?"

Unvermittelt richtete Rusty sich auf: „Iridium! Das neue satellitengestützte Funksystem. Vielleicht gibt es ja so ein mobiles Zellfunktelefon an Bord."

„Aber wer kennt die Anschlußnummer? Wird sich überhaupt jemand melden?"

„Das weiß ich nicht. Aber ich glaube nicht, daß Roth auch die Iridiumgesellschaft gegen uns aufgehetzt hat. Es gibt sie erst seit kurzer Zeit." Rusty nahm den Hörer ab.

„Los, los, Rusty! Uns bleiben noch neunzehn Minuten."

An Bord von Flug 66

KAUM hatte James Holland den Entriegelungsknopf gedrückt, stand Rachael Sherwood in der Cockpittür. „Darf ich reinkommen?"

„Ich bitte Sie darum! Es ist ziemlich einsam hier oben."

„Wo ist Ihr Kopilot?" fragte sie und setzte sich auf den Notsitz.

„Wir schlafen in Schichten", erklärte Holland. „Er ruht sich aus. Nehmen Sie doch auf seinem Sitz Platz."

Sie folgte seinem Vorschlag.

„Wie geht es dem kranken Mädchen, Rachael?"

Sie seufzte. „Wenn dieses Virus nicht wäre … Ich würde das für einen typischen Fieberanfall halten, wie ihn Kinder immer mal wieder bekommen. Wahrscheinlich hat die Kleine sich ein bißchen erkältet. Abgesehen von diesem Kind sind ja alle Passagiere wohlauf."

„Wie stehen Sie das alles durch?" fragte Holland.

Sie lächelte. „Mir geht es ausgezeichnet. Aber wie geht es Ihnen, James?"

Sie sah ihm tief in die Augen, und er wandte sich verlegen ab. „Mir geht es vermutlich so, wie man es unter diesen Umständen von mir erwarten kann."

„Ich habe das Gefühl, daß es hier an Bord keine Menschenseele gibt, mit der der Kapitän richtig reden kann. Schon gar nicht mit dem Kopiloten. Daß Sie auch Mensch sind, können Sie hier niemandem zeigen, stimmt's? Und Sie sind kein abgebrühter Typ, das sehe ich."

Er hob den Kopf. „So?"

Sie nickte. „Ich bilde es mir jedenfalls ein. Ich kann menschliche Charaktere recht gut beurteilen, James, und ich bin auch eine gute Zuhörerin."

Holland lachte. „Meine Exfrau würde Sie jetzt warnen: ‚Richtig reden können Sie mit dem ja gar nicht.'" Er lächelte Rachael an, entspannte sich ein wenig und fühlte sich ihr plötzlich seelenverwandt wie keiner anderen Frau zuvor. Oder? Zumindest war es schon sehr, sehr lange hcr. „Es gibt keine Sensationen aus meinem Innenleben zu berichten, Rachael. Ich mache mir natürlich Sorgen ..."

„Wir haben höllische Angst, seien wir ehrlich", erwiderte sie.

„Ja", gab Holland zu. „Ich weiß bloß nicht, was ich glauben soll."

„Wir brauchen jetzt eine starke Führung, James."

Holland wollte lächeln, aber es kam nur ein verunglücktes Grinsen dabei heraus. „Ich bin kein Anführer, Rachael. Ich bin ein simpler Pilot, der gerne fliegt. Ich wollte immer nur fliegen, sonst nichts."

„War Ihr Vater auch schon Pilot?" fragte Rachael und spürte sofort, daß sie einen wunden Punkt berührt hatte.

Er schüttelte den Kopf. „Mein Vater war ein kleiner Gernegroß, der sich in Szene setzen wollte. Lächerliche Geschäfte, Kandidaturen für öffentliche Ämter – alles aus Lust an der Selbstdarstellung. Ich habe meine Jugend hindurch nichts anderes im Sinn gehabt, als mich von ihm zu distanzieren." Holland rümpfte verächtlich die Nase. „Big Jim! So nannte er sich selbst. Er kandidierte sogar unter diesem Namen."

„Womit verdiente er seinen Lebensunterhalt?"

„Er war so etwas wie ein legaler Schwindler, Rachael. Er konnte verkaufen, und zwar alles. Er war imstande, einem Sträfling zusätzliche

Knastjahre anzudrehen, verkaufte Eskimos Kühlschränke und dem Teufel Schwefel. Das einzige Problem bestand darin, daß er sich nicht darum kümmerte, ob das, was er verkaufte, auch was taugte. Ständig mußte ich miterleben, wie meine Mutter wütende Kunden und Geschäftspartner, Gläubiger, Gerichtsvollzieher und Finanzbeamte beruhigte."

„Und Sie wollten deshalb anonym bleiben?" fragte Rachael.

Er schüttelte angewidert den Kopf. „Ich wollte unsichtbar sein! Für ihn war ich auch unsichtbar – es sei denn, er brauchte vorübergehend den kleinen Sohn von Big Jim zu irgendwelchen Propagandazwecken. Ansonsten war ich ihm egal."

„Das tut mir sehr leid für Sie."

„Ich war nie ein besonders geselliger Mensch, sondern eher ein Einzelgänger. Das war eben meine Reaktion darauf."

„Sie kommen bei den Leuten besser an, als Sie denken, James."

„Das ist bloß der professionelle James Holland. Innerlich habe ich mich seit meiner Kindheit viel eher als Einsiedler im Gebirge gesehen. Dahinter stand, glaube ich, der Wunsch, dieser Peinlichkeit zu entgehen, der Sohn von Big Jim zu sein; ich habe die Öffentlichkeit immer gescheut und gehöre zu jenen Flugkapitänen, die nie eine Bordfunkansage machen würden, wenn sie sich vermeiden ließe."

Ein paar Sekunden lang herrschte Stille. Dann sah Rachael auf und räusperte sich. „Lebt Ihr Vater noch?"

Holland schüttelte den Kopf. „Nein. Er starb vor fünfzehn Jahren. Ich war nicht einmal auf seiner Beerdigung." Er erwiderte ihren Blick. „Entschuldigen Sie. Ich weiß nicht, warum ich Ihnen das alles erzähle."

Sie wischte seinen Einwand mit einer Handbewegung beiseite. „Wie sind Sie zum Fliegen gekommen?"

„Zufall. Und Liebe auf den ersten Flug, wie ich immer sage." Er erzählte ihr, wie er bei einem Schulwettbewerb einen Freiflug gewonnen und sich erfolgreich um die Aufnahme in die Luftwaffenakademie beworben hatte. Er erzählte ihr, wie er als Jahrgangsbester die Pilotenschule absolviert hatte, und erwähnte auch seine 63 Einsätze in F-4-Phantom-Jägern über Vietnam. Und schließlich erzählte er ihr auch von Sandra, seiner einstigen Frau. „Meine Schuld", sagte er und meinte damit die Scheidung. „Ich bin eben ein Einzelgänger. Sie haben in den vergangenen Minuten mehr von mir erfahren als Sandra in zehn Jahren Ehe. Es tut mir wirklich leid, daß ich so viel von mir rede ..."

„Ich hoffte, daß Sie es tun würden."

„Nun, Sie haben schon recht, Rachael. Sie sind eine gute Zuhörerin. Ich habe das Gefühl, als würden wir uns schon sehr lange kennen."

Sie lächelte. „Stimmt ja auch. Wir haben uns zu Beginn einer Krise kennengelernt. Und überlegen Sie mal, was seither alles geschehen ist."

James Holland nickte. Sein Blick fiel auf ihre Hände. Sie trug keinen Ring. Er räusperte sich. „Jetzt würde ich gerne Sie etwas fragen, Rachael", sagte er.

„Okay. Was?"

„Ich würde gerne etwas mehr über einen faszinierenden weiblichen Fluggast namens Rachael Sherwood erfahren."

Washington, D.C. · Samstag, 23. Dezember 17.04 Uhr (2204 Z)

SHERRY ELLIS ging rastlos im Zimmer auf und ab, während sich Rusty Sanders über das Telefon beugte. Noch sechzehn Minuten!

Rusty hatte sich mit einem Vorstandsmitglied der neuen Telefongesellschaft verbinden lassen. Er sei Mitarbeiter der CIA, hatte er gesagt, und es handele sich um einen nationalen Notfall; er müsse daher auf die üblichen Verifizierungsverfahren verzichten.

„Um was geht es?" fragte der Manager.

„Um die Anschlußnummern aller Ihrer Teilnehmer, die in den vergangenen sieben Stunden von den folgenden Orten aus telefoniert haben oder dort angerufen worden sind: Island bis 1711 Z und danach von einem beliebigen Punkt auf der Strecke zwischen Island und der afrikanischen Westküste."

„Du meine Güte, Dr. Sanders, das ist ganz schön viel verlangt. Hängt das mit diesem Jumbo und dem Killervirus zusammen?"

„So ist es, Sir. Ich rufe im Auftrag des Krisenstabs im Weißen Haus an."

Es dauerte lange, bis der Mann sich wieder meldete. „Hören Sie, Dr. Sanders? Also, wir haben elf Kunden, die im besagten Zeitraum von Island aus telefoniert haben. Allerdings kommen neun von ihnen nicht in Frage, weil sie ihre Gespräche erst nach der von Ihnen genannten Abflugzeit führten. Ich nehme an, daß die beiden übrigen die Anschlüsse sind, die Sie suchen." Der Mann gab Rusty die Nummern durch und erklärte ihm noch, wie die Anschlüsse von einem normalen Telefon aus zu erreichen und ihre Funkrufempfänger zu aktivieren waren. „Ich muß Ihnen aber gleich sagen, daß diese Apparate nicht für den Gebrauch in Flugzeugen geeignet sind. Wenn jemand die Antenne irgendwo in Fensternähe plaziert hat, klappt es vielleicht."

„Verstanden. Die Namen der Teilnehmer kennen Sie nicht zufällig, oder?" fragte Rusty.

„Doch. Der eine Apparat ist unter dem Namen eines gewissen Carl Wilhoit registriert, einem Mitarbeiter von NBC-News in New York. Der andere gehört – ich kann den Vornamen nicht lesen – einem gewissen Lancaster aus Manassas, Virginia."

„Sehr gut. Tausend Dank."

Rusty legte auf und wählte die erste Nummer. Prompt meldete sich eine Männerstimme. „Wilhoit."

„Mr. Wilhoit, hier spricht Dr. Rusty Sanders von der CIA. Befinden Sie sich an Bord von Quantum-Flug 66?"

„An Bord? Gott bewahre! Ich berichte darüber. Wir befinden uns in einem Privatjet und sind auf dem Rückflug nach New York. Woher kennen Sie meine Nummer?"

„Entschuldigen Sie die Störung", sagte Rusty, unterbrach die Verbindung und wählte die zweite Nummer.

Im Luftraum vor der afrikanischen Westküste

IM COCKPIT von Quantum-Flug 66 irritierte eine Art Warnton, den er noch nie gehört hatte, Flugkapitän James Holland. Er konnte sich keinen Reim darauf machen. Rachael kannte das Geräusch, aber erst als es immer wieder ertönte, merkte sie, daß es aus ihrer Handtasche kam. Sie nahm das Iridiumtelefon heraus und drückte auf die ON-Taste. „Hallo?" sagte sie.

„Spreche ich mit Mrs. Lancaster?"

„Nein. Wollen Sie vielleicht Lee Lancaster sprechen?"

Der Botschafter! dachte Rusty. Das ist der Anschluß des Botschafters! „Ja, bitte. Und wer sind Sie?"

„Rachael Sherwood", antwortete sie. „Ich bin die Assistentin des Botschafters. Wer ist am Apparat, bitte?"

„Dr. Rusty Sanders von der CIA in Washington. Mrs. Sherwood, es handelt sich um einen extremen Notfall. Können Sie mit Ihrem Telefon zum Cockpit gehen und mir so schnell wie möglich den Captain geben? Sollte unterdessen die Verbindung abreißen, lassen Sie ihn den Apparat ans Fenster halten, bis ich mich wieder melde."

„Ich befinde mich bereits im Cockpit. Hier ist der Captain.“ Rachael reichte James Holland das Telefon.

„James Holland.“

„Mein Name ist Dr. Sanders, Mitarbeiter der CIA. Ich habe Ihnen etwas mitzuteilen, Captain, das auf den ersten Blick sehr seltsam klingen mag. Doch wenn Sie auf meine Informationen nicht sofort reagieren, so könnte dies fatale Konsequenzen haben. Sie wissen doch, daß die Leiche von Professor Helms auf Island obduziert worden ist?“

„Ja. Nach allem, was die Medien sagen, sind die Ergebnisse positiv.“

„Eben nicht, Captain. Ich habe mit dem Pathologen gesprochen, der die Obduktion geleitet hat. Allem Anschein nach starb der Professor an einem Herzinfarkt. Es gibt bislang keinerlei schlüssigen Beweis für eine aktive Virusinfektion. Mir ist bekannt, daß Helms bereits in Frankfurt Anzeichen einer fiebrigen Erkrankung aufwies, doch das müssen die Vorboten des Infarkts gewesen sein. Daß er möglicherweise Träger des Virus war, ist damit noch nicht ganz ausgeschlossen, doch spricht alles dafür, daß dieses Virus ihn nicht umgebracht hat. Die ganze Affäre beruht möglicherweise auf einem Fehlalarm.“

„Ich muß Ihnen leider mitteilen, Doktor, daß wir inzwischen einen zweiten Krankheitsfall an Bord haben. Ein kleines Mädchen. Es hat hohes Fieber und grippeartige Symptome.“

Rusty rechnete schnell nach und nickte. „Für das deutsche Virus ist das zu früh, Captain. Dessen Inkubationszeit ist länger.“

„Gut. Aber was wollten Sie mir erzählen?“

„Sie müssen sofort Ihren Kurs ändern, Captain. Weniger als dreizehn Flugminuten vor Ihnen lauert Ihnen ein Kampfflugzeug auf. Sie und Ihre Maschine sollen abgeschossen werden. Der Angriff geht aller Wahrscheinlichkeit nach auf das Konto einer vom Iran unterstützten Terrororganisation namens Akbah. Der Flugzeugtyp ist mir nicht bekannt, doch ich weiß, daß die Gruppe die Koordinaten Ihres nächsten Wegpunkts kennt. Wir haben eine arabische Nachricht abgefangen. Schalten Sie außerdem sofort Ihren Transponder aus. Die Kerle haben auch den Code.“

James Hollands Miene verriet, daß er aufs höchste beunruhigt war. Er deckte mit der linken Hand die Sprechmuschel ab und sagte zu Rachael: „Wären Sie so lieb, den Kopiloten zu holen, Rachael? Er ist im Ruheraum.“ Sie nickte und verschwand. Holland gab die

Sprechmuschel wieder frei und stellte mit einem Griff den Transponder ab. „Ich kann mir schlecht vorstellen, was diese Leute sich davon versprechen. Die Welt hat uns doch ohnehin schon für tot erklärt."

„Botschafter Lancaster ist bei Ihnen an Bord, und er steht schon seit Jahren auf den Todeslisten sämtlicher Terrororganisationen im Nahen Osten. Denen ist völlig gleich, wen sie nebenbei noch alles umbringen. Und Sie, Captain, fliegen Lancaster momentan gewissermaßen in den Hinterhof der Terroristen."

Holland schwieg einige Sekunden lang. Dann fragte er: „Ich soll also den Kurs ändern und den nächsten Wegpunkt umfliegen, den Zielflughafen aber beibehalten?"

Rusty fiel plötzlich ein, daß er noch gar nicht über die Frage des Zielflughafens nachgedacht hatte. Wenn die Akbah die 747 nicht in der Luft erwischte, dann eben bei der Landung oder auf dem Boden. Quantum 66 würde den Flug nach Ostmauretanien nie überleben. Wo können sie sonst noch hin? Er schloß die Augen und versuchte, sich die Karte der afrikanischen Atlantikküste und des Ozeans vorzustellen: Im Südatlantik gab es ein paar Inseln, von denen jedoch nicht zu erwarten war, daß sie dem berüchtigten Flug 66 ihre Landebahnen öffnen würden.

„Sie dürfen nicht nach Mauretanien fliegen, Captain. Wenn die Burschen Sie über dem Atlantik nicht erwischen, dann erwischen sie Sie über der Wüste. Ändern Sie den Kurs, Captain. Schnell! Haben Sie genug Treibstoff, um die Kanarischen Inseln zu erreichen?"

„Warum sollte ich Ihnen glauben, Sanders?" Hollands Stimme klang plötzlich mißtrauisch. „Sind Sie der Direktor der CIA oder wer? Warum kommen diese Instruktionen nicht von höchster Stelle? Für mich können sogar Sie ein Terrorist sein." Er legte die 747 in eine leichte Rechtskurve.

„Okay, Captain, ich will ehrlich mit Ihnen sein. Ich bin ein Analytiker, der früher mal bei der FAA war. Ich war von Beginn dieser Affäre an mit Ihrem Problem befaßt und habe dann entdeckt, daß innerhalb der CIA eine Gegenoperation läuft. Mir fiel eine auf arabisch verfaßte Meldung in die Hand, in der Langley Ihre Koordinaten an jemanden übermittelte, der sich im Luftraum bei Ihnen aufhält und Ihre Ankunftszeit und Ihren Transpondercode kennt. Bitte, Captain, ändern Sie zumindest Ihren Kurs!"

„Tu ich gerade, für den Fall, daß Sie vielleicht doch nicht verrückt sind. Erzählen Sie weiter."

„Gut." Rusty holte tief Luft. „An der Spitze der Gegenoperation steht der stellvertretende CIA-Direktor Jon Roth – der Direktor selbst liegt im Koma. Roths Ruf baut darauf auf, daß er bisher alle Terroristengruppen zerschlagen konnte, und jetzt rechnet er damit, auch der Akbah das Genick brechen zu können. Er läßt Sie und Ihre Passagiere von diesen Leuten umbringen und spekuliert darauf, daß die Akbah dadurch weltweit verurteilt wird."

„Warum sollte die Akbah das tun? Die Leute wissen doch selbst, daß sie sich damit unmöglich machen!"

„Weil sie, was Lancaster betrifft, nicht mehr rational denken, Captain. Sie wollen ihn töten, um jeden Preis."

„Wie soll dieser Angreifer aussehen?"

„Ich habe keine Ahnung. Aber es handelt sich um ein Flugobjekt, das mit Bordkanonen, Raketen oder sogar beidem ausgestattet ist. Sie, Captain, verfügen über kein Radarwarngerät. Es kann also sein, daß Sie es nicht rechtzeitig entdecken. Sie müssen den Kurs radikal ändern!"

In diesem Augenblick betrat Dick Robb das Cockpit. Rachael Sherwood folgte ihm. Holland bat ihn mit einer Handbewegung, auf dem Kopilotensitz Platz zu nehmen. „Warten Sie einen Moment!" sagte er zu Rusty. Wieder herrschte Schweigen. Holland überdachte das Problem. Sein Mißtrauen verstärkte sich. Das gab doch alles keinen Sinn! Er gab Dick Robb eine kurze Zusammenfassung dessen, was er von Rusty erfahren hatte. Robbs Mund stand vor Ungläubigkeit weit offen.

„Woher sollen wir denn wissen ...", begann er.

„Genau das ist das Problem!" unterbrach ihn Holland und nahm den Hörer wieder auf. „Sanders? Wir können Ihre Angaben nicht verifizieren. Ich bin nicht bereit, den Kurs dieses Flugzeugs mit unbekanntem Ziel zu ändern, nur weil mir jemand inoffiziell eine Verschwörungstheorie andreht. Was ist denn, wenn wir tatsächlich infiziert sind? Auf dem vorgesehenen Landeplatz gibt es die entsprechenden Einrichtungen. Unsere Toiletten laufen über, und unsere Lebensmittelvorräte gehen zur Neige. Davon abgesehen, reicht unser Treibstoff auch nicht mehr für eine Weltumrundung."

Rusty versuchte das Zittern zu unterdrücken, das seinen ganzen Körper erfaßt hatte. „Captain, Sie müssen noch mindestens vierundzwanzig Stunden überstehen. Wenn bis dahin nicht alle Menschen an Bord krank darniederliegen, gibt es dieses Virus nicht! Sie brauchen Zeit, um zu beweisen, daß Sie nicht infiziert sind!"

Holland hatte sich entschieden. Er ging wieder auf den alten Kurs. „Ich glaube Ihnen nicht, Sanders. Schon mal was von Meaconing gehört? Einschleichen auf die gegnerische Funkfrequenz, um den Feind in eine Falle zu locken? Ich beende diese Farce jetzt."

„Nein! Notieren Sie sich wenigstens meine Telefonnummer, oder legen Sie nicht auf, bitte!"

„Vergessen Sie's. Clever gedacht, aber es hat eben nicht geklappt. Sagen Sie das Ihrem Arbeitgeber." Mit einem Knopfdruck beendete Holland das Gespräch.

DIE GULFSTREAM des saudischen Prinzen besaß ein kompliziertes Angriffsradar- und Identifikationssystem, das Juri vor fünf Minuten auf die Quantum-Maschine eingestellt hatte. Aber etwas stimmte nicht. Da war zunächst der Transponder der 747 ausgefallen. Das „Q 66" – der Code für die Quantum-Maschine – und das „F 370" für Flughöhe 37 000 Fuß waren plötzlich vom Bildschirm verschwunden. Die 747 hatte unvermittelt ihren Kurs geändert und war nach rechts abgedreht. Er hatte sich bereits entschlossen, die Verfolgung aufzunehmen, als das riesige Flugzeug genauso unvermittelt wieder auf seinen ursprünglichen Kurs einschwenkte. Der Transponder blieb allerdings abgestellt.

Was hat das zu bedeuten? fragte sich Juri.

Die 747 befand sich nun zwar etwa fünfzehn Kilometer außerhalb der ehemaligen Flugbahn, hielt aber direkt auf die programmierte Position zu. Also gut, sagte sich Juri. Wenn sie direkt unter mir ist, gehe ich auf ihre Flughöhe und hänge mich in zirka acht Kilometer Abstand an sie dran. Das dürfte die beste Schußposition sein.

Er horchte auf den leisen Brummton, der ihm anzeigte, daß die beiden Infrarot-Zielsuchköpfe in den Raketen auf die Wärmequelle vor ihm aufgeschaltet waren. Juri konnte die 747 jetzt sehen. Das Mondlicht spiegelte sich auf den silbernen Tragflächen, und die Positionslichter markierten den Weg der Maschine durch die Nacht. Die entgegenkommende 747 zog nun 1800 Meter unterhalb der Gulfstream vorbei. Im Cockpit war kein Licht zu sehen. Jetzt hatte der Jumbo die richtige Position erreicht.

Juri legte den Busineßjet in eine enge Rechtskurve, nahm die Nase herunter und schob die Gashebel vor. Die 747 flog mit einer Geschwindigkeit von 0,8 Mach, also achtzigprozentiger Schallgeschwindigkeit. Juri konnte bis auf 0,87 Mach beschleunigen, damit innerhalb von zwei Minuten hinter dem Jumbo sein und so eine optimale Angriffsposition für die Raketen finden.

Im Cockpit der Quantum 66 hatte James Holland die meisten Lichter gelöscht, um den Himmel vor sich besser beobachten zu können. Er ging davon aus, daß ein Angreifer ohne Beleuchtung fliegen würde. Obwohl er auf die Warnung nicht viel gab, war eine gewisse Vorsicht ratsam. „Ich kann nichts sehen da draußen", sagte er.

Auch Dick Robb starrte hinaus. Rachael saß auf dem Notsitz hinter Holland und hielt das Iridiumtelefon in der Hand.

Es klingelte erneut. Holland streckte die Hand aus, und Dick reichte ihm das Gerät. Er erkannte die Stimme sofort. „Okay, Mr. Sanders", sagte er. „Wo ist denn nun dieser Angreifer? Wir haben Ihre magischen Koordinaten soeben überflogen."

Dick Robb schaltete das Wetterradar ein. Über den Schirm flackerten ungewöhnliche Störlinien. Holland runzelte die Stirn. Seine linke Hand fuhr an den Steuerknüppel und schaltete den Autopiloten aus. Unmittelbar darauf steuerte er den Jumbo in eine scharfe Linkskurve. „Dick! Schalten Sie sofort alle Positions- und Antikollisionslichter aus!"

Dick Robb tat wie geheißen. „Was ist los?" fragte er.

Die riesige Boeing war inzwischen um 45 Grad von ihrer bisherigen Flugbahn abgewichen. „Bei Digitalradars kommt so etwas nur selten vor", antwortete Holland, „es sei denn, irgend jemand in der Nähe knallt dir seinen eigenen Radarstrahl drauf."

„Sie meinen, jemand mit Wetterradar?" fragte Robb.

„Nein, dafür ist es zu stark. Das ist ein Angriffsradar." Er nahm das Iridiumtelefon. „Sanders? Bleiben Sie bitte am Apparat!" Er gab Rachael das Telefon zurück und schaltete das Warnlämpchen ein, mit dem die Passagiere gebeten wurden, die Sicherheitsgurte anzulegen. Dann griff er zum Mikrofon. „Hier spricht der Kapitän. Bitte begeben Sie sich sofort auf Ihre Plätze, und schnallen Sie sich an! Das gilt auch für das Flugbegleitpersonal!"

Erinnerungen an wirkliche Kampfeinsätze in Vietnam stürmten auf ihn ein. Für jeden, der uns da draußen ins Visier nimmt, sind wir eine riesige Zielscheibe. Es ist fast unmöglich, uns zu verfehlen!

Juri brachte die Gulfstream auf Höchstgeschwindigkeit und stabilisierte sie bei 11 300 Metern. Die 747 befand sich nun etwa acht Kilometer vor ihm. Bei seinem letzten Blick auf den Schirm des Angriffsradars war ihm eine leichte Kursänderung der Boeing aufgefallen. Mit Verspätung erkannte er, daß sein Zielobjekt eine scharfe Linkskurve flog. Und in diesem Augenblick gingen die Positions- und Antikollisionslichter der Quantum 66 aus.

Er weiß Bescheid! dachte er. Er hat es irgendwie spitzgekriegt! Na gut, mein Freund, dann biegst du eben ab. Das hilft dir auch nichts.

Er drückte den Knopf, mit dem die Raketenschiene auf der linken Seite ausgefahren wurde, und schaltete die auf die Windschutzscheibe projizierte Visiereinrichtung ein. Das Angriffsradar war bereits aufgeschaltet. Juri steuerte die Maschine nach links, um dem Jumbo auf der Spur zu bleiben. Er mußte jetzt innerhalb weniger Sekunden feuern oder abwarten, bis die Boeing ihre Kurve abbrach, und sich erneut hinter sie manövrieren.

Juri spürte, wie sein Finger zuckte, dann hörte er das Klicken des Auslösers. Die Rakete löste sich von ihrer Schiene, in ihrem Suchkopf war Triebwerk 2 programmiert. Jetzt kann eigentlich nichts mehr schiefgehen, dachte Juri. Sie ist auf das Infrarotbild des linken inneren Triebwerks fixiert.

Aber der Jumbo drehte sich zu schnell. Die linke Tragfläche verdeckte die Düse von Triebwerk 2. Gleichzeitig rückte das Außentriebwerk des rechten Flügels in Sichtweite, dessen Düse ebenfalls Infrarotstrahlung abgab. Juri hielt die Luft an.

JAMES HOLLAND drückte die Nase der Boeing herunter, worauf die Maschine um etwa hundert Meter sank. Seine Manöver mußten unberechenbar sein, und er durfte nicht geradeaus fliegen.

Plötzlich näherte sich von links mit rasender Geschwindigkeit ein Flugobjekt, schoß feuersprühend und mit Donnergetöse über die 747 hinweg und explodierte auf der rechten Seite der Maschine. Ein greller Blitz, ein Knall und ein wuchtiger Stoß erschütterten das Flugzeug.

Robbs unartikulierter Aufschrei erfüllte das Cockpit. Er fuhr herum und suchte die Stelle, an der die Explosion stattgefunden hatte. Auch Rachael stieß einen leisen Schrei aus. Als Holland die Tragweite des Geschehens erfaßte, verdoppelte sich seine Herzschlagfrequenz. Mein Gott, wir sind getroffen! Die beiden Piloten starrten auf die Anzeigen vor ihnen. Alle Daten für Triebwerk 4 waren abrupt auf Null zurückgegangen.

Der Kampfflieger in James Holland erwachte. Jumbo-Jet oder nicht – Flug 66 war ein Angriffsziel geworden, und diesen Zustand galt es so schnell wie möglich zu beenden. Holland riß die Gashebel zurück und rammte seinen Fuß auf das Pedal für das linke Seitenruder. Die Nase des Flugzeugs war jetzt steil nach unten gerichtet und hielt auf die Wolkendecke zu. Gleichzeitig zog er den Hebel für die Luftbremsklappen an. Die schwere Boeing ging in den Sturzflug über.

Robb schaltete die Tragflächenvorderkanten-Beleuchtung an und blickte nach rechts. „Das Triebwerk ist weg! Die Aufhängung an Nr. 4 ist leer! Aber kein Feuer."

Holland warf einen Blick auf die Hydraulikanzeige. System 4 war tot, aber die Steuerung reagierte wie gewohnt.

Der Angreifer befand sich irgendwo links von der Maschine. Er würde es noch einmal versuchen. Den ersten Treffer überstehen wir vielleicht, aber keinen zweiten, dachte Holland.

Es gab keine Möglichkeit, den Schaden genau zu beurteilen, den die Explosion auf der rechten Seite hinterlassen hatte. Die Gefahr eines Tragflächenbruchs war absolut real. Hollands einzige Hoffnung bestand darin, auf den Angreifer zuzufliegen und zu versuchen, weiter herunterzukommen. Die Triebwerke mußten soweit wie möglich abgekühlt werden, um die Infrarotstrahlung zu verringern.

„Dick, gehen Sie auf die Notfrequenz! Sagen Sie, daß wir getroffen sind und abstürzen. Daß die rechte Tragfläche schwer beschädigt ist und wir das Flugzeug nicht mehr unter Kontrolle haben. Die sollen uns schon für tot halten."

„Was war das?" fragte Dick Robb.

„Eine Luft-Luft-Rakete."

Robb stellte die Frequenz 121.5 ein und schrie ins Mikrofon: „*Mayday! Mayday! Mayday!* Hier Quantum-Flug 66. Wir sind von einer Rakete getroffen worden. Die rechte Tragfläche ist schwer beschädigt. Wir stürzen ab!" Er fügte die geographischen Koordinaten hinzu.

Holland drehte sich zu Rachael um und griff nach dem Intercom, das vor ihren Knien verstaut war. „Wählen Sie die Dreizehn, Rachael, und geben Sie unten Bescheid, daß sämtliche Kabinenlichter ausgeschaltet werden müssen. Befehl vom Captain!"

Robb schaltete die Tragflächenvorderkanten-Beleuchtung wieder aus. Der Flugkapitän konzentrierte sich auf die Instrumente. Die Sinkrate war ebenso furchterregend wie gefährlich. Aber dieses Risiko mußte Holland eingehen.

JURI STEBLINKO hatte beobachtet, wie die Rakete auf ihr Ziel losschoß. Ein Blitz war aufgezuckt, aber er war weit schwächer gewesen als erwartet. Er hatte die linke Tragfläche anvisiert, doch es war dem Piloten mit seiner engen Kurve gelungen, dem Geschoß auszuweichen. Juri konnte nicht umhin, der fliegerischen Leistung des Jumbopiloten Anerkennung zu zollen.

Plötzlich erklang über die Notfrequenz eine nahezu hysterische

Stimme, rief „*Mayday! Mayday!*“ und berichtete über eine Beschädigung der rechten Tragfläche. Die 747 war in den Sturzflug übergegangen. Juri brachte die Gulfstream in eine Position etwa tausend Meter oberhalb der abtauchenden Boeing und schwenkte nach links, um ihr zu folgen. Wenn sich die 747 bereits in der Todesspirale befand, erübrigte sich ein zweiter Versuch. Er würde lediglich den Aufprall verifizieren müssen. Doch was, wenn die Maschine nicht tödlich getroffen war?

RÜTTELND und scheppernd donnerte die Boeing abwärts. Die Geschwindigkeit näherte sich dem erlaubten Maximum. Unten in der fast völlig abgedunkelten Kabine klammerten sich Passagiere und Besatzungsmitglieder an ihre Armstützen. Die Mägen revoltierten gegen die ungewohnten Drehungen, und die Menschen begehrten verzweifelt gegen den Gedanken auf, daß sie in Kürze abstürzen würden. Der Explosion und dem Beginn des Sturzflugs war ein allgemeiner Angstschrei gefolgt.

JURI fluchte. Die 747 war nicht mehr dort, wo er sie eigentlich erwartet hätte. Er überprüfte sein Angriffsradar und stellte fest, daß die Boeing inzwischen nach rechts drehte. Wie war das möglich mit einer Maschine, die sich nicht mehr kontrollieren ließ?

Juri dachte nach. Es war denkbar, daß der Pilot bei seinen Bemühungen, die Maschine wieder unter Kontrolle zu bekommen, die Richtung der Spirale geändert hatte. Andererseits konnte die Kursänderung auch bedeuten, daß er sein Flugzeug sehr wohl noch beherrschte und sich jetzt aus dem Staub machen wollte. Ich muß ihm noch einen Schuß verpassen! dachte Juri.

Die zweite Rakete war auf das kreisende, rasch an Höhe verlierende Objekt tief unter der Maschine fixiert. Da die Gulfstream nicht über die komplizierten Zielsuchschaltungen moderner Kampfflugzeuge verfügte, mußte Juri, bevor er erneut in Schußposition kam, die 747 unterfliegen und die Nase wieder auf das Objekt richten. Die Boeing hatte inzwischen die 4000-Meter-Marke unterschritten und würde in Kürze die Wolken erreichen.

Auf einmal wurde das Infrarotsignal des Jumbos schwächer. Juri wußte, was das bedeutete: jetzt oder nie. Der Jumbo verschwand in den Wolken, die Infrarotstrahlung seiner Triebwerke tauchte in den Wassertröpfchen der Wolkenformation unter. Jetzt! Juris Gehirn gab den Befehl an den Zeigefinger weiter – und nahm ihn sofort wieder zurück. Die Rakete blieb auf ihrer Schiene. Zu spät!

Washington, D.C. • Samstag, 23. Dezember 17.26 Uhr (2226 Z)

UNGEFÄHR 9500 Kilometer vom Schauplatz der Ereignisse entfernt saß Dr. Rusty Sanders, von kaltem Schweiß bedeckt, auf der Kante eines Hotelbetts und starrte auf den Telefonhörer. Die Verbindung war abgebrochen. Sherry Ellis saß neben ihm.

Rusty wandte sich ihr zu. „Haben …, haben Sie das gehört?"

„Ich …, mir war so, als hätte da jemand geschrien: ‚Wir sind getroffen!' Vorher habe ich einen Knall gehört."

Rusty schluckte. „Mein Gott, Sherry, sie haben ihn erwischt! Der arme Teufel wollte mir nicht glauben. Und dann war es zu spät."

„Versuchen Sie es noch einmal, für alle Fälle."

Er nickte und drückte auf die Gabel. Seine Hände zitterten.

Im Luftraum vor der afrikanischen Westküste

JURI hob den Finger vom Auslöser. Er nahm die Gulfstream etwas zurück und verringerte die Sinkrate. Ich gehe runter und suche ihn, beschloß er. Er hatte noch drei Raketen.

KAUM hatte die Wolkenschicht die Quantum-Maschine verschluckt, änderte James Holland erneut die Flugrichtung. „Er wird nicht ohne weiteres glauben, daß wir entscheidend getroffen sind, und uns daher verfolgen. Wir müssen weit genug runter, um in den Oberflächenechos zu verschwinden. Wir halten uns dicht über dem Wasser, bis wir sicher sind, daß er nicht hinter uns her ist."

„Bei tausend Metern müssen Sie die Sinkrate reduzieren", sagte Robb.

Sie donnerten aufs Meer zu. Wenn Holland zu spät gegensteuerte, konnte die Maschine beim Abfangen auseinanderbrechen oder auf der Wasseroberfläche aufprallen. „Wir sind bei sechshundert!" warnte Robb. „Ziehen Sie sie hoch, James! Hochziehen!"

Holland begann den Steuerknüppel zurückzuziehen. Es rumpelte und krachte, und das Flugzeug bebte in seinen Fugen. Jenseits der Windschutzscheibe war alles zappenduster. Holland mußte sich beim Abfangen der Maschine allein auf die Instrumente verlassen. Sie mußten so nah wie möglich an die Wellen heran.

Juri Steblinko setzte den Sinkflug fort. Das Ziel war verschwunden. Er suchte links, er suchte rechts, flog einen Kreis, doch das Radar verzeichnete nur gelegentliche Reflexionen der Wellen unter ihm. Dann durchstieß die Gulfstream in 900 Meter Höhe die Untergrenze der Wolkendecke, doch da der Jumbo sämtliche Lichter gelöscht hatte, bestand keine Chance mehr, ihn mit bloßem Auge über der pechschwarzen See wiederzufinden. Vor allem dann nicht, wenn er abgestürzt war. Meine Arbeit ist getan, dachte Juri.

Erschöpft lehnte er sich zurück. Er mußte seinen nächsten Zug planen. Er mußte landen und verschwinden, um das vereinbarte Treffen zu erreichen. Wo es stattfinden würde, hatte er bereits festgelegt.

Irgendwann würden die Vereinigten Staaten offiziell bekanntgeben, was geschehen war, und eine konzentrierte Fahndung in die Wege leiten. Eine Gulfstream IV würde zunächst niemand suchen, doch es war nur eine Frage der Zeit, bis man dahinterkam.

Seine Treibstoffreserven gingen zur Neige. Er befand sich in der Nähe verschiedener Inselgruppen, die alle über geeignete Flughäfen verfügten. Sich einen auszusuchen, ohne Vorankündigung dort zu landen und das Flugzeug einfach stehenzulassen, wäre unproblematisch. Im Futter seiner Aktentasche war eine Kollektion falscher Reisepässe versteckt.

Er dachte an die ungeheuren Menschenmassen in Kairo. Für einen betuchten Jordanier gab es tausend Wege aus Kairo und Ägypten hinaus. Es würde mindestens eine Woche vergehen, bis sie herausbekamen, daß es sich bei der herrenlosen Gulfstream auf einem ihrer Flughäfen um jene Maschine handelte, die ein wütender Prinz aus Saudi-Arabien weltweit suchte. Er selbst wäre unterdessen längst über alle Berge. Ägypten war jedoch mit seinen gegenwärtigen Kraftstoffreserven nicht mehr zu erreichen. Juri zog sich eine Karte heran. Im Westen, in Reichweite, lagen die Kanarischen Inseln. Auf dem zentralen Flughafen von Las Palmas würde ein teurer Busineßjet kaum auffallen. Den Treibstoff könnte er dort in bar bezahlen.

Juri gab dem Navigationscomputer die Koordinaten von Las Palmas ein. Seine Gedanken kehrten zu der Boeing 747 zurück. Da es keinerlei Hinweise auf ein Flugzeug gab, welches das Gebiet verlassen hatte, blieb nur ein einziger plausibler Schluß: Die Attacke war geglückt. Lediglich ein kleiner nagender Zweifel blieb: Wieso hatte die 747 noch mehrfach den Kurs gewechselt?

Im Lageraum des Weißen Hauses
Samstag, 23. Dezember • 17.50 Uhr (2250 Z)

DIE NACHRICHT vom SOS-Ruf von Flug 66 traf fast gleichzeitig aus verschiedenen Richtungen im Lageraum ein. Das Signal war von anderen Flugzeugen, einem Nachrichtensatelliten und Kurzwellen-Radiostationen rund um den Atlantik aufgefangen worden. Außerdem war der Kontakt mit Flug 66 abgebrochen, was als Indiz dafür gewertet werden mußte, daß die Maschine tatsächlich abgestürzt war. Jonathan Roth war aus dem benachbarten Konferenzsaal herbeibeordert worden.

„Das nächste Radar befindet sich auf den Kanarischen Inseln, und das ist zu weit weg", erklärte ihm ein Mitarbeiter. „Ungefähr dreihundertzwanzig Kilometer weiter westlich hält sich einer unserer Flugzeugträger auf, die *Eisenhower.* Von dort aus wird bereits eine Such- und Rettungsaktion gestartet. Der Notsignalortungssatellit überfliegt das fragliche Gebiet in zirka dreißig Minuten, doch gibt es bisher keine Hinweise auf einen entsprechenden Notruf. Das könnte bedeuten, daß der Bursche, der die Maschine abschoß, das Heck traf und damit den Notsender zerstörte."

Roth nickte. Er wandte sich an die junge Frau, die über die internen Kommunikationskanäle wachte. „Geben Sie mir den Präsidenten, bitte." Ein paar Sekunden später war der Gewünschte am Apparat. Roth faßte kurz die Geheimdienstberichte über eine vom Iran unterstützte terroristische Bedrohung zusammen und teilte dem Präsidenten mit, daß Flug 66 offenbar von einer Rakete getroffen worden war und wahrscheinlich abgestürzt sei.

Nachdem der Präsident die Hiobsbotschaft zur Kenntnis genommen hatte, fuhr Roth fort: „Ich möchte folgendes zu bedenken geben: Die ganze Welt ist Zeuge dieses Anschlags. Sollten sich unsere Hinweise auf eine iranische Beteiligung verdichten – wenn zum Beispiel wirklich diese Akbah dahintersteckt –, dann würde ich Ihnen und Ihren Beratern sehr empfehlen, eine landesweite Fernsehansprache in Erwägung zu ziehen, in der Sie diese Tat und ihre Urheber verurteilen. Wenn die Empörung groß genug ist, könnte es uns vielleicht endlich gelingen, die anderen Geheimdienste zur Mitarbeit zu bewegen und dieses Ungeziefer auszurotten."

An Bord von Flug 66

EINEN Augenblick lang hatte James Holland geglaubt, ihrer aller Tod sei unausweichlich. In den letzten Sekunden des Sturzflugs schien der Höhenmesser nicht mehr der Meinung zu sein, daß die 747 ohne Wasserberührung abgefangen werden könnte. Doch dann hatte sich die Flugkurve plötzlich abgeflacht, und die Höhenangabe hatte sich bei 25 Metern stabilisiert. Holland stieg zurück auf 30 Meter und hielt die Maschine zehn qualvolle Minuten dort. Robb behielt unterdessen den Radarschirm im Auge. Doch der blieb klar. Schließlich wagte es Holland, wieder auf 90 Meter zu steigen, und überließ Dick Robb dann die Boeing. Er selbst griff zum Mikrofon des Bordlautsprechers: „Meine Damen und Herren, hier spricht Flugkapitän Holland. Die Explosion, die Sie alle gehört haben, war die einer Luft-Luft-Rakete. Man hat auf uns geschossen. Wer es war, weiß ich nicht. Der Angreifer hat das äußere Triebwerk der rechten Tragfläche abgeschossen. Mit den übrigen drei Triebwerken können wir aber problemlos weiterfliegen. Der Angreifer wird wahrscheinlich damit rechnen, daß wir die Landepiste in der Wüste anfliegen, die uns von unserer Regierung angewiesen wurde. Da wir aber jede weitere Begegnung mit diesem Kampfflugzeug vermeiden müssen, fliegen wir gegenwärtig auf einem anderen Kurs. Bitte, bewahren Sie Ruhe, und nehmen Sie zur Kenntnis, daß diese Maschine noch immer sicher und flugtauglich ist. Ich werde Sie auf dem laufenden halten." Er legte das Mikrofon zurück.

Im Passagierraum war es still. Paare und wildfremde Menschen klammerten sich im Schock aneinander. Die Stewardessen versuchten, die Passagiere, denen die Nerven zu versagen drohten, zu beruhigen.

„Der Treibstoffverbrauch ist wahnsinnig hoch, James!" warnte Robb.

Holland, der sich in die Karte vertieft hatte, um einen Zielflughafen zu finden, blickte auf. In dieser niedrigen Flughöhe schluckten die Triebwerke wesentlich mehr Sprit. Sie konnten jedoch nicht weiter aufsteigen, weil sie sich dann der Gefahr ausgesetzt hätten, erneut entdeckt zu werden.

Holland prüfte die Treibstoffanzeige. „Wir haben ein Leck in Reservetank drei, Dick! Ich werde jetzt soviel Stoff wie möglich umpumpen. Berechnen Sie, wie sich der Verlust auf unsere Reichweite auswirkt."

Robb vergrub sich für ein paar Sekunden in den entsprechenden Tabellen. Dann hob er den Kopf. „Wenn wir so dicht über der Wasseroberfläche bleiben, schaffen wir's nicht einmal bis Mauretanien.“

„Da können wir sowieso nicht hin.“

„Wohin dann, James? Wäre es nicht besser, auf allen Frequenzen um Hilfe zu rufen?“

Holland schüttelte den Kopf. „Und wenn dieser Kampfpilot zuhört? Momentan denkt er, daß wir im Wasser liegen, und diesen Glauben wollen wir ihm nicht nehmen. Sorgen Sie dafür, daß alle Funkgeräte abgestellt bleiben.“

Robb fuhr kerzengerade in die Höhe. „Herrgott, die Satellitentelefone der Passagiere an den Rückenlehnen. Die können ja jederzeit benutzt werden!“

„Sie haben recht. Über die kann man uns orten. Stellen Sie sie ab!“

Robb zog die entsprechenden Sicherungen heraus. Resignation und Wut lagen in Hollands Stimme, als er erneut das Wort ergriff. „Wir müssen uns über eines im klaren sein: Wir sind völlig allein. Wir haben keinen Menschen, dem wir vertrauen können, es sei denn, wir bekommen diesen Vogel irgendwo wieder sicher auf die Erde – und selbst dann ist es zweifelhaft.“

„Zumindest einen Freund haben wir noch, James!“ widersprach Rachael. „Vielleicht kann uns dieser CIA-Mann helfen. Das Iridium-Handy funktioniert noch, und es ist nicht auf dieses Flugzeug eingetragen.“ Sie hielt das Gerät in der erhobenen Hand.

Holland nickte, griff danach und drückte auf die ON-Taste.

Im Hyatt-Hotel, Washington, D.C.

IN ZIMMER 1443 herrschte tiefe Traurigkeit. Rusty Sanders saß noch immer auf der Bettkante und wählte unablässig die Nummer des Satellitentelefons, obwohl er annahm, daß es sich bereits auf dem Weg zum Grund des Atlantiks befand. Auflegen – abnehmen – neu wählen… Wie oft er es versucht hatte, wußte er nicht.

Plötzlich verstummte das Freizeichen. Eine Männerstimme meldete sich. „Spreche ich mit Dr. Sanders?“

„Ja“, erwiderte er verblüfft.

„Hier ist James Holland, Doktor. Wir brauchen Ihre Hilfe.“

Rusty verspürte ein Schwindelgefühl. „James Holland? Sie leben?“

„Wir leben. Aber wir haben ein sehr ernstes Problem. Sie hatten recht, Doktor. Man hat auf uns geschossen. Eines meiner Triebwerke wurde weggeblasen, Nummer vier. Davon abgesehen sind wir unversehrt geblieben. Wir fliegen jetzt extrem niedrig, und ich glaube, wir haben den Schweinehund fürs erste abgeschüttelt. Aber ..."

„Wie kann ich Ihnen helfen, Captain?"

„Sie wollten, daß ich den Kurs ändere. Genau das tue ich jetzt. Aber wo soll ich hin? Beim gegenwärtigen Treibstoffverbrauch bleiben uns nur noch knapp zwei Stunden."

Rusty rang um Fassung. Reiß dich zusammen, sagte er sich. „Wo immer Sie hinfliegen, Captain – man wird Sie überall sofort wieder loswerden wollen. Denken Sie daran, daß die Medien weltweit verkünden, die Obduktion habe die Existenz dieses Virus bestätigt."

„Was soll ich also tun? Hier gibt es ein paar Inseln, die Kanaren zum Beispiel. Aber dort wird man uns auch nicht gerade willkommen heißen!"

„Wir müssen Ihnen irgendwie Zeit verschaffen, Captain. Ich habe hier keine Karten zur Verfügung. Sie sagten, es sei nicht weit zu den Kanarischen Inseln?"

Robb hatte mittlerweile eine Karte über die Mittelkonsole gebreitet und studierte sie zusammen mit Rachael.

James Holland bat Sanders, einen Augenblick zu warten, und wandte sich an Robb. „Haben Sie einen Vorschlag, Dick?"

Robb hob den Kopf. „Am nächsten liegen die Kanarischen Inseln. Dort gibt es Flughäfen auf vier Inseln, der größte ist Las Palmas."

Holland schüttelte den Kopf. „Dick, fliegen Sie jetzt wieder." Robb nickte und übernahm die Steuerung, während Holland das Telefon ans Ohr hielt und sich auf die Karte konzentrierte. „Doktor, wir sind in Island gelandet und wurden festgesetzt. Damit müssen wir jetzt überall rechnen. Aber ist das nicht genau in unserem Interesse? Wir parken auf den Kanaren vierundzwanzig Stunden lang, und wenn bis dahin niemand krank wird, ist der Spuk vorbei."

In Washington entstand eine vielsagende Pause. Damit, daß die Terroristen aufgeben würden, war genausowenig zu rechnen wie mit einer plötzlichen Meinungsänderung von Direktor Roth. Wenn sie erfuhren, daß die 747 irgendwo gelandet war, würden sie lediglich ihre Taktik ändern. Das Ziel bliebe nach wie vor das gleiche. Die Akbah würde, selbst wenn alle Fernsehkameras der Welt auf das Geschehen gerichtet waren, jede Chance, den Botschafter auszuschalten, wahrnehmen. Er berichtete Holland von seinen apokalyptischen Gedanken.

„Wenn Sie recht haben, dann bleiben uns nicht viele Optionen offen, nicht wahr, Sanders?“

„Das ist leider richtig“, gab Rusty zurück.

James Holland wandte sich an Dick Robb und Rachael Sherwood und berichtete, was Sanders gesagt hatte. Dann wies er auf eine der Kanarischen Inseln auf der Landkarte. „Diese hier, Dick. Ich geb dem Computer gleich die Koordinaten ein. Behalten Sie die bisherige Flughöhe bei, und steuern Sie diese Insel hier an.“

„Glauben Sie, dort können wir sicher landen?“

„Nein. Ich nehme an, daß Sanders’ Befürchtungen berechtigt sind. Aber wir haben kaum eine andere Chance. Wir werden dort, wenn irgend möglich, auftanken und gleich wieder starten.“ Holland nahm das Iridiumtelefon wieder ans Ohr und berichtete Sanders, wofür er sich entschieden hatte. „Können Sie für uns herausfinden, ob die dort Treibstoff haben, Doktor? Wenn sie nicht wissen, wer wir sind, können wir ihnen vielleicht ein Schnippchen schlagen. Wir können so tun, als seien wir ein umgeleiteter Charterflug. Wir werden in ungefähr achtzig Minuten dort sein.“

Rusty nickte. „Ich versuche es! Lassen Sie Ihr Telefon irgendwo in Fensternähe. Ich melde mich wieder.“

„Erzählen Sie ihnen, daß Sie von der Quantum-Zentrale aus anrufen. Und erkundigen Sie sich, ob sie Tankwagen oder festinstallierte Pumpen auf dem Flugfeld haben, die über Pipelines versorgt werden.“

Rusty hatte einen kleinen Notizblock herausgezogen und schrieb eifrig mit. „Wieviel Treibstoff?“

„Eine Tankfüllung für eine Boeing 747. Und ich brauche Mahlzeiten für... Augenblick, wir müssen ja eine Chartermaschine mimen, der ein Triebwerk abhanden gekommen ist. Mahlzeiten passen nicht dazu.“

„Ich verstehe“, sagte Sanders. „Aber wir müssen dann immer noch einen endgültigen Bestimmungsort für Sie finden.“

Holland atmete schwer aus. „Wie war noch Ihr Vorname?“

„Rusty.“

„Okay, Rusty. Ich heiße James. Ich denke, wir müssen an einen Ort fliegen, den Terroristen sich nicht anzugreifen trauen – nach Rio de Janeiro zum Beispiel oder nach Kapstadt. Können Sie mir bei der Suche nach einem Zielflughafen helfen, wenn es uns gelingt, die Kanarischen Inseln wieder zu verlassen?“

„Kann ich, James.“

„Vielen Dank für Ihre Hilfe. Es tut mir sehr leid, daß ich anfangs nicht auf Sie gehört habe.“

„Ich kann Sie verstehen, glauben Sie mir." Rusty legte den Hörer auf. Im gleichen Augenblick hörten er und Sherry, wie ein Schlüssel ins Schloß der Zimmertür gesteckt und umgedreht wurde.

Im Lageraum des Weißen Hauses, Washington, D.C. Samstag, 23. Dezember · 18 Uhr (2300 Z)

ALS JON ROTH die schockierende Eilmeldung aus Langley vorgelegt wurde, lehnte er sich in seinem Lederdrehstuhl zurück und nickte dem Überbringer, einem Boten des Weißen Hauses, gelangweilt zu. Die Geste war sorgfältig einstudiert. Der Bote, vertraut mit den blasierten Mienen in Panik geratender Führungskräfte, schloß die Tür hinter sich. Ihm war klar, daß der stellvertretende Direktor der CIA die Botschaft sofort noch einmal genau studieren würde.

Alle kommerziellen Satellitentelefongespräche von Flug 66 waren überwacht worden. Der Notruf war um 2226 Z eingegangen. Die 747 mußte etwa drei Minuten später auf dem Wasser aufgeschlagen sein. Die Nachricht aus Langley aber besagte, daß noch vierzehn Minuten nach dem Notruf zwei Satellitengespräche aus der Maschine geführt worden waren! Beide Telefonate waren dann mitten im Gespräch abgebrochen worden.

Es gab nur zwei Möglichkeiten, entschied Roth. Die wahrscheinlichere war, daß der Absturz mit Verzögerung stattgefunden hatte. Die zweite Möglichkeit aber erforderte sofortige Gegenmaßnahmen. Es war denkbar, daß die Piloten den Absturz nur vorgetäuscht hatten – mit voller Absicht, denn im Normalfall hätte der Flugkapitän um militärische Unterstützung gegen den Angreifer gebeten.

Es ging um alles oder nichts. Der CIA-Direktor lag noch immer auf der Intensivstation, und die Chancen, daß er sich je wieder erholen würde, waren minimal. Der Präsident hatte bislang noch keinen Nachfolger nominiert. Roth war klar, daß er der aussichtsreichste Kandidat war, doch wenn er dem Präsidenten in dieser Krise keinen klaren Kurs vorgab, würde dessen Stab hellhörig werden und gegen ihn votieren.

Befand sich Flug 66 noch in der Luft, so bedrohte er nicht nur die Menschheit in ihrer Gesamtheit, sondern auch Roths sorgfältig ausgefeilten Plan, den Zorn der Welt auf die Akbah zu lenken.

Er erhob sich. Es würde schwer sein, den Präsidenten davon zu überzeugen, daß er die eigene Luftwaffe gegen ein amerikanisches Zivilflugzeug einsetzen mußte.

Hyatt-Hotel, Washington, D. C.

Harold und Janie Hollingsworth aus Chinook, Montana, hatten den Nachmittag in der Kunstgalerie verbracht und kehrten in aufgekratzter Stimmung in ihr Hotel zurück. Es war ihr dritter Urlaubstag. Harold schloß ihr Zimmer, Nummer 1443, auf. Janie schoß an ihrem Mann vorbei hinein. Doch dann blieb sie abrupt stehen. „Wer sind denn Sie, zum Teufel?“ hörte Harold sie fragen.

Zwei Fremde hielten sich in ihrem Zimmer auf, ein Mann und eine Frau. Der Mann stand neben dem Bett und hielt den Telefonhörer in der Hand.

Rusty Sanders legte den Hörer auf und kramte seinen Dienstausweis aus der Gesäßtasche. „Bitte schließen Sie die Tür“, befahl er dann.

Kritisch beäugte Harold das Dokument.

„Central Intelligence Agency“, erklärte Rusty. „Ich bin Dr. Rusty Sanders, und dies ist meine Kollegin, Agentin Sherry Ellis. Sie haben sicher schon gehört, daß die Polizei bei Gefahr Fahrzeuge beschlagnahmen kann? Nun, wir haben sozusagen Ihr Zimmer beschlagnahmt, um Ihr Telefon benutzen zu können. Bei dem Einsatz, den wir zur Zeit durchführen, brauchen wir unbedingt einen ruhigen, unverdächtigen Ort. Bitte nehmen Sie einfach Platz, und meine Kollegin erzählt Ihnen kurz, worum es geht. Ich muß jetzt weiterarbeiten. Wenn alles gutgeht, sind Sie uns in einer halben Stunde wieder los.“

Harold und Janie Hollingsworth tauschten Blicke. Daß Washington eine seltsame Stadt war, hatten sie schon gehört, aber daß tatsächlich die CIA ihr Zimmer requiriert hatte und von dort aus „Einsätze“ ausführte … Nebeneinander ließen sie sich auf der Bettkante nieder.

An Bord von Flug 66

James Holland rief Barb Rollins zu einer Besprechung ins Cockpit und bat auch Botschafter Lancaster und Rachael um ihr Erscheinen. Als alle in dem engen Raum versammelt waren, drehte sich Holland zu ihnen um. „Wir werden gejagt“, erklärte er und berichtete von Dr. Sanders und der Gegenoperation innerhalb der CIA. Inzwischen seien sie in eine sichere Zone abgetaucht, wo ihnen zumindest vorübergehend keine Gefahr drohe. Sie müßten den Flug in niedriger Höhe fortsetzen, um der Radarüberwachung zu entgehen. „Sanders sagte, daß wir womöglich nicht mit diesem Virus infiziert sind. Doch diese Verschwörer in der CIA haben die ganze Welt davon überzeugt, daß wir alle schon so gut wie tot sind. Kein Mensch will uns in seiner Nähe haben. Unser eigenes Heimatland hat uns abgeschrieben. Wir können nicht einmal mehr mit unserer Fluggesellschaft Kontakt aufnehmen, denn mit jedem Anruf bringen wir die Terroristen wieder auf unsere Spur. Wir brauchen ungefähr vierundzwanzig Stunden, in denen wir ohne Kontakt zum Rest der Welt am Leben bleiben müssen. Wenn danach niemand ernstlich erkrankt ist, sieht die Sache anders aus. Aber bis dahin müssen wir damit rechnen, daß die CIA und eine Gruppe fanatischer Terroristen alles daransetzen werden, uns umzubringen."

Lee Lancaster meldete sich zu Wort. „James, Ihr Plan, so lange wie möglich von der Bildfläche zu verschwinden, scheint mir der einzig richtige zu sein. Man sieht in uns zur Zeit eine Bedrohung für die gesamte Menschheit. Es ist daher durchaus möglich, daß das Militär der USA innerhalb der nächsten Stunden den Befehl erhält, uns aufzuspüren und zu vernichten."

„Und wenn wir einfach auf den Kanaren landen und uns weigern weiterzufliegen?"

„Das könnte die beste Lösung sein, James. Landen können Sie bestimmt. Ich habe keine Ahnung, wie hysterisch die Reaktion darauf ausfallen wird. Sie haben die Wahl, gleich nach dem Auftanken weiterzufliegen und zu versuchen, dem Rest der Welt aus dem Weg zu gehen – oder als ungebetener Gast auf einem fremden Flugplatz herumzustehen und sich damit in ein Netz aus Überwachungsmaßnahmen zu begeben, aus dem es kein Entrinnen mehr gibt. Ich kann Ihnen bei dieser Entscheidung nicht helfen, denn ich weiß selbst nicht, welche der beiden Möglichkeiten die bessere ist. Ich muß Ihnen allerdings gestehen, daß ich mich vor der zweiten Option fürchte – selbst dann, wenn es den Medien gelingen sollte, unseren Fall weltweit ins Rampenlicht zu rücken. In der Konfusion einer Massenpanik lassen sich angebliche ‚Fehler' leichter inszenieren – selbst wenn diese live in alle Welt übertragen werden."

„Zum Beispiel?"

„Ein Feuer, eine Explosion, durchdrehende Wachmannschaften mit dem Finger am Abzug wie auf Island … Andererseits könnte das alles immer noch sicherer sein als ein Weiterflug mit drei Triebwerken."

Holland schüttelte den Kopf. „Dies hier ist eine zähe Boeing. Da muß schon mehr ausfallen als nur ein Triebwerk, um eine Maschine wie diese ernsthaft zu gefährden."

„Dann", sagte Lancaster, „haben Sie die Frage nach der besseren der beiden Möglichkeiten wohl schon beantwortet."

Hyatt-Hotel, Washington, D. C.

DIE HOLLINGSWORTHS saßen als stumme Zeugen auf dem Bett, während Sherry am Zweitanschluß im Bad mithörte: Rusty Sanders verhandelte mit den zuständigen Behörden über eine Lande- und Auftankgenehmigung auf den Kanarischen Inseln. Der Restbetrag auf seiner Telefonkarte schmolz rasch dahin. „Der Captain wird per Kreditkarte zahlen, sobald die Maschine aufgetankt ist", erklärte Rusty seinem Verhandlungspartner.

„Was sagten Sie, um welche Fluggesellschaft handelt es sich?" fragte der Mann.

Vor seinem geistigen Auge sah Rusty das Firmenlogo von Quantum: ein großes stilisiertes Q, das durch ein rot-weiß-blaues Sternenfeld flog. Es ähnelte dem berühmten Emblem einer anderen Fluglinie. United! fiel ihm ein. „Es handelt sich um eine neue Tochtergesellschaft von United", log er. „Das Flugzeug ist geleast."

Vierzig Minuten später legten Sherry und Rusty die Hörer auf. Treibstoff und Wasser würden bereitstehen. Rusty wählte die Nummer von Lee Lancasters Iridiumtelefon und gab seine Informationen an James Holland weiter. „Sie müssen sich als United-Flug ausgeben, Captain", sagte er. „Ich hab denen erzählt, Sie gehörten einer neuen United-Tochter."

„United!" Holland klang ein wenig schockiert. United war der schärfste Konkurrent von Quantum.

„Etwas Besseres fiel mir nicht ein. Die Logos ähneln sich. Schalten Sie die Lichter aus, damit das Logo auf dem Heck nicht angestrahlt wird."

„Ist längst geschehen."

An Bord von Flug 66

ACHTZIG Kilometer vor der Insel, die sie anfliegen wollten, übernahm Holland wieder das Steuer und ging auf eine Flughöhe von weniger als 60 Meter herunter. Als die Lichter der Stadt vor ihnen auftauchten, bog er nach Osten ab, umflog den Nordrand der Insel, bis er sich, noch einige Kilometer entfernt, auf einer Geraden mit der Landebahn befand. Dann steuerte er diese Bahn im Direktflug an. Er wußte, daß er ein Risiko einging. Sie flogen ohne Lichter und ohne Radar. Was den genauen Verlauf der Felsküste betraf, waren sie auf Vermutungen angewiesen. Schließlich zog er die Maschine auf 150 Meter hoch und nickte dann Dick Robb zu, der auf den Sendeknopf drückte.

„Teneriffa Tower, hier United Charter zwölf-elf im Anflug auf Landebahn zwei-sieben."

Eine verwirrt klingende Stimme mit spanischem Akzent meldete sich. „United Charter, wo sind Sie, bitte?"

Holland schaltete mit einem Schlag alle Lande- und Roll-Lichter der 747 ein. Er wußte, daß sich der Fluglotse gerade vergeblich bemüht haben mußte, die von Osten her anfliegende Maschine mit seinem Feldstecher zu erspähen. Das plötzliche Lichtfeuerwerk würde ihn vorübergehend so irritieren, daß er vorerst gar nicht auf den Gedanken kam, weitere Fragen nach dem Woher und Wohin der so unvermittelt anfliegenden Maschine zu stellen. Die übliche Ankündigung des Fluges durch die Anflugkontrolle und die Freigabe durch die Flugsicherung Atlantik fehlten, denn weder der einen noch der anderen Stelle lag ein Flugplan für einen Jumbo mit Zielort Teneriffa vor.

„United Charter, klar zur Landung."

Klappen und Fahrwerk funktionierten zu Hollands Erleichterung normal. Er etablierte den Riesenvogel auf einer Sinkrate von 210 Metern pro Minute für die letzten 150 Höhenmeter bis zur Landebahn. Obwohl er mit dem linken Ruder gegenhalten mußte, um das am rechten Flügel fehlende Triebwerk auszuschalten, gelang ihm eine der sanftesten Landungen seiner Karriere.

ZWEIHUNDERTZWANZIG Kilometer weiter südöstlich, auf dem Flughafen von Las Palmas, manövrierte in diesem Augenblick ein Mann vom Bodenpersonal die Zapfpistole in die Tanköffnung der windschnittigen Gulfstream, die einem reichen Araber gehörte.

Er machte einen Inspektionsgang um das Flugzeug herum. Mehrere lange Abdeckbleche auf der Unterseite der Gulfstream erregten seine Aufmerksamkeit. Er kniete nieder und betrachtete sie aus der Nähe. Komisch, dachte er. Am hinteren Ende eines der Bleche begann ein schwarzer Rußstreifen. Er nutzte die Gelegenheit, durch die offenstehende Tür einen Blick ins Innere des Flugzeugs zu werfen. Die Kabine der Gulfstream war leer, und auch von einem Kopiloten war nichts zu sehen. Das war nun wirklich sehr merkwürdig.

Er hörte ein leises Geräusch hinter sich und drehte sich um. Der arabische Pilot stand kaum einen Meter hinter ihm. Irgend etwas an diesem Mann wirkte bedrohlich.

Teneriffa, Kanarische Inseln

JAMES HOLLAND betätigte die Parkbremse und schaltete die Triebwerke ab. Von links näherte sich ein Wagen mit einer mobilen Fluggasttreppe der linken Hecktür. Über den Bordlautsprecher hatte Holland den Passagieren und der Crew klargemacht, daß niemand seinen Platz verlassen dürfe. „Außerdem muß ich darauf bestehen, daß Sie alle Ihre Fensterblenden herunterziehen und unter keinen Umständen öffnen. Niemand da draußen darf wissen, daß sich Passagiere an Bord befinden, denn wir wollen nicht, daß sie erfahren, wer wir sind. Man hält uns für eine leere 747. Unsere Sicherheit ist davon abhängig, daß Sie meinen Anordnungen folgen." Tür 5L sollte nur einen Spaltbreit geöffnet werden, um gegebenenfalls mit dem Flughafenpersonal verhandeln zu können. Für diese Aufgabe war Barb ausersehen. Der Zoll, so sollte sie behaupten, weigere sich, die Maschine abzufertigen, weshalb sie niemanden herein- oder herauslassen könne.

Eine Klingel läutete. Offenbar wollte jemand vom Bodenpersonal mit ihnen sprechen.

Holland drückte auf einen Knopf. „Cockpit."

Eine aufgeregte Stimme mit spanischem Akzent drang an sein Ohr. „*Capitán! Capitán!* Sie haben kein Triebwerk auf *número* vier! *Comprende?*"

„Ja, *comprende.* Wir wissen es. Zerbrechen Sie sich nicht den Kopf darüber. Tanken Sie die Maschine auf, aber nicht Reservetank drei."

„Aber, *Capitán*... Sie können doch nicht fliegen ohne das Triebwerk?"

„Wir überführen die leere Maschine zur Reparatur."

„Sie haben also keine Passagiere an Bord?"

„Keine Passagiere", gab Holland zurück.

Der Mann schien nachzudenken. Da er den Finger nicht vom Sendeknopf genommen hatte, war zu hören, wie er sich in schnellem Spanisch mit jemandem unterhielt. Dann wandte er sich wieder an Holland. „Wohin fliegen Sie zur Reparatur?"

„Nach Madrid“, bluffte Holland. „Iberia kümmert sich drum.“

„Okay, Sir“, sagte der Mann. Fünf Minuten später begann der Kraftstoffanzeiger zu steigen.

IN EINEM kleinen Büro gegenüber dem erleuchteten Parkplatz der 747 saß Francisco Lizarza, Chef der örtlichen Wartungsmannschaft der spanischen Fluggesellschaft Iberia, hinter einem Schreibtisch und trommelte mit den Fingern auf die Holzplatte. Was veranlaßte eine Flugzeugbesatzung dazu, eine Maschine, der ein Triebwerk fehlte, noch überführen zu wollen? Eine Maschine obendrein, aus der lose Kabel heraushingen, die Rauchspuren aufwies, Löcher in der Tragfläche und ein tropfendes Leck im Tank hatte! Das mindeste wäre eine notdürftige Sicherung der beschädigten Teile.

Lizarza griff zum Telefon und wählte die Nummer der Flugzeugwerkstatt in Madrid, ließ sich den zuständigen Mann der Nachtschicht geben und erläuterte ihm das Problem.

„Von welchem Flugzeug reden Sie, Francisco?“ fragte der Kollege zurück. „Bei uns liegt keine entsprechende Anmeldung vor.“

Das Gespräch wurde beendet, und Lizarza war verwirrter denn je. Warum sollte der Capitán der Boeing lügen? Er erwog, bei United in den USA anzurufen, um zu erfahren, was denen recht wäre. Doch dann kam ihm plötzlich etwas seltsam bekannt vor ... *Madre de Dios!*

Sein Blick schweifte durch das Büro und blieb auf einem kleinen Farbfernseher hängen. Damit konnte er auch CNN empfangen, und dieses Programm hatte Lizarza Stunden zuvor gesehen. Er sprang auf und schaltete den Apparat ein.

Draußen, direkt vor seinem Fenster, konnte er das Logo der gelandeten 747 erkennen. Die Heckbeleuchtung war ausgeschaltet, doch die Flutlichter strahlten das Firmenemblem an, und die Registriernummer der Boeing ließ sich problemlos lesen: N47475QA.

Auf dem Fernsehschirm erschien das Gesicht des CNN-Moderators in Atlanta. Es ging schon wieder um die herzzerreißende Geschichte der amerikanischen Linienmaschine, deren Passagiere und Besatzungsmitglieder von einem der übelsten Krankheitserreger aller Zeiten infiziert waren. Und dann war die Nachricht gekommen, die Maschine sei abgestürzt, ja möglicherweise sogar abgeschossen worden.

Über der Schulter des Moderators erschien in einem kleinen Fenster das Bild der 747. Es zeigte die Maschine in den frühen Morgenstunden auf Island. Auf dem Seitenruder befand sich das Quantum-

Emblem. Dann hatte der Kameramann mit dem Zoom die Registriernummer eingefangen: N47475QA!

Schockiert trat Lizarza vom Bildschirm zurück. Jetzt war ihm alles klar: Die Boeing 747 hatte den Angriff überstanden und war ohne Genehmigung auf Teneriffa, auf seinem Flugplatz gelandet! Die Menschen lebten noch!

Aber ... waren sie tatsächlich noch am Leben? Das war doch eine Todesmaschine, erinnerte er sich, eine Seuchenbrutstätte! Lizarza mußte an seine Frau denken, seine Kinder. Er dachte an seine Nachbarn, seine Freunde und Bekannten, an die ganze Einwohnerschaft der Insel. Voller Bestürzung griff er zum Telefon. Mit zitternder Hand wählte er die Nummer der Polizei. Er wußte nicht, wen er sonst hätte anrufen sollen.

DIE TREIBSTOFFTANKS der 747 füllten sich allmählich. Plötzlich kamen zwei Fahrzeuge mit rotierenden Warnleuchten auf dem Dach angerast und hielten mit kreischenden Bremsen etwa 30 Meter vor der Nase des Jets. Sicherheitskräfte sprangen heraus und postierten sich mit den Waffen im Anschlag in der Nähe der ebenfalls aussteigenden Zivilbeamten. Kurz darauf meldete sich eine Stimme über die Bodensprechanlage.

„Captain?“

„Ja“, erwiderte James Holland.

Der Mann gab sich als der Direktor des Flughafens zu erkennen. Er sprach Englisch mit leichtem spanischem Akzent. „Sie hatten keine Einreiseerlaubnis für unser Land! Sie haben eine gefährliche Krankheit an Bord. Sie dürfen keine Tür öffnen, verstehen Sie mich?“

„Ich verstehe Sie“, sagte Holland. „Wenn Sie unsere Maschine fertig auftanken, sind wir gleich wieder weg.“

„Ich habe meine Regierung um Anweisungen gebeten, Captain. Es steht nicht in meiner Kompetenz, Ihre Maschine freizugeben. Wir warten auf Anweisungen. Die Leiter unserer Zoll- und Einwanderungsbehörden sind bereits unterwegs, und ich muß Ihnen sagen, daß auch diese Herren über Ihre Handlungsweise sehr empört sind.“

„Unser Flugzeug ist beschädigt, und wir haben Treibstoff verloren. Mir blieb keine andere Wahl. Als Kapitän dieser Maschine mache ich von meinem Notfallrecht Gebrauch.“

„Sie gefährden sämtliche Einwohner dieser Insel! Meine Regierung wird sich mit Ihrer Regierung in Verbindung setzen. Alles, was ich tun kann, ist, Madrid anzurufen, und das ist bereits geschehen.“

„Sie werden uns also nicht weiter auftanken?“

„Nein, Captain, dazu bin ich nicht befugt.“

James Holland hatte sich für diesen Fall bereits einen Plan ausgedacht, der ihm in seiner Verwegenheit beinahe komisch vorgekommen war. Nun aber schien er der einzige Ausweg zu sein. „Dick, schalten Sie sämtliche Außenlampen an, einschließlich der Landelichter“, befahl er, rückte seine Kopfhörer zurecht und begann: „Señor, sind Sie noch da?“

„Jawohl, Captain.“

„Wie Sie bereits herausgefunden haben, sind wir Quantum sixty-six, und Sie haben recht, wir haben uns alle infiziert. Wenn dieses Virus hier auf Teneriffa freigesetzt würde, wäre die gesamte Bevölkerung der Insel in vier Tagen tot. Wir selbst werden innerhalb der nächsten vierundzwanzig Stunden erkranken und binnen zwei Tagen sterben. Verstehen Sie mich soweit?“

Unten herrschte zunächst Schweigen. *„Sí, Señor“*, sagte der Flughafendirektor schließlich, „ich verstehe. Es ist eine große Tragödie …“

„Auf Ihr Mitgefühl können wir verzichten. Aber Sie wollen doch sicher weder Ihr Personal hier auf dem Flughafen noch die Bevölkerung dieser Insel in Lebensgefahr bringen, stimmt's?“

„Natürlich nicht, Captain.“

„Schön, dann hören Sie mir jetzt gut zu: Ich habe an jeder der insgesamt zehn Türen dieses Flugzeugs ein Crewmitglied postiert. Ein Wort von mir genügt, und sämtliche Türen werden umgehend geöffnet. Die Notrutschen werden aufgeblasen, und zweihundertdreiundvierzig hochinfektiöse Passagiere purzeln auf Ihren Flugplatz. Sie haben gar nicht genug Feuerwaffen, um uns schnell genug zu töten. Entweder Sie sorgen dafür, daß die Betankung sofort weitergeht, bis alle Tanks mit Ausnahme von Reservetank drei randvoll sind, oder aber Teneriffa ist in vier Tagen ein menschenleerer Felsen im Meer. Wir werden alle zusammen ins Gras beißen, kapiert?“

„Captain …, bitte! Sie müssen doch verstehen …“

„Ich muß gar nichts. Wenn Sie gehorchen, fliegen wir ganz einfach wieder ab – wenn nicht, müssen Sie sterben. Und sorgen Sie dafür, daß die Fahrzeuge, die uns blockieren, auf der Stelle abgezogen werden.“

„Solche Entscheidungen zu treffen steht außerhalb meiner Verantwortung …“

„Dann werden Sie mit Ihrer Untätigkeit eben die Verantwortung für die Entvölkerung von Teneriffa tragen. Meine Crew wartet nur auf mein Wort. Ich gebe Ihnen genau dreißig Sekunden, um mit dem Auftanken fortzufahren.“

Holland vernahm hektische spanische Wortwechsel. Dann meldete sich der Flughafendirektor wieder. „Wir tanken Ihre Maschine auf, Captain!“

Holland ließ fünfzehn Sekunden verstreichen, bevor er sich wieder meldete. Als er den Sendeknopf drückte, hatte die Treibstoffanzeige gerade wieder zu steigen begonnen. „Okay, Herr Direktor, ich sehe, daß Sie uns wieder betanken“, sagte er. „Aber wird auch nur ein einziger Schuß auf dieses Flugzeug abgegeben, namentlich auf das Cockpit, so werden wir alle die Maschine verlassen. Jeder Versuch, uns zu behindern, wird dasselbe zur Folge haben.“

„*Yes, Sir!* Niemand wird Sie behindern!“

„Lassen Sie jetzt die Autos verschwinden, die vor meinem Flugzeug stehen!“

Man hörte im Cockpit, wie unten Motoren angelassen wurden, und Sekunden später entfernten sich die Fahrzeuge, die die 747 blockiert hatten.

Flughafen Las Palmas, Gran Canaria
24. Dezember · 0.10 Uhr (0010 Z)

DIE GULFSTREAM war gerade fertig betankt, als ein Auto auftauchte. Zwei Männer stiegen aus und begannen, auf den Servicemann einzureden. Die drei standen ein paar Meter neben dem Tankwagen und unterhielten sich so schnell und lebhaft, daß Juri Steblinko kein Wort verstehen konnte. Dann sprangen die beiden Männer in ihr Auto und fuhren wieder davon. Juri hatte keine Erklärung für ihr Verhalten.

Der Mann vom Bodenpersonal kritzelte Zahlen auf eine handgeschriebene Rechnung und reichte sie dem Piloten. Juri zahlte bar mit amerikanischen Dollar und legte 200 Dollar Trinkgeld hinzu.

Der Servicemann zählte nach, steckte das Trinkgeld mit einem knappen Dankeschön in die Tasche und wandte sich zum Gehen, als Juri fragte: „*Do you speak English?*“

Der Spanier nickte. „*A little, yes.*“

„Ihre Freunde wirkten sehr aufgeregt. Worüber?“

„Ah, *sí!* Auf Teneriffa ist etwas Merkwürdiges passiert. Ein großes

Flugzeug ist dort gelandet, mit lauter Kranken an Bord. Sie hatten keine Landegenehmigung und wollten Treibstoff. Es ist eine 747. Eine 747 hat vier Triebwerke. Aber die Maschine auf Teneriffa hat nur drei. Eines ist abgefallen."

Die Worte trafen Juri wie ein Blitz aus heiterem Himmel. Flug 66 war auf Teneriffa gelandet! Die Rakete hatte lediglich ein Triebwerk abgeschossen!

„Der Pilot verlangt, daß seine Maschine aufgetankt wird. Wenn sie keinen Treibstoff kriegen, wollen sie die kranken Passagiere herauslassen und alle Menschen auf Teneriffa anstecken."

„Ist das Flugzeug jetzt noch dort?"

„Das weiß ich nicht."

„Haben Sie ein Funkgerät? Können Sie sich mit Ihrem Vorgesetzten in Verbindung setzen?"

„*Sí.*"

„Tun Sie das!" Juri schob dem Mann zwei weitere Hundertdollarscheine in die Hände. „Rufen Sie ihn an, und bitten Sie ihn herauszufinden, ob diese 747 Teneriffa schon wieder verlassen hat. *Sí?*"

Der Spanier lächelte. „*Sí, Señor!*" Er holte ein Walkie-talkie aus der Fahrerkabine seines Wagens und sprach rasch auf seinen Vorgesetzten ein. Nach einer längeren Pause kam die Antwort. Der Spanier wandte sich wieder an Juri. „Er sagt, das Flugzeug ist noch dort, aber startbereit. Die Triebwerke laufen schon. Er hat es gerade im Radio gehört."

„*Muchisimas gracias, Señor!*" bedankte sich Juri und rannte auf die offene Tür der Gulfstream zu.

Im Lageraum des Weißen Hauses, Washington, D.C. 19.10 Uhr (0010 Z)

DER PRÄSIDENT der Vereinigten Staaten stand mit verschränkten Armen an das Schaltpult für Nachrichtenverbindungen gelehnt. Daß ein amerikanisches Zivilflugzeug, das weltweit als biologische Zeitbombe galt, auf spanischem Boden gelandet war, hatte ein diplomatisches Erdbeben mit Epizentrum in Madrid ausgelöst, dessen Schockwellen sich in alle Richtungen fortpflanzten. Neben einem Dreisternegeneral der Luftwaffe und dem stellvertretenden CIA-Direktor Jonathan Roth waren mehrere hochrangige Beamte aus dem Außenministerium in den Lageraum beordert worden.

„Herr Präsident“, begann Roth, „in diesem Moment verläßt ein Transportflugzeug das Flugfeld in Mauretanien und nimmt Kurs auf Teneriffa. An Bord befinden sich Mitglieder des medizinischen Hilfsteams mit ABC-Schutzkleidung. Einer der Piloten, ein Reservist, ist im Zivilleben Linienpilot und könnte also, sollte es zum Ärgsten kommen, den Vogel selber in die Wüste fliegen ...“

„Wollen Sie damit sagen, daß sich der Captain von Flug 66 weigert weiterzufliegen?“

„Das wissen wir nicht, Sir. Die Crew hat die Satellitenverbindungen abgebrochen und spricht ausschließlich mit der Flughafenleitung. Sie verlangt Treibstoff und droht damit, die infizierten Passagiere freizusetzen, wenn man ihn ihr verweigert.“

„Wie sind die Ergebnisse der Autopsie, die an dem Professor vorgenommen wurde?“ fragte der Präsident.

„Nicht eindeutig. Wir können bisher nicht schlüssig sagen, ob Helms die Menschen an Bord anstecken konnte oder nicht. Wir müßten mindestens drei weitere Tage Zeit gewinnen, und wir brauchten elektronenmikroskopische Aufnahmen von den Proben aus Bayern und Island.“

„Was also schlagen Sie vor, Jon?“

„Wir haben die Spanier natürlich gebeten, den Captain nicht starten zu lassen ...“

„Natürlich. Aber angenommen, er startet doch, und zwar mit einem unbekannten Ziel?“

„Wenn der Captain von Flug 66 jede Kooperation verweigern und nicht nach Mauretanien fliegen sollte, Sir, sehe ich keine andere Möglichkeit mehr als – Gewalt.“

„Soll das heißen, wir sollen ihm mit dem Abschuß drohen, wenn er nicht gehorcht? Und das nach diesem Terroranschlag, dessen Einzelheiten CNN zur Zeit in die Welt hinausposaunt und obwohl wir nicht einmal sicher sein können, daß sie tatsächlich infiziert sind?“

Roth nickte. „Nicht nur drohen, Herr Präsident. Angesichts der sehr realen biologischen Gefahr, die von diesen Menschen ausgeht, und je nachdem, welches Flugziel sie ansteuern, werden wir es möglicherweise nicht bei der Drohung bewenden lassen können.“

Hyatt-Hotel, Washington, D. C.
19.12 Uhr (0012 Z)

NACHDEM Rusty die Bestätigung erhalten hatte, daß Flug 66 auf Teneriffa gelandet war, entschloß er sich zu einem riskanten Anruf: Er wählte die Nummer eines alten Freundes bei der DIA, dem Militärischen Geheimdienst.

Das Gespräch war kurz und der Kollege alles andere als begeistert, als er erfuhr, daß er mit einem CIA-Mann sprach, der angeblich von Gegnern in der eigenen Organisation verfolgt wurde. Trotzdem schrieb er sich die Nummer von Sherrys Handy auf und versprach, die Entwicklung im Auge zu behalten. Seine Kontakte mit dem Kapitän von Flug 66 verschwieg Rusty.

Es war an der Zeit, sich wieder mit Holland in Verbindung zu setzen, doch Rusty war klar, daß er die Hollingsworths und ihr Zimmer nicht länger beanspruchen konnte. Sherry und er bedankten sich bei den beiden und schlüpften in den Flur hinaus. Sie wandten sich der Treppe zu und gingen hinunter.

„Es muß auch einen Warenaufzug geben", sagte Sherry. Sie fanden ihn nur wenige Schritte entfernt vom Treppenhaus. Der Aufzug endete in einem der Kellerräume. Sie stiegen aus, schlichen durch einen Aufenthaltsraum für Angestellte und über eine Hintertreppe zur Rückseite des Restaurants hinauf und dann durch die Küche auf den rückwärtigen Ausgang zu.

„Entschuldigen Sie! Einen Moment bitte, Sir, Madam!"

Rusty blieb stehen und drehte sich um. Ein Mann von ungefähr Mitte Vierzig kam mit einem breiten Lächeln auf ihn zu. Auch Sherry war stehengeblieben. „Ja, bitte?" fragte Rusty.

„Dürfte ich Sie um Ihre Ausweise bitten?" sagte der Mann, doch dann griff er in seine Jacke und förderte einen Revolver mit Schalldämpfer zutage. „Dr. Sanders", meinte er, „wir haben auf Sie gewartet. Die Suche nach Ihnen war ganz schön frustrierend für uns. Sie hätten sich eigentlich melden sollen."

Das ist einer von Roths Leuten! schloß Rusty. Schließlich war es Roth gewesen, der ihm gesagt hatte, er solle sich in irgendein Hotel begeben und sich von da aus melden. „Wozu die Knarre, wenn Sie von der CIA kommen?"

Der Mann hob die zweite Hand, die ein Mikrofon verbarg, und gab jemandem Anweisung, mit dem Wagen vor der Hintertür vorzufahren. Dann sah er Sherry an. „Wer ist das?"

„Ich bin Jon Roths persönliche Assistentin. Und wer sind Sie?"

Der Mann zögerte. Es war nur eine kurze Unsicherheit, die ihn für einen Moment an seiner Mission zweifeln ließ. Sherry sah, wie sich der Lauf des Revolvers ein wenig senkte. Sie spannte ihre in jahrelangem hartem Training gestählten Muskeln und trat dem Mann mit aller Kraft in die Hoden.

Ein grauenhafter Schmerz fuhr durch seinen Körper. Sein Oberkörper krümmte sich vor. Sherry schlug ihm die Waffe aus der erschlafften Hand.

„Nehmen Sie sie!" befahl sie, und Rusty überwand seinen Schock, hob den Revolver auf und richtete ihn auf den Mann. Sherry griff in seine Jackentasche, zog einen Sender heraus, durchsuchte den Fremden nach weiteren Waffen und wandte sich an einen Küchengehilfen. „Rufen Sie die Polizei!" rief sie ihm zu. Sie nahm Rusty die Waffe ab und drückte sie dem zu Tode erschrockenen Küchenhelfer in die Hand. „Halten Sie ihn in Schach! Das ist ein Mörder."

Sie ergriff Rustys Hand und zerrte ihn durch die Küche. Sie rannten zum Haupteingang. Ein Taxi stand davor. Sherry riß die Tür auf und sprang hinein. Rusty stolperte hinter ihr her.

„Fahren Sie los!" befahl sie. „Richtung Richmond. Aber schnell!"

Der Fahrer trat aufs Gaspedal.

„Ist Ihnen klar", fragte Sherry, „was dieser Mann mit uns vorhatte, Doktor?"

„Er wollte uns irgendwohin bringen ..."

„Richtig. Entweder zum Reden oder zum Sterben. Durchaus möglich, daß er die Order hatte, uns um die Ecke zu bringen."

„Ist das Ihr Ernst, Sherry?"

Sie nickte. „Wir sitzen ganz tief in der Tinte, Rusty. Solange wir Jon Roth nicht auffliegen lassen können, bleiben wir im Fadenkreuz." In ihrer Handtasche zirpte es. Sie holte ihr Handy heraus und reichte es Rusty. „Ich wette, das ist für Sie."

Rustys Freund von der DIA meldete sich. Luftwaffe und Marine seien aufgefordert, ein bestimmtes Objekt aufzuspüren und zu zerstören. Die Befürchtung, daß es dabei um Flug 66 gehe, sei keineswegs von der Hand zu weisen.

„Ich denke, die Maschine steht auf Teneriffa! Das hat CNN doch gemeldet!"

„Da stand sie, Rusty. Sie ist vor etwa zwanzig Minuten abgeflogen, ohne jede Spur. Man rechnet damit, daß sie auf Westkurs gehen, vielleicht wollen sie in die Staaten."

„Wer hat den Befehl gegeben, die Maschine abzuschießen?"

„Das Weiße Haus, Rusty. Ich bin selbstverständlich nicht befugt, dir diese Informationen zu geben – aber irgendwer da drüben hat den Verstand verloren! Ich muß jetzt Schluß machen."

Rusty bedankte sich, drückte auf den OFF-Knopf und gab die Informationen an seine Begleiterin weiter.

„Versuchen Sie, den Piloten anzurufen", riet Sherry. „Bisher hatten sie keine Ahnung, daß ich es bin, die mit Ihnen unterwegs ist. Mein Telefon wird also wahrscheinlich noch nicht abgehört."

An Bord von Flug 66

EHE DIE letzten Liter Treibstoff in die Tanks flossen, waren sich James Holland und Dick Robb über die Modalitäten ihres Abflugs einig geworden. Nachdem er dann die Triebwerke angelassen hatte, steuerte Holland die Maschine auf die Startbahn. Niemand stellte sich ihm in den Weg. Die große Boeing beschleunigte und hob kurz vor dem Ende der Startbahn ab. In 300 Meter Höhe schlug Holland einen nördlichen Kurs ein. Der Transponder blieb abgestellt. Achtzig Kilometer nördlich von Teneriffa ging Holland wieder auf 45 Meter hinunter und änderte die Richtung mit einem weiten Bogen nach Westen. Es war Teil ihres Plans: Sie wollten so tun, als flögen sie nach Island zurück, in Wirklichkeit aber nach Westen abdrehen.

Vor dem Start hatte Rachael Sherwood sich über seine Schulter gebeugt und ihn gefragt: „Wohin fliegen wir?"

„Wenn in den nächsten zehn Stunden niemand an Bord krank wird, fliege ich uns entweder nach Barbados oder auf die Jungferninseln. Das ist nahe genug an Miami – für die Medien! Innerhalb weniger Stunden sind wir dort von Fernsehkameras umringt. Unter solch globaler Überwachung traut sich keiner, sich an uns zu vergreifen. Wenn wir möglichst knapp über der Meeresoberfläche fliegen, sind Barbados und die Jungferninseln gerade richtig. Wir gehen sechshundertfünfzig Kilometer vorher runter, dann bleiben wir ungesehen."

Das Iridiumtelefon lag links neben Holland am Fenster. Als es klingelte, überließ er Dick Robb das Steuer.

„Captain Holland? James? Hier ist Rusty ..."

Die Leitung war stark gestört, aber Holland erkannte Rustys

Stimme. „Hier spricht James Holland. Ich verstehe Sie nur schlecht."
Es rauschte und knisterte in der Leitung. „Wo sind Sie?"
Holland teilte Sanders die Position des Flugzeugs mit und erklärte ihm, was sie vorhatten.
„Das geht nicht, James! Luftwaffe und Marine haben eine riesige Suchaktion gestartet, und es gibt Hinweise darauf, daß man Sie abschießen will! Wenn Sie der Küste der Vereinigten Staaten auch nur nahe kommen, müssen Sie mit dem Schlimmsten rechnen!"
Im Hörer erklang wieder ein Störgeräusch – ein Piepston, der so laut war, daß ihn auch die anderen Personen im Cockpit hören konnten.
„Das ist die Batterie!" sagte Rachael. „Sie ist gleich leer."
„Können Sie sich nicht ein anderes Ziel aussuchen?" fragte Rusty.
„Aber wohin soll ich denn bloß, zum Teufel? Ich habe nur drei Triebwerke und eine beschränkte Reichweite. Gut sechseinhalbtausend Kilometer, schätze ich, das sind etwas mehr als zehn Flugstunden. Warten Sie. Wir sehen auf der Karte nach." Er legte das Telefon auf seinen Schoß, entfaltete die Flugkarte und breitete sie über der Mittelkonsole aus. Der entsprechende Radius umfaßte neben Island, Kanada, den Vereinigten Staaten und Südamerika große Teile Afrikas und Europas. „Es muß abgelegen sein, ganz einsam und abgelegen. Wir brauchen einen Ort ohne amerikanisches Militär."
Ein winziger Punkt im Südatlantik fiel ihm auf, eine Insel, die als Gipfel eines unterseeischen Gebirgszugs aus dem Meer ragte. Holland überschlug die Entfernung und gab dem Computer die Koordinaten ein. Die Entfernung zu der Insel betrug ungefähr 5500 Kilometer. Sie war also erreichbar. Und kein Mensch käme auf die Idee, daß sie ausgerechnet dorthin fliegen würden.
Holland nahm das Telefon wieder ans Ohr. „Rusty? Ich ändere den Kurs. Wir fliegen südwärts zur Insel Ascension ..." Im Hörer blieb es still. Holland wandte sich an Rachael: „Haben Sie eine Ersatzbatterie?"
Sie schüttelte den Kopf. „Nur im Gepäck. Aber da kommt man während des Fluges wohl nicht ran, oder?"
Holland verneinte entmutigt und gab das Telefon zurück. „Sanders war unser letzter Freund." Er erzählte den beiden, was er erfahren hatte.
„Glauben Sie wirklich", fragte Dick Robb, „daß unsere eigene Regierung versucht, uns alle umzubringen?"
James Holland nickte. „Mindestens zwanzig Stunden lang haben wir jetzt keine Freunde mehr, Dick. Wir sind die Maus – und nur der liebe Gott weiß, wie viele Katzen da draußen hinter uns her sind."

Washington, D. C. · Samstag, 23. Dezember 19.45 Uhr (0045 Z)

HINTER den Taxifenstern zeichnete sich schemenhaft die Brücke ab, über die die Vierzehnte Straße den Potomac kreuzt. Rusty Sanders ließ Sherrys Funktelefon auf den Schoß sinken und seufzte. „Die Batterie ist leer! Gerade als er mir sagen will, wo er hinfliegt, gibt diese verdammte Batterie ihren Geist auf!"

„Aber er ist wieder unterwegs und in Sicherheit", beruhigte ihn Sherry. „Rusty, Sie haben getan, was Sie konnten. Wir sollten uns jetzt Gedanken machen, wie wir unsere eigene Haut retten. Wo fahren wir eigentlich hin?"

„Sie waren doch im Außendienst, Sherry. Schlagen Sie was vor!"

„Also gut. Drehen wir um und fahren zum Flughafen. Je mehr Menschen um uns herum sind, desto besser. Haben Sie Bargeld dabei?"

„Ja, so um die dreihundert. Warum?"

„Tickets nach New York. Dort läßt es sich leichter untertauchen. Wir mieten uns unter falschen Namen in einem Hotel ein."

Nordwestlich von Las Palmas, Gran Canaria

DIE GULFSTREAM IV donnerte in den Nachthimmel über dem Flughafen von Las Palmas. Juri Steblinko holte alles aus der Maschine heraus, um nach Teneriffa zu kommen, ehe das Radarsignal der 747 im Norden verschwand. Es war zu spät. Dort, wo sich Flug 66 hätte befinden müssen, war sein Radarschirm leer.

Der Kapitän von Flug 66 würde sich denken, daß ihm der unbekannte Angreifer irgendwo in der näheren Umgebung auflauerte. Er würde sich nicht an den Flugplan nach Island halten, sondern einen Kurs fliegen, der um mindestens 90 Grad davon abwich.

„Die 747 ist vor achtzehn Minuten abgeflogen", bestätigte der Kontrollturm auf Teneriffa. Nach Juris Berechnung mußte der Vorsprung der Boeing 120 bis 160 Kilometer betragen. Juri blieb auf Nordkurs. Wenn die 747 nach Süden flog und er weiter nach Norden, dann entfernten sich die beiden Flugzeuge mit einer kombinierten Geschwindigkeit von 1600 Kilometern in der Stunde voneinander! Falls er sich für die falsche Richtung entschied, war die Boeing bald außer Reichweite. Juri mußte sich ins Denken des Flugkapitäns der 747 hineinversetzen.

Nach Osten, Richtung Sahara, würde er bestimmt nicht fliegen, weil er damit rechnen mußte, daß Juri dort auf ihn wartete. Er käme nicht unentdeckt am Küstenradar vorbei. Nein, der Osten kam nicht in Frage. Wie wär's mit dem Norden? Auch diesmal lautete die Antwort nein. Damit blieben noch der Westen und der Süden. Wenn er westwärts flog, kehrte er in die Staaten zurück. Im Süden gab es nur ein paar kleine Inseln, die südamerikanische Ostküste und weitere Teile Afrikas. Der Jumbo verfügte nur noch über drei intakte Triebwerke. Wahrscheinlich schaffte er maximal 6500 Kilometer. Das reichte bis nach Recife in Brasilien.

Juri konnte nicht umhin, eine gewisse Sympathie für den amerikanischen Piloten der Boeing zu empfinden. Ein Pilot, der mit solcher Meisterschaft einem Angreifer auszuweichen verstand, mußte militärisches Training hinter sich haben. Er würde wissen, daß man nach wie vor hinter ihm her war, und daher etwas völlig Unerwartetes tun. Er würde nach Hause fliegen, nach Westen. Wenn Juri 110 Stundenkilometer schneller war als Flug 66, würde er die Boeing innerhalb von zwei Stunden einholen. Das wäre dann mehr als 1600 Kilometer weit draußen über dem Atlantik, und mit den letzten drei Raketen konnte er sein Werk vollenden.

Im Lageraum des Weißen Hauses
Samstag, 23. Dezember • 20.20 Uhr (0120 Z)

KURZ nach 20 Uhr erreichte die Konferenz im Weißen Haus mit dem Eintreffen eines Obersts der US-Streitkräfte ihren dramatischen Höhepunkt. Oberst Jerret Webster, zweithöchster Offizier am Militärinstitut zur Erforschung von Infektionskrankheiten in Fort Detrick, unterdrückte das Flattern in seiner Magengrube, als ihn eine Gruppe von Präsidentenberatern in die kleine Konferenzecke des Lageraums führte. Auch Jon Roth gesellte sich dazu. Webster öffnete seine Aktentasche und zog mehrere Bogen Papier mit elektronenmikroskopischen Aufnahmen heraus.

„Gentlemen", begann der Oberst, „obwohl wir uns nach wie vor nicht ganz einig sind, herrscht unter den Epidemiologen doch die Meinung vor, daß es sich um einen BL4-Erreger handelt, der aber nicht durch Tröpfcheninfektion über die Luft verbreitet werden kann. Dieser

Typ wird nur durch Körperflüssigkeit übertragen, und zwar am wirksamsten dann, wenn infiziertes Blut auf eine Wunde oder in die Schleimhäute eines anderen Menschen gerät. Das bedeutet, daß Professor Helms wahrscheinlich keinen Menschen anstecken konnte, der nicht unmittelbaren Körperkontakt zu ihm hatte."

„Verschiedene Personen haben versucht, ihn mit Mund-zu-Mund-Beatmung zu retten", wandte ein Berater ein. „Würde das ausreichen?"

„Vielleicht. Ich plädiere jedenfalls dafür, alle Leute an Bord vier Tage lang in Quarantäne zu stecken. Dabei sollten diejenigen, die Helms angefaßt haben, von den anderen getrennt werden, denn die, die ihn nicht berührt haben, stellen praktisch keinerlei Risiko dar. Das Obduktionsteam in Reykjavík hat inzwischen die Lungen von Helms untersucht und festgestellt, daß das Virus im Gewebe der Alveolen nicht nachweisbar ist. Folglich kann der Mann auch keine Viren ausgeatmet haben." Webster blickte sich um. „Wenn ich richtig informiert bin", fuhr er fort, „haben unsere Streitkräfte den Befehl erhalten, das Flugzeug abzuschießen. Aus medizinischer Sicht ist diese Entscheidung nicht gerechtfertigt. Ich bin hier, um Ihnen – und dem Präsidenten – zu empfehlen, diesen Befehl umgehend zurückzunehmen. Wo immer diese armen Menschen schließlich landen werden – wir müssen sie lediglich die erforderliche Anzahl von Tagen isolieren."

INNERHALB weniger Minuten wurde der Präsident informiert und das Pentagon angewiesen, die Flug 66 betreffenden Einsatzrichtlinien unverzüglich zurückzunehmen.

„Weiß der Captain Bescheid?" fragte der Präsident, als er den Lageraum betrat. Sein Blick fiel auf Jonathan Roth. Der stellvertretende CIA-Direktor wirkte schockiert. Schließlich beendete ein Luftwaffengeneral das betretene Schweigen. „Man hat es versucht, Sir, doch nach dem Abflug von Teneriffa hat die Maschine den Funkkontakt abgebrochen, und niemand kam mehr zu ihr durch."

„Jon, besteht die Chance, daß der Pilot etwas hört und nur nicht darauf reagiert?"

Roth räusperte sich. Er war auf alle Eventualitäten vorbereitet – nur nicht auf diese! „Ich ..., ja, ich glaube, wir können ihn erreichen. Wir müssen nur dafür sorgen, daß die Information über alle Rundfunksender verbreitet wird. Irgend jemand an Bord wird schon mithören. Außerdem können wir die Nachricht auf der Notfrequenz für Flugzeuge senden, vielleicht hat er die noch eingeschaltet."

„Also gut, dann tun wir's!" befahl der Präsident. „Sorgen Sie dafür, daß die 747 irgendwo sicher landen kann."

Als der Präsident ging, hatte sich Jonathan Roth bereits in den hinteren Teil des Lageraums zurückgezogen. Er mußte dringend eine hochbrisante Meldung durchgeben. Er erwischte einen Mitarbeiter des Weißen Hauses am Ärmel. „Ich brauche eine sichere Leitung nach Langley. Gibt es eine im Konferenzsaal?"

„Ja, Sir. Der Apparat ganz hinten auf dem langen Tisch."

Roth eilte in den benachbarten Raum, nahm den Hörer ab und tippte die Nummer in Langley ein. Kurz darauf meldete sich Mark Hastings. Mit leiser Stimme erklärte Roth, was geschehen war. „Funken Sie unserem Mann über Satellit, daß er die Sache abbläst. Er soll jetzt verschwinden und sich dann zur vereinbarten Zeit am vereinbarten Ort blicken lassen. Er hat seinen Auftrag erfüllt."

Die Akbah hatte die 747 angegriffen. Daß es ihr nicht gelungen war, sie auch abzuschießen, war unwichtig. Die Attacke genügte, um die Terrororganisation von aller Welt verurteilen zu lassen.

„Und was ist mit unserer hiesigen Säuberungsaktion?" fragte Mark. „Sanders ist noch mit Sherry unterwegs. Wir suchen sie weiterhin, Sir."

„Lösen Sie das Problem, wie immer Sie es für richtig halten. Jedenfalls dürfen die zwei mit dem, was sie sich einbilden herausgefunden zu haben, nicht mehr frei herumlaufen."

Fünfhundertzehn Kilometer westlich der Kanarischen Inseln

JURI STEBLINKO erkannte, daß er die falsche Entscheidung getroffen hatte. Flug 66 war nicht nach Westen geflogen. Er war jetzt seit 45 Minuten hinter der Boeing her. Da er schneller flog, dürfte deren Vorsprung jetzt keinesfalls mehr als fünfzehn Kilometer betragen. Und die 747, soviel stand fest, konnte es sich wegen des Kraftstoffverbrauchs nicht leisten, längere Strecken im Tiefflug zurückzulegen. Aber auf dem Radarschirm war nichts zu sehen.

Wenn Flug 66 nach Süden unterwegs war, betrug sein Vorsprung mittlerweile mehr als 720 Kilometer. Juri nahm die Karte zur Hand und zog eine Linie nach Süden. Bei striktem Südkurs würde Flug 66 zunächst dicht an den Kapverdischen Inseln vor der senegalesischen Küste vorbeifliegen. Aber was kam da unten noch? Im Südosten gab es noch ein Fleckchen Land in der Wasserwüste. Es war eine weltabgeschiedene britische Besitzung, die zwar nur dünn besiedelt war, aber über einen großen Flughafen verfügte. Ascension! Das mußte das Ziel sein. Jenseits der Insel würden die Kraftstoffreserven der Boeing 747 bedenklich knapp werden.

Juri berechnete Geschwindigkeit und Kurs. Die Würfel waren gefallen. In etwas mehr als vier Stunden würde er entweder die Boeing im Zielradar haben – oder der Himmel wäre leer, und er wäre selbst gezwungen, auf Ascension zu landen und dort aufzutanken, wobei zu hoffen blieb, daß man auf der Insel noch nichts von dem gestohlenen Geschäftsflugzeug gehört hatte. Es war seine letzte Chance.

Juri überprüfte den Autopiloten, kletterte aus dem Pilotensitz und tippte am Fernmeldeschaltpult die Nachricht über die Kursänderung an seinen Auftraggeber ein. Dann begab er sich wieder ins Cockpit, wobei ihm jedoch entging, daß er die Abdeckung des Schaltpults streifte. Der angenehme Ton quietschenden Leders erfüllte seine Ohren, als er sich wieder auf dem Pilotensessel niederließ. Er übertönte das kurze Signal, mit dem das Satellitenfunkgerät eine eingehende Meldung ankündigte, und auch das leise Geräusch, das die Abdeckung verursachte, die in diesem Augenblick zufiel und dabei die Stromversorgung des Funkgeräts unterbrach.

Washington National Airport
Samstag, 23. Dezember · 20.20 Uhr (0120 Z)

Rusty Sanders saß die Angst im Nacken. Das Taxi brachte sie in schneller Fahrt durch den abendlichen Verkehr zum Flughafen.

„Der Flughafen wird möglicherweise überwacht“, sagte Sherry. Rusty sollte daher unauffällig zur Flughafenbuchhandlung gehen, sich dort zwischen den Regalen unsichtbar machen und warten, bis Sherry sich wieder blicken ließ.

Sherry setzte sich ab und ging auf einen Ticketschalter zu, während Rusty versuchte, in der Menge unterzutauchen. Auf der linken Seite fiel ihm eine kleine Bar auf, in der ein Fernsehapparat lief. Rusty erkannte, daß eine CNN-Sondersendung angekündigt wurde, und einen Augenblick später erschien auf dem Bildschirm auch schon das Quantum-Logo. „Wie CNN soeben erfuhr, sind Experten der Seuchenkontrollbehörde inzwischen zu dem Schluß gekommen, daß Passagiere und Besatzung des Quantum-Flugs 66 wahrscheinlich nicht mit jenem Schreckensvirus infiziert sind, dem ein amerikanischer Professor an Bord der Maschine zum Opfer gefallen ist." Rusty war tief schockiert. Dann erschien das Emblem der CIA auf der Mattscheibe. Als der Name des im Krankenhaus liegenden CIA-Chefs fiel, war Rusty sofort ganz Ohr: „... der seit 1995 das Amt des Direktors innehatte, lag nach einer schweren Gehirnblutung seit zwei Monaten im Koma. Für die Regierung war sein Tod am heutigen Nachmittag keine Überraschung. Wie aus gewöhnlich gut unterrichteter Quelle im Weißen Haus verlautete, kann kein Zweifel daran bestehen, daß der Präsident den stellvertretenden CIA-Direktor Jonathan Roth zum Nachfolger des Verstorbenen berufen wird."

Fieberhaft überdachte Rusty die neue Lage. Holland hatte alle Kontakte abgebrochen. Konnte er irgendwie erfahren, daß keine Ansteckungsgefahr mehr bestand? Oder war die Nachrichtensendung selbst Teil eines Komplotts mit dem Ziel, Holland zu einer Positionsmeldung zu bewegen?

Vielleicht, dachte Rusty, hört er ja doch zu. Aber selbst dann wird er, nach allem, was er durchgemacht hat, dem Bericht keinen Glauben schenken. Er wird in jedem Fall einen Landeplatz finden und versuchen, die kritischen vierundzwanzig Stunden zu überstehen. Und Roth? Würde er seine Mordbefehle jetzt zurückziehen?

Rusty betrat die Buchhandlung, zog ein Buch aus einem der Regale und tat so, als lese er, aber er behielt die Kunden genau im Auge. Was habe ich gegen Roth in der Hand? fragte er sich. Die Antwort war ebenso schmerzlich wie klar: Nichts. Der Verdacht, den er und Sherry gegen Jon Roth hegten, war alles.

Er musterte die Kunden. Es waren nur vier. Ein Mann, der zu alt war, um gefährlich zu sein, lehnte an einem Regal und studierte mühsam das Angebot. Ein junges Mädchen in einem hautengen Kleid schmökerte in einem Buch, und ein Geschäftsmann in den Dreißigern beschwerte sich bei einem Verkäufer, daß ein bestimmtes Buch nicht vorrätig war. Das Buchangebot im Regal zu seiner Linken wurde von einer silberhaarigen, bebrillten Dame einer eingehenden Prüfung unterzogen.

Der unzufriedene Kunde verließ den Laden. Rusty sah ihm nach und schloß kurzzeitig die Augen, um seine Angst zu vertreiben. Plötzlich fühlte er einen stechenden Schmerz in der Seite. Er drehte sich um und sah sich der silberhaarigen Dame gegenüber. In der Hand hielt sie eine leere Injektionsspritze, die sie nun rasch in ihre Handtasche gleiten ließ. Die Frau packte Rusty am linken Ellbogen und dirigierte ihn in Richtung Ladentür. „Drehen Sie sich nicht um, und leisten Sie keinen Widerstand“, raunte sie. „Ihnen wurde soeben ein hochwirksames Nervengift injiziert. In fünfundzwanzig Minuten wird Ihr Nervensystem zusammenbrechen, und Sie werden sterben. Wenn Sie um Hilfe rufen, ist in einer Viertelstunde die Ambulanz da, aber bei der Einlieferung ins Krankenhaus sind Sie längst tot. Sie werden mir jetzt folgen. Am Haupteingang wartet ein weiterer Agent. Wir werden Ihnen dort ein Gegengift spritzen. Sollten Sie sich jedoch sträuben, fahren wir sofort los – mit dem Gegengift. Wir wollen bloß mit Ihnen reden.“

Die Frau deutete auf die Ladentür. Rusty hatte keine Wahl – er setzte sich in Bewegung. Es kostete ihn große Anstrengung, seine schlotternden Beine unter Kontrolle zu halten. Die Frau hatte seinen Ellbogen losgelassen und ging voraus. Es schien sie nicht zu interessieren, ob er ihr folgte oder nicht. Nachdem sie die Buchhandlung verlassen hatte, wandte sie sich nach links und ging recht schnell, so daß Rusty Mühe hatte, ihr zu folgen.

SHERRY ELLIS hatte die Tickets für den Flug nach New York in ihre Handtasche gesteckt und begab sich nun im Eilschritt zur Buchhandlung. Als sie Rusty auf den Haupteingang und die Flughafenzufahrt zugehen sah, blieb sie abrupt stehen. Irgend etwas an seinem Verhalten irritierte sie. Sie nahm die Verfolgung auf. Rusty ging ungewöhnlich schnell. Auf der Zufahrt warteten einige Fahrzeuge. Sherry fiel eine schwarze Limousine auf. Eine Frau hatte gerade die rechte Hintertür geöffnet und drehte sich plötzlich nach Rusty um. Sherry rannte jetzt, holte Rusty ein und riß ihn am Ärmel herum. „Was tun Sie hier, Rusty?“ fragte sie. „Was ist los?“

Er entzog sich ihrem Griff. „Verschwinden Sie, Sherry! Sie haben mich erwischt. Die Frau bei dem Wagen da drüben hat mir ein Nervengift injiziert. Im Wagen gibt es ein Gegengift, ohne das ich in zwanzig Minuten mausetot bin. Ich muß ihr folgen.“ Rusty atmete schwer. „Verschwinden Sie, Sherry!“

Doch Sherry riß ihn mit Gewalt herum. „Mir nach!“ schrie sie. „Los, rennen Sie!“ Sie zog ihn mit sich. Rusty folgte ihr zunächst widerstrebend, ließ sich dann aber mitreißen. Sie bogen in einen Seitengang ab. Sherry zog Rusty durch die offenstehende Tür des Büros einer Fluggesellschaft und präsentierte der verdutzten Sekretärin ihre Dienstmarke. „Haben Sie ein Büro, das ich für ein paar Minuten benutzen kann? CIA. Ich habe jetzt keine Zeit für Erklärungen.“

„Sie können dies hier benutzen. Ich gehe solange raus.“

„Sagen Sie niemandem, daß wir hier drin sind, verstanden?“

Die Frau nickte. Sie verließ das Büro und schloß die Tür hinter sich.

Sherry wirbelte Rusty herum. „Rusty. Sie werden nicht sterben! Es gibt kein Gift! Hat sie eine Spritze benutzt?“

Er nickte.

„Das dachte ich mir“, sagte Sherry. „Das ist ein alter Trick, Rusty. Bei Amateuren funktioniert er auch meistens. Das war Wasser! Davon stirbt man nicht.“

Rusty starrte sie an. „Ein T-trick?“ stotterte er. „Woher wissen Sie das?“

„Mir wurde das auch beigebracht. Da braucht man einen nicht mit vorgehaltener Pistole abzuführen. Du folgst wie ein geprügelter Hund. Die Nadel überzeugt dich sofort.“

Er nickte. „Und ich bin natürlich darauf reingefallen!“

Sherry lächelte. „Aber wenn wir hier nicht bald verschwinden, bringen sie uns mit einfacheren Methoden zur Strecke. Ich wette, daß die Oma da draußen inzwischen längst Verstärkung angefordert hat.“

Rusty erzählte ihr von den neuesten CNN-Nachrichten. „Wir müssen Roth auffliegen lassen“, schloß er in beschwörendem Ton.

„Okay.“ Sie wandte sich ab und rieb sich das Kinn. „Es gibt da einen Mann, den Roth noch nicht in der Tasche hat. Ich meine Senator Jake Moon. Er ist Vorsitzender des Geheimdienstausschusses im Senat.“

„Kennen Sie ihn gut genug, um ihn anzurufen?“

Sherry nickte. „Ich weiß sogar, wie ich an seine Privatnummer herankomme.“

Rusty zögerte. „Moment! Der Senat tagt doch noch, das übliche Hickhack vor Weihnachten. Das heißt, daß Moon wahrscheinlich noch im Senat ist! Oder in seinem Büro!“

Sie machten sich auf zum Hauptausgang. Vor der Taxianfahrt hatte sich eine kleine Schlange gebildet. Sherry lief an ihr vorbei, riß die Tür des nächsten Taxis auf und schubste Rusty hinein. „Los, fahren Sie!“ rief sie dem Taxifahrer zu und hielt ihm ihre CIA-Dienstmarke unter die Nase. „Zum Senatsgebäude!“

Der Fahrer startete. Sherry nahm ihr Funktelefon aus der Handtasche und ließ sich von der Auskunft die Nummer des Büros von Senator Moon geben. Am L'Enfant Square ließ sie ihr Telefon zuschnappen und wandte sich an Rusty. „Der Senator ist gerade im Plenarsaal, wird jetzt aber zurückgeholt. Wir gehen sofort in sein Büro.“

Zehn Minuten später stoppte das Taxi vor der Südseite des Gebäudes. Als sie an der Wache vorbeikamen, hielt niemand sie auf. Mit dem Aufzug fuhren sie in die erste Etage hinauf. Rusty spähte vorsichtig um die Ecke. Die Tür zu den Büroräumen des Senators auf der linken Seite des Korridors stand offen. Er nickte Sherry zu. Sie betraten den Gang und gingen auf das Büro des Senators zu. Durch die offenstehende Bürotür sah Rusty, daß im Vorzimmer mehrere Personen standen. Sherry entdeckte weiter vorne den Senator. „Senator Moon!" rief sie.

Neben ihnen ertönte plötzlich die unverwechselbare Stimme von Jonathan Roth: „Na, Doktor? Was machen denn unsere hübschen Verschwörungstheorien?"

Senator Moon fuhr dazwischen. „Sherry Ellis!" Er wandte sich an Roth. „Sind das die beiden Leute, von denen Sie sprachen, Jon?"

„Ja, Senator."

„Senator", rief Rusty, „ich habe Beweise ..."

Moon brachte ihn mit erhobener Hand zum Schweigen. „Reden Sie erst mal mit Ihrem Chef hier. In dreißig Minuten will ich Sie, Sherry und Direktor Roth hier in meinem Büro sprechen." Er drehte sich um und verschwand in Richtung Plenarsaal. Jon Roths Hand senkte sich sanft auf Rustys Schulter.

„Sie haben das beide vollkommen falsch verstanden", sagte Roth. „Sie haben bestimmte Anhaltspunkte fehlinterpretiert, Rusty, haben voreilige Schlüsse gezogen und sich offenbar eingebildet, daß wir Sie ausschalten wollten. Der Vorsitzende unseres Kontrollausschusses regt sich furchtbar auf, weil plötzlich die absurde Behauptung im Raum steht, der stellvertretende CIA-Direktor habe versucht, Terroristen anzuwerben, um diesen Jumbo abschießen zu lassen."

„Ich habe Ihnen Beweise über eine interne Gegenaktion vorgelegt. Sie sagten, Sie wollten sich darum kümmern."

„Ja, das haben Sie. Und ich habe prompt reagiert. Aber Sie haben sich nicht mehr gemeldet, Rusty. Ich hatte leider keine Gelegenheit, Ihnen mitzuteilen, daß das, was Sie herausgefunden hatten, nicht das war, was es zu sein schien. Sie haben eine Verschwörung aufgedeckt, aber es war keine CIA-interne Verschwörung, und ich hatte auch nichts damit zu tun."

Nördlich von Ascension über dem Atlantik
Sonntag, 24. Dezember · 6.15 Uhr (0715 Z)

JAMES HOLLAND verringerte allmählich die Flughöhe. 240 Kilometer vor ihnen – und auf dem Radarschirm schon erkennbar – lag die Insel Ascension. Direkt in Flugrichtung, ungefähr hundert Kilometer nördlich der Insel, zeigte das Radargerät etwas an. Robb deutete mit dem Finger darauf. „Sieht nach starker Wolkenbildung aus. Ich sehe Rot in der Mitte."

„Isoliertes Gewitter", nickte Holland. „Wir müssen es weiträumig umfliegen." Er änderte den Kurs.

Dick Robb beobachtete den Radarschirm. Verwirrende Linien erschienen plötzlich auf dem Monitor und verschwanden wieder. Ein kalter Schauer lief ihm über den Rücken. Er hatte solche Linien schon einmal gesehen. „James ...", begann er.

„Was ist denn, Dick?"

Robb starrte unverwandt auf den Radarschirm. Dann schüttelte er den Kopf. „Nur ein paar Linien auf dem Schirm. Ähnliche, wie wir sie schon mal hatten. Aber es gibt kein Kampfflugzeug, das uns über viertausendachthundert Kilometer offenes Meer folgen könnte."

JURI STEBLINKO stellte das Zielradar auf einen Bereich von 80 Kilometern ein. Die 747 war jetzt direkt vor ihm. Der Abstand betrug nur noch 16 Kilometer und wurde stetig kleiner. Allerdings war sie der Insel schon viel näher, als es Juri wünschenswert schien. Egal. Das Wrack der Boeing würde trotzdem noch in tiefes Wasser stürzen.

Die Quantum-Maschine flog ohne Beleuchtung. Seit einiger Zeit befand sich der Jumbo im Sinkflug. Der Captain wußte offenbar, wie man Radarkontrollen unterflog.

Juris Plan war einfach: Er wollte eine Rakete auf die Infrarotstrahlung des rechten inneren Triebwerks ansetzen und dieses damit von der Tragfläche sprengen. Für den Captain der 747 bedeutete dies eines der schlimmsten Steuerungsprobleme überhaupt: den Ausfall von zwei Triebwerken auf derselben Seite. Mit ein bißchen Glück, dachte Juri, reißt die Detonation diesmal auch gleich den Flügel ab.

Mit einem Tastendruck fuhr er die linke Raketenschiene aus. Er zog den Gashebel zurück und reduzierte die Geschwindigkeit, bis sie genau mit der der Boeing übereinstimmte.

Flug 66 stabilisierte sich in einer Höhe von 150 Metern. Sie befanden sich jetzt 83 Kilometer nördlich von Ascension. Das war nahe genug! Der Zeitpunkt war gekommen. Juri brachte die Gulfstream dreieinhalb Kilometer hinter die 747 und drückte auf den Auslöser. Für den Bruchteil einer Sekunde sah er die glühende Raketendüse vor sich. Dann blitzte dort, wo zuvor die Boeing 747 gewesen war, eine Explosion auf.

EINE furchtbare Detonation auf der rechten Seite erschütterte die Quantum-Maschine. Der leuchtendrote Feuerschein der Explosion erhellte grell den Nachthimmel rechts von Cockpit und Passagierraum. Triebwerk drei wurde aus seiner Aufhängung gerissen, und Trümmer der Turbine krachten gegen Tragfläche und Rumpf.

Robb und Holland schrien fast gleichzeitig auf. Holland griff zum Steuerknüppel und schaltete gleichzeitig den Autopiloten ab. Seine Augen fixierten die Instrumente. „Nummer drei ist explodiert!" stieß er hervor. „Wie kann so etwas passieren, verdammt noch mal!"

Robb mußte an die Linien denken, die er kurz zuvor auf dem Radarschirm gesehen hatte. „Noch eine Rakete, James. Der Angreifer ist wieder da."

Holland rollte die Maschine nach links und verlagerte den Schwerpunkt auf die noch funktionierenden Triebwerke. Gleichzeitig zog er den Bug hoch und sorgte dafür, daß das Flugzeug wieder stieg.

„Was machen Sie da, James?"

„Er wartet jetzt sicher ab, was mit uns geschieht. Wir müssen ihn verwirren! Wenn wir geradeaus weiterfliegen, verpaßt er uns gleich den Fangschuß!" Die 747 hatte bereits wieder eine Höhe von 240 Metern erreicht. „Fahrwerk raus, Klappen eins!"

Robbs Hände folgten der Aufforderung sofort.

Holland ließ die 747 wieder auf 30 Meter fallen. Dann führte er die Maschine in eine leichte Rechtskurve, in der er sie so lange beließ, bis sie auf Südwestkurs lag und sich damit wieder der Insel näherte.

„James, wir fliegen auf dreißig Meter! Sobald Sie eine Tragflächenspitze ins Wasser tauchen, sind wir tot!"

„Achten Sie auf den Radarhöhenmesser, Dick. Wir schaffen es!"

UM EINE Kollision mit Wrackteilen zu vermeiden, zog Juri unmittelbar nach der Explosion seine Maschine hoch, flog eine Rechtskurve, die ihn einen knappen Kilometer nach Westen versetzte, ging dann wieder auf den alten Kurs und spähte hinaus, um irgendwo links unter sich den Jumbo ausfindig zu machen. Das Echo auf dem Radarschirm wurde schwächer und drohte zu verschwinden. Der ist noch immer irgendwo da draußen unterwegs, dachte er und ging ebenfalls in den Sinkflug über. Der Schirm war leer. Juri flog eine Linkskurve, um den Ozean in dieser Richtung abzusuchen. Nichts. Er kurvte wieder nach rechts. Nur Wellen.

Wirklich sehr clever! Aber beim Anflug auf Ascension würde er ihn auf jeden Fall erwischen! Er nahm Kurs auf die Insel. Die Landebahn verlief in Ost-West-Richtung. Er wollte südlich des Direktanflugskurses auf die Boeing warten. Sie konnte ihm nicht mehr entgehen. Er hatte noch zwei Raketen.

IN DER Kabine hatten die Angstschreie der aus dem Schlaf gerissenen Passagiere sogar das Donnern der Explosion übertönt. In der ersten Klasse hatte auch Lee Lancaster den Explosionsblitz gesehen und ahnte, was geschehen war. Die Gesichter Garson Wilsons und seines Sekretärs waren aschfahl. Vor Tür 2L verkrampfte Barb Rollins die Finger im Polster ihres Notsitzes.

Vor der Windschutzscheibe des Cockpits war nichts zu sehen als schwarze Nacht. Holland bemühte sich, die 747 auf der extrem niedrigen Flughöhe von 30 Metern über der Wasseroberfläche zu halten, und wußte, daß ein winziger Fehler genügte, um sie alle umzubringen. Der Jet bockte und rüttelte. Von dem Angreifer war nirgendwo etwas zu sehen, doch war ihm klar, daß er sich noch in der Nähe aufhielt.

„Sollen wir Mayday funken?" fragte Robb.

Holland schüttelte den Kopf. „Nein, das bringt nichts."

„Vierzig Kilometer, James. Vor der Landebahn müssen wir etwas steigen. Der Aufsetzpunkt liegt dreißig Meter über dem Meeresspiegel."

Holland blickte auf die Umrisse der Landebahn, die Dick Robb auf den Monitor des Bordcomputers geholt hatte. „Sagen Sie den Passagieren Bescheid, Dick."

JURI hatte auf seiner Schleife gerade die zweite Nordkurve zurückgelegt, als das Echo von Flug 66 auf seinem Angriffsradar wieder aufflackerte. Die 747 befand sich im direkten Anflug auf die Landebahn. Der Jumbo näherte sich rasch der Flachwasserzone und der Insel selbst. Er brachte die Gulfstream direkt hinter die Boeing, ging auf 30 Meter runter und führte den Zielpunkt auf das innere Triebwerk an der linken Tragfläche.

Die Schiene! Er hatte vergessen, sie auszufahren. Juri drückte die entsprechende Taste. Nichts rührte sich. Er drückte die Taste noch einmal. Dann ein drittes Mal. O nein!

Hinter dem Kopilotensitz befanden sich mehrere Reihen mit Sicherungen. Verzweifelt versuchte er sich daran zu erinnern, welcher der Schalter für den Ein- und Ausfahrmechanismus der Raketen zusätzlich eingebaut worden war. Ungefähr in der achten Reihe, dachte er.

Aber in einer Höhe von nur 30 Metern über der Wasseroberfläche danach greifen zu wollen wäre Selbstmord gewesen. Juri gab Gas und stieg auf 300 Meter. Er stellte den Autopiloten ein. Dann beugte er sich nach rechts, um den richtigen Schalter zu finden. Doch die Beschriftung ließ sich aus seiner Position nicht entziffern.

Noch vierzehn Kilometer. Noch einmal beugte er sich nach rechts, bis er fast waagerecht über der Mittelkonsole lag. Endlich, in einer fast unzugänglichen Nische, fand er das Kürzel RACK, das die Raketenhalterung bezeichnete. Juri streckte den Arm aus, und es gelang ihm schließlich, den Sicherungsknopf zu erreichen und herunterzudrücken. Wieder beugte er sich über die Mittelkonsole und betätigte die Taste, die den Ausfuhrmechanismus in Gang setzte: Von unten drang das Geräusch der ausfahrenden Raketenschienen an sein Ohr.

Er richtete sich auf. Die 747 war inzwischen um gut hundert Meter gestiegen, befand sich aber immer noch ziemlich weit unter ihm und etwa 400 Meter voraus. Die Chance, noch vor der Landung der Boeing in Schußposition zu kommen, war ein für allemal vertan.

Mit wachsender Enttäuschung erkannte er, daß auch seine Anonymität dahin war. Wenn die Boeing tatsächlich problemlos landete, würde er selbst bei seiner Landung verhaftet werden. Er hatte nicht genug Treibstoff, um einen anderen Flugplatz anzusteuern. Doch es gab noch eine winzige Chance! Vielleicht konnte er die 747 auf der Landebahn zerstören . . .

FÜR DIE letzten 800 Meter brachte Holland die 747 auf eine Sinkrate von 210 Meter pro Minute. Man sah weder Blinklichter noch Leuchtraketen vom Tower. Auf Ascension war offenbar noch nichts von ihrer Ankunft bekannt. Die Landebahnbeleuchtung war gleichmäßig.

„Großer Gott!“ schrie Robb. „Wir haben ungleiche Klappen!“

Holland drehte den Steuerknüppel bereits scharf nach links. „Welche? Wo?“

„Die linken Klappen sind weiter draußen als die rechten und lassen sich nicht mehr verändern!“

„Ja, ich spüre es! Sie versucht, nach rechts zu rollen, und ich kann sie fast nicht mehr halten! Versuchen Sie's mit dem Notsystem!" Mit dem Fuß drückte Holland das linke Ruderpedal durch und gab mit der Hand etwas mehr Schub auf die beiden linken Triebwerke. Mit asymmetrischer Klappenstellung und einseitigem Schub torkelte die 747 durch die Luft.

Robb hatte inzwischen den Notklappenhebel bedient. Die Klappen stellten sich auf, und die 747 reagierte: Die unbeschädigten linken Landeklappen gingen auf 7 Grad zurück und ließen sich danach wieder auf Tragflächenniveau stellen.

„Gut so! Lassen Sie sie so!" kommandierte Holland, und Robb ließ den Hebel los.

Die ersten Meter der Landebahn fegten unter dem Cockpit hindurch, dann setzte die Boeing auf der harten Betonpiste auf. Rechts erkannte Holland die Umrisse eines hohen Bergrückens. Auf der linken Seite sah es nicht viel anders aus, doch gab es offenbar eine Rollbahn, die am anderen Ende der Piste nach links und in einer Schleife wieder auf sie zurück führte. Holland reduzierte die Fahrgeschwindigkeit auf 35 Stundenkilometer und bog nach links auf die Rollbahn ab.

„Dem Himmel sei Dank!" sagte Robb.

„Amen", ergänzte Holland. „Auf dem Boden hat unser Feind kaum noch ein Ziel. Die Triebwerke kühlen rasch ab, und dann gibt es kein Infrarotziel mehr. Lassen Sie uns die Landungscheckliste abarbeiten."

Dick Robb erledigte die Routinemaßnahmen. Automatisch stellte er so auch das Hilfsaggregat an, worauf ganz hinten im Heck der Maschine ein Elektromotor das kleine Düsentriebwerk anwarf, das am Boden für Strom sorgte. Durch die Heckdüse stieß das Aggregat über 600 Grad heiße Gase aus.

JURI schaltete sich wieder auf das Infrarotbild der vor ihm ausrollenden Boeing auf. Plötzlich stieg aus der Heckmitte eine Hitzefackel auf. Er startet das Hilfsaggregat! Juri schaltete die Zieleinrichtung auf die Auspuffdüse des Hilfsaggregats auf und drückte ab. Die Rakete schoß aus ihrer Schiene, als die Gulfstream das Ende der Rollbahn überflog. Juri sah die Abgasfahne der Rakete auf die Rollbahn zujagen, zog die Maschine steil hoch und flog eine Linkskurve, um das Geschehen auf dem Boden zu beobachten.

Dort gab es eine gewaltige Explosion, als die Rakete ins Heck der Boeing eindrang. Wrackteile flogen in alle Richtungen. Im Feuerschein sah Juri, wie der Schwanz des Flugzeugs vom Rumpf abbrach. Aber die 747 setzte ihre Fahrt fort!

„HERRGOTT, was ist denn das?“ schrie Dick. Die Explosion hatte das gesamte Flugzeug erschüttert und die drei Menschen im Cockpit mit furchtbarer Gewalt hin und her geschüttelt.

„Rufen Sie hinten an, Dick! Wir müssen wissen, ob wir Feuer an Bord haben!“

Dick Robb griff nach dem Intercom. Barb Rollins antwortete. „Das war eine furchtbare Explosion! In der Rückseite der Kabine ist ein Loch! Sollen wir die Notrutschen ausfahren?“

„Hier noch nicht!“ rief Holland dazwischen. „Das ist keine gute Stelle! Solange kein Rauch in der Kabine ist, versuche ich noch, bis zur Rampe zu kommen!“

„Noch nicht!“ gab Dick Robb an Barb weiter. „Wir rufen durch! Aber melden Sie sich sofort, wenn Sie Rauch wahrnehmen!“

„Okay.“ Ihre Stimme klang angstvoll, aber beherrscht.

Holland gab Gas. „Ich habe das Gefühl, wir kippen gleich auf die Nase“, sagte er halb im Selbstgespräch.

JURI konnte es nicht fassen, daß die 747 noch immer über die Rollbahn fuhr. Dort, wo das Heck explodiert und abgefallen war, brannte ein Feuer, doch der Rest des Flugzeugs funktionierte offenbar noch.

Er hatte jetzt blitzschnell eine Entscheidung zu treffen. Um vor der Einmündung der Wendeschleife in die Landebahn aufzusetzen, reichte der Platz nicht mehr. Die 747 versuchte die Kreuzung vor ihm zu erreichen. Aber landen konnte er. Die Gulfstream konnte an der Boeing vorbeirollen, wenden und ihr dann von vorn die letzte Rakete aufbrennen. Wie er selbst danach davonkommen würde, war jetzt nebensächlich. Seine in jahrelangem Agentendasein geschulten Jagdinstinkte verdrängten alle anderen Gedanken. Er fuhr das Fahrwerk aus, stellte die Landeklappen auf, drosselte die Geschwindigkeit und machte die letzte Rakete scharf. Dann schaltete er die Lichter ein.

JAMES HOLLAND hatte beschlossen, zur Landebahn zurückzurollen und von dort aus so schnell wie möglich eine breite offene Stellfläche auf der Südseite anzusteuern. Erst dort wollte er die Evakuierung der Boeing anordnen. In diesem Moment drang das blendend helle Licht von Scheinwerfern eines Flugzeugs im Landeanflug durch die Nacht.

„Da landet wer, James!“ rief Robb.

„Das ist der Schweinehund! Er will die Landebahn. Aber die kriegt er nicht!“ Holland schaltete sämtliche Landelampen der Boeing an, schob die Gashebel vor, und die 747 setzte die Fahrt fort.

Juri sah die Scheinwerfer von Flug 66 aufflammen. Der Pilot der 747 versuchte, der Gulfstream den Weg abzuschneiden. Juri ließ die Maschine aufsetzen und steuerte nach links. Bis zur Boeing waren es keine 200 Meter mehr. Der Bug der 747 rückte von rechts auf ihn zu. Er rechnete schon mit dem Aufprall des rechten Flügels der Gulfstream auf das Bugfahrwerk der 747, doch im selben Augenblick war er auch schon vorbei. Juri stieg auf die Bremsen.

James Holland betete darum, die Tragfläche des von links heranbrausenden Angreifers unter sich gegen die Boeing krachen zu hören. In dem Moment, in dem er erkannte, daß sein Plan mißlungen war, mußte er scharf bremsen, um zu verhindern, daß die Maschine über die linke Pistenbegrenzung hinausschoß. Ein Busineßjet! Er lenkte die 747 in die Mitte der Landepiste und fuhr mit zunehmender Geschwindigkeit dem langsamer werdenden Geschäftsflugzeug hinterher.

„James, der hat eine Raketenschiene auf der rechten Seite!"

„Eine Gulfstream? Das ist doch unmöglich! Rufen Sie den Tower, Dick! Ob die wissen, wer das ist."

Robb hatte die Towerfrequenz schon vor Stunden vorgewählt. „Ascension Tower. Hier ist die 747. Haben Sie ein Rufzeichen des anderen Flugzeugs auf der Landebahn?"

„Herr im Himmel, Mann!" rief eine schrille Stimme. „Das ist der Schuft, der Ihnen gerade das Heck abgeschossen hat! Wir haben keine Ahnung, wer das ist!"

„Danke!" meinte Robb.

In einiger Entfernung vor ihnen bremste die Gulfstream scharf ab. „Hat der noch eine Rakete auf der Schiene, Dick?"

„Ich vermute es."

„Ich werde ihm den Spaß verderben!" Holland schob die Gashebel fast bis zum Anschlag vor.

Robb blickte durch die Windschutzscheibe nach vorn. Die Gulfstream hatte die Wendeschleife am Ende der Landebahn zur Hälfte passiert. Ihr Abstand zur Boeing betrug noch ungefähr 600 Meter, während sie von dem von einer kleinen Klippe begrenzten Ende der Rollbahn noch etwas mehr als 300 Meter entfernt war. Die 747 beschleunigte rasch. Ihre Scheinwerfer erfaßten den Busineßjet, der inzwischen wieder auf die Landebahn gerollt war. Die Gulfstream saß in der Falle. Holland sah, daß der Pilot zu beschleunigen versuchte, und wußte, daß sein Gegner nur noch eine Chance hatte: Er mußte nach links oder rechts ausweichen. Seine linke Hand umklammerte den Steuerhebel für das Bugrad. „Los, du Schuft!" murmelte er. „Entscheide dich!"

JURI riß den Bugradhebel nach links, stellte jedoch fest, daß die Boeing die gleiche Richtung einzuschlagen begann. Er spürte noch, wie die Gulfstream begann, seinem Befehl Folge zu leisten, aber es war zu spät. Der schwere Riesenvogel überrollte ihn, riß der Gulfstream die linke Tragfläche und auf der rechten Seite einen Teil des Rumpfs ab. Die Gondel des zweiten Triebwerks der Boeing gab dem Jet des Prinzen den Rest.

Unter dem gräßlichen Geräusch berstenden Metalls spürte Juri noch, wie er herumgeschleudert wurde. Die Wände der Maschine gaben nach, und dann erfüllte auf einmal nur noch das Bild seiner geduldigen Geliebten seine Gedanken. „Anja!"

HOLLAND versuchte sofort, die 747 zum Stehen zu bringen. Das Ende der Landebahn näherte sich rasch. Die Kollision mit der Gulfstream hatte die ganze Maschine erschüttert, und irgendwo weiter unten war es zu einer Explosion gekommen.

Qualvoll langsam verringerte sich die Geschwindigkeit. Die roten Begrenzungslichter der Piste kamen immer näher. Holland trat die Bremspedale bis zum Anschlag durch. Im Zeitlupentempo verschwanden die Begrenzungslichter unter der Nase der Boeing. Das Bugrad kroch auf die Klippe zu und rollte wenige Meter davor langsam aus. Holland schob den Schubumkehrhebel zurück. Die 747 stand.

DIE BESATZUNG des Kontrollturms, die das Duell zwischen der 747 und der Gulfstream beobachtet hatte, kam sich vor wie das Publikum in einem absurden Schauspiel. Natürlich hatte man das Quantum-Logo sofort erkannt und wußte inzwischen auch, daß die Maschine, sobald sie irgendwo auftauchte, sofort beschlagnahmt werden sollte; so jedenfalls wünschten es die Streitkräfte der Vereinigten Staaten von Amerika. Einer der Fluglotsen hatte über Satellitentelefon weitere Instruktionen eingeholt. Jetzt legte er den Hörer auf und rief aufgeregt: „Sie sagen, wir können mit ihnen reden und ihnen helfen, sollen sie aber nicht anfassen – oder nur mit Handschuhen! Sie schicken uns Transportmaschinen der Luftwaffe mit entsprechender Ausrüstung."

AUF DER rechten Seite des Flugzeugs waren die Notrutschen heruntergelassen worden, und die ersten Passagiere erreichten bereits die Rollbahn. Einen halben Kilometer weiter östlich standen die Überreste der Gulfstream in Flammen. Löschfahrzeuge brausten heran.

James Holland achtete darauf, daß Rachael gleich nach Botschafter Lancaster auf die Rutsche ging, bevor er sich einen Überblick über die Lage an Bord verschaffte. Ein Crewmitglied nach dem anderen verließ auf sein Geheiß die Maschine, darunter auch Robb, dem er den Auftrag gab, unten auf dem Boden für Ordnung zu sorgen.

Er hörte, daß die Feuerwehrleute bereits Löschschaum aufs brennende Heck der Boeing spritzten. Der Rauch in der Passagierkabine wurde immer dichter, so daß an ein Weitergehen nicht mehr zu denken war. Er verließ sein Flugzeug über die nächstliegende Notrutsche. Unten angekommen, sah er sich um. Der Anblick der zerfetzten Metallteile dort, wo einmal das Heck der Maschine gewesen war, erfüllte ihn mit Entsetzen. Sämtliche Fahrwerke waren beschädigt. Überall hingen zerborstene Leitungen, Teile der Verkleidung und gerissene Kabel herunter. Von der Frontpartie der Gulfstream war ein großes Stück abgerissen und mitgeschleift worden, darunter das Cockpit. Es war teilweise zermalmt worden.

Holland widerstand einem inneren Impuls, der ihm befahl, sich um den Piloten zu kümmern. Der Mann hatte nicht die geringste Chance gehabt, diesem Inferno zu entkommen. Der Angreifer, wer immer es gewesen war, hatte für seine Tat mit dem Leben bezahlt.

Einige Fluggäste hatten sich bei der Evakuierung verletzt. Drei von ihnen wurden bereits zum Rand der Piste getragen. Sie hatten sich Bein- oder Fußverletzungen zugezogen. Am schlimmsten hatte es einen Mann erwischt; sein Anzug war zerrissen und blutverschmiert. Holland kniete neben dem Passagier nieder und untersuchte ihn. Er war bewußtlos, atmete aber normal. Er hatte Fleischwunden auf der Brust und eine Platzwunde an der Stirn, doch wirkten seine Verletzungen nicht lebensgefährlich. Holland wunderte sich, daß ihm dieser Mann völlig unbekannt vorkam. Sicher handelte es sich um einen der vielen Passagiere aus der Touristenklasse.

Dick Robb kam auf ihn zu, gefolgt vom Kommandanten der Flughafenfeuerwehr. Holland fragte sich, wieso der Mann ihnen so nahe kam. Wußte man hier noch nicht, wer sie waren?

„Das war ja eine unglaubliche Szene, Captain!" begrüßte ihn der Mann und berichtete dann: „So, wie ich es sehe, gibt es nur drei schwerer Verletzte." Der Feuerwehrmann deutete auf die Passagiere, die am Rand der Rollbahn behandelt wurden. „Ein Krankenwagen ist bereits unterwegs."

„Ich finde es sehr tapfer von Ihnen und Ihren Leuten, daß Sie uns so helfen", erklärte Holland. „Aber es wäre vielleicht doch besser, wenn man uns – zumindest in den nächsten zwölf Stunden – noch nicht mit anderen Leuten in Kontakt bringen würde."

Der Feuerwehrkommandant lächelte. „In der Nacht kam eine neue Nachricht durch, Captain", sagte er. „Demnach kann das Virus, dem Sie möglicherweise ausgesetzt waren, gar nicht durch die Luft übertragen werden. Wissen Sie das noch nicht?"

Holland verneinte. „Wir konnten die Funkgeräte nicht benutzen, es war zu riskant."

„Ich verstehe. Na, jedenfalls ist die Ansteckungsgefahr für Ihre Passagiere minimal. Im übrigen erhielten wir gerade die Information, daß die Luftwaffe Ihres Landes mit den entsprechenden medizinischen Hilfsmitteln hierher unterwegs ist."

Rohoboth Beach, Delaware
Sonntag, 31. Dezember

Rusty Sanders gab Sherry Ellis einen kleinen Stapel Zeitungsausschnitte zurück und schüttelte verwundert den Kopf. Auf allen prangte das Foto der demolierten Boeing 747 auf der Landebahn des Flughafens von Ascension. „Egal, ob Roth verantwortlich war oder nicht, Sherry, er hat jedenfalls erreicht, was er wollte. Die gesamte zivilisierte Welt hat der Akbah den Krieg erklärt. Was auch immer wirklich geschehen sein mag – sie ist erledigt. Die Saudis bilden die Vorhut. Der Prinz, dessen Jet bei der Aktion zu Bruch ging, war so wütend, daß er am liebsten den Heiligen Krieg ausgerufen hätte!"

Sherry nickte. „Nach Jons Auftritt im Büro von Senator Moon war ich so verwirrt, daß ich schon fast glaubte, wir hätten uns das alles nur eingebildet. Alle Beweismittel gegen ihn waren spurlos verschwunden, und er hatte für alle unsere Argumente eine plausible Erklärung. Wir können Roth nicht hundertprozentig der Lüge überführen."

„Ich frage mich allerdings, ob wir beide uns richtig verhalten haben", meinte Rusty zweifelnd.

„Denkst du an die Vereinbarung mit Jon, Rusty? Seine Worte klingen mir noch in den Ohren: ‚Halten Sie den Mund, und vergessen Sie die eingebildeten Vorwürfe. Dann können Sie Ihre Jobs behalten. Die Alternative: Sie gehen mit Ihrer unbewiesenen Story an die Öffentlichkeit, verursachen einen Heidenwirbel und tragen die Konsequenzen.' Man hätte uns für verrückt erklärt, Rusty."

„Ja, da hast du wohl recht. Wenigstens sind die Passagiere von Flug 66 wieder zu Hause. Niemand ist krank geworden, alle Welt hat sich bei ihnen entschuldigt. Außer den Versicherern der Boeing und dem zermalmten Araber in diesem Busineßjet gab es keine weiteren Opfer."

„Du vergißt Professor Helms und die junge Mutter, die sie in Island erschossen haben", wandte Sherry ein.

Rusty nickte. „Ja, das stimmt, Sherry. Roth hat eiskalt das Leben von über zweihundertfünfzig Menschen aufs Spiel gesetzt und der Akbah in die Hände gespielt. Mit seiner verdeckten Operation hat er mehr Gesetze gebrochen, als ich zählen kann, und ..."

„... und genießt seither das volle Vertrauen von Regierung und Senat!" ergänzte Sherry. „Seine Bestätigung als CIA-Chef ist eine reine Formsache."

„Richtig. Und die beiden einzigen Menschen, die ihn durchschauen, bleiben direkt unter seiner Kontrolle. Nämlich wir."

Sherry lächelte. „Wer im Urwald lebt, muß mit Giftschlangen rechnen. Wir arbeiten für die CIA – noch immer. Es gibt Schlimmeres!"

Rusty entriegelte die gläserne Schiebetür und öffnete sie einen Spaltbreit. Das Donnern der Brandung erfüllte den luxuriös eingerichteten Raum, von dem aus sich eine weite Aussicht auf den Strand bot. Voll und groß war der Mond über dem Atlantischen Ozean aufgestiegen und erhellte die ungewöhnlich milde Winternacht. Und Washington, D. C., lag in sicherer Entfernung – mehr als 150 Kilometer weit im Westen.

„Rusty, ich bin froh, daß du mich angerufen hast. Ich hatte insgeheim darauf gehofft." Rusty drehte sich um und sah, daß Sherry neben ihm stand.

„Wie lange können wir hier bleiben?" fragte sie.

„Ich habe für drei Tage gebucht."

„Nur für dieses eine Zimmer?" Sie warf einen Blick über ihre Schulter und spielte die Überraschte. „Aber ..., aber da ist ja nur ein einziges Bett. Wo willst du denn schlafen?"

„Ich ..., äh ..., ich dachte ...", stammelte Rusty verwirrt.

„Du dachtest, ach ja!" Sherry grinste. Rusty erwiderte ihr Lächeln.

Washington, D. C., Weißes Haus, Oval Office
16. Januar

Auf Jon Roths Drängen hin hatte der Stabschef des Weißen Hauses ihm einen Termin beim Präsidenten eingeräumt. Zum vereinbarten Zeitpunkt, um 10 Uhr vormittags, erschien Roth in Begleitung des Kommandeurs der Seuchenzentrale in Fort Detrick. Der Präsident bat die beiden Männer, auf dem Sofa gegenüber seinem Schreibtisch Platz zu nehmen.

Roth hielt einen dicken Aktenordner in der Hand. Er räusperte sich und begann: „Wie Sie wissen, hatte ich für eine längere Quarantäne der Passagiere und der Crew jenes Flugzeugs auf Ascension plädiert."

„Ich erinnere mich sehr gut daran, Jon", bestätigte der Präsident. „Die Verantwortung dafür, daß sie schon nach drei Tagen nach Hause durften, lag bei mir. Es war ja auch kein Mensch krank geworden."

„Die Menschen waren krank, Herr Präsident. Wir wußten es bloß nicht."

„Erklären Sie das bitte."

„Als die Boeing 747 auf Ascension landete, verfügten wir gerade über die allerersten Bilder jenes Erregers, dem die beiden Forscher in Bayern zum Opfer gefallen waren. Man hat ihn aus naheliegenden Gründen ‚Hauptmann-Virus' genannt. Kurz darauf erhielten wir auch Bilder jenes Virus, mit dem Professor Helms' Blut verseucht war." Roth wandte sich an den General, der den Faden aufnahm.

„Helms' Blut war voller Viren, die fast detailgetreu mit dem ‚Hauptmann-Virus' übereinstimmten. Als nächstes untersuchten wir Blutproben der Passagiere und Besatzungsmitglieder von Flug 66. Die endgültigen Ergebnisse liegen uns jetzt vor. "

„Fakt ist, Sir" – nun übernahm Roth wieder die Berichterstattung –, „daß unsere Annahme, das Virus könne nur durch flüssige Medien übertragen werden, falsch war. Zweiundachtzig Prozent der Menschen an Bord der Maschine waren infiziert. Aber das tödliche BL4-Virus, das die beiden Männer in Bayern umgebracht hatte, war im Körper von Professor Helms mutiert. Irgend etwas, vielleicht nur ein einziges Protein, hatte sich verändert. Das Virus büßte plötzlich seine Fähigkeit ein, Menschen krank zu machen und zu töten. Außerdem veränderte sich die Inkubationszeit. Helms hat fast alle Menschen an Bord dieser 747 angesteckt – aber eben mit dieser mutierten Form, bei der die Inkubationszeit einige Tage länger ist. Wir nennen sie das ‚Helms-Bavaria-Virus'. Die Infektion brach also bei den meisten Passagieren erst aus, als sie wieder zu Hause waren. Doch da es keine offenen Krankheitssymptome gibt, haben weder sie noch wir etwas davon gemerkt."

„Und dieses ‚Helms-Bavaria' ist ungefährlich?" fragte der Präsident.

Der General schüttelte den Kopf. „Nein. Das Virus kann neuerlich mutieren und seine ursprüngliche Gefährlichkeit wiedererlangen. Hinzu kommt, daß es inzwischen freigesetzt ist. Es infiziert einen Menschen nach dem anderen, ohne äußere Anzeichen. Doch wenn es noch einmal mutiert..."

„... und das kann irgendwo passieren und irgendwann – dann haben wir eine BL4-Epidemie", ergänzte Roth.

Der Präsident lehnte sich abrupt zurück. Seine Bestürzung war unverkennbar. „Mein Gott, dann steckte in diesem Flugzeug doch eine Art Weltuntergangsseuche. Wie lange dauert es, bis das Virus wieder verschwindet? Wird der Körper irgendwann immun?"

„Wenn wir die Leute einen Monat lang auf Ascension in Quarantäne gehalten hätten", sagte Roth, „wäre das Virus verschwunden gewesen. Der General sagte mir, daß die Bevölkerung unseres Landes im Lauf der Zeit gegen ‚Helms-Bavaria' immun werden könnte – nur heißt das noch lange nicht, daß sie damit auch vor einer neuerlichen Mutation sicher wäre. Kurz gesagt, Sir, wir haben die Sache vermasselt. Wir haben fälschlicherweise eine Tröpfcheninfektion ausgeschlossen, sind von einer viel zu kurzen Inkubationszeit ausgegangen und haben die Betroffenen viel zu früh nach Hause geschickt."

„Und was bedeutet das für uns jetzt?" fragte der Präsident.

Roth blickte gedankenverloren auf seine Schuhspitzen. Nach ein paar Sekunden sah er auf. „Wir sollten ein paar knallharte Richtlinien für künftige Fälle dieser Art festlegen, Sir. Denn über eines müssen wir uns im klaren sein: Wenn dieses ‚Hauptmann-Virus' nicht zufällig mutiert wäre, stünden wir jetzt vor einer apokalyptischen Katastrophe, die wohl nur zehn Prozent aller Nordamerikaner überleben würden."

Estes Park, Colorado · 14. Mai

ALS KLEINES Mädchen hatte Rachael Sherwood immer von den Rocky Mountains geschwärmt – allerdings nur in ihrer Phantasie. Auf die Idee, sie könne eines Tages hier oben in den Bergen erwachen, war sie damals nie gekommen. Vor ihren Augen ragten schneebedeckte Granitgipfel in einen strahlend blauen Himmel. Das Joggen fiel ihr hier oben in über 2000 Meter Höhe noch immer schwer, obwohl sich in letzter Zeit ihre Ausdauer merklich verbessert hatte.

Sie hatte noch einige Briefe zu schreiben. Von guten Freunden und Bekannten an der Ostküste verabschiedete sie sich lieber brieflich als telefonisch. Das neue Haus und der Beginn ihres neuen Lebensabschnitts erforderten eine sorgfältige Schilderung von eigener Hand.

Eine Staubwolke über der ungeteerten Straße verriet ihr, daß sich ein Wagen dem kleinen Städtchen Estes Park näherte. Erwartungsvoll behielt sie die Straße im Auge. Der Wagen kam näher, und sie konnte ihn jetzt erkennen. Er kam pünktlich.

Die Aufregung und Hektik nach dem traumatischen Flug sowie das Medieninteresse an Lee Lancaster hatten sie bis in den Januar hinein in Atem gehalten. Lee wurde allenthalben als einer der Helden im Drama um Flug 66 gefeiert. Sie war stolz darauf gewesen, seine Assistentin zu sein. Der eigentliche Held jedoch, der stille Mann auf dem Pilotensitz der Boeing 747, war nach dem glücklichen Ausgang des Dramas von der Bildfläche verschwunden. Siebenstellige Summen waren James Holland für die Buch- und Filmrechte seiner Geschichte geboten worden, man hatte ihn zu Fernsehshows eingeladen und eine ganze Horde von Journalisten auf seine Spur gesetzt. Aber der Captain von Flug 66 war schlichtweg untergetaucht.

Rachael hatte angenommen, daß er nach Dallas zurückgekehrt war. Doch dann, am kalten, regnerischen Abend des 5. Januar, hatte es an ihrer Wohnungstür in Georgetown geklingelt – und da stand er vor ihr, tropfnaß, verlegen und um die richtigen Worte ringend, aber fest entschlossen, sie zu fragen, ob sie mit ihm ausgehen wolle.

„Warum hast du nicht angerufen?“ hatte sie gefragt.

„Ich ... Offen gestanden, ich wußte nicht, was ich sagen sollte.“

„Warum nicht: ‚Hallo, Rachael, willst du mit mir ausgehen?‘ Hier stehe ich und höre.“

„Hallo, Rachael“, hatte Holland erwidert. „Willst du meine Frau werden?“

Der Wagen fuhr vor, und Rachael ging zur Tür, um James zu begrüßen. Sie waren jetzt schon drei Monate verheiratet, doch die Flitterwochen dauerten an, Tag und Nacht. Die Innigkeit und Phantasie, mit der sie einander liebten, überraschten sie und ihn stets von neuem. Gemeinsam erlebten sie das neue Haus und die Berge. Er war gern aus Dallas fortgezogen, sie dagegen aus Washington nur zögernd. James erfüllte sich mit dem Umzug in die Berge einen Traum, der ihn sein Leben lang begleitet hatte, und inzwischen teilte sie seine Begeisterung. Daran, daß er beruflich regelmäßig nach Dallas reisen mußte, hatte sie sich längst gewöhnt.

Sie hatte ihn dazu überreden können, eine Einladung der Bundesluftfahrtbehörde FAA und des Zivilpilotenverbandes anzunehmen. James hatte zunächst strikt abgelehnt, doch dann hatten sich die Veranstalter an Rachael gewandt und ihr erklärt, daß es um weit mehr gehe als darum, ihm einen Orden an die Brust zu heften. James Holland verkörpere das Ideal des zuverlässigen Piloten, und das Land brauche Vorbilder wie ihn. James hatte sich breitschlagen lassen. Am nächsten Morgen wollten sie in die Hauptstadt fliegen.

Rachael hatte den ganzen Tag über auf ihn gewartet. Als James das Haus betrat, schloß er die Tür hinter sich und nahm sie in die Arme.

Nationales Luft- und Raumfahrtmuseum, Washington, D. C., 16. Mai

DIE OFFIZIELLEN Feierlichkeiten waren eindrucksvoll, konnten aber James Hollands Unbehagen darüber, daß er plötzlich im Rampenlicht stand, nicht vertreiben. Erst im Verlauf des nachfolgenden Empfangs spürte Rachael, daß die Anspannung ihres Mannes ein wenig nachließ. Zum erstenmal an jenem Tag ließ sie ihn allein, weil sie sich ein wenig frisch machen wollte. Kaum war sie fort, tauchte ein dunkelhaariger Mann mittlerer Größe neben James Holland auf. Der Flugkapitän schüttelte die Hand, die sich ihm entgegenstreckte.

„Erlauben Sie mir, Ihnen zu gratulieren, Captain“, sagte der Mann. „Ihre fliegerische Leistung war einfach brillant!“

„Vielen Dank. Und wer sind Sie, wenn ich fragen darf?“

„Ich bin Pilot wie Sie – und ein Bewunderer von Ihnen.“

Die Andeutung eines fremden Akzents lag in der Stimme des Mannes, dessen Gesicht James Holland irgendwie bekannt vorkam. Es rief Erinnerungen hervor, ließ sich aber nicht richtig einordnen. „Waren Sie etwa ... an Bord meiner Maschine?“

Die Antwort ließ eine Weile auf sich warten. „An jenem Tag waren viele Leute bei Ihnen, auch wenn sie physisch nicht anwesend waren“, sagte der Mann schließlich.

„Das ist sehr poetisch ausgedrückt“, erwiderte James.

„Mir lag daran, Sie persönlich kennenzulernen und Ihnen zu sagen, daß Sie all dies" – er deutete auf den festlich geschmückten Saal – „wahrhaftig verdient haben."

„Das ist sehr nett von Ihnen, doch in Wirklichkeit war es die Leistung der gesamten Mannschaft."

„Nein, Captain", erwiderte der Mann. „Es handelte sich um ein Duell zwischen zwei ungleichen Gegnern. Wie Sie die Todesspirale vortäuschten und dann plötzlich die Richtung änderten – das war brillant, genauso wie Ihr letzter Schachzug auf dem Flughafen von Ascension."

„Sie müssen den Untersuchungsbericht sehr genau gelesen haben", sagte Holland.

„Genauer, als Sie ahnen", antwortete der Mann und wandte sich ab, ehe James noch etwas erwidern konnte. James sah noch, wie sich der Mann ruhigen Schrittes entfernte und dem Ausgang zustrebte. An der Tür drehte er sich um und salutierte militärisch knapp. James wußte nicht, was er von all dem halten sollte.

Juri Steblinko stieß die Eingangstür des Luft- und Raumfahrtmuseums auf und lief mit schnellen Schritten die Treppe hinunter. Sein Wagen parkte in der Independence Avenue; es war ein funkelnagelneuer Buick, der auf seinen Namen – den eines neuen Bürgers der Vereinigten Staaten von Amerika – zugelassen war. Juri beschleunigte seine Schritte. Es war vier Uhr. Anja wartete schon auf ihn.

JOHN NANCE

Foto: Patricia Davenport

Mit der Erfahrung von mehr als 10 000 Flugstunden

Darauf, daß John Nance einmal seine große Leidenschaft, das Fliegen, zu seinem Beruf machen könnte, lief seine Karriereplanung eigentlich nicht hinaus, denn der 1943 geborene vielseitige Texaner arbeitete zunächst als Rechtsanwalt. Als er diesen Beruf aufgab, um Pilot zu werden, hat er wohl selbst nicht vorhergesehen, welch vielfältige Möglichkeiten ihm die Fliegerei erschließen würde. Er hat sie alle genutzt, und heute kennt sich kaum jemand in der Welt der Luftfahrt besser aus als John Nance: Der Reserveoffizier der amerikanischen Luftwaffe absolvierte als Kapitän im Dienst kommerzieller Fluggesellschaften weit mehr als 10 000 Flugstunden, und die Erfahrungen daraus in Verbindung mit seinen juristischen Kenntnissen machten ihn zu einem international bekannten Sicherheitsexperten für den Luftverkehr. Sein Wissen blieb auch amerikanischen Rundfunk- und Fernsehsendern nicht verborgen, die sich seine Dienste als Luftfahrtkorrespondent sicherten, und so ist der fliegende Jurist schon seit vielen Jahren nicht nur in der Luft, sondern auch im Äther präsent.

Seine Karriere als Autor startete Nance mit einigen Sachbüchern, deren Thema, wie sollte es auch anders sein, die Welt der Flughäfen, Piloten und Flugzeuge ist. 1990 wagte er sich dann in den Bereich der Fiktion vor und legte mit *Letzter Anflug auf Kansas City* seinen ersten Roman vor, der mit großem Erfolg in den *Reader's Digest Auswahlbüchern* publiziert wurde.

John Nance lebt heute mit seiner Frau und seinen drei Kindern in Tacoma im Nordwesten der USA, wo er bereits an einem weiteren Luftfahrtthriller feilt.

JOYCE STRANGER

Eine Freundschaft fürs Leben

Josh Thornton, Leiter und Ausbilder der Polizeihundestaffel von Lee Valley, macht sich Sorgen. Noch neun Wochen hat er Zeit, um die Teilnehmer an seinem Hundeführerkurs auf die Abschlußprüfung vorzubereiten, doch bisher sind die Aussichten nicht besonders erfreulich. Tony, Rob, Derek, Pete, Gwyn – sie alle haben mit persönlichen Problemen zu kämpfen, und die Zusammenarbeit im Team leidet darunter. Doch es ist vor allem Brier, die Josh Kopfzerbrechen bereitet. Engagement und die Fähigkeit, mit Hunden umzugehen, sind ihr nicht abzusprechen. Aber wird es der eigenwilligen jungen Frau gelingen, sich gegen die skeptischen Männer in der Gruppe zu behaupten?

1

Seit seiner Pensionierung arbeitete Joe Gulley für die Hundestaffel der Polizei von Lee Valley. Eigentlich war er für die Pflege der Tiere und die Instandhaltung der Zwinger zuständig, doch er hatte sich schon daran gewöhnt, daß er jede neue Ausbildungsgruppe bemuttern mußte. Er faßte alle Neuankömmlinge zunächst mit Samthandschuhen an, munterte sie auf und schenkte ihnen stets ein offenes Ohr. Daneben mußte er sich aber auch noch um Josh Thornton kümmern, der die nicht immer ganz leichte Aufgabe hatte, aus den Anfängern kompetente Hundeführer zu machen.

Die neue Gruppe, die im Augenblick zur Ausbildung da war, hielt sie besonders auf Trab. Die Stimmung war schlecht, und das Wetter trug nicht gerade zur Entspannung bei. Stürme, Regenschauer und klirrender Frost wechselten sich ab, und auf dem harten Boden konnte man die Hunde nicht springen lassen. Die Bedingungen waren für Mensch und Tier gleichermaßen miserabel.

„So schlimm wie heute war es noch nie", stöhnte Josh an diesem Dienstagmorgen. Die zweite Februarwoche war angebrochen, und damit hatten sie schon vier der insgesamt dreizehn Wochen dieses Anfängerkurses hinter sich.

„Die Männer schieben das auf die Tatsache, daß wir zum erstenmal eine Frau im Team haben. Sie glauben, daß Brier Morrey nur Ärger und Unglück bringt." Gulley zupfte an seinem zottigen Schnurrbart.

„Und du stimmst ihnen zu?" Josh, der groß und schlank gebaut war, blickte auf den kleinen Hundepfleger mit der grauen widerborstigen Haartolle herunter.

„Ich habe die Männer vor diesem Tag gewarnt. Ein trauriges Datum. Wir müssen Brier besonders rücksichtsvoll behandeln."

„Aber nicht zu rücksichtsvoll", erwiderte Josh. „Das könnte ihr den Rest geben. Sie ist noch immer ziemlich fertig mit den Nerven. Du weißt, daß sie Zeit braucht. Der Kerl, der ihren Mann getötet hat, wird in einigen Jahren aus dem Gefängnis kommen und weiterleben. Dieser Gedanke macht sie wahnsinnig."

Heute ist es auf den Tag genau zwei Jahre her, dachte er, als er in sein

Büro ging. Daran hatten sich offensichtlich auch noch andere erinnert, denn an diesem Morgen lagen Blumen auf dem Bürgersteig, dort, wo Tom gestorben war. Josh wußte, daß Brier stets einen Umweg von drei Kilometern in Kauf nahm, um nicht an dieser Stelle vorbeizumüssen. Die Erinnerungen taten zu weh.

Brier hatte lernen müssen, ihr Schicksal zu ertragen. „Du hast doch die Kinder", sagten alle. Aber ihre Ehe war besonders glücklich gewesen. Von Tom hatte sie gelernt, nicht immer alles so ernst zu nehmen, denn er konnte über die Welt und sich selbst lachen. Dieses Lachen war mit ihm gestorben.

Seit zwei Wochen regnete es nun schon unaufhörlich. Trotzdem bestand Josh darauf, draußen zu arbeiten. Sie gerieten langsam in Zeitnot. In etwa neun Wochen waren bereits die Abschlußprüfungen, und sie brauchten alle noch viel mehr Praxis. Die sechs Schäferhunde waren jung und ebenso unerfahren wie ihre Führer. Kim, Briers Hund, war erst vor drei Wochen von seinen früheren Besitzern abgegeben worden. Er war total undiszipliniert, und Brier fand es extrem schwierig, mit ihm zu arbeiten. Doch trotz seiner Wildheit und Ausgelassenheit war Kim einer der besten Hunde, die Josh seit langem gehabt hatte, und Brier war sicher die Begabteste im Team. Aber ihre innere Unruhe übertrug sich auf das Tier.

„Können wir nicht mal eine Verschnaufpause einlegen bei diesem entsetzlichen Wetter?" fragte Tony Spence. Völlig durchgefroren zerrte er an der Leine und versuchte seinen Hund dazu zu bewegen, sich zu setzen. Bisher harmonierten die beiden nicht gut miteinander. Jacko war ein verzogenes Haustier, das seine entnervten Besitzer der Polizei gebracht hatten, weil sie nicht mehr mit ihm fertig wurden. Tony fand den Namen Jacko albern und hatte versucht ihn umzubenennen, aber der Hund reagierte auf nichts anderes. Tony selbst wirkte oft aggressiv, ohne daß Josh wußte, warum.

„Tony verträgt es nicht, wenn er naß wird", spöttelte Rob Jacobs. Er war der älteste Mann im Team, und manchmal erschien ihm Tony nur ein bißchen älter als sein ältester Sohn, der genau wie seine Tochter ständig Probleme verursachte. Es ärgerte Tony, wie ein widerspenstiger Teenager behandelt zu werden, und zornig starrte er Rob an.

Sie arbeiteten in dem großen Hof, der das kleine einstöckige Bürohaus von den zwei gegenüberstehenden Polizeigebäuden trennte. Gulley hatte die Tore sämtlicher Garagen geöffnet, damit sie dort während der schlimmsten Schauer Schutz suchen konnten. Ein Zaun umgab die völlig durchnäßte große Rasenfläche. Josh befürchtete, daß die ständige Beanspruchung durch Menschen und Hunde den Platz binnen kurzem in ein Schlammloch verwandeln würde.

Es gab auch Zwinger, doch sie standen leer. Sie wurden nur zeitweise als Unterkünfte für die Hunde verwendet; wenn etwa einer der Männer Urlaub hatte, blieb der Hund dort, und Gulley sorgte für ihn.

„Denkst du etwa, Verbrechen geschehen nur bei Sonnenschein?" Josh Thornton fror mehr als die anderen, denn die konnten sich wenigstens mit den Hunden bewegen, während er nur still dastand. „Die schlimmsten Dinge passieren bei miserablem Wetter, wenn hoher Schnee liegt und ein eisiger Wind bläst."

Derek Mott nahm ein Handtuch aus seinem Auto und rieb Spike so trocken wie möglich. Spike war ein munterer Hund, der seinen eigenen Kopf hatte. Josh registrierte Dereks Fürsorge für Spike und bemerkte, daß auch Brier ihren Hund abtrocknete, ehe sie sich unterstellte. Die anderen Männer hatten ihre Hunde einfach Gulley weitergereicht. Josh nahm sich vor, ihnen zu sagen, daß das so nicht ging. Derek lebte bei seiner verwitweten Mutter. Bisher hatte er sich noch nicht zu einer Heirat durchringen können. Die anderen Mitglieder des Teams wetteten bereits, wie lange es Sue, seine derzeitige Freundin, wohl noch aushalten würde. Polizisten brauchten Frauen, die ungewöhnliche Arbeitszeiten, nicht eingehaltene Verabredungen und plötzliche Anrufe zu einem Einsatz akzeptierten.

Während der Pause bot Gulley ihnen statt des üblichen Kaffees eine siedendheiße Suppe an, von der sie dankbar aßen. Gesprochen wurde kaum.

Josh beobachtete Brier unauffällig und seufzte. Er hatte sie in dieses Team geholt, weil sie gut mit Hunden umgehen konnte. Dabei war ihm jedoch nicht klargewesen, welche Gefühlsregungen ihre tägliche Anwesenheit bei ihm auslösen würde. Seine Frau war vor acht Jahren an Krebs gestorben, und Josh hatte diesen Schlag mittlerweile soweit verarbeitet, daß er zu einem Neuanfang bereit war. Aber Brier brauchte noch viel mehr Zeit. Außerdem konnte er ihr seine Gefühle nicht offen zeigen, denn er hatte Angst, die anderen würden etwas merken. So behandelte er sie meist ziemlich distanziert.

Die Unterbrechung hatte allen gutgetan, und anschließend machten sie Fortschritte. Bald sprach Kim so gut auf alle Kommandos an, daß Brier eine freudige Erregung verspürte – ein Gefühl, das sie schon beinahe vergessen hatte. Mit aufkeimendem Optimismus begab sie sich zum gemeinsamen Mittagessen, aß Gulleys Sandwiches mit Eiern und Kresse und trank ihren heißen Kaffee.

Gulley hatte eine Frau geheiratet, die seine unüblichen Arbeitszeiten spielend wegsteckte. Alice liebte Hunde und züchtete Tibetanische Terrier, die ihr schon mehrere Preise eingebracht hatten. Zudem war Alice eine hervorragende Köchin und der festen Überzeugung, daß Leute nur ordentlich essen müßten, um mit allem fertig werden zu können.

Brier beendete die Mahlzeit, ging hinaus und rief nach Kim, um mit ihm allein zu arbeiten. Die erste Stunde des Nachmittags war dafür vorgesehen, noch einmal alles zu wiederholen, was sie bisher gelernt hatten.

Als Josh Brier ins Büro rief, vermutete sie, daß er mit ihr über den Hund reden wollte. Und so war es auch. Allerdings ging es um etwas anderes, als sie erwartet hatte.

Neben Josh standen zwei junge Leute. Der Mann hatte seine dunklen Haare zu einem Pferdeschwanz gebunden. Die junge Frau hatte lange Beine, langes blondes Haar und trug einen sehr kurzen Rock.

„Ich kann ohne Kim nicht leben“, jammerte sie. Tränen liefen ihr übers Gesicht. „Ich dachte, ich könnte es, aber es geht nicht. Es ist fürchterlich ohne ihn. Können wir ihn bitte zurückhaben?“

Es gab keinen Ausweg aus dieser Situation. Sie hatten nichts für den Hund bezahlt, und die Eigentümer hatten das Recht, ihre Meinung zu ändern, auch wenn sie ihn vor drei Wochen abgegeben hatten, ohne ihm beim Abschied auch nur einen Blick zuzuwerfen. Gulley nahm Kim an die Leine und führte ihn zu den beiden. Brier wandte sich ab, als der Hund sich umschaute und an der Leine zog, um zu ihr zurückzulaufen. Er verstand nicht, was mit ihm geschah. Seine früheren Besitzer hatte er nicht sehr enthusiastisch begrüßt. Es brach Brier fast das Herz, aber sie mußte Kim zurückgeben.

Der Tag schleppte sich nun dahin, während sie dastand und zum Zuschauen verdammt war. Um fünf Uhr fühlte sie sich verbittert und elend.

Josh brachte sie nach Hause. Noch am Tag zuvor war sie mit ihrem eigenen Transporter gefahren, und Kim hatte hinten gesessen. Brier hatte hart dafür gearbeitet, in dieses Team zu kommen. Nun sah es so aus, als sei alle Mühe umsonst gewesen, es sei denn, Josh fände einen neuen Hund für sie. Mit aller Macht überwältigten sie jetzt Gedanken an Tom, die sie den ganzen Tag über unterdrückt hatte.

Josh hielt vor Briers Haus und sah zu ihr hinüber. Steif und mit abgewandtem Gesicht saß sie neben ihm. Er spürte, daß sie Trost brauchte, hätte gern ihre Hand gedrückt und ihr versichert, daß der Schmerz eines Tages nachlassen würde. Er und Tom waren gute Freunde gewesen, und auch Josh vermißte ihn sehr. Brier kannte er sogar noch länger. Ihre Mutter Helena war eine professionelle Züchterin und bekannt für ihre hervorragenden Schäferhunde. Sie war immer bereit, einige Welpen aus einem Wurf der Polizei zu überlassen. Wie bei vielen Hundestaffeln war es auch in Lee Valley so, daß man die Hunde nicht kaufte, sondern auf Tiere angewiesen war, die man geschenkt bekam oder die so wild geworden waren, daß ihre Besitzer nicht mehr mit ihnen fertig wurden.

Statt auszusteigen, betrachtete Brier eine Weile traurig das Haus, das sie so sehr geliebt hatte, als Tom noch lebte. Die Kinder würden schon warten, nicht nur auf sie, sondern auch auf den Hund. Kim brachte immer Leben und Spaß ins Haus.

Nun gab es keinen Kim mehr. Innerhalb von vier Wochen hatte sie bereits den zweiten Hund verloren. Beim ersten hatte sich schon nach zwei Tagen bei einer Röntgenuntersuchung ergeben, daß seine Hüften nicht in Ordnung waren.

Es war eine wahre Freude gewesen, mit Kim zu arbeiten, trotz seines Übermuts. Brier und der Hund hatten bald ein engeres Verhältnis entwickelt als alle anderen Teams in der Gruppe. Sein Verlust bedeutete für sie eine Katastrophe. Sie würde wieder ganz von vorne beginnen müssen – wenn man überhaupt einen Hund für sie fand. Zwar wurden häufig Hunde angeboten, aber meist waren sie nicht geeignet.

Brier mußte den Kindern irgendwie beibringen, daß sie nun keinen Hund mehr hatten. Und das ausgerechnet jetzt, wo Dana angefangen hatte, das Tier zu mögen, und die Kratzbürstigkeit, die sie sich seit zwei Jahren angewöhnt hatte, abzulegen begann.

„Ich weiß nicht, wie ich das den Kindern sagen soll", seufzte Brier. „Und was für ein Leben wird er nun führen? Die beiden hatten doch nur Probleme mit dem Hund, weil sie ihn total verdorben haben."

„Gulley hat ihnen gedroht, daß sie Kim wieder abgeben müssen, wenn sie nicht seinem Hundeverein beitreten und mit Kim arbeiten. Sie seien dann nicht geeignet als Halter eines Schäferhundes."

Obwohl Brier sich so elend fühlte, mußte sie lachen. „Gulley ist wirklich unmöglich. Ich wette, sein Verein hat nur Mitglieder, weil er die Leute erpreßt. Wie haben sie darauf reagiert?"

„Offensichtlich brav wie die Lämmer. Es ist ein Jammer, daß Menschen älter werden. Es war für die Polizei ein echter Verlust, als Gulley in Pension gehen mußte."

GULLEYS Tätigkeit war das Ergebnis einer glücklichen Fügung gewesen. Er hatte den Gedanken, in Rente gehen zu müssen, immer verabscheut, und als Josh, der von dem dauernden Personalwechsel in den Zwingern ziemlich genervt gewesen war, ihm angeboten hatte, diese Arbeit zu übernehmen, hatte er sich geradezu darauf gestürzt. Nur die wenigsten mochten diese Arbeit wirklich, aber Gulley hatte schon immer ein besonderes Verhältnis zu Hunden gehabt. Sein Vater war für seine Windhundrennen berühmt gewesen, und Gulley selbst besaß eine sechsjährige Terrierhündin namens Bess, den letzten Nachkommen eines großen Stammbaumes. Gulleys Frau Alice war froh über seine neue Beschäftigung. Es gab nichts Schlimmeres als einen Mann, der nichts zu tun hatte und schlecht gelaunt zu Hause herumsaß. Nun kam Gulley abends glücklich nach Hause und berichtete ihr, was tagsüber geschehen war. Sie hatte mittlerweile das Gefühl, die Leute vom Team ebenso gut zu kennen wie er.

„Wir waren für Gulley immer so etwas wie seine Familie", sagte Josh. „Er und Alice hatten immer Platz für uns in ihrem Haus. Gulley hat eines Tages mal fünf von uns unerwartet mit nach Hause gebracht, und sie hat nicht mal mit der Wimper gezuckt."

„Ich kann mir Alice gar nicht ohne etwas zu essen vorstellen", sagte Brier. „Letztes Wochenende war ich mit den Kindern bei ihr. Ich glaube, sie wären jederzeit bereit, zu ihr zu ziehen, nur um mehr von ihrem Apfelkuchen mit Sahne zu ergattern."

Hinter ihnen stieß Spark, Joshs geliebter Schäferhund, einen tiefen Seufzer aus. Er hoffte offensichtlich, daß endlich etwas passieren würde. Spark war einer der besten Hunde, die sie je gehabt hatten. Neben ihm schüttelte Lim den Kopf. Lim war ein Spaniel, darauf trainiert, Sprengstoff zu finden.

„Es ist einfach nicht fair", stellte Brier fest.

„Ja, es ist verdammt unfair", stimmte Josh zu. Auch er hatte mit dem Hund gearbeitet, Brier unterrichtet und sich mit ihr über die Fortschritte gefreut. Mit den Händen fuhr er sich durch das dichte Haar und schaute Brier besorgt an. Er wußte, daß sie keine Ahnung hatte, was er für sie empfand. Liebevoll betrachtete er ihre dunklen, bernsteinfarbenen Augen und ihr dichtes blauschwarzes Haar.

Josh hatte unmittelbar nach Toms Ermordung von der Katastrophe erfahren. In der darauffolgenden Nacht war er bei der Familie geblieben und hatte Briers Mutter geholfen. Wie die anderen Kollegen empfand auch er eine ohnmächtige Wut über diesen sinnlosen Tod. Ein verängstigter Teenager, der noch nicht einmal richtig mit seiner Waffe umgehen konnte, hatte Tom während eines stümperhaften Postüberfalls erschossen.

„Ich dachte, ich hätte jetzt einen Hund, auf den wir alle stolz sein könnten", sagte Brier mit ausdrucksloser Stimme.

„Die beiden haben uns ein ganz schönes Theater vorgespielt." Josh haßte solche Schauspielerei. „Diese Frau hat uns von Anfang an was vorgemacht."

Brier dachte an den vor ihr liegenden Abend. „Kommst du noch mit rein? Es würde mir helfen, wenn ich es den Kindern sagen muß."

„Besser nicht. Gulley und ich müssen noch eine ganze Reihe von Leuten anrufen. Wir hoffen, daß einer von ihnen einen Hund für dich hat. Wir versuchen es in Stafford, Manchester, Essex, Yorkshire und Derbyshire. Falls wir einen finden, holt Gulley ihn sofort ab."

Sie wußten beide, daß man sich angesichts des Zeitdrucks keine allzu großen Hoffnungen machen konnte. Vielleicht gab es irgendwo in einem Tierheim einen Hund, der in Frage kam, aber sie mußten ein ausgeglichenes, sensibles Tier finden, das nicht durch Mißhandlungen oder falsche Erziehung verdorben worden war.

„Ich brauche einen Hund", sagte Brier mit Nachdruck. „Ich möchte die Hundestaffel nicht verlassen. Ich bin schon die letzten zwei Jahre ziellos wie im Nebel herumgeirrt."

Josh legte seine Hand auf ihre. „Ich weiß", meinte er nur. „Ich habe mich auch mal so gefühlt."

Brier öffnete die Tür und stieg aus dem Wagen.

„Soll ich dich morgen früh abholen?" fragte Josh.

„Du mußt nicht extra einen Umweg machen. Ich nehme mein eigenes Auto."

Er sah ihr nach, wie sie zur Tür ging und den Schlüssel ins Schloß steckte. Seufzend fuhr er los und richtete seine Gedanken auf die Anrufe, die er machen würde, um einen Ersatz für Kim zu finden.

Ben und Dana kamen Brier schon entgegen. Der zehnjährige Ben war klein und stämmig. Er hatte ihre blauschwarzen Haare und bernsteinfarbenen Augen; von Tom hatte er Nase und Kinn. Dana war erst sieben, ein zierliches Kind mit wuscheligen kastanienbraunen Haaren.

„Wo ist Kim? Warum hast du ihn nicht reingebracht? Kann ich ihn aus dem Wagen holen?" Ben hatte von seiner Großmutter die Liebe zu Hunden geerbt. Beide Kinder verbrachten eine Menge Zeit in den Zwingern der Großmutter.

„Ich habe ihn nicht mehr. Seine Besitzer wollten ihn zurück." Es gab keine Möglichkeit, ihnen die Neuigkeit schonender beizubringen. Ben schaute sie entsetzt an, während Dana in Tränen ausbrach.

„Warum hast du das zugelassen?“ fragte Ben vorwurfsvoll.

„Es war ihr Hund. Sie haben ihn gekauft und für ihn bezahlt.“

Kate Bird kam aus der Küche und nahm Dana in die Arme. Seit dem Tod ihres Vaters verhielt Dana sich ihrer Mutter gegenüber abweisend – beinahe, dachte Brier, als würde sie glauben, es wäre meine Schuld. Brier hatte die verwitwete Kate nach Toms Tod als Haushälterin eingestellt. Auch ihr Mann war Polizist gewesen. Sie kannte die unregelmäßigen Arbeitszeiten und die Probleme, mit denen Brier zu kämpfen hatte. Sie war eine kleine, geschäftige Frau und ständig in Bewegung. Das graue Haar war meist ein wenig zerzaust, aber ihre braunen, glänzenden Augen leuchteten, wenn die Kinder sie zum Lachen brachten. Es war fast unmöglich, mit ihr nicht gut auszukommen. Die Kinder hatten bald aufgehört, sie „Mrs. Bird“ zu nennen, und sie statt dessen „Birdie“ getauft.

Kate blickte Brier seufzend an. Sie führte den Haushalt mit fester Hand und besaß einen unverwüstlichen Humor, aber auch sie wußte nur zu gut um die Bedeutung dieses Tages. Sie hatte gehofft, daß es wenigstens bei der Arbeit gut laufen würde. Durch den Hund hatte Brier gerade angefangen, ihr seelisches Gleichgewicht wiederzugewinnen.

„Drinnen gibt es Kaffee für Sie“, sagte Kate.

In der Küche war es warm. Brier griff nach der Tasse und trank einen Schluck. Die heiße Flüssigkeit tat ihr gut.

„Die können ihn nicht zurückhaben. Er ist doch jetzt unser Hund.“ Bens Stimme stockte. Er kämpfte mit den Tränen. „Sie haben ihn nicht geliebt. Wenn sie ihn gern gehabt hätten, hätten sie ihn nicht weggegeben.“

Brier fühlte sich selbst den Tränen nahe. All die Arbeit vergebens. Der Hund hatte so gut mitgemacht.

„Das ist nicht fair!“ protestierte Dana heulend. „Er war ein lieber Hund. Ich will ihn zurückhaben!“ Sie stampfte mit dem Fuß auf und schrie Brier an: „Ich hasse dich! Du nimmst uns alles weg. Dir ist es egal. Du gehst einfach jeden Tag fort und läßt uns hier bei Birdie. Du willst nicht mal uns haben. Ich will Papa zurück!“

Das war mehr, als Brier ertragen konnte. Sie rannte nach oben in ihr Schlafzimmer. Ben ging schweigend ins Wohnzimmer und schaltete den Fernseher an. Mit ausdrucksloser Miene starrte er auf den Bildschirm und weigerte sich, weiter an den Familienproblemen teilzunehmen. Das war die einzige Art, wie er mit schwierigen Situationen umgehen konnte. Er spürte, wie schlecht es seiner Mutter ging, aber er wußte nicht, wie er ihr helfen konnte.

Kate versuchte Dana zu trösten. Schließlich brachte sie sie nach oben, badete sie und steckte sie ins Bett. „Deine Mutter muß arbeiten", erklärte sie, als sie die Bettdecke feststeckte. „Wenn sie nicht arbeiten würde, könnten wir nicht in diesem Haus leben und hätten nichts zu essen." Dana drehte sich um und schloß die Augen. Sie weigerte sich zuzuhören.

Eine halbe Stunde später kam Brier wieder herunter. Sie hatte nun eine Cordhose und einen Pullover an und setzte sich an den Küchentisch. „Ich kann das Dana einfach nicht begreiflich machen. Kate, der Hund hat mir so geholfen. Wenn Josh keinen anderen für mich findet, bin ich wieder raus aus der Abteilung. Nur die Aussicht, da hineinzukommen, hat mich überhaupt in den letzten beiden Jahren weitermachen lassen. Und was soll ich bloß mit Dana tun? Wenn ich jetzt zu ihr hinaufgehe, wird sie sich bestimmt nur noch mehr aufregen und weiter in ihre Wut hineinsteigern."

„Dana hat Angst, daß auch Sie eines Tages nicht mehr nach Hause kommen. Sie war Toms kleiner Schatz. Ich glaube, sie denkt, daß Ben Ihr Liebling ist und sie ihren Platz verloren hat, als ihr Vater starb."

„Ich kann sie einfach nicht davon überzeugen, daß das nicht stimmt", sagte Brier traurig. Sie litt mit ihrer kleinen Tochter, wollte sie festhalten und trösten, aber Dana stand immer unbeweglich da und zeigte deutlich, daß sie von ihrer Mutter keine Zuneigung wollte.

Kate brachte ihre Tasse zum Waschbecken und spülte sie aus. „Gehen Sie zu Ihrer Mutter? Sie sind schon seit beinah vier Wochen nicht mehr bei ihr gewesen. Sie haben doch nicht ihren Geburtstag vergessen, oder?"

„Nein, ich hab schon daran gedacht." Es war nämlich ein doppelter Jahrestag, was alles noch schlimmer machte. Der Tag, an dem Tom gestorben war, war der Geburtstag ihrer Mutter gewesen, und sie hatten für sie eine kleine Feier geplant, sie und die Kinder – ein Kuchen mit Kerzen, ein Essen zu Hause. Es war ein glücklicher Tag gewesen. Aber um sechs Uhr war Tom tot. Er hatte mittags noch zu Hause angerufen und sie daran erinnert, Wein zu kaufen.

„Bleiben Sie doch zum Abendessen bei Helena", schlug Kate vor. „Ich komme hier schon zurecht. Stehen Sie nicht rum wie ein Ölgötze, unternehmen Sie was! Es hat keinen Sinn zu grübeln."

Brier mußte trotz allem lachen. Kate schaffte es mit ihrer direkten

Art immer wieder, daß sie sich nicht lange trüben Gedanken hingab. Sie hängte ihre Tasche über die Schulter. „Bin schon so gut wie weg."

Kate reichte ihr ein lustig eingewickeltes Päckchen. „Geben Sie ihr das bitte mit schönen Grüßen von mir."

„Kann ich noch was zu essen haben?" fragte Ben, der aus dem Wohnzimmer kam. Hinter ihm hörte man Schreie und Gewehrschüsse. Brier nutzte die Gelegenheit, um das Gerät auszuschalten.

„Aber du hast doch heute nachmittag bei deiner Großmutter schon ordentlich gegessen", wandte Kate ein.

„Ich hab aber wieder Hunger", erklärte Ben.

„Was habt ihr denn gekriegt?" erkundigte sich Brier.

„Wir haben Oma unsere Geschenke gegeben, und dann haben wir Würstchen bekommen und Bohnen dazu und Geburtstagskuchen und Hundekekse."

Brier lachte. Ihre Mutter hatte eine Plätzchenform gekauft, die die Form eines Hundes hatte. Von diesen speziellen Plätzchen hatte sie immer welche für die Kinder auf Vorrat.

„Also gut", gab Kate nach. „Brave kleine Jungs kriegen jetzt eine Tasse Kakao und Plätzchen dazu."

Ben schaute gedankenverloren die Keksdose an. Brier wußte, daß sie ihn ruhig mit Kate allein lassen konnte. Dana würde schon schlafen und morgen vielleicht etwas fröhlicher sein.

Die leere Hundedecke in der Ecke weckte schmerzliche Erinnerungen, ebenso wie der Napf mit Wasser, der immer noch auf dem Boden stand. Sie ging hinaus in die kalte Dunkelheit.

2

Das Haus ihrer Mutter, die Willowbank Farm, lag eigentlich nur vier Felder entfernt. Um dorthin zu kommen, mußte Brier jedoch über drei Kilometer weit fahren. Die stetig wachsende Bebauung rund um das Ackerland hatte Helena Grants Haus isoliert. Brier fuhr langsam, denn es war bitter kalt, und stellenweise war die Straße vereist und rutschig.

Vor der Farm angekommen, nahm Brier Kates Päckchen und ihr eigenes Geschenk vom Beifahrersitz und steckte beides in ihre Umhängetasche. Dann stieg sie aus und schlug die Fahrertür zu. Durch die Fenster fiel Licht in den Hof. Ihre Mutter spähte nach draußen, erkannte sie und winkte ihr kurz zu.

Brier mochte das Haus sehr. Nicht viele Leute können zu ihrem Geburtsort zurückkehren und ihn beinahe unverändert vorfinden. Es war ein warmes, freundliches Gebäude aus rotem Backstein, das über drei Jahrhunderte hinweg gewachsen war. In der alten Molkerei befand sich nun die Küche, und die ehemalige Scheune barg ein Schlafzimmer, ein Badezimmer und das frühere Zimmer ihres Vaters.

Brier steuerte auf den neuen Anbau zu, in dem sich die Hunde befanden. Er stellte einen echten Fortschritt dar: Er war viel geräumiger, man konnte überall aufrecht stehen, und er war viel leichter zu säubern. In den insgesamt zehn Zwingern, die momentan nur zum Teil besetzt waren, nahm Helena vorübergehend auch fremde Hunde auf, doch die meisten waren ihre eigenen, und Brier, die die Tiere seit langem kannte und ins Herz geschlossen hatte, ging an diesem Abend als erstes zu ihnen, um sie zu begrüßen. Wann immer sie konnte, kam sie auch mit den Kindern her. Ben konnte gut mit Tieren umgehen. Und Dana . . . Sie seufzte. Zur Zeit war es wirklich sehr schwer mit ihr.

Dana war nie einfach gewesen. Ungeduldig und unbeholfen wollte sie immer das nachmachen, was ihr älterer Bruder tat. Wenn sie ihren Kopf nicht durchsetzen konnte, schrie sie hysterisch. Mit zwei war sie geradezu eine Plage gewesen, mit vier anstrengend. Als sie fünf Jahre alt gewesen war, hatte sogar Tom sie für unberechenbar gehalten, und er hatte besser mit ihr umgehen können als jeder andere.

Brier hörte schon draußen, daß die Hunde heute unruhig waren. Sie öffnete die Tür, betrat das Gebäude und machte das Licht an. Ein lauter Hundechor empfing sie. Diese Art Begrüßung hatte zu ihrem Leben gehört, seit sie allein über den Hof zu den Zwingern tapsen konnte und zu den Hunden durch den Drahtzaun gesprochen hatte.

Tara säugte gerade ihre Jungen, die nun beinah sechs Wochen alt waren. In ungefähr einer Woche würden sie abgeholt werden. Brier ging in den Zwinger und kniete sich hin. Die Hündin stupste ein Junges zu ihr hinüber. Brier hob den hübschen kleinen Kerl hoch und betrachtete ihn. Das kleine Tier schmiegte sich an sie und leckte vertrauensvoll ihre Hand, und Brier lehnte ihren Kopf an das warme, weiche Fell.

Dann setzte sie den Welpen wieder ab, beobachtete, wie er sich zwischen seine Geschwister kuschelte, und erhob sich. Sie war froh, daß sie an diesem Abend ihre Mutter sehen würde, die in schweren Zeiten stets ein Wort des Trostes für sie hatte. Ihren Vater, der ein

Jahr vor Tom gestorben war, vermißte sie immer noch. Er war ein großer, fröhlicher Mann gewesen, der seine Familie und Tiere geliebt hatte, stets für jeden dagewesen war und ihr oft genug gute Ratschläge gegeben hatte. Ein schwerer Schlaganfall hatte ihn an einem Herbstwochenende plötzlich aus ihrer Mitte gerissen. Die Ärzte hatten ihm geraten, etwas mehr auszuruhen und das Leben leichter zu nehmen, aber er hatte nicht auf sie gehört. Nach seinem Tod hatte ihre Mutter das Farmhaus behalten und das Land bis auf sechzehn Hektar für den eigenen Gebrauch verkauft. Aus dem Erlös hatte sie die Renovierung der Hundezwinger bestreiten können.

Brier verließ den Zwinger und schloß die Tür hinter sich. Dann ging sie durch die Reihen und begrüßte ihre übrigen Freunde. Hero und Marlo, Dane und Gretal, Karl und Sancho – alle wuchsen zu Zuchthunden heran, an die hohe Erwartungen gestellt wurden. Sie sollten viele Siege und Preise erringen. Zuletzt kam sie zu Roi. Er war der beste Hund, den Helena besaß. Aber warum war er hier draußen? Normalerweise nahm Helena ihn mit ins Haus, ebenso wie die beiden Hündinnen, die zu alt zur Zucht geworden waren. Warum hatte sie ihren Liebling verbannt?

Roi lief ruhelos auf und ab. Als Brier die Zwingertür öffnete, sprang er an ihr hoch, legte ihr die Pfoten auf die Schultern und starrte sie an, als versuche er, ihr dringende Neuigkeiten mitzuteilen. Dabei winselte er und scharrte mit den Hinterpfoten.

„Ich wünschte, ich könnte dich verstehen", sagte Brier. Sie betrachtete seinen Kopf, die spitzen Ohren, die nachdenklich wirkenden braunen Augen. Was für ein prachtvoller Hund! Wenn er doch nur ihr gehören würde… Na ja, ich habe halt keine achttausend Pfund, dachte sie.

Ihre Mutter konnte es sich nicht leisten, den Hund wegzugeben. Nicht diesen. Er war ein kluges Tier, sogar intelligenter als Kim, der immerhin der Beste ihrer Sechsergruppe war. Doch Roi war eine Ausnahmeerscheinung – einer der besten Schäferhunde, die in den letzten Jahren aus Deutschland gekommen waren. Zweifelsohne würden seine Jungen noch großes Aufsehen erregen. Er war sensibel und freundlich, konnte aber auch als Wachhund eingesetzt werden.

„Roi, ich weiß nicht, was los ist, ich kann nichts daran ändern", erklärte sie ihm. Als sie zur Tür ging, legte er sich hin, die Schnauze auf den Pfoten, und starrte sie an, als werfe er ihr Verrat vor. Auch sie ließ ihn also einfach hier draußen allein, statt ihn mit in die warme, gemütliche Küche zu nehmen.

Brier schloß die Tür und warf auf dem Weg zum Farmgebäude noch einen Blick in das Isolationshaus, wo eine einsame junge Hündin lag. Sie war bestimmt der Grund für Rois Exil. Seine Ruhelosigkeit würde die anderen stören.

Brier betrat das Farmhaus durch die Küchentür. Nach der frostigen Kälte draußen traf die Hitze sie wie ein Schlag. Die Küche war das Herz des Hauses. In dem großen Raum spielte sich beinahe das ganze Leben ab. Zwei Hündinnen begrüßten sie freudig. Jede hatte dreimal geworfen und sich ihren Platz im Haus verdient. Helena hatte Hunde, die zu alt zur Zucht geworden waren, noch nie im Stich gelassen oder verkauft. Tansy, die Birmakatze, lag mit ihren nur wenige Tage alten Jungen schlummernd in ihrem Korb in der Ecke. Als Brier hereinkam, schaute sie kurz zu ihr hinüber, entschied, daß sie keine Bedrohung darstellte, und schloß die Augen wieder.

Helena Grant schob die Stammbaumformulare beiseite, die sie gerade ausgefüllt hatte, und begrüßte ihre Tochter. Plötzlich ertönte von draußen ein lautes Gebell. „Was ist bloß heute mit den Hunden los?" murmelte sie.

„Ich glaube, es liegt an Roi und der Hündin, die auf ihn wartet."

„Welche Hündin? Was meinst du?"

„Du hast doch eine junge Hündin im Isolationshaus."

„Die ist nicht läufig. Das ist meine Neuerwerbung. Sie ist gerade aus der Quarantäne gekommen, aber ich wollte sie noch nicht zu den anderen lassen. Sie soll sich erst etwas eingewöhnen und mich besser kennenlernen."

Brier legte die Taschenlampe und das Funkgerät, die sie immer mit sich führen mußte, auf den Küchentisch. Dann erinnerte sie sich an den Grund ihres Besuches und nahm die beiden Geschenke aus ihrer Tasche. „Herzlichen Glückwunsch zum Geburtstag! Was haben die Kinder dir eigentlich geschenkt? Kate hat ihnen beim Aussuchen geholfen, aber sie haben mir nicht verraten, was es ist."

Helena Grant lächelte und begann die Schleife von Briers Päckchen zu lösen. „Ben hat mir eine von diesen schnell lösenden Jagdhundeleinen geschenkt. Sehr praktisch. Gulley hat sie für ihn besorgt. Dana hat mir eine Karte mit einem Pferd darauf gemalt." Sie öffnete die kleine Schachtel und nahm den Inhalt heraus. „Ein Briefbeschwerer mit einem Bild von Roi! Woher hast du denn das Foto?"

„Ben hat es an einem Nachmittag stibitzt, an dem er dich zum Tee besucht hat. Mutter, sag mal, weinst du etwa? So ein tolles Geschenk ist es nun auch wieder nicht."

„Ach, weißt du, es ist nur, weil sich alle meine Hoffnungen zerschlagen haben."

„Was ist denn los? Findest du keine läufige Hündin für Roi? Er sieht doch prima aus."

„Das macht es um so schlimmer. Erinnerst du dich, daß Roi vor einigen Monaten krank war? Er war mit einer Hündin zusammen und hatte dann eine Infektion, die Paul nicht identifizieren konnte."

Paul Matthews war Tierarzt und arbeitete auch für die Polizei. Brier kannte ihn daher ebenfalls.

„Ich dachte, du bestündest darauf, daß alle läufigen Hündinnen untersucht werden, bevor du sie an deine Rüden läßt."

„Ja, das tue ich. Aber diese Hündin gehört jemandem, den ich kenne. Einer Konkurrentin." Helena ging zum Kühlschrank, öffnete die Tür und nahm zwei Fertiggerichte mit Hühnerfrikassee heraus. Sie tat die Portionen auf zwei Teller und schob sie in den Herd. „Sie zeigte mir das Attest des Tierarztes. Demnach war die Hündin völlig in Ordnung. Aber inzwischen glaube ich, daß das Attest zu einer anderen Hündin gehörte und daß die Züchterin von der Infektion wußte. Sie hat es entweder aus Leichtsinn getan oder in der Absicht, Roi unfruchtbar zu machen."

Obwohl Brier tagtäglich genug Beispiele dafür zu sehen bekam, wie boshaft Menschen sein konnten, überraschte es sie doch immer wieder. Die Welpen waren fünfhundert Pfund wert, wenn Roi der Vater war, und selbst wenn die Hündin krank war, würden die Welpen überleben. Die Eigentümerin der Hündin hatte also ihren Verdienst gesichert und gleichzeitig erreicht, daß Roi künftig für andere Rüdenbesitzer keine Konkurrenz mehr darstellte.

„Roi hatte seitdem drei Hündinnen, und es ist nicht ein Welpe in Sicht", fuhr Helena fort. „Ich mußte allen das Geld zurückgeben, und nun gibt es natürlich Gerede. Paul hat Roi noch einmal untersucht und glaubt, daß er durch einen Bazillus unfruchtbar geworden sei. Er ruft mich heute noch an, um mir die Testergebnisse durchzugeben."

„Mutter, du wirst all dein investiertes Geld verlieren!"

„Nicht alles. Roi ist gut versichert, und ich bekomme die Hälfte seines Wertes zurück, wenn er steril ist. Doch was mache ich dann mit ihm? Ich bezweifle, daß ich ihn behalten kann. Er ist erst drei Jahre alt und hat noch gut zwölf Jahre vor sich. Aber wer wird ihn schon wollen?" Sie schaute ihre Tochter traurig an. „Ich hatte so viele Hoffnungen in diesen Hund gesetzt."

Eine Idee keimte in Brier auf, aber jetzt war nicht der richtige Zeitpunkt, sie auszusprechen. „Kann ich Roi reinholen? Es scheint mir nicht richtig, ihn aus dem Haus zu verbannen. Kannst du es nicht ertragen, ihn anzusehen?"

„Wenn ich ihn sehe, kommen mir die Tränen. Der Hund war hier drinnen aufgeregter als draußen im Zwinger, weil er nicht versteht, was in mir vorgeht. Wie sollte er auch."

Helena öffnete nun Kates Geschenk. Es war ein kleiner Schäferhund aus Bronze für ihre Sammlung. Auf der beiliegenden Karte stand: *Er ähnelt Roi so sehr, daß ich fand, er ist wie für Sie gemacht.*

Helena seufzte. „Ich weiß, was Paul sagen wird. Es hat keinen Sinn, mir selbst etwas vorzumachen. Aber ich rede nur über mich, und dabei siehst du aus, als hättest du gerade drei Runden Schwergewichtsboxen hinter dir und obendrein verloren. Was ist passiert? Es ist beinahe einen Monat her, seit ich dich das letzte Mal gesehen habe. Keiner würde glauben, daß du gleich hier um die Ecke wohnst. Von Kate und den Kindern erfahre ich auch nicht viel. Na, komm schon, erzähl! Was ist los?"

„Ach, alles mögliche. Ich wäre schon früher gekommen, aber es ist im Moment wirklich schwierig. Ich habe so gut wie keine Freizeit. Ben hatte eine Erkältung, und Dana benimmt sich die ganze Zeit über ziemlich unmöglich."

Helena schwieg. Sie wußte, daß noch etwas kommen würde.

„Und außerdem habe ich Kim verloren. Seine früheren Besitzer wollten ihn zurückhaben. Josh vermutet, daß sie uns reingelegt haben. Auf diese Weise haben sie nun einen Hund, der drei Wochen lang umsonst ausgebildet worden ist. Ben ist völlig durcheinander, aber er versucht, es nicht zu zeigen, und Dana hat wieder einen regelrechten Anfall bekommen. Und das Ganze mußte natürlich heute abend passieren. Wenn ich keinen anderen Hund bekomme, kann ich nicht weitermachen. Aber den alten Job halte ich nicht mehr aus. Ich habe inzwischen das Gefühl, als ob überall nur noch Verbrecher rumlaufen, und die Richter haben immer nur Verständnis – für die Halunken wohlgemerkt, nicht etwa für die Opfer."

Helena ging zum Waschbecken, um zwei Tassen abzuwaschen, tat danach Pulverkaffee hinein und setzte Wasser auf. „Du darfst nicht alles so schwarzsehen. Es gibt immer noch gute Menschen. Alice Gulley zum Beispiel. Ich habe sie kürzlich auf einer Ausstellung getroffen, wo eine ihrer Hündinnen einen ersten Preis gewonnen hat, und wir haben zusammen gegessen. Sie muntert mich immer auf."

„Alice ist wirklich eine gute Seele", stimmte Brier zu. Sie schaute hinüber zu der Katze mit ihren Jungen. Etwas erregte ihre Aufmerksamkeit, und sie erhob sich und ging zu ihr. Erstaunt stellte sie fest, daß es sich nicht um reinrassige Birmakatzen handelte, sondern um fünf kleine, schwarz und hellrot gesprenkelte Kätzchen. „Mutter, was ist denn da passiert?" fragte sie überrascht.

„Na ja, irgendein gewitzter hellroter Kater hat sich eingeschlichen, ehe ich die Zucht mit einem Birmakater beginnen konnte. Die Kleinen sind hübsch, nicht wahr? Leider bekomme ich nicht mehr als fünf Pfund für sie. Reinrassig wären sie zweihundert wert. Aber ich habe schon eine Reihe von Interessenten für die kleinen Mischlinge."

Brier ließ sich in den alten Sessel vor der Feuerstelle sinken, der einmal ihrem Vater gehört hatte. Helena bemerkte erneut, wie abgekämpft sie wirkte, sah die dunklen Schatten unter ihren müden Augen und ihre fahrigen Bewegungen. „Wie kommen denn die Männer damit klar, daß jetzt eine Frau in ihrem Team ist?" fragte sie.

„Du bist genauso schlimm wie Kate!" beschwerte sich Brier. „Die weiß auch alles, bevor man es ihr erzählt. Könnt ihr Gedanken lesen?"

„Nein, aber wir haben viel Erfahrung mit Menschen. Hast du Ärger mit den Männern? Es hat hier bisher noch nie eine Hundeführerin gegeben. Außerdem weißt du mehr als sie, du bist schließlich mit Hunden aufgewachsen. Ich wette, keiner von ihnen hat jemals vorher einen Hund ausgebildet."

„Sie wissen das alles nicht . . . Ich habe ihnen nichts davon erzählt."

„Du glaubst gar nicht, was die Leute so alles wissen. Aber du hast sicher einige Probleme erwartet, oder?"

„Natürlich. Ich glaube, ich vermisse nur einfach eine andere Frau, mit der ich etwas klatschen könnte. Sie behandeln mich alle wie ein rohes Ei. Alle kannten Tom."

Helena seufzte verständnisvoll. „Niemand kann einem dabei helfen", sagte sie. „Man muß da einfach durch. Es wird mit der Zeit einfacher, glaub mir."

Sie schüttete heißes Wasser auf den Pulverkaffee und schnitt sich ein Stück von ihrem Geburtstagskuchen ab. „Möchtest du mir nicht beim Sündigen Gesellschaft leisten? Ich müßte eigentlich abnehmen, aber ich habe keine Lust mehr, es dauernd vergeblich zu versuchen."

„Ich glaube, ich verliere schon aus reinem Frust Gewicht", seufzte Brier. „Alle ziehen mich mit meinem Namen auf. Wie konntet ihr einem Kind nur einen Namen geben, der ‚wilde Rose' oder ‚Dornbusch' bedeutet, nur weil mein Großvater mit Nachnamen so hieß? Die einen nennen mich Röschen, die anderen sagen, ich sei dornig und stachlig."

Helena lächelte. „Fünfunddreißig Jahre sollten doch reichen, um sich an einen Namen zu gewöhnen. Und mein Vater hatte sich so sehr einen Sohn gewünscht, um den Familiennamen weiterzugeben. So haben wir ihm den Wunsch wenigstens teilweise erfüllen können."

„Schon gut, eigentlich ist das alles auch gar nicht so schlimm. Die Männer sind gar nicht so übel. Ich bin heute abend bloß so aufgewühlt, weil ich zwei Hunde in vier Wochen verloren habe, und wenn sie keinen anderen für mich finden, bin ich schon wieder draußen, kaum daß ich reingekommen bin."

„Das tut mir leid", sagte Helena bedauernd.

Von draußen hörten sie, wie Roi ein langes, trauriges Heulen von sich gab, das schiere Verzweiflung ausdrückte. „Ich halte das nicht länger aus", erklärte Brier. „Ich hole ihn rein." Sie ergriff ihre Taschenlampe, sprang auf und ging nach draußen.

Ein eisiger Wind schlug ihr entgegen. Als sie das Hundehaus betreten hatte und die Zwingertür öffnete, sauste Roi an ihr vorbei, ohne sie zu beachten, und sprang aufgeregt bellend am Hoftor auf und ab.

„Irgend etwas stimmt da nicht", murmelte Brier vor sich hin. Sie öffnete das Tor, und der Hund raste hinaus. Zielsicher lief er an einem Stapel von Abflußrohren vorbei, die hier lagen, weil sie demnächst verlegt werden sollten, und blieb am anderen Ende des Stapels stehen. Ganz in der Nähe, jenseits des Zauns, befand sich der Hundezwinger.

Brier vernahm erstaunt, wie Rois normales tiefes Bellen plötzlich in ein seltsames Welpengekläff umschlug. Es war das ungewöhnlichste Geräusch, das sie jemals von einem ausgewachsenen Hund gehört hatte. Sie rannte zu ihm. Was, um alles in der Welt, hatte er entdeckt?

3

Roi hatte einen Geruch aufgenommen, den er genau kannte. Simon mußte irgendwo hier in der Nähe sein. Simon, der ihn häufig besuchte, mit ihm spielte und ihn verstand. Aber der Hund konnte ihn nicht erreichen. Der Junge saß irgendwo in der Falle, und obwohl Roi ihn witterte, kam er nicht an ihn heran.

Simon Dennis besuchte dieselbe Klasse wie Ben Morrey und fand es genauso aufregend wie Ben und Dana, daß ihre Mutter in die Hundestaffel der Polizei aufgenommen worden war. Er kam nachmittags oft bei Ben vorbei, und Kate lud ihn dann zum Kakaotrinken ein. Außerdem suchte er, wann immer es ging, Helenas Zwinger auf, manchmal in Begleitung von Ben und Dana, häufig aber auch allein. Roi war sein bester Freund, und er hätte alles gegeben, um diesen Hund zu besitzen. Wenn er seinen Kopf an Rois Schultern kuschelte, spürte er, wie ihn Erleichterung überkam und die Angst nachließ. Roi fühlte die bewundernde Zuneigung des Jungen und erwiderte sie.

Simon hatte etwas Geheimnisvolles an sich. Unerwartet tauchte er auf und verschwand ebenso plötzlich wieder. Er befürchtete offensichtlich, nicht willkommen zu sein, denn er fragte jedesmal ängstlich, ob er eine Weile bleiben dürfe. „Simon scheint nie das Bedürfnis zu haben, nach Hause zu gehen", hatte Kate eines Nachmittags zu Helena gesagt, als sie die Kinder abholte. Dieser Umstand bereitete auch Helena Sorgen, aber der Junge sprach niemals über sich. Wenn sie vorsichtig nachfragte, wechselte er sofort das Thema.

Helena freute sich immer, wenn Simon kam. Sie konnte sich darauf verlassen, daß er genau das machte, worum sie ihn bat. Nie hätte er die Hunde einfach herausgelassen, wenn sie ihn nicht dazu aufforderte. Simon war ein ernstes Kind und ständig darum besorgt, alles richtig zu machen.

Roi rannte aufgeregt hin und her und sprang an Brier hoch. Simon mußte hier irgendwo sein, und er brauchte dringend Hilfe. Aus irgendeinem Grund bewegte sich der Junge nicht und machte keinen Versuch, zu ihm zu kommen. Das konnte der Hund nicht verstehen. Irgend etwas Ungeheuerliches war geschehen, das fühlte Roi deutlich, doch die Menschen schienen kein Gespür dafür zu haben. Er hatte schon den ganzen Abend über versucht, sie darauf aufmerksam zu machen, daß etwas nicht stimmte. Aber niemand hatte ihn verstanden. Erst jetzt nahmen sie endlich Notiz von ihm.

Roi bemerkte, daß sich in die vertraute Witterung ein fremder Geruch mischte. Es war der Geruch von Angst. Außerdem konnte er ein leises, kaum wahrnehmbares Schluchzen hören. Der Hund wurde immer unruhiger.

Brier folgte ihm besorgt. Die Wolken hatten sich etwas verzogen, und der Mond schien nun heller. Der runde Lichtkegel der Taschenlampe tanzte über den Boden. Roi kläffte beharrlich, aber gedämpft. Es klang anders als das tiefe Gebell, mit dem er sonst Eindringlinge warnte. Er lief zu einem der Rohre und winselte aufgeregt. Um in die

Öffnung sehen zu können, mußte Brier zunächst ein anderes schweres Rohr wegräumen, doch dann konnte sie endlich mit der Taschenlampe ins Innere leuchten.

Im Lampenschein erblickte sie einen kleinen verschreckten Jungen, der voller Angst versuchte, weiter in das Rohr hineinzukriechen. Schützend hielt er die Hände vors Gesicht, doch Brier hatte ihn bereits erkannt. Was, um Gottes willen, tat Simon hier draußen?

„Roi, aus! Sitz! Es ist Simon. Simon, komm doch raus da. Es ist alles in Ordnung. Wir sind es, Roi und Bens Mutter."

Der Hund war nun bereit, die Dinge den Menschen zu überlassen. Er hatte getan, was er konnte, und setzte sich wachsam hin.

„Simon!" Der Junge bewegte sich nicht. Brier redete beruhigend auf ihn ein. „Ich bin es, Bens Mama. Bitte, komm doch raus."

„Ist er weg?"

„Außer uns ist niemand hier. Wenn du rauskommst, gehen wir zu Bens Oma. Dort ist es warm. Du mußt ja ganz durchgefroren sein."

Simon krabbelte auf Brier zu und hing plötzlich an ihrem Hals. Dann begann er hysterisch zu schluchzen. Roi stürzte sich mit wedelndem Schwanz auf das Kind und leckte dessen blaugefrorene Hände.

Brier zog eilig ihren Pullover aus und wickelte Simon darin ein. Halb trug, halb zog sie ihn in Richtung des offenen Tores. Roi wich nicht von ihrer Seite. So erreichten sie den Hof.

Helena stand schon in der offenen Küchentür. Mit einem Blick erfaßte sie die Situation und rannte ins Haus zurück. Sie schürte das Feuer auf Hochtouren und eilte hinauf in den ersten Stock. Gleich darauf kehrte sie mit einem Federbett zurück. Sie nahm Brier Simon ab, legte ihn in den großen Sessel, wickelte ihn in das Federbett ein und rieb seine eiskalten Hände. Dabei redete sie auf ihn ein wie auf ein krankes Tier.

Brier setzte sich zu dem Jungen auf den Sessel und nahm ihn in die Arme. Immer wieder ließ ein Schluchzen den kleinen Körper erzittern. Simon hielt sich an ihr fest, als wollte er sie nie wieder loslassen. Das war äußerst ungewöhnlich. Normalerweise war der Junge eher zurückhaltend und versuchte körperlichen Kontakt zu vermeiden. Nicht einmal Helena war es gelungen, diese Reserviertheit zu durchbrechen. Nur wenn Roi in der Nähe war, entspannte er sich etwas.

„Er hat gesagt, daß er mich überall findet."

„Wer denn, Simon?" Wie lange der Junge wohl da draußen gewesen war? Ob er sich Unterkühlungen zugezogen hatte? Vielleicht war es besser, einen Arzt hinzuzuziehen oder gleich einen Krankenwagen zu rufen.

„Ein warmes Bad wird dir guttun, Simon", erklärte Helena. „Außerdem bist du ganz schön schmutzig." Das war eine eindeutige Untertreibung.

Simon war geradezu das Gegenteil von Ben, ein kleines, dünnes Kind, das offensichtlich ständig unter großer Anspannung stand. Er sah eigentlich immer so aus, als hätte er ein Bad nötig, und seine schlecht geschnittenen blonden Haare waren meistens fettig. Mit verweinten blauen Augen starrte er jetzt Brier an, und allmählich ließ das Schluchzen etwas nach. Simon schien oft unglücklich, und jedesmal, wenn Brier ihn sah, verspürte sie das Bedürfnis, ihm zu helfen. Aber er lehnte jeden ihrer Annäherungsversuche ab. Sie fragte sich, ob er wohl mit Ben über seine Probleme sprach, nahm aber an, daß er niemandem vertraute.

Helena ging hinüber zum Ofen. „Ich habe hier eine schöne, kräftige Markbrühe, die mache ich immer für die Hunde. Die ist sicher eine gute Grundlage für einen Teller heiße Suppe. Da oben im Schrank müßten noch ein paar Päckchen Instantbrühe sein."

„Um wieviel Uhr bist du denn von zu Hause weggegangen, Simon?" Brier wollte unbedingt wissen, wie lange der Junge draußen in der Kälte gewesen war.

„Um halb sieben." Seine Stimme war nur ein Flüstern. Er hatte aufgehört zu zittern, aber Schatten lagen unter seinen Augen, und seine Hände waren noch immer eiskalt.

Es war jetzt kurz vor halb acht. Simon hatte sich also ungefähr eine Stunde lang in der Kälte aufgehalten, bei diesen Temperaturen eine halbe Ewigkeit. Zum Glück hatte Brier beschlossen, Roi hinauszulassen. Plötzlich ging Helena und Brier auf, was der Hund getan hatte.

„Roi hat versucht, uns mitzuteilen, daß Simon da draußen war!" stellte Helena fest. „Warum waren wir nur so begriffsstutzig? So, und jetzt geht es ins Bad." Brier hob den Jungen aus dem Sessel. Er hielt dabei ganz fest ihre Hand.

„Darf Roi mitkommen?" bat er. Offensichtlich gibt der Hund dem Jungen ein Gefühl von Sicherheit, etwas, das dem kleinen Kerl wohl völlig fehlt, dachte Brier, als sie die Treppe hinaufgingen. Sie gab dem Schäferhund ein Zeichen, und gehorsam folgte er ihnen.

Brier dachte an Simons verstorbene Mutter. Sie hatte Selbstmord begangen, weil sie nicht damit fertig geworden war, daß ihr Mann sie unablässig mit einer anderen betrogen hatte. Brier hatte Jenny Dennis einige Male auf Elternabenden getroffen. Sie war eine stille, scheue Frau gewesen, die wenig Selbstbewußtsein besessen hatte.

Simons Vater war seine zweite Ehe unangemessen früh eingegangen. Kate kannte den ganzen Tratsch darüber. Brier hatte eigentlich immer nur mit halbem Ohr hingehört, aber als sie nun mit dem Jungen nach oben ging, fiel ihr alles wieder ein. Sie fragte sich, ob sie die Behörden einschalten sollte, aber vorher wollte sie erst noch mehr in Erfahrung bringen.

„Komm, ab ins Bad! Oma sucht dir mittlerweile was zum Anziehen raus." Brier drehte die Wasserhähne auf und schüttete verschwenderisch Badezusatz in die Wanne. Simon betrachtete den wachsenden Schaumberg fasziniert.

Brier half ihm, sich auszuziehen, und konnte nur mit Mühe einen Aufschrei unterdrücken, als sie die Blutergüsse und die Striemen auf seinem Rücken sah. Einige waren schon verheilt, andere noch ganz frisch. Wut überkam sie, und am liebsten wäre sie sofort losgegangen, um Simons Eltern zur Rede zu stellen.

Simon setzte sich ins Wasser und stöhnte leicht, als es an seine Wunden kam. Brier nahm Seife und Schwamm und säuberte seine dreckigen Knie. Sie waren verschrammt und voller blauer Flecke. Brier traute sich nicht, seinen Rücken zu berühren.

„Simon, schlägt dein Vater dich?"

„Ja. Wenn er betrunken ist. Er ist jetzt arbeitslos und fast immer betrunken. Und ich mache immer alles falsch. Und dann kriege ich Angst und mache noch mehr falsch. Er wird dann immer so wütend. Heute hat er mich gejagt. Ich habe mich dann in dem Rohr versteckt, damit er mich nicht kriegt. Ich wollte mein Abendessen nicht im Gewächshaus essen. Es ist so kalt da drin."

„Schlägt er dich mit einem Stock?"

„Mit einem Gürtel."

Brier rief ihrer Mutter zu, sie solle ein großes Badehandtuch bringen. Sie brauchte eine Zeugin. „So, komm raus", sagte sie zu Simon. „Dann reibe ich dich mit einem schönen weichen Handtuch trocken."

Roi hatte alles beobachtet und wedelte mit dem Schwanz.

„Die Suppe ist fertig", sagte Helena, als sie die Tür öffnete. Dann sah sie den Rücken des Jungen und blieb entsetzt stehen. Brier legte den Zeigefinger auf den Mund. Helena legte das Tuch und einen rotgrünen Trainingsanzug hin und zog sich wieder zurück.

Brier trocknete den Jungen vorsichtig ab und cremte die wunden Stellen ein. Er fühlte sich ganz knochig an. Wahrscheinlich war er unterernährt. Dann zog Brier ihm den Trainingsanzug an. Er war zwar zu groß, aber er war warm. Zum Schluß trocknete sie ihm die Haare und führte ihn wieder nach unten.

Helena füllte gerade Brühe in einen Becher. „Der Tierarzt hat angerufen, während du draußen warst", berichtete sie. Sie beobachtete Simon, während er von der Suppe trank.

„Und? Was hat er gesagt?"

„Roi ist völlig steril." Helenas Stimme klang mutlos. So viele Hoffnungen, so viele Pläne – alle dahin. Brier hätte sie gern getröstet, fand aber nicht die richtigen Worte.

„Ist Roi krank?" Simon vergrub sein Gesicht im Fell des Hundes. „Er hat mich gefunden. Mein Vater hat mich beschimpft. Er hat gesagt, daß er mich haßt und daß er mich nie gewollt hat und daß er meine Mutter heiraten mußte, weil ich unterwegs war. Sie hat er auch gehaßt. Er hat gesagt, daß ich schlecht bin und ihm sein ganzes Leben verpfuscht habe. Und wenn er mich erwischt, würde er mich so schlagen, daß ich es nicht wieder vergessen würde. Aber mein Rücken tut schon so weh. Ich will nicht mehr nach Hause!"

Brier warf ihrer Mutter einen Blick zu. Helena hatte ihr eigenes Problem völlig vergessen und hörte erschrocken Simons Ausbruch zu.

„Ich bin weggelaufen. Aber ich hatte kein Geld, und ich wußte auch nicht, wo ich hingehen sollte. Ich habe hier an die Tür geklopft, aber niemand hat mich gehört. Dann hat er mich fast erwischt, und ich wußte, er würde mich wieder schlagen. Da habe ich mich versteckt. Bitte, schicken Sie mich nicht zurück! Meine Mutter hat mich zum Essen rausgeschickt. Ich muß immer im Gewächshaus essen, sogar dann, wenn es kalt ist. Und ich habe so oft Hunger. Sie macht nie etwas zu essen, wenn Vater weg ist. Sie geht dann immer in ein Restaurant." Simon hielt inne und unterdrückte ein Schluchzen. Die zwei Frauen standen still da und hörten zu. „Manchmal läßt sie Geld auf dem Tisch liegen, wenn kein Brot mehr da ist. Dann gehe ich los und hole was aus der Imbißstube. Und dann schlägt mich mein Vater, weil ich gestohlen habe."

Brier nahm die Hand des Jungen. Er war wieder den Tränen nahe.

„Roi hat mich gefunden. Ich wünschte, er hätte meinen Vater erwischt und gebissen, damit der auch mal weiß, wie es ist, wenn einem einer weh tut." Er schluchzte nun etwas weniger. Roi leckte Simon das Gesicht.

Helena nahm die zwei Portionen Hühnerfrikassee aus dem Ofen und verteilte sie auf drei Teller. Außerdem zauberte sie etwas frisches

Gebäck hervor. „Ich weiß doch, daß du gerne Hundekekse magst“, sagte sie. „Du verschlingst schließlich immer Dutzende davon, wenn du mit Ben herkommst, um mir zu helfen. Iß, Simon.“

Der Junge schaute Roi an. „Er wäre bestimmt ein guter Polizeihund. Er wußte genau, wo ich war, und hat mich gefunden.“

Ein Polizeihund! Die Worte hingen in der Luft. Brier hielt den Atem an und sah zu ihrer Mutter hinüber.

Helena erwiderte ihren Blick aufgeregt. „Das könnte die Lösung sein! Warum ist mir das nicht gleich eingefallen? Würden sie dir das erlauben? Das wäre doch toll! Ich möchte gerne, daß du ihn nimmst. Du kannst was aus ihm machen. Es würde mir sehr helfen, wenn ich wüßte, daß er gebraucht wird.“

Ihre Begeisterung steckte Brier an. Sie hatte schon fragen wollen, ob sie den Hund haben könnte, aber sie hatte sich an diesem Abend nicht getraut. In ein oder zwei Tagen vielleicht, wenn ihre Mutter etwas Zeit gehabt hätte, sich an die Situation zu gewöhnen. Sie hatte damit gerechnet, daß Helena nichts von der Idee halten würde.

Und jetzt könnte sie Roi mit nach Hause nehmen! Ein eifriger Hund würde sie morgens begrüßen und mit ihr hinauslaufen, um trainiert zu werden. Josh wäre sicher auch ganz aus dem Häuschen. Sie mußte ihn sofort anrufen, wenn sie zu Hause ankam, damit Gulley nicht etwa noch einen anderen Hund anbrachte. Roi wäre der Hund ihrer Träume. Das Leben hätte wieder einen Sinn. „Ich wüßte nicht, was dagegen spräche“, meinte sie. „Ich brauche morgen einen Hund, sonst muß ich den Kurs abbrechen. Außerdem müßte es ein besonders guter sein. Es sind nur noch neun Wochen bis zu den Prüfungen, und die anderen Hunde haben schon einen ordentlichen Vorsprung.“

Brier griff nach Messer und Gabel. Sie hatte vor Stunden das letzte Mal gegessen und war sehr hungrig. Auch Simon aß, als hätte er seit Wochen nichts mehr bekommen. Als er seine Portion verspeist hatte, nahm er sich noch ein Sandwich. „Kann ich Roi auch ein Sandwich geben?“ fragte er. „Weil er mich gefunden hat?“

„Warum nicht“, meinte Helena. „Er war schließlich heute besonders klug, denn wir haben ihm nicht beigebracht, kleine Jungen aufzuspüren.“

Der Anflug eines Lächelns huschte über Simons Gesicht, als er dem Hund das Sandwich hinhielt. Roi schnappte vorsichtig danach. Die beiden Hündinnen kamen eifersüchtig hinzugelaufen und setzten sich neben den Stuhl.

„Gib jeder ein kleines Stückchen", sagte Helena und machte damit eine Ausnahme von der Regel, daß in ihrem Haus niemand ein Tier von seinem eigenen Teller füttern durfte. „Roi hat bewiesen, daß er einen guten Polizeihund abgeben könnte. Ich gebe ihn Brier, weil ihr Hund heute zurück zu seinen Besitzern mußte. Meinst du nicht auch, daß das eine gute Idee ist? Im Grunde war es ja sogar deine."

„Roi ist sehr klug. Er wird bestimmt der Beste", sagte Simon überzeugt. „Kann ich dann kommen und ihn besuchen?"

„Immer, wenn er nicht im Dienst ist", versprach Brier.

Sie wurden durch heftiges Bellen unterbrochen, und kurz darauf klopfte es. Roi und die Hündinnen stimmten in das Gebell ein.

„Wer ist da?" fragte Helena.

„John Grace."

Helena und Brier kannten den Kriminalbeamten beide sehr gut. Eine seiner vier Töchter war in derselben Klasse wie Dana, und sein Sohn Adrian besuchte Bens und Simons Klasse. John konnte ihnen vielleicht helfen. Er konnte sehr gut mit Kindern umgehen. Auch Simon kannte ihn, weil er manchmal mit Adrian spielte.

Helena öffnete die Tür. „Wo kommen Sie denn her?"

Der Besucher grinste. „Von drauß' vom Walde. Ich habe hier ein Geburtstagsgeschenk für Sie."

Der großgewachsene Mann trat ein, und neben ihm wirkten die beiden Frauen plötzlich wie Zwerge. Er hatte einen dunklen Haarschopf und intelligent dreinschauende braune Augen, die die Welt anlachten, lange Beine, mit denen er größere Schritte machen konnte als irgend jemand sonst, den Brier kannte, und große Hände, die überraschend sanft sein konnten.

Er öffnete den Reißverschluß seines dick gefütterten Anoraks. Dann bemerkte er das Kind, dessen merkwürdige Kleidung und die Spuren von Tränen in seinem Gesicht. Er warf Brier einen kurzen Blick zu. Hier gab es offensichtlich ein Problem. John zauberte gern, und er war geschickt. Er lächelte Simon an, beugte sich zu ihm hinunter und holte plötzlich ein Geldstück aus dem Haar des Jungen. „Du hebst dein Taschengeld aber an einem komischen Platz auf", stellte er fest und drückte dem Jungen die Münze in die Hand.

Johns Gegenwart füllte den Raum. Die Hunde rannten zu ihm und beschnupperten ihn vorsichtig. Nachdem sie an seinen Kleidern den Geruch eines Dachshundes, einer Spanielhündin, eines Kaninchens und dreier Katzen ausgemacht hatten, wurde er als die richtige Art Mensch akzeptiert, und beruhigt legten sie sich wieder auf ihre Decke.

Der Kriminalbeamte ließ sich auf einem kleinen Hocker nieder. Nun war er mit Brier und Helena auf einer Höhe.

John wandte sich an Simon. „Ich wette, du hattest keine Ahnung, daß Mrs. Grant heute Geburtstag hat?“

Der Junge schüttelte den Kopf.

„Na, dann laß uns mal ‚Happy Birthday‘ singen.“

Seine kräftige Stimme klang durch die Küche, und Simons dünnes Stimmchen bildete das Echo.

„Ich habe Ihnen eine Flasche Wein und geräucherten Lachs mitgebracht. Das können Sie dann morgen genießen. Denken Sie dabei an mich.“

„Warum sollte sie dann an Sie denken?“ fragte Simon.

„Hm, weil ich so ein netter Mann bin.“ John spürte, daß etwas nicht stimmte. Seine Freunde sagten ihm einen guten Riecher für jede Art von Ärger nach. Seine Gegner nannten das freilich ganz anders.

„Meg hat heute vergessen, bei mir Hundefutter abzuholen. Ist das der Grund für Ihren Besuch?“ fragte Helena.

„Sie hat sich erkältet, aber wahrscheinlich ist es in drei Tagen vorbei, hat der Arzt gesagt. Ja, ich brauche Hundefutter. Aber ich komme nicht deshalb, wir hatten die Geschenke für Sie schon. Ehrenwort!“ Er hob feierlich die rechte Hand.

Simon kicherte, und Brier warf John ein Lächeln zu. Er war einer von Toms meistgeschätzten Freunden gewesen und in ihrem Haus immer willkommen.

Helena küßte ihn auf die Wange und holte einen Sack Hundefutter von der hinteren Veranda. „Können Sie nicht noch etwas bleiben und uns beim Feiern helfen?“

„Ein paar Minuten. Meg liegt mit einer Wärmflasche im Bett mit Taschentüchern, heißem Tee und Aspirin. Pam ist alt genug, um nach ihr zu sehen.“

„Möchten Sie ein Glas Wein?“ fragte Helena.

„Nein, danke. Ich trinke keinen Alkohol, wenn ich noch fahren muß.“ John bemerkte, daß sich Simons Gesichtsausdruck plötzlich verdüsterte. „Soll ich dich nach Hause fahren, mein Junge?“ fragte er.

„Ich will nicht zurück!“ Simon begann wieder heftig zu schluchzen.

Helena kniete sich neben ihn, nahm ihn in ihre Arme und redete sanft auf ihn ein. Als das Schluchzen etwas nachließ, schaute sie Brier an. „Schau dir mit John doch mal Rois letzte Trophäe an. Du hast sie auch noch nicht gesehen, oder? Sie ist in Vaters Zimmer.“

Brier gab John Grace ein Zeichen, ihr zu folgen. Sie gingen in das ehemalige Arbeitszimmer ihres Vaters, wo sie John zwischen den Trophäen erzählte, was sie aus Simon herausbekommen hatten.

„Du lieber Himmel! Was machen wir jetzt?" Brier spürte, daß er ebenso verwirrt war wie sie. Eltern taten sich wohl grundsätzlich schwer, ein Kind der Obhut einer Behörde anzuvertrauen.

„Ich habe überlegt, daß er heute am besten bei mir bleiben sollte. Er lebt ohnehin schon halb bei uns; entweder ist er bei Ben, oder er kommt hierher, um Roi zu besuchen. Wir müssen uns aber mit dem Jugendamt in Verbindung setzen. Vielleicht gelingt es uns ja, sie davon zu überzeugen, daß ich ihn in Pflege nehmen könnte. Ich kann ihn doch nicht einfach irgendwelchen wildfremden Menschen überlassen." Brier wußte, daß sie es sich niemals verzeihen würde, wenn sie das nicht wenigstens versuchte. „Weißt du irgend etwas über die Familie, außer daß seine Mutter Selbstmord begangen hat?"

„‚In den Selbstmord getrieben wurde' wäre wohl passender." John betrachtete die Trophäen und nahm eine in die Hand. Es war ein hölzerner Bilderrahmen mit einem Foto von Roi. „Wir haben seinen Vater schon ein paarmal verhaftet. Wegen Trunkenheit und Ruhestörung. Er ist Alkoholiker. Seinen Führerschein hat man ihm schon abgenommen, und vor kurzem hat er seine Arbeit verloren. Ich wußte allerdings nicht, daß er den Jungen schlägt. Ach, verdammt! Was machen wir jetzt mit dem Jungen? Er kann doch nicht für immer bei dir bleiben."

„Das entscheiden die Leute vom Jugendamt. Er wäre doch sonst ständig in Gefahr." Brier überlegte, daß sie wohl Simons Eltern würde aufsuchen müssen – nicht gerade ein Besuch, auf den sie sich freute. „Was ist mit den Eltern? Müssen sie zustimmen? Reichen diese Narben auf seinem Rücken als Beweis?"

John seufzte. „Ein Arzt sollte ihn sich ansehen. Wir haben sonst nur deine Aussage . . . Aber ein Arzt wird wahrscheinlich empfehlen, ihn sofort in ein Heim oder ein Krankenhaus zu bringen."

„Nicht die Ärztin, an die ich denke." Annette, mit der Brier früher zur Schule gegangen war, hatte selbst Kinder. Schon damals hatten sie sich nicht an alle Regeln gehalten. Annette hatte sicher nichts dagegen, nun noch mal gegen zwei oder drei zu verstoßen. Brier konnte es einfach nicht zulassen, daß der Junge wieder zurückmußte.

Sie kehrten in die Küche zurück.

„Simon ist müde und muß dringend ins Bett", sagte Helena.

Der Junge klammerte sich an Brier. „Bringt mich nicht zurück!"

Die Entscheidung war gefallen. Es war schon weit nach neun Uhr und damit zu spät, um noch jemanden hinzuzuziehen. „Keine Angst, das werden wir nicht tun. Du kannst bei uns schlafen, in Bens Zimmer. Morgen werden wir uns dann um alles kümmern. Vielleicht geht Mr. Grace bei deinen Eltern vorbei, um ihnen zu sagen, daß es dir gutgeht. Dann könnte er dir auch was zum Anziehen mitbringen." Es war nicht ganz fair, John diese Aufgabe anzudrehen, aber er konnte damit sicher besser umgehen als sie. „John, es tut mir leid, dich mit reinzuziehen, aber würdest du das bitte übernehmen? Ich muß den kleinen Kerl ins Bett und meinen Hund nach Hause bringen . . ."

„Das hätte ich dir sowieso angeboten", erwiderte John.

„Kann meine Katze auch mitkommen?" bat Simon. „Mama füttert sie nie und läßt sie auch nie herein. Ich lasse die Katze immer rein, wenn sie schlafen. Roi würde ihr doch bestimmt nichts tun, oder?"

„Bestimmt nicht", bestätigte Helena und wandte sich an ihre Tochter. „Du brauchst noch Futter für Roi, alles andere hast du, oder?"

Brier nickte. Roi war eine andere Ernährung gewohnt als die Polizeihunde. Sie würde ihn langsam umgewöhnen müssen. Sie brachte Roi hinaus zum Auto. Der Hund sprang auf den Rücksitz und machte es sich dort bequem. Sie streichelte ihn, bevor sie wieder zu den anderen ging.

„Ich werde dem Vater nicht sagen, wo der Junge ist", erklärte John. „Soll er in seinem eigenen Saft schmoren, falls ihn das alles überhaupt kümmert." Als Simon sich vorbeugte, um sich die Schuhe zuzubinden, rutschte die Jacke des Trainingsanzugs hoch, so daß John selbst einen Blick auf die Wunden werfen konnte. „Er soll ruhig wissen, daß da etwas in Gang kommt und er bald dran ist", fügte er grimmig hinzu.

Brier stellte sich auf die Zehenspitzen und küßte ihn auf die Wange. „Danke, John", sagte sie. „Ich hatte mich davor gefürchtet." Sie ging mit Simon und Helena hinaus. Helena half Simon in den Wagen und schnallte ihn an.

Der Mond war hinter einer Wolkendecke verschwunden. Brier schaute zu Simon hinüber. Er hing völlig erschöpft mit weißem Gesicht und geschlossenen Augen im Sitz. Er brauchte dringend Schlaf. Morgen würde sie klarer sehen. Im Moment überschlugen sich ihre Gedanken. Vor vier Stunden hatte sie ohne Hund dagestanden, die einzige Frau im Kurs, überzeugt, daß dies das Ende ihrer neuen Karriere war. Nun hatte sie einen Hund, wie sie sich keinen besseren hätte wünschen können, ein weiteres Kind – zumindest für eine gewisse Zeit – und vielleicht sogar noch eine Katze. Und eine ganze Menge neuer Probleme, von denen sie bis vor kurzem nicht einmal geträumt hätte.

4

Brier fuhr nach Hause. Neben der Sorge um das Kind verspürte sie zugleich eine große Freude über den Hund. Sie war sicher, daß Josh auf Helenas Bedingungen eingehen würde. Es waren dieselben, die immer galten, wenn sie einen Hund von einer Privatperson bekamen: Sollte er das gesetzte Ziel nicht erreichen, mußte er entweder seinem früheren Besitzer zurückgegeben werden oder, wenn dieser ihn nicht mehr wollte, jemand anderem, der ihm ein gutes Zuhause bieten konnte.

Wenig später fuhr Brier in die Garage und nahm Roi an die Leine. Er war noch nie hier gewesen, und sie wollte verhindern, daß er davonrannte, um sich im Dunkeln umzusehen. Dann faßte sie Simon an der Hand und schloß das Garagentor. Bevor sie den Schlüssel in das Schloß der Haustür stecken konnte, wurde diese bereits geöffnet.

„Helena hat bereits angerufen“, empfing Kate sie. „Oben in Bens Zimmer ist ein schönes, warmes Bett für dich, Simon. Außerdem liegen eine Wärmflasche und ein Schlafanzug bereit. Ich habe Ben gesagt, daß du kommst, und er freut sich schon.“

„Kann Roi in meinem Bett schlafen?“

„Ich glaube nicht, daß das eine gute Idee ist“, sagte Brier. „Es ist seine erste Nacht hier, und da wird er sich selbst etwas fremd fühlen. Wir können aber deine Tür auflassen, und das Licht im Treppenhaus kann auch anbleiben. Mr. Grace ist bestimmt bald hier mit deinen Sachen.“ Sie wandte sich an Kate. „Er ist unterwegs, um Simons Eltern zu sagen, daß es ihm gutgeht.“

„Das ist denen doch egal“, brummte der Junge.

„Simon, komm mit, ich habe dir eine heiße Ovomaltine gemacht“, sagte Kate. „Das wird dir helfen zu schlafen.“

Sie gingen gemeinsam in die Küche, und Brier schloß die Tür und setzte sich an den Tisch. Dann ließ sie Roi von der Leine. Der Hund begann den Raum zu inspizieren, schnüffelte am Boden und begutachtete Kims Hundedecke. Dann drehte er sich wieder zu Brier um und schaute sie an. Warum bin ich hier? schien er zu fragen. Brier streichelte seinen Kopf, und mit einem Seufzer lehnte er sich an sie.

Simon schlief fast im Sitzen ein. Sobald er ausgetrunken hatte, führte Kate ihn nach oben. Mit finsterer Miene kam sie zehn Minuten später wieder runter. „Ich habe ihm geholfen, sich auszuziehen“, sagte sie. „Zum Glück schläft Ben schon.“

„Kate, ich weiß nicht, was ich tun soll.“

„Er geht jedenfalls nicht nach Hause. Sein Vater gehört zu der ganz schlauen Sorte. Er hat darauf geachtet, nur dorthin zu schlagen, wo man nichts sieht, wenn er angezogen ist.“

Brier schaute sehnsüchtig auf die Uhr. Fast zehn. Es war ein langer Abend geworden. „Ich kann erst ins Bett, wenn John hier war. Er bringt Simons Katze mit und was zum Anziehen für den Jungen.“

„Und wo soll die Katze schlafen? Etwa in der Küche mit Roi? Das klingt mir nach einem perfekten Rezept für eine Katastrophe.“

Sie hörten ein leises Klopfen an der Hintertür, und Kate öffnete. John stand vor ihnen, neben sich eine große schäbige Reisetasche, eine Schachtel, in der die Katze saß, und eine große Kiste.

„Ich habe mit den Eltern gesprochen“, sagte er. „Sie schienen nicht allzu beunruhigt. Ich erzähle euch morgen mehr darüber. Du schläfst ja schon im Stehen ein, Brier. Wir sollten uns noch eben um die Tiere kümmern. Ist Simon im Bett?“

Brier nickte und schaute Schachtel und Kiste an.

„Helena schickt dir hier einen Käfig für drinnen. Sie dachte, daß das Roi vielleicht beim Eingewöhnen hilft“, sagte er.

„Der ist wohl eher für die Katze geeignet“, meinte Brier. „Aber mir fehlt noch ein Katzenklo.“

„Ich habe eins im Auto, auch von Helena. Gut, dann kommt also die Katze in den Käfig. Du solltest sie besser nicht herauslassen, ehe sie sich an ihr neues Zuhause gewöhnt hat. Sie sieht ausgehungert aus und befindet sich überhaupt in einem erbärmlichen Zustand. Ihr müßt sie aufpäppeln und entlausen.“

Er brachte alles ins Haus und half Brier, den Käfig aufzubauen. Kate legte ein paar Sardinen auf eine Untertasse und schob sie hinein. Dann verschwand sie und tauchte kurze Zeit später wieder mit einem Pappkarton auf, den sie mit einem dicken alten Pullover ausgepolstert hatte. „Sie wird sich wohler fühlen, wenn sie es bequem hat“, sagte sie, während sie den Karton in den Käfig stellte. „Simon hat erzählt, daß sie Brauner heißt. Nicht besonders originell.“

John Grace lachte, als er die Katze aus der Schachtel hob. Roi verfolgte jede seiner Bewegungen und schien bereit, jederzeit loszuspringen. Brier packte ihn am Halsband. „Der Name ist origineller, als Sie denken“, sagte John und hielt Kate die schwarzweiße Katze mit den wachen grünen Augen entgegen. „Simon hat Sinn für Humor.“

Der Käfig war sehr geräumig. Sogar Roi hätte aufrecht darin stehen, sich umdrehen und in voller Länge ausstrecken können. Die eingesperrte Katze schaute wild um sich. Als Brier den Hund losließ und er näher kam, plusterte sie sich zu enormer Größe auf und fauchte. Roi war an freundliche Katzen gewöhnt, deshalb zog er sich lieber zurück und warf Brier einen vorwurfsvollen Blick zu.

„Ich mache mich jetzt auf den Weg", erklärte John. „Sonst bekommen wir heute wohl überhaupt keinen Schlaf mehr."

Brier verabschiedete sich von ihm. Nachdem er gegangen war, schloß sie ab und legte den Sicherheitsriegel vor. Dann lehnte sie sich für einen Moment mit geschlossenen Augen an die Wand. Am liebsten wäre sie direkt ins Bett gegangen. Aber sie mußte noch einmal mit Roi raus.

Als sie die Tür zur Küche öffnete, kam Roi ihr schon entgegen. Er sprang an ihr hoch, und als sie ihm das Kommando gab, sich zu setzen, wich er zurück und bellte.

„Ruhig", sagte sie, aber es war schon zu spät. Sie hörte das Knarren von Bens Bett, dann das Tapsen von nackten Füßen. Er erschien am Treppenabsatz, gefolgt von Simon und Dana.

„Roi!" rief Ben. „Du hast Roi mitgebracht! Hat Oma ihn dir geliehen, bis du einen neuen Hund hast?"

Roi hörte seinen Namen und lief die Stufen hinauf.

„Zurück ins Bett mit euch! Roi bleibt hier. Ihr könnt ihn morgen noch begrüßen." Aber es war schon zu spät. Ben lief dem Hund entgegen, Roi sprang entzückt an dem Jungen hoch, und sie fielen zusammen hin. Kate und Brier starrten erschrocken auf Ben, der unter dem Hund lag, und Brier eilte die Treppe hinauf und schob den Hund beiseite. Aber zu ihrer Überraschung war Ben keineswegs verängstigt, sondern lachte und wischte sich das feuchte Gesicht ab. „Roi kämpft gerne", sagte er.

„Erlaubt Oma dir das?"

„Natürlich nicht. Aber mir macht's Spaß, und er tut mir nie weh."

„Das machst du nicht noch einmal, sonst gebe ich Oma Roi wieder zurück. Und das ist mein Ernst!" schimpfte Brier. Sie mußte dieser Spielerei sofort ein Ende bereiten. Überdrehte Hunde bissen manchmal. Außerdem wog Roi mehr als jedes der Kinder. Er konnte sie leicht umstoßen.

„Jetzt bringen Sie Roi noch einmal raus, und dann gehen Sie ins Bett, sonst können Sie morgen nicht arbeiten", mahnte Kate. „Ich werde den dreien noch mal tüchtig die Leviten lesen!" Mit diesen Worten scheuchte sie die Kinder zurück in ihre Betten.

Brier ging wieder nach unten. Sie betrachtete den Zwinger im Garten. Er war nicht geheizt, und es war in dieser Nacht sehr kalt. Roi war an die Zentralheizung im Haus und an beheizte Zwinger gewöhnt. Vielleicht würde er sich heute in der ungewohnten Umgebung nicht beruhigen. Aber oben zu schlafen sollte er sich gar nicht erst angewöhnen. Sie brachte ihn zu der großen Liege, auf der Kim immer geschlafen hatte. Kate hatte die Decke gewechselt. Bei Helena hatte Roi ein ähnliches Bett gehabt. Er drehte sich ein paarmal um und fand schließlich die richtige Stellung. Sie beugte sich hinunter und streichelte seinen Kopf. „Siehst du", sagte sie zu ihm. „Das ist jetzt dein Schlafplatz."

Als Brier nach dem Zähneputzen in ihr Zimmer zurückkehren wollte, traf sie Kate auf dem Flur. „Haben die Kinder Sie verstanden?"

„Ich glaube schon. Das Problem ist, daß alle drei diesen Hund sehr gut kennen. Mit Kim waren Ben und Dana viel vorsichtiger. Roi ist der Umgang mit den Kindern vertrauter als mit Ihnen."

„Das könnte allerdings einige Schwierigkeiten nach sich ziehen", stimmte Brier nachdenklich zu.

Am nächsten Morgen wurde sie um halb sechs erbarmungslos vom Klingeln des Weckers aus dem Schlaf gerissen. Zeit, aufzustehen und ihren Hund zu pflegen, ihm Auslauf zu verschaffen und ihn zu trainieren. Brier wollte möglichst früh ins Ausbildungszentrum, um mit Josh zu reden, denn sie hatte vergessen, ihn oder Gulley anzurufen. Als sie das Licht in der Küche anschaltete, erstarrte sie. Simon lag zusammengerollt im Käfig unter seiner Daunendecke und hielt die Katze in den Armen. Er wachte auf und lächelte sie schläfrig an.

„Brauner war einsam", sagte er. Plötzlich war der Junge hellwach. „Ich ziehe mich an und helfe Ihnen mit Roi." Er setzte die Katze sanft ab und begrüßte Roi, der sich über die Aufmerksamkeit freute.

Brier schaute Simon an. Er sah schon viel besser aus als am Vorabend. „Wie geht es dir denn?" fragte sie.

„Gut", antwortete Simon lächelnd. Er kroch aus dem Käfig, als Kate gerade herunterkam. In Windeseile hatte er sich eine zu kurze Jeans und einen Pullover angezogen, die sie ihm herausgesucht hatte, und aus der Tasche, die Helena John mitgegeben hatte, fischte er Rois Bürste heraus. Er fand auch die Leine und machte sie am Halsband fest. Dann schob er den unteren Riegel der Haustür auf und drehte den Schlüssel um.

„Was hast du vor?" fragte Brier.

„Er muß mal, und ich bringe ihn raus. Und dann werde ich ihn bürsten“, antwortete Simon. „Sie können in Ruhe frühstücken.“

„Kommst du mit ihm klar?“

„Natürlich. Ich habe ihn immer festgehalten, wenn Oma Grant mit ihm rausgegangen ist. Sie hat mir gezeigt, was ich tun muß. Sie sagt, daß ich eine große Hilfe und ihr Adoptivenkel bin.“

Brier schob den oberen Riegel zurück und schaltete das Licht an. Dann ging sie in den Flur, holte einen ihrer Anoraks und zog ihn dem Jungen an. Mit dem Becher Kaffee, den Kate ihr inzwischen gemacht hatte, stellte sie sich ans Fenster und betrachtete sorgenvoll ihre beiden Neuen. Roi lief ruhig herum und beschnüffelte den Boden, während Simon wartete.

„Simon ist ein netter Bursche. Er wirkt so viel reifer als Ben.“

„Er mußte es wohl werden“, erwiderte Kate. „Nur so konnte er das alles durchstehen. Ich bin froh, daß Sie ihn hierhergebracht haben. Dana ist vielleicht etwas eifersüchtig, aber sie wird sich schon daran gewöhnen. Sie liebt Roi. Er wird gut für sie sein.“

Beim Frühstück saß Roi neben Simon, den Kopf auf den Knien des Jungen, und als Brier loswollte und ihn rief, ignorierte er sie einfach. Sie mußte ihn am Halsband packen, an die Leine nehmen und ihm energisch befehlen, mit ihr zu kommen. Während sie ihn ins Auto ließ, dachte sie noch einmal darüber nach, welche nachteiligen Auswirkungen Rois enge Beziehung zu Simon auf das Training haben konnte. Nun hatte sie also endlich den Hund ihres Lebens – und konnte nur hoffen, daß er für den Polizeieinsatz zu gebrauchen war.

5

Josh seufzte schwermütig, als er Ellies Foto auf seinem Schreibtisch betrachtete. Es war vor neun Jahren aufgenommen worden, kurz vor ihrem vierten Hochzeitstag. Ellie sah ihn lächelnd an. Im Hintergrund waren mit Heidekraut bedeckte Hügel zu sehen. Er konnte sich noch gut an diesen Tag erinnern. Kurze Zeit zuvor hatte man ihn befördert und ihm die Verantwortung für die gesamte Hundestaffel der Polizei übertragen.

Ihre Ehe war viel zu kurz gewesen. Nur fünf Jahre hatte sie gedauert. Ellie war für einen Polizisten die ideale Ehefrau gewesen. An die ungünstigen Arbeitszeiten und die vielen geplatzten Verabredungen hatte sie sich schnell gewöhnt. Wie Josh war auch sie eine große

Hundeliebhaberin gewesen. Sie war noch nicht einmal dreißig geworden, und nun war sie schon seit acht Jahren tot.

Die Hunde waren für Josh zum Lebensinhalt geworden. Spark schien alles zu verstehen, was er ihm erzählte, und er arbeitete ausdauernd und mit großer Energie. Lim war anders: Er war ein lebhafter Spaniel, den seine Besitzer entnervt bei der Polizei abgeliefert hatten, als er sieben Monate alt war. Josh hatte bald erkannt, daß sich die enorme Energie des Tieres durch entsprechende Ausbildung in die richtigen Bahnen lenken ließ. Eifrig hatte Lim mit seinem kleinen Schwanz gewedelt, wenn er wieder ein neues „Spielzeug" in einem Versteck aufgespürt hatte und es stolz Josh zeigen konnte. Der Hund wußte natürlich nicht, daß die „Spielzeuge" die Bomben darstellten, die er später finden sollte. Er hatte sich bewährt: Mit seiner guten Nase hatte er mittlerweile schon mehr Leben gerettet, als sich irgend jemand außerhalb der Polizei vorstellen konnte.

Vor allem die Ausbildung der Hunde empfand Josh als befriedigend. Es machte ihm Freude zu sehen, wie aus linkischen Welpen reife Tiere wurden, die einen Gewinn für jede Hundestaffel darstellten. Dabei war es nicht einfach, geeignete Hunde zu finden. Josh und Gulley hatten den ganzen letzten Abend vergeblich herumtelefoniert, um ein Tier für Brier aufzutreiben.

Josh schaute auf die Uhr. Kurz nach sieben. Er schätzte die frühen Morgenstunden, denn in dieser Zeit schaffte er immer eine Menge Schreibtischarbeit. In zwei Stunden begann das Training. Vorher mußten sie noch die Wagen abspritzen. Kein Polizist trat seinen Dienst in einem schmutzigen Fahrzeug an.

Er fing an, auf seinem Notizblock herumzukritzeln: Hundeköpfe mit spitzen Ohren. Er war kein besonders begabter Zeichner, aber es half ihm beim Nachdenken. Der Kurs war in seiner vierten Woche, die sich immer als sehr schwierig erwies. Versteckte Probleme kamen langsam an die Oberfläche, die Begeisterung nahm ab, und bei denjenigen, die nie zuvor einen Hund besessen hatten, machte sich Gereiztheit bemerkbar. Sie mußten nun feststellen, daß diese Ausbildung kein Spaziergang war, sondern harte Arbeit bedeutete. Und obwohl Josh schon einige schwierige Kurse abgehalten hatte, war dieser ohne Zweifel der schlimmste. Noch nie war die Kombination von unterschiedlichen Persönlichkeiten so problematisch gewesen.

Gulley betrat den Raum. Trotz seines Alters bewegte er sich immer noch flink und gewandt. Mit hochgezogenen Augenbrauen sah er Josh an. „Was ist dir denn über die Leber gelaufen?“ Er setzte eine Tasse dampfenden Kaffee auf dem Schreibtisch ab. „Da, für dich.“

„Danke. Holst du dir auch einen Kaffee? Ich muß mit dir reden.“

„In Ordnung.“ Gulley kehrte gleich darauf mit einer weiteren Tasse zurück und setzte sich auf einen Stuhl vor dem Schreibtisch. „Schlechte Nacht gehabt?“ fragte er. „Ich habe gehört, es war einiges los.“

„Ein Bombenalarm.“ Josh starrte aus dem Fenster. „Gestern abend um sieben. Wir haben drei Stunden gebraucht, um das Ding zu finden, und waren erst um halb drei nachts fertig. Ich hatte Brier versprochen, mich bei ihr zu melden, bin aber nicht dazu gekommen. Außerdem sah ich keinen Sinn darin, sie heute morgen anzurufen, nur um ihr zu sagen, daß wir kein Glück gehabt haben. Ich wollte sie lieber schlafen lassen.“ Er nippte an seinem Kaffee. „Und das Ganze gibt dann zwei Zeilen in der Zeitung oder eine Kurzmeldung in den Nachrichten. Niemand redet über die Hunde, die nach so einem Ding suchen müssen. Diese fürchterlichen Augenblicke, die wie eine Ewigkeit erscheinen, wenn du nicht weißt, ob die Bombe hochgeht, bevor du sie findest. Ob du in Stücke zerrissen wirst oder weiterleben darfst. Und Lim bekommt noch nicht mal eine Medaille dafür.“

„Ihm macht die Arbeit Spaß. Und er weiß nichts über das Risiko.“

Josh schaute nachdenklich aus dem Fenster und betrachtete den Himmel, an dem sich dunkle Wolken zusammenzogen, und leerte seine Tasse. „Ich mache mir Sorgen um diesen blöden Kurs. Wie bin ich bloß an so viele Eigenbrötler geraten?“ Er seufzte. „Könntest du mir bitte noch einen Kaffee holen, Gulley? Und hast du vielleicht etwas zu essen dabei? Ich habe fürchterlichen Hunger, weil ich keine Zeit hatte zu frühstücken.“ Gulley hatte stets einen wechselnden Vorrat an Brot, Brötchen, Brotbelag, Schokoriegeln und Chips, und seine Frau gab ihm oft selbstgebackenen Kuchen für alle mit. Damit versorgte er die Männer, die vom Dienst kamen und halb verhungert waren, weil sie keine Zeit zum Essen gefunden hatten.

Während Gulley unterwegs war, kritzelte Josh noch mehr Hundeköpfe auf den Block und dachte über vergangene Hunde, Triumphe und Mißerfolge nach. Und über Gulley, der nun schon seit über sechs Jahren bei der Hundestaffel war. Er war ihm eine große Hilfe. Josh mußte sich nicht mehr um das Alltagsgeschäft rund um die Zwinger kümmern, da er wußte, daß alles in besten Händen war. Gulley löste jedes auftauchende Problem, teilte seine Hoffnungen und war bereit, sich seine Sorgen anzuhören.

In diesem Augenblick kam Gulley auch schon zurück. „Toast mit

Erdnußbutter ist leider alles, was ich dir bieten kann", verkündete er. „Hier, bedien dich. Und nun erzähl mal, was du auf dem Herzen hast." Er lächelte aufmunternd.

„Es geht um Brier. Ich möchte nicht auf sie verzichten, aber sie hat keinen Hund. Ich habe mir drei im Tierheim angesehen, die sich vor den leisesten Geräuschen fürchteten. Stell dir die mal im Dienst vor."

„Ja, ja, unsere wilde Rose", sagte Gulley sinnierend. „Sie kann wunderbar mit Hunden umgehen. Wir dürfen sie nicht verlieren."

„Wilde Rose?"

„So nennen die Männer sie hinter ihrem Rücken – du weißt schon, wegen ihres Namens. Sie kann ganz schön stachelig reagieren, wenn einer der Männer versucht mit ihr zu flirten. Ich habe neulich mit angehört, wie sie zu jemandem gesagt hat, an erster Stelle sei sie Polizistin und an zweiter und dritter ebenfalls. Daß sie eine Frau sei, spiele keine Rolle, und falls sich einer ihrer Kollegen nicht zu benehmen wisse, werde sie es ihm schon zeigen."

„Es ist schwer, in die Fußstapfen von Tom treten zu wollen", bemerkte Josh. Gulley nickte zustimmend. „Jedenfalls möchte ich Brier gerne in der Staffel behalten", fuhr Josh fort. „Sie ist zur Hundeführerin geboren, bei ihr merkt man, warum sie unbedingt in diesem Beruf arbeiten will." Er warf einen Blick auf eine Liste, die vor ihm auf dem Schreibtisch lag. „Bei Derek dagegen frage ich mich des öfteren, warum er das tut."

„Seine Mutter ist nach dem Tod ihres Mannes bei ihm eingezogen. Bis dahin hatte er allein gelebt und das Leben in vollen Zügen genossen. Seine Mutter engt ihn furchtbar ein. Mit einem Hund muß man viel raus. So kann er weggehen, ohne daß sie sich verletzt fühlt, und wenn er eine Verabredung hat, kann er den Hund dalassen. Ich nehme an, daß sie keine seiner Freundinnen mag."

Josh lachte. „Ich bezweifle, daß meine Mutter die Frauen mögen würde, die Derek sich aussucht. Zu kurze Röcke und langes blondes Haar, wenn es nicht gar grün oder pink ist. Derek beschäftigt sich wesentlich mehr mit Frauen als mit seinem Hund. Ich brauche einen Hundeführer, keinen Romeo."

„Er wird schon noch erwachsen werden."

„Und wie steht es mit Pete und Rob? Sie haben auf ihre Aufnahmeanträge irgendwelche Begründungen geschrieben, aber ich habe den Verdacht, daß das nicht die wirklichen Gründe sind."

„Robs alter Hund ist gestorben. Weil seine Frau vor ein paar Jahren angefangen hat zu arbeiten und nun tagsüber niemand zu Hause ist, konnten sie sich keinen Welpen holen. Sie hat aber immer einen Hund gehabt und wollte gern wieder einen. Durch Robs Tätigkeit haben sie nun einen, um den sie sich nicht kümmern muß."

„Und Pete?"

„Eine ähnliche Geschichte. Sie haben seit kurzem ein Baby, hatten früher Hunde, und nun hat die Frau keine Zeit mehr. Weil Pete jetzt in der Hundestaffel ist, hat sie keine Arbeit mit dem Tier."

Seit sie angefangen hatten zu essen, war die Stimmung nicht mehr ganz so düster. „Wie kommt es, daß du das alles weißt und ich nicht?" wollte Josh wissen.

„Ich habe mehr Zeit zuzuhören, wenn die Leute reden", sagte Gulley. „Ich bin nur die Aushilfe hier, nicht der Boß."

Josh sah wieder auf seine Liste. Er hatte in der letzten halben Stunde mehr gelernt als im ganzen letzten Monat. „Dann ist da noch Gwyn", stellte er fest.

„Gwyn ist ein Bauernsohn. Er ist mit Hunden aufgewachsen und der Polizei beigetreten, weil er in der Hundestaffel arbeiten wollte."

„Er wird es schaffen. Er hat einen guten Hund."

„Und er bringt mit seinem Humor die anderen zum Lachen und besitzt die Gabe, in schwierigen Situationen immer genau die Dinge zu sagen, die die Lage entschärfen. Er ist wirklich ein guter Mann."

„Wie sieht's mit Tony aus?"

„Seine Frau hatte erst drei Fehlgeburten und dann eine Totgeburt. Sie haben sich sehr ein Kind gewünscht. Jetzt ist sie wieder schwanger. Das Baby ist bald fällig, und beide sind ganz verrückt vor Angst und Sorge. Tony hat sein Unglück schwer getroffen."

Ich muß also etwas Nachsicht üben, dachte Josh und seufzte. Ein Wagen fuhr auf den Hof und parkte. „Es ist Brier. Sie kommt bestimmt, um zu sehen, ob ich einen Hund für sie habe. Was soll ich ihr bloß sagen?"

Doch dann beobachteten die beiden Männer verblüfft, wie Roi aus dem Wagen stieg. Er sprang vergnügt an Brier hoch und lief dann quer über das Gelände. Sie pfiff, und er drehte sich schnell um und kam zu ihr zurück.

„Schau dir das an!" sagte Josh beeindruckt. „Wo hat sie denn den her? Was für ein Hund!" Fasziniert schauten sie Brier und dem Hund einen Augenblick lang zu. Dann gingen sie nach draußen. Brier bemerkte sie nicht. Als der Hund sich umdrehte, erkannten sie ihn.

„Das ist Helena Grants Roi!" rief Josh erstaunt. „Dieses Opfer würde sie nicht bringen, nicht einmal für ihre Tochter! Er ist ein Vermögen wert!" Sie beobachteten Brier, die mit dem Hund übte. Sie warf ein kleines Spielzeug weg, und er fing es und brachte es ihr zurück. Brier lief kreuz und quer über den Hof, der Hund neben ihr her. Ihre Augen leuchteten; sie sah sehr glücklich aus.

„Unsere Eislady schmilzt", bemerkte Josh verwundert. „Hast du jemals gesehen, daß jemand sich über Nacht so sehr verändert?"

„Ich glaube nicht. Soll ich sie rufen?"

„Ach, laß sie nur. Sie wird schon kommen. Vielleicht hat sie noch gar nicht bemerkt, daß ich schon hier bin. Ich habe ihren Transporter benutzt. Meiner ist in der Werkstatt."

Brier wußte lediglich, daß Gulley da war. Sein kleines Moped stand am üblichen Platz. Sie wollte mit dem Hund spielen, bis Josh kam. Noch immer bemerkte sie nicht, daß sie beobachtet wurde.

Josh mußte einfach näher herangehen und den Hund genauer ansehen. Als er und Gulley sich näherten, drehte Brier sich um, entdeckte die beiden und winkte. Roi legte sich zu ihren Füßen hin.

„Wie hast du Helena rumgekriegt?" fragte Josh. „Das ist doch Roi, oder?"

„Ja, das ist Roi. Er gehört mir, und wenn er bei den Prüfungen durchfällt, nehme ich ihn mit nach Hause. Er hatte eine Infektion und ist seither zeugungsunfähig. Wir wissen es erst seit gestern mit Bestimmtheit. Mutter bekam die Testergebnisse, als ich gerade da war."

„Und dann hat sie ihn dir einfach so gegeben? Sie hätte ihn doch noch anderweitig einsetzen können."

„Nein, einfach so hat sie ihn mir nicht gegeben. Aber das ist eine lange Geschichte."

„Na ja, das wichtigste ist, daß du einen Hund hast. Und was für einen!" Gulley strahlte.

Brier lächelte ihn an. „Ihr habt keinen für mich gefunden, oder? Es kam etwas dazwischen, und ich habe vergessen, euch gestern abend noch anzurufen."

„Josh ist um sieben Uhr abends noch zu einem Einsatz gerufen worden. Ich war in meinem Hundeverein, wir haben erst sehr spät Schluß gemacht. Du hättest uns also gar nicht erreichen können."

„Aber diese Wendung der Dinge löst alle Probleme", sagte Josh. Die Sorgen fielen langsam von ihm ab. Einen solch guten Hund hatten sie nie zuvor gehabt.

„So kann man das leider nicht sagen", schränkte Brier ein. Sie ging zu Roi hinüber, nahm ihn an die Leine und gab sie an Gulley weiter.

„Am besten gewöhnt er sich gleich daran“, meinte sie. „Josh, ich muß mit dir reden.“

„Gibt's Ärger?“ fragte Josh.

„Kann man wohl sagen.“

Sie ging mit Josh ins Büro, während Gulley Roi zu den Zwingern führte. Sie setzten sich. Das Licht fiel auf Briers blauschwarzes Haar. Sie bemerkte Ellies Foto. Josh ist dem Andenken seiner Frau ebenso treu wie ich Tom, dachte sie.

„Meine Mutter hatte schon begonnen, ihn etwas zu trainieren“, erklärte sie. „Er kann Spuren verfolgen, und er hat alle Voraussetzungen, die wir brauchen. Das habe ich letzte Nacht herausgefunden. Tja, und da liegt auch das eigentliche Problem. Ich war gestern auf der Willowbank Farm. Die Hunde waren den ganzen Abend sehr unruhig, besonders Roi. Schließlich beschloß ich, ihn rauszulassen, damit er sich auf dem Feld etwas austoben konnte. Er rannte direkt zu einem Stapel Abflußrohre und gab die merkwürdigsten Laute von sich.“

Josh wußte, wovon sie sprach. Nicht alle Hunde machten diese Geräusche, nur einige wenige, wertvolle Exemplare, die sich ihren natürlichen Instinkt bewahrt hatten.

„In den Abflußrohren hatte sich ein Kind versteckt, ein Freund meines Sohnes. Er heißt Simon und ist ein armer kleiner Kerl. Seine Mutter hat vor zwei Jahren Selbstmord begangen, sein Vater hat wieder geheiratet. Der Junge verbringt soviel Zeit wie nur möglich in den Zwingern oder bei Ben. Er liebt Hunde, ganz besonders Roi. Simon war gestern so schmutzig und verfroren, daß meine Mutter ein heißes Bad vorschlug. Als wir ihm beim Ausziehen halfen . . .“ Sie schluckte. „Er ist zehn wie Ben . . . Sein Rücken war vollständig mit Striemen übersät...“

„Hast du das gemeldet?“

„Als ich es entdeckte, war es schon spät. Und jetzt erreiche ich auch vor neun Uhr noch niemanden, oder?“

„Wer hat das dem Jungen angetan?“

„Sein Vater. John Grace kam vorbei, und wir haben ihm die Geschichte erzählt. Offensichtlich ist der Mann ein Trinker, er hat seine Arbeit verloren und seinen Führerschein und schon ein paar Nächte im Gefängnis verbracht wegen Trunkenheit und Ruhestörung. Er benutzt zum Schlagen einen Gürtel. Es war nicht nur ein Ausrutscher, Simon hat auch ältere Narben.“

„Was hast du dann getan?“

„Ich habe ihn mit zu mir nach Hause genommen, und John ist bei seinen Eltern vorbeigefahren. Der Vater verhielt sich anscheinend völlig teilnahmslos, und die Stiefmutter konnte Simons Sachen gar nicht schnell genug einpacken."

„Du hast dich also von deinen Gefühlen mitreißen lassen und bist jetzt persönlich in die Sache verwickelt", stellte Josh ernst fest. Das war ein schwerer Verstoß gegen die Regeln bei der Polizei.

Brier zuckte mit den Schultern. „Was sollte ich tun? Ich kenne den Jungen sehr gut. Josh, was mache ich nur mit ihm?"

„Du mußt auf jeden Fall schnellstmöglich das Jugendamt informieren", erklärte Josh. „Die sorgen dafür, daß der Junge ein sicheres Zuhause bekommt."

„Ich möchte ihn selbst in Pflege nehmen", entgegnete Brier. „Er hat hier seine Freunde, seine Schule, und er kennt unsere Familie. Er hat eine Todesangst vor seinem Vater, und er schreit hysterisch, wenn irgend jemand davon spricht, ihn nach Hause zu schicken."

Beide zuckten zusammen, als von der Tür her eine Stimme erklang: „Das ist vielleicht ein Zuhause! Die Frau läßt alles verkommen und kocht nie eine Mahlzeit für das Kind. Er wird oft in das Gewächshaus verbannt, das sie in eine Art Kinderzimmer umgebaut haben – wenn man einen Tisch, einen Stuhl und ein paar Spiele als Ausstattung für ein Kinderzimmer bezeichnen kann. Es ist noch nicht mal geheizt. Simons einziger Freund ist seine Katze."

Beide hatten John Grace nicht hereinkommen hören.

„Nun?" Brier wollte nicht ohne eine Antwort gehen. Josh war nun mal ihr Chef. „Glaubst du, ich könnte ihn in Pflege nehmen?"

„Klingt vernünftig. Hoffen wir, daß du die Leute vom Jugendamt überzeugen kannst. Es hört sich so an, als hätte der kleine Kerl schon genug gelitten. Würde es Kate denn nichts ausmachen?"

„Der Vorschlag kam von ihr."

„Ich werde mich mit dem Jugendamt in Verbindung setzen", versprach John. „Die Narben auf seinem Rücken sprechen für sich. Könnte sein, daß wir das hinkriegen."

„Tu dein Bestes", sagte Josh.

Draußen auf dem Hof waren mittlerweile die Männer und ihre Hunde versammelt. Stimmen schwirrten über den Platz, nur unterbrochen vom Bellen der Hunde.

„Zeit zu arbeiten", erklärte Josh.

Innerhalb weniger Minuten waren sie draußen. Brier spürte die heimlichen Blicke, die die Männer ihrem Hund zuwarfen.

6

An diesem Morgen herrschte zu Beginn des Trainings noch mehr Unruhe als sonst. Die Männer machten einen unkonzentrierten Eindruck und richteten ihre Blicke fast ständig auf Brier und Roi.

Josh war eigentlich selten eifersüchtig, aber diesmal konnte er die Männer verstehen. So einen Hund hatten sie noch nie gehabt! Brier neckte ihn und provozierte ihn auf diese Weise, sich in Bewegung zu setzen. Wenn er zu aufgeregt wurde, beruhigte sie ihn wieder. Der Hund beobachtete sie dabei mit einem Interesse, das sich zu völliger Ergebenheit entwickeln würde. Er ahnte wohl, daß er nun eine neue Welt mit neuen Regeln und Gewohnheiten betreten hatte.

Brier hatte vor Freude alles um sich herum vergessen. Roi war geradezu für diese Aufgabe geboren. Bisher hatte er nur noch nicht die Gelegenheit gehabt, sein wahres Talent zu zeigen. Er konnte schon bei Fuß gehen, auf Zuruf kommen und auf Kommando reglos stehenbleiben. Außerdem konnte er suchen. Aber bisher wußte er noch nicht, wozu diese Übungen gut waren.

Josh konnte seine Blicke nicht von ihm wenden. Das war das Team, das er sich immer gewünscht, aber nie gehabt hatte. Roi machte kaum einen Fehler, obwohl er bei weitem noch nicht perfekt war. Aber das würde noch kommen. Er stand ja erst am Anfang des Unterrichts.

Eine wichtige Frage war jetzt, wie sich die Hunde wohl unter stärkerem Druck verhalten würden. Sie hatten nicht mehr viel Zeit. Normalerweise versuchten Hundebesitzer nicht, ihre Haustiere in dreizehn Wochen auszubilden, und die meisten dieser Hunde waren als Haustiere gezüchtet worden. Aber Roi gab Josh Hoffnung. Wenn die Männer sahen, wie er arbeitete, spornte sie das vielleicht an, mehr Zeit und Mühe in diesen Kurs zu investieren. Möglicherweise arbeiteten sie dann auch in ihrer Freizeit etwas mehr mit den Hunden.

Gulley, der eigentlich die Zwinger der Hunde reinigen sollte, stand am Rand des Feldes und beobachtete die Szene. Seine und Joshs Blicke trafen sich, und die beiden Männer lächelten sich an. Sie konnten ihre Freude nicht verbergen.

Josh genoß diesen Augenblick. Hier auf dem Ausbildungsgelände fühlte er sich genauso zu Hause wie in seinem eigenen Heim. Früher hatte das Training an den verschiedensten Plätzen stattgefunden. Seit einiger Zeit hatten sie ihr eigenes Gelände. Vom Hauptgebäude, wo Josh die letzten Jahre über gearbeitet hatte, benötigte man mit dem Auto ungefähr fünfzehn Minuten, um hierherzukommen. Während die Zwinger, Garagen und die einstöckige Bürobaracke schon seit einigen Jahren hier standen, hatte man das Land daneben erst kürzlich erworben und zwei Polizeigebäude errichtet, die kurz vor der Fertigstellung standen. Im Augenblick waren die Verputzer und die Elektriker zugange. Eines der beiden Häuser würde Josh beziehen.

Tony schimpfte laut mit seinem Hund. Jacko duckte sich. Ihm war bewußt, daß er sein Herrchen enttäuscht hatte.

Josh hatte den ruhigsten der Hunde für Tony ausgesucht, weil er wußte, daß zwei ungeduldige und leicht erregbare Geschöpfe zusammen nur Ärger brachten. Tony hätte sich allerdings ein lebhafteres Tier gewünscht. Außerdem erwartete er zuviel von Jacko. Ihm war nicht klar, daß alle Hunde, sogar die intelligentesten, eine gewisse Zeit zum Lernen brauchten.

Josh warf einen Blick auf die anderen Männer. Gwyn machte ein grimmiges Gesicht. Die anderen Männer schauten unbehaglich drein. Sie wußten alle, daß Tony aus der Rolle fiel.

Brier lief jetzt über das Feld und gab Roi das Kommando, bei Fuß zu gehen. Aber da war irgendein starker Geruch am Boden, der ihn völlig in Anspruch nahm. Pete und Rob sahen interessiert zu. Sie hatten erkannt, daß der Hund ungewöhnlich intelligent war, aber sie ahnten nicht, daß Roi eine Klasse besaß, wie sie sie wahrscheinlich nicht noch einmal in ihrem Leben erleben würden.

Rob war Anfang Vierzig, ein großer Mann mit dicken roten Haaren, die langsam ergrauten. Pete war etwas kleiner und sechsundzwanzig Jahre alt, sah aber fünf Jahre jünger aus, weshalb er oft unterschätzt wurde. Er, Derek und Tony gehörten in die gleiche Altersgruppe. Gwyn, ein untersetzter Mann mit dunklem, lockigem Haar und einem ansteckenden Lächeln, war mit seinen Ende Dreißig ein paar Jahre jünger als Rob.

Josh erkannte, daß er zumindest in Gwyn einen Mann in der Gruppe hatte, der mit Hunden umgehen konnte und sie verstand. Loki reagierte gut auf Gwyns Anweisungen und sein Lob.

Brier versuchte jetzt, Roi von sich weg zum Zaun zu schicken. Sie ging hinüber zum anderen Ende des Grundstücks. Der Hund ließ sie nicht aus den Augen. Sie rieb mit der Hand über den Boden, so, als würde sie etwas liegenlassen, und ging dann zu ihm zurück.

Roi war schon mit voller Geschwindigkeit losgelaufen, bevor Brier überhaupt etwas gesagt hatte. Das mußte sie noch etwas verbessern. Er mußte lernen, sich nicht zu bewegen, bis sie das Kommando gab. Als er sein Ziel erreichte, rief sie ihm zu, sich hinzulegen. Er warf sich in einer selbstbewußten Bewegung auf den Boden.

Josh schluckte. Sein eigener Hund Spark war schon sehr gut, aber Roi war brillant. „Wir können weitermachen, ohne darauf zu warten, daß Roi aufholt", sagte er. „Er wird keine Probleme haben."

Während er seine Gruppe musterte, wurde ihm klar, daß es mit Derek und Tony Schwierigkeiten geben würde. Er schaute sich die Hunde an. Spike sprang aufgeregt herum und weigerte sich zu sitzen, was Derek wütend machte. Der Hund reagierte sensibel und wurde von Dereks Anspannung angesteckt. Tonys Hund Jacko hingegen saß gleichmütig da und mußte erst aus seiner Lethargie gerissen werden. Er hatte sich bisher noch nicht an Disziplin gewöhnt. Zu Hause hatte er machen können, was er wollte.

Major und Storm machten Fortschritte. Pete und Rob waren geduldig. Bevor Pete zur Polizei gekommen war, hatte er mit jugendlichen Straffälligen gearbeitet, und von Rob nahm Josh an, daß er als Familienvater gelernt hatte, Geduld zu üben.

Inzwischen hatte sich der Himmel immer mehr bewölkt, und es brach ein Platzregen los.

„Wir legen eine Pause ein", sagte Josh zu Gulley.

„Heute gibt's Walnußkuchen", verriet Gulley. „Das wird sie ein wenig aufmuntern. Ich hole ihn eben." Alice gab Gulley jeden Tag etwas anderes mit, und für die Männer war es immer ein Vergnügen zu erraten, was er wohl diesmal in der Satteltasche seines Mopeds hertransportiert hatte.

Brier schloß die Zwingertür hinter ihrem Hund. Die morgendliche Arbeit hatte ihn ermüdet. Er machte es sich bequem und versteckte seine Schnauze zwischen den Pfoten.

Auch Brier fühlte sich erschöpft. Sie mußte wieder an Simon denken. Wenn sie ihn doch nur behalten könnte! Der Gedanke an einen Heimpflegeplatz schien ihr unerträglich. Das Kind würde nicht verstehen, was da mit ihm geschah. Andererseits machte sie sich Sorgen, was geschehen würde, wenn Simon sich allzu schnell als Teil der Familie fühlen würde und sich dann herausstellte, daß er doch nicht bei ihr bleiben durfte. Und schließlich fürchtete sie, daß dieses Problem ihre Arbeit im Kurs beeinträchtigen konnte. Ihre ganze Zukunft hing davon ab, daß sie die Abschlußprüfung bestand, und die Ausbildung würde fast alle ihre Kräfte in Anspruch nehmen.

Als Brier zu den anderen ins Büro kam, spürte sie sofort die Spannung, die in der Luft lag.

„Was macht er denn hier?“ fragte Tony gerade Josh. „Er ist doch wohl ein Vermögen wert!“ Tony war gereizt. Er mochte seinen Hund nicht, weil er ihn für stur und unkooperativ hielt, und er wußte, daß Jacko diese Gefühle in vollem Umfang erwiderte.

Josh schob Brier einen Stuhl hin. Sie setzte sich und nahm sich ein Stück von Alices Walnußkuchen. Der gute alte Gulley. Wenigstens ihn störte es nicht, daß sie eine Frau war.

„Er ist der Zuchthund von Briers Mutter“, erklärte Josh. „Aber er ist jetzt zeugungsunfähig. Mrs. Grant war so freundlich, uns den Hund zu überlassen. Die Bedingung ist allerdings, daß er Briers persönliches Eigentum ist. Sollte er durchfallen, wird er ein Haustier werden.“

Auf seine Worte folgte ein kurzes Schweigen, dann meldete sich Gwyn zu Wort und lächelte Brier dabei an. „Es wird uns helfen, einen solchen Hund im Team zu haben. Alle anderen Teams werden neidisch sein.“ Er nahm sich ein Stück Kuchen und reichte die Platte weiter. Dankbar registrierte Josh, daß Gwyn wieder einmal die Atmosphäre entspannt hatte.

Der Regen ließ nach, und sie gingen zurück an die Arbeit. Der Neuzugang beeinflußte das Training spürbar. Roi war wesentlich weiter als alle anderen, und die Männer versuchten, ihre Hunde dazu zu bringen, Rois Beispiel nachzueifern. Selbst Derek, der normalerweise in Gedanken immer beim Feierabend war und bei der Frau, mit der er sich verabredet hatte, mühte sich redlich. Und sein Hund gehorchte ihm sogar.

Gleichzeitig wurde erstmals ganz deutlich, daß Brier den anderen Hundeführern von ihren Fähigkeiten her überlegen war – eine Erkenntnis, die ihr in der Gruppe nicht viele Sympathien einbringen würde. Josh wußte, daß Derek und Tony sie ohnehin nicht sehr mochten, und auch Rob und Pete bereitete es offenbar immer noch Schwierigkeiten, eine Frau als Mitglied der Gruppe zu akzeptieren. Aber Gwyn hatte nun jemanden gefunden, mit dem er über Hunde sprechen konnte. Zumindest in ihm hatte sie einen Verbündeten.

Schließlich machten sie Mittagspause. Alice bereitete jeden Tag das Essen für die Gruppe zu, und Gulley nahm die Bestellungen für den nächsten Tag auf und brachte alles mit. So brauchte sich niemand aus der Gruppe über die Verpflegung Gedanken zu machen, und Gulley und Alice verdienten sich ein kleines Zubrot. An diesem Tag hatte sie ihm Brötchen mit geriebenem Käse, Meerrettich und frischen Salatblättern mitgegeben. Zum Nachtisch gab es Mandeltörtchen.

Gulley nahm auf dem leeren Stuhl neben Brier Platz. „Ich habe gehört, daß du gestern ein Kind gefunden hast, das sich hinter Helenas Zwingern versteckt hatte", sagte er und blickte Brier fragend an. Alle Köpfe drehten sich zu ihnen um.

„Wer hat dir das denn erzählt?"

„John. Er hat angerufen und wollte dich sprechen, aber du warst beschäftigt. Er meldet sich wieder. Wir alle kennen den Vater. Er ist sehr gewalttätig."

Rob äußerte, plötzlich ganz Polizist: „Ich hoffe, du hast es angezeigt."

„Ich hatte um neun Uhr abends nicht mehr die Möglichkeit, das Jugendamt einzuschalten. John hat mir versprochen, sich darum zu kümmern und mir dann zu sagen, was dabei herausgekommen ist." Brier fühlte, wie eine Welle der Sympathie durch den Raum ging.

„Du möchtest das Kind behalten?" fragte Rob.

„Ich habe daran gedacht."

Das Telefon läutete. Josh nahm den Anruf entgegen, sagte ein paar Worte und legte den Hörer wieder auf. „Es war John. Brier, Simon kann bei dir bleiben, bis sie eine endgültige Entscheidung fällen."

Das konnte noch Wochen dauern. Eine Sorge weniger.

Die Wolken wurden von einem aufkommenden Wind fortgeblasen, und so gingen sie wieder nach draußen. Es war Zeit, den Hunden beizubringen, wie man Gegenstände aufspürt. Josh verteilte einen Messergriff, ein Schlüsseletui, eine Patronenhülse und ein paar andere Dinge auf dem Rasen, und die Hunde mußten die Trophäen einsammeln und ihrem Führer bringen.

Auch Brier schickte Roi los. Er kannte und liebte dieses Spiel. Er stürzte sich auf ein Stück Leder, schleuderte es in die Luft und fing es wieder auf. Dann rannte er damit zu Brier und ließ es vor ihren Füßen fallen. Er bellte und forderte sie auf, es zu werfen, damit er es wieder holen könne. Sie starrte ihn bestürzt an.

„O je!" Josh seufzte. „Er spielt, statt zu arbeiten."

„Ben, Simon und Dana haben immer mit ihm gespielt, wenn sie bei meiner Mutter zu Besuch waren. Wahrscheinlich liegt es daran", vermutete Brier. Wieweit hatten die Kinder den Hund wohl schon verdorben? Wie konnte sie ihnen klarmachen, daß sie in Zukunft nicht mehr mit ihm spielen durften?

Gulley hatte zugeschaut und sammelte nun die Gegenstände wieder ein. „Komm mal hier rüber, weg von den anderen Hunden“, forderte er Brier auf. „Wir müssen ihm ein anderes Spiel beibringen. Dann vergißt er dieses vielleicht.“ Er warf das Stück Leder zu Roi hinüber, der es sofort schnappte. Gulley pfiff, und Roi lief zu ihm. Bevor er ihm seine Trophäe zu Füßen legen konnte, nahm Gulley ihm das Lederstückchen ab. Brier arbeitete den ganzen Nachmittag an dieser Übung. Doch Roi versuchte jedesmal aufs neue, sein Kunststück zu zeigen, und verstand einfach nicht, was daran falsch sein sollte.

Brier machte sich das ganze Wochenende darüber Gedanken. Als Kate am Sonntagnachmittag mit den Kindern hinüber zur Willowbank Farm ging, nahm Brier den Hund mit auf einen langen Spaziergang. Sie lief den Kanal entlang und bog dann ab in Richtung eines großen Felsens, der Brocken genannt wurde. Das büschelige Gras hatte im Winter gelitten und war gelb, nur gelegentlich durchsetzt von grünen Flecken. Überall entlang des Weges wuchs Stechginster.

Roi genoß den Spaziergang. Er schnupperte am Boden und stellte fest, welche Tiere hier vorbeigelaufen waren, sei es nun eine Ratte, ein Hermelin oder ein Wiesel. Die Büsche und das Gras waren frostbedeckt; das unbarmherzige Wetter des Januars war auch dem Februar treu geblieben.

Brier kletterte über den Felsen, Roi immer an ihrer Seite, und lief dann den schmalen Pfad zur Gemeindewiese hinunter. Wie sie verwundert feststellte, hatte sich dort eine kleine Gruppe von Menschen versammelt, drei Jungen, zwei Mädchen und eine ältere Frau. Was dort wohl los war?

Sie pfiff nach Roi und nahm ihn an die Leine. Dann lief sie schnell auf die anderen zu. „Ist etwas passiert?“ fragte sie.

Die Frau sah bestürzt aus. „Ich bin hier spazierengegangen“, berichtete sie. „Unterwegs bin ich über einen Brombeerschößling gestolpert und gestürzt, aber ich kann mich nicht mehr erinnern, wo das genau war. Als ich zu meinem Auto zurückkam, habe ich festgestellt, daß mir meine Geldbörse, an der auch noch mein Schlüsselbund hängt, aus der Tasche gefallen ist. Diese jungen Leute haben mir geholfen zu suchen, aber wir können sie nirgends finden.“

Brier schaute sich den zertrampelten Boden an. Wenn sie Roi dazu aufforderte, würde er danach suchen, aber bestand überhaupt eine Chance, daß er etwas entdeckte?

„Wir versuchen mal, ob mein Hund die Börse finden kann“, bot sie an. „Er wird gerade darin ausgebildet, Dinge aufzuspüren.“

„Es war irgendwo da drüben." Die Frau deutete auf eine dichte Gruppe von Stechginsterbüschen.

Brier ließ Roi von der Leine. „Such!" befahl sie. „Sei ein guter Hund und such!"

Roi rannte sofort los. Brier folgte ihm. Eifrig durchstöberte er Gras und Heide nach der Trophäe, kam dann aber zurück zum Felsen. Brier schickte ihn in eine andere Richtung.

„Ich bin mir eigentlich ganz sicher, daß ich da nicht langgegangen bin", sagte die Frau.

Roi blieb stehen, senkte den Kopf und steckte seine Nase in ein dickes Grasbüschel. Dann tauchte er wieder auf und lief zu Brier. Sie streckte die Hand aus, um seinen Fund in Empfang zu nehmen. Diesmal hatte er ihn nicht hochgeworfen und auch nicht fallen gelassen. Es war eine abgenutzte, lederne Börse mit einem Ring, an dem Schlüssel und ein Anhänger in Form eines Hundes hingen.

„Kluger Hund", lobte Brier ihn hoch erfreut. Diesmal hatte er wirklich alles richtig gemacht. Zufrieden ging sie zu der kleinen Gruppe hinüber. „Ist es das, wonach Sie suchen?"

Die Frau nahm die Börse und nickte. „Ich weiß gar nicht, wie ich Ihnen danken soll. Was für ein wundervoller Hund!"

„Ist er ein Polizeihund?" fragte einer der Jungen. „Sie sind doch Bens Mutter, nicht wahr? Meine kleine Schwester ist in seiner Klasse. Ben ist allen damit auf die Nerven gegangen, daß er dauernd über Ihren Hund geredet und geschwärmt hat, wie toll er ist." Er lachte Brier an.

Roi genoß die Aufregung. Er wußte, daß er etwas Außerordentliches geleistet hatte, und wedelte mit dem Schwanz. Als sich die kleine Gruppe aufgelöst hatte, tanzte er ausgelassen wie ein Welpe um Brier herum. Dann nahm er plötzlich die Witterung eines Hasen auf und flog förmlich den Hügel hoch. Als Brier ihn rief und er nicht reagierte, brachte sie das wieder auf den Boden der Tatsachen zurück. Sie durfte sich nicht einbilden, daß der Hund fortan immer genau das machen würde, was sie ihm sagte. Es lag noch ein ganzes Stück Arbeit vor ihnen, bis Roi zur Prüfung zugelassen werden konnte. Es dauerte einige Minuten, bevor er sich dazu herabließ, zu ihr zurückzulaufen, und sie nahm ihn daraufhin lieber wieder an die Leine.

Brier wollte gerade umkehren und sich auf den Heimweg machen, da blieb Roi unerwartet stehen und schnupperte an einem Busch. Als sein Kopf wieder auftauchte, sah Brier, daß er ein kleines Stück Abflußrohr aus Plastik im Maul hielt. Brier nahm es ihm ab und betrachtete es. Das wäre bestimmt ein wunderbares Spielzeug für ihn. Wenn sie es benutzte, würde er vielleicht mehr daran hängen als an dem gelben Stock, den Simon immer nahm, wenn er mit Roi spielte.

Sie erreichten den Rand der Gemeindewiese. Die Dämmerung war inzwischen hereingebrochen, aber man konnte immer noch ausreichend sehen. Sie ließ Roi von der Leine und warf das Rohr fort, und er rannte hinterher, schubste und drehte es mit der Schnauze und spielte damit herum. Dann nahm er es hoch und brachte es ihr zurück. Sie beschloß, mit ihm Apportieren zu üben. Er hatte rasch begriffen, daß er ihr sein Spielzeug bringen mußte, aber sie wollte, daß er sich hinlegte und wartete, bis sie ihm das Kommando zum Loslaufen gab. Außerdem wollte sie ihm beibringen, zu sitzen und zu bellen, bevor sie das Rohr warf. Roi hatte keine Ahnung, daß dies Unterricht war. Für ihn war das alles einfach ein herrliches Spiel. Schließlich war er völlig erschöpft, und sie nahm ihn wieder an die Leine. Stolz trug er seine neue Trophäe im Maul.

„Du bist wirklich klug“, lobte sie ihn. „Du bist ein wundervoller Hund, du weißt gar nicht, wie wundervoll.“

Als sie zu Hause ankamen, versteckte sie das Rohr unter dem Autositz. Am nächsten Tag würde sie ihren Transporter zurückbekommen; Josh wollte sie damit abholen. Seinen eigenen hatte er, nachdem die Kupplung erneuert worden war, wieder am Ausbildungszentrum abgestellt.

Brier ging ins Haus. Brauner verlangte klagend nach seinem Abendessen, machte vor dem Hund einen Buckel und fauchte. Aber Roi bewegte sich nicht in seine Richtung. Wie Simon war auch Brauner unterernährt. Kate würde einige Wochen brauchen, um ihn aufzupäppeln. Brier kraulte die Katze hinter den Ohren und brachte dann ihr und Roi etwas zu fressen.

Nach dem Fressen legte Roi sich nieder und rollte sich müde zusammen. Er hatte hart gearbeitet, und nun war es Zeit auszuruhen. Allerdings war die Ruhe nicht von Dauer, denn Kate und die Kinder kamen zurück von der Willowbank Farm. Ben erzählte von Taras Welpen, und Dana und Simon hätten am liebsten jeder eines von Tansys schwarz-roten Mischlingskätzchen mitgenommen.

Da klingelte es an der Tür. Simon lief hin, um zu öffnen, und kam mit einem schön eingewickelten Päckchen zurück. Es enthielt ein kleines Döschen mit einem Gobelindeckel, den ein Hundekopfmotiv zierte. Brier las vor, was auf der beigelegten Karte stand: „Ich kann

Ihnen gar nicht genug dafür danken, daß Sie meine Geldbörse gefunden haben. Ich hoffe, Sie freuen sich über diese kleine Aufmerksamkeit."

„Was ist damit gemeint?" fragte Ben.

„Wir haben eine Frau getroffen, die ihre Börse auf der Gemeindewiese verloren hatte, und Roi hat sie gefunden. Dafür bedankt sie sich nun."

Kate schaute sich das Döschen genauer an. „Das muß Mrs. Hunt gewesen sein. Sie stellt diese Dosen für den Exportmarkt her. Sie kosten ein Vermögen."

Aber es gibt etwas, was mir viel mehr wert ist, dachte Brier. Als Roi die Börse aufgespürt hat, hat er mir noch etwas gezeigt – daß ich mir wieder Hoffnungen machen kann.

Als sie zu Bett ging, war sie glücklich. Schnell schlief sie ein.

Roi weckte sie, indem er an ihrer Decke zog, ihren Arm leckte und versuchte, sie aus dem Bett zu holen. Erschrocken setzte Brier sich auf und lauschte den wilden Schreien, die durch das dunkle Haus gellten. Rasch machte sie Licht, sprang aus dem Bett, warf ihren Morgenrock über und rannte aus dem Zimmer.

Dana stand völlig verschreckt auf dem Treppenabsatz. Sie rannte zu Brier und vergrub ihren Kopf in der Schlafanzugjacke ihrer Mutter. „Mach, daß er aufhört, mach, daß er aufhört! Warum tut er das?" Ihr Jammern mischte sich mit Simons hysterischem Schreien, während Ben schluchzend versuchte, Simon zu beruhigen.

Kate tauchte auf, ebenfalls im Morgenrock. Sie nahm Dana in die Arme. „Komm, mein Liebes, wir gehen nach unten und machen für alle etwas zu trinken. Wir feiern eine Mitternachtsparty. Deine Mama wird Simon schon helfen."

Brier ging in das Zimmer der Jungen. Ben kniete neben dem Bett, in dem Simon aufrecht saß und um sich schlug. „Geh weg! Geh weg!" schrie er. „Laß mich, schlag mich nicht, schlag mich nicht!" Mit großen Augen blickte er starr vor sich hin, ohne etwas wahrzunehmen.

„Er weiß nicht, wer wir sind, Mama. Ich habe versucht ihn zu wecken . . . Er hört einfach nicht auf."

„Geh runter zu Kate, Ben. Laß mich das machen." Sie nahm Simon in die Arme, doch er schubste sie weg. Sie sah, daß Ben das Zimmer verlassen hatte. „Simon!" Ihre Stimme drang nicht zu ihm durch. Er war völlig außer sich. „Roi, auf das Bett!"

Der Hund sah sie an. Betten gehörten zu den verbotenen Plätzen.

„Braver Hund, na los, auf das Bett!"

Roi sprang hoch und legte sich neben den Jungen. Er schmiegte sich eng an seinen verkrampften Körper und begann Simon die Tränen aus dem Gesicht zu lecken. Allmählich hörte der Junge auf zu schreien und begann statt dessen, laut zu schluchzen. Verzweifelt klammerte er sich an den Hund.

„Schon gut, schon gut", flüsterte Brier immer wieder. „Es ist alles in Ordnung. Du bist hier bei Ben und Dana, und Roi liegt neben dir. Roi würde außer uns niemanden in deine Nähe lassen."

„Er war hier im Zimmer. Er stand über mir und hatte den Gürtel in der Hand. Er hat mich angeschrien. Ich habe ihn genau gesehen", sagte Simon, als das Schluchzen sich etwas gelegt hatte.

„Das war nur ein Alptraum, Simon. Er war nicht wirklich hier. Roi hätte sonst gebellt, und das hat er doch nicht, oder?"

Simon schüttelte den Kopf.

„Also, zieh schnell den Bademantel an, dann waschen wir dir das Gesicht ab, und anschließend gehen wir durch das ganze Haus und kontrollieren alle Fenster und Türen."

Simon ließ es geduldig zu, daß Brier ihn abwusch. Mit einer Hand klammerte er sich an sie, mit der anderen an Roi. „Darf Roi in meinem Bett schlafen?"

„Ja, aber nur heute nacht." Sie hoffte, daß das nicht allzu viele negative Auswirkungen auf den Hund haben würde. Danach überprüften sie gemeinsam sämtliche Türschlösser, und Brier zeigte Simon, daß alle Fenster geschlossen waren. „Hier könnte nicht mal der winzigste Gartenzwerg herein!"

Der Junge lächelte sie mit feuchten Augen an und folgte ihr dann in die Küche. Ein Topf mit Milch und ein Wasserkessel kochten bereits auf dem Herd, und auf dem Tisch stand ein Teller voller Kuchen. Kate erzählte den Kindern gerade etwas Lustiges. Ben lachte, und sogar Dana lächelte.

„Birdie und ihre Schwester haben sich früher immer in die Küche geschlichen, um Mitternachtspartys zu feiern, ohne daß jemand etwas davon wußte", berichtete Ben.

„Komm bloß nicht auf dumme Ideen!" mahnte Brier, aber in ihrer Stimme schwang Lachen mit. Kate machte für die Kinder Kakao und brühte für sich und Brier Kamillentee auf. Simon wurde langsam ruhiger. Nur manchmal schluchzte er noch unvermittelt auf. Er saß so dicht wie nur möglich bei Brier, und Roi hockte neben ihm. Als Kate ihm den Teller reichte, nahm er sich ein Stück Kuchen. Kate sagte unterdessen den Kindern ein Gedicht auf über ein winzig kleines Haus in der Heide, um das Hasen und Moorhühner herumflitzten. Sie hatte eine wundervoll sanfte Stimme. Es klang beinahe so, als würde sie die Worte singen.

Brier betrachtete die Kinder. Sie waren jetzt entspannt und lauschten. Simon gähnte sogar schon und steckte damit Ben und Dana an. Als Kate mit dem Gedicht fertig war, stand Simon auf, ging zu ihr und küßte sie. „Das war wunderschön", sagte er. Sie war gerührt.

Brier stellte eine Lampe neben Simons Bett. Sie spendete ein gedämpftes, gemütliches Licht, gerade genug, um im Zimmer etwas zu erkennen und die Angst zu verjagen. So konnte er auch den Hund sehen, der sich auf dem Bett zusammengerollt hatte. Als Brier dem Jungen einen Gutenachtkuß gab, lächelte er sie schläfrig an.

„Schlaf gut", sagte sie.

Brier selbst fand noch lange Zeit keinen Schlaf. Es wurde ihr immer bewußter, daß vor ihr eine weit schwierigere und größere Aufgabe lag, als sie sich vorgestellt hatte.

7

„Es gibt irgendein Problem mit Briers Hund, von dem sie uns nichts erzählt", bemerkte Gulley zu Josh an einem ihrer morgendlichen Treffen. Die fünfte Woche näherte sich ihrem Ende, und Roi gehörte nun seit sechs Arbeitstagen dazu. Es war Mitte Februar, aber noch immer sehr kalt.

„Wie kommst du darauf?"

„Das sagt mir mein sechster Sinn. Sie freut sich nicht so über ihn, wie sie eigentlich sollte. Ihre Euphorie ist viel zu schnell abgeklungen. Irgendwas stimmt nicht. Wir sollten herausfinden, was da los ist."

„Brier sorgt sich um Simon. Ich glaube, sein Vater macht Theater. Er verliert seine finanzielle Unterstützung, wenn er Simon abgeben muß. Außerdem haben die Behörden die endgültige Entscheidung darüber, was mit dem Jungen passieren soll, verschoben. Sie wird erst nach den Abschlußprüfungen getroffen. Es kann sein, daß der Junge Schwierigkeiten hat, sich einzuleben, während der Vater gleichzeitig versucht, ihn zurückzuholen."

Gulley schaute zum Fenster hinaus. Tony Spence fuhr auf den Hof und hielt mit quietschenden Reifen. Er hatte einen schwierigen Abend hinter sich, weil seine Frau in den letzten Wochen ihrer Schwangerschaft panische Angst davor hatte, auch dieses Baby zu verlieren.

Nichts, was er gesagt hatte, konnte sie trösten. Er war emotional ausgelaugt, und man merkte ihm an, wie überreizt er war, als er den Raum betrat.

„Hallo, Tony", begrüßte ihn Josh. „Was ist los?"

Tony explodierte. „Ich komme mit Jacko nicht zurecht", schimpfte er. „Ich will einen anderen Hund! Wie wäre es mit Roi? Er braucht einen Mann, der ihm zeigt, wo es langgeht."

Wut stieg in Josh hoch. „Roi ist hier unter der Bedingung, daß nur Brier mit ihm arbeiten darf. Wenn du mit deinem Hund nicht umgehen kannst, solltest du dir vielleicht überlegen, das Team zu verlassen."

Tony starrte ihn an und verließ den Raum.

Der Tag hatte schlecht begonnen, und im Laufe des Vormittags wurde es immer schlimmer. Alle waren gereizt, und die Hunde reagierten auf die Stimmung, indem sie sich wie verrückt aufführten. Vor allem Derek war wütend, weil der vorangegangene Abend für ihn katastrophal verlaufen war. Ein Treffen mit seiner Freundin Sue hatte damit geendet, daß sie Anschuldigungen gegen ihn vorgebracht hatte und in Tränen ausgebrochen war. Seine Gedanken wanderten weg von seinem Hund, der das sofort ausnutzte und herumspielte.

Dunkle Schatten zeichneten Briers Gesicht. Sie sah aus, als würde sie nachts kaum schlafen. Es wurde zu einem Problem, daß Roi sich Simon immer mehr anschloß. Der Junge wurde weiterhin von Alpträumen geplagt, hielt die ganze Familie nachts wach und beruhigte sich nur, wenn man Roi in seine Nähe ließ. Der Hund schlief jetzt immer oben im Flur. Ben störte das alles, und Dana ging sogar so weit, Brier zu bitten, sie möge Simon wieder heimschicken. Die Schreie in der Nacht machten ihr angst. Kate und Brier mußten alle ihre Überredungskünste einsetzen, damit Dana weiterhin morgens gemeinsam mit den Jungen in die Schule ging.

Josh unterbrach den Unterricht. Er hoffte, eine Pause würde allen guttun. Vielleicht würden die Hunde nach einer Stunde im Zwinger wieder etwas besser arbeiten und das Spielen unterlassen.

Mit gerunzelter Stirn hatte Gulley zugesehen, bis ihm eingefallen war, daß sie sich in der „verflixten fünften Woche" befanden. Es war bekannt, daß es in der fünften Woche stets die größten Rückschritte gab. Jeder Hund verhielt sich nun, als hätte er seit Beginn der Ausbildung noch überhaupt nichts gelernt. Niemand konnte dieses Phänomen genau erklären.

„Fünfte Woche. Erinnerst du dich?" wandte sich Gulley an Josh, und der lächelte plötzlich. Natürlich, wie hatte er das vergessen können! Am besten erzählte er seinen Leuten gleich davon, vielleicht würden sie sich dann wohler fühlen.

Ein Wagen fuhr auf den Parkplatz vor dem Büro, und John Grace stieg aus.

„Du kommst genau richtig“, empfing ihn Josh. „Der Kaffee ist gerade fertig.“ Sie gingen alle nach drinnen, und Gulley brachte ihnen Kaffee.

„Gibt es was Neues von Simon?“ erkundigte sich Brier.

„Sein Vater wird langsam ungemütlich“, antwortete John zornig. „Er hat mich angerufen und verlangt, ich solle bei ihm vorbeikommen. Dort hat er mir erklärt, daß er den Jungen wieder zu Hause haben will. Er sagte, das sei sein Recht, und er sei nicht für die Mißhandlungen verantwortlich. Wir hätten alles nur erfunden. Sogar der Arzt hätte sich mit uns gegen ihn verschworen.“

Jeder im Raum starrte John an. Normalerweise war er ein ruhiger und besonnener Mann, der selten seine Gefühle zeigte, und so waren alle verwundert, welche Wut jetzt in seiner Stimme mitschwang. John hatte allerdings auch nicht erwähnt, daß der Mann ihn selbst für die Mißhandlungen verantwortlich gemacht hatte. „Die Verletzungen rühren von der Brutalität der Polizei her!“ hatte er behauptet. „Was hat der arme Schlawiner denn schon wieder verbrochen? Habt ihr ihn mit den Fingern in einer Ladenkasse erwischt?“

John hatte Simons Vater ungläubig zugehört. Er wußte, daß der Mann, wenn er betrunken war, blindlings um sich schlug. Offensichtlich hatte er das Gefühl, von aller Welt angegriffen zu werden.

„Ich werde an der Schule auf ihn warten und herausfinden, wo ihr ihn versteckt haltet“, hatte er gedroht. „Hier ist sein Zuhause, hier gehört er hin, und niemand hat das Recht, ihn hier wegzuholen. Er ist schließlich mein Sohn.“

„Sie werden im Knast landen, wenn Sie das Kind noch einmal anrühren!“ hatte John ihm gedroht, aber er bezweifelte, daß diese Warnung ihren Zweck erfüllte. Als Familienvater konnte er diesen Mann einfach nicht verstehen.

„Und weiter?“ drängte Gwyn den Kriminalbeamten.

„Das ist schon alles. Aber wir haben insgesamt mehr Probleme, als wir brauchen können. Jeder Hundeführer war letzte Nacht unterwegs. Wir haben nicht annähernd genug Hunde. Mit einem Tier mehr hätten wir mindestens drei weitere Festnahmen vornehmen können. Wir zählen auf euch.“

John schaute in die Runde. Keiner sah heute besonders glücklich aus. Sie brauchten heute wohl eine Aufmunterung. Er nahm noch einen Schluck Kaffee. „Laßt mich euch eine komische Geschichte erzählen. Ich habe gestern Tiger angerufen."

Tiger Thomas war ein älterer Hundeführer, der bald pensioniert werden würde. Sie alle kannten ihn als einen Mann, der stets einen guten Witz auf Lager hatte. Obwohl er sehr groß war und dazu neigte zu brüllen, ging er mit seinem Hund Inky, der schon zweimal Polizeihund des Jahres geworden war, außergewöhnlich sanft um.

„Ihr wißt doch, wie zuverlässig Inky ist. Also, Tiger war auf Streife und kam an eine Ampel, vor der ein Moped wartete. Der Fahrer war ein älterer Mann, ganz gut angezogen. Als die Ampel auf Grün sprang, gab er Gas, doch das Moped hatte eine Fehlzündung, und es knallte wie ein Gewehrschuß – die einzige Gelegenheit, bei der ein Polizeihund ohne Kommando angreifen darf. Und genau das tat Inky. Er sprang den Mann an und warf ihn um."

Die Männer hörten gebannt zu. Wenn selbst Tiger so etwas passieren konnte . . .

„Stellt euch das mal vor: Samstag nachmittag, alles geht einkaufen, und da springt dieser Polizeihund einfach einen unbescholtenen Bürger an, stellt sich auf seine Brust und bellt ohrenbetäubend. Tiger ist schnell hingelaufen, um dem Mann zu helfen, und hat dabei wohl insgeheim gebetet, daß der ihn nicht anzeigt. Er hatte gerade Inky zurückgerufen und wollte sich entschuldigen und die Sache erklären, da stand der Mann mit ehrfürchtigem Gesichtsausdruck auf und fragte: ‚Wie, zum Teufel, konnte Ihr Hund das wissen?'" John grinste. „Der Mopedfahrer hatte nämlich gerade einen Juwelier überfallen. Seine Taschen waren vollgestopft mit Ringen, Ketten und anderen wertvollen Sachen. Er ist widerstandslos mitgegangen. Tiger und Inky waren mit ihrem Fang auf dem Revier, bevor der Diebstahl überhaupt gemeldet worden war." John schaute in die Runde. „Wie ihr euch denken könnt, hat Tiger kein Sterbenswörtchen von der Fehlzündung erzählt. Er hat alle glauben lassen, daß Inky so eine Art sechsten Sinn besitzt, der ihm verraten hat, wen er da vor sich hatte. Er und sein Hund sind jetzt natürlich Helden. Demnächst werden sich wohl alle von Inky die Zukunft vorhersagen lassen."

Johns Geschichte hatte die Stimmung gehoben. An diesem Nachmittag gingen alle mit besonderem Eifer ans Werk. Seine Geschichte hatte sie daran erinnert, welcher Sinn hinter ihrer Arbeit stand.

DIE TAGE flogen nur so vorbei. Mittlerweile verbrachten sie jede freie Minute mit den Hunden, trainierten, gaben Kommandos und sammelten langsam Erfahrung. Im März wurde es etwas wärmer, auch wenn es während der ersten beiden Wochen noch ziemlich windig und regnerisch war.

Josh, der seine Leute nun schon in der achten Woche beobachtete, nahm inzwischen regen Anteil an allem, was Brier betraf. Ihm fiel auf, daß sie an Gewicht verlor und sich immer noch nicht so über ihren Hund freute, wie man das eigentlich hätte erwarten dürfen. Dabei gab es weder an Rois Fortschritten noch an ihren Leistungen etwas auszusetzen. Josh verstand nicht, was da falsch lief. Ob es mit Simon zu tun hatte? Aber er mochte sie nicht fragen. Wenn sie es ihm erzählen wollte, würde er gerne zuhören, doch er respektierte ihr Privatleben und wollte nicht in sie dringen.

Auch die anderen hatten ihre Probleme. Tonys Frau Sheila war außer sich vor Sorge und ließ sich weniger denn je von Tony beruhigen, und Robs Tochter hatte einen Freund, den seine Frau nicht mochte.

Die Tage gingen vorüber. Gute Tage, schlechte Tage, kalte Tage, windige Tage. Vor allem aber nasse Tage. Alle verfolgten angespannt den Wetterbericht, als ob sie damit das Wetter beeinflussen könnten.

Pete unterhielt sie mit Berichten über die Fortschritte seines kleinen Sohnes, der schon lächelte und seine ersten Zähne bekam. Immerhin konnte er triumphierend von Nächten berichten, in denen sie hatten durchschlafen können, und Brier war beinahe neidisch auf ihn, wenn sie an ihre eigenen durchwachten Nächte dachte. Simons Alpträume wurden nicht besser. Wenn sie nach ihm schaute, hängte er sich an sie und ließ sie nicht gehen. War er wieder eingeschlafen, lag sie wach und wartete auf den nächsten Schrei. Auch Ben und Dana mußten getröstet werden, denn die nächtlichen Schreie machten ihnen angst. Selbst Kate zeigte mittlerweile Anzeichen von Überanstrengung.

Die Hunde lernten, nach versteckten Sachen zu suchen. Loki war darin der Beste, worüber sich Gwyn natürlich freute, denn meistens war ja Roi der Star. Roi warf immer noch gern Gegenstände durch die Luft, besonders wenn sie aus Metall waren. Brier ahnte nicht, daß Dana für dieses Verhalten verantwortlich war. Weil Dana sich so darüber freute, wenn der Hund begeistert mit ihr spielte, trug sie einen alten Schlüssel mit sich herum, versteckte ihn für Roi, und wenn der Hund ihn ihr zurückbrachte und ihn hoch- oder auf den Boden warf und mit ihm spielte, lachte sie vergnügt. Dana betrieb dieses Spiel mit Roi täglich, aber nur, wenn niemand in der Nähe war. Sie wußte, daß sie etwas Verbotenes tat.

In der neunten Woche ging Josh mit ihnen auf ein freies Gelände. Ein Bauer hatte ihnen angeboten, seine Felder zu benutzen. Sie waren mit Kuhmist übersät, aber gerade die Verwirrung, die die verschiedenen Gerüche verursachten, stellten eine wichtige Herausforderung für die Hunde dar. Welcher Polizeihund konnte schließlich später immer nur auf sauberem Grund laufen?

Josh ging bis zu einem Abhang und legte etwas Futter auf den Pfad. Es war zwar nicht gerade eine Standardmethode, aber die Hunde trainierten zum erstenmal woanders als auf einer sauberen Wiese, und in Deutschland hatte man damit bei der Schutzhundeausbildung Erfolge erzielt. Josh war der Überzeugung, daß alles, was funktionierte und nicht grausam war, auch eingesetzt werden sollte. Es gab schließlich mehr als einen Weg, Hunde auszubilden. Seine Gruppe mußte lernen, daß man die Methode auch ein wenig dem jeweiligen Hund anzupassen hatte. Loki duckte sich, wenn er gerufen wurde. Jacko wandte, wenn er Schelte bekommen hatte, alle Tricks an, die er kannte, um Tony in bessere Laune zu versetzen, was diesen allerdings nur noch ärgerlicher machte. Storm mußte man Befehle in scharfem Kommandoton erteilen. Spike reagierte besser auf Zeichen als auf Sprache, während man mit Roi oft ganz ohne Befehle umgehen konnte, da er Briers Körperbewegungen beobachtete und sich ihr anpaßte. Major war der zurückhaltendste von allen. Er wurde leicht ängstlich, obwohl Pete ihn unermüdlich unterstützte. Wenn das nicht besser wurde, würde Major bei der Mutprobe durchfallen, was ein Jammer wäre, weil er in allem anderen sehr gut war. Josh machte sich jeden Abend Notizen. Er konnte es sich nicht leisten, auch nur ein einziges Mitglied der Gruppe zu verlieren.

Auch jetzt, als er die Strecke ablief, dachte er über die Hunde nach. Sie mußten gleichbleibend erfolgreich arbeiten, und hier gab es viele Ablenkungen. Der alte Kuhmist war zwar hart wie Leder, aber er würde immer noch „duften“, und Vögel und andere Tiere hatten bestimmt auch ihre Spuren hinterlassen.

Es war ein guter Tag mit nur wenig Wind. Wärmeres Wetter war angekündigt. Das hatte die allgemeine Laune gehoben, und alle scherzten und lachten. Die Hunde warteten gespannt. Die Führer versuchten, sie zu beruhigen und zum Sitzen zu bringen.

Brier war als erste an der Reihe. Sie hatte sich den Verlauf der

Strecke bis zum Abhang angesehen, aber sie hatte keine Ahnung, wie es danach weiterging. Sie vertraute ihrem Hund.

Roi startete sehr gut, die Nase immer am Boden. Er bemerkte die Spur, die Josh hinterlassen hatte. Aber es gab andere Witterungen, die ihn ablenkten. Ein Wiesel war quer über den Pfad gelaufen, ebenso ein paar Fasane. Er schnüffelte an einer Feder. Falscher Geruch. Sein ganzer Körper war angespannt. Roi schnüffelte tief im Gras und ignorierte das Futter, das Josh für ihn ausgelegt hatte. Er erkannte es zwar, aber das war es nicht, wonach er jagte. Er wußte, daß am Ende der Strecke ein Spielzeug auf ihn wartete, das Plastikrohr. Die Aussicht, am Ende des Wegs zur Belohnung damit spielen zu dürfen, trieb ihn vorwärts.

Brier folgte ihm. Vor lauter Aufregung vergaß sie all ihre Sorgen. Sie war fest entschlossen, gemeinsam mit Roi diesen Kurs als Beste abzuschließen. Sie hatte noch keinen Hund gehabt, der sich der Arbeit so total hingab – jedenfalls solange die Kinder nicht in der Nähe waren. Und im Augenblick gab es nur sie beide, das leere Feld und die Sonne, die das Gras mit einem goldenen Schimmer überzog.

Roi arbeitete konzentriert, den Kopf nach unten gebeugt, und wedelte mit dem Schwanz. Alle Männer schauten nun zu. Sie wußten, daß Roi ihre Hunde wie Amateure aussehen lassen konnte, und sie wollten lernen. Er lief den Hügel hinauf und wandte sich nach einiger Zeit scharf seitwärts. Dann verlor er die Fährte. Er war etwas zu weit gegangen und kam zurück zu Brier.

Brier blieb stehen, weil sie wußte, daß der Hund etwas Zeit brauchte, um die neue Richtung herauszufinden, und schaute sich nach Josh um. Mit seinem nach oben gerichteten Daumen gab er ihr zu verstehen, daß alles in Ordnung war. Roi lief wieder los und blieb an einem Busch stehen, aus dem ein leises Zischen kam. Er schnüffelte neugierig, verließ den Pfad und steckte seine Nase in das hohe Gras am Busch.

Die Gans, die dort ihr Nest hatte, wachte über ihre fünf Jungen – und war bereit, sie mit ihrem Leben zu verteidigen. Wie eine Furie schoß sie aus dem Busch, um den Hund anzugreifen. Roi hatte noch nie eine Gans gesehen, und als er den großen wütenden Vogel erblickte, drehte er sich um und floh hügelabwärts. Nach einem kurzen erschrockenen Blick folgte ihm Brier. Wenn die Gans sie erwischte und angriff, konnte das übel ausgehen. Mit Seitenstechen rannte Brier den Hang hinab, hinter sich den wütenden Vogel, der ihnen mit ausgebreiteten Flügeln halb laufend, halb fliegend folgte.

Die Männer lachten zunächst, doch als ihnen klar wurde, daß die Situation alles andere als lustig war, verstummten sie schlagartig. Alle rannten auf einmal los. Gwyn begriff als erster, daß Brier sich in echter Gefahr befand. Er öffnete das Tor, fuhr mit seinem Transporter aufs Feld und hielt die Beifahrertür auf. Roi und Brier rannten darauf zu, hechteten förmlich in den Wagen und landeten auf Gwyn, der schnell von innen die Tür zuschlug. Während Brier mit Roi auf dem Schoß dasaß und nach Atem rang, griff die Gans den Wagen an, prallte jedoch ab und zog sich zurück.

Brier zitterte noch, als der lachende Gwyn zurück durch das Tor fuhr. Zwei Männer schlossen es wieder in der Hoffnung, daß die Gans sie in Ruhe lassen würde. Und tatsächlich stürmte sie wieder den Hügel hinauf, um ihr Nest zu beschützen.

Brier fiel beinahe aus dem Wagen.

„Die Gans hätte dich beinahe erwischt", kommentierte Josh den Vorfall mit einem breiten Grinsen. „Alles in Ordnung, Brier?"

„Ich habe noch nie in meinem Leben solche Angst gehabt", gab sie zu. „Was hätte sie wohl gemacht, wenn sie mich erwischt hätte?"

„Bestimmt hätte sie ordentlich zugebissen", mutmaßte Gwyn.

Brier runzelte die Stirn. „Bedeutet das für Roi einen Rückschlag? Vielleicht befürchtet er jetzt, daß hinter jedem Busch eine Gans hockt, die ihn jagen will." Das konnte ein Problem werden. Vielleicht würde sich der Hund das nächste Mal weigern, eine Spur zu verfolgen. „Sein Rohr liegt noch draußen", fiel ihr plötzlich ein. „Wir sind gar nicht bis dorthin gekommen."

„Ich hole es", bot Josh an. „Aber ich gehe andersherum. Ich habe keine Lust, der Gans zu begegnen."

Jeder Hund besaß sein eigenes Spielzeug. Spike hatte den Arm einer Gummipuppe, den er einmal auf einer Wiese gefunden hatte, Major lief mit einer großen Patronenhülse herum, und Loki besaß eine Schildkröte aus Filz, das ungeliebte Stofftier eines Nachbarskinds. Jedes Tier brauchte einen solchen Anreiz, um das Aufspüren zu lernen. Es mußte am Ende eine Belohnung geben. Nur Jacko und Storm waren bis jetzt allein daran interessiert, Würstchen aufzuspüren.

Als Josh mit dem Plastikrohr zurückgekehrt war, setzten sich alle auf eine niedrige Mauer und aßen Sandwiches, um Brier etwas Zeit zum Erholen zu geben. Die Hunde lagen zu ihren Füßen und paßten auf, ob etwas herunterfiel. Loki klaute Gwyn ein halbes Sandwich aus der Hand. Er wurde dafür ausgeschimpft, wenn auch unter Gelächter.

„Wir geben Roi heute nachmittag eine kleine lustige Aufspüraufgabe“, sagte Josh. „Futter auf Schritt und Tritt. Bitte hebt alle ein bißchen was von eurem Sandwich auf. Wir machen es ganz aufregend für ihn. Eine Sonderbehandlung. Nur ein paar Meter und dann ein tolles Spiel am Ende. Und wir werden zu einem anderen Feld gehen.“

Der restliche Tag verlief ohne Zwischenfälle. Josh suchte ein frei überschaubares Feld aus und legte eine kleine Fährte für Roi. Es spornte Roi an weiterzumachen, als er schon gleich zu Beginn ein größeres Stück Fleisch fand. Eifrig rannte er die Spur entlang und wurde bei jedem Fund aufgeregter. Schließlich biß er begeistert in sein Rohr, ließ es dann fallen, sprang aufgeregt vor Brier auf und ab und schnappte nach ihrer Hand, um zu zeigen, wie sehr er sich freute. Er war begeistert, als sie sein Spielzeug fortwarf, rannte hinterher und brachte es zurück. Er legte es vor sie hin und forderte sie auf, es noch einmal zu werfen.

„Anscheinend gibt es damit keine Probleme“, sagte Josh erleichtert. „Nächstes Mal legen wir auf einem Feld mit Bäumen und Büschen eine Spur für ihn.“

„Schaust du vorher auch nach, ob sich nicht irgendwo eine Gans versteckt?“ stichelte Tony.

„Ich bringe Lim mit. Er findet sie schon“, scherzte Josh. Er war erleichtert, daß Roi sich unbefangen und angstfrei verhalten hatte.

Es war ein Ausnahmetag, einer, an den sie sich gern erinnern würden. Alle Hunde waren sehr gut. Fährten aufzuspüren gefiel ihnen, und die Männer lernten, mit ihren Hunden zu spielen. Sogar Derek fand einen Weg, daß Spike Spaß an der Lektion hatte, ohne gleich zu sehr herumzutollen.

Beim Kaffeetrinken dachte Josh über die letzten Wochen nach. Mit jedem Morgen, an dem er seine Gruppe beobachtete, hatte er sich mehr entspannt. Sie waren zwar noch nicht zu einem echten Team zusammengewachsen, aber es gab schon erfreuliche Ansätze dazu. Auch Derek bemühte sich offensichtlich, wenngleich Josh noch nicht feststellen konnte, daß zwischen ihm und Spike eine besonders gute Beziehung bestand.

Gulley wußte es besser. Es gab eine Beziehung, aber nur auf ihren langen Spaziergängen nach der Arbeit. Derek war nach wie vor nicht geduldig genug. Weder er noch der Hund hatten Spaß an den Unterrichtsstunden. Und immer noch war Derek nur allzu bereit, den Hund in den Zwinger zu stecken oder Gulley zu überlassen, wenn er eine Verabredung hatte. Das würde sich ändern müssen.

8

Gemessen an dem, was Josh in den ersten Wochen notiert hatte, waren inzwischen unbestreitbar deutliche Fortschritte festzustellen. Aber sie hatten nur noch vier Wochen bis zu den Abschlußprüfungen, und ihr Niveau war noch bei weitem nicht zufriedenstellend.

„Es ist langsam Zeit für eine Lektion über Hundepsychologie“, sagte Josh am Beginn der zehnten Woche zu Gulley. Sonnenlicht durchflutete das Zimmer und tanzte auf den Papieren, die vor ihm auf dem Schreibtisch lagen. Endlich war es doch noch Frühling geworden, und auch die Hunde wurden munterer. „Ich weiß gar nicht, wo die Zeit bleibt. Hol sie doch bitte alle rein, Gulley. Ich möchte erst mit ihnen reden, und dann werde ich mir mal ansehen, wie gut sie ihre Hunde wirklich unter Kontrolle haben.“

Einige Minuten später stand Josh seinem versammelten Team gegenüber. „Heute ist Hundepsychologie dran“, verkündete er. „Jeder von euch wird einen Tag lang gründlich auseinandergenommen. Tony, was ist Jackos schlimmster Fehler?“

Tony dachte nach. „Er gerät beim Verfolgen immer außer Rand und Band. Statt sein Opfer am Ärmel zu packen, haut er ihm seine Pfoten in den Rücken. Das passiert jedes zweite Mal, und ich habe noch nicht herausgefunden, wie ich das abstellen kann.“

„Richtig“, warf Derek ein. „Gestern hat er mich umgeworfen, und ich habe mir das Kinn an einem Stein angehauen. War nicht gerade spaßig.“

„Damit werden wir die Prüfer nicht besonders beeindrucken“, stellte Josh fest und machte sich eine Notiz. „Üb das nicht mehr, bis ich es mir angesehen habe! Brier, wirft Roi immer noch die Dinge, die er aufspüren soll, durch die Gegend, statt sie dir zu zeigen?“

„Das ist unterschiedlich“, antwortete Brier. „Einmal klappt es wunderbar, und er macht alles perfekt, und dann ist am nächsten Tag alles wieder weg. Es scheint etwas zu sein, das er einfach nicht lernt.“

„Er hat gestern sein Bestes gegeben, um das unbewegliche Objekt wegzutragen, nicht wahr?“

Alle grinsten. Gulley hatte am Tag zuvor im hohen Gras zwischen Büschen ein Fahrrad versteckt. Als Brier den Hund losgeschickt hatte, um es zu suchen, hatten sie plötzlich ein Knurren und ein paar merkwürdige Laute gehört. Roi hatte es tatsächlich geschafft, das Rad am Lenker zu packen und mehrere Meter weit zu schleppen. Schließlich hatte er jedoch frustriert aufgegeben und ärgerlich gewinselt, statt dazustehen und zu bellen, wie er es eigentlich hätte tun sollen.

„Wie sieht's mit Major aus?"

Pete mußte plötzlich heftig gähnen. „Entschuldigung. Unser Kleiner hat eine Erkältung und will, daß wir nachts mit ihm leiden. Majors Problem ist sein Biß. Er hält nicht richtig fest, sondern läßt immer los und versucht es dann noch mal. So ist es ganz einfach, ihm einen Ärmel wieder zu entziehen."

Gulley signalisierte Josh von seiner Ecke aus Zustimmung. Diese Lektion verlief erfolgreicher als erwartet. Zumindest waren den Hundeführern die Probleme ihrer Tiere bewußt, und sie fingen an, darüber nachzudenken.

„Storm ist nicht besonders scharf darauf, irgend etwas aufzuspüren", berichtete nun Rob. „Er macht das nur halbherzig. Ich weiß nicht, wie ich ihn anspornen soll."

„Er kann mal für ein paar Tage sein Essen aufspüren. Wenn er nichts findet, gibt's nichts zu fressen. Das funktioniert gut, und wenn er erst mal darauf angesprungen ist, werden wir daran arbeiten, seine Arbeitsweise zu verbessern."

„Vielleicht würde das Spike auch schärfer auf das Aufspüren machen", warf Derek ein.

„Gwyn, was hast du für ein Problem mit Loki? Er hat sich gestern ziemlich schlecht benommen."

„Ich wollte schon davon berichten, bin aber noch nicht dazu gekommen", sagte Gwyn. „Er hat vor zwei Tagen beim Abendessen Fisch vom Tisch geklaut, als ich ans Telefon gerufen wurde, und eine Gräte ist ihm im Maul steckengeblieben. Ich habe das erst gestern nachmittag bemerkt und bin gleich mit ihm zum Tierarzt gegangen. Es muß ihm ziemlich weh getan haben. Jetzt ist alles wieder in Ordnung."

Josh war erleichtert, das zu hören. „Gut. Wir alle wissen also, woran wir arbeiten müssen. Und jetzt geht's raus. Wir wollen mal sehen, wieviel Kontrolle ihr über eure Hunde habt. Anschließend gehen wir ins Moor. Ich habe schon jemanden vorausgeschickt. Er spielt einen entlaufenen Sträfling, der sich mit Hunden auskennt. Er wird überall Spuren hinterlassen. Mal schauen, wer ihn zuerst findet."

Sie gingen nach draußen, und Gulley brachte die Hunde.

Brier warf Roi einen Blick zu. Er betrachtete gerade eine Taube, die ungerührt zwischen Menschen und Hunden herumstolzierte. Als sie sich umsah, stellte sie fest, daß alle anderen Hunde ebenfalls die Taube beobachteten.

„Hunde bei Fuß, und macht die Leinen ab.“ Nur widerstrebend wandten die Hunde ihre Blicke von der Taube ab und schauten ihre Führer an. Bei Fuß gehen ohne Leine – das konnten mittlerweile alle sehr gut.

„Werft nun das Spielzeug der Hunde so weit weg, wie ihr könnt, ohne irgendein Kommando. Dann laßt den Hund hinterhergehen.“

„Alle auf einmal?“ fragte Gwyn, der wußte, daß Loki sich nicht sonderlich gut mit Major vertrug.

„Alle auf einmal. Wenn die Hunde ihr Spielzeug haben, ruft sie zurück.“

Die Spielzeuge flogen durch die Gegend. Die Hunde waren erstaunt, weil kein Kommando erfolgte, und schauten zögernd ihre Führer an.

„Los geht's!“ Sechs große Hunde rannten auf einmal los. Loki stürzte auf die Schildkröte und lief damit weg, während Roi sein Rohr nahm, sich umdrehte und Brier anschaute. Spike und Jacko waren zu dicht beieinander, und einen Moment lang dachte Tony, sein Hund würde gleich einen Kampf anfangen. Aber der Drang, zu seinem Spielzeug zu kommen, war stärker als seine Kampfeslust.

Josh schaute zu. Das waren nicht mehr die ungestümen Jungtiere, die vor neun Wochen mit der Ausbildung angefangen hatten. Insgesamt sah es gar nicht so schlecht aus.

Befehlende Stimmen erschallten, und die Hunde kehrten wieder zurück. Josh und Gulley lächelten zufrieden.

„Vor ein paar Wochen wäre in solch einer Situation noch das totale Chaos ausgebrochen“, bemerkte Josh. „Das habt ihr gut gemacht. Ihr habt anscheinend in eurer Freizeit geübt. Ich möchte, daß ihr heute alle mit einem Partner trainiert. Ihr müßt die anderen Hunde kennenlernen. Zukünftig solltet ihr darauf gefaßt sein, daß jeder mal mit jedem zusammenarbeiten muß.“

„Richtig“, bestätigte Gulley und sah auf die Liste, die Josh zusammengestellt hatte. Er las laut vor: „Rob und Gwyn. Derek und Pete. Brier und Tony. Teilt euch jeweils einen Wagen und folgt uns.“

„Ich fahre. Wir nehmen meinen Wagen“, sagte Tony knapp.

Brier nickte und stieg bei ihm ein.Warum hatte Josh sie nicht mit Pete oder Rob zusammengetan? War er auf Ärger aus? Nun, sie mußte versuchen, das Beste aus dieser dummen Situation zu machen. „Jacko entwickelt sich ganz prima“, sagte sie in der Hoffnung, damit einen guten Einstieg gefunden zu haben.

„Ich wünschte, er hätte einen anderen Namen. Seiner klingt so albern, aber auf einen anderen hört er nicht.“ Tony fluchte leise, weil er hinter einem Traktor herfahren mußte. „In diesem Tempo werden wir die anderen verlieren.“

„Gulley wird an die Seite fahren und auf uns warten.“ Sie dachte über den Namen des Hundes nach. „Wie wäre es denn mit Jago? Das klingt ähnlich, aber es ist immerhin der Name einer Figur aus Shakespeares ‚Othello‘. Probier's doch mal damit.“

„Keine schlechte Idee. Danke“, meinte Tony, während er den Traktor überholte.

Die anderen Wagen waren an die Seite gefahren und hatten auf sie gewartet. Nun ließ Tony ihnen etwas Zeit, wieder anzufahren.

„Derek hat mir erzählt, daß deine Frau ein Kind erwartet“, sagte Brier, die verzweifelt nach Themen für eine Unterhaltung suchte.

„Wir haben schon vier Babys verloren. Drei Fehlgeburten und ein Totgeborenes“, sagte Tony. In der Enge des Wagens fiel es ihm offensichtlich leichter, über private Dinge zu sprechen. „Aber Sheila wollte es unbedingt noch mal versuchen. Ich war dagegen. Irgendwie habe ich Angst. Das Kind soll in der gleichen Woche kommen, in der auch die Abschlußprüfungen sind. Ein unglücklicher Zufall. Sheila ist verrückt vor Angst, es könnte wieder schiefgehen, und ich auch, obwohl ich versuche, es zu verdrängen. Die Ärzte haben sich jetzt dafür ausgesprochen, einen Kaiserschnitt zu machen, und ich will natürlich dabeisein. Ich bete, daß es nicht an einem der Prüfungstage ist. Aber ich kann doch nicht die Prüfung abblasen, oder?“

„Kann man das Datum bei einem Kaiserschnitt nicht beeinflussen?“

„Ja, aber das Baby überlegt es sich vielleicht anders und beschließt, früher zu kommen. Sobald die Wehen einsetzen, fangen sie damit an.“

„Diesmal müßt ihr ganz einfach Glück haben“, versuchte Brier ihm Mut zu machen.

„Ich war nicht besonders nett zu dir“, sagte Tony. „Es tut mir leid. Ich glaube, ich war einfach nur neidisch auf deine zwei gesunden Kinder. An Pete habe ich es auch ausgelassen, weil er immer wieder von seinem kleinen Sohn erzählt hat.“

„Du hättest es uns sagen sollen“, meinte Brier.

„Ich wollte kein Mitleid.“

Brier verstand nun, in welch schwieriger Situation sich Tony befand, und sah ihm sein gelegentlich ruppiges Verhalten nach. Sie holten die Hunde aus dem Wagen und legten sie an die Leine. Sofort begannen die beiden Hunde, energisch zu ziehen.

„Wir können von Glück sagen, wenn wir uns hier nicht die Beine brechen“, bemerkte Tony, während sein Hund ihn über das unebene Gelände zerrte. „Er saust hier ja lang wie ein D-Zug! Was ist nur los mit ihm?“

Brier war zu sehr damit beschäftigt, auf sich selbst aufzupassen, um zu antworten. Roi hatte eine in der Luft liegende Witterung aufgenommen und weigerte sich, am Boden zu schnüffeln. In der Ferne kämpfte Derek damit, Spike zu folgen. Der Hund rannte entschlossen voraus und schien völlig außer Kontrolle. Dem großen Mann gelang es selbst unter Einsatz seines ganzen Gewichts kaum, den Hund zu bremsen. Sie gingen alle in dieselbe Richtung, aber so viele Spuren konnte der Mann doch gar nicht gelegt haben! Und die Hunde liefen, als würden sie von einem großen Magneten angezogen. Alle mußten zwischen Büschen und Hecken hindurchrennen und zogen sich dabei Kratzer an den Händen und im Gesicht zu. Das Ganze glich mehr einem Tumult als einer Fährtensuche.

Roi sauste einen gewundenen Pfad hinunter und schleifte Brier durch einen kleinen Bach, so daß sie knöcheltief durch eiskaltes Wasser waten mußte. Dann wich die Buschlandschaft einem kargeren Terrain, und vor ihnen tauchte ein Farmhaus auf. Der „Flüchtling“ hielt sich bestimmt hier versteckt. Sie rannten zum Tor und auf den Hof. Roi setzte sich und bellte, was die anderen Hunde sofort beantworteten. Josh und Gulley tauchten lachend in der Tür des Hauses auf.

„Gut, gut“, sagte Josh. „Da habe ich wirklich eine prima Übung geplant. Da drüben sind die Ställe. Bringt die Hunde dorthin, und kommt dann in die Küche.“

Die Ställe waren klein, sauber und mit frischem Stroh versehen. Doch die Hunde ließen sich nicht sofort nieder. Ruhelos sprangen sie umher und versuchten sogar, hinter ihren Führern herzulaufen, als sie von der Leine los waren.

In der Küche war auf dem großen Tisch etwas zu essen vorbereitet – Pasteten und Sandwiches, Brötchen und Johannisbeerkuchen, Käsekuchen und Quiches. Als Josh pfiff, kam eine junge Colliehündin unter dem Tisch hervor. Sie trabte zu ihm hinüber und leckte ihm die Hände. „Das ist Holly“, verkündete er. „Sie ist gerade läufig.“

„Heiliger Strohsack!“ rief Pete. „Du wußtest, was passieren würde?“

„Ich habe es erwartet – obwohl ich natürlich immer hoffe, daß mal ein junger Hund dazwischen ist, der seiner Arbeit so ergeben ist, daß er seine Triebe vergißt. Bisher ist das allerdings noch nie passiert. Sie lernen mit der Zeit und zunehmender Erfahrung zwar, sich etwas unter Kontrolle zu halten, aber sobald sie diesen Geruch in der Luft wahrnehmen, folgen sie ihrer Nase. Wir können nichts dagegen tun. Denkt immer daran!“

Eine schmächtige Frau mit langen blonden Haaren kam in den Raum. Die Hündin lief sofort zu ihr, und die Frau kraulte ihr die weichen Ohren. „Ich möchte euch Jo Lester vorstellen“, fuhr Josh fort. „Sie züchtet die besten Collies im Land und wetteifert mit Alice darum, wer das beste Essen zubereiten kann.“

„Herzlich willkommen“, sagte Jo und lachte. „Vielen Dank an Sie alle, daß Sie mir diesen Höhepunkt des Jahres bescheren.“

„Gab es da draußen denn tatsächlich Spuren?“ fragte Derek.

Gulley grinste. „Es gibt sechs Spuren, aber die führen nicht hierher, sondern zurück zu den Wagen.“

Ein Holzfeuer flackerte in dem großen Ofen. Eine Katze mit vier Kleinen kuschelte sich in einen großen Sessel. Derek aß, als hätte er seit Monaten nichts mehr bekommen, und auch die anderen waren sehr hungrig. Unterdessen erzählte ihnen Josh von den Lesters. „Mick Lester arbeitet für die großen Ölgesellschaften. Er hilft, Probleme zu lösen, und hat unter anderem nach dem Golfkrieg geholfen, die brennenden Ölquellen zu löschen. Jo züchtet Hunde und bildet sie darüber hinaus auch für Film, Theater und Fernsehen aus.“

„Ich arbeite schon seit meinem zweiten Lebensjahr mit Hunden“, sagte Jo. „Mein Vater ist im Zirkus aufgetreten. Da Mick ständig unterwegs ist, habe ich Zeit. Langen Sie bitte kräftig beim Essen zu! Mick kommt erst in zwei Wochen wieder, und ich möchte bis dahin nicht jeden Tag Reste essen.“

Auf dem Rückweg sprach Tony aus, was wohl alle dachten. „Wir haben in der Ausbildung noch eine ganz schöne Strecke vor uns. Ich befürchte, es gibt noch viel mehr zu lernen, als ich dachte.“

„Stimmt. Da meint man, man wüßte schon eine ganze Menge, und dann findet man plötzlich heraus, daß es eigentlich nicht der Rede wert ist“, pflichtete ihm Brier bei.

Sie hielten an einer Tankstelle, um Benzin nachzufüllen. Vor dem Kassenhäuschen standen ein paar Eimer mit Blumen, und Brier bat Tony nach dem Bezahlen, einen Augenblick zu warten. Sie ging hinein und kam mit einem großen Strauß Narzissen und Tulpen zurück. „Nimm die heute Sheila mit“, sagte sie zu ihm. „Sie sind von uns allen. Ich habe mit den anderen gesprochen, als du mal draußen warst. Das stört dich doch nicht, oder? Ich dachte, es ist besser, wenn sie Bescheid wissen. Dann tritt auch niemand mehr ins Fettnäpfchen.“

„Danke“, sagte Tony und legte die Blumen vorsichtig hinter den Sitz. Während sie auf den Hof des Ausbildungszentrums fuhren, dachte Brier, daß sie an diesem Tag wieder einen Schritt weitergekommen waren.

9

Noch drei Wochen bis zu den Abschlußprüfungen. Für Brier vergingen die Tage wie bei einer Achterbahnfahrt: Mal war sie oben, mal unten – allerdings häufiger unten als oben. Es war ungeheuer viel, was die Hunde in dieser kurzen Zeit lernen mußten, besonders wenn man bedachte, daß sie noch sehr jung und unerfahren waren und noch nie vorher so intensiv trainiert worden waren.

Auch mit Simon war es unverändert schwierig. Er hatte Angst, daß das Jugendamt ihn von Brier wegholen würde, und sein schmales Gesichtchen mit den großen, traurigen Augen verfolgte sie sogar bei der Arbeit. Wenn sie zu Hause war, wich er ihr nicht von der Seite. Kate hatte berichtet, daß sein Vater ein paarmal an der Schule gewesen sei, aber keinerlei Anstalten gemacht habe, Simon mitzunehmen.

Roi war immer noch besonders wichtig für den Jungen. Jedesmal, wenn der Hund nachts nicht bei ihm war, kehrten die Alpträume zurück. Gegen besseres Wissen ließ ihn Brier deshalb auf einer Matte neben Simons Bett schlafen. Der Junge war oft vor ihr auf den Beinen und wartete darauf, mit dem Hund im Garten herumzutollen, ihn zu bürsten und zu füttern. Das sparte ihr Zeit. Morgendliche Trainingsstunden zu Hause waren allerdings unmöglich geworden. Roi verweigerte die Mitarbeit, wenn der Junge zusah, und sie brachte es nicht übers Herz, Simon wieder ins Haus zu schicken. Es war einfacher, etwas früher aufzubrechen und auf dem Gelände des Ausbildungszentrums zu üben.

Nach wie vor ahnte Brier nicht, daß Dana heimlich mit Roi das lustige Spiel mit dem Schlüssel spielte. Niemand im Team verstand, warum Roi oft stur darauf beharrte, kleine Gegenstände durch die Luft zu werfen, statt sie Brier in die Hand zu legen. Nach wie vor gefährdete dieses Verhalten Rois Erfolg bei den Prüfungen.

In der Mitte der elften Woche stattete Brier zusammen mit Roi ihrer Mutter einen Besuch ab. Er lief in die Küche, als wäre er nie weg gewesen, begrüßte die beiden Hündinnen und schaute nach der Katze und ihren Jungen.

„Hast du Abnehmer für die Kätzchen gefunden?“ fragte Brier, während sie den kleinen Kerlchen beim Verfolgungsspiel zusah.

„Für alle außer für eines, aber erst nach Ostern. Die Leute fahren alle weg und möchten erst ein Tier haben, wenn sie zurückkommen.“ Helena setzte Kaffeewasser auf. „Wie geht es Roi?“

„Gut, aber wenn Simon in der Nähe ist, bin ich für Roi Luft.“

„Es bleibt nicht mehr viel Zeit“, stellte Helena fest. „Aber du kannst es noch schaffen. Du mußt es nur schlau anfangen.“

„Und? Hast du eine Idee?“

„Ja. Roi hat eine Leidenschaft: Leberkuchen. Laß ihn ein wenig hungern, dann wird er sogar Simon stehenlassen, wenn du etwas davon in der Tasche hast. Du darfst den Kindern aber nichts davon erzählen.“

„Was ist denn Leberkuchen?“

„Ein alter Züchter hat mir letztes Jahr auf einer Hundeausstellung davon erzählt und mir das Rezept verraten. Du nimmst ein Pfund gehackte Leber, fügst ein Ei dazu und rührst es kräftig um. Dann kommt so viel Vollkornmehl hinein, bis es ein richtiger Teig wird. Anschließend mußt du es in eine Kuchenform füllen, es bei 180 Grad zwanzig Minuten backen, bis es rundherum braun ist und dann in kleine Würfel schneiden. Ich verspreche dir, Roi wird sich voll auf die Belohnung konzentrieren. Ich habe ihn schon damit trainiert.“

„Ich muß sofort Kate bitten, mir einen Leberkuchen zu backen.“

„Nicht nötig, ich habe noch einen Vorrat“, verriet Helena. Sie holte eine große Tüte mit braunen Brocken, und Roi rannte sofort zu ihr hin. Aufgeregt und erwartungsvoll setzte er sich vor sie. „Nein, die gibt's jetzt nicht, mein Lieber“, erklärte sie. Statt dessen gab sie allen Hunden etwas Hundekuchen.

Brier schaute auf die Uhr. „Ich muß los. Ich habe den Kindern versprochen, mit ihnen Monopoly zu spielen, bevor sie ins Bett müssen. Ich glaube, Roi tut Dana gut. Sie ist jetzt viel friedlicher.“

Helenas Vorschlag mit dem Leberkuchen hatte Brier auf eine Idee gebracht. Am nächsten Morgen weckte sie die Kinder früh. „Ich habe eine neue Methode, Roi auszubilden“, verkündete sie, „und ihr könnt mir helfen. Wenn er arbeitet, darf er niemandem außer mir seine Aufmerksamkeit zuwenden. Ich möchte, daß ihr nachher bei der Küchentür steht, während ich ihn unterrichte. Aber bewegt euch nicht auf ihn zu. Er muß sich trotz Ablenkungen auf mich konzentrieren.“

Ben schaute Simon und Dana an. „Wir versuchen es“, versprach er.

Zunächst frühstückten sie. Der Hund und die Katze vertrugen sich mittlerweile einigermaßen. Brauner saß auf der Kommode und sah zu, wie sie aßen. Er wußte, daß er von dem, was die Kinder übrigließen, etwas abbekam. Roi kriegte nichts. Er erhielt seine Hauptmahlzeit abends nach der Arbeit.

Dann gingen sie nach draußen. Es war der zweite April, und die Sonne schien. Brier ging wieder und wieder an den Kindern vorbei, doch Roi verfolgte nur schnüffelnd die Leckerei in der Tüte, die sie in der Hand hielt. Als Brier ein Leberküchlein herausnahm, war Roi sofort da und wühlte mit der Schnauze in ihrer Hand.

Am Ende der halben Stunde begann Brier zu hoffen, daß sie vielleicht doch noch den Hund auf sich fixieren könnte. Ben und Simon hatten versprochen, mit Roi keine Spiele mehr zu spielen, die sein Training negativ beeinflussen konnten. Sie wünschte, sie könnte sich bei Dana auch so sicher sein.

Beim eigentlichen Training benahm sich Roi so gut, daß Briers Anspannung etwas nachließ. Auch die anderen Hunde machten Fortschritte. Die allgemeine Nervosität und der Eifer wuchsen, je näher die Prüfungen kamen, und die Zeit verging wie im Flug. Wer würde bestehen? Wer würde durchfallen? Würde es überhaupt jemand von ihnen schaffen? Die Fragezeichen in Joshs Notizbuch schienen sich täglich wie rasend zu vermehren. Derek ging zu steif mit seinem Hund um. Tony war immer noch zu ungeduldig, weil ihm Jacko, der nun auf „Jago" hörte, nach wie vor zu ruhig war. Loki machte im falschen Moment seine Späße, weil sein vorheriger Besitzer ihm das erlaubt hatte. Bei Pete und Rob sah alles recht vielversprechend aus. Sie hatten gute Chancen, wenn nichts mit ihren Hunden schieflief. Aber natürlich blieb immer ein Risiko. Lahmen, Bauchschmerzen oder ein Hustenanfall bei einem Hund konnten alle Pläne ruinieren.

Joshs morgendliche Treffen mit Gulley fingen nun früher an. Seite um Seite bedeckte er mit seinen Zeichnungen, während er nachdachte. Als Ausbildungsleiter war er verantwortlich für Fehler. Was er brauchte, war ein weiterer Hund, der für das Aufspüren von Sprengstoffen ausgebildet war. Bislang hatten sie dafür nur Lim, und es würde noch ein paar Wochen dauern, bis ein zweiter Hund soweit war.

Das Wetter war wieder umgeschlagen. Es stürmte und regnete heftig, und der Boden war matschig und erschwerte das Aufspüren von Fährten. Gulley machte sich Sorgen um die Hunde, die völlig durchnäßt waren und froren, und als sich Rob, Pete und Derek heftige Erkältungen einfingen, machte er sich auch Sorgen um die Männer.

Die Hunde kamen jedoch mit dem Wetter überraschend gut zurecht.

Wie ungemütlich es auch sein mochte, sie waren eifrig bei der Sache. Besonders Roi war manchmal so voller Energie, daß Brier Schwierigkeiten hatte, sie in die richtigen Bahnen zu lenken.

„Ich wünschte, wir könnten dieses blöde Suchproblem lösen", sagte Josh eines Freitagnachmittags nach einer besonders schlechten Unterrichtsstunde. „Heute wäre Roi glatt durch die Prüfung gefallen. Was ist bloß los mit dem Hund?"

Roi hatte mit dem ersten Gegenstand, den er aufspüren sollte, herumgealbert, und die anderen hatte er nicht mal gefunden. Mit allem, was gerade so herumlag, hatte er gespielt, und als Brier ihn losschickte, lief er in die falsche Richtung. Eine herumstreunende schwarzweiße Katze war ihm unter die Augen gekommen, und er hatte ihr sofort nachgesetzt. Das Training war frustrierend an diesem Tag.

„Samstagmorgen werden wir eine Extraschicht einlegen", verkündete Josh. „Wir müssen die Hunde auf ein höheres Niveau bringen. Und außerdem möchte ich wissen, was mit Roi schiefläuft."

Derek schaute finster drein. Er hatte ein völlig anderes Wochenende geplant – mit einer kleinen rothaarigen Polizistin.

„Kate hat am Wochenende frei, Mutter ist als Jurymitglied bei einem Wettbewerb, und Kate ist ihre Assistentin", wandte Brier ein. „Kann ich die Kinder mitbringen?"

„Warum nicht? Gulley könnte sich um sie kümmern."

„Klar, mache ich gern", versprach Gulley. Und vielleicht kann ich dabei herausfinden, wo das Problem liegt, dachte er bei sich. Kinder verrieten oft Geheimnisse, die ihre Eltern nicht preisgeben wollten.

SAMSTAG war ein außergewöhnlich schöner Tag. Ein leichter Wind wehte. Ben, Dana und Simon stiegen aus dem Wagen und wurden von Gulley empfangen. „Kein Wort und keine Bewegung, oder ich kommandiere euch ab zum Zwingerreinigen. Wenn ihr zuschaut, müßt ihr so tun, als wäret ihr gar nicht da."

Brier fing sofort mit dem Training an. Josh hatte überall Sachen verstreut: eine Zündkerze, einen Bindfaden, eine kleine Matte, einen Lederriemen, eine Spritze ohne Nadel.

Sie ließ den Hund von der Leine und schickte ihn los. Als er Simon sah, rannte er sofort zu ihm und sprang eifrig an ihm hoch, entzückt darüber, daß er den Jungen an seinem „Arbeitsplatz" vorfand. Brier hatte keinen der Leberleckerbissen dabei. Bis jetzt ignorierte Roi die Kinder nur, wenn er etwas davon bekam.

Josh nahm den Hund mit ernster Miene an die Leine und brachte ihn zurück. Brier wußte, daß er sah, was los war. Ob das das Aus für den Hund bedeutete? Brier fühlte sich elend. Josh gab ihr die Leine, und sie ließ sich von Roi zu dem Platz bringen, an dem die Sachen verteilt waren. Der Hund hob den Lederriemen hoch und warf ihn in die Luft. Brier fühlte plötzlich das unbändige Verlangen, den Hund zu packen und zu schütteln. Sie nahm ihm den Riemen ab und führte ihn hinüber zu der Matte. Als er Anstalten machte, auch damit zu spielen, sagte sie scharf „Nein!"

„So macht ihm das keinen Spaß", bemerkte Dana. „Wenn ich mit ihm spiele, lasse ich ihn tun, was er mag. Das gefällt ihm besser. So wie ihr das macht, ist es langweilig."

Gulley starrte sie an. „Weiß deine Mutter, daß du dieses Spiel mit ihm spielst?"

„Nein, sie wäre bestimmt sauer, wenn sie es wüßte."

„Was haltet ihr von einem Picknick in meinem Büro?" fragte Gulley. „Mögt ihr süßes Gebäck?"

Die Kinder nickten. Gulley ließ sie herein, schenkte ihnen Milch ein und gab ihnen von Alice selbstgebackene Schokoladenkekse. Er sah zu, wie die Kinder mit verschmierten Mündern selig kauten, und holte Küchenpapier, damit sie sich abputzen konnten. „Und jetzt müssen wir uns mal unterhalten", sagte er.

Die drei schauten ihn gespannt an. „Wann wird Roi ein richtiger Polizeihund sein?" fragte Ben. „Nächste Woche?"

„Genau darüber müssen wir sprechen", erklärte Gulley. „Ich bin nicht sicher, ob er jemals ein richtiger Polizeihund werden kann. Wißt ihr, er muß besonders gute Noten in den Prüfungen bekommen, sonst fällt er durch. Eigentlich sollte er die Sachen, die er aufspürt, direkt zu eurer Mutter bringen und sie ordentlich im Maul halten. Er wirft sie aber immer in die Luft und spielt mit ihnen. Das gehört sich nicht für einen Polizeihund. Wenn er das in den Prüfungen macht, kriegt er schlechte Noten." Er sah die Kinder an. „Vielleicht wäre es besser, wenn Roi nachts hier bleibt. Wenn eure Mutter sich nicht darauf verlassen kann, daß ihr das macht, worum sie euch bittet, werdet ihr Rois Zukunft als Polizeihund ruinieren."

Die Kinder starrten ihn an. „Das wußte ich nicht", sagte Dana. „Ich dachte, daß er das nur für mich tut und bei Mama alles richtig macht. Es war unser geheimes Spiel." Sie war den Tränen nahe.

„Nun weißt du ja Bescheid", meinte Gulley. „Ich bin sicher, daß du jetzt besser aufpaßt. Wenn Roi durch die Prüfungen fällt, kriegt eure Mutter wahrscheinlich nie wieder eine Chance, Hundeführerin zu werden, und Roi muß zu Hause bleiben oder zu eurer Großmutter zurück. Ich glaube nicht, daß er sich als Haustier wohl fühlen würde. Er muß arbeiten und sein Gehirn gebrauchen. Und ihr möchtet doch, daß er glücklich ist, oder?"

Dana nickte.

„Ich werde euch jetzt bitten, etwas sehr Erwachsenes zu tun", fuhr Gulley fort. „Bis zu den Prüfungen sollte sich nur eure Mutter um Roi kümmern. Stellt euch mal vor, er mag euch drei so gern, daß er, wenn er einen Verbrecher jagt und euch sieht, den Verbrecher entkommen läßt und statt dessen zu euch läuft! Was glaubt ihr, würden die Zeitungen dann berichten? Alle würden über ihn lachen."

Er sah die Kinder an. Dana war ganz unglücklich. Sie konnte den Gedanken, den Hund zu verlieren, nicht ertragen. Zum erstenmal verstand sie, daß ihr Spiel mit Roi seine gesamte Ausbildung zunichte machen konnte. „Ich habe das nicht absichtlich getan. Ich wußte nicht, daß er dann durcheinanderkommt." Sie war völlig zerknirscht.

„Können Roi und ich denn Freunde sein, wenn er ein richtiger Polizeihund ist und nicht mehr lernen muß?" fragte Simon.

„Ihr könnt immer Freunde sein. Mach nur nicht allzuviel Aufhebens um ihn. Und keine Spiele bis nach den Prüfungen, okay?" Die Kinder nickten. „So, gleich kommen alle, um eine Pause zu machen, und ihr könnt mir dann mit dem Kaffee helfen. Simon schenkt ein, Dana kümmert sich um die Milch, und Ben kann den Zucker rumreichen."

Die Hunde waren wieder in den Wagen. Josh hatte beschlossen, für diesmal Schluß zu machen. Sogar Roi hatte getan, was man ihm sagte.

Brier und Josh hatten sich nebeneinandergesetzt und unterhielten sich. „Die Beziehung zwischen dem Hund und den Kindern sollte weniger eng sein, aber es wird sicher schwierig, daran etwas zu ändern", meinte Josh. Erschrocken drehte er sich um, als ihn eine kleine Hand an der Schulter berührte. Er hatte nicht bemerkt, daß die Kinder näher gekommen waren. Bestimmt hatten sie mitgekriegt, was er gerade gesagt hatte.

„Ich bin schuld, daß Roi nicht gut arbeitet", erklärte Dana. „Mr. Gulley hat mir das erklärt." Sie schaute zu Brier auf. „Ich wußte nicht, daß es deine Ausbildung stören würde. Es war nur, daß Roi das Aufspürspiel lieber so gespielt hat, wie ich es mache. Ich werde es bestimmt nicht wieder tun."

„Wann hast du das Spiel denn gespielt?" fragte Josh.

„Immer, wenn Mama nicht hingeschaut hat. Er hebt alles auf, was ich fallen lasse. Dann bringt er es mir, und ich lache, wenn er die Sachen herumwirft. Es ist so lustig."

„Ach du meine Güte", sagte Josh zu Gulley, als Brier, Roi und die Kinder abfuhren. „Da planst du und arbeitest, trotzdem funktioniert es nicht, wie es sollte – und dann stellt sich heraus, daß etwas so Simples der Grund für Rois Verhalten ist. Ich hoffe nur, daß es keine solchen Überraschungen mehr gibt."

NOCH zwölf Tage bis zu den Prüfungen. Zwölf Tage Zeit, um herauszufinden, ob die Hunde für den Polizeieinsatz wirklich geeignet waren. In zwölf Tagen würden sie wissen, wer bestanden hatte.

Sie hatten hart gearbeitet. Wochen voller Unterricht lagen hinter ihnen. Nur Gwyn und Brier waren auf diese Flut von Informationen vorbereitet gewesen: Gebrauch und Pflege der Ausrüstung, Behandlung der Hunde, tägliche Untersuchungen nach Dornen, Grassamen, irgendwelchen Anzeichen für Verletzungen oder Verspannungen.

Dann gab es die Lektionen über das unterschiedliche Temperament von Hunden. Sie hatten genug verschiedene Charaktere in ihrer kleinen Gruppe, um einzusehen, wie notwendig dieses Wissen war. Und noch mehr Unterrichtsstunden: Hundeanatomie, -physiologie, -psychologie, Ernährung der Hunde, Hygiene, Wurmkuren, Flohkontrolle. Und zu alledem kam noch die praktische Arbeit.

Josh beobachtete seine Gruppe genau. Die Hundeführer sollten stets entschlossen und freundlich handeln, niemals unter Anwendung von Gewalt. Und es gab immer noch neuen Stoff, den er vermitteln mußte.

Josh stellte seine Leute ohne ihre Hunde in einer Reihe auf. „Runter auf alle viere", kommandierte er.

Sie starrten ihn verblüfft an, taten dann aber, was er gesagt hatte. „Was seht ihr jetzt vor euch?"

Aus dieser Position waren die kleinen Büsche große Hindernisse, und eine Mauer stellte eine hohe Barriere dar. Wer konnte ahnen, was für Gefahren dahinter lauerten?

„Vielleicht wartet ein Mann mit einem Gewehr oder einem Messer hinter dieser Mauer, vielleicht ist dahinter ein Steinbruch oder ein steiler Abhang. Eure Hunde können das nicht wissen. Ihr müßt für sie mitdenken. Sie müssen euch vollständig vertrauen können. Schimpft nie ohne triftigen Grund mit ihnen. Verliert nie die Beherrschung. Eines Tages hängt unter Umständen euer Leben von eurem Hund ab. Wenn er euch nicht vertraut, gibt er sich vielleicht nicht genügend

Mühe, euch zu verteidigen. Was auch immer wir tun, wir dürfen sie nie im Stich lassen. Denkt darüber nach. Wir machen alle mal Fehler, aber wir müssen dafür sorgen, daß die Hunde wissen, daß wir ihnen nur für kurze Zeit böse sind, und das niemals grundlos."

Josh stand nun neben Brier. Ihre Augen befanden sich auf seiner Kniehöhe, ungefähr wie bei einem Hund. Er schwenkte eine Leine. Sie fiel beinahe um, als er sie anbrüllte: „Böser Hund! Schlechter Hund!" Die Leine sauste knapp an ihr vorbei und schlug hart auf den Boden. „Ich hasse dich! Du machst nie was richtig!" Und wieder sauste die Leine an ihr vorbei. Dann fuhr Josh mit ruhigerer Stimme fort: „Wenn irgend jemand in meinem Team seinen Hund so behandelt, schmeiße ich ihn raus, und zwar auf der Stelle! Ich dulde so etwas nicht, noch nicht einmal im Ansatz. Verstanden?" Er ging an der Reihe vorbei und schaute jeden einzelnen an. Dann kehrte er zurück zu Brier, kniete sich neben sie und streichelte ihr Haar. „Liebes Mädchen, schönes Mädchen. Mein kluges Mädchen." Seine Stimme war ganz sanft. Für einen Moment überkam Brier die Sehnsucht, sich an ihn zu lehnen und sich von ihm trösten zu lassen. O Tom, Tom, dachte sie und vermißte auf einmal schmerzlich die Umarmungen ihres Mannes.

Gwyn, der neben ihr hockte, stupste Josh an und winselte wie ein Hund. „Das ist nicht fair. Ich möchte auch hören, daß ich schön bin. Warum nur sie?" fragte er. Alle standen lachend auf, und in den nächsten Stunden waren sie guter Laune.

Noch zehn Tage.

Die Theorie des Geruchs. Wie man eine Fährte verfolgt. Kriminalistische Arbeit. Die Geschichte des Hundes und die Beziehung zwischen Mensch und Hund. Wie setzt man Hunde bei der Polizei ein? Arbeit den Tag über, Arbeit zu Hause – jeden Tag eine halbe Stunde, während die Kinder zusahen. Nachts wach liegen und jede Unterrichtsstunde im Geiste durchgehen. An die Mißgeschicke des Tages denken und versuchen herauszufinden, wie man Abhilfe schaffen konnte. Sich fest vornehmen, die Fehler morgen zu vermeiden.

„Nun sind doch noch ordentliche Hundeführer aus ihnen geworden", stellte Gulley fest, als er und Josh zusammen ihre Notizen vom Vortag besprachen. Mittlerweile hatten alle eine Beziehung zu ihrem Hund aufgebaut. Sogar Derek freute sich inzwischen, wenn Spike gute Leistungen erbrachte.

Wiederholung. Sie liefen herum und murmelten vor sich hin. Gwyn und Brier setzten sich zusammen und feuerten Fragen aufeinander ab: zu Polizeianweisungen bezüglich der Hunde, Gefahren beim Einsatz,

Arbeit in der Gruppe, dem Training, das das ganze Leben des Hundes konsequent begleiten muß.

Noch acht Tage.

An diesem Nachmittag übten sie das Aufspüren von Fährten auf Straßen, eine äußerst schwierige Arbeit für den Hund, denn harte Oberflächen speichern Gerüche nicht so gut wie Wiesen und Felder. Es hatte geregnet, und keiner der Hunde machte seine Sache besonders gut. Josh wünschte, er hätte für diesen Tag eine andere Übung angesetzt, aber sie war nun mal Bestandteil der Abschlußprüfungen und mußte durchgeführt werden.

Nach Hause zu gehen bedeutete für jeden in der Gruppe inzwischen nur noch eine kurze Verschnaufpause, in der man alles noch einmal durchgehen, lernen und schlafen konnte. Man stand früh wieder auf, lief mit den Hunden eine Runde und pflegte sie.

Nicht immer ging alles reibungslos vonstatten; manchmal verursachten die Hunde auch außerhalb der Arbeitsstunden Probleme. Jago zum Beispiel hatte einmal, nachdem er aus dem Wagen gesprungen und von der Leine gelassen worden war, die Perserkatze des Nachbarn gejagt, und Josh mußte sich jetzt um die Beschwerde kümmern. Spike weigerte sich, auf Zuruf zu kommen, wenn Derek keine Polizeiuniform trug, und Loki hatte eines Nachmittags aus Langeweile alle Knöpfe von Gwyns bester Dienstjacke abgefressen, glücklicherweise ohne gesundheitliche Schäden davonzutragen.

Die Hundeführer lernten, die Trainingseinheiten zeitlich zu begrenzen. Sie gaben den Hunden eine kurze Fährte, wenn sie sich zuvor schon mit einer langen abgemüht hatten. Hunde mußten Erfolgserlebnisse haben, sonst verloren sie die Lust.

Sie wußten nie, wohin sie gehen würden: leerstehende Gebäude, ungenutzte Lagerhallen, ein verlassenes Militärgelände, Parks, Spielplätze. Die Hunde suchten Spuren auf Furchen und in Rillen, auf Gras oder Stein, auf Sand oder Matsch und lernten, über Hürden zu springen. Vielleicht war es später einmal notwendig, daß sie Zäune, kleine Bäche oder andere Hindernisse überwinden mußten, und darauf sollten sie vorbereitet sein. Sie wurden zu einer markierten Stelle geschickt, übten, einen weglaufenden Mann abzufangen, und hielten ihn fest, bis der Polizist zur Stelle war.

In wenigen Tagen würden sie alle Polizeihundeführer mit einsatzfähigen Polizeihunden sein. Oder nicht? Die Hunde brauchten natürlich Erfahrung, aber die konnte erst mit der Zeit kommen.

Noch sieben Tage.

In der elften Woche hatten sie eine Probeprüfung durchgeführt. Alle hatten bestanden, auch wenn Derek nur so eben durchgekommen war. Er hatte aus seinen Fehlern gelernt und in der zwölften Woche noch einmal große Fortschritte gemacht. Nun wußten alle, wo sie standen. Gwyn war in der elften Woche der Beste gewesen, Brier in der zwölften. Alle waren hochgradig nervös.

Brier war abends immer müde und erschöpft und freute sich, wenn sie ein stilles Haus vorfand. Kate ging mit den Kindern oft hinüber zur Willowbank Farm, so daß Brier ihr Abendessen dann in Ruhe zu sich nehmen konnte. Wenn Ben, Dana und Simon später ins Haus stürmten, war sie schon etwas entspannter. Die Kinder bemühten sich, Roi nicht von Brier wegzulocken. Helena hatte ihnen gezeigt, wie sie sich am besten verhalten sollten.

An diesem Abend klingelte das Telefon, als Brier sich gerade umgezogen hatte, weil sie mit dem Hund spazierengehen wollte. „Hallo, John. Was gibt's?"

„Die endgültige Entscheidung über Simons Zukunft ist auf den Tag nach den Prüfungen festgesetzt worden. Sein Vater wehrt sich, und zwei Leute, die im Komitee sind, scheinen nicht zu begreifen, was das ganze Theater soll. Es könnte so oder so ausgehen."

„Sie werden ihn doch nicht nach Hause schicken, oder?"

„Hoffentlich nicht. Aber manchmal trifft das Jugendamt auch unsinnige Entscheidungen. Sei nicht zu optimistisch."

„Ich werde um ihn kämpfen", entgegnete Brier. „Es wäre ein Verbrechen, ihn nach Hause oder zu Fremden zu schicken. Er ist nun schon seit Wochen bei uns. Für ihn ist das jetzt sein Zuhause."

„Das weiß ich doch", erklärte John. „Aber ich mußte dir Bescheid sagen. Ich halte dir die Daumen."

Er legte auf, und Brier pfiff nach Roi. Sie schloß die Tür hinter sich, ging die Straße entlang und dann die Stufen zu einem kleinen Pfad am Kanal hinunter. Roi beschnüffelte das Gras, lief vorneweg, kehrte wieder zu ihr zurück und folgte ihrem Kommando „Bei Fuß!", wenn Leute kamen. Boote waren auf dem Wasser, Blumen blühten, und Vögel zwitscherten. Sie hatte schon seit Wochen keine Zeit mehr gefunden, entspannt und in Ruhe spazierenzugehen. Endlich einmal konnte sie für eine Weile alle Verpflichtungen hinter sich lassen.

Im „Stagecoach Inn" legte Brier eine Rast ein. Zu Zeiten, als hier noch Frachtkähne von Pferden auf Treidelpfaden den Fluß hinaufgezogen worden waren, war es ein florierendes Gasthaus gewesen, in dem viele Schiffer einkehrten. Brier setzte sich auf eine Bank im Garten, bestellte einen Orangensaft und beobachtete, wie ein weißes Boot mit einem Pärchen am Ufer anlegte. Die Frau war schlank, jung und hatte lange Beine, lange blonde Haare und eine kecke Nase. Ihre kurzen Hosen und die Bluse saßen denkbar knapp, und sie war sich der Wirkung ihrer Erscheinung offensichtlich bewußt. Der Mann in dem Boot wirkte angetrunken.

Brier nippte an ihrem Orangensaft. Roi lag neben ihr und schaute aufmerksam zu.

Der Mann sah zu, wie die junge Frau die Planke zwischen Boot und Ufer befestigte, mit wehenden Haaren darüber schritt und im Stagecoach Inn verschwand. Er versuchte ihr zu folgen, doch bereits nach zwei Schritten schwankte er, und im nächsten Augenblick lag er im Wasser. Er schlug wild um sich und trieb auf die Mitte des Kanals zu. Brier rannte zum Ufer, doch noch bevor sie Zeit hatte zu überlegen, was sie tun sollte, war Roi schon im Wasser und schwamm auf den Mann zu. „Halten Sie sich an seinem Halsband fest!" schrie Brier ihm zu.

Zwei Männer, die an einem Tisch in Briers Nähe gesessen hatten, liefen zu ihr und schauten zu, wie Roi sein Ziel erreichte. Verzweifelt griff der Mann im Wasser nach ihm und hielt sich an ihm fest, und der Hund zog ihn langsam in Richtung Ufer.

Die beiden Männer halfen dem Verunglückten aus dem Wasser, während Brier Roi wieder ans Ufer zerrte. Sie fand keine Worte, ihn zu loben, aber er wußte, daß er etwas Gutes getan hatte, und wedelte mit dem Schwanz.

„Wenn Ihr Hund nicht gewesen wäre . . ." Der Mann in seiner tropfnassen Kleidung sah sie dankbar an.

„Dann wäre einer von uns reingesprungen. Roi hat uns davor bewahrt, auch noch naß zu werden", sagte Brier. „Jetzt sollte ich aber schleunigst nach Hause." Sie mußte Roi unbedingt abtrocknen, denn sie wollte nicht riskieren, daß er sich so kurz vor den Abschlußprüfungen noch erkältete. Ein kühler Wind kam auf, und sie wünschte, sie hätte eine Jacke dabei. Roi lief vor ihr her.

Zu Hause rieb Brier ihn vor der Küchentür trocken, und weil er dachte, es handle sich dabei um ein neues Spiel, schnappte er nach dem Handtuch und weigerte sich loszulassen. Die Kinder sahen Brier und Roi, kamen herausgerannt und bombardierten sie mit Fragen: „Wie ist Roi so naß geworden? War er schwimmen?"

Brier erzählte ihnen, wie Roi einen Mann vor dem Ertrinken gerettet hatte, und nun konnten sie ihn beim besten Willen nicht mehr einfach ignorieren, wie sie es in der letzten Zeit hatten tun müssen. Sie lobten und umarmten ihn, und Roi, der die ganze Episode bereits vergessen hatte, sonnte sich in der Aufmerksamkeit, die ihm zuteil wurde. Brauner wurde eifersüchtig und lief zu dem Hund, um sich an dessen Beinen zu reiben. Roi senkte den Kopf, und für einen Moment standen sich die beiden Tiere Auge in Auge gegenüber. Später, als Roi sich auf seine Decke gelegt hatte, sprang Brauner dazu, putzte Roi emsig und schnurrte zur Begeisterung der Kinder dabei.

Als Kate die Kinder ins Bett gebracht hatte und in ihr Zimmer gegangen war, saß Brier allein in der Küche. Roi kam zu ihr, lehnte sich an sie und sah zu ihr auf, als versuche er ihre Gedanken zu ergründen.

In dieser Nacht schlief Simon, ohne aufzuwachen, und am nächsten Morgen fand Brier den Hund vor ihrer eigenen Tür statt vor Simons Bett. Es dauerte einige Stunden, bis ihr aufging, was das bedeutete.

10

Nur noch vier weitere Arbeitstage bis zu den Prüfungen. Dieser Gedanke beunruhigte Brier so stark, daß sie sehr unruhig schlief, und um sechs Uhr morgens wachte sie verstört auf, weil sie von Tom geträumt hatte. Sie spürte, daß sie nicht mehr einschlafen konnte, und so zog sie sich an und schlich mit Roi nach unten. Der Hund folgte ihr, glücklich darüber, daß sie ihm soviel Aufmerksamkeit schenkte.

Draußen wehte ein schwacher, kühler Wind. Tau bedeckte den Boden, und die Vögel fingen gerade an zu singen. Sie rief Roi, um mit ihm noch einmal das Bei-Fuß-Gehen zu üben. Sie fand, daß er ihr dabei noch nicht oft genug folgte.

Da trat Simon vollständig angezogen aus dem Haus. „Ich habe mir Sorgen gemacht, weil Roi mich lieber hatte als dich“, sagte er. „Ich habe versucht, ihn nicht zu beachten, aber es ist so schwierig. Du schickst mich doch nicht weg? John sagt, daß alles von den Leuten vom Jugendamt abhängt. Du willst mich doch behalten, oder?“

Brier sah, wie das Kind sie mit seinen dunkelblauen Augen flehentlich anschaute. „Natürlich möchte ich das“, versicherte sie und nahm ihn fest in die Arme.

„Kann ich für immer bei dir bleiben?“

„Ich hoffe es.“ Sie konnte den Gedanken kaum ertragen, den Jungen zu verlieren. Vielleicht war es möglich, ihn zu adoptieren. „Ich sehe keinen Grund, warum sie dir nicht erlauben sollten hierzubleiben. Und jetzt laß uns reingehen und frühstücken", schlug sie vor. „Es bringt sicher ohnehin nicht mehr viel, wenn ich jetzt noch mit Roi trainiere." Vor allem aber traute sie sich nicht auszuprobieren, ob der Hund arbeiten würde, wenn Simon in der Nähe war.

Eine Stunde später fuhr sie zum Ausbildungszentrum. Josh sah sie mit hochgezogenen Augenbrauen an. „Du siehst ziemlich müde aus", stellte er fest. „Ist alles in Ordnung?"

„Ich habe von Tom geträumt: Wir sind am Long Hill spazierengegangen. Dort waren wir immer besonders gerne. Diesen Traum habe ich immer wieder."

„Ich träume auch immer noch von Ellie", sagte Josh.

„Kommst du inzwischen besser damit zurecht?"

„Auf eine Art, ja." Ihm wurde plötzlich klar, daß er sie jetzt gern in den Arm genommen, gehalten und getröstet hätte, doch er redete einfach weiter. „Ich nehme die Hunde mit in mein Schlafzimmer. Dann wache ich nicht völlig allein auf. Es hilft mir, sie atmen zu hören." Er schaute sie verschwörerisch an. „Aber wehe, wenn du das den Männern erzählst!"

Brier verspürte mit einemmal das starke Bedürfnis, sich an ihn zu lehnen und trösten zu lassen, aber sie verdrängte diesen Gedanken. Ein Lächeln huschte über ihr Gesicht. „Ich verspreche es."

Josh klopfte ans Fenster und gab Gulley, der gerade im Hof zugange war, das Zeichen, daß es losgehen konnte. Gulley rief die anderen und sah zu, wie sie die Hunde in die Zwinger brachten. Die Tiere sprangen aufgeregt hin und her, voller Energie und Anspannung.

Die Männer waren guter Laune und lachten gerade über eine Bemerkung von Gwyn, als sie in den Raum kamen. Josh fing mit seiner üblichen morgendlichen Rede an. Er erinnerte sie daran, wie wichtig es war, jederzeit die Kontrolle über die Hunde zu behalten, weil sie immer schnell und richtig reagieren mußten. Es hatte keinen Sinn, aufzugeben oder zu toben, wenn ein Hund mal nicht gehorchte. Man mußte ihn zur Ordnung rufen und weiter üben, üben, üben. Junge Hunde brauchten ihre Zeit, um zu lernen, und wenn sie etwas gelernt hatten, mußten sie es einsetzen und Erfahrungen sammeln.

Brier zwang sich, konzentriert zuzuhören. Trotzdem war sie dankbar, als die Frühstückspause kam und Gulley Kaffee brachte. Da klingelte das Telefon.

Gulley nahm ab und meldete sich. „Für dich", sagte er zu Brier und reichte ihr den Hörer.

Brier wurde sofort unruhig, als sich Kate meldete. Kate rief sie nie bei der Arbeit an, es sei denn, es handelte sich um einen Notfall. „Dana ist auf dem Spielplatz der Schule hingefallen und hat sich das Handgelenk gebrochen. Es geht ihr aber ganz gut, sie hat nur einen Schrecken bekommen. Jedenfalls müssen Sie nicht nach Hause kommen. Ich gehe mit ihr ins Krankenhaus und werde wohl nicht vor vier Uhr zurück sein. Helena paßt solange auf die Jungen auf."

Brier dankte ihr und legte auf. „Dana hat sich das Handgelenk gebrochen", berichtete sie. „Kate bringt sie ins Krankenhaus."

„Möchtest du zu ihr?" fragte Josh.

„Vielleicht sollte ich eben hinfahren und kurz nach ihr sehen ... Ich weiß nicht. Kate ist wie eine zweite Mutter für sie. Sie hat gesagt, daß ich nicht zu kommen brauche."

„Gulley kann dich in der Mittagspause zum Krankenhaus fahren, wenn Dana bis dahin noch nicht zu Hause ist", schlug Josh vor. „Ich glaube nicht, daß du viel tun kannst, aber es beruhigt dich vielleicht."

Diese Lösung war ihr sehr recht, und sie stimmte zu.

Josh hatte Pläne geschrieben, die die Abfolge festlegten, in der sie ihre Übungen absolvieren würden. Das Wochenende, so hatte er vorgeschlagen, sollte trainingsfrei sein. „Entspannt euch", hatte er geraten – als ob sie das könnten.

Gulley teilte Fotokopien der Pläne aus. Für Brier waren Gehorsamkeitsübungen um elf Uhr und kriminalistische Übungen um halb eins vorgesehen. Damit war sie als letzte vor der Mittagspause dran. Rob, Tony und Gwyn waren vor ihr an der Reihe.

Pete war für diesen Tag als letzter eingeteilt. Brier war froh, daß sie wenigstens nicht wie er bis drei Uhr warten mußte. Auch so hatte sie schon viel mehr als genug Zeit, um nervös zu werden.

„Wie die Prüfer wohl sein werden?" überlegte Rob laut. Sie hatten zwei, einen für jeden Prüfungstag. Keiner kannte sie bisher.

„Der erste Prüfer ist sehr genau", berichtete Josh. „Ich persönlich finde es gut, wenn der Test wirklich hart ist. Ich weiß dann, daß niemand durchgekommen ist, weil der Prüfer zu nachsichtig war. Besonders viel Wert legt er auf Kontrolle. Paßt also gut auf. Auch zwischen den Übungen wird er genau hinsehen und jedes Anzeichen, daß der Hund nicht unter Kontrolle ist, mit Minuspunkten quittieren."

„Gebt den Prüfern doch Wein zum Mittagessen", schlug Derek vor. Alle lachten, aber Brier wußte, daß auch die anderen nervlich nicht viel besser dran waren als sie.

Sie sah sich die Liste der Übungen und der erreichbaren Punkte an. Zweihundert insgesamt für Gehorsam, dreihundert für kriminalistische Übungen. Für Kontrolle gab es fünfunddreißig Punkte. Das war der Bereich, wo sie alle leer ausgehen konnten. Roi brauchte eine starke Hand, wenn er aufgeregt war, bei Spike mußte man am ehesten befürchten, daß er einen Kampf anfangen würde, und Jago gehorchte manchmal erst sehr spät. Sechzig Punkte gab es für Mut. Bei dieser Übung wurden die Hunde mit einem Stock und einem Gewehr konfrontiert. Loki, der als junger Hund geschlagen worden war, würde vielleicht vor dem Stock zurückweichen, zeigte allerdings keine Furcht vor Gewehren. Roi sah in beidem Spielzeuge. Er wußte inzwischen, daß er aufgespürte Sachen nicht herumwerfen durfte, und vergaß das nur noch selten. Dana hatte ihr Versprechen gehalten. Verfolgen und Angreifen brachten maximal fünfundsechzig Punkte. In dieser Disziplin konnte Roi sich am ehesten hervortun.

Brier wußte, daß sie besonders gefordert sein würde. Sie mußte absolut hervorragend sein, den Prüfern zeigen, daß Frauen ihren Platz in der Hundestaffel der Polizei verdient hatten, beweisen, daß sie so gut wie oder sogar besser als die Männer war. „Als Frauen in einer Männerwelt müssen wir immer doppelt so gut sein wie die anderen, sonst werden wir nicht einmal bemerkt“, sagte Helena oft.

Noch vier Tage Zeit zum Üben. Vier Tage, sich Sorgen zu machen. Außerdem mußten sie das Wochenende überstehen. Dann war alles vorbei. Nur noch die Parade, wenn sie alle bestanden hatten. Sie würden vor der Kapelle in ihren schönsten Uniformen aufmarschieren, die polierten Schuhe und Knöpfe würden in der Sonne glänzen, und die perfekt gestriegelten Hunde würden der Menge vorauslaufen. Die Belohnung der harten Arbeit. Und von da an wären sie ganz auf sich gestellt, mit Hunden, die noch viel lernen mußten.

Brier war dankbar, als es endlich Zeit für die Mittagspause war. Gulley fuhr sie zum Krankenhaus und ging mit ihr in die Unfallaufnahme. Kate und Dana kamen gerade aus dem Arztzimmer.

„Ich habe einen Gips bekommen, Mama!“ rief Dana aufgeregt und streckte ihr den Arm wie eine Trophäe entgegen. „Gulley darf als erster seinen Namen draufschreiben.“ Er erfüllte ihren Wunsch und malte in verschnörkelter Schrift seinen Namen auf den Gipsarm.

„Kate und ich werden Fisch mit Pommes frites essen gehen. Ich darf so viele Pommes frites essen, wie ich will, und ich muß heute nicht mehr zur Schule. Heute nachmittag darf ich zu Oma, und sie hat gesagt, daß ich ganz viele Hundekekse haben kann.“

Kate lächelte Brier an. Sie wußte, wie besorgt sie gewesen war. „Dana ist wie ein Stehaufmännchen", sagte sie. „Aber nachdem Sie sie nun gesehen haben, werden Sie heute nachmittag sicher beruhigter arbeiten können."

Zurück zur Arbeit. Verfolgen und Angreifen, einen Mann suchen, der sich versteckt hielt, ihn festnehmen und zurückeskortieren. Gulley spielte einen Verbrecher und lebte dabei sein ganzes Schauspieltalent aus. Sie mußten alle lachen, als er sich bitterlich über die Art und Weise beschwerte, mit der er behandelt wurde. Der Nachmittag ging vorüber, und sie beschlossen den Tag mit Käsegebäck und Mürbeteigbrötchen, die Alice für sie gemacht hatte.

„Nach den Abschlußprüfungen feiern wir eine Party", kündigte Gulley an. „Alice ist jetzt schon dabei, darüber nachzudenken, womit sie euch verwöhnen kann."

Aber noch war es nicht soweit. Pannen waren immer noch denkbar. Ein Hund konnte lahmen oder ein Hundeführer krank werden.

Josh betrachtete Brier, die nach Roi pfiff. Danas Unfall war Pech, aber Gulleys Bericht zufolge war Dana guter Dinge. Sie fühlte sich jetzt ganz wichtig.

„Alles okay?" fragte er Brier, als sie Roi in den Wagen ließ und sich selbst hinters Steuer schwang.

Sie lächelte ihn an. „Danke, es geht mir jetzt gut."

Er schaute noch zu, wie der Wagen vom Hof fuhr und hinter einer Kurve verschwand. Er spürte plötzlich ein Verlangen, sie zu rufen, mit ihr zu sprechen, sie festzuhalten. Gulley sah ihm an, was er dachte, sagte jedoch nichts. Josh pfiff nach seinen Hunden und seufzte. Im Moment mußte er seine Gefühle für sich behalten.

NUN WAREN es nur noch drei Arbeitstage bis zur Prüfung. Wenn man das Wochenende mitrechnete, hatten sie noch fünf Tage, um an ihren Fehlern zu arbeiten. Josh wußte, daß es sich niemand leisten konnte, eine Pause einzulegen.

Es war ein Uhr nachts, und Josh war gerade mitten in einem Traum, als das Telefon klingelte. Bombenalarm in einem Bahnhof. Er fluchte, während er sich anzog.

Raus in die verregnete Nacht. Das Licht der Straßenlaterne spiegelte sich auf der nassen Straße. Spark und Lim saßen hinter ihm im Wagen.

Am Bahnhof Autos, Scheinwerfer, Männer, die auf ihn warteten. Er ließ Lim von der Leine und schaute zu, wie der kleine Kerl vergnügt herumlief. Er liebte das Verstecken-und-Suchen-Spiel. Lim war sicher, daß Josh etwas Leckeres für ihn verborgen hatte, und tatsächlich steckte eine Wurst in Joshs Tasche, während er beobachtete, wie der Hund suchte.

Lim blieb plötzlich bewegungslos stehen und wedelte heftig mit dem Schwanz. Er hatte etwas gefunden. Damit hatte er das Spiel gewonnen und seine Sache gut gemacht.

Josh und Chris Martin, dessen Aufgabe es war, die Bombe zu entschärfen, gingen zu Lim hinüber. Gemeinsam starrten sie auf seinen Fund hinunter, eine quadratische Keksdose aus Blech. Aus ihrem Innern kam ein undefinierbares Ticken. Chris öffnete die Dose, griff hinein und holte einen tickenden Wecker heraus, an dem ein großer Zettel befestigt war. HA, HA! SCHON MAL REINGELEGT WORDEN? stand darauf.

„Irgend so ein verdammter Jugendlicher!" sagte Chris wütend. „Wenn ich den erwische . . ."

Josh hegte ähnliche Gefühle, als er durch die einsamen Straßen nach Hause fuhr. Der Regen hatte nachgelassen. Josh bog in seine Einfahrt und stellte den Motor ab, öffnete die Tür zum Garten und ließ die Hunde raus. So machte er es immer, wenn sie nach Hause kamen. Einen Moment später jaulte Spark auf. Josh schnappte sich die große Taschenlampe, die immer auf dem Regal an der Tür zum Garten lag, und lief zu ihm. Spark starrte ihn schmerzerfüllt an. Blut lief an seinem Bein entlang. Überall auf dem Rasen lag zerbrochenes Glas. Jemand war hier in seiner Abwesenheit zugange gewesen.

Josh tobte vor Wut. „Bleibt stehen!" Er betete innerlich, daß sich keiner der Hunde bewegte. Lim gehorchte sofort. Josh nahm den kleinen Hund hoch. Dabei trat er auf noch mehr Glas, das unter seinen Schuhen knirschte. Er brachte Lim ins Haus und schloß die Tür. Dann ging er zu Spark zurück und hob ihn hoch. Eine große, stark blutende Wunde klaffte am Bein des Hundes, gerade oberhalb der Pfote. Überall steckten Glassplitter.

Josh trug den Hund ins Haus und legte ihm rasch eine Aderpresse an. Dann eilte er mit beiden Hunden zurück zum Wagen. Per Funk berichtete er einem diensthabenden Polizisten von dem Vorfall.

„Ich rufe den Tierarzt an. Er wird schon auf Sie warten, wenn Sie kommen", versprach der Polizist. In seiner Stimme schwang fassungsloser Zorn mit. Jeder von Joshs Kollegen kannte Spark.

Josh fuhr, so schnell er konnte, und hoffte, daß man ihn nicht wegen Raserei anhalten würde. Ohnmächtige Wut erfüllte ihn. Und zu allem Überfluß konnte er noch nicht einmal sicher sein, ob außer den Glasscherben nicht noch andere Überraschungen auf ihn warteten. Er würde den Garten nach Gift absuchen und die anderen Hundeführer warnen müssen.

Vor dem Behandlungsraum wartete Paul Matthews bereits auf ihn. Bestürzt schaute er den Hund an. Er kannte Spark schon lange. Der Hund versuchte schwach, mit dem Schwanz zu wedeln.

„Das sieht böse aus", sagte Paul, als er die Wunde untersuchte. „Wir tun unser Bestes, alter Freund. Bald wird es dir bessergehen." Er drehte sich zu Josh um. „Wir müssen operieren. Marian macht sich schon fertig, um zu helfen. Es ist ganz nützlich, die eigene Frau als Partnerin zu haben."

Innerhalb weniger Minuten lag Spark auf dem Tisch, und der Arzt gab ihm eine Spritze.

„Kommt er wieder in Ordnung?" fragte Josh voller Angst.

„Ich tue mein Bestes. Er hat eine Menge Blut verloren. Geh jetzt besser. Es gibt nichts, was du tun kannst, und wir haben keine Zeit zu verlieren. Ruf am besten gleich morgen früh an."

Marian legte Josh mitfühlend die Hand auf den Arm. „Mach dir keine Sorgen. Wir haben schon schlimmere Fälle gerettet."

Josh wußte das, aber es half nichts. Er machte sich trotzdem große Sorgen. Während er nach Hause fuhr, war ihm schmerzlich bewußt, daß hinter ihm ein Platz leer war. Lim wirkte ganz verloren, wie er so alleine dalag.

Josh erreichte sein Haus und holte als erstes einen Lappen, um das Blut im Wagen aufzuwischen. Bedrückende Gedanken gingen ihm dabei durch den Kopf. In ein paar Stunden würde das Training weitergehen, und er würde sich furchtbar fühlen – ausgerechnet jetzt, wo es so wichtig war, sein Team aufzumuntern. Spark brauchte wahrscheinlich Tage, bis das Schlimmste überstanden war, und sie hatten ohnehin schon zu wenige einsatzfähige Polizeihunde.

Josh schloß den Wagen ab und ging mit Lim ins Haus. Er brauchte etwas zu essen. Daher machte er sich einen Toast und bereitete sich eine Tasse Instantsuppe zu, um sich aufzuwärmen. Es hatte ohnehin keinen Sinn, ins Bett zu gehen. Er würde nur wach daliegen und sich herumwälzen.

Lim tapste zu Sparks Schlafplatz hinüber, schnüffelte an der Decke, kehrte dann verwirrt zu Josh zurück und lehnte sich an sein Bein. Er glaubt, daß Spark tot ist, dachte Josh. Er streichelte ihn. Das weiche Fell und die Wärme des Hundes trösteten ihn.

„Es ist in Ordnung, mein Alter. Er wird zurückkommen", sagte er.

Spark war einer der besten Hunde, die sie hatten. Es wäre ein solcher Verlust. Angenommen, Spark würde sterben, bevor die neuen Hunde einsatzbereit wären? Angenommen, er bliebe verkrüppelt? Angenommen . . .

Das Telefon klingelte. Er hörte dem Anrufer zu, und ihm wurde klar, daß er einem Desaster gegenüberstand. Es ging um Leben oder Tod, und sie hatten schon alle anderen Hundeführer vergeblich angerufen. Es war viel los heute nacht. Aber sein Hund lag auf dem Operationstisch, und Lim war nur ausgebildet, um Sprengstoff aufzuspüren.

Brier schlief tief und fest, als das Telefon läutete. Sie schrak hoch, schaltete das Licht an, hob ab und teilte dem Anrufer verschlafen mit, daß sie nach unten gehen und den Anschluß dort benutzen würde, um niemanden zu stören. Sie warf einen Blick auf die Uhr. Es war halb vier.

Unten am Telefon erkannte sie Joshs Stimme. „Brier, kannst du mit Roi vorbeikommen? Hier spinnen heute nacht anscheinend alle. Drei Einbrüche, zwei gestohlene Autos, Bombenalarm in einem Bahnhof . . ., und gerade wird Spark operiert. Er ist in Glas getreten und hat sich dabei schwer verletzt. Und jetzt ist auch noch eine alte Frau aus dem Saint-Margaret's-Seniorenheim verschwunden. Sie ist einfach im Nachthemd weggelaufen. Die Nachtschwester hat es entdeckt, als sie ihre Runde machte. Die alte Frau ist verwirrt und Diabetikerin. Und ich habe keinen Hund zur Verfügung. Roi muß einspringen. Es ist nur ein Versuch, aber wir müssen es riskieren. Ich glaube nicht, daß einer der anderen so gut ist wie er."

Brier rannte sofort nach oben, um sich anzuziehen. Ben und Simon standen schon auf dem Treppenabsatz.

„Es ist doch nicht gefährlich?" Bens Stimme klang ängstlich.

„Nur eine alte Frau, die sich verirrt hat. Kein Grund, sich Sorgen zu machen, wir müssen sie nur finden. Außer mir und Roi kann niemand helfen." Sie umarmte beide Jungen kurz.

Roi wartete schon voller Spannung an der Tür. Als sie in die windige Nacht hinausgingen, fing es wieder an zu regnen. Brier schloß die Wagentür auf, und Roi sprang ins Auto.

Das Seniorenheim war in einem umgebauten Gutshof untergebracht. Zwischen Steinsäulen hindurch, auf denen Löwen thronten, fuhr sie in die Einfahrt. Überall standen Polizeiautos. Das Grundstück war rund ums Haus hell erleuchtet, und Männer suchten im Mondlicht den riesigen, parkähnlichen Garten ab.

Brier stieg aus dem Wagen und leinte Roi an. Die nervöse Oberin trat zu ihr. Ihr graues Haar war ganz durcheinander, und sie hatte einen roten Morgenrock um sich gewickelt. „Niemand hat gesehen, wie sie rausging. Um Mitternacht war sie noch da. Drinnen haben wir schon alles abgesucht. Amy macht uns ständig Sorgen. Sie ist wieder in ihre Jungmädchenzeit zurückgefallen und glaubt, daß ihr Freund an der Stelle auf sie wartet, wo sie sich früher immer getroffen haben. Leider wissen wir nicht, wo das ist, und ihr Mann ist schon seit über zwanzig Jahren tot. Sie wird in ein paar Wochen neunzig."

„Außerhalb des Grundstücks haben wir noch nicht gesucht", fügte Bob Langley hinzu, einer der Polizisten, den Brier kannte. „Wenn sie weiter weg ist, braucht man eine klare Spur."

Roi fing an den Boden abzusuchen, während Brier leise mit ihm sprach. „Such, sei ein guter Hund, such!" befahl sie. Mit gesenktem Kopf lief er schnüffelnd einen Pfad entlang. Sie konnte ihm nur blind folgen und hoffen, daß er eine menschliche Spur entdeckt hatte. Sie gingen durch das Tor und einen Fußweg entlang. Roi zog heftig an der Leine. Der Regen schlug Brier ins Gesicht, der Pfad war rutschig, und im Schein der Taschenlampe konnte sie Hindernisse ausmachen, die sie umgehen mußten. Die Zeit drängte. Die alte Frau hatte nichts an außer einem Nachthemd, und es wehte ein kalter Wind.

Da, Fußabdrücke im Matsch! Es waren Spuren von nackten Füßen. Roi lief nun langsamer und gab das gleiche merkwürdige Geräusch von sich wie damals, als er Simon gefunden hatte. Und da saß Amy zusammengekauert am Zaun, Panik in den Augen.

„Oje, Sie sind ja ganz kalt!" sagte Brier. „Und so naß." Aufgrund der Stellung, in der die alte Frau dasaß, vermutete Brier, daß sie sich ein Bein gebrochen hatte. Sie mußte schnell Hilfe holen.

Roi hatte seine Arbeit erledigt und legte sich hin. Er war über und über mit Matsch bedeckt. Brier sprach hastig in ihr Funkgerät und gab ihre Position durch. „Ich glaube, sie hat ein gebrochenes Bein."

Man versprach ihr, einen Krankenwagen zu rufen.

Brier zog eilig ihren Mantel aus und bedeckte die zitternde Frau damit. Amy war nur Haut und Knochen, ihr graues Haar und ihr Nachthemd waren durchnäßt.

„John war nicht da", sagte sie. „Warum ist er nicht gekommen?"

„Er hatte bestimmt einen guten Grund", tröstete Brier sie. Es hatte keinen Sinn, ihr zu sagen, daß John nie kommen würde.

Die Minuten zogen sich endlos hin, aber schließlich tauchte der

Krankenwagen auf. Die Sanitäter wickelten die alte Frau in Decken, legten sie auf eine Trage und nahmen sie im Wagen mit.

Brier fuhr zurück durch die regnerische Nacht. Zu Hause betrachtete sie Roi, der immer noch völlig verschmutzt und naß war. Mittlerweile war es schon nach fünf – zu spät, um noch einmal ins Bett zu gehen. Brier gähnte und fragte sich, ob sie wohl tagsüber irgendwann einfach im Stehen einschlafen würde.

Da stand Simon im Flur. „Ich habe mir Sorgen gemacht", sagte er. „Du mußt duschen. Ich mache dir inzwischen was Warmes zu trinken. Und ich kann Roi abtrocknen. Das darf ich heute doch, oder?"

Erschöpft stimmte Brier zu.

„Wo wart ihr? War Roi gut?"

„Roi war ganz toll. Eine alte Frau dachte, sie wäre wieder ein junges Mädchen. Sie ist losgelaufen, um ihren Freund zu treffen."

„Hast du sie gefunden?"

„Roi hat sie gefunden."

„Er ist klasse, nicht wahr?" Simon trocknete den Hund mit einem Küchenhandtuch ab, das bald vor Schmutz starrte.

Die Dusche wärmte Brier auf. Als sie ihre Haare getrocknet hatte, hatte Simon bereits einen Kakao zubereitet. Sie nippte daran und bemerkte, wie er sie mit ernsten und ängstlichen Blicken beobachtete. Wieder einmal ging ihr durch den Kopf, wieviel reifer er wirkte als Ben, der immer beschützt und geliebt worden war.

Sie setzte sich in den großen Sessel, um ein paar Minuten auszuruhen, und schlief ein. Simon weckte sie um sieben mit einer Tasse Tee in der Hand. „Ich habe Roi gebürstet, und ich kann auch Frühstück machen. Birdie schläft noch."

Sie umarmte ihn. „Ich weiß gar nicht, was ich ohne dich tun würde."

Seine blauen Augen glänzten. „Nächste Woche wird Roi ein richtiger Polizeihund sein." Simon streichelte den Hund, der mit dem Schwanz wedelte.

11

Brier war bereits erschöpft, bevor der Tag überhaupt angefangen hatte. Ihre Augen waren schwer vor Müdigkeit, und ihre Nerven gerieten langsam ins Flattern. Angenommen, ihr Hirn wäre in der nächsten Woche genauso gelähmt wie jetzt, gerade dann, wenn sie völlig klar sein mußte – was dann? Wenn sie aufgeben und zu ihrer alten Arbeit zurückkehren müßte, würde sie ihren Job hassen.

Roi, Roi, du weißt nicht, wie sehr ich von dir abhängig bin, dachte sie. Ich darf dich nicht enttäuschen. Sie versuchte sich zusammenzureißen. Denk positiv! Sie waren in der vorangegangenen Nacht sehr erfolgreich gewesen. Die alte Frau lebte noch und würde sich wieder erholen – dank Roi. Der Hund hatte alles getan, was sie ihm gesagt hatte. Das Training hatte sich bezahlt gemacht.

Während sie mit den Männern im Büro auf Josh wartete, trat Gulley zu ihr. Ihn umwehte der unwiderstehliche Duft von Kaffee und Kirschkuchen, aber Brier konnte nichts essen. Sie spürte, daß er angespannt war, und schob es auf seine Sorge um die Hunde. Was Gulley niemandem erzählt hatte, war, daß er den Tierarzt angerufen hatte, um sich nach Spark zu erkundigen. Dabei hatte er erfahren, daß es Komplikationen gab. Der Hund hatte zuviel Blut verloren. Sie versuchten jetzt eine Transfusion. Gulley war so wütend, daß es ihm schwerfiel, seine Gefühle im Zaum zu halten.

Josh kam ungewöhnlich spät. Sein Gesichtsausdruck verhieß nichts Gutes. Gulley brachte ihm sofort Kaffee und redete leise mit ihm. „Ich habe mit Paul gesprochen. Sie machen eine Transfusion."

„Wird er durchkommen?"

„Kann man noch nicht sagen. Versuch ruhig zu bleiben."

Josh riß sich zusammen. Er wollte keine Prüflinge, die vor Nervosität schier durchdrehten, oder Hunde, die von zuviel Training völlig erschöpft waren.

Johns Wagen fuhr auf den Hof, und gleich darauf betrat John eilig den Raum. „Ich wollte mit euch über Spark reden", sagte er. „Meine Kollegen und ich sind alle sehr wütend. Wir müssen herausfinden, wer das war."

„Was ist mit Spark?" fragte Gwyn verwundert.

„Jemand hat zerbrochenes Glas in meinem Garten verstreut", berichtete Josh. „Ihr müßt aufpassen. Gestern nacht sah es so aus, als hätte Spark seine halbe Pfote verloren. Paul tut sein Bestes, aber sogar wenn Spark sich erholt, wird er wohl nicht mehr in der Lage sein zu arbeiten." Josh spürte ihr Mitgefühl und merkte, daß keiner so recht wußte, was er sagen sollte.

Das Telefon klingelte. „Für Tony. Es ist das Krankenhaus. Sie wollen mit der Operation anfangen."

„Also dann, viel Glück!" sagte Josh zu ihm. „Ich erwarte dich heute nicht mehr zurück. Gulley wird sich um Jago kümmern."

„Und Gulley wird dich außerdem fahren", meinte Gulley. „Es hat keinen Sinn, in einem solchen Zustand hinterm Steuer zu sitzen. Na komm, mein Sohn."

Josh seufzte, als sich die Tür hinter ihnen schloß. „Drücken wir ihm die Daumen." Er reichte John eine Tasse Kaffee und wandte sich dann Brier zu. „Das war gute Arbeit heute nacht", lobte er. „Die Oberin hat mich gebeten, dir zu danken." Dann schaute er in die Runde. „Ich habe einen Vorschlag zu machen: Alice hat für uns nichts zubereiten können, weil sie zu einer Hundeausstellung fährt und dafür Vorbereitungen treffen muß. Wie wäre es, wenn wir es heute mal ruhig angehen ließen und jetzt in den ‚Schwan' gingen? Ich glaube, das würde uns guttun. Kommst du mit, John?"

John stimmte zu, und alle freuten sich über die Abwechslung, denn jeden von ihnen beschäftigte der Gedanke an Tony, der im Krankenhaus wartete, und an Spark, der zwischen Leben und Tod schwebte.

Die kleine Gaststube war überfüllt. Brier ließ sich auf einen Stuhl fallen und genoß es, bedient zu werden. Gwyn übernahm die Bestellung für sie beide an der Theke.

Josh unterhielt sich mit John, der soviel wie möglich über die Ereignisse der vergangenen Nacht wissen wollte. Er hoffte herauszufinden, wer der Übeltäter war. Zwischendurch entschuldigte sich Josh kurz, um noch einmal den Tierarzt anzurufen. Es sah inzwischen besser aus. Josh sollte sich um sechs Uhr abends wieder melden. Sie würden Spark dabehalten, bis sie sicher waren, daß er überleben würde.

Als sie gemeinsam ins Büro zurückgekehrt waren, wollte Josh gerade mit dem Nachmittagsvortrag beginnen, als Gulley hereinkam. „Gute Neuigkeiten", verkündete er. „Ich bin noch bei Tony geblieben, ich wollte den armen Kerl nicht allein lassen. Es ist ein Mädchen. Dreitausendfünfhundert Gramm schwer. Sheila geht es gut."

Josh schaute die lächelnden Gesichter an. Eine Sorge weniger. Bis Montag war Tony hoffentlich wieder auf dem Teppich, und vielleicht würde er die Prüfungen ja doch noch bestehen.

Gulley machte sich am Abend eilig auf den Weg. Er wollte Joshs Garten gründlich durchforsten. Aus den Zwingern nahm er einen Besen und einen Eimer mit, lieh sich unterwegs einen Industriestaubsauger mit Verlängerungskabel und machte sich so lange in Joshs Garten zu schaffen, bis es dunkel wurde. Gerade als er gehen wollte, bog Josh in die Einfahrt, parkte vor seiner Garage und ging zu ihm.

„Wir werden es erst morgen genau wissen", sagte er mit finsterer Miene. „Paul mußte Sparks Bein komplett wieder aufbauen und ist sich nicht sicher, wie es mit den Nerven steht. Die waren auch durchtrennt. Vielleicht kommt er durch, vielleicht aber auch nicht." Er warf einen Blick in den Eimer, in dem Glassplitter im Licht der Straßenlaterne glitzerten. „Ich könnte den Kerl umbringen. Wenn er zurückkommt und ich ihn erwische, kann ich für nichts garantieren."

Gulley brachte den Eimer in die Garage. „Komm doch bei uns zum Essen vorbei", schlug er vor. „Es hat keinen Sinn, vor sich hin zu grübeln. Alice ist sicher fertig mit ihren Vorbereitungen für morgen." Er nahm Lim hoch. „Er kann auch mit."

Josh nahm die Einladung an. Er wußte zwar, daß seine Gedanken den Rest des Abends bei Spark sein würden, aber es war sicher besser, etwas Gesellschaft zu haben, als allein vor sich hin zu brüten.

ALS BRIER nach Hause kam, konnte sie kaum noch die Augen offenhalten. Dana schwenkte ihren Gipsarm, den nun auch noch ein Autogramm von John zierte. Also war er hier gewesen.

„Irgendwelche Neuigkeiten?" fragte Brier Kate, als die Kinder im Bett waren.

„John sagt, es hängt alles von der Anhörung ab. Nächste Woche, nach den Prüfungen."

„Ich wünschte, ich wüßte es bereits jetzt."

„Es wird schon klappen", versuchte Kate sie zu beruhigen.

„Hoffentlich wird das heute eine ruhige Nacht. Ich könnte eine ganze Woche durchschlafen."

Am Freitag wachte Brier mit dem Gefühl auf, daß sie eine Erkältung bekommen würde. Wenn sie doch nur liegenbleiben könnte! Aber wie es inzwischen üblich geworden war, stand Simon neben ihrem Bett und hielt eine Tasse Tee in der Hand.

Brier rappelte sich auf und nieste. Dann nahm sie die Tasse. Als sie Simon genauer ansah, bemerkte sie Anzeichen von Verzweiflung in seinem Gesicht. „Was ist los, Simon?" fragte sie.

„John hat erzählt, daß die Anhörung nächste Woche ist. Ich habe wieder von meinem Vater geträumt."

Sie nahm ihn tröstend in die Arme. „Versuch dir nicht zu viele Sorgen zu machen. Wir hoffen alle sehr, daß du bleiben kannst."

Während sie sich anzog, mußte sie mehrmals niesen. Außerdem spürte sie ein Kratzen im Hals. Nur heute noch, dann war das Wochenende da. Samstag und Sonntag mußten reichen, um das Gröbste auszukurieren. Sie konnte schließlich nicht mit einem Taschentuch in der Hand die Prüfungen durchstehen. Der Wind rüttelte an den

Fenstern, und es regnete heftig. Sie würden alle naß bis auf die Haut werden.

An diesem Morgen begannen alle sehr lebhaft. Tony schäumte über vor Glück, und alle lachten und neckten ihn. Tony und Sheila hatten für ihre kleine Tochter den Namen Hannah Mary ausgesucht.

„Warte ab, bis deine beiden Frauen nach Hause kommen“, warnte ihn Pete, der stolz auf acht Monate Erfahrung als Vater zurückblicken konnte. „Du wirst gar nicht wissen, wie dir geschieht.“

„Meine Schwiegermutter kommt auch noch“, berichtete Tony. „Sie will eine Weile bleiben und Sheila über den ersten Monat helfen. Sie freut sich allerdings nicht gerade auf den Hund. Sie ist der Meinung, daß Hunde und Babys nicht besonders gut zusammenpassen.“

„Du kannst den Hund zu mir bringen“, bot Gulley an. „Ich habe genug Platz.“

Gulley schien an diesem Morgen ein Geheimnis mit sich herumzutragen. Er war mit einem großen Karton aufgetaucht, und Brier sah, wie er damit in seinem kleinen Büro verschwand. Seine Terrierhündin Bess lief wichtig hinter ihm her. „Vielleicht hat er ein besonderes Festmahl mitgebracht“, hoffte Gwyn.

Josh prüfte sie an diesem Morgen besonders hart und schimpfte, wenn sie den Hunden auch nur den kleinsten Fehler durchgehen ließen. „Ich will, daß die Hunde die höchste regionale Leistungsstufe erreichen“, sagte er. „Danach fassen wir das höchste Landesniveau ins Auge. Also arbeitet weiter. Bis heute habe ich es noch nie geschafft, einen Hund zu den Landeswettbewerben zu schicken, aber vielleicht ändert sich das jetzt ...“

Der Landeswettbewerb, an dem die besten Hundeführer Großbritanniens teilnahmen – davon träumten alle. Josh wollte seinen Leuten eine Perspektive für die Zeit nach den Abschlußprüfungen bieten. Sie sollten nur an den Sieg denken.

Schließlich ging auch dieser Tag vorbei. Brier hatte erst Zeit, sich zu entspannen, als die Kinder schliefen. Roi lag zu Briers Füßen. Sie saß ganz ruhig da, hörte Brahms und trank Kates Erkältungstee. Bevor sie überhaupt zum Nachdenken kam, war sie bereits eingeschlafen. Sie träumte von einer läutenden Glocke, die niemand abschaltete. Dann wachte sie auf. Es war ein Uhr nachts, und das Telefon klingelte.

Ein Hundeführer wurde gebraucht. Außer ihr war niemand verfügbar. Nicht schon wieder! jammerte Brier innerlich.

„Es tut mir leid“, sagte Josh. „Soll ich ihn für dich führen?“

Plötzlich war sie hellwach. Roi war ihr Hund, und es würde für sie beide eine gute zusätzliche Erfahrung sein. Innerhalb weniger Minuten saßen sie im Wagen. Die Scheinwerfer beleuchteten die blühenden Hecken am Straßenrand. Dahinter nasse Felder. Dann auf die Autobahn. Gott sei Dank gab es kaum Verkehr. Schließlich tauchten blitzende Blaulichter, Autos und eine kleine Gruppe von Männern vor ihr auf.

Verkehrspolizisten hatten einen silberfarbenen Porsche verfolgt, der früher am Abend gestohlen und dann für einen Einbruch benutzt worden war. Die Einbrecher hatten einen Safe gesprengt und den Inhalt mitgenommen. Der gestohlene Wagen stand nun verlassen da.

„Sie sind über die Felder gelaufen", sagte jemand.

Roi sprang aufgeregt herum. Wenigstens regnete es nicht mehr. Ein schwacher, kalter Wind wehte Brier entgegen. Sie nieste. Es wurde vereinbart, daß sie den Männern per Funk ihren Weg beschreiben sollte, damit sie folgen konnten.

Roi kannte seine Aufgabe. Er senkte seine Nase zum Boden, und los ging's über das erste Feld mit kurzem Gras, Maulwurfshügeln und den Spuren von Kühen. Er zog kräftig an der Leine, ein Zeichen dafür, daß er arbeitete und nicht spielte. Ein verdeckter Graben im Schatten einer dichten Hecke lag vor ihr. „Eine Lücke in einer Hecke. Ich gehe durch", informierte sie die Männer über Funk.

Ein weiterer kleiner Graben. Sie und der Hund sprangen hinüber. Dann rannte Roi im Zickzack über das Feld. Die Schlaumeier wollten wohl Verfolger verwirren. Aber das würde ihnen bei Roi nicht gelingen. Plötzlich verspürte Brier eine Welle von Glücksgefühl. Roi arbeitete sorgfältig und ließ sich durch nichts ablenken.

Schließlich standen sie vor einem Zaun. „Über den Zauntritt!" forderte sie Roi auf. Doch der Hund scheute davor zurück. Einen solchen Übergang kannte er nicht. Er brauchte ganze fünf Minuten, um das Hindernis zu überwinden.

Hinter sich konnte Brier Schritte hören. Sie blickte sich um und war beruhigt, als sie drei uniformierte Männer sah. Inzwischen war der Hund ins Rennen gekommen, und Brier versuchte mitzuhalten. Die Fährte war noch ganz frisch und roch stark, und Roi wußte, daß an ihrem Ende der Erfolg wartete. Sie überquerten eine Straße und liefen dann weiter über endlose Felder. Brier warf einen Blick auf ihre Uhr. Beinah Viertel nach drei.

Noch mal über einen Zauntritt, der Roi wieder etwas verwirrte, über ein weiteres Feld, dann durch ein Tor. Plötzlich standen sie vor zwei Polizeiwagen. Sie waren hergekommen, weil über Funk durchgegeben worden war, daß die Flüchtigen in dieser Richtung unterwegs seien. Doch die Polizisten hatten niemanden gesehen.

„Die haben ganz schön Energie“, keuchte Brier irritiert, als sie kurz anhielt, um durchzuatmen. Aus einer Thermoskanne schenkte man ihr Kaffee ein, den sie gierig trank. Gleich darauf waren sie wieder unterwegs und liefen so schnell, daß Brier kaum Luft bekam. Roi verschwand in einer Unterführung, zog sie die Stufen auf der anderen Seite hinauf und drängte über die Straße zum Bahnhof. Die Gleise entlang, weg von den Gleisen, die Böschung runter, durch ein Loch im Zaun, weiter zum Kanal. Die kennen sich hier aus, sagte sich Brier.

Unter einer Brücke legte sie eine kurze Pause ein, als Roi verwirrt stehenblieb. Über sich hörte sie Schritte. Ein Mann kam die Stufen neben der Brücke herunter, ging auf sie zu und sprach sie an. Es war Bob Langley. „Dachte gerade, ich hätte hier jemand bemerkt. Eine Streife hat die Flüchtlinge vor kurzem auf den Hollerton-Feldern gesehen. Es sind zwei. Ich selbst bin gerade die Kanalböschung entlanggegangen, aber keine Spur von den beiden.“

Brier seufzte. Roi war Bobs Spur gefolgt, nicht der der beiden Flüchtlinge. Also zurück. Vielleicht konnte Roi die Fährte noch einmal aufnehmen. Sie folgte ihm die Stufen hinauf, und dann begann er wieder zu ziehen, über einen Weg, durch ein weiteres Loch im Zaun. Sie befanden sich nun auf dem Grundstück eines Krankenhauses. Der Hund lief in Richtung Eingang. Zwischen den dort parkenden Autos duckten sich zwei Schatten.

„Parkplatz des Krankenhauses. Ich brauche Hilfe, schnell!“ zischte Brier ins Funkgerät. „Kommen Sie heraus, oder ich lasse den Hund los!“ warnte sie die flüchtigen Männer. Als sie nicht reagierten, löste sie die Leine. Roi flog förmlich die Autos entlang und bellte laut.

„Halten Sie ihn zurück!“ rief eine ängstliche Stimme.

„Roi, bleib stehen!“ Sie leuchtete mit ihrer Taschenlampe in die Gesichter von zwei Jugendlichen, ungefähr siebzehn Jahre alt, schätzte sie. Da hörte sie auch schon die Sirene. Der Wagen hielt neben ihr. Sie war froh, als sie ihren „Fang“ übergeben konnte. Aber da sie die Verhaftung vorgenommen hatte, mußte sie noch die Formalitäten erledigen.

„Ich kann dich zu deinem Wagen mitnehmen“, bot Bob Langley an, als sie mit allem fertig war. Müde kletterte sie mit dem Hund in sein Auto. Sie war erschöpft und hatte nasse Füße. Ihre Erkältung hatte sich verschlimmert. Aber wenigstens konnte sie jetzt nach Hause gehen. Es war beinahe fünf Uhr. Sie gähnte.

„Du brauchst wohl jetzt etwas Schlaf", meinte Bob.

Sie brachte es fertig zu grinsen. „Wenigstens ist Samstag, und ich muß nicht zum Training."

Ich habe es mir selbst so ausgesucht, dachte sie, als sie nach Hause fuhr. Sie beneidete Roi, der hinter ihr schlief. In ihrem Kopf würde es die nächsten paar Stunden lang rundgehen, und sie mußte am Morgen rechtzeitig aufstehen, um mit den Kindern zusammensein zu können. Der Samstag war für Spiel und Spaß mit der Familie reserviert.

Zu Hause angekommen, kniete sie sich noch einmal neben Roi hin und umarmte ihn. „Du bist wundervoll", lobte sie ihn, und er wedelte freudig mit dem langen Schwanz.

Kaum im Bett, war sie auch schon eingeschlafen und träumte von einer endlosen Fährtensuche, die nirgendwohin führte. Als sie am Morgen aufwachte, kam es ihr vor, als wäre sie überhaupt nicht im Bett gewesen. Sie fühlte sich zittrig, und der Hals tat ihr weh. Ob sie wohl am Montag in Form sein würde?

DAS ENDE des Kurses war erreicht – dreizehn Wochen, die für Josh schwieriger gewesen waren als alles, was er je zuvor erlebt hatte. Er sah auf seine Themenliste und konnte kaum glauben, daß sie es wirklich geschafft hatten. Gehorsam, Beweglichkeit, Verbrecherverfolgung, Training mit Gewehr und Stock, Fährtensuche auf Gras und hartem Untergrund, Aufspüren einer versteckten Person in einem Gebäude, die Suche nach Gegenständen. Nicht zu vergessen das Reinigen der Zwinger, Bürsten, Füttern und Pflegen der Hunde sowie deren Gesundheit und der allgemeine Umgang mit ihnen.

An diesem Morgen holte er Spark vom Tierarzt ab. Der Hund war apathisch, nur ein Schatten seiner selbst. Die Wunde hatte sich entzündet, und er lag nur da und reagierte kaum auf Joshs Ansprache. Josh fühlte sich elend. Man hatte ihn eines Hundes beraubt, den er in vielen Jahren schätzen- und liebengelernt hatte. Zum erstenmal in seiner Laufbahn würde er nicht in der Lage sein, die Parade nach der Prüfung, die den Höhepunkt des Kurses darstellte, mit seinem eigenen Hund anzuführen.

Die Angst, Spark zu verlieren, begleitete ihn den ganzen Tag. Ziellos lief er durchs Haus oder versuchte Zeitung zu lesen, konnte sich jedoch anschließend an keine Zeile mehr erinnern. Das Klingeln des Telefons um vier Uhr nachmittags war eine willkommene Ablenkung.

Es war Helena. „Josh, Kate hat mir von Spark erzählt. Es tut mir so leid. Geht es ihm gut genug, daß man ihn im Auto hertransportieren kann? Ich habe nämlich ein Problem, und Sie könnten mir vielleicht helfen. Bitte, kommen Sie doch heute abend zum Essen vorbei."

Er freute sich so sehr über die Einladung, daß er Helena um den Hals gefallen wäre, hätte sie vor ihm gestanden. Eigentlich hätte er an diesem Abend bei Gulley vorbeischauen sollen, denn Alices Terrier Dynamit hatte seine erste Auszeichnung gewonnen, aber er wußte, daß es ihm nicht gelingen würde, gute Laune vorzutäuschen, und er wollte ihnen die Stimmung nicht verderben. Auf dem Weg zur Willowbank Farm kaufte er eine Karte mit einem Hund drauf, schrieb ein paar Zeilen, mit denen er Alice gratulierte, adressierte und frankierte den Umschlag und warf den Brief in einen Briefkasten.

Bei Helena in der Küche legte er Spark vorsichtig auf eine Decke in der Nähe des Kamins. Lim schnüffelte an seinem Kumpan und blickte dann zu Josh hoch. Warum interessiert sich Spark nicht für mich? schien er zu fragen.

Helena sah Josh an. Er wirkte müde und ausgelaugt. „Gibt es schon etwas Neues über diesen Unmenschen, der das Glas in Ihren Garten geschüttet hat?"

„Nein, nichts." Er setzte sich in einen großen Sessel, lehnte sich gegen die Kissen und streckte die Füße in Richtung des Feuers aus. Ein schwarz-rotes Kätzchen saß vor ihm und forderte miauend, auf den Arm genommen zu werden. Josh lächelte und hob das Tierchen hoch. Sofort fing es an zu schnurren und schmiegte sich an ihn. Spark nahm keine Notiz davon, doch Lim stupste eifersüchtig gegen Joshs Beine.

Helena lachte. „Das ist der letzte von Tansys Wurf", erklärte sie. „Wir haben ihn ‚Murmel' getauft. Er ist auf der Suche nach einem neuen Besitzer." Sie schenkte Josh ein Glas Apfelsaft ein, und als er danach griff, sprang Murmel auf den Boden und tapste vorsichtig an den Hunden vorbei.

Die Katzenmutter hatte es sich auf dem Teppich aus Schafswolle bequem gemacht. Sie packte ihr zappelndes Junges und putzte es so gründlich, daß es laut protestierte. Endlich gelang es dem kleinen Kerl, sich zu befreien, und er steuerte wieder auf Josh zu. Dabei wählte er den kürzesten Weg über Spark, und seine kleinen Krallen verschwanden im dichten Fell des Hundes. Schließlich erreichte er Josh und sprang wieder auf seinen Schoß. Aufgeschreckt setzte sich Spark hin. Plötzlich regte sich in ihm die Eifersucht, und er humpelte über die Decke auf Josh zu und stieß Murmel zu Boden.

„Na, so was!“ staunte Josh. Spark legte sich seinem Herrchen zu Füßen und paßte auf, daß die Katze nicht noch mal näher kam.

„Anscheinend braucht es ein kleines Kätzchen, um ihn aus seiner Lethargie herauszuholen“, stellte Helena fest. „Ist es nicht interessant, was Eifersucht alles bewirken kann?“ Sie schüttete Rindfleisch und Markknochenbrühe in einen Napf und beobachtete, wie Spark tatsächlich zu fressen begann. Es war das erste Mal, daß er seit dem Unfall wieder Interesse an Futter zeigte.

„Das Zeug wirkt Wunder. Bevor Sie gehen, bekommt er noch etwas mehr davon, und Sie sollten ihm zu Hause auch so eine Brühe zubereiten“, riet ihm Helena. „Ich habe noch ein paar Knochen übrig, die können Sie mitnehmen.“

Josh streichelte liebevoll die weichen Ohren des Hundes, und Spark leckte die Hand seines Herrchens.

„Josh, werden Sie Spark irgendwann wieder einsetzen können?“

„Wahrscheinlich nicht. Paul hat gesagt, daß er wohl nie wieder springen können wird. Wenigstens dürfen wir die Hunde jetzt behalten, wenn sie nicht mehr arbeiten können. Aber wo bekomme ich nun einen Ersatz her?“

„Darüber wollte ich mit Ihnen sprechen. Das Tierheim ist zur Zeit überfüllt, und man hat mich gebeten, einen zwölf Monate alten Hund aufzunehmen, der aus meiner Zucht stammt. Khan ist ziemlich talentiert.“ Helena wandte ihre Aufmerksamkeit einer Pfanne auf dem Herd zu und rührte den brutzelnden Inhalt um. „Die Leute, bei denen er gelebt hat, besaßen ein schönes Haus mit einem großen Grundstück. Aber dann ist der Ehemann arbeitslos geworden, und sie haben das Haus verkaufen müssen und sind in eine Mietwohnung gezogen. Khan konnten sie nicht mitnehmen, und so haben sie mich gebeten, ein schönes Zuhause für ihn zu suchen. Ich habe versprochen, ihn so lange bei mir zu behalten, bis ich etwas Angemessenes für ihn gefunden habe. Er ist sogar schon ein bißchen ausgebildet. Der Mann hat mit ihm gearbeitet.“

„Kann ich ihn mal sehen?“

„Sicher, aber vielleicht sollten wir erst essen, es ist gerade fertig.“ Helena trug Reis mit Curry auf und stellte zwei Teller auf den Tisch. Josh ging hinüber zum Tisch, setzte sich und genoß Helenas Kochkünste. Es war schon ziemlich lange her, daß eine andere Frau als Alice ihm angeboten hatte, etwas für ihn zu kochen.

„Langsam wird mir das alles hier ein wenig zu anstrengend“, gestand Helena beim Essen. „Ich brauche eigentlich eine Hilfe, aber ich weiß nicht so recht, wo ich sie herbekommen soll. Ich hatte schon ein paarmal Jugendliche, die im Rahmen einer Arbeitsbeschaffungsmaßnahme zu mir geschickt worden sind. Aber meistens interessieren sie sich nicht für die Arbeit hier oder haben sogar Angst vor Hunden."

„Vielleicht könnte Alice Ihnen helfen. Aus dem, was Gulley so erzählt, schließe ich, daß sie noch freie Zeit hat, obwohl sie schon nebenher für das Tierheim arbeitet. Es würde Ihnen doch wahrscheinlich schon helfen, wenn jemand für ein paar Stunden in der Woche käme, oder?"

„Und ob mir das helfen würde! Und auf Alice kann man sich verlassen. Ich hatte gar nicht daran gedacht, sie zu fragen."

„Ich spreche mal mit Gulley." Josh erinnerte sich wieder an den Hund. „Ich nehme an, Khan kommt aus demselben Wurf wie Roi? Ich könnte gut ein paar von seiner Sorte gebrauchen."

„Nein, nein. Er stammt zwar von meiner Hündin, aber der Vater ist aus einer anderen Zucht. Khan ist ein netter Hund mit sehr guten Anlagen. Vor einem Jahr habe ich ihn als besten Welpen ausgezeichnet."

„Ich würde es gern mal mit ihm versuchen", erklärte Josh. „Ich nehme ihn mit nach Hause und sehe, wie er sich macht. Er wäre dann so eine Art Reserve und könnte schon mal ausgebildet werden."

Sie hatten inzwischen aufgegessen, und Helena nahm die zwei leeren Teller vom Tisch und stellte sie in den Spülstein. Nach dem Dessert, das aus Johannisbeerkäsekuchen mit Sahne bestand, setzten sie sich mit einer Tasse Kaffee vor den Kamin. Murmel hüpfte zur Abwechslung auf Helenas Schoß. „Haben Sie nicht Lust, ihn auch mitzunehmen? Er braucht ein Zuhause."

„Ich bin schon mit den beiden Hunden vollauf beschäftigt, und nun kommt auch noch Khan dazu. Das reicht mir eigentlich."

„Wie wäre es mit einer Bürokatze? Murmel ist an Hunde gewöhnt. Sie könnten ihn im Büro schlafen lassen und am Wochenende mit nach Hause nehmen."

Josh nahm das kleine schwarz-rote Tier hoch. Das Kätzchen schmiegte sich an seine Schulter und schnurrte laut. „Anscheinend habe ich gleichzeitig einen neuen Hund und eine neue Katze gefunden. Sie sollten als Verkäuferin arbeiten, Helena."

Sie lachte. „Was glauben Sie denn, womit ich in all den Jahren mein Geld verdient habe? Ich habe Welpen verkauft! So, und jetzt schauen Sie sich Khan an."

Draußen begrüßte Khan, der sich in der ungewohnten Umgebung immer noch nicht recht wohl fühlte, Helena voller Freude. Er sprang an ihr hoch, leckte ihr die Hände und winselte. Als Josh pfiff, trottete Khan zu ihm hinüber und wedelte mit dem Schwanz. Er hatte sehr an seinem Herrchen gehangen und mochte Männer lieber als Frauen.

Josh führte ihn in die Küche. Spark und Lim waren an andere Hunde gewöhnt und sahen zu, wie er sich hinkniete und Khan streichelte. Khans Fell war schwarz und hellbraun, nur sein Rücken war etwas grauer als der von Spark, der an dieser Stelle ganz schwarz war. Khan war höchst erfreut über die Aufmerksamkeit, die ihm zuteil wurde. Er lehnte sich an Josh und leckte ihm das Kinn.

Josh betrachtete ihn nachdenklich. „Sehr gut. Starker Knochenbau, keine Anzeichen von Aggression oder Nervosität. Scheint ein kluger Hund zu sein." Josh brauchte nicht lange, um eine Entscheidung zu treffen. Khan hatte das Zeug zu einem guten Polizeihund. Vielleicht war er keiner aus der allerersten Riege, aber er schien zuverlässig und kräftig, genau das, was Josh brauchte. „Können Sie ihn noch bis Mitte nächster Woche hierbehalten?" bat er Helena. „Ich bezahle für Futter und Unterbringung. Mit etwas Glück ist Spark bis dahin wieder auf den Beinen. Außerdem sind dann auch der Kurs und die Abschlußprüfungen vorüber. Im Moment habe ich einfach nicht genügend Zeit, um für ihn schon die volle Verantwortung zu übernehmen. Ich brauche alle meine Kräfte für Montag und Dienstag."

„Machen Sie sich Sorgen?" fragte Helena.

„Ich habe schon Alpträume. Alles mögliche kann schiefgehen. Ein Mann kann krank werden, ein Hund kann krank werden, ein Sturm kann jede Fährte wegblasen."

„Ich kann Sie nur mit Kates Lieblingsspruch trösten: ‚Machen Sie sich keine Sorgen, vielleicht passiert gar nichts.'"

Josh lachte. „In unserem Job passiert leider viel. Zugunglücke, Flugzeugabstürze, Massenkarambolagen auf der Autobahn …" Er mußte gähnen. „Ich fahre jetzt besser. Hoffen wir, daß morgen ein ruhiger Tag ist und am Montag alle erholt sind. Ich kann Ihnen gar nicht genug danken, Helena. Wir verdanken Ihnen ohnehin schon Roi, und heute haben Sie mich wieder aufgemuntert und mir außerdem noch einen neuen Hund besorgt."

Als er ging, sah sie ihm eine Weile nach und dachte bei sich, welch einen guten Schwiegersohn er abgeben würde.

12

Am Samstag fühlte sich Brier total krank. „Wehe, Sie sagen Mutter oder Josh etwas davon“, warnte sie Kate.

Kate rief Alice an, die Gulley vorbeischicken wollte, um mit Roi einen ausgiebigen Spaziergang zu unternehmen. Sie versprach, Josh nicht von Briers Zustand zu unterrichten. Kate ermahnte die Kinder, nicht zu laut zu sein, schickte Brier ins Bett zurück und brachte ihr heißen Tee, Aspirin und eine Wärmflasche.

Als Gulley ein paar Stunden später von dem Spaziergang mit dem Hund zurückkam, schaute er kurz bei Brier rein. „Wir waren eine Weile unterwegs, und ich habe ihn noch zwanzig Minuten frei herumrennen lassen. Als ich ihn auf der Gemeindewiese das Plastikrohr habe holen lassen, hatten wir Zuschauer. Sie haben sich so gut unterhalten, daß ich beinahe Eintritt verlangt hätte“, berichtete er lachend.

„Danke, Gulley. Wie soll ich bloß am Montag wieder arbeiten?“

„Das wird schon. Ein paar Tage Ruhe, das wirkt Wunder.“

Am Sonntag morgen holte Gulley Roi wieder ab und kam dann mit Alice zurück. Beide aßen mit Kate zu Mittag und spielten anschließend mit den Kindern Monopoly.

Die Ruhe hatte Brier gutgetan, und am Nachmittag unternahm sie mit Roi einen kurzen Spaziergang. Es war ein wunderschöner Tag im April, beinah so warm wie ein Sommertag. Hellgrüne Blätter leuchteten im Sonnenschein, und auf dem Kanal schwammen Schwäne.

Als Brier am Montag morgen aufwachte, stand Simon wieder neben ihrem Bett. In der einen Hand hielt er eine Tasse Tee, in der anderen ein kleines Päckchen, das er ihr reichte. Sie öffnete es. Es enthielt eine kleine Katze aus Schiefer.

„Von uns allen“, sagte er. „Sie soll dir Glück bringen.“

Das Gesicht, das Brier aus dem Spiegel entgegenblickte, war nicht mehr so blaß wie in den letzten Tagen. Ihre Erkältung war soweit zurückgegangen, daß sie hoffte, einigermaßen zurechtzukommen.

Kate hatte Briers Uniform gebügelt und ihre Schuhe poliert. Brier trug nur ganz wenig Make-up auf, um ihre Weiblichkeit vor den Prüfern nicht zu sehr zu betonen. Entweder würde sie bestehen, weil sie eine gute Hundeführerin war, oder sie würde durchfallen.

Simon hatte Roi herausgeputzt. Sein Fell glänzte im Sonnenlicht, das durch das Fenster fiel. Brier aß ein wenig Toast und trank Kaffee.

Wenig später erschien Gwyn, um sie abzuholen. Als Brier ging, winkten ihr alle von der Tür aus nach. „Viel Glück, viel Glück!" konnte sie noch eine ganze Weile hören.

Auf der Fahrt zum Prüfungsort saßen Gwyn und Brier schweigend nebeneinander. Keiner von beiden war in der Stimmung, sich zu unterhalten.

Ihnen wurde ein kleiner Raum zugewiesen, in dem sie Platz nehmen und warten sollten. Rob schien Selbstgespräche zu führen, Pete gähnte. Sein kleiner Sohn bekam Zähne, und er und seine Frau waren die halbe Nacht auf den Beinen gewesen. Tony, der vor einigen Monaten das Rauchen aufgegeben hatte, hatte ein Päckchen Zigaretten gekauft und steckte sich nun eine nach der anderen an.

„Das ist das letzte Mal. Es wäre nämlich nicht gut für das Baby." Er lächelte glücklich. „Am Mittwoch höre ich für immer damit auf."

„Wie geht es der Kleinen?" fragte Brier.

„Prima. Sie ist das hübscheste Mädchen, das ihr euch vorstellen könnt. Und sie kann schon meinen Finger fassen."

John steckte den Kopf zur Tür herein, wünschte allen Glück und verschwand wieder. Das Warten war schrecklich. Noch eine Stunde. Brier hatte einen ganz trockenen Mund und bemerkte zu ihrem Entsetzen, daß ihre Hände zitterten, als sie nach ihrem Kaffee griff. Gulley hatte Thermoskannen mitgebracht und schenkte ständig nach.

„Wie geht es Spark?" fragte Brier.

Gulley zuckte mit den Schultern. „Er ist zwar über den Berg, aber Josh hat ihn wieder in die Tierklinik bringen müssen. Er bekommt jetzt Antibiotika, die allerdings nicht recht anschlagen. Paul sagt, es ist immer noch ein ständiges Auf und Ab."

Josh war draußen. Er wollte den Prüfungen aus einiger Entfernung zusehen, um niemand zu verunsichern. Wenn Spark starb . . . Brier wußte, wie er sich fühlen würde. Josh war in der letzten Zeit immer wichtiger für sie geworden, wichtiger, als sie sich selbst eingestand. Aber sie durfte ihn das auf keinen Fall merken lassen. Sie war für ihn nur ein Mitglied in einem Team, nicht mehr.

Es war soweit. Für private Gefühle und Sorgen gab es nun keinen Platz mehr. Sie ließ sich ihre Angst vor dem Versagen nicht anmerken. Nur Mut, Kopf hoch! Wie sollte sie den Prüfer begrüßen? Mit einem Lächeln, oder würde das zu selbstbewußt wirken? Sie warf den Assistenten einen Blick zu. Sie waren allesamt qualifizierte Hundeführer. Brier hatte das Gefühl, daß sie ihr gegenüber eine gewisse Reserviertheit an den Tag legten.

„Na los, Mädchen“, sagte Josh leise, als sie an ihm vorbeiging. „Zeig ihnen, was du kannst.“

Der Prüfer, ein großer Mann, dessen dünner werdendes blondes Haar langsam grau wurde, nickte ihr zu und hakte ihren Namen und den ihres Hundes auf seiner Liste ab.

Nach dem Regen der letzten Nacht war heute ein besonders schöner Tag. Die Sonne ließ das parkähnliche Grundstück sommerlich erscheinen. Nicht zuviel Wind, überwiegend blauer Himmel. Sie blickte über die Anlage. War irgend etwas falsch aufgebaut, so daß der Hund gegen das Sonnenlicht springen mußte? Nein, alles war in Ordnung. Sie wußte, daß der Prüfer ihrem Blick gefolgt war. Er schrieb etwas auf seinen Block.

„Laß mich nicht im Stich“, bat sie Roi leise. Der Hund schaute sie an und wedelte mit dem Schwanz. Es konnte losgehen.

Das Bei-Fuß-Gehen funktionierte sehr gut. Zunächst normale Geschwindigkeit, dann langsamer. Der Hund blieb immer genau neben ihr. Zum Glück wußte er nicht, daß dies die Prüfung war, von der ihre Zukunft abhing.

Als nächstes mußte sie den Hund zu einem Ziel fortschicken. Diese Übung liebte Roi.

Am Horizont war ein Baum zu sehen. „Schicken Sie Ihren Hund in Richtung dieses Baums“, forderte sie der Prüfer auf. „Wenn er sich in Höhe des Gebäudes dort drüben befindet, soll er sich hinlegen.“

Das Gebäude war ein heruntergekommener Pavillon am Rand des Grundstücks. Dahinter lagen die Schulungsgebäude, halb versteckt hinter Bäumen. In der Sonne funkelten die vielen Autos auf dem Vorhof irritierend. Brier schaute konzentriert auf Baum und Pavillon, bevor sie den Hund losschickte. Sie überlegte, daß sie ihm das Zeichen zum Hinlegen ungefähr zehn Meter vor dem Ziel geben mußte, sonst würde er darüber hinausschießen.

Er rannte in Richtung Baum und ließ sich sofort fallen, als sie ihm das Kommando zurief. Er lag genau da, wo er sein sollte.

„Schicken Sie ihn jetzt fünfzig Meter in Richtung Pavillon.“

Eine neue Richtung einschlagen war immer etwas schwierig. Diese Übung hatte sie bislang stets an einem Zaun ausgeführt. Ihr Mut sank. Wie hatte sie nur so dumm sein können? Hunde nahmen schnell Gewohnheiten an, und hier gab es nirgendwo einen Zaun.

Sie steckte ihre Hand in die Tasche und berührte die kleine schwarze Katze, die die Kinder ihr geschenkt hatten. Bitte, bring mir Glück! flehte sie im stillen.

Ein kurzes Zögern, das Punktabzug bringen würde, dann verstand Roi ihr Kommando und lief nach rechts. Sie gab ihm den Befehl, sich fallen zu lassen. Er warf sich rasend schnell hin und wirkte dabei wesentlich eleganter als die anderen Hunde. Sie schaute zum Prüfer hinüber. Er lächelte. „Rufen Sie den Hund!“ verlangte er dann.

Brier mußte ihm befehlen stehenzubleiben, bevor er bei ihr angelangt war. Er reagierte erst einige Schritte nach ihrem Zeichen, nicht ganz so genau, wie es hätte sein sollen.

Als nächstes kam die Kontrolle aus Distanz an die Reihe, eine Übung, die sie oft spätabends noch geprobt hatten.

„Ihr Hund soll sich hinlegen.“ Roi folgte sofort.

„Er soll sich setzen.“ Wieder gehorchte er.

„Rufen Sie Ihren Hund!“ Roi flog förmlich auf sie zu und setzte sich mit heraushängender Zunge. Eine Aufgabe folgte der anderen. Alles ging so schnell, daß Brier kaum Zeit zum Atmen blieb.

Für das Apportieren hatte der Prüfer eine Spülmittelflasche ausgesucht und zur Hälfte mit Wasser gefüllt. Roi mußte sie erst ausbalancieren, bevor er sie tragen konnte. Während er rannte, lief das Wasser im Innern hin und her und hätte ihn leicht aus dem Gleichgewicht bringen können. Aber er schaffte es und hielt ihr stolz die Flasche hin.

Weiter ging es mit der Beweglichkeitsübung. Manchmal zog Roi seine Hinterpfoten etwas nach, wenn er über Hürden sprang, doch diesmal hatte er sogar noch zwei Zentimeter Sicherheitsabstand. Drüber und wieder runter. Das ein Meter achtzig hohe Kletterbrett war für Roi kein Problem, er liebte das Ding regelrecht. Auf der anderen Seite angekommen, wartete er auf das Kommando, zu ihr zurückzukehren. Souverän meisterte er auch jetzt den weiten Sprung mit ausgestreckten Vorder- und angezogenen Hinterpfoten. Plötzlich wurde Brier klar, welch eleganter Hund Roi war. Spike und Storm waren dagegen schlaksig und ungeschickt. Sie begann, freudige Erregung zu spüren.

„Bellen auf Kommando.“ Selbstbewußt schallte Rois tiefes Bellen über den Platz. Sie gab das Signal für Ruhe, und sofort war er still.

Unerschrockenheit gegenüber dem Gewehr. Roi zeigte nicht das geringste Zeichen von Furcht, als der Schuß ertönte, obwohl er das Geräusch nicht hatte voraussehen können, denn er stand vom Schützen abgewandt. Brier hingegen zuckte zusammen, obwohl sie den Knall erwartet hatte.

Dann kam eine Übung, die alle sechs Hunde zur selben Zeit absolvieren mußten. Während die Hundeführer sich außer Sichtweite begaben, durften die Hunde sich nicht von der Stelle rühren. Brier hatte genügend Zeit, sich Sorgen zu machen. Was, wenn Roi losging, um sie zu suchen? Die kleinste Bewegung kostete sämtliche Punkte. Doch als sie zurückging, sah sie, daß Roi ganz ruhig dalag, und auch keiner der anderen Hunde hatte sich bewegt. Alle lächelten erleichtert.

Damit waren die Übungen zur Kontrolle beendet. Alle Hunde waren gut gewesen. Sie schaute zu dem Prüfer empor, der auf einem Hochstand über ihnen saß. „Sie haben einen guten Hund“, meinte er.

Und wieder warten. Noch mehr Zeit, um nervös zu werden. Noch mehr Zeit, um zuzusehen, wie Tony hin und her lief und rauchte, wie Derek Kaugummi kaute. Noch mehr Zeit zuzuhören, wie Gwyn unaufhörlich über alles mögliche schwatzte. Rob sagte kaum etwas und gab manchmal auf Fragen völlig unsinnige Antworten.

Nun standen die kriminalistischen Übungen auf dem Plan. Temperament des Hundes, Verhalten des Hundeführers. Kopf hoch, selbstbewußt schauen, den Hund nie im Stich lassen. Brier konzentrierte sich voll auf die Übungen. Kontrolle über den Hund in einer Menschenmenge, verfolgen, angreifen. Einen Mann verfolgen, der sie bat, den Hund zurückzurufen. Roi mußte auf Befehl sofort von ihm ablassen. Brier gab das Kommando lauter als beabsichtigt, und Roi erschrak und blieb reglos stehen. Genau so sollte es sein, aber vorher hatte er es noch nie so gemacht.

Jetzt galt es, einen „Verbrecher“ aufzuspüren, der einen Anschlag auf Briers Ernsthaftigkeit unternahm, indem er ihr zuzwinkerte. Es fiel Brier schwer, das Lachen zu unterdrücken. Danach mußten sie ihn zum Prüfer eskortieren. Die Strecke erschien endlos. Einmal versuchte er wegzulaufen, aber Roi war auf der Hut und brachte ihn sofort zurück. Dabei bellte er bedrohlich.

Dann mußte Roi einen Verbrecher hetzen und auf Kommando sofort von ihm ablassen. Die Hauptgefahr bei dieser Übung bestand darin, daß der Hund zu eifrig wurde, wenn er sein Ziel erreicht hatte, und unbedingt in den gepolsterten Ärmel beißen wollte, denn das war die Trophäe, um die es ging. Wenn er nicht in der Sekunde, in der der Befehl kam, von seinem Opfer abließ, verlor er Punkte.

Der fliehende Mann hielt an und drehte sich nach dem Hund um. Sein plötzliches Stehenbleiben war für Roi das Zeichen, und er umkreiste den Mann mit einem warnenden Bellen. Der Prüfer nickte.

Brier ging die zehn Meter hinüber zu dem Mann und dem Hund. „Roi, hierher!“ Roi stellte sich neben sie. Dabei ließ er sein Opfer keinen Moment aus den Augen. Sie bedeutete ihm, sich nicht zu rühren, und ging hinüber zu ihrem „Verdächtigen". Einige Fragen ergaben, daß dieser Mann kein Verbrecher war, sondern ein unschuldiger Fußgänger, der zufällig vorbeigekommen war. Sie lächelte ihn an und ließ ihn weitergehen. Dann rief sie Roi und begab sich mit ihm zum Prüfer. Das war eine schwierige Aufgabe gewesen.

Als nächstes folgte eine Tapferkeitsübung. Brier beobachtete ihren Hund, als der „Verbrecher" über das Feld raste und dabei einen Stock schwang und laut schrie. Roi stürzte sich auf den Stock und versuchte ihn zu fassen. Doch der Mann gab nicht auf und zog den Stock wieder aus Rois Maul. Das Verhalten des Hundes drückte Empörung aus. Wie konnte jemand es wagen, ihn schlagen zu wollen? Als sich der Stock wieder auf ihn zu bewegte, schnappte er danach und nahm ihn dem Mann ab. Dann ließ er ihn fallen und bellte. Brier gab Roi das Kommando, stehenzubleiben und ruhig zu sein. Er warf ihr einen Blick zu und konzentrierte sich dann wieder auf seine Beute.

Zum Schluß war das Gewehr dran. Die Aufgabe bestand darin, den „Verbrecher" zu entwaffnen. Roi flog förmlich auf den Arm zu, der auf ihn zielte, und drehte dann leicht ab, um den Mann von der Seite anzugreifen. Er schnappte nach dem gepolsterten Arm, setzte den Mann damit außer Gefecht, und die Waffe fiel zu Boden.

Als Brier das Feld verließ, war sie sicher, genug Punkte gesammelt zu haben, um zu bestehen. Allzu viele konnte Roi nicht verloren haben. Sie wußte, daß Derek und Tony wahrscheinlich ein paar Abzüge wegen mangelnder Kontrolle würden in Kauf nehmen müssen. Bei Pete und Rob war sie nicht sicher. Ihr Hauptkonkurrent war Gwyn.

„Okay?" fragte Josh. Alle hatten aus der Entfernung zugesehen.

Brier war plötzlich erschöpft und müde. „Ich glaube schon, ich hoffe es jedenfalls." Dankbar nahm sie einen Schluck Kaffee aus der Tasse, die Gulley ihr reichte.

Inzwischen war es Zeit zum Mittagessen. „Ich habe beschlossen, daß wir nicht in ein Restaurant gehen", sagte Josh. „Eine Kneipe paßt besser. Wir heben uns das dreigängige Menü für hinterher auf."

Nachdem sich in der Kneipe alle einen Platz gesucht hatten, ging Josh zu dem Prüfer hinüber. Sie setzten sich in sicherer Entfernung zu den Kandidaten hin und begannen eine ernste Diskussion. Alle bemerkten das, und man spürte förmlich ihre Anspannung.

Brier aß, ohne zu beachten, was sie vor sich hatte. War sie mit ihren Kommandos zu langsam gewesen? Hatte Roi zu zögernd gehorcht? Hatte er versucht, den zu apportierenden Gegenstand zu kauen, während er zu ihr zurücklief? Derart kleine Fehler konnten sich zu einem beachtlichen Punktverlust summieren.

Der Nachmittag kroch noch langsamer dahin als der Vormittag. Sie konnte nichts tun, als bei den anderen zuzusehen und auf die Resultate zu warten, doch sie beschloß, daß ihre Erkältung den Rückzug nach drinnen rechtfertigte. Die Wärme schläferte sie ein. Sie schrak auf, als Gwyn sie wach rüttelte. Es war Zeit für die Ergebnisse des ersten Tages.

Josh verteilte die Zettel mit den Ergebnissen. Brier sah auf ihren Zettel: 194 von 200. Sie hatte nur sechs Punkte beim Gehorsam verloren. Mühsam verbarg sie ein triumphierendes Lächeln. Dann wandte sie sich dem Zettel mit den kriminalistischen Übungen zu. Die schwarze Schrift des Prüfers war groß und steil: 298 von 300 Punkten. Gwyn hatte 249 erreicht. Sie hatte bestanden und alle Männer geschlagen.

Aber sie hatten erst die Hälfte hinter sich. Der morgige Tag stand ihnen noch bevor, und sie durften sich nicht auf ihren Lorbeeren ausruhen. Bei einer Tasse Kaffee verglichen sie ihre Punkte. Josh und der Prüfer konferierten wieder.

Brier hatte gehofft, noch einmal mit Josh sprechen zu können, aber nachdem der Prüfer gegangen war, nahm er sich nur noch kurz die Zeit, ihnen allen Glück zu wünschen, und machte sich dann gleich auf den Weg. Er wollte sich unbedingt nach Spark erkundigen.

Auf dem Nachhauseweg machte Brier ihre Erkältung wieder zu schaffen, und sie war froh, daß Gwyn das Fahren übernommen hatte.

Gwyn setzte Brier und Roi am Tor ab. Die Haustür öffnete sich, noch bevor sie sie erreichte, und die Kinder stürmten ihr entgegen und sahen sie erwartungsvoll an. Simon nahm Roi in die Arme. Dana fragte als erste: „Wie war es? Hat er es gut gemacht? Hast du bestanden?" Kate stand mit fragendem Blick hinter den Kindern.

„Bis jetzt sind wir die ersten. Wir haben zwar erst die Hälfte hinter uns, aber wir waren sehr gut."

Der zweite Teil würde viel schwieriger werden. Wenn der Hund beim Fährtenaufspüren versagte, würde es so viel Punktabzug geben, daß sie ihre Chance verspielt hätte. Sie konnte sich noch nicht sicher fühlen. Noch eine Nacht, noch ein Tag bangen Wartens.

Als die Kinder endlich im Bett waren, überlegte Brier, ob sie ihre Mutter anrufen sollte. Helena wartete bestimmt auf Neuigkeiten.

„Gehen Sie besser ins Bett. Sie können sich ja kaum noch auf den Beinen halten", riet Kate ihr. „Ich werde das Telefonat übernehmen. Sie müssen morgen wieder in Form sein."

Brier warf noch einen letzten Blick auf den Beurteilungsbogen, bevor sie zu Bett ging. Josh würde stolz auf sie sein. Mehr denn je war ihr bewußt, wie wichtig ihr sein Lob war. Langsam glitt sie in den Schlaf hinüber.

Simon weckte sie. In der Hand hielt er die unvermeidliche Tasse Tee. Als sie kurz darauf nach unten ging, stellte sie fest, daß Simon bereits das Frühstück zubereitet hatte. Ich muß versuchen, etwas zu essen, sagte sie sich, während sie sich Rühreier und Toast nahm.

Kate beobachtete sie, wie sie am Tisch saß und mit dem Löffel spielte. „Es wird schon alles klappen“, ermunterte sie sie. „Erinnern Sie sich, wie gut Sie gestern waren.“

Brier biß sich auf die Lippen. „Und angenommen, ich vermassele heute alles?“

„Unsinn, Sie schaffen es“, sagte Kate überzeugt. „Und Roi auch. Sie haben genug Arbeit reingesteckt. Er weiß alles, was er wissen muß. Wir denken den ganzen Tag an Sie und drücken Ihnen die Daumen. Da ist Gwyn schon.“

Brier winkte Simon und Kate zum Abschied zu, als sie die Straße entlangfuhren. Der Wind schüttelte die Bäume, und es regnete heftig. Heute würden sie alle naß bis auf die Haut werden. Sie haßte es ebenso wie Roi, im Regen zu arbeiten.

Gwyn munterte Brier auch nicht gerade auf. „Heute wirst du alle Kräfte brauchen“, sagte er und blickte angestrengt zwischen den Scheibenwischern hindurch auf die nasse Straße. „Besonders bei diesem Wetter. Außerdem haben wir heute einen anderen Prüfer. Der von gestern hat es ja schon ziemlich genau genommen, aber von dem heute sagt man, er sei der schlimmste. Der Typ zieht bereits Punkte ab, wenn der Hund mal einen Zentimeter danebentappt.“

„Versuchst du mir Mut zu machen?“ fragte Brier.

„Nein, ich versuche nur meine eigenen Ängste zu teilen.“

„Herzlichen Dank“, erwiderte sie. Sie dachte an ihre Punkte. „Heute könntest du mich schlagen. Du brauchst nur ein kleines bißchen Glück . . .“

„Wenn ich Roi hätte, würde ich dich mit verbundenen Augen besiegen. Wenn du gewinnst, dann seinetwegen, wenn ich gewinne, dann deswegen, weil ich so hervorragend mit Hunden umgehen kann.“ Er grinste.

„Ich fürchte, ich bin dazu verdammt, immer nach meinem Hund statt nach meinen eigenen Fähigkeiten beurteilt zu werden“, sagte Brier frustriert.

„Mach dir keine Sorgen. Josh weiß genau, welchen Anteil der Hund hat und wieviel du. Ich denke, ich könnte mit Roi ungefähr so gut sein wie du, aber bei den anderen glaube ich das nicht."

Gwyn fuhr von der Straße auf einen Feldweg und durch ein geöffnetes Gatter und parkte schließlich neben den anderen Wagen auf dem Gras. „Wir sind da." Er betrachtete den Boden. „Ich hoffe, wir kommen heute abend wieder hier weg. Dieses Feld sieht jetzt schon ganz matschig aus."

Brier studierte den Plan mit der Reihenfolge der Prüflinge. Derek war der erste. Er schien am wenigsten unter Nervosität zu leiden. Tony war als Zweiter dran, was gut war, denn beim Warten auf den Beginn der nächsten Übung wurde er immer extrem reizbar. Gwyn war als letzter an der Reihe.

Sie selbst war als fünfte um zwanzig nach elf eingetragen, mußte also etwas warten, bis sie mit dem Aufspüren von Fährten auf hartem Untergrund drankam. Es würde schwierig werden, wenn der Regen nicht aufhörte. Fährten aufspüren auf Straßen oder Gehwegen war schon unter optimalen Bedingungen nicht leicht. Die allgemeine Polizeiprüfung war danach dran, und die Suche nach Gegenständen und versteckten Personen würde den langen Tag beenden.

Schließlich kam Brier an die Reihe. Als sie zum Rand der Wiese ging, peitschte ihr der Regen ins Gesicht. Die Sicht war schlecht, und der Boden, holpriger Rasen mit Disteln und Stechginster, war völlig durchweicht: Sie betrachtete ihn und hoffte, daß es wenigstens verräterische Fußspuren oder zertretenes Gras gab, aber nichts davon war zu sehen. Nun hing alles von ihrem Hund ab. Der Fährtenleger konnte in jede Richtung gegangen sein. Vielleicht hatte der Regen den Geruch schon vernichtet.

Der Prüfer war ein kleinerer Mann als der vom Vortag. Seine Augen wirkten kälter, und sein Gesicht sah aus, als wisse er nicht, wie man lächelt. Ein Mann, der Frauen sicher nicht sehr mochte, zumindest nicht als Konkurrentinnen, vermutete sie. Vielleicht würde das seine Beurteilung ungünstig beeinflussen.

Der Prüfer nickte. Es war Zeit anzufangen. Einer der Helfer sagte etwas, und mit trockenem Mund ging sie los. Roi suchte den Boden ab, doch mit sinkendem Mut bemerkte Brier, daß er in die falsche Richtung lief. Er hatte die Spur des Mannes erwischt, als dieser sich entfernt hatte. Sie rief ihn zurück und schickte ihn erneut los. Er schien verwirrt zu sein und schaute zu ihr her, weil er nicht wußte, was er falsch gemacht hatte. Nichts, mein Guter, gar nichts, sagte

Brier zu sich selbst und hoffte, daß er verstehen würde, was passiert war.

Er lief wieder los, diesmal in die andere Richtung. Er zog so stark, daß Brier beinahe hingefallen wäre. Zu schnell – so würde er es verpassen, wenn der Mann irgendwo abgebogen war. Sie sprach mit ihm, und er verlangsamte das Tempo. Dann blieb er stehen und schüttelte sich den Regen aus dem Fell.

Roi mußte vier Gegenstände entlang einer Strecke von einem Kilometer finden, und so wie am Vortag die zehn Minuten kaum vergangen waren, schien dies der längste Kilometer zu sein, den sie je zurückgelegt hatte. Roi lief im Kreis und wußte, daß er weitermachen mußte und daß die Witterung, nach der er suchte, hier irgendwo war. Brier seufzte vor Erleichterung, als sich die Leine spannte. Roi hatte die Fährte wiedergefunden und drängte weiter.

Dann blieb er plötzlich stehen, drehte sich um und sah sie an. Sie hob die Brieftasche auf, die er entdeckt hatte, und starrte sie ungläubig an. Sie war voller Geldscheine und Kreditkarten. Waren die verrückt? Aber vielleicht hatte die Brieftasche ja überhaupt nichts mit der Prüfung zu tun. Sie steckte sie ein und hob ihren Arm, um anzuzeigen, daß Roi etwas gefunden hatte.

„Weiter, alter Junge!“ sagte sie. Roi strebte vorwärts, beschnüffelte jeden Zentimeter und stoppte nur ein paarmal, um den Regen abzuschütteln. Mach das nicht, dachte sie. Das könnte Punktverlust bedeuten.

Der Regen lief ihr schon in den Kragen, und die Haare klebten ihr am Nacken. Sie hätte sich einen Schal um den Hals wickeln sollen. Mehrmals trocknete sie sich das Gesicht mit Taschentüchern ab, aber bald waren auch die völlig durchnäßt. Dem Hund klebte das Fell förmlich am Körper.

Sie bogen ab und hatten nun den Wind im Rücken. Wieder hielt der Hund an. Dieses Mal hatte er eine Patronenhülse gefunden. Das war wohl eher ein richtiger Fund als die Brieftasche. Nun mußte Roi noch drei weitere Dinge finden.

Erneut bog Roi ab, diesmal ganz scharf, und lief los. Dann blieb er plötzlich stehen. Ein weiterer Gegenstand, ein Stück Leder. Einsammeln und das Zeichen geben. Und weiter im Regen.

Noch ein Stopp. Diesmal hatte er eine Zündkerze entdeckt. Sie waren immer noch auf der richtigen Fährte. Als er wieder innehielt, wußte sie, daß sie das Ende der Fährte erreicht hatten. Sie hob das letzte Objekt auf, ein kleines Päckchen mit weißem Pulver. Das sollte wohl Rauschgift darstellen. Ende der Fährte, Ende der Prüfung. Keine Chance mehr, einen Fehler zu korrigieren. Zurück zum Prüfer.

„Ihren ersten Fund können Sie wegwerfen. Dort gab es für den Hund nichts zu finden“, sagte der Prüfer, als sie sich ihm näherte.

Sie hielt ihm die Brieftasche hin. „Sind Sie sicher?“

Der Mann, der die Fährte und die Gegenstände ausgelegt hatte, kam näher und starrte die Brieftasche an. Hektisch tastete er seine Taschen ab. „Die muß mir ganz am Anfang herausgefallen sein, wahrscheinlich als ich die Patronenhülse aus der Tasche geholt habe“, sagte er. „Ich habe es noch gar nicht bemerkt. Der Hund sollte eine Prämie bekommen. Ich wäre verloren gewesen, wenn ich sie nicht wiederbekommen hätte.“ Er streichelte Roi anerkennend über den Kopf.

Der Prüfer schaute auf seinen Beurteilungsbogen. „Jetzt habe ich aber ein Problem“, bemerkte er. Brier wußte, daß er dafür Punkte abgezogen hatte. Vielleicht würde er sie jetzt wieder hinzufügen.

Endloses Warten. Aus der Ferne zusehen. Waren die anderen Hunde besser als Roi? Hatte sie es vermasselt? Die Zeit zwischen den einzelnen Prüfungen schien stillzustehen.

Dann war sie wieder dran. Die Fährte auf harter Oberfläche war auf einer nicht mehr befahrenen Straße neben dem Prüfungsgelände ausgelegt worden. Das war die schwierigste Übung für die Hunde. Der Himmel allein wußte, ob bei diesem Wetter überhaupt noch eine Witterung aufzuspüren war.

Roi hielt seine Nase dicht über den Boden. Brier folgte ihm immer die Straße entlang. Roi benahm sich, als habe er doch noch eine Witterung aufgenommen. Dann bemerkte sie die kleine Karte einige Zentimeter zu seiner Rechten. War das das Ende der Spur, oder hatte sie jemand fallengelassen? Sie befand sich in einer Plastikhülle und war schwerer, als Brier erwartet hatte. Auf der Rückseite der Karte fand sie unter dem Plastik ein Anglergewicht aus Blei in Form eines Fisches. Bei der Karte handelte es sich um eine Visitenkarte, aber Name und Adresse kamen ihr nicht bekannt vor. Sie nahm sie und brachte sie zum Prüfer. Roi interessierte sich nun nicht weiter für die Fährte. Er verhielt sich so, als ob die Spur hier endete. Sie mußte sich auf ihn verlassen. Der Prüfer gab ihr keinen Hinweis, ob sie sich irrte oder ob alles in Ordnung war. Noch schien alles offen.

Zum Abschluß stand die allgemeine Polizeiprüfung an. Brier fürchtete sie, denn hier ging es darum zu zeigen, ob sie eine tüchtige Polizeibeamtin war. Sollte sie Roi mitnehmen oder ihn besser bei Gulley lassen? Niemand hatte ihr gesagt, wie sie sich verhalten sollte. Sie entschied sich dafür, den Hund bei sich zu behalten.

Brier ging zum Prüfer. Ein Mann lag neben ihm auf dem Boden. Eines seiner Beine lag merkwürdig verdreht unter ihm, und an seinem Kopf war Blut. Schockiert starrte Brier ihn an. Zuerst dachte sie, daß sie es mit einem echten Notfall zu tun hätte, dann jedoch wurde ihr klar, daß der Mann nur spielte.

„Er braucht ärztliche Hilfe", sagte sie. „Verletztes Bein, vielleicht gebrochen, und eine Kopfverletzung. Ich kümmere mich sofort um einen Krankenwagen." Der Prüfer nickte und machte sich eine Notiz.

Sie traute sich nicht, den Mann zu bewegen, und es hatte auch wenig Sinn, ihren durchnäßten Mantel auszuziehen, um es ihm bequemer zu machen. „Was ist Ihnen passiert?" fragte sie.

„Er hat mich aus dem Wagen geschmissen, das Schwein."

„Warum hat er das getan?"

„Hatten einen Streit."

„Worum ging es?"

„Ich habe gesagt, wir sollten halbe-halbe machen. Aber er wollte nicht. Er meinte, er hätte die ganze Arbeit gemacht, deshalb solle ich vierzig und er sechzig bekommen. Und nun hat er alles."

„Alles was?"

„Wir haben bei der Baugenossenschaft auf der High Street eingebrochen, und nun hat der Kerl die ganze Beute."

„Was für einen Wagen fährt er?"

„Blauer Lieferwagen. Wahrscheinlich hat er ihn längst irgendwo stehengelassen und einen anderen geschnappt."

„Ist der Wagen gestohlen?"

„Na, was glauben Sie denn? Denken Sie etwa, wir würden mit unseren eigenen Kisten vorfahren?"

Es wären noch viele Fragen nötig gewesen, um die Geschichte zu entwirren, aber sie hatte den Eindruck, die wichtigsten Details erfahren zu haben. Deshalb verließ sie den Mann, um sich den Schauplatz genauer anzusehen. Der Verletzte lag auf einem Weg, der zur Hauptstraße führte. Sein Kumpan konnte in verschiedene Richtungen entflohen sein. Sie mußte andere Streifenwagen verständigen. Und dann sollte der Hund sicherheitshalber die Gegend absuchen.

Roi beschnüffelte das „Opfer" und begann, mit seiner Nase den Boden abzusuchen. Einige Meter vor der Einmündung des Wegs in die Hauptstraße blieb er stehen, drehte sich um und schaute sie an. Hier ist etwas, sagten seine Augen. Brier ging zu ihm. Er stand neben einer

Pistole. Brier zog einige Papiertaschentücher aus ihrer Tasche und hob damit die Waffe vorsichtig auf. Sie hatte außerdem eine Plastiktüte dabei, in die sie die Waffe steckte.

Der Prüfer hatte also versucht, ihr eine Falle zu stellen. Sie hatte Glück gehabt, daß sie Roi losgeschickt hatte. Der Hund untersuchte das Terrain noch eine Weile, fand jedoch nichts mehr.

„Was ist das?“ fragte sie den Mann und zeigte ihm die Waffe.

„Die hat er rausgeschmissen, als er in die Hauptstraße abgebogen ist“, antwortete er abfällig. „Er hat sie nicht benutzt. Er hat mich nur damit bedroht.“

Brier fiel nichts weiter ein, was sie hätte fragen können. Sie hatte keine Ahnung, wie sie diese Aufgabe bewältigt hatte.

Zeit für die Pause. Das Mittagessen bestand aus einer heißen Suppe, die wieder in einer kleinen Kneipe eingenommen wurde. Die Wirtin hatte Mitgefühl mit den armen Prüflingen. Sie wußte, welche Rolle die Prüfungen für sie spielten und wie ungünstig das Wetter dafür war.

Während die anderen sich unterhielten, begnügte sich Brier damit, zu essen, sich etwas zu entspannen und den Männern zuzuhören. Gwyn war der Meinung, ganz gut gewesen zu sein, während Tony gekränkt alle eventuellen Mißerfolge auf den Regen schob. Rob und Pete glaubten, passabel abgeschnitten zu haben, während Derek nur schweigend sein Essen anstarrte.

Josh aß wieder mit dem Prüfer. Zuvor hatte er kurz mit allen gesprochen, doch mit den Gedanken war er bei Spark gewesen, dessen Zustand labil und alles andere als zufriedenstellend war. Immer wieder überkamen ihn sorgenvolle Gedanken, und er mußte sich auf das, was gesagt wurde, mühsam konzentrieren. Er verfluchte das Wetter, ermutigte sie und versuchte, allen ein positives Gefühl zu vermitteln. Auch für ihn war ihr Erfolg wichtig. Er konnte es sich nicht leisten, auch nur einen einzigen Hund oder Hundeführer zu verlieren. Außerdem machte Josh sich Sorgen um Brier. Er wollte sie unbedingt in seinem Team haben. Er wollte sie täglich sehen, sie besser kennenlernen – und vielleicht eines Tages, wenn Tom eine geliebte Erinnerung geworden und die Verbitterung überwunden war . . .

Josh wurde allmählich nervöser als die Kandidaten. Er wußte, daß dieser Prüfer sehr streng benotete und zudem bekannt dafür war, daß er Frauen bei der Polizei nicht besonders schätzte, schon gar nicht in der Hundestaffel. Hoffentlich versuchte er nicht, Brier zu leimen, das wäre einfach nicht fair. Aber an seiner Entscheidung könnte Josh nichts ändern.

Der Nachmittag zog sich hin. Die Wartezeit schien endlos zu sein, obwohl die Prüfungen dann viel zu schnell abliefen.

Aufspüren von Gegenständen. Würde Roi wieder zu seiner alten Gewohnheit zurückkehren und die aufgespürten Stücke herumwerfen? Brier hielt den Atem an, als Roi loslief. Er mußte vier Gegenstände finden. Vier Gelegenheiten, in das alte Spiel mit Dana zu verfallen. Vier Gelegenheiten, den Tag zu verderben.

Doch Roi brachte jeden Gegenstand stolz zurück, hielt ihn fest im Maul und drückte ihn ihr in die Hand. Ein kaputtes Uhrarmband, eine Wäscheklammer, ein kleines gespaltenes Stöckchen – nein, das konnte nicht richtig sein! Doch dann bemerkte sie, daß ein winziges Stückchen Stoff in dem Spalt hing. Und schließlich brachte er noch einen Metallschlüssel. Am liebsten hätte sie ihn umarmt. Sie schaute auf die Uhr. Genau in der Zeit. Hier würde sie keinen Punktabzug bekommen. Roi hatte nicht einmal versucht, eines seiner Fundstücke hochzuwerfen.

Gulley ging umher, schenkte starken Kaffee aus Thermoskannen aus und drängte Brier, von dem Gebäck zu probieren, das er mitgebracht hatte. Er bestand darauf, daß ihr das neue Energie verleihen würde. Jago hatte auch vier Gegenstände aufgespürt, Storm jedoch nur drei. Major hatte alle sehr schnell gefunden. Loki mochte Metall nicht und ließ den Schlüssel fallen.

Nun war Roi an der Reihe, das unbewegliche Objekt zu finden. Brier war froh, daß sie gemeinsam mit den Kindern in vielen vergnügten Stunden alberne Dinge versteckt hatte, die Roi hatte finden müssen: eine große, mit Sand gefüllte Plastiktüte, die Fahrräder der Kinder, den Mülleimer. Eine fatale Leidenschaft besaß Roi allerdings: Alles, was er fand, wollte er unbedingt Brier bringen, und er konnte Zeit und Punkte verlieren, wenn er versuchte, das festverankerte Objekt loszureißen.

Sie gingen hinaus auf das Feld. Zahlreiche Sträucher und Büsche bedeckten die Fläche, dazwischen überall große Steine. Das hohe Gras des Vorjahrs war vertrocknet und reichte beinahe höher als Rois Kopf.

Der Hund verschwand. Nur die Bewegung der Grashalme verriet Brier, wo er gerade war. Der Hund fand den versteckten Gegenstand, ein Motorrad, ohne Probleme, obwohl er dann versuchte, es zu apportieren. Er faßte es am Lenker, und Brier konnte ihn keuchen und zerren hören und fragte sich, ob der Prüfer ihm wohl Punkte abziehen würde. Als Roi merkte, daß sich das Ding einfach nicht tragen ließ, erkannte er, daß er wohl stehenbleiben und bellen mußte. Wieder war ein Prüfungsabschnitt vorbei.

Brier sah zunehmend müder aus. Sie war es leid, im Regen zu stehen, und zitterte so sehr vor Kälte, daß ihr die Zähne klapperten. Daher holte sie sich von Gwyn den Autoschlüssel, setzte sich zwischendurch immer wieder in den Wagen und ließ den Motor laufen, bis er warm war und sie die Heizung einschalten konnte.

Josh kam zu ihr, und sie kurbelte das Seitenfenster herunter. „Meinst du, du hältst es durch?“ fragte er.

„Ich werde äußerst dankbar sein, wenn das alles vorbei ist. Mir ist kalt, und ich fühle mich nicht besonders wohl“, erwiderte sie.

„Wir werden alle froh sein, ins Warme und Trockene zu kommen“, stimmte er ihr zu und entfernte sich wieder.

Gulley lief weiter unermüdlich zwischen den Wartenden umher und versorgte sie mit Kaffee und Gebäck. Alice hatte überreichlich vorgesorgt in der Hoffnung, daß häufige kleine Stärkungen sie alle aufmuntern würden. Auch der Prüfer legte zwischendurch eine Pause mit Kaffee und Plätzchen ein. „Vielleicht stimmt ihn das milde“, meinte Gulley hoffnungsvoll. „Alice hatte schon vorgeschlagen, das Gebäck mit Kognak zu tränken, aber dann schien uns doch, daß das vielleicht nicht so gut ankommt.“ Alle grinsten bei diesem Gedanken.

Endlich war alles vorüber. Einer der Prüfungsassistenten fuhr Brier zum Ausbildungszentrum zurück. Endlich wieder ins Trockene! Auf dem Weg dorthin machte sie eine Berg- und Talfahrt der Gefühle durch. In einem Moment war sie guten Mutes, im nächsten war sie fest davon überzeugt, durchgefallen zu sein.

Gulley war schon etwas eher dagewesen als sie und empfing sie. „Komm schnell rein, und laß uns was Warmes tanken!“ Brier folgte ihm nach drinnen. Die anderen waren noch nicht da.

Er schaltete das kleine Heizgerät in seinem Büro an und rückte ihr einen Stuhl davor. Dann bekam sie die unvermeidliche Tasse heißen Kaffee. Briers Blick fiel auf die Pappschachtel. Plötzlich hörte sie ein Schreien und Quietschen. Sie ging hin und schaute hinein.

„*Das* ist dein Geheimnis! Wir haben uns schon alle gefragt, was du vor uns versteckst. Bess hat also Junge bekommen!“

„Zu Hause konnte ich sie nicht lassen“, sagte Gulley. „Alice hat zuviel zu tun. Sie wird künftig deiner Mutter helfen und außerdem weiter im Tierheim mitarbeiten. Einer der Welpen ist für deine Kinder. Simon sollte statt Roi einen anderen Hund haben, um den er sich kümmern kann. Und es wird nicht schwierig sein, auch für die anderen ein Zuhause zu finden."

„Gulley, du bist ein Engel! Die Kinder werden sich riesig freuen. Hast du Kate schon gefragt?"

„Ja, sie war vor ein paar Tagen mit Alice essen, und dabei haben sie darüber gesprochen. Sie ist einverstanden."

Brier sah zu, wie Bess die Welpen säugte. Die Augen der Kleinen waren noch nicht mal offen. Es würde wohl noch ein paar Wochen dauern, bis die Kinder ihren eigenen Hund hatten.

Inzwischen waren auch die anderen Hundeführer mitsamt dem Prüfer eingetroffen, und nachdem sich alle umgezogen hatten, gingen sie gemeinsam in den „Schwan", wo Josh einen gemütlichen Raum reserviert hatte. Die Wirtin brachte ihnen heiße Suppe, Sandwiches und starken Tee. Selten hatten sie sich so auf eine Mahlzeit gefreut.

Der Prüfer faßte seine Ergebnisse und seine Kritik zusammen. „Ich habe niemandem Punkte dafür abgezogen, wenn sein Hund den Regen abgeschüttelt hat. Es war einer der schlimmsten Tage, die ich je erlebt habe, und es hat mir gefallen, wie Ihre Hunde sich verhalten haben. Hinsichtlich ihrer Einsatztauglichkeit sind alle durchgekommen, keiner ist durch die Prüfungen gefallen. Der Wind war für einige Probleme beim Fährtensuchen und Aufspüren verantwortlich, aber auch da habe ich Nachsicht geübt." Er schaute zu Brier hinüber. „Ihre neue Kollegin war die einzige, die daran gedacht hat, den Hund loszuschicken, um das Gebiet rund um den Verletzten abzusuchen. Da lag eine Waffe versteckt im Gras, direkt vor der Einmündung in die Hauptstraße. Ihr Hund hat sie gefunden." Er lächelte sie an, was seinem Gesicht einen so unerwartet freundlichen Ausdruck verlieh, daß Brier anfing, ihn zu mögen.

Josh teilte die Beurteilungsbogen aus. Es dauerte einen Moment, bis sie genug Kräfte gesammelt hatte, um auf ihren Bogen zu schauen: 452 von 500 Punkten an diesem Tag und 492 von 500 am Vortag. Insgesamt hatte sie also 944 von 1000 Punkten erreicht.

Sie hatte bestanden! Sie hatte es geschafft! Immer noch wäre sie gern Erste geworden, aber ob es dafür reichte? Immerhin hatte sie doch einige Punkte verloren. Wie Gwyn wohl abgeschnitten hatte? Sie drehte sich zu ihm um.

„930", sagte er. „Du hast mich geschlagen. Ich habe nicht daran gedacht, Loki bei der Übung mit dem Mann als Polizeihund einzusetzen."

Josh ergriff das Wort. „Ich bin stolz auf euch alle. Ihr habt sehr gute

Arbeit geleistet. Auch Derek hat es geschafft, obwohl Spike am Ende einer Fährte in die falsche Richtung gelaufen ist. Jetzt habe ich also sechs neue Hunde und sechs neue Mitarbeiter."

Gulley kam herein. Er hatte den Tierarzt angerufen, um sich nach Spark zu erkundigen. „Spark geht es besser. Er ist vom Tropf weg und hat sogar schon gefressen."

Josh seufzte tief und sah dann lächelnd in die Runde. „Ich hoffe, ihr nehmt es mir nicht übel, wenn ich sage, daß diese Neuigkeit für mich der Höhepunkt des Tages ist, obwohl ich mich natürlich sehr über eure Erfolge freue. Ich hatte schon die Hoffnung verloren, daß Spark durchkommen würde. Es tut mir leid, wenn ich gelegentlich etwas kurz angebunden war, aber ich hatte wirklich große Angst um ihn."

Der Prüfer packte seine Tasche und nickte ihnen freundlich zu. „Es war ein sehr beeindruckender Tag für mich", sagte er. „Ich gratuliere Ihnen allen. Bei solch einem Wetter habe ich noch nie eine Prüfung durchführen müssen. Es war ein echter Härtetest." Lächelnd schüttelte er Josh die Hand. Dann verließ er das Lokal.

Josh erhob sich ebenfalls. „Ich muß ein paar Nächte Schlaf nachholen und ihr wahrscheinlich auch. Feiern werden wir morgen. Wenn es euch ähnlich geht wie mir, wollt ihr heute sicher alle schnell nach Hause, um die Kälte aus den Knochen zu bekommen." Alle waren froh, Josh wieder lächeln zu sehen. Der sorgenvolle Blick der letzten Tage war aus seinen Augen verschwunden.

Sie schauten Josh und Gulley nach, die zusammen hinausgingen. Alle hatten bestanden, und Spark würde überleben.

„Er hat uns nie merken lassen, wie es ihm wirklich ging", sagte Gwyn. „Was für ein Mann! Er hat sich für uns wirklich abgerackert."

In bester Stimmung brachen sie auf. Die Hunde mußten nach Hause gebracht und getrocknet, gebürstet und gefüttert werden. Simon wird das für mich übernehmen, dachte Brier und sandte ein kleines Stoßgebet zum Himmel, daß die Behörden ihr den Jungen ließen.

Die Heimfahrt erschien ihr endlos. Sie konnte es kaum erwarten, ihre Neuigkeiten zu erzählen. Gwyn setzte sie und Roi auf dem Heimweg ab. Als Brier die Haustür öffnete, war der Flur voller Menschen: Kate und die Kinder, Helena, John und Meg. Alle standen still da und schauten sie gespannt an.

Nun konnte sie ihren Erfolg voll auskosten. Das war der Höhepunkt all der Wochen voll harter Arbeit, Planung, Sorgen und Training. Roi drehte eine Runde und konnte sich gar nicht entscheiden, wen er zuerst begrüßen sollte.

„Darf ich vorstellen: Polizeihund Roi. Der Beste seiner Klasse.“ Sie wäre am liebsten allen auf einmal um den Hals gefallen. Als sie hinübersah zu Toms Foto, spürte sie, daß ihre Verbitterung verschwunden war. Ich habe es geschafft, erzählte sie ihm in der Hoffnung, daß er irgendwo in der Nähe war und sie hören konnte.

Helena umarmte sie, Simon strahlte über beide Ohren, Ben streichelte Roi, und Dana tanzte umher und sang: „Roi ist ein Polizeihund, Roi ist ein Polizeihund!“

Brauner, der sich durch den Lärm gestört fühlte, zog sich auf den Schrank zurück und betrachtete sie von oben mit einem Blick, der verriet, daß er diese Leute für verrückt hielt.

Roi rannte von einem zum anderen. Er verstand zwar nicht, warum alle sich so überschwenglich freuten, aber er war nur zu gern bereit, Mittelpunkt dieses Spektakels zu sein.

„Mein toller Hund!“ lobte Helena ihn. „Das entschädigt mich für alles. Nun möchte ich dich noch als Polizeihund des Jahres sehen.“

„Halbe Sachen machen wir nicht!“ kommentierte Brier, und dabei strahlte sie, als wolle sie nie wieder damit aufhören.

„Genau das ist meine Maxime!“ erklärte Helena. „Warum sollte man sich auch unter Wert verkaufen?“

Brier zog die Jacke aus und ging ins Eßzimmer. Ungläubig starrte sie den Tisch an, der für ein Festmahl gedeckt war. In der Mitte stand ein riesiger glasierter Kuchen, den das Bild eines Hundes und die Worte *Herzlichen Glückwunsch, Brier und Roi!* zierten.

„Ihr wart ja ganz schön optimistisch“, sagte Brier verblüfft.

„Es wäre einfach gewesen, die Glasur wieder abzumachen, aber ich war sicher, daß das nicht nötig sein würde.“ Kate sah so zufrieden aus, als wäre sie allein für den Erfolg verantwortlich. Und vielleicht ist sie das sogar, dachte Brier. Ohne sie hätte ich das nicht geschafft.

„Meinen Glückwunsch!“ gratulierte John. „Ich wußte, daß du es schaffen würdest. Und es gibt noch mehr gute Neuigkeiten: Die Anhörung war schon heute. Ich habe dir das lieber nicht vorher erzählt. Es ist alles glattgegangen. Simon kann als Pflegekind bei dir bleiben.“

„Und der hier ist für Simon!“ verkündete Kate und brachte einen weiteren Kuchen ins Zimmer mit der Aufschrift *Willkommen zu Hause, Simon!*

Der Junge raste zu Brier und umarmte sie stürmisch. „Ich kann für immer, immer, immer hierbleiben?“ fragte er.

„Immer ist ganz schön lange!“ Brier lachte. „Vielleicht, bis du von hier weggehen und heiraten oder dein eigenes Leben leben möchtest.

Aber hier wird immer ein Platz für dich sein.“ Über seinen Kopf hinweg schaute sie Ben und Dana an. Ben hielt grinsend einen Daumen nach oben, und Dana lächelte und sagte: „Gut!“ Sie hätte zwar lieber eine Schwester gehabt, aber sie wußte, daß es besser war, das nicht laut zu sagen.

Kate erhob die Kaffeetasse. „Auf Roi!“ sagte sie. „Auf Simon, auf uns alle!“

Alle lachten und nahmen sich eine Tasse vom Tablett.

„Gulley will uns einen von Bess’ Welpen geben“, erzählte Dana. „Wir dürfen ihn doch behalten, oder?“

Brier umarmte ihre Tochter und bemerkte dabei, daß Dana sich nicht mehr dagegen wehrte. Sie hatte sich in den letzten Wochen verändert. „Natürlich dürft ihr. Gulley hat mir schon davon erzählt.“

„Er hat gesagt, daß wir einen aussuchen können, wenn wir zur Parade kommen, um dich und Roi zu sehen. Wir dürfen doch kommen, oder?“ Ben sah seine Mutter gespannt an.

„Es wäre für mich gar keine richtige Parade, wenn ihr nicht dabei wärt!“ erwiderte Brier.

Nachdem sie lange und ausgiebig gefeiert hatten, ging Brier spät, aber überglücklich ins Bett. Roi folgte ihr und machte es sich vor ihrer Tür bequem. Die Aufregung hielt sie eine Weile wach, aber schließlich fiel sie in einen tiefen, zufriedenen Schlaf.

Das Klingeln des Telefons unterbrach ihre Träume. Sie blinzelte schlaftrunken auf den Wecker. Es war zwei Uhr nachts.

„Brier?“ Es war Joshs Stimme. „Es tut mir leid, aber Gulley und ich haben einen Dienstplan aufgestellt. Wir haben eure Namen aus einem Hut gezogen, um festzulegen, wer zuerst arbeiten muß. Dich hat’s erwischt, und ich glaube, daran können wir auch leider nichts mehr ändern, obwohl du ja schon zweimal in den letzten Nächten draußen warst. Im Golfclub ist eingebrochen worden.“

„Ich bin schon unterwegs.“

„Genau das habe ich von dir erwartet! Brier . . .“ Er zögerte. Beinahe hätte er ihr gestanden, daß er sie liebte. Aber das war jetzt nicht der richtige Zeitpunkt. „Viel Glück. Sie warten schon auf dich.“

Schnell zog sie sich an und ging mit Roi hinunter. Das Licht in der Küche brannte, und Simon stand noch ganz schläfrig neben dem Tisch, eine Thermoskanne in der Hand. „Schwarzer Kaffee. Kate sagt, daß das die ‚Für-den-Fall-daß-du-rausmußt‘-Kanne ist. Sie hat vergessen, dir zu sagen, daß sie die für dich fertiggemacht hat.“

„Was würde ich bloß ohne dich tun, Simon!“ Sie wuschelte durch sein blondes Haar. Er lächelte sie an, und sie merkte, daß er plötzlich selbstsicher wirkte. Er wußte nun, daß er seinen Platz innerhalb der Familie gefunden hatte.

Es war Neumond. Nur der helle Rand des Mondes war zu sehen, und darüber stand ein Stern. Das Zeichen für einen Neubeginn. Roi sprang eifrig in den Wagen. Er freute sich auf die Arbeit.

Das ist es, dachte Brier, als sie zum Golfclub fuhr. Dafür haben wir trainiert, dies ist unser Leben. Wir sind Teil eines Systems, das versucht, das Verbrechen in Schach zu halten.

Später in der Nacht, als sie nach dem erfolgreichen Einsatz heimkehrte, fiel ihr etwas Merkwürdiges auf. Bis jetzt waren es die Erinnerungen an Tom gewesen, die ihr den Weg gewiesen hatten. Die Sehnsucht danach, seine Zustimmung zu erhalten, obwohl er gar nicht mehr da war. In dieser Nacht hatte sie nur einen Gedanken gehabt, nachdem sie den Flüchtigen übergeben hatte: Josh wird stolz auf mich sein.

Sie dachte noch darüber nach, als sie einschlief. Sie träumte, daß sie mit Josh im Wald spazierenging. Dann kamen sie an den Waldrand, die Schatten verschwanden, und vor ihnen lag das Sonnenlicht.

JOYCE STRANGER

Foto: Sean Hagerty

Für ein Miteinander von Mensch und Tier

Joyce Stranger hat fast ihr ganzes Leben lang geschrieben. Mit Reportagen, die sie für eine Tageszeitung verfaßte, fing alles an, doch schon bald versuchte sie sich auch im erzählenden Fach, und bereits ihr erster Roman, den sie auf Anregung ihres Vaters zu Papier brachte, wurde 1965 ein beachtlicher Erfolg. Inzwischen kann die in London geborene Autorin auf 65 veröffentlichte Bücher zurückblicken. Die thematische Bandbreite reicht von Romanen über Kinderbücher bis hin zu autobiographischen Berichten über ihre Hunde oder Anleitungen zu Hundehaltung und -training.

Dabei kann es kaum überraschen, daß es in Joyce Strangers Büchern immer wieder um Tiere geht – schon in ihrer Kindheit war ihr bester Freund ein Airdalemischling, und nach ihrem Studium der Zoologie, Biologie und Chemie hat sie sich beruflich und als Hobby viel mit Verhaltensforschung an Tieren, insbesondere Hunden, beschäftigt. Auch als Hundezüchterin und -trainerin ist sie seit langem erfolgreich und hat durch diese Tätigkeit viele Freunde unter Hundeführern bei der Polizei gefunden. So lag es nahe, daß sie in einem ihrer Romane auch einmal das ihr vertraute Training von Polizeihunden darstellen wollte.

Ihre Romane sieht Joyce Stranger, die mit ihrem Ehemann auf der walisischen Insel Anglesey lebt, nicht als Tierbücher im üblichen Sinn. „Es geht mir in erster Linie um die Beziehung zwischen Mensch und Tier, vor allem bei Menschen, die viel mit Tieren arbeiten", erklärt sie. Und bei Kindern, müßte man wohl hinzufügen, denn die liegen der dreifachen Mutter und siebenfachen Großmutter besonders am Herzen: „Viele Kinder wachsen heute in Städten auf und haben nur noch Spaß am Computer. Mit Hunden können sie meist nicht umgehen, weil sie zuwenig Geduld haben." Daß Tiere für Kinder wichtig sind – dieses Anliegen veranschaulichen Ben, Dana und natürlich Simon in *Eine Freundschaft fürs Leben* auf eindrucksvolle Weise.

Übersetzer:
Der Regenmacher: Christel Wiemken
Die Brücken am Fluß: Bernhard Schmid
Gegen die Uhr: Christel Rost und Till R. Lohmeyer
Eine Freundschaft fürs Leben: Gisela Schneider

Illustrationen und Fotos:
Der Regenmacher: © für die Fotos: S. 4 (links), 6/7, 8: TCL/Bavaria
Die Brücken am Fluß: © für die Fotos: S. 4 (rechts), 208/209, 210: Archiv/Interfoto; S. 213, 219, 239, 244, 255, 262, 266, 274: mit freundlicher Genehmigung der Verlagsgruppe Bertelsmann, München
Gegen die Uhr: S. 5 (links), 286/287, 288: TCL/Bavaria
Eine Freundschaft fürs Leben: S. 5 (rechts), 464/465: Giorgio Mizzi; S. 466: Spichtinger/Zefa

Die ungekürzten Ausgaben von *Der Regenmacher, Die Brücken am Fluß, Gegen die Uhr* und *Eine Freundschaft fürs Leben* sind im Buchhandel erhältlich.